KB100114

이미지의 정치학과 모더니즘

김기림의 예술론

지은이_김예리(金禮利, Kim Ye Rhee) 1977년 대구에서 출생. 1997년 서울대학교 국어국문학과에 입학하여 2011년 동 대학원 박사과정을 마쳤다. 2013년 서울대학교 인문대학에서 박완서 연구펠로우의 신분으로 박사후 과정을 거쳤으며, 2014년 현재 강원대학교 국어국문학과 조교수로 있다. 박사논문은 「김기림의 예술론과 명랑성의 시학」(2011)이고, 주요 논문으로는 「1930년대 한국모더니즘 문학에 나타난 시각체계의 다양성」(2012), 「고석규의 에세이적 글쓰기와 '바깥'의 사유」(2012), 「1930년대 한국 모더니즘 문학·예술 개념의 탈경계적 사유과 그 가능성」(2013) 등이 있다. 주로 '시의 회화성'의 문제와 관련된 텍스트와 이미지의 경계, 탈근대적 사유의 가능성으로서의 글쓰기 문제, 동아시아 모더니즘 및 아방가르드 예술시학 등에 관심이 있다.

이미지의 정치학과 모더니즘 김기림의 예술론

1판 1쇄 발행 2013년 10월 20일 **1판 2쇄 발행** 2014년 9월 20일
지은이 김예리 **펴낸이** 박성모 **펴낸곳** 소명출판 **출판등록** 제13-522호
주소 서울시 서초구 서초동 1621-18 란빌딩 1층
전화 02-585-7840 **팩스** 02-585-7848 **전자우편** somyong@korea.com **홈페이지** www.somyong.co.kr

값 27,000원

ⓒ 김예리, 2013

ISBN 978-89-5626-915-3 93810

잘못된 책은 바꾸어드립니다.
이 책은 저작권법의 보호를 받는 저작물이므로 무단전재와 복제를 금하며,
이 책의 전부 또는 일부를 이용하려면 반드시 사전에 소명출판의 동의를 받아야 합니다.

이 저서는 2012년도 서울대학교 인문대학 박완서기금의 지원을 받아 연구되었음.

이미지의 정치학과 모더니즘

김기림의 예술론

Image Politics and Modernism : an Essay on the Literature and Art of Kim Kirim

김예리

소명출판

◆ **일러두기**

1. 이 책에서 김기림의 텍스트는 심설당 판 『김기림 전집』(1988)에서 인용하며, 시론의 타이틀은 『전집』의 타이틀을 쓰고, 발표 지면은 병기한다.
2. 김기림 텍스트 중 두 번 이상 인용된 서지사항은 『전집』의 면수만 밝힌다.
3. 김기림 시 텍스트를 인용할 때는 『전집』에서 인용하되, 본문에서 제목과 인용 면수만 표기한다.

머리말 | 김기림이라는 이름, 그리고 작가론이라는 글쓰기

　이 책은 30년대 한국 모더니즘 문학 중에서도 특히 김기림 모더니즘 의 특이성(singularity)과 그 성격을 밝히는 것을 목적으로 구성되었다. 김기림은 일체의 형이상학적 관념을 예술의 영역에서 배제하면서, '동 요하는 현실'과 '움직이는 주관'이라는 상대주의적인 세계관과 주체론 을 바탕으로, 현실을 구성하는 사물들 혹은 언어 기호들의 변화와 배 치를 주목하는 유물론적 자세를 유지한다. 그리고 모든 물적 토대의 근원적인 원인을 상정함으로써 현실 세세를 폐쇄적인 구조 속에 가두 어버리는 리얼리즘의 방식과 모든 물적 조건으로부터 벗어난 관념의 세계로 도피하는 예술지상주의의 방식을 동시에 부정한다. 김기림이 자신의 시학에서 특히 언어와 시적 기술을 강조하는 이유는 이러한 특 이성 때문이다. 김기림의 사유 체계에서 중요한 것은 우리의 의식을 지배하고 있는 사회의 구조와 질서를 뒤집어볼 수 있는 지성의 능력이 며, 이러한 능력을 통해 현실을 재빠르게 변형하고 배치시킬 수 있는 시적 테크닉이다. 즉, 김기림은 재현의 문법 속에 구조적으로 닫혀있 는 현실 세계를, 시적 테크닉을 통해 끊임없이 변형하고 새롭게 배치 해봄으로써, 구조적 질서에 의해 숨겨져 있던 수많은 '제2의 의미'들이 생성될 수 있도록 하는 것에서 시인의 존재이유를 찾았던 것이다.

　김기림의 이러한 문학적 사유는 교통·통신 및 신문, 잡지 등과 같 은 근대적 매체의 발전과 밀접하게 이어져 있다. 즉, 김기림의 모더니즘 시학은 사랑이나 영혼과 같은 형이상학적인 세계와 관계 맺던 기존의 문학적 세계가, 신문이나 잡지가 생산하는 방대한 정보와 교통과 통신 매체가 생산하는 속도에 노출된 근대적 도시 공간과 새롭게 관계 맺게 되었을 때, 정보와 속도에 의해 생산되는 사회적 담론 체계 속에서 유동할 수밖에 없는 환경에 노출된 시인들이 이러한 현실에 맞서 어떻게 변화해야하는가를 탐색하는 시학인 것이다. 이러한 변화된 환경에서 중요한 것은 지배자의 논리에 포섭되어 있는 기호들을 재빨리 다시 강탈해오는 것, 질서정연하게 구축되어 있는 언어 체계를 해체하고 이를 재배치하여 의미를 다른 '제2의 의미'로 바꾸어버리는 것이다. 그런 점에서 김기림의 텍스트는 인산의 지성적 작업의 결과물인 개념적 질서를 응시하면서 이를 다시 지성의 능력으로 파괴하고 재구축하는 재기 넘치는 탈경계적 상상력을 시인에게 요구하는 시학을 구축하고 있다고 할 수 있다.

지금까지 김기림 연구는, 이념이나 내면의 진실처럼 지금 당장은 그 실체를 알 수 없지만 어딘가에 참된 세계가 존재하고 있고, 문학은 그 세계를 발견하기 위해 고통스럽게 투쟁해야만하며, 이러한 문학만이 참된 문학의 범주에 들어설 수 있다는 식의 완강한 도덕주의에 사로잡혀있었던 경향이 없지 않다. 그리고 이런 도덕주의의 근저에는 문학을 현실의 재현이나 반영의 기제로 이해하는 주체 중심의 근대주의적인 태도가 자리하고 있다. 이 책은 김기림 모더니즘의 피상성이나 '가벼움'을 비판하는 기존 연구의 시선 자체를 근본적으로 비판하면서, 김기림이 30년대 식민지 조선 현실에서 왜 '명랑'이라는 표현을 내세웠고, '명랑'이라는 표현을 통해 그가 비판하는 지점은 무엇이며, '명랑한 오전의 시론'을 통해 구축하고 있는 그의 예술관의 정체와 이를 통해 그가 새롭게 제시하고 있는 현대시의 방향은 무엇이고, 나아가 '명랑한 시인'의 '문명 비판'은 어떠한 방식으로 나타나는가 등을 탐색해보고자 했다.

사르트르의 언어를 빌려 말하자면, 문학 텍스트는 작가의 대자적 존재이다. 즉, 작가들의 작품은 곧 그들 자신인 것이지만, 조금 더 근원적인 수준으로 내려가서 생각해본다면, 이렇게 작가가 작품의 주인 노릇을 할 수 있게 하는 것은 텍스트가 작가를 자신의 주인으로 인정하는 한에서다. 다시 말해 작가들이 자신 개인의 삶을 스스로의 의도에 입각하여 문학화한 것이라고 생각할 수 있지만, 자기를 언어로 번역하여 텍스트화한다는 것은 즉자적으로 존재하는 자기를 대자화하는 것이고, 그런 점에서 자기를 텍스트화한다는 것은 인식의 지평 위로 자기를 개방시킨다는 것을 의미한다. 그리고 이러한 근대적인 인식 체계 속에서 주체와 대상은 언제나 상호반영적인 관계를 구축하고 있고, 이는 작가와 텍스트로 그 이름을 바꾼다고 해서 달라지지 않는다.

문학 연구의 영역에서 우리가 특히 작가론과 같은 형식을 택하게 될때, 관습적으로 문학 텍스트와 그 텍스트의 저자를 동일시할 수 있는 근거는 여기에 있다. 즉, 근대라는 세계 속에서 살아가는 우리가 관습적으로 문학 텍스트와 이것의 저자를 동일시할 수 있는 근거는, 우리가 흔히 생각하는 것처럼 문학 텍스트의 주인이 작가이기 때문에, 다시 말해 문학 텍스트가 다른 누구도 아닌 실제 저자의 머릿속에서 창조된 작가만의 세계이기 때문이 아니라, 역으로 저자의 텍스트가 저자를 반영하고 있기 때문에, 좀 더 정확히 말하자면 텍스트가 저자를 반영하고 있다는 독자의 믿음과 그러한 믿음에 근거한 독법 때문이다. 그리고 이러한 믿음은 근대문학이라는 영역 속에 속해있는 작가들의 믿음이기도 하다. 즉 작가인 내가 아무리 나와 전혀 다른 사람의(혹은 사물의) 이야기를 쓰고 있다고 하더라도 궁극에 있어 이 이야기는 '나'의 이야기라는 것을 전제하는 것이며, 이러한 점을 독자 역시 알고 있다고 작가는 의식적이든 무의식적이든 '믿고 있다.'

이런 점에서 생각해본다면 작가론이란 작가와 텍스트가 구축하는 상호반영적인 구조를 읽어낸다는 것에 다름 아니며, 그런 점에서 작가론이라는 글쓰기는 작가와 텍스트에 의해 구축되는 상호반영적인 인식 구조 저 너머에 있는 진리나 본질과는 아무런 상관없는 다소 허무한 글쓰기라고도 할 수 있다. 왜냐하면 모든 것이 상호반영적인 구조로 건축되어 있는 근대라는 인식 체계 속에서 이루어지는 작가론이라는 글쓰기는, 한편으로는 생산되어 있는 문학 텍스트를 재료 삼아 독자라는 주체가 생산해내는 무수히 많은 텍스트 전체를 통칭하는 이름이고, 또 다른 한편으로 상호반영적인 구조에서 한쪽 면의 거울을 담당하고 있을 뿐인 작가는 전통적인 믿음과 달리 이제는 더 이상 진리의 보증수표가 아니기 때문이다.

하지만 바로 이러한 시대적 특성 때문에 문학 연구가 이루어지고 있는 학문의 장에서 작가론이라는 형식의 글쓰기는 반드시 필요하다. 작가론이란 단지 시대의 거울상과도 같은 '작가의 의도'를 읽어내는 것이 아니라 작가가 그런 의도를 품고, 또 그런 말을 하게끔 한 원인을 탐색함으로써 일관성을 잃어버린 작가에게 일관성을 돌려주는 작업이기 때문이다. 이를 통해 담론이라는 언어의 그물망 속에서 그만 그 자신의 이름을 잃어버린 작가에게 그 작가만의 단독성(singularity)을 포착해내고, 이러한 작업을 통해 언어의 그물망 속으로 사라져버린 작가의 이름을 되살려내는 것이 작가론이라고 하는 글쓰기의 임무인 것이다. 그리고 이 책은 김기림이라고 하는 이름을 가진 시인이자 비평가에 대한 작가론이다. 이 책이 김기림이라고 하는 작가의 단독성을, 다시 말해 김기림이라고 하는 텍스트가 맴돌고 있는 시적 진실을 제대로 읽어내고 있는지를 판단하는 것은 독자의 몫이다. 바라는 것이 있다면, 나의 문장들이 이 책에서 멈춰지지 않고 새로운 문장들로 덧씌워지면서 김기림이라고 하는 이름이 차지하고 있는 바로 그 자리에 조금 더 근접하는 계기로 작용되었으면 한다는 것이다. 멈추지 않는 글쓰기. 글을 읽고 쓰는 사람에게 이보다 더 큰 선물은 장담컨대, 없을 것이다.

　이 책은 나의 박사학위논문을 조금 다듬고 수정하여 재구성한 것이다. 파편적인 단상들이 한 권의 논문이 되고, 논문이 다시 책이라는 것이 되기까지 옆에서 도와주신 분들이 많다. 부족한 글이 논문의 구색을 갖출 수 있게 지도해주신 심사위원 선생님들, 그리고 학부 4학년부터 지금까지 나를 지도해주신 신범순 선생님께 진심으로 감사드린다. 부족한 내가 이만큼의 글이라도 쓸 수 있게 된 것은 선생님의 가르침 덕분이라고 생각한다. 하지만 어설픈 내 모습이 죄송할 때가 더 많다. 그러니 더욱 노력하는 수밖에 없겠다.

　일본에서 이상 연구를 하고 계시는 란명 선생님께도 고마운 마음을 전해 드린다. 선생님 덕분에 좁다란 나의 시야가 조금이나마 넓어졌다. 선생님과의 인연이 나에게는 너무나 기쁜 선물이다. 혼자라면 절대 읽어내지 못했을 많은 책들을 함께 읽어주신 딩대비평반 선생님들과 친구들에게도 고마움의 마음을 가득 담아 인사를 드린다. 선생님들과 친구들이 툭툭 던진 반짝이는 많은 생각들, 야금야금 많이도 받아먹었다. 더 반짝이는 글로 보답하는 길밖에 없다고 생각된다.

　여기저기 부족한 곳을 메워 책으로 만들어주신 소명출판 박성모 사장님과 편집부에도 감사의 인사를 드린다. 한국 인문학 연구를 향한 소명출판의 응원도 감사하다. 그리고 지금 나는 2012년 서울대학교 인문대학의 '박완서 기금' 수혜자로 선정되어 박사후 과정 중에 있다. 이렇게 안정적인 환경에서 연구를 할 수 있게 지원해주신 박완서 선생님과 그 가족분께 감사의 인사를 드린다. 지금부터의 나의 이력에 박완서 선생님의 이름이 써진다는 것이 기금 수혜자로서의 가장 큰 영광이다. 선생님의 이름에 누가 되지 않는 진실된 연구를 할 것을 약속드린다.

　마지막으로 애인, 친구, 남편, 이 모든 의미가 오롯이 돌아갈 이름 희철에게, 그리고 걱정스러움을 애써 감추며 아무 말 없이 나의 등을 받쳐주는 든든한 지원군 가족들에게, 죄송하고 고마운 마음으로 사랑한다는 말을 전한다. 부디 내 곁에 오래오래 있어주시길. 지난해 봄 외할머니가 돌아가셨다. 하지만 바람이 불 때마다 할머니가 느껴진다. 내 할머니의 이름은 반. 소. 란. 내가 아는 한 가장 예쁜 이름이다. 책에 외할머니의 이름 세 글자를 새겨 넣고 싶었다. 소란소란 글을 쓰면서 할머니의 이름에 부끄럽지 않은 손녀딸이 기필코 되겠다.

2013년 여름
김예리

차례_

이미지의
정치학과
모더니즘

김 기 림 의   예 술 론

제1장

명랑성의 시학과
탈경계적 상상

30년대 한국 모더니즘 문학을 해명하는 데 있어 중요한 주제 중의 하나는 작품에 나타난 내면성의 표출 양상, 혹은 이러한 내면성에서 발견되는 근대적 주체의 진정성에 대한 탐색이다. 한국문학 연구에서 '정치성이 결여된 소설 내적 양상' 정도로 부정적으로 인식되었던 '내면성(inwardness)'이라는 개념은, 특히 90년대 후반의 모더니즘 문학 연구에서 '근대의 원리인 주관성의 한 축을 담당하고 있는 범주'로 인식되면서 모더니즘 문학의 독자적인 영역으로 부각되었고, 아울러 문학 주체의 '내면'이라는 형식이 담아내는 '진정성(authenticity)'이라는 개념을 통해 리얼리즘 문학의 집단 윤리에 대응될 수 있는 모더니즘 문학 특유의 개인 윤리의 영역을 확보할 수 있었다. 즉, '내면성'과 '진정성'이라는 개념을 바탕으로 모더니즘 문학의 의미를 탐색하는 연구들에 의해, 한국문학 연구 담론에서 리얼리즘 문학에 비해 상대적으로 위축되어 있던 30년대 모더니즘 문학은 '개인의 주관성'이라는 차별적인 독자적 문학 영역을 확보할 수 있었고, 이를 통해 모더니즘 문학에 보다 적극적인 평가가 이루어질 수 있는 토대가 마련된 것이라 할 수 있다.

일반적으로 객관적 세계, 나아가 주관과 객관의 동일성을 지향하는 사유 방식을 따르는 리얼리즘 문학에 반해, 모더니즘 문학에서 주관성은 주관과 객관의 분열로 인해 주관이 객체로서의 세계 속에서는 그 어떤 의미도 발견할 수 없는 시대에 처했음을 알리는 표지로 기능하며, 그 자신의 존재를 보장해줄 새로운 형식 창출을 스스로 탐색할 수밖에 없는 운명에 처해있다고 간주된다.[1] 이러한 점은 모더니즘 문학에서 특히 '내면의 형식'이 중요하게 부각될 수밖에 없는 이유를 말해준다. 그것은 파편성과 비동일성을 특징으로 하는 모더니즘 문학에서 오직 '내면의 형식'만이 통일된 인격체로시의 주체의 존재를 증명해줄 수 있는 유일한 구심점 역할을 수행하기 때문이다. 다시 말해 모더니즘 문학에서 내면이란, 모든 것이 불확정적이고 모든 것을 의심할 수밖에 없는 세계 속에서, 리얼리즘 문학의 이념을 대신하는, 진정성이라는 진실의 영역이 발견될 수 있을 것이라고 가정된 가상공간인 것이다. 이러한 점은 모더니즘 문학 연구에서 주체의 구성 문제라든가 내면성을 강조하는 논의들이, 만일 자신이 어떤 외부 세계에 대한 사실들을 올바르게 이해한다면 우리가 무엇을 할 수 있는지를 알게 될 것이라고 상상하는 '인식의 윤리학'[2]을 전제하고 있다는 것을 알려준다. 이러한 사유 속에서 '나'라는 주체는 내가 그 다음에 알려고 하는 세계로부터 이미 구별되어 있는 존재로서 단단하게 자리를 차지하고서, 자신과 세계 사이에서 생산될 수 있는 다양한 관계 그 자체에 집중하기보다는, 폭로를 기다리는 어떤 의미나 진리가 어딘가에 존재한다고 상상하고

---

1 강상희, 「1930년대 한국 모더니즘 소설의 내면성 연구」, 서울대 박사논문, 1998, 10면; 차원현, 「1930년대 모더니즘 소설에 나타난 미적 주체의 양상에 관한 연구」, 서울대 박사논문, 2001, 국문초록 참조.
2 C. Colebrook, 백민정 옮김, 『질들뢰즈』, 태학사, 2004, 122면.

그 진리를 찾아 헤매는 여행을 시작한다. 그런 점에서 모더니즘 문학 작품들은 바로 내면을 여행하는 내밀한 여정들의 기록물이라 할 수 있을 것이다.

이때, 문학 주체가 걸어가는 여정의 행로가 복잡하면 복잡할수록, 그리고 그로 인해 문학 주체의 고통이 강렬하면 강렬할수록 진정성이라고 하는 내면의 깊이는 깊어지고, 이러한 깊이를 내포하고 있는 문학 작품은 숭고해진다. 가장 대표적인 것이 이상 문학이라 할 수 있다. 여기에서 '내면성'이라는 연구 주제와 '미적 자율성', 혹은 '미적 모더니티'라는 연구 주제의 친연성이 드러난다. '자기진실성'이라는 용어로 번역되기도 하는 '진정성'이라는 개념이 근대인에게 요청되는 것은 세계와 주체 사이에 존재하는 균열 때문이다. 즉, "내면과 외면 사이의 상위(相違)나 모순을 느끼지 않으며, 사회가 그에게 요구하는 규범적 의무와 자신이 실제로 욕망하는바 사이에 어떤 단절이나 간극도 느끼시 못하는"[3] 전근대직 세계의 공동체적 조회를 붕괴시키고 세계의 총체성을 파괴하여 주체에게 상실된 자기정체성을 새롭게 찾아야하는 고통스러운 작업을 부과한 것은 근대라는 새로운 세계이고, 따라서 근대적 미적 주체가 진정성을 찾기 위해 경험하는 고통은 그대로 근대 비판의 기제가 되는 것이다. 다시 말해 모더니즘 문학의 고통스러운 언어의 형식이 그대로 근대 비판의 원동력이 되며, 이러한 주체의 고통이 투영되어 있는 모더니즘 문학의 내면성은 외적 현실로부터의 이탈과 유폐를 통해 사회적 근대성을 비판하거나 무화시키는 기제로 이해된다. 이러한 논리의 흐름 속에서 모더니즘 문학의 내면성은 리얼리즘 문학의 실천적 행위의 수준으로 격상되고, 이로써 현실로부터 괴리되어 현실의 모순에 눈감은 채 문학형식적인 기교실험에 몰두한

---

3 김홍중, 「진정성의 기원과 구조」, 『마음의 사회학』, 문학동네, 2010, 25면.

다고 비판받아온 모더니즘 문학의 윤리적 측면이 부각될 수 있었다.

　그런데 30년대 모더니즘 문학을 이러한 관점으로 접근할 때, 가장 문제가 되는 것이 김기림의 모더니즘이다. 김기림의 시학은 이상 문학처럼 고통스럽지 않기 때문이다. 오히려 그의 시학은 명랑하다. 내면성과 진정성을 키워드로 놓고 모더니즘을 이해하는 관점에서 김기림의 시학이 명랑하다는 말은, 김기림의 모더니즘에는 이상의 모더니즘처럼 '진정성이라는 진실의 영역이 발견될 수 있을 것이라고 가정된 가상공간'이 존재하지 않으며, 따라서 진정성이라는 이 '미지의 대상'에 좀 더 가까워지기 위한 문학 주체의 고통스러운 움직임 역시 발견되지 않는다고 바꾸어 말할 수 있다. 모더니즘 문학 주체를 윤리적인 주체로 만들어주는 유일한 근거가 김기림의 모더니즘에는 부재하는 것이다. "이 나라에서 자기나름으로 근대적 시이론을 소개한 거의 유일한 존재"[4]라는 송욱의 평가처럼, 김기림이 누구보다도 먼저 이미지즘이나 주지주의와 같은 서구 모더니즘 이론을 체계적으로 이해하고 독자적으로 수용하여 이론화한 조선 유일의 시 이론가라는 분명한 사실에도 불구하고, 김기림의 모더니즘이 피상적이고 서구추수적이라는 비판으로부터 자유롭지 못한 것은 그의 시학에서 자기성찰적인 면모가 드러나지 않기 때문이다. 문학 주체가 경험하는 고통의 강도는 내면의 깊이를 증언하고, 작품에서 발견되는 작가의 내면의 깊이는 작품의 완성도와 작가의 윤리적 수준을 증언한다. 다시 말해, 전통에 대한 이해가 부족하고, 내면의 깊이가 없으며, 현실의 모순을 외면한 채 기교탐닉에 치중한다는 등의 김기림의 모더니즘을 향한 일관된 비판은 전적으로 그의 시학이 명랑하기 때문이다.

　이러한 맥락 속에서 근대 세계를 향한 김기림의 '무한한' 긍정의 태

4　송욱, 「김기림, 즉 모더니즘의 구호」, 『시학평전』, 일조각, 1963, 178면.

도는 근대에 대한 반성, 혹은 성찰이 부족하다는 비판의 대상이 되어왔다. 조금 단순화시켜 말하자면, 최근까지 김기림 연구자들의 작업은 이러한 비판적 견해를 보충하거나[5] 혹은 김기림의 모더니즘이 식민지 조선 현실을 몰각한 채, 철없이 명랑하기만한 시학이 '아님'을 논증함으로써 김기림을 향한 비판의 과도함을 논의하는 방식으로 이루어졌다고 할 수 있다.[6] 이를테면 '서구 문명에 대한 낭만적 동경을 버리지 못했'으며, '겉으로 드러난 도시의 퇴폐적 모습만 비판할 뿐 백화점과 근대 그리고 도시 사이의 심층적 관계 등으로 확장되지 못'했다고 평가하며 김기림 모더니즘의 피상성을 비판하는 한 축이 있다면, 또 다른 한 축에서는 김기림의 '문명 비판적 태도'를 주목하면서 '세타이어'라는 현실 비판적 문학 형식을 강조한 김기림 시론의 측면을 부각시킨다거나,[7] 박용철과 임화, 그리고 김기림 사이에서 벌어진 '기교주의 논쟁'에서 보여준 김기림의 태도를 기교중심의 모더니즘 문학에 대한 '자기 반성'으로 해석하며 김기림 시학의 변모양상을 읽어내는 것이다.[8] 후자의 논의에 따르면, 1935년을 전후로 김기림은 식민지라는 조선의 현실에 눈을 뜨게 되고, 그의 시학은 현실비판적 태도가 결여된 '초기 모더니즘'과 달리 문명 비판적인 태도가 뚜렷해진다. 그리고 모더니즘과 리얼리즘의 종합이라는 전체시론의 골격을 형성해 간다. 이러한 논의

5 한상규, 「1930년대 모더니즘 문학에 나타난 미적 자율성에 관한 연구」, 서울대 박사논문, 1998; 차원현, 앞의 글; 이명찬, 『1930년대 한국시의 근대성』, 소명출판, 2000; 이성욱, 『한국 근대문학과 도시문화』, 문화과학사, 2004; 나희덕, 「1930년대 모더니즘 시의 시각성」, 연세대 박사논문, 2006.

6 김유중, 『한국 모더니즘 문학의 세계관과 역사의식』, 태학사, 1996; 김윤정, 『김기림과 그의 세계』, 푸른사상사, 2005.

7 서준섭, 『한국 모더니즘 문학 연구』, 일지사, 1989; 김유중, 앞의 책; 이미순, 「김기림 시론과 풍자」, 『김기림의 시론과 수사학』, 푸른사상, 2007.

8 이미순, 「수사학의 측면에서 본 김기림의 시론」, 위의 책; 김진희, 「김기림 문학론에 나타난 타자의 지형과 근대문학론의 역사성」, 『우리어문연구』 32집, 우리어문학회, 2008.

들은 김기림이 모더니즘 문학의 한계를 인정하고 임화 등의 카프 작가들의 문학과의 접점 가능성 속에서 자신의 문학의 의미를 탐구했다는 해석을 도출한다. 그리고 이러한 변화과정을 김기림의 '성숙과정'[9]으로 표현한다. 즉, 김기림의 모더니즘을 근대 문명의 어두운 이면을 보지 못한 피상적 모더니즘이라 비판하는 관점이나 '성숙한' 문명비판가로서의 김기림의 면모를 부각시키는 관점 모두 공통적으로 김기림 모더니즘의 '가벼움'을 문제 삼는다고 할 수 있다.

그런데 이렇게 김기림 시학의 변모양상을 '초기 모더니즘'에서 '전체시'의 구도로의 이행으로 이해한다고 했을 때 문제는, 김기림 연구자들이 비판하는, 칠없이 명랑하기만 한 '초기 모더니즘'이라는 것의 구체적인 대상, 혹은 그 시기가 모호하다는 것에 있다. 김기림이 시론에서 '명랑'을 주조로 내세우고 있는 것은, 그가 '전체시'를 주장하는 1935년 전후에 발표된 「오전의 시론」이고, '기교중심의 이미지즘을 극복하고 문학의 사회적 기능을 회복하기 위한 이론적 탐구'[10]라 정의되는 김기림의 세타이어론은 1933년부터 논의되는데, 이 시기는 김기림이 서구 모더니즘 이론을 수용하고 이를 자신의 문법으로 이론화하기 시작하는 시기와 겹쳐진다. '초기 모더니즘'이라 부를만한 시기와 '전체시'라고 부를만한 시기가 겹쳐지는 것이다. 그렇다면 기교탐닉에 치중하는 '초기 모더니즘'이라 부를만한 시기는 세타이어론 이전 시기, 다시 말해 1933년 이전만이 남게 되는데, 1930년에 발표된 「두만강과 유벌」이나 「간도기행」에서는 오히려 『조선일보』 사회부 기자로서의 현실주의적인 감각이 드러나며,[11] 1931년과 1932년에 발표된 시나 수필이

---

9 서준섭, 「한국 근대시인과 탈식민주의적 글쓰기」, 『한국시학연구』 13, 2005, 25면.
10 서준섭, 『한국 모더니즘 문학연구』, 일지사, 1988, 84~85면; 문혜원, 「김기림 시론에 대한 고찰」, 『한국 현대시와 모더니즘』, 신구문화사, 1996.
11 조영복, 『문인기자 김기림과 1930년대 '활자-도서관'의 꿈』, 살림, 2007, 275~304면 참조.

1933년 이후에 발표된 작품들의 세계와 크게 차별성을 보이지도 않는다. 김기림 연구사에서 김기림이 이미지즘이나 주지주의와 같은 서구 이론을 내세우며 피상적인 모더니스트의 면모를 보여준다고 하는 시기가 그의 작품이나 시론을 통해서는 분명하게 구분되지 않는 것이다.

이러한 점은 김기림 연구들이 김기림 시학에서 자기 성찰이나 현실 비판과 같은 윤리적인 측면을 읽어내기 위해, 김기림 시학을 '무겁고 진중한' 것으로 만들 수 있는 요소들, 이를테면 문명 비판과 같은 주제들을 상대적으로 부각시키며, 그의 모더니즘 시학 전반에 내재되어 있는 '가벼움'을, 실제로는 존재하지 않는 '초기'라는 시간을 설정하여 그곳으로 배제시켜버린 것은 아닌가하는 의문을 불러일으킨다. 즉, 90년대 모더니즘 연구가 리얼리즘의 집단윤리를 대신할 진정성이라는 개인윤리를 구축했다면, 김기림 연구는 역으로 진정성이라는 모더니즘의 개인윤리를 대신할 리얼리즘의 집단윤리를 김기림 시학에서 부각시키는 것이다. 그러나 사실 김기림의 첫 번째 시집 『태양의 풍속』과 시론 「오전의 시론」의 주조는 '명랑'이며, 「오전의 시론」은 장시 『기상도』 창작을 위한 준비 작업이기도 하다.[12] 이른바 '초기 모더니즘'으로 분류되는 『태양의 풍속』과 '전체시'로 분류되는 『기상도』가 명랑한 「오전의 시론」을 사이에 두고 이어지고 있는 셈이다. 이러한 점은 김기림 연구사에서 그의 시학을 이해함에 있어 어느 정도 정론 격으로 굳어져있는 '초기 모더니즘에서 전체시로'라는 이행구도가, 사실은 김기림 시학이 말하고 있는 것이 아니라, 철없어 보이는 모더니스트 김기림을 윤리적인 성숙한 인간으로 변신시키고 싶은 연구자들의 욕망

---

12 『기상도』가 엘리엇의 『황무지』의 영향권 하에 있는 작품이라는 점은 이미 많은 연구들에 의해 논의된 바 있다. 그리고 「오전의 시론」에서 김기림은 상당 부분 엘리엇을 언급하고 있다. 「오전의 시론」과 『기상도』, 그리고 엘리엇과의 상관관계에 대해서는 이 책의 제4장 참조.

이 투영된 결과물일 수도 있다는 생각이 들게 하는 것이다.

김기림 연구사에서 '전체시'의 맥락 속에서 논의되는 세타이어 문학도 기본적으로 진중한 문학이 아니라 가볍고 경박한 문학이며, 이 가벼움으로 진지한 척 하는 대상들을 조롱하는 명랑한 문학이다. 임화가 풍자 문학을 비판한 것도 풍자 문학은 다만 냉소적으로 조롱만 할 뿐 세계가 나아가야 할 어떠한 방향성도 제시해주지 못한다는 점에 있었다.[13] 리얼리즘 문학에서는 이념이 주체의 행위 규준을 제시해주는 것이라면, 모더니즘 문학에서는 내면의 진실이 주체의 움직임을 견인한다고 할 수 있다. 그러나 김기림은 이러한 일체의 형이상학적인 요소를 예술의 영역에서 배제하려고 한 시인이다. 다시 말해 김기림은 인간의 사유 속에서만 존재하는 '미지의 진실'이라는 실체를 거부한 존재인 것이다. 그런 점에서 내면의 고통이 없고, 그래서 내면의 깊이가 없는, '명랑'을 주조로 내세우는 김기림의 모더니즘에는 주체의 행위 규준을 제시해주는 윤리나 법과 같은 '무서운 아버지'가 부재한다고 말할 수 있다. '무서운 아버지'와 대결하면서 법을 위반함으로써 자신만의 세계를 구축해가는 이상의 모더니즘과 달리, 눈앞에 보이는 대상을 상징적 체계 속에서 보지 못하고 즉물적이고 감각적으로 수용하는 어린아이의 표피적인 세계처럼, 김기림의 '가벼운' 모더니즘은 깊은 울림을 주지 못하는 것이다. 김기림의 '가벼움'에 대한 김기림 연구자들의 비판, 혹은 김기림의 현실 비판적 태도를 강조하는 것으로 김기림의 명랑성을 은폐하려는 태도는 여기에서 기인한다.

---

13 "풍자라는 것은 대상에 대한 적극적인 증오라든가 또 직충적인 것이 아니다. 그것을 냉소적으로 부정하거나 한껏해야 씨니시즘을 가지고 대하는 한계에 머무르는 것이므로, 적극적으로 그것을 어찌할 수 없는 소극적인 것임을 알 수가 있다. 더구나 금일의 현실이 냉소나 히니쿠로 부정되기에는 너무나 통절한 것임을 생각할 때 풍자라는 것은 현실에 직면적으로 대할 수 없는 소시민적 부정, 주지적 부정과 공통되는 것을 알 수가 있을 것이다."(임화, 「33년을 통하여 본 현대 조선의 시문학」, 김재용 엮음, 『임화문학전집 1−시』, 소명출판, 2009, 364면)

그러나 김기림 모더니즘의 특이성이 여타의 작가들과 달리 '가벼움', 혹은 '명랑'을 강조하는 데 있다면, 김기림 시학의 연구 방향은 지금처럼 그가 '명랑한 시인'이라는 것을 은폐함으로써 '문명비판가'의 면모를 드러내는 방식이 아니라, 김기림이 '명랑한 오전의 시론'을 통해 구축하고 있는 그의 예술관의 정체와 이를 통해 그가 새롭게 제시하고 있는 현대시의 방향은 무엇이고, 나아가 '명랑한 시인'의 '문명 비판'은 어떠한 방식으로 나타나는가 등을 탐색하는 방향으로 전환될 필요가 있다.[14] 다시 말해 이념이나 내면의 진실처럼 지금 당장은 그 실체를 알 수 없지만 어딘가에 참된 세계가 존재하고 있고, 문학은 그 세계를 발견하기 위해 고통스럽게 투쟁해야만 하며, 이러한 문학만이 참된 문학의 범주에 들어설 수 있다는 식의 완강한 도덕주의로부터 해방될 필요가 있다는 것이다.[15] 어떻게 본다면 리얼리즘 문학의 '이념'이나 모더니즘 문학의 '내면'은 결국 인간이 만들어낸 관념에 지나지 않고, '진정성'이라는 것 역시 관념의 운동이 만들어내는 가상의 어떤 것에 지나지 않은 것이다. 다시 말해 '진정성'을 탐색하는 작업만이 참된 문학의 범주에 속하는 것이라고는 할 수 없다는 말이다. 중요한 것은 김기림이 30년대 식민지 조선 현실에서 왜 굳이 '명랑'이라는 표현을 내세우

---

14 이러한 점은 김기림의 모더니즘 시론을 '기계미학'이라는 관점으로 접근하고 있는 조영복이 김기림 연구사에 제기하는 비판이기도 하다. 그녀는 다음과 같이 말한다. "김기림 시의 반낭만주의적 태도와 명랑성의 강조는 이 같은 새로운 근대 기계주의 감각과 매체 수용과 관계있는 것인데, 이를 고려하지 않는 전통 서정시 정전주의가 '시인 김기림'의 정당한 평가를 가로막고 있는 것이다."(조영복, 「김기림 시론의 기계주의적 관점과 '영화시(Cinepoetry)'」, 『한국현대문학연구』 26집, 한국현대문학회, 2008. 12, 222면)

15 모더니스트로서의 면모보다는 '공적 소통'을 중시하는 문학비평가로서의 김기림의 면모를 부각시키고 있는 조연정은 김기림에 대한 기존 연구의 평가에 대해 "문학행위를 오로지 정치적 현실과의 관련을 통해서만 설명해내려는 편향된 시각을 전제하고 있다는 점에서 명백히 공정한 평가는 아니다"라고 비판하기도 한다.(조연정, 「1930년대 문학에 나타난 '숭고'에 관한 연구」, 서울대 박사논문, 2008, 111면)

고 있는가, 그리고 이러한 가벼운 시학적 태도와 문명 비판적인 그의 비평적 태도가 어떻게 연결되고 있는가 등을 살피는 것이다.

이와 관련하여 특히 근원으로의 회귀가 아니라 반대로 미래로 펼쳐지는 생성의 철학을 주장하는 니체적 사유는, '주체'나 '내면'과 같은 모더니즘 문학 연구의 큰 틀을 버린다면 김기림 시학에 접근할 수 있는 새로운 시각이 존재할 수 있다는 가능성을 열어준다. 잘 알려진 대로 기독교의 죄의식을 비웃으며 '즐거운 학문'을 주장했던 니체가 자신의 철학적 사유를 통해 끊임없이 비판했던 것은 진리 중심주의적인 서구 철학의 형이상학 전통이다.[16] 니체는 고통과 절망에 빠지게 하는 전통 형이상학 철학의 허무주의적 태도를 비판하며 탈형이상학 시대에 요구되는 새로운 정서로서의 '명랑한 영혼'의 필요성을 언급한다. 피어슨은 니체가 첫 저작부터 마지막 저작에 이르기까지 자신의 전 저작을

---

16 니체는 인간의 행복이 변화와 모순을 보이는 '생성 중의 세계'가 아닌 고정불변의 '존재의 세계'에서만 찾을 수 있으며, 존재와의 일치를 소망하는 것에서 '최고의 행복'을 찾을 수 있을 것이라 믿는 전통적인 사유 체계의 기만성을 폭로한다. 이와 같은 니체의 논리를 간단히 정리해본다면 다음과 같이 말할 수 있다. 인간은 행복을 추구하며 고통을 부정한다. 그러나 이 고통이 자신을 더 고귀하거나 더 좋은 세계로 데려가주기 위한 것이라면 인간은 이 고통을 기꺼이 감내한다. 이것은 인간이 고통 자체와 대결하는 것이 아니라 고통을 감내해야 하는 이유와 고통의 의미를 마련함으로써 고통을 견딜만한 어떤 것으로 바꾸고 있다는 것을 말해준다. 다시 말해 형이상학 전통의 서구 철학이 진리의 자리라고 마련해 둔 '존재'라는 것은 삶의 고통을 견디지 못한 유약한 인간들이 만들어놓은 핑계에 지나지 않는다는 것이다. 그러나 이 핑계는 가치와 진리의 원천으로 둔갑하여 궁극에 있어 우리 삶이 도달해야 하는 종착지로 사유된다. 그러나 이렇게 선험적인 실체로 굳어져버린 진리라는 것에 우리가 도달할 수 있는 방법은 없다. 참된 세계라는 진리의 영역은 인간의 관념이 만들어놓은 선험적인 구성물에 지나지 않기 때문이다. '현전의 형이상학'이라고도 불리는 서구 전통철학의 이러한 기만술은 철학을 결국 허무주의에 빠지게 만들고 죄의식에 사로잡히게 만든다. '현전의 형이상학'의 논리에 포섭된 인간은 고통을 감내하기 위해 자신이 핑곗거리로 만들어놓았을 뿐인 이 세계가 실제로 존재한다고 생각하기 시작한다. 이러한 역전현상이 일어나고 나면 내가 현재 있는 곳은 참된 세계가 아니므로, 나는 결국 참된 세계에서 추방된 자로 스스로를 인식하게 된다. 즉, 인간의 삶은 고통 그 자체로 변질되어버리는 것이다.(F. Nietzsche, 김정현 옮김, 『선악의 저편·도덕의 계보』, 책세상, 2002 참조)

통틀어 '명랑성'이라는 개념과 씨름하고 있다고 말하기도 한다.[17] 니체는 『즐거운 학문』의 '우리의 쾌활함이 의미하는 것'이라는 항목에서 '명랑한 정신'을 '두려움 없는 모험 정신으로 앎을 추구하는 정신'이라 말한다. 즉 일찍이 한 번도 존재한 적이 없었던 인식의 바다로 과감히 뛰어들어 사유의 모험을 추구하는 것, 이것이 니체가 말하는 '명랑한 정신'과 '즐거운 학문'이 의미하는 바다.[18] 한 번도 존재한 적이 없었던 세계이므로, 이 세계에는 주체의 행동을 규제하는 어떠한 도덕도 법도 없다. 니체에게 삶은 의무나 저주받은 숙명이나 기만이 아니라, 인식하는 자의 실험이자 "인식의 수단"이며, "영웅적 감정이 춤추고 뛰어노는 위험과 승리의 세계"[19]일 뿐이다. 그래서 '즐거운 학문'을 실천하는 자유정신은 삶의 최종적인 대단원에 대한 요구를 포기한다. 그 대단원은 언제나 사람들로 하여금 삶 너머, 삶 이후의 무엇을 갈망하게 만들기 때문이다.[20]

즉, 니체의 '명랑'이린 헤이날 수 없는 고통의 세계에서 인간을 허무주의자로 만들어버리고 마는 전통적 사유 체계를 해체하는 힘이자, 진리의 실체성과 같은 모든 환상이 깨어지고 절망만이 남은 인식적 체험에서 나온 '즐거운 학문'이다. 그래서 니체는 '명랑함'을 "오랫동안 용감하고 근면하며 남모르는 진지함을 가진 사람"[21]에 대한 일종의 보상이라고 말한다. 이렇게 전통 형이상학 철학처럼 존재와 근원과 진리를 탐구하는 것이 아니라 반대로 무한히 생성되는 삶의 역동성으로 시선의 방향을 돌리는 니체의 철학은 삶을 인식하고 판단하는 '주체'와 같은 미리 결정되고 고정된 관점으로 규정하기보다는, 그것이 시

---

17 K. A. Pearson, 서정은 옮김, 『How To Read 니체』, 웅진지식하우스, 2007, 60면.
18 F. Nietzsche, 안성찬 외 옮김, 『즐거운 학문』, 책세상, 2005, 319~320면.
19 위의 책, 294면.
20 K. A. Pearson, 앞의 책, 55면.
21 F. Nietzsche, 『선악의 저편·도덕의 계보』, 347면.

간과 생성의 흐름 속에서 현상하는 대로 볼 수 있어야 한다는 점을 강조한다.[22]

그런데 '내면'이나 '이념'과 같이 형이상학적인 사유 틀을 전제하는 기존의 관점에서 이와 같은 '생성의 철학'이라는 시각으로 이동하여 김기림 시학을 특별히 재조명할 필요가 있는 것은, 기존의 김기림 연구가 제기하는 김기림 시학에 대한 비판적 시선이 과연 정당한 것인가에 대한 질문에 답하기 위해서이기도 하지만, 무엇보다도 '움직이는 주관'과 '유동하는 현실'이라는 김기림의 상대주의적인 주체론과 현실관을 해명하기에 니체적 사유가 적절한 방법적 시선을 제공해주기 때문이다. 김기림은 우리의 의식을 규정하고 어떤 본질이 있을 것이라 추정되는 형이상학적인 세계를 볼 것이 아니라 현실을 구성하는 사물들, 혹은 언어 기호들의 '변화'와 '배치'를 강조하는 시인이라고 할 수 있다. 2장에서 논의하겠지만 모더니스트로서의 김기림이 펼치고 있는 리얼리즘 문학 비판은 이러한 상대주의적 관점을 바탕으로 한다. 물론 이와 같은 김기림의 특이성은 신문이라는 당대로서는 가장 첨단의 미디어를 경험한 저널리스트로서의 감각이 발현된 결과라 할 것이다.[23]

이와 관련하여 30년대 경성 거리에서 80년대 한국의 '3S정책'에 비견될만한 감정통치정책이 조선총독부의 주재로 이루어졌다는 점을 논의하고 있는 한 연구는 김기림의 모더니즘 시학의 독특함을 논의하는 데 중요한 시사점을 제공해준다.[24] 이 연구에 따르면 도시 경성의 주택, 보건 위생, 치안, 교통 문제 등을 해결하고 조선의 전근대적인 생활방식이나 문화를 개선하는 목적으로 시행된 총독부의 '도시명랑화정

---

22 C. Colebrook, 앞의 책, 18면.
23 김기림이 시인이자 비평가이기 전에 신문기자 출신이라는 점을 주목하여 저널리스트로서의 김기림을 재조명하고 있는 연구로 조영복의 『문인기자 김기림과 1930년대 '활자─도서관'의 꿈』(살림, 2007) 참조.
24 소래섭, 『불온한 경성은 명랑하라』, 웅진지식하우스, 2011 참조.

책'은 식민지 조선인의 감정통치정책으로 확산되면서 조선의 모든 학생들을 '모범인간'으로 양성하고 각종 매체와 오락물에 대한 검열과 통제를 강화해나가는 방향으로 확장되었다. '불온지대 명랑화'라는 표현이 말해주듯이 조선총독부의 '명랑화정책'은 체제에 저항하는 것들을 억압하고 체제가 요구하는 인간만을 양성하기 위한 규율 담론으로 전환된 것이다. 즉, 경성 거리에서 '불온'의 반의어로, '건전'의 동의어로 통용되던 '명랑'이라는 단어는 식민지 지배 체제의 질서를 위협하는 퇴폐적이고 무질서한 요소들을 억압하고 억누르기 위한 총독부 감정통제정책의 기치였던 셈이다.

즉, 현대를 살아가는 현재의 우리가 실체 없는 이미지인 광고에 지배당하는 것처럼, 30년대 경성의 도시인들은 '명랑'이라는 기표에 의해 체제 순응적이고 질서정연한 인간으로 재탄생될 것을 강요받고 있었다고 할 수 있다. 이렇게 일제에 의해 감정통치가 이루어지고 있었다는 점은 30년대 경성 거리에서 이미시가, 특징한 원본에 대한 재현물로서의 속성을 넘어서서, 실체 없는 이미지로서의 시뮬라크르적인 것으로 변하고 있었다는 점을 암시한다. 다시 말해 30년대 경성은 주체의 자리를 '기호'에 빼앗기고 있던 시대였던 것이다.

미리 말하자면 니체의 '관점주의(perspectivism)'에 근접하는 김기림의 상대주의적 태도는 이렇게 가상의 바닷속을 유영할 수밖에 없게 된 도시 생활자의 민첩한 태도변경이라고 할 수 있다. 즉, 언어가 놓쳐버린 미지의 어떤 것을 끊임없이 회복하려는 상징주의자들의 태도 대신 김기림은 지배계급의 논리에 포섭되어 있는 기호들을 재빨리 다시 강탈해오는 것, 바꾸어 말하자면 구축되어 있는 지배계급의 언어 체계를 공격하여 의미를 다른 '제2의 의미'[25]로 바꾸어버리는 "간사한 수법"[26]

---

25 「피에로의 시학」, 『전집』 2, 심설당, 1988, 299면.
26 최재서, 「현대시의 생리와 성격」, 『문학과지성』, 인문사, 1938, 96면.

을 구사할 수 있는 재기를 시인에게 요청하고 있는 것이다. 김기림이 일제정책에 오염되어 있는 '명랑'이라는 단어를 적극적으로 자신의 시적 사유를 대변하는 핵심적인 표현으로 가져오는 이 행위 자체가 김기림 시학의 특이성의 한 측면을 예시하는 사례라 할 수 있다. 김기림이 자신의 시학에서 언어를 중요하게 생각하는 것, 형이상학적인 관념 세계와 결별할 것을 요구하는 것, 세계와 자아의 합일을 지향하는 서정시를 비판하는 것, 시에서의 테크닉을 강조하는 것, 현대시인의 요건으로 지성적 능력을 강조하는 것, '각도'라는 관점의 변화를 강조하는 것 등은 이러한 시대적 사정과 분리하여 생각할 수 없다. 말하자면 김기림은 진실이나 본질의 영역을 탐구하는 시인이라기보다는 거리에서 통용되고 있는 언어의 의미를 교체하고 변형하는 것에 강조점을 두는 시인인 것이다.

그런데 김기림 시학의 이러한 특성은 그의 시학을 알레고리라는 개념으로 접근해볼 수 있는 가능성을 열어둔다. 크랙 오웬스는 무한한 다의성을 내포하는 상징과 달리 제한되고 한정된 의미만을 표현한다는 알레고리의 고전적인 정의방식을 비판하면서, 알레고리를 이용하는 작가는 이미지를 창조하는 것이 아니라 이미지를 끌어 모으는 존재라고 말한다. 그런 점에서 알레고리 작가는 상실되거나 모호해질 수 있는 원래의 의미를 보존하는 것이 아니라 원래의 이미지에 또 다른 의미를 덧붙이며, 이렇게 덧붙이는 작업을 통해 의미를 교체하는 존재라고 할 수 있다.[27] 즉, 알레고리는 끊임없는 '의미의 교체'를 통한 지속적인 자기 파괴를 특성으로 한다. 타자를 호출함으로써 동일자로서의 자기를 파괴하고 이 파괴의 동력으로 다시 새로운 자기를 구성하는 것을 반복하는 것이 알레고리인 것이다.

---

27 C. Owens, 조수진 옮김, 「알레고리적 충동─포스트모더니즘의 이론을 향하여」, 윤난지 엮음, 『모더니즘 이후 미술의 화두』, 눈빛, 2007, 166~167면 참조.

이렇게 '상징'과 같은 전통 서정시의 인식 체계의 반대편에 서 있는 알레고리적인 인식 체계 속에서, 창조적 상상력을 훌륭한 예술가의 요건으로 생각하는 이들이 금기시하고 죄악시하는 '모방'은 예술 창작의 힘으로 재탄생된다. 이러한 모방의 문제로 접근했을 때, 현대 전위 예술을 두 갈래로 나누어 접근해 볼 수 있는데, 표현주의에서 칸딘스키의 추상주의로 이어지는 기의 중심의 예술과 입체파와 초현실주의로 이어지는 기표 중심의 예술이 그것이다.[28] 주관성의 표현에 몰두하는 전자가 예술의 모방의 문제에 여전히 자유롭지 못하다면, 후자는 자신이 어떤 대상을 모방하고 있다는 점을 오히려 드러냄으로써 자신이 모방하는 대상의 원래 의미를 파괴하고 변형하는 것이다. 기표 예술인 입체파나 초현실주의 예술에서 중요한 것은 원문맥에서 떨어져 나온 파편적 조각들이 어떻게 새롭게 모자이크되느냐에 달린 것이고, 이러한 예술은 무에서 유를 창조하는 시인의 천재적인 창조력보다는 이미 존재하는 것들의 새로운 설합을 통해 기존의 것을 새롭게 보게 하는 탈경계적 상상력을 요구하는 것이라 할 수 있다. 이 책은 김기림의 시학이 바로 이러한 탈경계적 상상력을 바탕으로 하는 모자이크, 혹은 배치의 기술을 전략으로 삼고 있는 독특한 시학이라는 점을 논증함으로써, 김기림의 '가벼운' 모더니즘의 정체를 구체화해보려는 시도이다. 이 책의 대략적인 내용을 정리하면 다음과 같다.

2장 이미지, 언어, 테크닉에서는 김기림이 자신의 시론에서 이미지와 테크닉을 강조하는 이유와 시인의 능력으로 지성을 강조할 수밖에 없는 이유를 그가 리얼리즘 문학을 비판하는 문맥 속에서 살펴보며, 리얼리즘의 재현의 논리를 대체하고 있는 김기림의 '배치의 시학'의 윤곽을 살펴본다. 또한 김기림의 독특한 주체론인 '움직이는 주관'과 김기

---

[28] M. Foucault, 김현 옮김, 『이것은 파이프가 아니다』, 고려대 출판부, 2010; H. Lefebvre, 박정자 옮김, 『현대세계의 일상성』, 에크리, 2005, 222~223면 참조.

림이 현대시의 방향으로 내세웠던 '객관주의'와의 상관성을 살펴보며, 김기림이 제시하는 중요한 시적 테크닉으로 '속도'를 '이동'의 관점이 아닌 '배치'의 문제로 재조명한다.

특히 이 책은 앞서 제기한 문제의식에 준하여 김기림 연구에서 거의 굳어져 있는 '초기 모더니즘'과 '전체시'라는 구도를 해체하여 논의한다. 김기림 시학에서 읽을 수 있는 가장 뚜렷한 그의 태도 변화는 기존의 논의처럼 『태양의 풍속』과 『기상도』 사이에 있는 것이 아니라 『기상도』와 그의 문학적 동지인 이상에 대한 애도시 「쥬피타 추방」 사이에서 찾아질 수 있다고 판단된다. 이러한 판단은 이 책이 김기림의 모더니즘 시학에 관한 것임에도 불구하고 이상 문학의 논의가 김기림의 그것에 준할 정도로 많은 분량을 차지하는 이유이다. 특히 2장의 마지막 부분에서 이 책은 이상 문학과 김기림 시학을 '배치'라는 동일한 시선으로 살펴봄으로써 이상 문학과 김기림 시학의 공유점과 차별적 지점을 읽어보고 있다.

3장 근대의 멜랑콜리와 이미지의 정치학에서는 근대적 미적 주체의 탄생의 맥락 속에서 주로 이해되는 20년대적인 '슬픔'을 김기림이 부정할 수밖에 없는 이유를 30년대의 시대적 상황이 반영되어 있는 거리 풍경을 통해 추론해봄으로써 김기림의 시학의 전사를 읽어본다. 특히 『태양의 풍속』과 수필 작품을 중심으로 김기림의 '거리 시학'을 구성해봄으로써 김기림 시학의 예술적 전략을 살펴본다. 아울러 구인회 동인지 『시와소설』에 수록된 정지용의 「유선애상」, 이상의 「가외가전」, 김기림의 「제야」를 비교하여 세 시인의 시세계의 차별적인 지점을 읽어봄으로써 김기림의 모더니즘의 특이성을 구체적으로 논증해보고 있다.

4장 모자이크의 시적 기술과 김기림 시학의 매체성에서는 김기림의 휴머니즘론과 「오전의 시론」에서 주장하는 '명랑한 오전의 시학'의 관련성을 읽어본다. 특히 김기림이 그의 문학적 세계를 구축함에 있어 상당한 영향력을 받은 파운드와 엘리엇의 시적 사유를 김기림 시학과 맞세워봄으로써 김기림의 휴머니즘론의 구체적인 내용과 영미 모더니즘의 이념태라 할 수 있는 고전주의와의 차별점을 살펴보고 있다. 그리고 이러한 휴머니즘 논의와 관련하여 특히 『기상도』의 매체적 특성을 짚어봄으로써 거리의 이미지를 모자이크하고 변형하는 『태양의 풍속』의 '거리시학'과 신문 매체적 속성을 보이는 『기상도』의 시적 세계와의 연계성을 살펴보며, 이를 통해 김기림 시학의 매체적 특성을 추적해본다.

4장의 마지막 부분에서는 지금까지 김기림 모더니즘 연구에서 비교적 논의가 되지 않았던 「쥬피타 추방」의 중요성과 그 위상을 이상 문학과의 연계성 속에서 추적해 보고 있다. 이를 통해 명랑한 모더니스트 김기림이 파시즘 체제하에서 근대라는 거대한 세계를 초극하는 모습을 살펴볼 수 있을 것이다. 마지막으로 이 책은 김기림 시학의 전반을 다루고 있지만 해방 후에 발표된 시편들은 해방기 정치적 맥락 속에서 함께 다루어져야 한다고 판단되어 김기림 모더니즘의 특이성을 살펴보는 것을 목적으로 하고 있는 이 책의 논의에서는 제외했다.

제2장

이미지, 언어, 테크닉

1. 배치의 시학과 시적 테크닉의 힘

1) 리얼리즘 비판과 배치의 시학

김기림은 현대를 호흡하는 새로운 시인들은 '언어의 경제'[1]를 그 미덕의 하나로 삼는다고 말한다. 그가 조선 최초의 모더니스트라고 명명한 정지용에 대해서는, 시가 언어를 재료로 하고 성립되는 것이라는 것을 명확하게 인식하여 시의 유일한 매개인 언어에 대해 주의한 최초의 시인이라 평가하고 있다.[2] 호기심 가득한 어린아이의 시선으로 눈앞에 펼쳐져 있는 세계를 쳐다보면서 청신한 감각을 일깨우던 정지용의 시편에서 김기림이 가장 먼저 눈여겨본 것은 바로 그의 문학이 언

---

1 「현대시의 표정」, 『전집』 2, 87면.(『조선일보』, 1933.8.10)
2 「1933년 시단의 회고」, 『전집』 2, 62~63면.(『조선일보』, 1933.12.7~13)

어에 대한 분명한 자각을 통해 생산된 것이라는 점이다. 김기림에게 모더니즘은 "언어의 예술"[3]이고, 시작(詩作)은 "말을 통제하는 일"[4]에서 출발한다. 이러한 언어에 대한 분명한 자각은 모더니즘 문학의 주요한 특성 중의 하나로 간주되고 있다. 특히 모더니즘 문학의 반대편에 이 념적 글쓰기를 지향하는 리얼리즘 문학이 서 있을 때, 비공리적인 문학을 지향하고, 문학의 독자성과 자기 목적성을 강조하는 모더니즘 문학의 특성이 더욱 선명해진다. 이때 모더니즘 문학은 정치적, 사회적, 도덕·윤리적인 모든 공리적 기능에서 완전히 해방된 '문학만을 위한 문학'을 주장한다고 이해되고, 모더니즘의 언어는 사물을 바라보는 유리창이 아니라 언어 그 자체가 사물이 된다고 평가된다. 이러한 관점에서 모더니즘의 언어는 물질적이 되고, 나아가 자본주의 사회의 화폐가 그러한 것처럼 언어라는 매체는 물신화되기까지 한다.

지금까지 모더니즘 문학의 기교주의는 이렇게 언어가 물신화된 사태로 파악되어 왔다. 즉, 기교주의란 기술적 가공의 차원에만 관심을 두는 글쓰기 방식을 지향하는 것으로, 모든 사회적 조건과 역사적 사태를 부정하는 독립된 언어 세계라는 폐쇄회로를 구성한 채, 표현을 좀 더 감각적으로 세공하고 언어를 조탁하는 것을 목적으로 하는 문학적 태도로 이해되고 있는 것이다.[5] 이런 식으로 이해된 기교주의의 논리에서 시인에 대한 평가 기준은 그가 어떠한 사상을 펼쳐 보이고 있는가에 있는 것이 아니라 그가 언어의 조탁과 가공이라는 수사적 테크닉을 얼마나 독창적으로 표현하고 있는가에 있다. 이러한 점에서 기교나 기술을 강조하는 김기림의 모더니즘 시론은 외부 세계의 경험적 질

---

3 「모더니즘의 역사적 위치」, 『전집』 2, 55면.(『인문평론』, 1939.10)
4 「속 오전의 시론－말의 의미」, 『전집』 2, 191면.(『조선일보』, 1935.9.26)
5 서준섭, 『한국모더니즘 문학 연구』, 일지사, 1988; 한상규, 「1930년대 모더니즘 문학의 미적 자율성 연구」, 서울대 박사논문, 1998; 차원현, 「1930년대 모더니즘 소설에 나타난 미적 주체의 양상에 관한 연구」, 서울대 박사논문, 2001 참조.

료들에 고유한 자신의 형식 법칙으로 일정한 형태와 질서를 부여하고, 그 형식 법칙의 존재 가치와 기능을 극대화시키고 강화시킨다는 예술의 자율성이라는 문맥 속에서 이해되었다고 하겠다.[6]

이러한 기교주의는 언어 자체의 내부적 움직임이나 고유한 질서에 집중함으로써 작품의 독자적인 존립 근거를 마련하고 예술의 자율성이라는 근대적 예술 정신에 더욱 근접할 수 있게 되었다는 점에서 긍정적인 측면이 존재한다고 평가되기도 하지만, 언어의 자율성의 획득에만 주시하며 언어에 부착된 사회 존재론적 구속을 일체 눈여겨보지 않는 왜곡된 자율성을 추구한다는 점에서 비판의 대상이 되어왔다. 이것은 30년대 중반의 기교주의적 태도를 비판하는 김기림의 논점이기도 하다. 그리고 기교주의를 향한 모더니스트 김기림의 이러한 비판은 어떤 특정한 작가를 대상으로 한다기보다는 기교 편향이라는 모더니즘 문학의 전반적 경향을 문제 삼고 있다는 점에서 모더니즘 문학에 대한 자기반성적 비판으로 이해되어 왔다. 예술의 사회적 역할을 부정하고 기교주의적인 모더니즘 시학을 주장하던 그가 '시와 사회성의 종합'이나 '내용과 형식의 종합'이라는 이원론적인 전체시론을 주장하게 되면서 리얼리스트들의 현실 비판적 논리에 보다 근접하게 된다는 김기림 시학에 대한 일반적인 관점이 그 예에 해당된다. 이와 같은 관점에서 전체시론 이전의 김기림의 초기 모더니즘 시학은 사회성을 강조하는 전체시론과 대비되어 '형식적 기교에 치중하는 시학'으로 평가되어 왔다.

문제는 이러한 관점으로 김기림 시학을 바라볼 때, 김기림의 모더니즘이 리얼리즘 예술과 대결하며, "끊임없이 움직이는 시의 정신을 제외한 시의 기술문제란 단독으로 세울 수 없는 일"[7]이라고 말하고 있다

---

6 한상규, 「김기림 문학론과 근대성의 기획」, 『한국현대시론사연구』, 문학과지성사, 1998, 186면.

는 점에 대해서도, 이와 관련하여 김기림이 시의 기술을 '끊임없이 움직이는 시의 정신'과의 관련성 속에서 강조하고 있다는 점에 대해서도 무관심해질 수밖에 없다는 점에 있다. 이러한 점에 무관심해질 때, 김기림의 기교주의는 언어 장식주의나 언어 세공에서 희열을 느끼는 자기 탐닉적인 미학에 가까워진다. 하지만 김기림의 모더니즘 시학에서 시의 기교의 문제가 단순히 형식 미학적 관점에서 논의되고 있는 것이 아니라 '편내용주의'라는 리얼리즘 예술과의 대결 속에서 등장한다는 점에서, 김기림의 기교주의에는 리얼리즘 예술이 감당해내지 못하는 특수한 문학적 주장이 담겨 있다고 판단된다. 그렇다면 기교주의에 내포되어 있는 김기림의 문학적 주장의 실체는 무엇인가. 이 물음은 다음과 같이 바꾸어 물어볼 수도 있을 것이다. 모더니스트 김기림이 지적하고 있는 리얼리즘 문학의 한계는 무엇인가.

브레히트의 논의를 빌려 간단히 말해보자면, 리얼리즘이란 하나의 거대한 정치·철학·실천적 문제이며, 현실의 충실한 묘사를 통해 거대한 인간 전반의 문제를 다루고 해명하고자 하는 문학적 태도라고 할 수 있다.[8] 리얼리즘이라는 표현이 말해주듯이 리얼리스트들에게 가장 중요한 것은 바로 현실의 충실한 사실적인 묘사에 있다. 그러나 단순히 사회현실을 평면적으로 재현하는 데 그치는 것이 아니라, 작가의 비판의식을 거쳐 여과된 현실을 제시함으로써 현실의 실상을 드러나게 하는 데에서 문학의 존재이유를 찾는 이들이 리얼리스트들이라 할 수 있다. 즉, 삶의 이면을 꿰뚫어봄으로써 사회의 구조적 모순을 발견

---

7 「시와 인식」, 『전집』 2, 77면.(『조선일보』, 1931.1.27)

8 브레히트는 다음과 같이 말한다. "리얼리즘적인 것이란 사회적인 인과 관계의 체계를 밝히면서, 현존하는 관점이 지배자의 것이라는 점을 폭로하며, 인류 사회가 처해 있는 가장 시급한 문제들을 해결하기 위한 가장 포괄적인 방안을 마련하는 계급의 관점에서 글을 쓰며, 발전의 계기를 강조하며, 구체적이면서도 보편화를 가능하게 하는 것이다."(B. Brecht, 서경하 엮고 옮김, 『즐거운 비판』, 솔, 1996, 216면)

하고, 그것을 변증법적으로 해소할 수 있는 전망을 이해하며, 그러한 모순과 전망을 문학적으로 표현해내는 것이 리얼리즘의 문학 정신이 지향하는 바라 할 것이다.

그러나 모더니스트 김기림이 리얼리즘을 비판하는 지점은 리얼리스트들의 바로 이러한 '숭고한' 문학 정신에 있다. '근본적인 의혹에 대하여'라는 부제를 붙이고 발표한 「시인과 시의 개념」에서 김기림은 리얼리스트들이 "시인의 사회적 기능에 대한 과다한 신망"과 "세기의 여명을 밝히는 봉화"라는 역할을 스스로 떠맡으려는 존재라고 규정한다. 즉, 김기림에게 리얼리스트들이란 복잡하게 얽혀있는 사회적 모순을 뚫고서 그 너머의 본질적인 어떤 것을 간파할 수 있다는 과다한 신념을 가진 자들이며, 동시에 그들이 간파해낸 그 무엇을 재현함으로써 현실의 모순을 민중들에게 자각시켜야 한다는 의무를 등에 지고 있는 존재들인 것이다. 그러나 '근본적인 의혹'이라는 부제가 암시하듯이, 김기림은 그들의 신념 자체에 의문을 던진다. 리얼리스트들이 간파해냈다고 주장하는 바로 그것이 객관적인 사실임을 입증할 수 있는 근거는 오직 자신들이 모순된 현실의 본질을 간파할 수 있다고 믿는 그 형이상학적인 신념밖에 없다는 것이다. 스스로 유물론자라 주장하고 있지만 김기림의 눈에 그들은 "관념이 부과하는 결론을 강제"[9]하는 형이상학자들인 것이다. 그래서 김기림은 모순된 현실이 은폐하고 있는 진리를 읽어내려고 하는 리얼리스트들의 '숭고한' 정신을 오히려 조그만 자기만의 세계에 갇혀서 그것이 전부인 양 믿고 있는 '소아병'적 사상에 불과한 것이라고 비판한다.[10]

---

9 「문학 비평의 태도」, 『전집』 3, 128면.(『조선일보』, 1934.3.25~4.3)

10 스스로를 유물론자라 규정하는 리얼리스트들의 태도에서 형이상학적인 관념성을 읽어내는 김기림의 이러한 비판은 30년대 중반, 카프 작가들 스스로가 제기하는 비판이기도 했다. "리얼리티를 현실적 구조 그곳에서 찾는 대신 정신을 가지고 현실을 규정하려는 역도된 방법"(임화, 「사실주의의 재인식」, 신두원 엮음, 『임화문학예술

「시인과 시의 개념」에서 리얼리스트를 향한 김기림의 이러한 비판은 상당히 철저하며 근본주의적이다. 김기림의 리얼리즘 비판은 그들의 과도한 이념성을 비판함으로써 시의 예술성을 주장하기 위한 것이 아니라, 어떤 실체나 본질을 재현할 수 있다는 리얼리스트들의 신념 자체를 겨냥하고 있기 때문이다. 즉, 김기림의 리얼리즘에 대한 비판의 초점은 리얼리스트들이 주장하는 것처럼 실체나 본질을 파악할 수 있고, 또 그것을 재현할 수 있다고 생각하는 것 자체가 오만이고 착각이라는 것에 있다. 김기림이 이렇게 생각하는 가장 큰 이유는 그에게 현실은 '동요하는 것'[11]이었기 때문이다. 현실이 고정되어 있지 않다는 것, 현실은 계속해서 불안정하게 변한다는 것을 잘 보여주는 섯 중 대표적인 것이 바로 시인 자신이다.

　김기림이 판단하기에 시인을 비롯한 지식인 계급은 '자본가 사회에 의해 포육(哺育)'[12]되고 있는 존재들이다. 그들은 "최초부터 소비형태에 속한 것"[13]으로, 근대 세계에서 시인 지식인 계급의 위치란 "제3계급이 귀족과 승려의 손에서 정권을 탈취하기 위하여 투쟁할 때 시인이 그들에게 제시한 충성에 대한 보수"로서, "부르조아지가 근대시인에게 최상의 호의로서 증정한 선물"[14]에 지나지 않은 것이다. 즉, 사회 구조적으로 시인 지식인 계급은 잉여적이며, 그 위치가 유동적일 수밖에 없는 불안정한 존재들의 집합이다. 그들은 '역사의 주인이 될 신흥 계급의 열렬한 대변자로서 자유와 평등의 급선봉'으로 굉장히 명예로운 존재였지만, 곧 '시민계급의 근위대'인 "어용학자", "반동사상가"[15]로

전집 3-문학의 논리』, 소명출판, 2009, 78면)이라는 리얼리즘에 대한 임화의 비판은 자신들의 세계관을 규정했던 유물론이 절대적 진리 체계로서의 형이상학적인 관념의 지위에 놓여있는 아이러니한 사태에 대한 반성에서 비롯된다.
11 「시와 인식」, 『전집』 2, 77면.
12 「인텔리의 장래」, 『전집』 6, 24면.(『조선일보』, 5.17~24)
13 「시인과 시의 개념」, 『전집』 2, 296면.(『조선일보』, 7.24~30)
14 위의 글, 291면.

추락한다. 그들의 위치는 다시 지식을 팔아 부르주아에게 봉급을 받는 임노동자가 되고, 이 지식은 시장의 상품이 된다. 일반노동자와 달리 지식노동자들은, 매춘부가 자신의 육체를 팔 듯, 자신의 정신을 파는 자이기 때문에 결국 지식인, 혹은 시인은 시장의 상품이 된다.[16] '자유와 평등의 급선봉'에서 '시장의 상품'으로의 추락, 이것이 바로 김기림이 '난숙한 자본주의 시기'[17]로 파악하고 있는 30년대 현실 모습의 일면이라 할 수 있을 것이다.

리얼리스트들이 시인의 이러한 위치를 망각하고 있다는 점을 가장 잘 보여주는 것은 그들의 재현의 논리이다. 어떤 이의 눈에는 단지 '소아병자'의 병적 징후로밖에 보이지 않는 '세기의 여명을 밝히는 봉화'라는 역할을 리얼리스트들이 그토록 당당하게 떠맡을 수 있었던 자신감의 근거는 현실 모순의 원인을 탐구하는 그들의 삶의 태도에서 비롯된다고 할 것이다. 즉, 아직은 발견되지 못했지만, 세상 어딘가에 현실 모순의 원인이 분명히 존재한다고 생각하는 진리 지향적인 그들의 태도에서 낭만적인 영웅주의는 더욱 확신을 얻는다. 그리고 이러한 확신은 "시인의 사회적 기능에 대한 과다한 신망"을 가능하게 하고, 자신이

---

15 「인텔리의 장래」, 『전집』 6, 25면.
16 상업 저널리즘의 영향 아래서 20년대의 동인지 시대와는 달리 30년대는 글도 하나의 상품이 된다. 그리고 창작 활동은 작가 고유의 권한이 아니라 신문이나 잡지의 편집 방향이라는 큰 틀 속에서 결정된다. 이는 또한 잡지사나 신문사로부터 원고청탁을 받지 못한다면 작가로서의 삶을 유지할 수 없다는 뜻이기도 하다. 특히 카프가 해체되고 난 뒤 조직적인 문학단체가 전무한 시기 문인들의 글쓰기는 오직 이러한 상업 저널리즘에 전적으로 의지할 수밖에 없게 되고, 문인들 간의 사적인 관계도 작가로서의 삶을 유지하기 위한 권력기반이 된다.(김윤식, 『이상연구』, 문학사상사, 1987 참조) 김기림은 「표절행위에 대한 「저널리즘」의 책임」(『철필』, 1931.1)에서 저널리즘이 모든 예술의 분야에 광범하게 상품성을 유도하고 있고, 이러한 결과 어린 학생들의 표절행위를 조장하고 있다고 비판하기도 한다. 이와 관련하여 1930년대 저널리즘의 상업화 경향에 대해서는 김민정의 「1930년대 문학적 장의 형성과 구인회」(『한국 근대문학의 유인과 미적 좌표』, 소명출판, 2004) 참조.
17 「인텔리의 장래」, 『전집』 6, 34면.

알고 있는 진리를 세상에게 가르쳐야한다는 계몽주의적 태도를 불러 일으킨다. 즉, 현실의 모순을 객관적으로 파악하고 전망을 제시하겠다는 리얼리스트들의 태도에 이물스러운 욕망이 작동하게 하는 것은 그들의 재현의 논리인 것이다.

이러한 재현의 논리에서 언어는 실재를 표상하거나 재현하는 도구이자, 원본을 대리하는 사본이 된다. 이들의 언어는 인간의 커뮤니케이션을 위한 수단일 뿐이며, 언어는 항상 보편적인 사고 구조 내지는 내적인 관념 체계를 표상하는 외적 표지[18]로 기능한다. 이러한 언어관에서는 사회적으로 등록이 끝난 기존의 의미에 의해 완전하게 지배당할 수밖에 없다. 하지만 변증법적 태도로 현실의 이면을 바리보고, 그 이면에 존재하는 현실 모순의 실체를 포착하려고 하는 그들의 현실관은 이미 초월론적으로 구조화되어 있는 세계인 것이다. 이러한 세계에서 의미는 언어 바깥에 있는 것이 아니라 기표와 기표들의 '차이'에 의해 생성되는 것이다.[19] 재현의 언어에서 벗어나오지 못한 리얼리스트들이 놓치고 있는 것은 바로 '차이'이다. 즉, 의미는 상징적 네트워크 속에서 발생하는 차이의 효과일 뿐인데, 리얼리스트들은 이러한 구조의 효과를 보지 못하고, 어떤 실체가 존재한다고 믿고 있는 것이다. 이렇게 본다면 리얼리스트들은 언어 바깥의 어딘가에 있을 것이라 믿고 있는 현실의 본질을, 사회적으로 등록이 끝나 현실 논리에 완벽하게 지배되고 있는 언어로 재현하려는 불가능한 싸움에 매달리고 있는 것이다.

이렇게 현실적 모순의 원인을 읽어내려는 불가능한 작업에 매달릴 것이 아니라 현실의 논리로부터 탈주하는 것, 새로운 가능성을 생각해 보는 것을 주장하는 것이 모더니즘 예술이 지향하는 방향일 것이다. 모더니즘의 표현으로서의 언어가 리얼리즘의 이러한 재현적 언어를

---

18 丸山圭三郎, 고동호 옮김, 『존재와 언어』, 민음사, 2002, 67면.
19 F. D. Saussure, 최승언 옮김, 『일반언어학 강의』, 민음사, 2006 참조.

반대한다는 기치를 내걸고 등장한다는 점은 이미 많은 모더니즘 연구가 말하고 있는 바다. 모더니즘의 기교주의 역시 이러한 맥락에 위치해 있으며, 일상 언어와 시적언어를 구분하고자 하는 모든 예술적 충동은 수많은 모더니즘 작가들과 모더니즘을 옹호하는 이들의 글에서 쉽게 발견할 수 있는 것이다. 김기림 역시 일상적으로 통용되는 단어의 일반적인 의미가 아닌 "단어가 가지고 있는 제2의 (숨은)의미와 단어와 단어 사이의 제2의 (숨은)관계, 전연 생각하지 않던 어떤 단어와 단어 사이의 새로운 관계"[20]를 강조하면서 단어의 원래 의미가 아니라 단어들의 관계와 배치를 문제 삼는다. 이러한 재현과 표현의 대립적인 언어관은 각기 구체적 현실에 대한 관심과 예술적 창조성의 지향라는 대립항으로 전유되어 이해되었고, 이는 다시 리얼리즘 예술과 모더니즘 예술이라는 대립항으로 전치된다. 그리고 김기림의 전체시론은 이러한 대립적 구도를 중지하고 두 항들 간의 종합을 꾀하는 시도로 이해된다. 하지만 김기림의 전체시론에는 이 두 항을 종합하기 위한 어떠한 매개도 존재하지 않는다는 점에서 "형식논리학적"[21]이라든가 "단순한 산술적 종합"[22]에 지나지 않는다는 비판으로부터 자유롭지 못하다는 점도 분명하다.

이러한 사정을 염두에 두고 다시 재현과 표현의 관계로 돌아가 보면, 하나의 의문점이 생긴다. 모더니즘의 언어가 재현이 아니라 표현을 한다고 했을 때, 그것이 표현하는 것은 무엇인가. '무엇'을 표현한다고 말하는 것과 '무엇'을 재현한다고 말하는 것 사이의 차이는 무엇인가. 재현의 언어를 미적으로 세공하는 것을 표현의 언어라 말하는 것인가. 이렇게 생각한다면 표현의 언어 역시 그것이 무엇이든 간에 언

---

20 「피에로의 독백-포에시에 대한 사색 단편」, 『전집』 2, 299면.(『조선일보』, 1931.1.27)
21 임화, 「기교파와 조선시단」, 신두원 엮음, 앞의 책, 530면.
22 김윤식, 「전체시론-김기림의 경우」, 『한국근대문학사상사』, 한길사, 1984, 475면.

어 이전에 일정한 대상을 전제하고 있다는 점에서 재현의 언어와 큰 차이가 없는 것이 아닌가. 이런 질문들 앞에서 재현의 언어와 표현의 언어는 같은 위상에서 비교될 수 있는 성질의 것임이 아니라는 점을 감지하게 된다. 다시 말해 표현의 언어를 고려하는 한, 현실과 예술이라든가 내용과 형식이라는 이분법적인 대립이 성립될 수 없다는 것이다. 표현의 언어는 재현의 언어가 가능할 수 있게 하는 원천으로 위치하는 것이기 때문이다.

"언어의 교환가치에 의해서보다는, 존재들의 실체 속에서 언어가 촉발하게 되는 알 수 없는 반향들"[23]이라는 발레리의 말이나, "산문과 일상 언어가 강요한 구속으로 불구가 되었던 언어는 시 속에시 원초의 상태를 회복"[24]한다는 옥타비오 파스의 말을 통해 모더니즘의 표현의 언어가 지향하는 바를 대강 짐작할 수가 있다. 즉, 모더니즘의 언어는 일상의 어법 속에 갇혀있던 단어를 해방시켜 일상 언어가 표현하지 못하는 존재의 심층으로 들어가 인간의 상상력을 일깨우고, 원초적인 시원의 침묵을 깨트리는 언어를 지향하는 것이라 할 수 있을 것이다. 이러한 점을 옥타비오 파스는 다음과 같은 아름다운 문체로 서술하고 있다.

매일 말들은 서로 충돌하여 금속성의 불꽃을 튀기거나 혹은 파랗게 빛을 내는 짝들이 된다. 말들로 수놓아진 하늘에는 끊임없이 새로운 천체들이 생겨난다. 차가운 비늘 위로 채 마르지 않은 물기와 침묵을 떨구는 말들과 구들이 언어의 수면 위로 날마다 솟아오른다. 같은 순간에 다른 말들과 구들은 사라진다. 별안간, 쇠잔한 언어의 황무지는 느닷없는 말들의 꽃으로 덮인다. 반짝이는 생명체들이 일상어의 숲 속에 거주를 정한다. 모조리 먹

---

23 P. Valéry, 김진하 옮김, 『말라르메를 만나다』, 문학과지성사, 2007, 70면.
24 O. Paz, 김홍근 외 옮김, 『활과 리라』, 솔, 1998, 27면.

어치우는 맹렬한 생명체들. 언어의 한복판에서는 병영 없는 내전이 벌어진다. 모든 것은 하나를 향하여 투쟁하고 하나는 모든 것을 향하여 투쟁한다. 자기 자신에 도취하여 끊임없이 생명체를 탄생시키며 쉼 없이 운동하는 거대한 덩어리! 아이들, 광인들, 현자들, 백치들, 사랑에 빠진 사람들 혹은 고독한 사람들이 입술에서는 이미지들, 말들이 유희, <u>무로부터 솟아난 표현들이 움튼다.</u> 한 순간, 빛을 내거나 불꽃을 튀긴다. 그리고 이윽고 소멸한다. 가연성의 물질로 이루어진 말들은, 상상력이나 환상이 스치자마자 불타오른다. 그러나 말들은 불꽃을 보존하고 있을 수 없다. (…중략…) 시는 언어를 초월하려는 시도라는 점이다.[25] (밑줄─인용자)

다소 시적이긴 하지만, 파스의 글은 모더니즘의 언어가 어떤 것인지 명료하게 보여준다. 그것은 "무로부터 솟아난 표현들"이라는 구절이 충분히 설명해주고 있다. 즉, 모더니즘의 언어는 미리 존재하는 의미를 표현하고 재현하는 것이 아니라, 말늘이 서로 충돌히여 불꽃을 일으키고, 새로운 천체들을 창조한다. 표현하지 않는 한 아무 것도 말하지 않는다는 점에서 모더니즘의 언어는 '침묵의 언어'이다. "침묵을 떨구는 말들과 구들이 언어의 수면 위로 솟아오"를 때, 일상적인 재현의 언어는 자신의 존재기반을 잃어버리고 사라지고 만다. 이 점이 중요한데, 모더니즘의 언어는 우리의 의식을 지배하고 세계를 질서화하는 상징적 기반으로서의 일상적 언어 체계에 균열을 발생시키는 언어라는 것이다. 기존의 질서에 균열을 일으키고 새로운 질서가 다시금 열리는 순간을 개시한다는 점에서 모더니즘의 언어는 '시원의 언어'라 할 수 있을 것이며, 재현적 언어의 '원천(origin)'이라고 할 수 있을 것이다. 이런 점에서 재현으로서의 언어와 표현으로서의 언어 사이에 존재하는 차이는 같은 위

---

25 O. Paz, 「언어」, 앞의 책, 42~43면.

상에서 논해질 수 있는 것이 아니다. 표현으로서의 언어는 재현으로서의 언어가 기능할 수 있게 해 주는 토대와 같은 것이기 때문이다.

이러한 모더니즘의 언어관의 맥락에서 표현의 언어를 구체적인 시론으로 서술하고 있는 시인이 바로 정지용이다. 정지용은 시의 언어를 다음과 같이 서술한다.

> 가장 정신적인 것의 하나인 시가 언어의 제약을 받는다는 것은 차라리 시의 부자유의 열락이요, 시의 전면적인 것이요, 결정적인 것으로 되고 만다. 그러므로 시인이란 언어를 어원학자처럼 많이 취급하는 사람이라든지 달변가처럼 잘하는 사람이 아니라 언어 개개의 세포적 기능을 추구하는 자는 다시 언어미술의 구성조직에 생리적 Life giver가 될지언정 언어 사체(死體)의 해부집도자인 문법가로 그치는 것도 아닌 것이다. 그러므로 언어는 시인을 만나서 비로소 혈행과 호흡과 체온을 얻어서 생활한다.
>
> 시의 신비는 언어의 신비다. 시는 언어의 인카네이션적 일치다. 그러므로 시의 정신적 심도는 필연으로 언어의 정령을 잡지 않고서는 표현 제작에 오를 수 없다. 다만 심의 심도가 자연 인간 생활 사상에 뿌리를 깊이 서림에 따라서 다시 시의 긴밀히 혈육화되지 않는 언어는 결국 시를 사산시킨다. 시신(詩神)이 거하는 궁전이 언어요, 이를 다시 방축(放逐)하는 것도 언어다.[26]

정지용은 "시의 정신적 심도는 필연으로 언어의 정령을 잡지 않고서는 표현 제작에 오를 수 없다"고 말한다. '언어의 정령'이라는 다소 신비주의적인 표현으로 서술하고 있지만, 이것이 의미하는 바는 모든 언어의 원천으로서의 '침묵의 언어'라고 할 수 있을 것이다. 시인이란 이미 존재하는 언어를 어원학자처럼 많이 취급하는 사람이라든지, 언어

---

26 정지용, 「시와 언어」, 『정지용 전집』 2, 민음사, 1988, 253면.

사체를 희롱하는 해부집도자인 문법가로 그치는 것이 아니라 언어에 새로운 생명을 주는 "생리적 Life giver"이다. 시가 "언어의 인카네이션적 일치"라는 것은 시가 아무 것도 지시하지 않는 '침묵의 언어' 그 자체라는 것이며, 이러한 '침묵의 언어'가 일으키는 신비로운 창조력이야말로 시를 신비롭게 하는 원천이라는 것이다. 이러한 시의 언어는 "자연 인간 생활 사상에 뿌리를 깊이 서림에 따라서" 다시 새로운 언어의 세계를 개방하고, 이 새로운 언어의 세계에 역동적인 생명의 기운이 다하게 될 때 '침묵의 언어'는 이를 "방축"하고 또 다시 새로운 언어의 세계를 개시한다.

　이러한 움직임을 김기림의 표현대로 말하자면 "시의 원시적 명랑"[27]이라 할 수 있을 것이다. 모더니즘이 "언어의 예술"이라는 것, 언어를 도구로 이용하는 것이 아니라 언어 그 자체를 대상으로 한다는 것, 재현이 아니라 표현으로서의 언어를 구사한다는 것은 이러한 의미로 이해할 수 있을 것이다. 그러나 모더니즘의 언어가 위와 같은 것이라고 했을 때, 김기림의 시나 시론에서 '침묵의 언어'로서의 시적 언어가 지니고 있는 신비한 기운을 읽어내기란 쉬운 일이 아니다. 김기림은 오히려 언어가 "우리의 경험을 대표하고 조직하며 전달하는 것"으로 "의식 활동을 대표하는 것"[28]이라 말한다. 이러한 언어관은 앞서 언급한 정지용의 시적 언어보다는 재현의 논리 속에서 펼쳐지는 언어관에 가까운 것이다. 이때의 언어는 구조적 동일성으로 묶여있는 상징적 질서 체계를 지시하고 있는 것이기 때문이다. 이러한 점은 센티멘탈 로맨티시즘에 대한 비판적 논의에서 보다 분명하게 드러난다.

　김기림은 "조직과 질서와 조화가 대담하게 무시되고 격렬한 주관의 자연발생적인 전율"[29]에 불과한 센티멘탈 로맨티시즘을 비판하며, 시

---

27 「현대시의 표정」, 『전집』 2, 87면.(『조선일보』, 1933.8.10)
28 「과학과 비평과 시」, 『전집』 2, 30면.(『조선일보』, 1937.2.21~26)

란 시인의 "정신세계의 일부분"이 아니라 "나를 여과하여 구성된 세계의 일부분"[30]이라는 점을 분명하게 선언한다. 이렇게 김기림이 '시의 보편성'을 위해 가장 먼저 요청한 것은 '나'의 자리에 '세계'를 위치시키는 것이었다. 그러나 이 '세계'는 '주관이 소멸한 뒤에도 의연히 존재하는 객관 세계'가 아니라 오직 '나'를 여과하여 구성된 세계이며, 그런 점에서 이 세계는 '주관으로 도입된 객관 세계'[31]이다. 즉, '나를 여과하여 구성된 세계'라는 것은, 다시 말하면 자아가 재구성한 주관적 표상의 세계를 의미한다. 사실 주관과 상관없이도 의연히 존재하는 객관 세계란 존재한다고 하더라도 인식할 수 없는 것이므로 논의의 대상이 되지 못한다. 중요한 것은 세계, 혹은 사물이 표상 속에 놓이는 것이고, 표상 속에 놓인다는 것은 세계가 자아를 통해 재현되고 현상된다는 것을 의미한다. 이때 자아는 사물이 사물로서 등장하는 상연 무대이자 전시 공간이 된다.[32] 이렇게 선험적이고 초월론적인 주체의 자리를 확보함으로써 '나'는 세계를 구성할 수 있는 입법적 지위에 오르게 되고, 세계는 '나'를 중심으로 질서화되고 구조화된다. 따라서 "나의 정신세계의 일부분"인 과거의 시는 '국부적이고, 상상적이며, 자기중심적'이라면 "나를 여과하여 구성된 세계의 일부분"인 새로운 시는 '전체적이고, 구성적이며, 객관적'[33]인 성격을 획득할 수 있게 되는 것이다.

이처럼 김기림이 감상적 낭만주의를 비판하며 '새로운 시'를 주장할 때, 그 논의의 초점은 개인의 주관 속에 유폐된 시를 어떻게 거리로 해방시켜 현실의 공기를 마시게 할 것인가에 놓여있었다. 이때 중요한

---

29 「시의 방법」, 『전집』 2, 78면.(『신동아』, 1933.4)
30 「시의 모더니티」, 『전집』 2, 83면.(『신동아』, 1933.7)
31 「시와 인식」, 『전집』 2, 76면.
32 김상환, 「모더니즘의 책과 저자」, 김성기 엮음, 『모더니즘이란 무엇인가』, 민음사, 1994, 123면.
33 「시의 모더니티」, 『전집』 2, 84면.

것은 세계를 객관적으로 조망할 수 있는 초월론적인 시선을 확보하는 것이고, 이러한 확보를 통해서만이 시를 거리로 해방시킬 수 있게 된다. 즉, 시를 거리로 해방시키는 방법, 그것은 바로 언어로 구조화되는 객관화된 인식 체계를 대자적으로 인식하는 것이었다.

> 시에 나타나는 현실은 단순한 현실의 단편은 아니다. 그것은 의미적인 현실이다. 그리고 그것(현실)이 <u>전문명의 시간적·공간적 관계에서 굳세게 파악되어서 언어를 통하여 조직된 것이 시가 아니면 아니된다.</u> 여기서 의미적 현실이라고 한 것은 현실의 본질적 부분을 가리켜 한 말이다. 그것은 현실의 한 단편이면서도 그것이 상관하는 현실 전부를 대표하는 부분이다.[34](밑줄―인용자)

김기림에게 시는 주관적 상념으로서의 단순한 현실의 단편이 아니라 "현실의 한 단편이면서도 그것이 상관하는 현실 전부를 대표하는 부분", 즉 보편성을 담지하고 있는 특수한 어떤 것으로 구성되는 것이다. 그리고 이를 위해서는 "전문명의 시간적·공간적 관계에서 굳세게 파악되어서 언어를 통하여 조직"되어야만 한다. 즉, 김기림에게 무엇보다 중요한 것은 언어라는 상징적인 질서를 통해 확보되는 초월론적인 체계 속에서 시를 사유하는 것이었다. 그러나 이러한 세계 인식은 리얼리스트들의 재현의 논리 속에서 펼쳐지는 현실 인식과 그다지 차이가 없다. 그렇다면 김기림의 시론에서 '시의 원시적 명랑'은 어디서 찾을 수 있는가. 다시 말해 김기림이 재현의 논리로부터 벗어날 수 있게 되는 계기는 무엇인가.

그것은 바로 현실의 유동성이다. 앞서도 언급했듯이 김기림의 현실

---

34 위의 글, 84~85면.

은 물적 토대의 본질을 끊임없이 묻고 있는 리얼리스트들처럼 절대적이지 않고 상대적이고 끊임없이 동요한다. "현실은 시간적으로 부단히 어떠한 일점에서 다른 일점으로 동요"하고 있는 것이며, "예술에 있어서 어떠한 현실의 단편이 구상화되었을 때 그것은 벌써 현실 이전"이다. 이미 현실의 단편이 구상화된 예술에 있는 것은 "고정된 역사와 인생의 단편이 있을 따름이다."[35] 이렇게 현실이 동요하고 있으며 끊임없이 움직이고 있다는 김기림의 현실관에서 이러한 재현의 논리는 한순간에 무너지고 만다. 어떠한 순간에 본질이라고 주장되던 것도 현실의 움직임 속에서 그것은 이미 현실과는 아무 상관없는 과거의 것이 된다. 그래서 리얼리스트들이 현실의 본질을 포착했다고 자신하는 순간 현실은 이미 저만치 도망쳐버리고 마는 것이다.

이와 같이 김기림은 예술에 '시간'의 요소를 도입함으로써 '변화'와 '움직임'을 강조한다. 그러나 이러한 '변화'나 '움직임'은 단지 시계가 일 초 일 초 흘러가는 그런 아무런 의미 없는 시간의 변화가 아니다. 김기림에게 현실이란 "주관까지를 포함한 객관의 어떠한 공간적·시간적 일점"이며, 이를 다시 말하면 "역사적·사회적인 일초점이며 교차점"이다. 이러한 교차점이 끊임없이 계속해서 변화하고 있다는 것이다. 이러한 변화는 자기동일성을 끊임없이 부정하는 것으로서의 변화이며, 현실 구조의 원인이라고 생각되었던 것들이 더 이상 원인이 되지 못하는 구조적 변화이다. 다시 말해 이 변화는 정지용의 '침묵의 언어'가 끊임없이 개시하는 세계의 탄생과 소멸의 과정인 것이다. 존재의 원천을 응시하는 정지용과 달리 김기림의 '동요하는 현실'은 그러한 원천의 반복적인 효과를 감각하고 있는 것이며, 이것이 바로 김기림의 '시의 원시적 명랑'인 것이다.

---

35 「시와 인식」, 『전집』 2, 77면.

이러한 사유는 예술이 형이상학으로부터 벗어날 수 있는 계기를 마련한다. 즉, 리얼리스트들처럼 모든 물적 토대의 근원적인 원인을 상정함으로써 현실 세계를 폐쇄적인 구조 속에 가두어버린다거나, 예술지상주의자들처럼 모든 물적 조건으로부터 벗어난 관념의 세계로 날아가 버리는 것이 아니라, 현실은 '동요하는 시간' 그 자체이고, 시간의 움직임이 곧 현실이라고 규정함으로써, 김기림은 형이상학적인 '실체의 존재론'에서 탈구조주의적인 '관계의 존재론'으로 이행할 수 있었던 것이다.[36] 이렇게 될 때, 현실에 대한 물음은 본질을 묻는 '무엇인가'가 아니라 현실의 변형에 대한 물음인 '엇지할까'가 된다.[37] 어떠한 순간에 본질이라고 주장되던 것도 현실의 움직임 속에서 그것은 이미 과거의 것이 되어버리므로, '무엇인가'라는 물음 자체가 의미가 없어지게 되기 때문이다.

이렇게 재현의 욕망을 과감하게 포기한 김기림은 "시인은 즉물주의자가 아니면 아니 된다"[38]고 말한다. 그리고 유심적인 과거의 시에 대비되는 현대시의 특징이 유물적인 것이라고 주장하기도 한다. 우리의 의식을 규정하고 어떤 본질이 있을 것이라 추정되는 형이상학적인 세계를 볼 것이 아니라 현실을 구성하는 사물들, 혹은 언어 기호들의 '변화'와 '배치'들을 주목해야 하기 때문이다. 지젝은 진정한 유물론자는 근원을 상정하지 않는 자, 근원을 상정하지 않고 물질의 움직임과 그 움직임에 따른 배치를 응시하는 자라고 말한다.[39] 이런 면에서 본다면

---

36 '실체의 존재론'과 '관계의 존재론'에 대해서는 김상환, 『니체, 프로이트, 맑스 이후』, 창작과비평사, 2002 참조. 김기림의 모더니즘 시론을 '관계의 존재론'의 관점으로 접근하고 있는 논문으로는 신범순의 아래와 같은 논문이 있다. 이 책의 논의는 아래 두 논문의 관점에 영향 받은 바가 크다.
신범순, 「30년대 모더니즘에서 산책가의 꿈과 재현의 붕괴」, 『한국현대시사의 매듭과 혼』, 민지사, 1992; 신범순, 「1930년대 모더니즘에서 '작은자아'와 '군중', '기술'의 의미」, 『한국 현대시의 퇴폐와 작은 주체』, 신구문화사, 1998.
37 「관념결별」, 『전집』 1, 326면.
38 「시의 모더니티」, 『전집』 2, 80면.
39 "근본적인 유물론자의 자세는 그 어떤 세계도 없다고, 그 전체에 있어서의 세계는 무

김기림은 지젝이 말하는 진정한 유물론자인 셈이다. 즉, 현실의 근원을 묻는 모든 행위를 중지하고, 대신 현실의 움직임과 같은 '근원의 효과'들을 응시하는 것이다. 이러한 점은 현실을 고정시킨 채 세계가 숨겨놓았다고 생각하는 것을 끊임없이 찾아 헤매며 관념이 부과한 결론을 강제하는, 리얼리스트들에 대한 김기림의 비판적 사유의 결과물이라고 할 수 있을 것이다.

2) 소피스트적 지식인과 시적 테크닉의 가능성

이렇게 현실의 '움직임'과 '변화'와 '시간'을 강조함으로써 김기림은 고정되어 있는 현실 세계의 리듬을 회복하려고 한다. 흔히 김기림은 운율이나 리듬과 같은 음악성을 거부하고, 이미지와 같은 회화성을 강조하는 시인이라 평가된다. 그러나 김기림이 거부한 것은 음악성이나 리듬이 아니라 메트로놈처럼 시간을 양으로 나누어 측량하는 추상적인 박자라는 점을 놓쳐서는 안 될 것이다. 김기림은 "새로운 시는 비로소 내면적인 본질인 리듬을 담게 될 것"[40]이라고 말하며, "지용씨의 시는 또한 우리들의 시각에 아필하다느니보다는 차라리 우리의 청각에 아필한다. 그러므로 시의 독자는 이러한 시에서는 그 시의 음악성을 즐길 줄 알아야 한다"[41]라고 말한다. 그렇다면 김기림이 '내면적인 본질'이라고 칭하고 있는 리듬이란 어떤 것이고, 이것은 그가 비판하는 운율과는 어떻게 다른 것인가.

(nothing)라고 단언하는 자세이므로, 유물론은 축축하고 농밀한 물질의 현존과는 무관하다. 유물론에 적합한 형상은 오히려 물질이 소멸하는 것처럼 보이는 배치들이다."(S. Žižek, 이성민 옮김, 『신체없는 기관』, 도서출판b, 57면)

40 「시의 모더니티」, 『전집』 2, 82면.
41 「현대시의 발전」, 『전집』 2, 331면.

프랑스에서 자유시 운동이 일어날 적에 새 시인들의 머리에 있는 구식정형은 다름아닌 알렉산드린 調였었다. 정서의(가 — 인용자) 갖는 움직임과 뉴앙스는 그때그때 안으로부터 우러나오는 형식에 대한 내재적인 요구로서 스스로의 운율을 찾아낸다는 것이다. 그리하여 자유시론자는 운율 무용론을 주장한 것이 아니라, 한 시 속에서도 자유자재한 운율의 변화를 인정한 것이 된다. (…중략…) 이를 돌이켜보면 시조는 고대일본의 俳句·短歌보다는 정형적 구속이 퍽 완화되어 있어 보인다. 고시조의 대부분이 거의 초장·중장·종장의 음수의 형식에 그대로 들어맞지는 않는다. 초장·중장의 「3 4 4 4」의 형식은 그것을 漸近線으로 잡을 한 기준일 따름이지 절대적으로 기계적으로 맞추어가야 할 지상명령은 아니다.[42]

서양의 대표적인 정형시 형식인 알렉산더 율격을 거부하고 일어난 프랑스 자유시 운동을 예로 들며, 김기림은 자유시에는 운율이나 리듬이 없는 것이 아니라 "징시가 갖는 움직임과 뉴앙스는 그때그때 안으로부터 우러나오는 형식에 대한 내재적인 요구로서 스스로의 운율"을 찾아내는 것이라고 말한다. 즉, 운율(혹은 리듬)은 음성적인 껍질에서 생겨나는 것이 아니라 '정서의 움직임'과 같은 의미의 분절에서 생겨나는 것이다. 김기림이 말하고 있는 리듬이란 작위적으로 외부에서 정해 놓은 추상적인 박자가 아니라 의미의 연쇄 속에서 나타나는 사유의 리듬인 것이다. 김기림은 시조의 리듬조차 "초장에서 想을 일으켜서 중장에서 그것을 부연하거나 반복하거나 전개하였다가 종장에 가서는 돌연 뜻하지 않은 전환이나 비약을 꾀하도록 되어 있는 내면적인 제약이 결국은 음수의 산술로 되어, 밖에 나타나버린 것으로 볼 적에만 시조의 정형은 실로 그 본질이 해명된 것"[43]이라고 말한다.

---

42 「시조와 현대」, 『전집』 2, 342면.(『국도신문』, 1950.6.9~11)
43 위의 글, 344면.

이러한 리듬은 절대적 형식으로 선험적으로 존재했던 것이 아니라 사유의 고통스러운 과정 속에서 조화로운 리듬이 생성되는 것이다. 이러한 리듬의 신비로움은 리듬이 생성되고 난 뒤에 더욱 분명해지는데, 사유에서 탄생한 리듬이 다시 사유를 이끌고 가는 힘이 되기 때문이다. 알렉산더 율격 역시 이 율격이 처음 생겨났을 서양 중세 시대에는 그 시대의 정신의 리듬이 될 수 있었겠지만, 모든 내용이 빠져버린 채 다만 음성적인 껍질이기만 했을 때, 프랑스 시인들은 이 율격을 더 이상 소중히 간직할 수 없었다. 그것은 이 율격이 고정된 형태로 결정화되면서 그들의 내재적인 움직임을 더 이상 표현하지도 못하고, 그들의 움직임을 이끌고 가지도 못했기 때문이다.

　　즉, 김기림에게 리듬이란 추상적인 소리의 반복이 아니라 의미이며 무엇인가를 말하고 있는 것이다. 이때의 리듬은 음보율이나 음수율과 같이 내용 없이 시간의 단위를 단순히 구분하고 구획 짓는 것이 아니라, 어떤 사유의 방향성이나 느낌을 의미한다. 그리고 방향성, 그리고 느낌으로서의 이 리듬은 운율처럼 언어를 일정한 형식 속에 고정하는 것이 아니라 언어를 시간 속으로 풀어낸다. 이러한 리듬이 고립되어 결정화될 때, 다시 말해 리듬에서 의미가 빠져버리고 소리와 형태만이 남겨질 때, 리듬은 알렉산더 율격처럼 형해만 남은 운율로 변하고 마는 것이다. 이렇게 결정화된 리듬은 이미지를 생성하는 것이 아니라 오히려 이미지를 억압한다. 김기림이 비판하는 운율이란 바로 도무지 움직이지 못하는 결정화된 리듬으로서의 운율인 것이다. 이렇게 본다면, 리듬은 이미지와 분리 불가능한 것이 된다. 시적 이미지가 만들어내는 의미의 파동이 곧 리듬이기 때문이다. 즉, 김기림에게 리듬과 이미지는 상반되는 것이 아니라 리듬이 이미지이고 이미지가 리듬인 것이다. 그래서 김기림은 가장 대표적인 정형시라 할 수 있는 시조에서도 이미지의 연쇄나, 질이 다른 이미지들의 배치에서 발생하는 "시적

효과의 불꽃"이 만들어내는 내적 리듬을 읽고 있는 것이다.[44]

그런데 이렇게 의미의 연쇄 속에서 생성되는 리듬을 김기림이 고려할 수 있었던 것은 그가 언어를 사유하는 데 있어 재현적 논리를 벗어나고 있었기 때문이기도 하다. 일반적으로 재현적 논리에서 언어는 실재를 표상하거나 재현하는 도구이자, 언어소통의 수단일 뿐이다. 기표와 기의의 일대일 대응관계 속에서 언어는 그것이 지시하는 대상에 종속되어 있다. 그러나 김기림은 "말 개개의 말 속에 의미의 가능성을 내재해 가지고 있는 것"이라고 말한다. 이러한 의미는 언어 이전에 존재하고 있는 것이 아니라 "말의 소리와 모양의 운동과 자세에 의하여 생겨나는 물리적인 효과"[45]로 나타난다. 즉, 재현의 논리에서 언어는 기표와 기의의 관계로 파악되지만, 김기림은 언어의 의미작용을 기표와 기표의 관계로 파악하고 있는 것이다. 이러한 점이 중요한 이유는 김기림이 구조의 효과라는 언어의 타자성을 어느 정도 인정하고 있다는 점을 보여주고 있기 때문이다. 즉 김기림은 언어에는 기표와 기표를 결합시키는 형식적 체계가 있어 그 체계 속에서 의미가 생산된다는 것을 인정하고 있는 것이다.

> 말(언어)의 단위는 물론 개개의 낱말(단어)이다. 이 개개의 말은 독자의 자격으로 시에 참여하는 것은 아니다. 개개의 말의 결합의 여러 가지 방식에 의하여 된 구·문구·구절로, 그리하여 문장 전체의 한 제약된 성분으로서 시에 참가한다. 따라서 개개의 말은 요소나 단위가 아니라 한 기능으로서 전체의 문장 속에 융해(融解)되는 것이다.
> 1. 뜻(의미, Suggestion, 혹은 Idea, Pensée, Significance, Thought)
> 2. 소리(음향, 개개의 말의 음의 연락, 반발, 충돌에서 생기는 단어 자체

---

44 O. Paz, 앞의 책, 61~128면 참조.
45 「오전의 시론─의미와 주제」, 『전집』 2, 174면.(『조선일보』, 1935.10.1)

의 효과, 운율, 두운, 押韻 類곱 등등)

3. 모양(개개의 말과 그 배열)

전결합에서 규정되어 오는 개개의 말의 가치, 특수한 결합방식 및 배치에 의하여 거기는 영상, 상징, 은유, 직유, 기지, 속도, 비약, 구성미, 유머, 아이로니, 풍자, 운동감, 몽타쥬, 대립, 역설 등의 온갖 관념의 무용의 효과가 빚어지는 것이다.[46]

김기림은 말의 단위는 물론 개개의 낱말이지만, 이 개개의 말은 독자의 자격으로 시에 참여하는 것이 아니라 개개의 말의 결합의 여러 가지 방식에 의하여 구, 문구, 구절로, 그래서 문장 전체의 한 제약된 성분으로서 시에 참가한다고 말하고 있다. 그래서 개개의 말은 요소나 단위가 아니라 한 기능으로서 전체의 문장 속에 융해된다는 것이다. 이러한 점은 김기림의 언어관이 지시와 재현의 정확성을 묻는 재현적 언어의 논리에서 벗어나고 있다는 점을 알려준다. 이리한 관점에서는 지시적 의미보다는 문맥적 의미가 더욱 강조되고 있는 것이기 때문이다. 이렇게 문맥적 의미를 강조한다는 것은 언어 이전에 선험적으로 규정된 의미를 부정한다는 것을 의미하며, 이때 언어 기호는 묵시적으로 상황 의존적 추론을 수반하게 된다.[47] 그리고 "특수한 결합방식 및 배치"는 더욱 새로운 의미가 생성될 수 있는 가능성을 확보하고, "온갖 관념의 무용의 효과"를 빚어내는 것이다.

따라서 "단어와 단어의 특이한 결합"이라든가 "단어와 단어의 결합에서 오는 의미의 교향"[48]과 같이, 김기림이 단어와 단어 사이의 상호적 관계나 단어의 결합방식을 문제 삼는 '배치의 시학'을 주장하고, 이

---

46 「속 오전의 시론－말의 의미」, 『전집』 2, 192면.(『조선일보』, 1935.9.26)
47 김상환, 「언어에 대하여」, 앞의 책, 137면.
48 「1933년 시단의 회고」, 『전집』 2, 62~63면.(『조선일보』, 12.7~13)

미지의 비약, 예상치 못한 흐름의 전환 등과 같은 기법을 강조하는 것은, 균정하게 질서 잡힌 세계에 리듬을 다시 되살리려는 시도이며, 이를 통해 폐쇄적으로 고정되어 있는 세계를 개방하려는 시도라 할 수 있다. 즉, 앞서 언급한 정지용의 시적 언어는 모든 언어의 출발점이지만, "제2의 의미"[49]라는 표현처럼 김기림은 이미 구성되어 있는 의미의 질서 체계로 침입하여 그것을 뒤흔들고 있는 것이다. 이것을 김기림은 에즈라 파운드의 말을 빌려 "언어 사이의 이지의 舞踏"이라 표현한다. 즉, "언어를 그것의 직접한 의미 때문에 쓰는 것이 아니"라 "언어의 습관적 사용 속에서 발견하는 문맥, 일상 그 상호 연락, 그것의 旣知의 승인과 반어적 사용의 독특한 방법을 고려"[50]하는 것이다. 다시 말해 정지용이 생성의 언어를 구사한다면, 김기림은 일탈의 언어를 구사하고 있는 셈이다. 그런 점에서 정지용의 언어는 근원적이라면, 김기림의 언어는 이중적이다. 그는 언제나 현실의 상징적 구조를 고려하고 있으며, 이 현실 세계 속으로 시적 언어를 침입시키는 것이기 때문이다.

시적 언어가 이러한 것이라고 했을 때, 김기림은 시에서 테크닉을 강조할 수밖에 없는 것이다. 시인에게 요청되는 가장 중요한 능력은 천재적인 영감이나 창조적 상상력이 아니라 우리의 의식을 지배하고 있는 사회의 구조와 질서를 인식하고 그것을 뒤집어 볼 수 있는 지성의 능력이며, 이러한 지성을 이용하여 현실을 재빠르게 변형시킬 수 있는 시적 테크닉이기 때문이다.

시인의 정신 속에서 일어나는 관념의 부단한 파괴와 건설, 생활에서 오는 새로운 체험, 기술 영역에 있어서의 근기 있는 탐험, 이러한 일은 다만 활동하는 정신에서만 기대할 수 있는 일이다.[51]

---

49 「피에로의 독백―포에시에 대한 사색 단편」, 『전집』 2, 299면.
50 「시의 회화성」, 『전집』 2, 105면. (『시원』, 1935.2)

기술을 "근기 있는 탐험"이라고까지 부르고 있는 김기림에게 기술이란 "정신 속에서 일어나는 관념의 부단한 파괴와 건설"이나 "생활에서 오는 새로운 체험" 등과 동궤에 둘 수 있는 '정신적 기교'이다. 위와 같은 문장에서 말하고 있는 기술이나 기교의 문제란, 언어 자체를 대상화하여 그것을 아름답게 세공하고 화장하는 것을 훨씬 넘어서는, 일종의 정신 활동인 것이다. 흔히 지성을 강조하는 김기림의 시학은 일본의 주지주의의 영향을 받은 것이라고 평가되고 있지만, "의식적·계획적·지적 예술"을 위한 김기림의 "수단으로서의 지성"[52]은 이러한 시적 테크닉의 문제와 분리하여 생각할 수 없다.

즉, 깊은 사색과 고민을 통하여 세계의 본질을 꿰뚫는 것이 아니라 재빠른 기지와 시적 테크닉을 이용하여 너무나 익숙해진 기존의 문법에 충격을 주고, 이러한 충격으로 균정화된 지배 계급의 언어에 구멍을 뚫어보는 것이 재현을 포기한 시인이 시를 현실에 맞세울 수 있는 최대치인 것이다. 그리고 이때 사용되는 언어는 절차탁마하여 아름답게 세공된 장인의 언어가 아니라 현실의 거리 속에서 굴러다니고 있는 일상의 언어일 수밖에 없다. 중요한 것은 언어의 미적 표현이 아니라 언어 기호들의 관계를 살피며 그것을 새롭게 배치해보는 것이기 때문이다. 이를 통하여 "어떠한 공간적·시간적 일점"에 고정되어 있는 것처럼 보이는 세계를 계속해서 다른 관점으로 볼 수 있게 만들고, 이전의 세계 구조가 놓치고 있는 수많은 잔여들을 다시 현실 구조 속에 재배치하여 가능한 새로운 가치들을 볼 수 있게 하는 것이다. 이는 현실이 끊임없이 구축되고 다시 파열되며 재구축되는 과정이 반복된다는 것을 의미한다. 시인은 "그의 독자의 카메라 앵글을 가져야 한다"는 것, 또한 시인은 "단순한 표현자·묘사자에 그치지 않고 한 창조자"[53]

---

51 「오전의 시론─돌아온 시적 감격」, 『전집』 2, 168면.(『조선일보』, 1935.5.2)
52 「속 오전의 시론─질서와 시간성」, 『전집』 2, 186면.(『조선일보』, 1935.6.20)

여야 한다는 것은 이러한 의미로 이해할 수 있을 것이다.

여기서 중요한 것은 김기림이 말하는 '창조'라는 것이, 전혀 아무 것도 없는 상태에서 어떤 것을 만드는 낭만주의적인 신적인 창조나 이미 유지되고 있는 어떤 삶에 생기를 불어넣는 윤활유 같은 성격의 창조가 아니라, 우리가 살고 있는 삶의 토대 자체를 새롭게 뒤집어보는 것으로서의 가치 창조라는 것이다. 다시 말해 "평범한 눈이 발견할 수 없는 현실의 어떠한 새로운 의미를, 또 한편으로 언어가 가지고 있는 숨은 의미를 부단히 발굴하여 보여주는"[54] 것으로서의 창조인 것이다. 이것은 창조자로서의 시인에게 천재적인 영감이 아니라 '카메라 앵글'이 필요한 이유이다. 현실을 단순히 묘사하는 것이 아니라 시적 테크닉을 통해 현실을 변형하고 재배치해봄으로써 현실의 구조에 익숙해진 눈에 이른바 '시차적(parallax)인 관점'[55]을 제시해 보여주는 것, 이것이 바로 새로운 "가치 창조자"[56]로서의 시인의 역할이다.

이런 맥락에서 보자면 같은 모더니즘 시인이라고 하더라도 정지용과 김기림의 시어는 정반대의 길을 걸어가고 있는 것이다. 정지용이

---

53 「시의 방법」, 『전집』 2, 79면.
54 「시와 인식」, 『전집』 2, 75면.
55 여기서 '시차적'이라는 개념은 지젝의 논의에서 빌려왔다. "시차"란 "두 층위 사이에 어떠한 공통 언어나 공유된 기반도 존재하지 않기 때문에 결코 고차원적인 종합을 향해 변증법적으로 '매개 / 지양'될 수 없는 근본적인 이율배반(antinomy)을 뜻하는 것"(S. Žižek, 김서영 옮김, 『시차적 관점』, 마티, 2009, 14면)으로, 이러한 시차적으로 세계를 인식하는 관점이란 "동일한 공간 속에 공존하는 것이 불가능한 대극들이 하나의 공간, 같은 윤곽 속에 공존하고 있음을 인식하는 관점"(「해설」, 위의 책, 827면)을 의미한다. 이러한 '시차적 관점'을 예술적으로 가장 잘 이용한 이들은 현대 전위 예술가들이며, 그중에서도 특히 '초현실주의자'들이 실험한 콜라주 미학에서 바로 이러한 '시차적 관점'을 구체적으로 관찰할 수 있다. 이러한 지점을 김기림 역시 정확하게 간파하고 있었는데, 이러한 시차적 관점을 김기림의 용어로 바꾸어 말한다면 그것은 '시간적·공간적 동존성'이라는 표현이다. 김기림은 '시간적·공간적 동존성'이라는 관점을 가장 잘 이용한 이들이 미래파와 초현실주의자들이라고 보고 있다.(김기림, 「1933년 시단의 회고」, 『전집』 2, 62면)
56 「시의 방법」, 『전집』 2, 79면.(「신동아」, 1933.4)

언어의 근원을 탐색하면서 의식의 심층에서 일어나는 의미 생성의 원초적인 움직임을 눈여겨보고 있는 것이라면, 김기림은 이미 우리의 의식을 지배하고 있는 언어 구조와 그 질서 체계를 응시하면서 이 질서를 위반하고 질서로부터 일탈할 수 있는 계기를 마련하려 한다. 이러한 점은 정지용의 언어에 비해 김기림의 언어가 삭막할 수밖에 없다는 점을 알려준다. 정지용의 언어는 존재의 심연을 탐색하지만, 김기림의 언어는 언제나 곧 뒤집히고, 다른 것으로 교체될 수밖에 없는 시한부의 언어이기 때문이다. 정지용은 원천을 살피지만, 김기림은 이미 구조화되어 있는 우리의 현실을 살피는 것이다.

이러한 점과 관련하여 인텔리의 위기를 진단하고, 지식인들의 삶의 전반적인 방향을 예고하고 있는 「인텔리의 장래」에서 김기림이 "인텔리겐차의 소피스트화"를 언급하고 있는 부분을 함께 생각해볼 수 있을 것이다. 그는 이 글에서 30년대 조선의 상황을 '난숙한 자본주의의 시기'로 판단한 다음, 이리한 시기 지식인이 취할 수 있는 삶의 방향을 세 가지 정도로 정리하고 있다.

첫 번째는 브나로드 운동이다. 그러나 김기림은 "우나로드"를 외치는 그들의 목소리에서 '세기의 봉화'를 자처하는 리얼리스트들의 오만함과 유사한 감정의 결을 읽는다. 그래서 그는 "자기 계급의 필연적 전락을 엄연한 사회적 현실에서 배울 수 있는 인텔리만은 재차 『우나로드』의 소리를 그들 자신의 가장 궁박한 절실한 절규로서 가질 것이다"라고 말하며, 전락하고 있는 자신의 계급성을 직시할 것을 강조한다. 그리고 "집단의 내부에서 항상 헤게모니에 침을 흘리는 습관"과 "회피적 비겁성" 등에서 자유로울 수 없는 한 "우나로드"는 잠꼬대 그 이상도 이하도 아닌 의미 없는 외침이라는 점을 지적하며 "소부르성에서 완전히 이탈하여 투쟁을 통하여 대중 속에서 자신을 발견할 것"을 요청한다.

두 번째로 김기림은 "소위 대의명분까지를 용감하게 선탈하고 가장 안전한 우익의 기치 아래로 집중하여 그 여천(餘喘)을 보지하기에 급급한" 길을 걸어가는 이들도 있을 것이라 예견한다. 김기림은 부르주아가 자신의 가슴에 달아주는 가격표에 의지하여 부르주아의 권력 궤도 안에서 그들을 대변하면서 살아가는 '어용 지식인'의 출현 역시 자본주의 사회에서는 불가피하다고 본다.

김기림은 마지막으로 "사회의 문화도 포화상태에까지 난숙하였을 때 반드시 거기는 소피스트의 일군이 나타"날 수밖에 없다는 점을 지적한다. 그런데 김기림이 "인텔리겐차의 소피스트화"라는 이 마지막 경향을 논의할 때 그의 어조는 조금 달라지는데, 앞서 두 경향을 논의할 때는 감지할 수 없었던, 어떤 희미한 가능성을 탐색하는 듯한 태도를 보이고 있다는 점이다. 스스로 자신을 소피스트적인 지식인으로 규정하기까지 하는 김기림은 소크라테스와 플라톤 이래 오랜 시간 동안 모사꾼, 혹은 궤변자로 비판받아온 소피스트에게서 어떤 실낱같은 가능성을 다음과 같이 조심스레 타진하고 있다.

인텔리겐차의 분화와 또한 그 일부의 소피스트화의 경향은 현금에 벌써 세계적 · 일반적 현상이다.

희랍문화사에서 史家는 너무나 소크라테스만을 크게 크로스업하고 소피스트의 그림자를 희박하게 만드는 습관이 있다. 다만 궤변자로서 희랍 문화사상의 일오점이라고 생각게 하며 죄인과 같이 취급하기까지 하는 것을 보았다.

그러나 희랍 문화를 지양하는 안티테제로서의 신문화에게 소피스트는 과연 아무것도 남길 수 없었던가.[57]

---

57 「인텔리의 장래」, 『전집』 6, 34면.

그러나 김기림은 이렇게 질문만을 던진 채 그 의미를 구체적으로 논의하지는 않고 있다. 다만 현대의 소피스트들이 "난숙한 자본주의 문명의 한 결론으로서 제출된 존재"이며, "저물어가는 낡은 진리의 박모의 광야를 방황하며 가장 통절하게 그 선대의 인과를 신음하고 있"다는 사실을 전할 뿐이다. 하지만 지식인을 "이성의 사도이기를 소원하면서 필경 그 작은 주관의 금자탑의 창 밖에 시야를 넓힐 수 없는 표백된 형이상학의 순교자며 창백한 얼굴의 임자인 소피스트의 무리"[58]라고 규정하는 이러한 허무주의적인 정의에서, "새로운 눈은 작은 주관을 중축으로 하고 세계·역사·우주전체로 향하여 복사적으로 부단히 이동확대할 것"[59]이라고 말하며 김기림이 「시의 모더니티」에서 '새로운 시'의 주체론을 개진하는 음성을 간접적으로 듣게 된다.

플라톤에게 소피스트란 실재나 본질에 대해서는 아무 것도 모르면서 단지 논박의 요령만을 가지고서 다른 사람들이 무엇에 대해 이야기하든 논박해버리는 자들이다.[60] 어떤 주장이든 그것을 반대로 말하면서 그것을 부정해버리는 자, 그러나 그들의 논리에는 빈틈이 없어 그들의 논리가 궤변인 것을 알면서도 속수무책 당할 수밖에 없는 요상한 기술을 부리는 자, 본질을 이야기하는 것이 아니라 독특한 기술을 통해 모든 것을 새롭게 만들어내는 자, 그래서 끊임없이 시뮬라크르들을 생산해내고, 진짜와 가짜 사이의 분명한 경계를 계속해서 무화시켜버리는, 그래서 플라톤도 혀를 내두르게 만드는 이들이 소피스트인 것이다.[61] 이들은 사물의 본질이나 실체에 대해 몰두했던 자연철학자들과

---

58 「인텔리의 장래」, 『전집』 2, 25면.(강조점 — 인용자)
59 「시의 모더니티」, 『전집』 2, 83면.(강조점 — 인용자)
60 이정우, 『신족과 거인족의 투쟁』, 한길사, 2008, 55면.
61 "그는 참으로 놀랍고 포착하기 힘든 부류일세. 지금도 그는 매우 잘 그리고 교묘하게 찾아낼 길 없는 부류로 도망가 있으니까 말일세."(플라톤, 김태경 옮김, 『소피스테스』, 한길사, 2000, 133면(236d))

는 달리 오직 인식 가능한 현상계에서 출발하여 사물의 본질이 아닌 사물들의 관계를 질문하고, 전체를 통괄할 수 없는 제한적이고 상대적인 인간의 감각을 척도로 삼음으로써 "만물은 결코 그 어떤 것이 아니라 항상 변하여"[62] 간다고 생각했던 존재들이다. 하지만 이러한 사유를 통해 이들은 현존하는 제도들의 근원과 전승된 권위들의 자격에 대한 의문을 끊임없이 제기할 수 있었던 것이기도 하다.[63]

김기림이 이러한 소피스트들에게서 어떠한 가능성을 봤다면, 그것은 바로 끊임없이 사태를 뒤집으면서 새로운 가치들을 계속해서 생산해냄으로써 현존하는 권위와 제도에 흠집을 내는 그들의 수사적 테크닉에 있을 것이다. '저물어가는 낡은 진리' 속으로 들어가 오직 '작은 주관'의 힘으로 그것을 뒤집어버림으로써 본질을 규명하는 것이 아니라 새로운 가능한 가치를 생산하는 테크니션, 그러나 그 가치는 금세 다시 새로운 가치로 뒤집힐 것을 가볍게 수긍하는 명랑한 허무주의자가 소피스트이기 때문이다. 즉, 김기림에게 모더니스트란 테크니션으로서의 현대의 소피스트라고 할 수 있으며, 그에게 시의 기술이란 소피스트적 논박술과 같은 것이라 할 수 있다. 그래서 김기림은 진정한 의미의 시정신은 장인적 기질에 대립하는 것이라고 말한다.[64] 시인에게는 현실을 지배하는 문법을 재빨리 뒤집을 수 있는 기지와 테크닉이 필요하기 때문이다. 또한 이때 시인에게 가장 필요한 능력은 시적 영감이나 심오한 예술관이 아니라 현실의 배치를 눈여겨보고 그것을 이리저리 뒤집으며 현실을 대상으로 장난을 칠 수 있는 '명랑한 지성'인 것이다.

김기림의 모더니즘 시학에서, 특히 기술의 문제는 리얼리즘 문학의

---

62 플라톤, 「테아이테토스」, 152e.(김혜숙, 「소피스트 사유양식의 사회문화적 의미」, 『수사학』 Vol. 7, 2007, 58면 재인용.)

63 G. B. Kerferd, 김남두 옮김, 『소피스트 운동』, 아카넷, 2004; 김혜숙, 앞의 글 참조.

64 「30년대 도미의 시단 동태」, 『전집』 2, 66면.(『인문평론』, 1940.12)

재현의 논리에 대한 그의 적극적인 비판적 사유와 밀접하게 연관되어 있는 것이라 할 수 있다. 끊임없이 유동하고 있는 현실을 재현하는 것은 불가능하다. 그럼에도 불구하고 재현의 욕망을 끝까지 붙들고 있을 때, 시인은 소아병자가 되고 만다. 동요하고 있는 현실은 재현이 불가능하며, 그러한 현실의 모순을 인식해내는 것도 불가능하다. 현실이 재현되었다고 생각되는 순간, 이미 현실은 재현된 현실로부터 멀리 달아나 있을 것이기 때문이다. 김기림의 기술은 바로 이러한 유동하는 현실 앞에 문학을 맞세우기 위한 그만의 방법인 것이다. 즉, 재현의 문법 속에 구조적으로 닫혀있는 현실 세계를 시적 테크닉을 통해 끊임없이 변형하고 새롭게 배치해봄으로써 구조적 질서에 의해 숨겨져 있던 수많은 '제2의 의미'들을 발굴하고, 이를 통해 끊임없이 움직이는 현실에 대응하여 시 역시 현실의 질서를 위반하며 재현의 논리 속에 갇혀 있는 현실을 개방하는 것, 이것이 "근기 있는 탐험"으로서의 기술의 역할이자 김기림이 탐색하고 있던 시적 기술의 가능성이라 할 것이다.

2. 현대시의 방향성으로서의 객관주의와 속도

1) '영화적인 것'으로서의 객관주의

김기림의 모더니즘은 일상의 언어가 재현하고 있는 현실을 분해하고 해체하여 현실을 새롭게 배치하는 '배치의 시학'을 지향하고 있다고 할 수 있다. '배치의 시학'에서 중요한 것은 '시차적 관점'을 제시함으로써 재현되어 있는 현실을 비틀고 변형하는 시적 테크닉이다. 김기림의 이러한 '배치의 시학'은 그가 형태를 고정시키고 사유를 억압하는 결정화된 리듬을 몰아내고, 이미지를 강조하는 이유를 짐작케 한다. 이미지란 실체 없음을 특징으로 하는 것으로, 이것의 속성은 가변적이라는 데 있기 때문이다. 중력의 무게를 무겁게 달고 있지 않은 것이므로 이미지는 어떠한 것도 가능하다. '무거운 깃털'도 가능하며, '차가운 태양'도 가능하다. 어떠한 모순적인 요소들도 이미지 속에서는 그 의미가 하나도 제거되지 않은 채 화해될 수 있다. 이러한 마법과도 같은 이미지의 힘을 김기림은 "꿈의 표현", 혹은 "이미지의 엑스타시"[65]라 말하기도 한다. 그런데 김기림이 이렇게 이미지의 변화와 변신 가능성을 염두에 두고 있다는 점은 그에게 이미지라는 것이 어떤 것에 대한 '모사물'이라는 층위를 넘어서고 있다는 것을 암시한다. 그리고 이러한 점에서 김기림이 시론에서 논의하고 있는 이미지와 당대 수용되고 있는 영미 이미지즘 이론 사이에는 어느 정도 격차가 있다는 점도 알 수 있다.

寫像波 라는 英語 Imagism, Imagist는 그들이 새로히 使用한 말로 Image 라고 하는 影像이나 或은 潑剌한 繪畵的 描寫의 意味에서 나온 것이니 모든 事物의 影像을 的確如實하게 表現 乃至 描寫하는 主義(波)나 또는 作家의 뜻일 것이다. (…중략…) (넷재) Image(影像)을 나타낼 일. 우리는 畵派는 아닐지라도 箇箇의 事物을 正確하게 表現하고 아모러 壯大 明朗하드래도 曖昧한 槪括的 語句를 使用치 말 것이다. 自己의 藝術이 困難함을 逃避하는 것가티 생각되는 宇宙詩人에게 우리가 反對 하는 理由는 여긔잇다 (…중략…) 그러나 寫像主義를 決코 寫實主義와 混同해서는 안된다. 그들이 말한 바와 같이 「的確한 言語라는 것은 事物 그 自體를 的確하게 敍述한다는 말이 아니고 詩作 當時에 詩人의 마음에 나타난 物體의 Image(影像)를 讀

---

65 「시의 모더니티」, 『전집』 2, 80면.

者 眼前에 방불케 하는 뜻을 말한 것」임으로 寫實主義나 自然主義에 이것을 比 하면 훨씬 主觀的이고 또 훨씬 內面的이다.[66]

이마지스트는 이미지(影像)의 창조를 목적하였으므로 따라서 감각을 새로운 가치에 있어서 발견하였다. 그러나 그러한 영상의 감각을 통하여 역시 감정의 세계를 상징하려고 하였던 까닭에 그것도 서정시의 범주를 아직 완전히 벗어나지 못했다.[67]

영미 이미지즘은 10년대 후반부터 황석우를 비롯하여 박영희, 김기진, 양주동 등에 의해 부분적으로 소개되기 시작했으며, 특히 양주동은 이미지즘 시파들의 두 번째 사화집인 『이미지스트 시인들』(1915)에 발표된 '이미지스트 6강령'을 자세히 소개하고 있다.[68] 그리고 20년대 후반 해외문학파인 정인섭[69]과 이하윤 역시 이미지즘에 대한 소개글을 발표하고 있다. 이러한 논의들에서 읽을 수 있는 이미지즘 시파의 특성은 리듬의 구속으로부터 벗어난 자유시파이며, 시의 회화적인 요소를 강조하는 유파라는 것이다. 위에 인용된 이하윤의 글도 이러한 내용에서 크게 벗어나지 않는다. 이하윤은 사상파가 주장하는 것이 "사물 그 자체를 적확하게 서술"하는 것이 아니라 "시인의 마음에 나타난 물체의 이미지"를 독자의 눈앞에 실재처럼 그려 보이는 것이라고 설명하고 있다. 즉, 이미지즘이란 "모든 사물의 영상을 적확 여실하게

---

66 이하윤, 「현대시인 연구―영국편, 사상파 시인들」, 『동아일보』, 1930.11.30.
67 「시의 회화성」, 『전집』 2, 103면.
68 황석우, 「시화」, 『매일신보』 1919.9.22; 박영희, 「특별히 극에 유명하다 할 현시의 아메리카 문학」, 『개벽』, 1924.2; 김기진, 「현시단과 시인」, 『개벽』, 1925.4. 영미 이미지즘 이론의 한국적 수용에 대한 자세한 내용은 홍은택, 「영미 이미지즘의 한국적 수용 양상」(『국제어문』 27집, 2003) 참조.
69 정인섭, 「금년의 영문단」, 『신생』 12호, 1929.12; 정인섭, 「亞米利加 現詩壇의 縮圖」, 『삼천리』, 1930.10.

표현 내지 묘사하는" 것을 기법적으로 추구하는 예술 사조로 이해되고 있었다고 할 수 있다. 이러한 이미지즘의 시의 회화성과 관련하여 정인섭은 "후기인상파의 미술이 시가에 영향된 것"이라고 말하며 시와 회화의 직접적 연관성을 논의하기도 한다.

그런데 김기림은 이러한 시의 새로운 가치로서의 회화성을 추구하는 영미 이미지즘의 방향성을 긍정하면서도 그들이 "영상의 감각을 통하여 역시 감정의 세계를 상징하려고" 했다는 점에 대해 비판하고 있다. 이러한 점은 「객관세계에 대한 시의 관계」에서도 반복적으로 서술되고 있다.

> A. 사물을 통하여 시인의 마음을 노래하는 것.
>
> B. 사물에 대하여 (또는 사물에 부딪쳐서) 시인의 마음을 노래하는 것.
>
> C. 사물의 인상
>
> D. 시 자체의 구성을 위한 사물의 재구성
>
> 시가 사물에 대하여 가지는 관계를 대체로 이렇게 描出할 수가 있다. 이를 따라서 우리는 시에 있어서 네 개의 범주를 예상할 수가 있다.
>
> 그런데 이 순서는 또한 「로맨티시즘」 이후의 근대시의 발전의 여러 단계를 그대로 나타내기도 했다.
>
> 이제 이와 상응하여 근대시의 역사를 대략 구분해 본다.
>
> 1. 표현주의 시대—「로맨틱」·상징파·표현파까지를 포함한다.
>
> 2. 인상주의 시대—사상파.
>
> 3. 과도시대—초현실파 「모더니스트」.
>
> 4. 객관주의.[70]

---

70 「객관세계에 대한 시의 관계」, 『전집』 2, 117면.(『예술』, 1935.7)

김기림은 시의 발전단계를 네 단계로 구분한다. 이러한 구분의 기준은 "사물의 세계"(자연=객관 세계)와 시가 어떻게 관계 맺고 있는가에 따른다. A는 김기림이 시가 시인의 주관에만 머물러 있을 뿐이라고 비판한 센티멘탈 로맨티시즘 부류에 속한다고 할 수 있다. A의 부류에 속하는 시에서 중요한 것은 사물이 아니라 시인의 마음이다. 이를테면 소월이 '진달래꽃'이라는 시어를 가져올 때, 그것은 진달래꽃이 피어있는 풍경을 그리기 위한 것이 아니라 사랑하는 연인을 보내야만 하는 시적 화자의 아픔을 표현하기 위한 것이다. 온 산을 붉게 물들이는 '진달래꽃'은, 연인과의 이별로 인해 폭발하는 시적 화자의 심적 상태를 대리하는, 화자의 마음속에서 피어나는 슬픔인 것이다. 김기림은 이에 반해 이미지즘을 "사물에 대하여 (또는 사물에 부딪쳐서) 시인의 마음을 노래하는 것"이라고 말한다. '사물을 통하여'와 '사물에 부딪혀서'가 어떻게 다른지 쉽게 짐작할 수는 없지만, 결국에는 이미지즘이 시인의 주관적 내면을 노래하고 있는 것이라고 보고 있는 것이다. 이러한 점에 대해 김기림이 정지용의 「귀로」에 대해 논의하고 있는 부분을 참조하여 좀 더 구체적으로 생각해볼 수 있을 듯하다.

> 「귀로」에서는 지용씨의 시풍을 일관하고 있는 어떠한 영탄이 그 속에서
> 흐르고 있는 것을 느낄 것이다. 씨는 그의 시 「해변의 오후 두시」 속에서
>
> 　서러울리 업는 눈물을 소녀처럼 짓자.
>
> 하고 노래하였다. 씨의 시를 읽을 대마다 우리는 항상 그 속에서 떨리는
> 일종의 영탄의 감염에서 자유로울 수는 없다. (…중략…) 씨의 시를 주관
> 적이라고 형용하는 것은 그 가닥이다. 그러므로 씨는 매우 심각한 감성의
> 소유자이면서도 그것이 외부의 어떤 대상에로 향하여 발화하지 않고 주관
> 의 내부로 향하고 있는 것을 본다. 그래서 거기는 이미지(영상)의 비약이
> 라든지, 결합에서 오는 美라느니보다는 메타포어(은유)의 미가 더욱 뚜렷

하게 눈에 뜨인다. "가버리는 제비"나 "숨은 장미"는 아마 이 시인의 청춘·행복, 지나가버린 모든 아름다운 과거의 메타포어이며 "마음이 안으로 차는 상장"은 잃어버린 모든 것, 그리고 분열과 환멸에 느껴우는 일근대인의 실망의 가장 아름답고 또한 전연 누구의 모방이 아닌 독창적인 메타포어의 미를 가지고 있다고 생각한다. 우리는 또한 이 시를 읽으면서 그 억양이 심한 독특한 리리시즘을 느낀다.[71]

김기림은 정지용의 시가 "영탄의 감염에서 자유"롭지 못하며, 그가 "매우 심각한 감성의 소유자이면서도 그것이 외부의 어떤 대상에로 향하여 발화하지 않고 주관의 내부로 향하고 있는 것을 본다"고 말하고 있다. 그래서 정지용의 이미지에는 "이미지의 비약이라든지, 결합에서 오는 미"라기 보다는 "메타포어의 미"가 더욱 뚜렷하게 눈에 들어온

---

71 「현대시의 발전」, 『전집』 2, 330~331면.
정지용의 「귀로」의 전문은 다음과 같다.

鋪道로 나리는 밤안개에
어깨가 저윽이 무거웁다
이마에 觸하는 쌍그란 季節의 입술
거리에 燈불이 함폭!
눈물겹고나

제비도 가고 薔薇도 숨고
마음은 안으로 喪章을 차다

거름은 절로 디딜 데 디디는
三十八적 分別
詠嘆도 아닌 不吉한 그림자가
길게 누이다

밤이면 으레 홀로 도라오는
붉은 술도 부르지안는 寂寞한
習慣이여

다는 것이다. 즉, 정지용은 소월처럼 "나 보기가 역겨워"와 같이 시적 화자의 주관적 감정이 직접적으로 노출하는 대신, "제비도 가고 장미도 숨고 마음은 안으로 상장을 차다"와 같은 감각적 이미지로 그 감정을 대신하고 있지만, 결국 '제비'나 '장미', '상장'과 같은 이미지는 시인의 내면의 한 부분으로 수렴되고 있다는 것이다. 다시 말해「귀로」에서 표현되고 있는 모든 이미지는 시인의 내면이라는 원본을 대리하는 것이라고 할 수 있다. 즉, '메타포어의 미'라는 말처럼 정지용의 이미지는 비약하고 발산하는 것이 아니라 비가시적인 것을 감각적인 이미지로 대신하고 그 의미를 보다 더 분명하게 고정시키는 은유적 성격이 강하다는 것이다. 물론 위의 인용글은 김기림이 정지용을 비판하는 맥락이 아니라 정지용의 "독특한 리리시즘"의 정체를 논의하기 위한 것이지만,「객관세계에 대한 시의 관계」에서 논의하고 있는 시의 발전단계의 맥락에서 생각해본다면 정지용의 시는 김기림이 구상하고 있는 현대시의 방향성과는 어느 정도 괴리가 존재하는 것이라 할 수 있을 것이다.

　김기림이 주장하는 현대시의 윤곽은 바로 '객관주의'인데, 이에 대해 김기림은 "사물에 의하여 주관을 노래하거나 또는 사물의 인상을 표현하는 것이 아니고 다시 말하면 시가 주관의 발현이 아니고 시가 사물을 재구성하여 시로서 독자의 객관성을 구비하는 그러한 새로운 가치의 세계"[72]를 의미하는 것이라고 말한다. 그리고 브르통의 초현실주의나 엘리엇 등의 모더니즘은 자신이 생각하는 '객관주의'에 이르기까지의 모색의 시대로 평가하고 있다. 그러나 시인의 주관과는 전혀 상관없이 사물을 재구성하여 시로써 독자의 객관성을 구비하는 새로운 가치의 세계로서의 '객관주의'라는 김기림의 방향성을 가늠하기에

---

72 「객관세계에 대한 시의 관계」, 『전집』 2, 118면.

「객관세계에 대한 시의 관계」는 충분한 설명을 담고 있지 않다. 그러나 '객관주의'에로의 현대시의 방향이 시인의 주관성을 배제하는 방향으로 진행되고 있다는 점을 참조하여 김기림이 생각하고 있는 시의 방향성을 추리해볼 수는 있을 것이다.

"시인의 감정과 의지 위에 입각하는 것으로서 제1인칭 혹은 제2인칭의 것"[73]이 아닌 '시'가 '사물을 재구성'한다는 것은 어떻게 가능한가. 이러한 문제를 논의하기 위해서 '움직이는 주관'이라는 김기림의 독특한 주체론을 보다 구체적으로 풀어볼 필요가 있다. 앞서 언급했듯이 김기림의 모더니즘 시학의 핵심 중의 하나는 '현실의 유동성'이다. 김기림은 이러한 현실을 사유하고 포착하기 위해서는 어떤 특정한 절대적 관점이 아니라 그 시선 자체도 함께 움직이지 않으면 안 된다는 것을 강조한다. 김기림은 현실 밖에서 현실의 모순과 문제들을 꿰뚫어봄으로써, 파편적 현실을 변증법적으로 종합하고 통합하는 계급주의자의 낭만적 영웅이 아니라 동요하는 현실 속에서 현실의 파동을 함께 감각하면서, 불안정하고 유동적인 현실의 리듬을 표현하는 시적 주체를 선택하고 있는 것이다. 이를 김기림은 "움직이는 주관",[74] 혹은 "작은 주관"[75]이라고 표현한다. '움직이는', 혹은 '작은'이라는 표현이 암시하듯이 김기림의 이 개념들은 현실의 모순을 꿰뚫는 종합적이고 권력적인 리얼리스트들의 '큰 주체'와 대결하고 있다. 그렇다면 현실의 본질과 관계하는 재현적 주체로서의 리얼리즘적 주체가 아닌 '동요하는 현실'을 포착하는 '움직이는 주관'으로서의 시적 주체는 재현적 주체의 권력에 어떻게 대항하는가.

"상대적 의미에서 이렇게 부단히 추이하고 있는 현실"[76]이라는 표현

---

73 위의 글, 위의 면.
74 「시와 인식」, 『전집』 2, 77면.
75 「시의 모더니티」, 『전집』 2, 83면.
76 「시와 인식」, 『전집』 2, 77면.

이 암시하듯이 김기림의 시적 주체가 발을 딛고 서 있는 현실은, 그들의 발밑에서 끊임없이 움직이며 형태를 변화시키는 유동적인 구조로 분해된 무대라고 할 수 있다. 절대적이고 고정된 형태가 아니라 상대적으로 끊임없이 움직인다는 점에서 이 현실 무대는 초현실적인 이미지조차 떠올리게 한다. 김기림은 이러한 현실을 '초현실' 혹은 '신현실'[77]이라 부르기도 한다. 그렇다면 '움직이는 주관'이라는 시적 주체의 움직임 역시 어떤 인격적인 존재가 거리를 산책하듯이 이리저리 움직이는 것을 뜻하는 것은 아닐 것이다. 이러한 주체의 움직임 속의 현실은 고정되어 있는 것이기 때문이다.

일반적으로 '주체'란 '신의 죽음'으로부터 이어진 근대철학의 개념이라고 할 수 있다. 데카르트의 '코기토'는 세계에 의미와 질서를 부여하는 모든 초월적인 기초들을 파괴하고, 세계를 '분리되어 있는 관찰하는 주체들'에 의해 경험된 것으로 간주할 수 있게 했다. 이 '분리되어 있는 관찰하는 주체'를 달리 말하면 재현적 주체라 부를 수 있을 것이다.[78] 즉, '주체'라는 개념 속에는 그가 세계를 구성할 수 있는 입법적 지위에 서있는 존재라는 점이 전제되어 있으며, 세계는 이러한 '나'를 중심으로 질서화되고 구조화된다고 할 수 있다. '나'는 세계의 중심이고 기준이다. 따라서 통합적이고 안정된 세계를 구성하기 위해 기준은 어떤 경우에도 움직여서는 안 되는 것이다. 기준이 조금이라도 움직이는 순간 세계는 낯선 것이 되기 때문이다.

김기림의 '움직이는 주관'이란 바로 이 기준이 움직이는 것을 의미하는 것이라 할 수 있다. 이를 달리 말하면 '시차(視差, parallax)'라고 할 수 있을 것이며, 김기림의 용어로 바꾸어 말하자면 '각도'라고도 말할 수 있을 것이다. 즉, '움직이는 주관'이라는 것은 단 하나로 존재했던 세계

---

77 「피에로의 독백―포에시에 대한 사색 단편」, 『전집』 2, 300면.
78 C. Colebrook, 백민정 옮김, 『질들뢰즈』, 태학사, 2004, 122~130면 참조.

의 중심을 수많은 조각으로 파열시킨다는 것을 의미한다. 그러나 세계의 중심을 분해한다는 것이 중심의 단순한 소멸이나 파괴를 의미하는 것은 아니다. 그것은 오히려 그 중심이 자리하고 있는 장소를 박탈한다는 것을 의미한다.[79] 김기림이 "입체적"이라는 말을 사용할 때는 3차원적인 것이 아니라 시간의 요소까지 고려된 4차원적인 것이라는 점을 고려해본다면, 기준의 장소 박탈의 의미가 좀 더 분명해진다. 각도에 시간까지 고려된 것에 대한 가장 적절한 사례는 주인공이 시간 여행을 하는 환타지 영화일 것이다. 이런 영화에서 주인공은 갑자기 바뀌는 세계의 풍경을 경험하게 된다. 나는 움직이지 않았는데, 세계가 움직이는 것이다. 이것은 세계에서 나의 장소가 박탈되었다는 것을 의미한다. 기준이 움직인다는 것, 시간까지 고려하여 "카메라의 앵글"을 바꾼다는 것은 이러한 의미에서 이해되어야 한다.

즉, '움직이는 주관'이란 동일성을 확보한 주체가 이리저리 움직이는 것이 아니라 오히려 그를 위한 장소가 박탈되었기 때문에 장소의 이동을 경험하지 못해 움직이지 못하는 주체를 의미한다. 그렇다면 움직이는 것은 무엇인가. 그것은 주체의 정체성이다. 정체성이 움직인다는 것은 하나의 인격에 의해 규정되는 세계의 질서가 복수화된다는 것을 의미한다. 그러나 김기림의 '움직이는 주관'은 주관이 계속 움직이고 있기 때문에 도플갱어처럼 수량화될 수 없다. 시간의 흐름만큼 주관이 계속 변하는 것이기 때문이다. 즉, '움직이는 주관'이란 하나의 인격으로서의 주체가 적분(積分)화된 것을 의미한다. 다시 말해 김기림이 말하는 '작은 주관'은 재현적 주체의 통합 능력이 사라진 분해된 주체라 할 수 있

---

79 이에 대해 데리다는 다음과 같이 말한다. "중심은 현전하는 존재자의 형태 속에서 생각될 수는 없다는 것, 중심에는 당연한 장소가 없고, 중심은 고정된 장소가 아니라 하나의 기능이라는 것, 기호들의 대체가 끝없이 이루어졌던 일종의 비장소라는 것이다"(J. Derrida, 남수인 옮김, 『글쓰기와 차이』, 동문선, 2001, 441면)

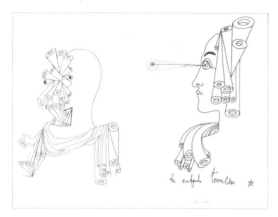

그림 1. 장 콕토, 〈무서운 아이들〉
(장 콕토, 안성권 옮김, 『나는 시다』, 새원, 1994)

으며, 시간 그 자체라고 말할 수도 있다. 이러한 '움직이는 주관'을 이미지로 그려본다면 그것은 아마도 온몸에 수많은 눈이 달린 천사를 그린 장 콕토의 그림이 가장 적당한 표상이 될 수 있을 것이다.[80]

이런 맥락에서 그가 '주체(主體)'라는 표현 대신 '주관(主觀)'이라는 표현을 쓰고 있다는 점은 주목할 필요가 있다. 김기림은 '주관' 이외에도, '낡은 눈', '새로운 눈'[81]과 같이 구체적인 인격성이 삭제된 신체기관으로 표현하기도 하며, 때때로 '눈'이라는 신체기관은 '카메라'[82]와 같은 기계로 변주되기도 한다. 「소아성서」에서 김기림은 "마티쓰가 세상에서 참말로 부러워한 것은 (…중략…) 어린애의 눈 – 바로 그 눈이엿다"[83]라고 말한다. 이와 관련하여 『태양의 풍속』을 위시한 김기림의 시편들에 시인 자신이나 그를 대신하는 페르소나로서의 인격적 화자의 목소리가 거의 없다는 점도 생각해볼 수 있을 것이다. 즉, 리얼리스트들의 재현적 주체와 '움직이는 주관'이라는 김기림의 '작은 주체'의 가장 분명한 차이는 특정한 정체성으로 보호받고 있는 사유 주체로서의 단일한 인격성을 삭제하고 있다는 점이다.

---

80 특히 김기림이 「오전의 시론」에서 이러한 각도의 문제를 논의할 때, 콕토를 언급하고 있다는 점을 함께 생각해본다면, '움직이는 주관'이 어린아이의 낙서처럼 그려진 콕토의 그림과 무관하다고 할 수 없을 것이다.
81 「시의 모더니티」, 『전집』 2, 83면.
82 「시의 방법」, 『전집』 2, 79면.
83 「소아성서」, 『전집』 1, 315면.

따라서 '움직이는 주관'은 오직 시각의 감각만 남겨져 판단할 수 없는 어떤 것이라 할 수 있다. 그러나 단일한 인격성이 삭제되었기 때문에 이 '눈'은 특정한 주체에 속하지 않는 자료를 수용할 수 있게 된다.

이런 점에서 김기림의 '눈'은 근대적 주체를 대표하는 표상이라기보다는 주체의 인격성을 삭제함으로써 근대적 주체의 동일성을 분해하는 표상에 가까운 것이라 할 수 있다. 김기림이 서정시의 감수성에서 벗어나려고 하는 것이나 그의 기계적인 감수성[84]은 인격성을 해체하고 있는 '움직이는 주관'이라는 그의 독특한 주체론과 깊은 연관성을 갖는다. 서정시의 정신이 자아와 세계와의 완전한 통합을 꿈꾸는 것이라면, 김기림의 '움직이는 주관'은 인격적인 자아의 시선적 지배로부터 세계를 자유롭게 해방하는 것을 지향한다. 주체의 인격성이 삭제될 때, 다시 말해 비인칭적인 복수(複數)적 시선만이 남겨질 때, 시는 어떤 특정한 주체의 경험을 재현하는 것이 아니라 특별한 관찰자나 신체로부터 자유로워진 경험 그 자체를 표현할 수 있게 된다. 이러한 비인칭적인 시선에 의해 원본으로 존재하고 있는 어떤 대상이나 상황을 재현하는 것이 아니라, 원본에 귀속되지 않는 자유로운 경험 그 자체가 창조되는 것이다. 이를테면 다음과 같은 시가 그러하다.

> 때늦은 「투-립」의 花盆이
> 시드른 窓머리에서
> 여자의 얼굴이 돌아서 느껴운다.
>
> 나의 마음의 설음우에 쌓이는 물방울.
> 나의 마음의 쟁반을 넘처흐르는 물방울.

---

[84] 김기림 시학에 나타난 기계미학적 특성에 대해서는 조영복, 앞의 글 참조.

이윽고 내가 巴里에 도착하면

　　네 눈물이 남긴 그 따뜻한 斑點은 나의 外套 짜락에서 응당 말러버릴테지?

　　　　　　　　　　　　　　　　　　　　　　　　— 「離別」 전문(37)

　　이 시를 서정시의 감수성으로 읽는다면, 「이별」은 연인과 이별하는 시적 화자인 '내'가 느끼는 슬픔, 혹은 헤어지는 연인의 슬픔에 대한 안타까움을 노래한 시가 된다. 이를 좀 더 구체화한다면 김기림의 사적인 일생을 이 시를 통해 유추해볼 수도 있을 것이다. 예컨대 어린 시절 일찍 헤어질 수밖에 없었던 어머니와 누이에 대한 애틋함, 혹은 첫 사랑 월녀에 대한 아린한 기억 등을 떠올릴 수 있을 것이다. 하지만 이러한 독법은 「이별」 전체를 설명하기에 부족한 감이 있다. 1연에서의 화자는 2연에서의 '나'와 동일한 존재라고 할 수 있는가. 만약 동일한 존재라면 스스로의 감정을 객관적 시선으로 응시하는 1연의 타자적 시선의 효과는 무엇인가. 개인의 사적인 감정을 노래한 시라고 하기에는 너무나 추상적이고 무미건조하지 않은가. 무엇보다도 서정시의 감수성으로 이 시를 이해할 때, 이 시가 표현하고 있는 가장 중요한 한 요소를 놓치고 만다. 그것은 바로 이별 그 자체의 '움직임'이다. 좀 더 정확히 말하자면 이별 행위가 파생하는 감정의 움직임이다.

　　감정의 움직임의 결을 따라 이 시를 다시 읽어본다면 다음과 같이 풀어볼 수 있을 것이다. 연인이 있다. 그러나 시들어버린 튤립처럼 이 둘 사이에는 이미 사랑을 지속할 수 있는 열정이 남아있지 않다. 이 시들어가는 이별의 상황이 여자는 견디기가 힘들어 그만 돌아서 흐느껴 운다. 남자 역시 슬픔을 견디기가 힘들어 넘쳐흐르는 눈물을 감출 수가 없다. 그러나 결국 연인은 이별을 하고, 연인 사이에 파리와 경성만큼의 심적 거리감이 생길 즈음 흘러넘치던 슬픔의 감정도 어느새 진정이 된다. 눈물도, 아픔도 모두 추억이 되고, 마음속에 남아있던 연인의 '따뜻한 눈물의 반점'은 어느새 말라버려, 이별할 때 심장을 찌르던 고통의 감각은 모두 사라진다. 마침내 이별의 지난한 시간이 끝난 셈이다.

즉, 이 시는 어떤 인격적인 존재의 이별의 슬픔을 재현하는 것이 아니라, 어떤 사람으로부터도 독립되어 있는 '이별 행위가 파생하는 감정의 움직임' 그 자체를 창조하고 있는 셈이다. 이 시에서 김기림은 원본을 재현하는 것이 아니라 시뮬라크르로서의 이별 이미지를 창조하고 있는 것이다. 사물에 의하여 주관을 노래하거나 또는 사물의 인상을 표현하는 것이 아니라 '시가 사물을 재구성하여 시로써 독자의 객관성을 구비하는 그러한 새로운 가치의 세계'라는 김기림의 '객관주의'는 바로 주체의 인격성이 분해된 '움직이는 주관'에 의해 구성되는 시인 것이다. 이러한 '객관주의'에서 시적 대상은 시인의 주관에서 떨어져 나와 그 자체의 독립된 시세계를 구성하고 있는 것이며, 이러한 시 속에서 시적 이미지는 오직 이미지들 간의 관계성 속에서 가능한 의미들을 생성해내는 것이다.

그런데 이렇게 이미지를 어떤 대상의 재현이나 대리물로 다루는 것이 아니라 그 자체의 독립된 세계로서, 이미지 그 자체의 흐름을 예술적 대상으로 삼는 예술 장르가 바로 영화라는 사실을 주목할 필요가 있다. 다시 말해, 김기림이 주장하고 있는 현대시의 방향성이 영화의 이미지 운용법과 밀접한 연관성을 갖고 있으며, 영화를 다른 예술 장르와 구별하여 독립된 하나의 장르로 만들어주는 소위 '영화적인(cinematic) 것'으로서의 특성이 김기림 시학의 이미지 논의에서도 발견된다는 것이다. 「근대시의 弔鐘」[85]이나 수필 「청중없는 음악회」에서 김기림은 시와 소설을 위협하고 있는 '키네마'의 대중적 영향력에 대해 우려 섞인 목소리를 들려준 바 있고, 해방 후 발표된 『문학개론』의 한 부분에서는

---

[85] 「현대시의 발전·상아탑의 비극—사포에서 초현실파까지」, 『전집』 2, 317~318면.

"영화의 새로운 수법은 시에, 소설에, 극에 심각한 영향을 주었다"고 말하며 "클로스업 · 컷트백 · 오버랩 · 몽타주"[86] 등과 같은 영화적 기법에 대한 관심을 직접적으로 표명하고 있다.

이러한 김기림의 영화에 대한 관심과 영화 장르와 그의 시학과의 상호 연관성에 대한 논의는 이미 많은 선행 연구들에 의해 밝혀진 바 있다.[87] 따라서 새롭게 등장하여 대중 속으로 무섭게 번져가는 영화 장르에 대한 김기림의 직접적인 관심이나 이러한 관심을 바탕으로 영화적 기법을 시 창작에 적극적으로 수용하고 있다는 점을 다시 한 번 강조할 필요는 없을 것이다. 여기에서 주목하는 것은 조금 더 본질적인 것으로, 영화를 영화답게 만들어주는, 소위 '영화적인 것'이라고 부를 수 있는 특성과 김기림이 주장하는 '시적인 것' 사이에서 내밀한 상호 연관성이 발견된다는 것이며, 여기에서 김기림이 '새로운 시'라고 하는 현대시의 방향성의 구체적인 내용을 짐작해볼 수 있을 것이라는 점이다.

---

86 『전집 3 – 문학개론』, 66면.
87 김기림 시학과 영화 장르 간의 상관관계에 대해서는 이미 많은 선행 연구들에 의해 논의된 바 있으며, 그 결과물도 다양하게 축적되어 있다. 예컨대 몽타주나 파노라마 기법과 같은 영화적 기법의 수용 양상에 대한 논의나, 작가의 구체적인 영화 체험이 작품 창작에 미친 영향 등을 심도 있게 다룬 연구들이 있으며, 최근 조영복은 '영화시'와 같은 장르 간의 '크로싱보더'의 국면을 '기계미학'의 관점에서 접근하고 있다. 그러나 이 책이 주목하는 것은 영화를 다른 예술 장르와 구별하여 독립된 하나의 장르로 만들어주는 소위 '영화적인 것(cinematic)'으로서의 특성이 김기림 시학의 이미지 논의에서도 발견된다는 점이다. 이러한 점에서 이 책의 논의는 김기림 시학과 영화 장르 간의 연관성을 기법의 수용이라든가 작가의 체험과 같은 '일회적이고 우연적인 기법의 수용'이라는 맥락이 아니라 "영화 장르 및 미학에 대한 관심 자체가 조선문학의 방향성과 밀접하게 연관된 것"이라고 보고 있는 조영복의 견해와 이어지는 면이 있다.(문혜원, 「1930년대의 모더니즘 문학에 나타난 영화적 요소에 대하여」, 『한국 현대시와 모더니즘』, 신구문화사, 1996; 조연정, 「1920~30년대 대중들의 영화체험과 문인들의 영화체험」, 『한국현대문학연구』 14집, 2003.12; 나희덕, 「김기림의 영화적 글쓰기와 문명의 관상학」, 『배달말』 38호, 배달말학회, 2006; 조영복, 앞의 글; 오문석, 「식민지 조선에서의 영화적인 것과 시적인 것」, 『한민족어문학』 55집, 2009.12)

그런데 지극히 최근까지도 예술비평가나 미학자가 예술로서 취급하는 것을 불유쾌하게 생각하고 있던 「키네마」가 오늘날 시뿐이 아니라 소설까지를 능가하려는 의기는 가경할 형세에 있습니다. 소설이 사람의 의식 위에 「이미지」(영상)을 현출시키려고 애쓸 때 「키네마」는 「이미지」 그것을 관중에게 그대로 던집니다. 「읽을 수 있는 일」 이상으로 더 보편적인 사람의 시각에 「키네마」는 訴하는 것이외다.[88]

김기림은 「청중없는 음악회」에서 영화는 시나 소설과 달리 언어를 매개로 하지 않고 이미지 그것을 그대로 관중에게 던지기 때문에 수용자들은 언어를 배워야하는 수고를 덜어도 되고, 이로 인해 보다 쉽게 작품이 말하는 것을 수용할 수 있기 때문에 시나 소설은 불가피하게 영화에게 독자층을 빼앗길 수밖에 없다는 점을 이야기하고 있다. 영화는 마치 글자 없는 그림책을 보듯이 온전히 시각에 호소할 수 있는 힘을 갖고 있는 예술인 것이다. 그런데 여기서 중요한 것은 김기림이 영화의 이미지 운용법에 관심을 가지고 있다는 것을 읽을 수 있다는 점이다. 김기림은 영화가 '시각에 호소'하여 단지 이미지들을 보여주기만 할 뿐, "사람의 의식 위에 이미지를 현출시키려고" 강제하지 않는다고 말한다. 다시 말해 영화는 개념을 조직하여 특정한 견해를 강요하지 않는다는 것이다. 그런 점에서 김기림이 영화의 몽타주 기법에 관심을 가졌던 것은 영화의 신기성 그 자체보다도 이러한 영화적 테크닉에서 시와 소설과 같은 정통적인 예술 형식이 소화하지 못하는 새로운 가능성을 읽어냈기 때문일지도 모른다. 조각난 숏의 연쇄로 구성되는 영화적 이미지는 김기림이 언어를 사유하는 방식, 즉 기의와 기표의 관계적 적합성을 문제 삼는 것이 아니라 기표와 기표 사이의 관계 속

---

88 「청중없는 음악회」, 『전집』 5, 413면.

에서 생성되는 의미적 효과를 보다 주목하는 태도와 이어지는 면이 있다. 즉, 김기림의 모더니즘 시학과 영화의 상관성은 몽타주나 파노라마와 같은 기법적 수용이라는 층위에서 좀 더 본질적으로 들어가, 영화라는 형식이 존재하는 방식 속에서 살펴보아야 할 필요가 있는 것이다. 그렇다면 영화가 시나 소설과는 구별되는, 그것 자체로 독립된 장르일 수 있게 해주는 '영화적인 것'이란 구체적으로 어떤 것인가.

영화는 많은 이미지들을 취해서 그것을 연결하고 하나의 시퀀스를 형성한다. 그리고 영화는 카메라의 비인격적인 눈을 사용해서 시퀀스들을 자르고 연결한다. 그러므로 카메라의 비인격적인 눈은 경쟁하는 많은 관점들이나 앵글들을 창조할 수 있다. 영화를 영화적이게(cinematic) 만드는 것은 어떤 단일한 관찰자로부터 이미지들의 시퀀스를 해방시키는 데 있고, 따라서 영화의 감응은 '가능한 어떤 관점(any point whatever)'을 다시 제안하는 것이다.[89]

영화의 형식-내용이 무엇인가 대해서는 콜브룩의 논의를 참조할 수 있다. 콜브룩은 영화가 특정한 시점에 의해 이미지를 조직하는 것이 아니라 수많은 이미지들 중에 취사선택한 이미지들을 연결한 것이고, 이렇게 어떤 단일한 관찰자로부터 이미지들의 시퀀스를 해방시키는 것이야말로 영화를 영화적이게 만든다고 말한다. 일반적으로 영화는 일상적 지각과 마찬가지로 다양한 이미지들의 흐름을 질서 잡힌 전체들로 연결시키지만, 영화적인 특이성은 이러한 자연스러운 흐름조차 카메라라는 비인격적인 눈을 사용해서 시퀀스들을 자르고 연결한 절단된 이미지들의 총합이라는 데 있다. 이러한 특이성 덕분으로 영화적

---

89 C. Colebrook, 앞의 책, 56면.

이미지는 일정한 관점에서 조직되는 일상적인 삶의 구조에서 이미지를 해방시키고, 어떠한 특정한 관점으로부터도 해방된 이미지들 자체의 흐름을 순전히 광학적인 형식으로 제공할 수 있게 되는 것이다. 이러한 이미지에는 소실점과 같은 특정 권력적 시점이 존재하지 않으며, 개념들을 부과하지 않은 채 보거나 지각할 수 있는 비인칭적인 카메라의 시점만이 있을 뿐이다. 이러한 특성은 조직화되고 질서 잡힌 일상적인 현실 세계로부터 한 발짝 물러서서 하나의 관점으로는 보지 못한 세계의 잔여들의 가능성을 '가능한 어떤 관점'에 의지하여 표층 위로 올려놓을 수 있는 계기를 마련한다. 예컨대 영화의 자연스러운 흐름을 순간적으로 방해하는 '비합리적인 컷'의 갑작스러운 삽입은 일상적 수준에서 보고 있는 질서 잡힌 세계로부터 우리를 물러나게 하고, 그것으로부터 삶이 진행되는 단독적이고 고유한 차이들을 생각하게 만드는 것이다.[90]

김기림의 모더니즘 시학이 '새로운 시'의 태도로 시인의 주관에서 벗어나기를 요구하고, 시인의 내면으로 수렴되는 이미지가 아니라 외부 세계로 발산되는 이미지의 비약이나 결합을 문제 삼으며, 이를 통해 예상하지 못했던 돌연한 의미가 생산되기를 기대하고, 자연스러운 현실 감각을 뒤흔드는 "시간적·공간적 동존성"[91]을 강조한다고 했을 때, 이러한 특성은 어떤 특정한 관점으로부터 해방되어 '가능한 어떤 관점'을 제시한다는 '영화적인 것'과의 구체적인 연관성을 갖는다. 그리고 어떤 것의 재현으로서가 아니라 "사물 자체의 성격이 발견되어 새로이 구성되는 시의 건축에 그 독자의 성격을 가지고 참여할 것"[92]이라는 김기림의 '객관주의'는 이러한 '영화적인 것'을 시적 양식으로 구현해보려는 시도였다

---

90 위의 책, 53~67면 참조.
91 「시의 모더니티」, 『전집』 2, 80면.
92 「객관세계에 대한 시의 관계」, 『전집』 2, 117면.

고 할 수 있을 것이다. 물론 이것이 김기림의 '객관주의'가 '시의 영화화'를 시도한 것이라는 것을 의미하는 것은 아니다. 그리고 김기림이 '객관주의'를 주장하면서 영화라는 예술 장르를 염두에 두었을 것이라고도 단언할 수 없으며, 일본 모더니즘 시인 콘도 아즈마(近藤東, 1904~1988)나 타케나카 이쿠(竹中郁, 1904~1982) 등처럼 시네포엠과 같은 시와 영화의 장르 혼용을 그가 직접적으로 실험했다고 보기도 힘들다.[93] 그러나 영화 예술의 특이성이라고 할 수 있는 영화의 형식-내용이 '객관주의'를 비롯한 그의 시론에서 발견된다는 점은 분명해 보인다. 무엇보다도 '현실의 유동성'과 '움직이는 주관'이라는 그의 현실관과 주체론은 일정한 관점에 포박당한 현실의 균정성을 파열시키고 있다는 점에서 '영화적인 것'으로서의 김기림 시학의 토대를 이룬다고 할 수 있다.

따라서 김기림 시학을 이해하기 위해서는 몽타주나 파노라마와 같은 기법을 시 창작에 수용했다는 사실적인 결과들을 확인하기 전에 이러한 형식이 내포하고 있는 형식-내용에 대한 고민이 선행되어야 한다. 김기림의 모더니즘 시론은 영화와 시의 장르적 혼용을 고민한 것이 아니라, 시인의 주관과 같은 어떤 특정한 관점으로부터 해방되어 "이미지의 엑스타시"를 자유롭게 발산하는 영화적인 것의 가능성을 어떻게 시적인 것으로 소화할 것인가를 탐색한 결과물이기 때문이다.[94] 김기림 시론의 이러한 전위성은 그가 인간의 현실의 인식 방식과 지각

---

93 콘도 아즈마는 시네포엠의 제창자 중 한 명으로 일본 모더니즘의 핵심에 있는 시인이며, 타케나카 이쿠는 『詩と詩論』(厚生閣書店, 1928~1931)에 시네포엠을 연속적으로 발표하고 있다. 콘도 아즈마의 시네포엠 역시 『詩と詩論』에서 찾아볼 수 있다. 이 중 일부는 『이상적 월경과 시의 생성』(란명 엮음, 역락, 2010)에 변역 수록 되어 있다.
94 다시 한 번 더 반복하자면, 여기에서 언급하고 있는 김기림 시학과 영화와의 상관성은, 김기림이 시와 영화의 '구체적이고 실제적인 장르 혼합', 이를테면 몽타주 등의 영화적 기법을 시 창작에 도입하려 시도했다는 것을 말하고 있는 것은 아니다. 여기에서 논의하고자 하는 것은 김기림이 '새로운 시'를 주장할 때 '그가 생각하고 있는 현대시의 방향성의 정체가 무엇인가'라는 것이다.

방식을 혁명적으로 전환시키고 있는 근대 기계 기술 문명의 가능성과 역능을 민첩하게 수용했기 때문이기도 할 것이다.

특히 김기림이 조선의 어떤 문인들보다도 근대 기계 기술 문명에 관심을 가지고 이를 예술적 방식으로 소화할 수 있었던 것에는 그의 첫 번째 일본 유학체험의 영향이 컸으리라 짐작된다. 김기림이 1926년부터 1929년까지 유학한 일본대학은 1889년 일본법률학교로 출발하여 일본 대학령에 기반하여 1903년 일본대학으로 그 명칭이 변경되었고, 1921년에는 미학과를 개설하여 예술과 미학 전반에 대한 교육을 실시하였다. 메이지 유신 이후 개국을 선언한 일본은 프랑스, 영국, 독일 등의 유럽 국가들의 법제들에 상당한 관심을 가졌고, 일본대학은 이러한 국제적 감각 속에서 탄생된 학교였던 것이다.[95]

또한 1차 세계대전 이후 일본은 해외 유학하는 사람만이 아니라 일상적인 생활 속에서 외국과의 관계를 유지할 수 있을 정도로 서구와의 물리적인 거리가 좁혀져 있었고, 1920년에는 '미래파미술협회'를 창립하면서 일본미래파가 구성되었다. 같은 해 미술 방면으로 러시아 미래파의 선두주자라 할 수 있는 데이비드 브뤼크(David Bruliuk)와 빅터 팔리모프(Viktor Palimov)가 일본을 방문하여 예술적 교류를 시도했고, 관동대지진 이후 '액션'(1922), '마보'(1923), '삼과'(1924)와 같은 단체가 연이어 창립되어 일본미래파 예술운동을 이어나갔다. '액션'은 마리네티의 글을 『詩と詩論』에 번역하여 발표하기도 했던 칸바라 타이[神原泰]의 주도로 창립되었고, '마보'는 1922년 베를린에서 유학하며 미래파와 다다, 그리고 구성주의의 영향을 받고 귀국하여 '의식적 구성주의'를 주창한 무라야마 토모요시[村山知義]가 중심에 있었던 예술단체이다. 베를린에서 유학하며 러시아 구성주의 이론을 익힌 무라야마 토모요시

---

95 일본대학 연혁 참조.(http://www.nihon-u.ac.jp)

는 당시 일본으로 건너와 러시아 구성주의 이론을 소개하고 함께 예술 작업을 펼쳐나간 러시아 여류 예술가 바바라 부브노바(Varvara Bubnova) 와 교류를 이어나가며 예술작업과 일상생활의 일체화를 지향하는 조형 예술과 포스터 디자인, 책 장정과 같은 산업 디자인 예술작업을 통해 미술의 범위를 넓혀나갔다.[96]

특히 김기림의 첫 번째 일본유학 시기인 20년대 후반 일본은 '삼과' 의 후속 단체라고 할 수 있는 '단위삼과'를 중심으로 '삼과'의 다다적이고 무정부적인 전위적인 예술관에 과학지식이 더해진 기계미학적 예술관이 엿보이는 작품들이 창작되고 있었다. 예컨대 '단위 삼과'의 중심인물이었던 나가하라 비노무(中原實)는 원자 구조를 주제로 한 회화 "아토믹(アトミック)" 시리즈를 발표했으며, 이 시리즈의 세 번째 작품인 〈Atomic Mo.3, 靑の周邊〉은 프리즘으로 빛을 분해하는 방식으로 작업된 작품이다.[97] 「오후와 무명작가들」(『조선일보』, 1930.4.28~1930.5.3)에서 김기림은 이탈리아 미래파, 프랑스의 초현실주의, 독일의 퓨리즘, 러시아의 네오리얼리즘, 구성주의, 일본의 포비즘 등 서구 유럽의 전위 예술에 대해 언급하고 있는데, 이 글에서 읽을 수 있는 현대 전위 예술에 대한 김기림의 폭넓은 지식은 1926년부터 1929년까지의 첫 번째 유학기간에 접했을 가능성이 높다.

이와 같은 파편성과 중첩성, 그리고 연쇄와 배치, 지속과 단속 등의 기계 미학적인 모든 테크닉은 기계 예술의 총화라 할 수 있는 영화 예술에 종합되어 있고, 김기림이 관심을 두고 있었던 입체파, 초현실주의, 미래파, 파운드의 이미지즘 등의 현대 전위 예술은 이러한 영화적 테크닉과 분리하여 생각할 수 없는 것이다. 특히 김기림의 속도는 '영

---

96 五十殿利治, 『大正期新興美術運動の研究』, 東京 : 早瀬芳文, 1998 참조.
97 小林俊介, 「1920년대 후반에서 1930년대 초반까지 일본의 추상예술」, 『미술이론과 현장』 3호, 2006.2, 123면

화적인 것'과 아주 밀접한 연관성을 갖는다.

2) 이미지의 연쇄와 비약 그리고 시의 속도

김기림은 「오전의 시론」에서 현대 예술에는 공간만이 아니라 시간이라는 각도가 제시되었음을 명시하고, 시의 "시간주의"[98]를 주장했다. 그리고 김기림 시론에서 시간이라는 각도와 가장 직접적으로 연결되는 것은 아마도 '속도'일 것이다. 음악 예술을 제외하고 시각적인 이미지를 다루는 예술 장르에서 시간 예술이 될 수 있는 것은 영화가 유일하다. 그런데 영화는 영화 특유의 시간을 생산하는데, 그것은 영화에서 카메라는 고정된 관점으로부터 이미지들을 조직하는 것이 아니라 카메라 그 스스로도 피사체들의 운동들을 가로질러 움직이기 때문이다. 다시 말해 영화에서 '시간' 개념은 절대적이지 않고 상대적이다. 들뢰즈는 이러한 영화의 형식-내용과 베르그송의 '지속' 개념을 바탕으로 '장소의 이동'이라는 고전적인 운동 개념을 비판하며, "대상과 집합들의 상대적 위치들을 끊임없이 수정하고 대상과 집합들을 질적으로 변화하는 전체로 통합함으로써 그것들을 변주하는 움직임으로서의 이행의 운동"[99]이라는 새로운 '운동 이미지'를 제시한다.[100]

---

98 「오전의 시론—시의 시간성」, 『전집』 2, 158면.
99 D. N. Rodowick, 김지훈 옮김, 『시간기계』, 그린비, 2005, 72면.
100 일반적으로 우리는 우리 주변에 벌어지는 변화들을 기록하기 위해 시간을 사용하곤
한다. 즉, 전제된 공간 속에서 사물이 움직일 때, 그 움직임으로 시간을 사유하는 것
이다. 그러나 『운동 이미지』에서 들뢰즈는 운동이 특정한 물체가 공간을 이동하는
것으로 이해되고 있는 근대적 운동 개념을 비판한다.(G. Deleuze, 유진상 옮김, 『운동
이미지』, 시각과언어, 2002) 들뢰즈에게 실재적 운동은 그 운동이 횡단하는 공간과
별개다. 운동은 공간과 달리 그 고유한 특질을 변질시키거나 제거하지 않는 한 정지
된 단면들로 분할될 수 없다. 따라서 운동은 특이성을 띠고, 이질적이며, 상호 비가역
적이다. 운동과 관련해서 지속은 특수하고 질적인 것, 반복될 수 없는 것이다. 이는

김기림의 모더니즘 시학의 한 부분을 차지하고 있는 '속도'의 문제 역시 이미지의 흐름으로 시간 그 자체를 간접적으로 경험하게 하는 영화적인 운동성과 분리하여 생각할 수 없다. 김기림은 근대 문명의 속도를 재현하고 있는 것이 아니라 이미지의 비약이나 배치를 통해 속도 그 자체를 창출하고 있기 때문이다. 이러한 점과 함께 앞서 살펴본 것처럼 김기림은 '움직이는 주관'이라는 주체론을 통해 근대적 동일성으로서의 주체를 비인칭적인 것으로 적분하고 어느 누구의 것도 아닌 사물의 재구성으로서의 객관주의 시를 현대시가 나아가야 할 방향으로 제시하고 있다는 점도 고려해볼 수 있다. 이러한 점은 김기림의 속도를 공간 형식이 전세된 상태인 '장소의 이동'이라는 관점으로만 접근할 수는 없다는 것을 암시한다.

> 이 시는 속도를 나타내려고 했다. 속도를 나타내는 방법으로는 활자의 직선적 횡렬, 음향의 단속 등 외적 방법과 「이미지」의 비약에 의한 내적 방법의 두 가지를 필자는 시험해 보았다. 여기 쓰여진 방법은 후자의 예다. 그래서 시의 각행이 대표하는 「이미지」는 각각 다르며 그것들이 눈이 부시게 비약한다. 다시 말하면 연상작용에 의하여 이 「이미지」는 다른 「이미지」를, 그 「이미지」는 또 다른 「이미지」를 불러온다. 나는 이것을 연상의 비행이라 부른다.[101]

곧 낙하하는 물체의 궤적을 공식으로 계산하는 것과 지구의 대기권에서 스스로 소진되는 유성이라는 유일한 사건과의 차이다. 다시 말해 운동은 시간을 공간화하는 방식으로 측정되고 계산될 수 있는 것이 아니며 시간 역시 순간들의 집합이 아니다. 베르그송이 말하는 '지속'은 선형적인 것도 연대기적인 것도 아니며, 결정되지 않은 미래를 향한 열림이 매 순간마다 중단되지 않음을 상정한다. 운동은 이를테면 우주와 같은 전체상의 질적인 변화를 이끌어낸다. 다시 말해 움직일 때마다 계속해서 새로운 우주가 창조되는 것이다.(D. N. Rodowick, 앞의 책, 56~89면 참조)

101 「현대시의 발전」, 『전집』 2, 334면.

김기림은 속도를 나타내는 방법으로 두 가지를 제시하는데, 하나는 "활자의 직선적 횡렬, 음향의 단속"과 같은 외적 방법이고, 또 하나는 "이미지의 비약"에 의한 내적 방법이다. 외적 방법에 대해서는 후술하기로 하고, 우선 내적 방법에 집중하여 생각해보자. 내적 방법에서 속도는 이미지의 비약을 통해 나타난다. 즉, 연상 작용에 의하여 하나의 이미지가 다른 이미지를 부르고, 그것이 또 다른 이미지를 불러내는 "연상의 비행"이 김기림에게는 그대로 하나의 속도가 되는 것이다. 이것은 김기림이 이미지의 연쇄를 통해 리듬을 설명하는 방식과 유사한 것이다. 즉, 이미지와 이미지를 병치하고 충돌시키는 이러한 시의 진행 자체가 시간을 생산하고 있는 것이며, 세계를 몽타주하는 이미지의 병치, 혹은 배치에서 현실의 시간과는 다른 독립된 시의 시간이 계속해서 생성되고 있는 것이다. 그리고 속도는 바로 이렇게 생성되는 시간의 운동 이미지라고 할 수 있다. 이를 좀 더 확장해서 생각해본다면, 시를 쓰는 행위 자체에서 속도가 생성되고 있는 것이라 힐 수 있다. 이것은 결국 시가 영화처럼 하나의 운동하는 이미지를 생성하고 있다는 것을 의미한다. 이러한 '시의 속도'는 기차나 비행기와 같은 근대적 문명이 만들어내는 현실적 속도를 재현하고 있는 것이 아니라 '가능한 어떤 관점'에 의해 현실을 분해하여 새롭게 배치하는 과정에서 생성되는 '제2의 속도'라고 할 수 있다. 기차나 시계의 속도와 같은 현실 문명적 속도와 이 속도를 '움직이는 주관'을 통해 분해하여 새롭게 생성하는 '시의 속도', 김기림의 속도는 현실적 언어에서 "제2의 의미"[102]를 발굴해내는 그의 시적 언어가 그러하듯이 이렇게 이중적인 것이다.

지금까지 김기림의 속도는 문명 비판이라는 관점에서 김기림 연구

---

102 「피에로의 독백−포에시에 대한 사색 단편」, 『전집』 2, 299면.

사에서 중요하게 다루어진 주제 중의 하나이다. 그러나 속도를 다룬 대부분의 연구가 김기림의 속도를 공간의 이동이라는 관점으로만 접근했다는 한계를 갖는다. 이러한 관점으로 접근할 때, 속도가 어떻게 문명 비판과 관련되는 것인지는 모호해진다. 즉, 김기림의 속도는 서양 자본주의적 근대의 전개 과정에서 나타난 전 문명의 역학을 나타내는 전형으로서, 근대에 대한 전체적인 조망을 함축[103]하는 것으로 볼 수도 있지만, 그가 근대 문명적 속도에 집착한다는 것으로 해석해 무책임하고 낙관적인 미래지향적 성향에 대한 근거[104]로 제시되기도 하는 것이다. 또한 이러한 김기림의 속도를 논할 때, 이것의 사례로 제시되는 김기림의 여행시편은 언제나 공간의 이동, 혹은 공간의 이동을 가능하게 해주는 탈 것의 소재적 관심과 같은 관점으로 접근되었다. 대표적인 것이 다음과 같은 견해이다.

초기 시의 제목에서 문명적 소재를 제목을 취하고 있는 시는 21.8%나 된다. 이 사실만 가지고도 우리는 기림이 자신의 시에 현대문명을 수용하고자 애썼음을 짐작할 수 있다. 현대문명 중에서도 특히 자동차, 기차, 비행기에 집중되어 있는데 이것은 기림이 현대를 기계문명의 시대로 봄과 동시에 그 특징을 속도로 파악한 것과 일치한다. 즉 전통사회가 이제까지 익숙해 있던 도보와 다른 속도감을 가장 가까이에서 보여준 것이 동력을 사용한 탈 것이었을 것이다. 이것은 또 여행을 생활화한 기림에게는 매우 낯익을 소재이었을 것이다.[105]

---

103 장철환, 「김기림 시의 리듬 분석―문명의 '속도'의 구현 양상을 중심으로」, 『현대문학의 연구』 42집, 한국문학연구학회, 2010; 김준환, 「김기림의 반―제국 / 식민 모더니즘」, 『비교한국학』 16권 2호, 2008.
104 한상규, 「1930년대 모더니즘 문학의 미적 자율성 연구」, 서울대 박사논문, 1998; 엄성원, 「한국 모더니즘 시의 근대성과 비유 연구―김기림 · 이상 · 김수영 · 조향의 시를 중심으로」, 서강대 박사논문, 2001.
105 정순진, 『김기림문학연구』, 국학자료원, 1991, 75면

하지만 여행시편을 이와 같은 장소 이동의 관점으로 접근할 때 문제점은 그의 시에 이동의 이미지가 그다지 관찰되지 않는다는 점이다. 그래서 "『태양의 풍속』에 수록된 시편들의 해설적, 회화적, 용만성(冗漫性)은 무엇으로 설명해야 할지 주저하게 된다. (…중략…) 그가 주장한 현대문명의 속도와 기계의 동적인 리듬과는 거리가 먼 것이다"[106]라는 문덕수의 비판이 일견 설득력 있게 다가오는 것도 사실이다. 문덕수의 비판처럼 김기림이 시론에서 강조하는 '기계의 동력학', "금속의 풍경 속에서 느끼는 야성적인 행복"[107]을 그의 여행시편에서 느끼기란 거의 불가능에 가깝다. 그러나 지금까지 김기림 연구들은 여행시편들의 연작들의 표제들을 나열해놓고 속도감의 근거로 제시하고, 김기림의 시에서 도무지 움직이지 않거나 움직이더라도 아주 천천히 움직이는 '비행기', '여객선', '기차'를 들어 '이동 수단에 대한 김기림의 소재적 관심'이라고 해석하고 있는 것이다. 하지만 이러한 주장들은 김기림의 시와 시론 사이의 괴리를 주장하는 문덕수의 비판을 넘어서기에 억지스러운 면이 있는 것도 사실이다. 김기림의 여행시편에서 공간의 이동은 오직 연작의 타이틀을 연결할 때만 감지될 뿐이며, 연작을 구성하고 있는 각각의 시에서 속도감을 느끼기란 쉬운 일이 아니다. 게다가 속도감을 재현하고 있는 것이 아니라 '탈 것에 대한 관심', 그것도 소재적인 차원에서 그치고 마는 관심이 낯설고 새로운 대상에 대한 단순한 호기심이 아니라 "도보와 다른 속도감"에 대한 관심으로 어떻게 비약될 수 있는지에 대해서는 근거를 제시하지 못하기 때문이다.

이러한 견해들이 놓치고 있는 것은 김기림이 시에서 도시 문명의 속도를 감각적으로 재현하고 있는 것이 아니라 전혀 새로운 속도를 생성해내고 있다는 점이다. 그래서 김기림의 속도는 '속도감'이 아니라 '속

---

106 문덕수, 『한국 모더니즘시 연구』, 시문학사, 1981, 307면.
107 「시의 이해」, 『전집』 2, 253면.

도'이다. 이러한 '시의 속도'는 현실 공간의 실제적인 이동이나 그러한
이동이 만들어내는 속도를 그대로 따라가는 것이 아니라 그 속도를 분
해하며 횡단한다. 이러한 점을 가장 잘 보여주는 시가 「스케이팅」이다.

魚族들의 圓天劇場에서
내가
한 개의 幻想 「아웃 커-브」를 그리면
구름 속에서는 천사들의 박수 소리가 불시에 인다.

漢江은 全然 손을 댄 일이 없는
生生한 한 幅의 原稿紙.

나는 나의 觀衆-구름들을 위하야
그 우에 나의 詩를 쓴다.

히롱하는 交錯線의 모-든 각도와 곡선에서 피여나는 예술
기호 우를 규칙에 억매여 걸어가는
시계의 충실을 나는 모른다.

시간의 궤도 우를 미끄러저 달리는 차라리
방탕한 운명이다. 나는……

나의 발바닥 밑의
太陽의 느림을 비웃는 두 칼날……

나는 얼음판 우에서

全혀 奔放한 한 速度의 騎士다.

― 「스케이팅」 부분(77~78)

「스케이팅」에서 시적 화자는 "분방한 한 속도의 기사"이다. 이 '속도의 기사'가 빙판 위에 만들어내는 '모든 각도와 곡선의 교착선'은 그대로 시가 되고, 그 시는 "기호 우를 규칙에 억매여 걸어가는 시계의 충실"을 희롱한다. 즉, 김기림은 「스케이팅」에서 온갖 각도와 곡선의 어지러운 교착선을 만들어내는 '시의 속도'와 일정한 궤도를 맴돌기만 하는 현실 문명 속의 시계의 속도를 동시에 제시하면서, 시계의 질서를 '방탕하게' 분해하고 있는 '시의 속도'를 '스케이팅'의 이미지로 그려내고 있다. 그런 점에서 빙판을 "한 폭의 원고지"로 아날로지하여 속도의 흔적이 그대로 시가 되고 있는 장면을 시적 이미지로 그려내고 있는 「스케이팅」은 김기림 자신이 지향하는 현대시의 방향을 시적 이미지로 재현한 시, 즉 일송의 메타시라고 할 수 나.

그렇다면 김기림이 생성해내고 있는 '시의 속도'가 현실의 속도를 해체할 수 있는 힘은 어디에서 기인하는가. 그것은 '시의 속도'가 이미지의 연상과 비약에 의해 생성되는 것이기 때문이다. 이미지가 비약한다는 것은 이미지의 흐름이 단속(斷續)되고 있다는 것을 의미한다. 이러한 흐름 속에서 생성되는 이미지와 이미지 사이의 빈공간은 '시계로 측정할 수 있는 공간화된 시간 개념'이 존재하지 않는 부재(absence)의 순간, 이른바 '피크노렙시(picnolepsie)'[108]인 것이다. 순간적으로 기억이

---

[108] 이 용어는 폴 비릴리오의 글에서 빌려왔다. '피크노렙시(picnolepsie)'는 '빈번한, 자주'를 뜻하는 그리스어 피크노스(picnos)와 '발작'을 뜻하는 그리스어 렙시스(lépsis)의 합성어로, '자주 일어나는 신경발작'의 뜻이다. 이것을 비릴리오는 우리가 흔히 기억이 끊긴다든가, 필름이 끊긴다든가 하는 표현으로 무심히 넘기는, 의식에 균열과 공백이 생기는 상태에 대입하여 '빈번한 중단', 사고, 장애, 시스템 오류 등의 다양한 함의를 가진 용어로 확장해서 사용하고 있다. (P. Virilio, 김경온 옮김, 『소멸의 미학』, 연세대 출판부, 2004, 28면 참조)

끊기는 현상을 일컫는 '피크노렙시'는 시간을 분실하는 경험이라고 할 수 있다. 이러한 '피크노렙시'의 순간은 시간의 자연스러운 흐름으로 부터의 단절을 의미하며, 따라서 이 순간은 다른 누구의 시간도 아닌 오직 나만의 시간이 된다. 이 순간에 나는 시계의 지배로부터 벗어나 아무런 연관성이 없어 보이는 조각난 이미지들을 모자이크하며 형태를 만들어보는 것이 가능하며, 이러한 과정에서 시계의 시간과는 독립된 새로운 시간을 경험하게 된다. 즉, 김기림은 '연상의 비행'이라는 방식으로 이미지를 배치하고 결합하는 데 있어 이러한 '피크노렙시'를 의도적으로 생산함으로써 연속적인 시계의 시간을 파열하고 있는 것이다. 김기림이 나타내려고 했나는 '시의 속도'는 바로 현실의 시계의 속도로부터 분리되는 경험이며, 일상적 현실 시간과의 단절이 만들어내는 속도라고 할 수 있다.

그런 점에서 「스케이팅」에서의 시계의 속도를 분해하는 스케이트의 속도가 곡선의 이미지로 그려지고 있다는 점을 생각해볼 필요가 있다. 스케이트의 속도의 흔적이 곡선으로 그려지는 것은 속도 속에 매 순간 새로운 각도가 삽입되고 있기 때문이다. 즉, "분방한 한 속도의 기사"라는 시구에서의 '하나'라는 관형어가 암시하듯이 이러한 '시의 속도'는 단지 빠르고 느린 것만을 구분할 수 있는 표준적이고 양적인 시계의 속도와 달리, 영화처럼 다양한 양태의 질적인 시간을 잠재적으로 내포하고 있는 것이다. 예컨대 영화 속 한 인물이 보고 있는 거리풍경이 갑자기 슬로우 모션으로 변할 때, 이때의 순간은 영화 속에 등장하는 어떤 누구도 아닌 갑자기 느려진 그 풍경을 보고 있는 영화 속 그 인물만의 시간인 것이다. '시의 속도'는 이렇게 현실의 시간으로부터 떨어져 나와 현실 문법의 지배를 받지 않는 슬로우 모션의 세계에서의 움직임이라고 할 수 있다. 이를 김기림은 "한개의 환상 아웃 커 — 브를 그리면 구름 속에서는 천사들의 박수 소리가 불시에 인다"라고 표현하고 있는 것이며, 이러한 이질적인 세계가 바로 스케이트의 미끄러짐이 만들어내는 곡선의 세계인 것이다.

이러한 직선과 곡선의 관계는 이상의 시편을 통해서도 읽어볼 수 있다. 이상은 「▽의 유희」에서 "굴곡한 직선"[109]이라는 기이한 이미지를 제시하기도 하고 「이상한 가역반응」에서는 '직선이 원을 살해한 사건'[110]에 대해서 말하기도 한다. 이러한 이상의 이미지와 비유를 참조하여 생각해본다면 「스케이팅」은 '살해된 원이 부활한 사건에 관한 시'라는 부제를 붙여볼 수 있을 것이다. 다시 말해 '시에 관한 시'인 것이다. 이러한 직선과 곡선의 관계를 수학적 방식으로 도식화해 본다면 구체적으로 다음 그림처럼 생각해볼 수 있다.

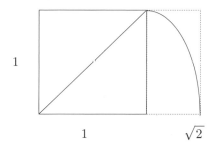

이 그림은 네 면이 각각 1인 정사각형이다. 따라서 정사각형의 대각선의 길이 값은 $\sqrt{2}$ 이다. 대각선 끝 점을 시작으로 아래로 원호를 그어 직선을 연결하면 직선에 $\sqrt{2}$ 의 위치가 확정된다. 그러나 $\sqrt{2}$ 는 무리수이므로 원호의 도움 없이 직선 위에서만은 그 위치를 확정지을 수 없다. 무리수란 하나는 최댓값을 갖지 않고 다른 하나는 최솟값을 갖지 않는 수렴하는 두 급수의 공통 극한이므로, 완결된 숫자 값으로

109 이상, 김주현 주해, 『정본 이상문학전집』1, 소명출판, 2005, 36면.
110 위의 책, 31면.

는 표현될 수 없기 때문이다. 그런 점에서 원호가 떨어지기 전의 직선, 즉 무리수의 자리를 비워놓고 있는 이 직선은 무한히 많은 누락을 포함하고 있는 것이다. 따라서 직선이 완전히 그어지려면 아이러니하게도 "직선은 곡률들로 뒤섞여"[111]있을 수밖에 없다. 즉, 모든 직선은 주름져 있는 것이다.

그러므로 "굴곡한 직선"이란 모순적인 표현이 아니라 완전한 직선, 즉 직선 속에 원의 흔적이 살아 있는 사태를 의미하는 것이고, '직선이 원을 살해한 사건'이란 무한한 무리수의 자리가 삭제되어버린 사건이라고 할 수 있으며, 「스케이팅」은 직선에 의해 살해된 '원이 부활하고 있는 사건'을 재현하고 있는 것이라 할 수 있다.[112] 이러한 곡선의 세계는, 직선의 세계가 곡선의 세계의 존재적 위상을 지워버리는 것처럼 직선의 세계를 지우는 것이 아니라 오직 하나라는 절대성을 수많은 것들 중의 하나라는 상대성으로 인식하게 함으로써, 다시 말해 직선의 시간을 시간의 한 양상들 중 하나로 그 지위를 떨어트림으로써 근대적 시간의 절대적 힘을 분해하는 것이라 할 수 있다.

스케이팅의 속도의 흔적으로 생겨나는 곡선의 이미지는 시계로 대표되는 근대의 속도가 세계를 돌아다니며 지워버린 세계의 질적인 다양성이 부활하고 있는 사건을 의미하며, 근대적 원근법으로는 절대로 볼 수 없는 세계, 의식화되지 않은 잠재적인 무의식의 세계, 공허하고 균질화된 시간의 흐름 속에서 통용되는 인과론적이고 기계적인 법칙이 더 이상 사물의 움직임을 설명할 수 없는 세계를 표상한다고 할 수 있다.[113] 이러한 '무리수의 세계'가 김기림에게는 이미지를 배치하고

---

111 G. Deleuze, 이찬웅 옮김, 『주름』, 문학과지성사, 2004, 36면.
112 졸고, 「이상 문학의 역사 이미지와 "전등형 인간"」, 란명 엮음, 앞의 책 참조.
113 지속으로 정의될 수 있는 의미론적으로 충만한 시간 및 장소에 귀속되어 있던 사회 문화적 시간이 근대적 교통 통신에 의해 순수하게 양적인 시간으로 대체되면서 나타난 시간의 표준화 현상에 대해서는 주은우의 『시각과 현대성』(한나래, 2003) 참조.

충돌시키는 방식으로 생성해내는, 시계의 시간 바깥의 부재의 순간인 '피크노렙시'이며, 이것을 의도적으로 생산하는 기제가 바로 이미지의 배치를 통해 생산되는 속도인 것이다. 이것이 김기림의 속도를 장소의 이동이 아니라 '배치'의 문제로 접근해야하는 이유이다.

영화에서 이렇게 속도가 배치와 결합될 때, 그것은 바로 특수효과로 나타난다. 초기 영화사에서 이러한 의도적인 편집 장난을 영화에 도입한 이는, 김기림이 자신의 수필 타이틀로 가져오기도 한 〈월세계 여행〉의 감독 조르주 멜리에스(George Méliès, 1861~1938)이다. 뤼미에르 형제와 함께 프랑스 초기 영화의 한 부분을 차지하고 있는 멜리에스는, 스토리의 인과성과 시간성에 우선하여 카메라 전면의 사건의 공간을 보존하는 상징적인 사례를 제공하는 뤼미에르 형제와 달리, 실제 세계에서는 절대로 일어날 수 없는 환상적인 사건들로 가득 찬 영화를 제작했다.[114] 멜리에스의 이런 환상적인 특성은 한 숏 위에 다른 숏을 겹치는 방법을 통해 이미지를 조작하는 편집 테크닉에서 비롯된다. 멜리에스는 이러한 편집기술을 발견하게 된 경위를 다음과 같이 설명하고 있다.

늘 사용하던 촬영기가 말썽을 부렸는데, 그게 글쎄 전혀 뜻밖의 효과를 만들어냈지 뭔가. 어느 날 나는 무심히 파리의 오페라 광장을 찍고 있었지. 그러다 촬영기가 고장을 일으켰어. 그래서 수선을 하고 다시 작동시켰던 거야. 그 사이 몇 분이 흘렀지. 당연히 거리의 행인들, 마차들, 자동차들은 위치가 바뀌었지. 나중에 편집 테이프를 영사해보니 뜻밖에도 마들렌–바스티유 행 마차가 장의차로 변하고 남자들은 여자로 바뀐 거야. 소위 정지 트릭이라고들 하는, 대체 효과를 이용하는 트릭 수법이 그때 발견된 거야. 그리고나서 이틀 후에 나는 처음으로 남자들을 여자들로 바꿔치는 속임수를 써먹었어.[115]

114 G. Nowell-Smith, 이순호 외 옮김, 『세계영화사』, 열린책들, 2005, 42~44면 참조.
115 P. Vililio, 앞의 책, 39면에서 재인용.

멜리에스는 필름에 찍힌 순간들의 유기적인 연속성을 깨뜨리는 힘을 동력 기계에 부여했고, 그러면서 어린이가 풀로 종이를 붙이는 놀이를 하듯이 시퀀스들을 다시 재조합하면서 시간의 외관상의 단절을 모두 없앤 것이다.[116] 즉, 우연히 발생한 기계 장치의 결함으로 시간의 연속성의 법칙이 부서지면서 환상적인 이미지가 창조될 수 있었던 것이다. 촬영기를 인간에 대입시켜본다면, 멜리에스의 환상적 이미지들은 모두 의식 부재의 상태, 즉 '피크노렙시'의 순간이 만들어낸 것이라 할 수 있다. 시계의 속도를 조작하고 시간과 공간을 재배치하는 과정에서 마들렌-바스티유행 마차가 장의차로 변신하게 되는 것이다. 이러한 환상적 이미지들은 세계를 4차원적으로 사유할 수 있는 인식능력과 그러한 세계적 이미지들을 조작할 수 있는 지적능력을 통해 구성되는 것이며, 일상의 자연스러운 속도를 조작하는 배치의 능력에 의해 생산되는 것이라 할 수 있다. 이런 점에서 환상은 '배치'의 문제와 상당히 밀접한 관련성을 갖는다. 특히 김기림이 「시의 이해」에서 '환상' 혹은 '상상'으로서의 시의 경험을 설명하고 있는 부분은 멜리에스가 자신의 트릭 수법에 대해 설명하고 있는 배치의 기술과 유사하게 진행되고 있다는 점은 흥미롭다.

우화(寓話, Fable)에서와 같이 우리가 현실세계에서는 전연 만날 수 없는 가공의 대상과 사태를 꾸며낼 적에는 기실은 현실에 있을 수 있는 대상이나 사태를 그 부분으로 해체하여 그것을 당장은 있을 법하지 않은(Impossible), 그러나 비유를 더듬는다면 어디선가 찾아 볼 수 있는 방식으로 다시 구성하는 것이다. 그러면 부자연한 배치로 하여 우리는 「유머」, 희극성, 환상(幻想)을 느끼는 것이다. 뿐만 아니라 그러한 꾸민 대상, 꾸민 사태는 대체로 어떤

---

116 위의 책, 40면.

두 겹의 의미구조(意味構造), 예를 들면 비유와 같은 것을 품은 경우가 많다. 이러한 숨은 의미, 또는 「유머」, 「환상」 등은 어떤 비범한 효과 때문으로 해서 지지받는 것이다.

　시의 경험에 있어서도 그 배치와 결합이 「있을 법한」이라는 인습을 아주 무시하고, 의외의 모양, 비범한 방식, 엄청난 비약을 할 때가 있다. 거기 따르는 것은 역시 「유머」, 환상, 「아이로니」 등 통틀어 말한다면 신기한 느낌의 기습에서 오는 효과다. (…중략…)

　시간적으로 떨어져 있는 경험을 예술적 형상으로 모방하려 할 적에는 우리는 전혀 기억에 의존할 밖에 없게 된다. 그러나 시에 있어서 시인이 나타내는 경험은 모두가 이러한 지나간 경험인 것은 아니다. 차라리 현실에 있는 경험, 있는 경험보다도 훨씬 많이 있을 법한 경험을 만들어 내는 것이다. 때로는 있을 법도 하지 않은 경험조차를 만들어내는 것이다. 또 그러한 있을 법한 경험, 있을 법도 하지 않는 경험을 현실이 아닌 어디서 겪는 것이다. 현실에서는 만나지 못하는 일이 만들이지며 경험되는 신기한 장소는 다름 아닌 상상의 세계며, 그것을 만들며 경험하는 것이 상상작용이다.[117]

(강조점 – 원문 그대로)

　환상 장르에 속하는 우화에 대해 설명하면서 김기림은 역시 배치의 문제를 거론한다. 즉, 우리가 현실 세계에서는 접할 수 없는 가공의 대상이나 사태는 사실 현실에 있을 수 있는 대상이나 사태를 그 부분으로 해체해서 당장은 "있을 법하지 않"지만, "어디선가 찾아 볼 수 있는 방식"으로 재구성하는 것, 그래서 "두 겹의 의미구조"를 생산해내는 것이 바로 환상의 효과인 것이다. 이러한 환상적 효과는 시의 경험에서도 "의외의 모양, 비범한 방식, 엄청난 비약"으로 발휘되고 있는 것이

---

[117] 「시의 이해」, 『전집』 2, 233~234면.

며, 이러한 방식으로 만들어지는 신기한 경험이 이루어지는 장소가 "상상의 세계"이고 그것을 만들어 경험하는 것이 "상상작용"이라고 설명하고 있다. 김기림은 코울릿지의 이론을 부가적으로 인용하면서, 상상을 1차적인 것과 2차적인 것으로 나누고 있다. 1차적인 상상은 "우리들의 보통 감각의 세계를 이루는 일" 즉, "객관세계를 반영하는 우리의 의식세계의 전후 통일과 연락을 유지하게 하는 작용"을 의미하고, 2차적인 상상은 "우리의 세계를 고쳐 가며 시를 낳는 힘"으로서 "미개한 단계에 대하여 문명한 단계를 찾게 하는 힘"[118]을 의미하는 것이라 서술하고 있다. 이를 달리 표현하자면 1차적인 상상이 시계의 속도를 지각하는 능력이라면, 2차적인 상상은 바로 이러한 속도를 변형하고 분해하는 '피크노렙시'를 의미하는 것이다. 김기림은 이러한 "상상과 환상의 기묘한 배합을 시의 기술"[119]로 보여준 가장 대표적인 이들을 초현실주의자들로 들고 있다.

「슈르리얼리스트」는 대상을 예상하지 않는다. 기호 자체가 기술됨으로써 전연 새로운 의미를 捻出하려는 것이다. 즉 지극히 관계가 먼 단어와 단어를 결합 혹은 반발시킴으로써 지금까지 있어보지 못한 또한 예상하지 아니하였던 돌연한 의미를 빚어낸다는 것이다. 이것이 가장 중요하고 또한 독특한 「슈르리얼리즘」의 방법이다. 「브르통」이 「초현실주의 선언」 속에서 초현실주의의 작시법으로 제시한 「影像의 光線」이란 이것을 가리킨 것이다. 아주 다른 종류의 두 단어와 아주 돌연한 상봉에 의한 새로운 관계에서 생기는 효과를 겨눈다. 그것은 두 개의 다른 실재의 접근에도 비할 수 있다. 꿈의 상태 및 뭇 무의식 세계를 기술하는 데 있어서 이 방법은 가장 적합한 것임에 틀림없다.[120](밑줄 — 인용자)

---

118 위의 글, 236면.
119 위의 글, 243면.

김기림은 "기호 자체가 기술됨으로써 전연 새로운 의미를 염출하려는 것", "지극히 관계가 먼 단어와 단어를 결합 혹은 반발시킴으로써 지금까지 있어보지 못한 또한 예상하지 아니하였던 돌연한 의미"를 빚어내는 것은 가장 중요한 초현실주의의 방법이라 소개한다. 이러한 방법은 김기림이 이미지의 비약으로 속도를 표현하려고 한 바로 그 방법이다. 김기림은 이를 "영상의 광선"이라 소개하는데 이는 브르통이 「초현실주의 제1차 선언」에서 초현실주의 이미지를 설명하면서 사용하고 있는 표현이다. 브르통의 「초현실주의 제1차 선언」은 특히 초현실주의 이미지에 대한 설명이 큰 부분을 차지하고 있다. 「초현실주의 제1차 선언」에서 "영상의 광선"이 등장하는 부분을 인용하면 다음과 같다.

"현존하는 두 현실의 관계를 정신이 파악했다"고 주장하는 것은 거짓이다. 정신은 처음부터 그 아무것도 파악하고 있지 않았던 것이다. 한 줄기의 특수한 광채가 발휘되는 곳은 어떤 점에 있어서는 우연적인 두 단어가 접근되는 점에서이며 우리는 이 **이미지의 광채**(영상의 광선 — 인용자)에 대하여 지극히 민감하다. 이미지의 가치는 이렇게 해서 얻어진 불꽃의 아름다움에 의하여 좌우되는 것이며, 따라서 그것은 두 개의 전도체 사이에서 발생하는 전위차(電位差)의 작용이라고도 할 수 있다. 그리고 이러한 전위차가(쥘 르나르의 이미지에서 볼 수 있듯이) 비교의 경우와 마찬가지로 거의 존재하지 않는다면 불꽃은 일어나지 않는다. 그러므로 내 생각으로는 그렇게 거리가 먼 두 개의 현실을 접근시킨다는 것은 인간의 능력 밖에 있는 일이다. (…중략…) 결국 이미지를 만들어 내는 두 개의 단어라는 것은 불꽃을 태우기 위한 정신에 의하여 상호간 연역된 것이 아니고, 이성이 이 빛나는 현상을 확인하고 감상함으로 인하여 이 두 개의 단어는 이른

---

120 「현대시의 발전」, 『전집』 2, 326면.

바 초현실적이라고 불리워지는 활동에서 동시적으로 발생된다는 것을 인정하지 않으면 안 된다. (…중략…) 처음에는 이러한 이미지를 받아들이는 데 만족하지만, 그러나 정신은 이러한 이미지가 그의 이성을 미화하고 더 한층 그의 인식을 고양시킨다는 것을 깨닫게 된다. 또한 정신은 그 욕망이 표명되고 찬반의 의사가 끊임없이 무화되고 그 불명료성이 어긋나지 않는 저 무한한 공간의 넓이를 자각하고 있다. 이리하여 정신은 그를 황홀하게 하는 이미지한테 끌리어, 또는 손가락 끝에 이는 불꽃을 입김을 불어 끌 틈조차 없이 앞으로 내닫는 것이다. 이것이야말로 밤 중에서도 가장 아름다운 밤, 곧 **섬광의 밤**이다.[121](강조 - 원문 그대로)

김기림이 "시는 한 개의 「엑스타시」의 發電體와 같은 것"[122]이라고 한 것과 유사하게 브르통은 이미지가 '전위차'의 작용에 의한 섬광과도 같은 것이라고 말한다. 브르통에 의하면 시적 효과는 인간의 정신의 작용을 통해 나타나는 것이 아니라 이미지 간의 결합을 통한 우연적인 효과이며, 따라서 이런 섬광과도 같은 효과는 쥘 르나르의 이미지처럼 대상과 대상의 유사한 성격을 포착하는 데서는 발생될 수 없다. 이는 초현실주의 이미지가 언어의 모든 인습적인 법칙뿐 아니라 언어에 내포되어 있는 관습적인 의미를 모두 거부한다는 것을 의미한다. 즉, 초현실주의 이미지가 그려내는 세계는 상식적이고 인습적인 법이 통용되지 않는 의식 바깥의 세계, 무의식의 세계이다. 이처럼 현존하는 의식적인 질서 체계를 모두 거부하는 브르통의 논리에 따르자면 섬광의 효과를 일으키는 전혀 다른 두 현실을 충돌시키는 능력은 인간 능력 밖의 것이며, 초현실적인 이미지는 오직 무의지적인 충격경험을 통해

---

121 A. Breton, 송재영 옮김, 「제1차 초현실주의 선언」, 『다다 / 쉬르레알리슴 선언』, 문학과 지성사, 1987, 144~145면.
122 「시의 모더니티」, 『전집』 2, 80면.

서만 나타날 수 있게 된다.

그러나 이 충격경험은 현실의 조각들의 충돌에 의해 발생하는 것으로, 시인은 현실 속에서 이러한 경이의 감각이 가능하도록 의식의 굴레를 자유롭게 해방하고 느슨하게 풀어놓아야 한다. 그래서 우연히 우리의 눈앞에 돌출한 이 경이로운 초현실적인 이미지는 깜깜한 밤하늘에 섬광과도 같은 빛을 통해 계속해서 인간의 정신을 자극하고, 인간의 정신 역시 초현실적인 이미지에 계속 집중하면서 그 이미지가 이끌어가는 방향으로 내닫는다고 브르통은 설명한다. 즉, 개별적인 이미지들이 만들어내는 섬광에 인간의 정신은 계속해서 영향을 받게 되고, 인습에 갇혀있던 정신은 초현실주의 이미지의 불명료성이 어긋나지 않는 무한한 공간의 넓이를 자각하게 된다는 것이다. 그래서 브르통은 "삶과 죽음, 실재와 상상, 과거와 미래, 소통 가능한 것과 불가능한 것, 고상함과 미천함이 더 이상 모순으로 지각되지 않는 특정 지점"[123]에 주목한다. 브르통이 말하고 있는 이러한 초현실수의 이미시는 잎시 언급한 정지용이 추구하는 시적 언어, 혹은 옥타비오 파스가 이야기하던 '무로부터 솟아는 표현들로서의 침묵의 언어'의 운동성과 닮아 있다. 이러한 점은 김기림이 초현실주의 예술이 "다다적인 파괴"에만 머무르지 않고, 또 시인 개인의 주관적인 세계에 매몰되지 않고 보편성을 획득할 여지가 있다고 보는 이유이기도 할 것이다.[124]

그러나 김기림은 인간의 정신작용의 힘을 억제함으로써 의식 밖의 세계를 기괴한 이미지로 표현해내는 초현실주의 예술 정신 자체를 선호했다기보다는 "단어와 단어를 결합 혹은 반발시킴으로써" 예상치 못한 돌연한 의미들을 생산해내는 그들의 작시법을 주목한다. 김기림은 초현실주의자들이 자신들의 무의식의 세계를 분석하여 자동기술적인

---

123 A. Breton, 「제2차 초현실주의 선언」, 앞의 책, 157면.
124 「현대시의 발전」, 『전집』 2, 327면.

방식으로 이미지화하고 그러한 이미지들을 통해 기억의 저편에서 부유하고 있는 작가 개인의 유년기의 흔적들을 표현해내는 그들의 예술 정신을 긍정하면서도 "파괴적이고 부정적인 허무한 사상"과 함께 이들의 예술 정신의 또 다른 한 축을 담당하고 있는 "질서에의 의욕"을 초현실주의자들이 놓쳐버림으로써 개인의 주관적 세계에 함몰해버렸다는 점을 시론의 여러 글을 통해 비판한 바 있다.[125]

초현실주의에 대한 김기림의 이러한 비판에서 다시 한 번 현실(재현적 언어, 시계의 속도)과 테크닉(변형된 언어, 시의 속도)으로 구분될 수 있는 김기림 시학의 이중적인 질서 체계를 간접적으로 읽을 수 있다. 김기림에게 중요한 것은 예술적인 창조력(파괴적이고 부정적인 허무한 사상) 그 자체가 아니라 테크닉을 통해 발휘되는 현실의 예술적 '변형'(질서에의 의욕)인 것이다. 이러한 변형을 통해서만이 현실적 시선이 미처 보지 못하는 현실의 이면들을 의식의 표층 위로 끌어올릴 수 있게 되고, 이러한 이미지들을 통해 현실을 좀 더 정확히 이해할 수 있게 되는 것이기 때문이다. 그리고 이것이 김기림이 초현실주의 예술에서 발견한 "꿈의 리얼리티"[126]이다. 김기림이 '영상의 광선'이라는 초현실주의 작시법을 주목하는 것은 그것이 "꿈의 리얼리티"를 읽어낼 수 있는 방법을 제시해주기 때문이다.

그리고 이러한 점을 통해 김기림이 시인의 요건으로 지성을 강조하고, 현대시의 방향으로 객관주의를 주장하며, 그리고 끊임없이 현실을 고정시키는 리듬을 부정하고, 중력의 무게를 달고 있지 않아 손쉽게 변형이 가능한 이미지를 새로운 시의 요소로 부각시키는지가 보다 선

---

125 「피에로의 독백―포에시에 대한 사색 단편」, 『전집』 2, 303면.
　　「현대시의 발전·상아탑의 비극―사포에서 초현실파까지」, 『전집』 2, 316면.
　　「기교주의 비판」, 『전집』 2, 99면.
126 「현대시의 발전」, 『전집』 2, 324면.

명해진다. 김기림에게 중요한 것은 테크닉을 통해 현실의 이미지들을 분해하고 새롭게 배치해봄으로써 우리의 의식을 속이고 있는 현실의 담론에 균열을 가하는 것이고, 이러한 작업은 현실의 정치가 아니라 오직 이미지를 다룰 수 있는 시, 소설, 영화, 미술 등과 같은 예술의 영역에서만이 가능한 작업인 것이다. 김기림이 '시의 모더니티'에 대해 논하면서 "회화의 온갖 수사학은 이미지의 엑스타시로 향하여 유기적으로 전율한다"[127]라고 말했을 때, '회화의 온갖 수사학'이란 바로 시적 테크닉을 의미하며, '이미지의 엑스타시'란 테크닉에 의해 마술적으로 변신하는 이미지의 변신술을 의미하는 것이라 읽을 수 있다. 김기림이 시의 테크닉과 이미지를 강조하며 염두에 두고 있었던 것은 바로 현실을 조작하고 변형하는 것으로서 이미지를 다루는 기술이었던 것이다.

시간을 분절하고 고정하며 세계에 질서를 부여하는 리듬은 이미지와 달리 변신이 불가능하고, 따라서 현실을 조작하고 변형할 수 있는 테크닉을 펼칠 수가 없다. 그러나 변형한나는 것은 움직인다는 깃이고, 이 움직임 속에 리듬이 생성될 수 있다. 김기림이 속도를 나타내는 외적 방법으로 드는 "음향의 단속"은 자동적으로 흘러가는 시계의 시간에 '피크노렙시'가 발생되는 순간을 청각적으로 이미지화한 것이고, "활자의 직선적 횡렬"은 이러한 시간의 단속에 의해 발생하는 리듬을 시각적으로 이미지화한 것이라고 할 수 있다. 예컨대 「일요일의 행진곡」에서 일주일이라는 공허하고 연속된 시간은 사선으로 배치된 "月 火 水 木 金 土"라는 상형문자에 의해 단속(斷續)되고 있다. 상형문자화된 각각의 하루하루는 달, 불, 물, 나무, 쇠, 흙의 독립된 세계를 구성하며 일요일을 향해 행진을 하고 있는 것이다. 이 '일요일'이 "역사의 여백"이자 "영혼의 위생데이"일 수 있는 이유는 이 행진의 시간이 시계의

---

127 「시의 모더니티」, 『전집』 2, 80면.

시간으로부터 떨어져 나와 새롭게 생성된 시간의 흐름이기 때문이다.

김기림이 긍정하는 리듬은 이렇게 이미지의 움직임이 생성하는 리듬이고, 이것이 곧 속도이다. 김기림의 모더니즘 시론에서 영미 이미지즘이나 주지주의, 그리고 미래파, 초현실주의 등의 전위 예술과 같은 서구 사조의 내용들이 자주 발견되는 것 역시 김기림이 낯설고 새로운 것에 관심이 있었기 때문이라기보다는, 이러한 모더니즘 예술 사조들에서 김기림이 '변형'이라는 예술의 힘을 발견했기 때문이다. 가장 대표적인 것이 김기림이 "미래파적인 돌기-폭음-섬광"이라 표현하고 있는 미래파 예술의 '역동적인 기계미'이다.

> 모든 것이 움직이고, 모든 것이 달리고, 모든 것이 빠른 속도로 돈다. 하나의 형상은 우리들 앞에서 절대로 정지해 있지 않으며 항상 끊임없이 나타났다가는 사라지곤 한다. 망막 위에 비친 영상의 지속성을 통하여 운동 중의 사물은 그것이 통과하는 공간 속에서 진동처럼 서로 연속함으로써 복수화되고 왜곡된다. 이렇게 해서 달리는 말은 네 다리를 갖지 않은 것으로 된다. 다리는 스무 개가 되고 그 운동 형태는 삼각형이 된다. (…중략…) 가끔 우리는 길에서 만나 얘기하고 있는 사람의 뺨에서 멀리 지나고 있는 말을 보기도 한다. 우리의 몸이 우리가 앉아 있는 안락의자 속으로 들어가고 안락의자가 우리들 속으로 들어오기도 한다. 마찬가지로 집들 사이를 달리는 전차가 집들 속으로 들어오면서 이번에는 집들이 전차 속으로 공격해 들어가 그것과 하나가 되어버린다. 우리는 생을 다시 시작하고자 한다. 오늘날의 과학이 그 과거를 부정해야 된다는 사실은 우리 시대의 물질적 요구에 부합하는 것이다. 같은 식으로 예술은 그 과거를 부정함으로써 우리 시대의 지적인 요구에 응하지 않으면 안 된다.[128]

---

128 Umberto Boccioni, 「미래주의 화가선언」.(N. Lynton, 성완경 옮김, 「미래주의」, 『현대 미술의 개념』, 문예출판사, 1994, 144~145면에서 재인용)

인용된 보치오니의 「미래파 회화 선언」을 통해서도 알 수 있지만, 미래파 예술은 모든 경계의 허물어짐을 추구했다. 그리고 경계를 허물어뜨리는 힘은 기계의 속도에서 나온다. 인간성을 넘어서는 기계적인 속도의 힘은 이미지를 절대로 정지해 있는 상태로 내버려두지 않으며 항상 끊임없이 나타났다가 사라지는 과정 속에서 복수화되고 왜곡되게 한다. 「신문기자로서의 최초인상」에서 편집기자들의 분주한 모습들을 마리네티의 '스물여섯 개의 다리를 가진 말' 그림에 비유했던 김기림의 상상력은 보치오니의 선언에서도 발견된다. 특히 이 글은 이미지들이 상호적으로 침투하는 공감각적인 특성을 강조하면서 여러 가지 감각을 한꺼번에 표현하려는 자신들의 예술적 충동을 그려내고 있다는 점이 특징적이다. 이를 통해 이들이 표현하려고 했던 것은 운동체와 공간의 상호관련성, 즉, 현실 문명이 만들어내는 기계적 속도를 넘어서는 '우주적 역동성'이었다. 이러한 방식으로 미래파 예술은 감각의 경계를 허물고, 공간의 경계를 허물며, 시간의 경계를 허물고 심지어 젠더적인 경계도 허물어뜨린다.[129] 이렇게 현실의 모든 경계를 허무는 미래파의 예술적 테크닉 중 하나가 김기림도 매혹시켰던 소음의 예술이다.

귀를 쫑긋 세우고 눈을 들어 현대의 거대 도시를 지나가면 소용돌이치는 물소리, 금속관을 통과하는 공기와 가스 소리, 동물성을 여실히 드러내며

---

129 이택광은 마리네티의 「미래파선언」에서 악명 높은 구절 "여성의 조롱을 찬미한다"라는 여성혐오를 미래파의 기계에 대한 찬양과 연결해서 생각해보면, '탈인간성', '비인간성'에 대한 갈망으로 볼 수도 있다고 주장한다. 또한 피터 니콜스는 미래파의 여성관이 역설적이라는 사실을 인정하면서, "새로운 영웅적 존재에 대한 마리네티의 환상이 초인적 남성성에 대한 꿈에 지나지 않았지만, 그가 이를 통해 부족하고 부적합하기 때문에 폐기하고자 했던 것은 전통적 여성성이라기보다, 성차 그 자체를 함의하고 있는 것"이라고 주장하기도 한다. (이택광, 『세계를 뒤흔든 미래주의 선언』, 그린비, 2008, 147~148면 참조)

호흡하고 맥박치는 그르렁거리는 소음, 파도의 심장 박동, 들고나는 피스톤 소리, 전기톱이 내지르는 고성, 궤도를 달리는 전차의 덜컹거림을 하나하나 구분해 듣는 즐거움을 맛보게 될 것이다. 상점의 철제 블라인드를 박살내고 부서져라 문 닫는 소리, 왁자지껄 소란스런 군중의 소음, 역과 철도와 철공소, 방적소와 인쇄소, 발전소와 지하철의 다양한 소음으로 우리는 머릿속에서 관현악을 창조해낸다.[130]

미래파의 일원인 루이지 루솔로는 소음기계 인토노루모리(intonorumori)를 발명하여 관습적인 음악의 범주를 넘어서는 연주음악을 런던 콜리세움 극장에서 공연한다.[131] 이들이 기계를 통해 생성해내는 소음들은 기존 음악에서라

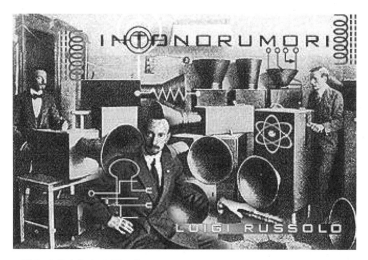

그림 2. 소음기계 인토노루모리

---

130 L. Russolo, Translated by Robert Filliou, *The Art of Noise : Destruction of Music by Futurist Machines*, A Great Bear Pamphlet, 1967.(L. Appignanesi, 강수정 옮김, 『카바레』, 에코리브르, 2007, 123~124면 재인용)
131 L. Appignanesi, 위의 책, 124면.

면 평하되었을 잡음과 같은 것들이다. 현실의 풍경을 매끈하게 다듬어내는 재현의 예술에서는 되도록 숨기고 감추었을 잡음을 미래파 예술은 기계장치의 힘으로 도리어 증폭시켜 이것을 예술의 대상으로 삼고 있는 것이다. 이러한 소음의 예술은 관객을 편안하게 안정시키는 것이 아니라 끊임없이 불편하게 만드는 충격 요법을 선사한다. 그러나 일상생활 속에서 이 잡음은 "귀를 쫑긋 세우고 눈을 들어" 의식적으로 응시해야만 포착할 수 있는 것이다. 잡음은 이미 익숙해진 일상의 소리이기 때문이다. 소음이 발산하는 충격은 일상의 소리가 나타나지 않을 장소에서 나타날 때, 예컨대 콜리세움 극장과 같은 장소에서 나타날 때만이 충격이 된다. 이를테면 미래파의 소음은 영화의 자연스러운 리듬을 파괴하는 '비합리적인 컷'과 같은 성격의 '피크노렙시'이며, 직선의 시간이 숨겨놓고 은폐하고 있는 곡선의 시간인 것이다.

이와 같은 미래파의 기계적 감수성이나 '꿈의 리얼리티'를 추구하는 초현실주의 예술의 이미지, '멜로포이아'에서 '파노포이아'를 거쳐 '로고포이아'로 발전 진행되는 에즈라 파운드의 이미지즘,[132] 에즈라 파운드에게 상당한 영향을 끼친 페널로사의 '표의문자의 기법(ideogrammic method)',[133] 그

---

[132] 「시의 회화성」, 『전집』 2, 105면.
[133] 에즈라 파운드는 1914년 페널로사의 유고 중 「시를 위한 매체로서의 중국문자」를 통해 추상적이고 관념적인 서구의 사유방식을 비판하고 구체적인 사물에 직접 다가가는 방식을 사유하기 시작한다. 파운드에 따르면 중국의 표의문자는 소리의 그림이거나 소리를 상기시키는 기호가 아니라 사물 그 자체인 그림이다. 예를 들어 "東"이라는 문자는 人(man, 사람)+木(tree, 나무)+日(sun, 태양)이 모여서 '태양이 뜰 때 나뭇가지에 걸린 해 → 동쪽'이라는 뜻을 내포하고 있다. 즉, 사람, 나무, 태양을 동시에 보여주는 "東"이라는 문자는 과거부터 지금까지 문자가 만들어지는 전 과정을 모두 보여주고 있기 때문에 사물에 직접 다가가는 것을 가능하게 한다는 것이다. 다시 말하면 중국 상형문자는 "지속적으로 가시적이며 진행 중인 창조적 충동과 과정을 보존하고 있"다는 것이다. 서양인의 눈에 중국 한자는 상당히 독특한 이미지로 다가왔고, 언어의 추상성이 배제된 구체적인 그림문자처럼 다가왔을 것으로 짐작된다. 페널로사는 "함께 첨가된 두 사물은 제3의 것을 만드는 것이 아니라, 상호간의 어떤 근본적인 관계를 암시한다"는 정의로 '표의문자 기법'을 설명했고, 파운드는 이러한 요소들의 관계성에서 생성되는 역동적인 이미지를 사유하기 시작한다.(에즈라 파운드의 이미지

리고 파운드가 윈덤 루이스(Wyndham Lewis), 앙리 고디어 브르제스카 (Henri Gaudier-Brzeska) 등의 동료 예술가들과 함께 자신의 이미지즘 이론에서 발전 확장시킨 보티시즘(Vorticism)[134] 등과 같은 현대 예술에 대한 김기림의 관심은 이러한 예술 유파들이 예술에 시간이라는 요소를 도입함으로써 현실의 이미지를 '변형'하고 왜곡하는 그들의 예술적 테크닉에 있었던 것이다.

김기림의 모더니즘 시론에서 이미지, 지성, 시적 테크닉이 반복적으로 강조되고 있는 것은 이러한 것을 통해서만이 '변형'이라는 예술적 역량이 충분히 발휘될 수 있는 것이기 때문이다. '내용과 형식의 종합', 혹은 '사회성과 예술성의 종합'이라는 김기림의 전체시론은 이러한 예술의 '변형'의 문제와 함께 고려할 때만 그 정체가 분명히 파악될 수 있다. 시의 테크닉과 문명 비판은 형식과 내용으로 나눠질 수 있는 두 항

즘과 한자 상형문자에 관한 논의는 이보경, 「한·중 언문일치 운동과 영미 이미지즘」, 『중국현대문학』 제31호, 2004 참조) 김기림은 페널로사의 '표의문자의 기법'을 직접적으로 언급하고 있지는 않지만, 「시의 이해」에서 에즈라 파운드 식의 이미지의 병치와 결합이 생산해내는 환상적 특성을 설명하면서 '표의 문자'로서의 한문의 가능성에 대해 다음과 같이 언급하고 있다. "현대시의 어떤 것에서 보듯 영상을 그저 늘어만 놓고 그 사이에 맥락을 붙여주는 구문(構文, Syntax)이 아주 없어서 읽는 사람으로 하여금 그 상상을 발동시켜 제멋대로 시를 꾸며가게 버려두는 일조차 많다. 「에즈라·파운드」는 현대에 있어서 그러한 시를 퍼뜨려 놓은 장본인으로 지목되고 있는 것이다. 이러한 구문의 결여는 상상력의 활동을 위한 도리어 좋은 조건을 제공하는 일조차 있다. 구문법이 지극히 단순하며 거지반 글자 하나하나가 독립한 뜻을 가지고 있는 한문은 이러한 까닭으로 해서 상상이 활동할 여지가 많아서, 이런 점에 한시의 유다른 함축성이 있어도 보인다."(「시의 이해」, 『전집』 2, 242~243면.)

[134] 김기림이 보티시즘에 대한 언급은 직접적으로 하고 있지 않지만, 김기림의 영미 이미지즘에 대한 논의가 에이미 로웰과 같은 후기 이미지즘 이론가의 논의가 아니라 에즈라 파운드의 이미지즘 중심이라는 점, 그리고 「1933년 시단의 회고」에서 소용돌이파의 일원인 윈덤 루이스를 인용하고 있다는 점 등에서 미래파와 유사한 예술 정신을 표방하고 있는 보티시즘에 대한 그의 관심을 미루어 짐작할 수 있다. 김기림이 윈덤 루이스를 인용하고 있는 부분은 다음과 같다. "만약 군이 미에 대한 욕망을 가지고 있다고 하면 오늘날 와서는 새로운 미를 창조하는 길 밖에 없다. 군은 과거의 위에서 군 자신을 더 길러갈 수는 없다. 그것은 재산은 없어졌다. 과거는 아무데서도 실재가 아니다.(「윈담·루이스」)"(「1933년 시단의 회고」, 『전집』 2, 61면)

이 아니다. 시의 테크닉이 곧 문명 비판인 것이고, 시의 테크닉이 곧 휴머니티인 것으로, '하나', 혹은 '전체'인 것이다. 내용과 형식을 이원적으로 생각하고 있던 변증론자 임화의 눈에 김기림의 전체시론이 '매개 없는 형식적 종합'으로 비추어졌을 것은 당연한 것이다. 그러나 김기림에게는 내용과 형식이 둘로 나누어지는 것이 아니다. 시의 테크닉에 의해 현실적 담론에 구멍이 생기고, 이 구멍이 곧 현실 질서의 불완전성을 증명하는 것이기 때문이다. 테크닉을 가하는 순간 현실이 '변형'되고 이 '변형'이 곧 의미, 혹은 내용인 것이다.

이렇게 현실의 이미지에 테크닉을 가함으로써 현실 스스로가 현실의 불완전성을 말하게 하는 것, 김기림에게 시인의 역할은 오직 여기까지이다. 시인은 '편내용주의자' 리얼리스트들이 주장하는 것처럼 현실을 직접적으로 어떻게 할 수 있는 존재가 아니고, 오직 "소극적"[135]으로만 현실에 참여할 수 있는 것이다. 이 '소극적' 방법이란 테크닉을 통한 '적극적'인 현실 이미지의 변형을 의미한다. 그리고 이것이 시인의 주관에 의한 것이 아니라 독자적인 객관성을 구비하여 새로운 가치의 세계로서의 '객관주의' 시가 지향하는 바이다. 이것을 넘어설 때, 시는 도덕적이 되고, 이렇게 도덕화된 시는 리얼리즘이 그러한 것처럼 모랄을 강요하는 시가 되며, 그러한 시를 말하고 있는 시인은 소아병자가 되는 것이다. 김기림이 「기교주의 비판」에서 자신의 기교주의를 '윤리학 권역'에 속하는 예술지상주의와 구별하면서 "순전히 미학 권내의 문제"[136]라고 못 박아 두는 것은, 단순히 예술지상주의와 기교주의를 구별하기 위함이라기보다는 기교주의에 대한 자신의 비판이 리얼리즘 문학처럼 '시의 도덕화'를 지향하는 것이 아니라는 점을 분명히 할 필요가 있었기 때문이다.

---

135 「시인과 시의 개념」, 『전집』 2, 295면.
136 「기교주의 비판」, 『전집』 2, 99면.

영화가 개념을 조직하지 않고 단시 시각적인 이미지만 제시하는 것처럼, 테크니션은 무엇인가를 말하는 존재가 아니라 단지 변형만 할 뿐이다. 말하는 것은 변형된 현실 이미지이다. 좀 더 적극적으로 의미부여를 한다면 현실이 말할 수 있도록 현실을 이미지로 분해하고 배치하면서 통로를 만드는 자가 테크니션인 것이다. 즉, 김기림에게 시인이란 특정한 정체성을 전제하고 있는 존재가 아니라 일종의 매체이자 매개자인 셈이다. 김기림의 기교주의 비판은, 정확히 말하자면 시적 테크닉을 비판하고 시의 사상성을 강조한 것이 아니라, 현실을 변형시키지 못하여 테크닉이 발휘되지 못하고 있는 시, 김기림의 표현대로 말하자면 "시적 이미지만 주무르고 있"[137]는 시에 대한 비판인 것이다. 그런 점에서 김기림은 상당히 어려운 길을 선택한 셈이다. 예술지상주의자들처럼 자신의 예술적 창조력을 자랑하기만 해서도 안 되고, 그렇다고 리얼리스트들처럼 '시의 도덕화'의 길로 빠져서도 안 되는 제3의 길, 이것이 김기림이 선택한 현대시의 방향으로서의 테크니컬 모더니즘의 세계이다.

김기림이 「시인과 시의 개념」에서 예술과 정치를 구분하지 못하고 예술의 역능을 발휘하지 못하는 리얼리즘 예술과, 시를 창작함에 있어 '변형'이라는 이미지의 힘을 놓쳐버리는 센티멘탈 로맨티시즘과 예술지상주의를 같은 맥락에서 함께 비판하며 이 모두를 '과거의 시'라는 하나의 범주로 묶을 수 있었던 것 역시, 리얼리즘이나 감상적 낭만주의, 예술지상주의 등의 이 모든 예술 범주들이 공통적으로, 그 자신이 이미지를 다룰 수 있는 세계에 속해있다는 사실을 놓치고 있었기 때문이다. 달리 말하자면 이들은 자본주의 현실을 지배하는 기계기술과 그것을 장악하고 있는 지배계층에 맞설 수 있는 예술적 테크닉의 가능성을 간파하지 못한 것이다. 김기림에게 현실 이미지를 끊임없이 분해하

---

137 「객관세계에 대한 시의 관계」, 『전집』 2, 119면.

고 조작하며 조롱할 수 있는 예술적 테크닉의 게릴라적 전술은 도저히 한 번에 간파해낼 수 없는 자본주의 사회의 속도와 유동성에 맞설 수 있는 가장 가능성 있는 기제였던 것이다. 그리고 이러한 예술의 게릴라성 전술을 가장 효과적으로 잘 표현해낸 이들은 현대 전위 예술 작가들이었고, 그런 점에서 미래파나 초현실주의와 같은 현대 전위 예술에 김기림의 관심이 모아질 수밖에 없었던 것이다.

김기림이 운율과 시인 개인의 주관적 정서에 묶여 있는 서정시를 부정하고 '시의 회화성'을 강조하는 것, 시의 본질을 음악성(리듬)에서 회화성(이미지)로 바꾸어놓은 이미지즘의 공적을 강조하면서도 그들이 다루고 있는 이미지가 자유롭게 발산되는 시뮬라크르적인 이미지가 아니라 내면으로 수렴되기만 하는 메타포적이고 재현적인 이미지에 머무는 것을 비판하는 것, 그리고 한국문학에서 이미지를 적극적으로 활용하기 시작한 정지용을 '최초의 모더니스트'로, '변형'이라는 이미지의 역량을 최고로 발휘한 이상을 '최후의 모더니스트'로 평가하는 것,[138] 이 모든 것은 테크닉과 현실의 변형의 문제와 깊은 관련성을 갖는 것이다. 김기림에게 모더니스트란 변형의 문제를 다룰 수 있는 테크니션인데, 시가 언어의 예술이라는 점을 자각함으로써 테크니션으로서의 가능성을 보여준 이가 정지용이라면, 관념이 아니라 오직 테크닉의 힘으로 현실을 조롱하고, 테크닉의 힘으로 현실을 투시하여 새로운 세계를 설계하는 작업을 펼쳐 보임으로써 테크니션으로서의 최고의 경지를 보여주는 이가 이상이었던 것이다.[139]

---

138 「모더니즘의 역사적 위치」, 『전집』 2, 57면.
139 김기림은 이상을 "언어 자체의 내면적인 에너지를 포착하여 그곳에서 내면적 운동의 율동을 발견하려고 한 점에 그 독창성"을 찾아볼 수 있다고 평가하며 이상을 '스타일리스트'로 규정하기도 한다.(「현대시의 발전」, 『전집』 2, 329면)

3) '속도의 시'의 여러 사례들

김기림의 속도는 비약이라는 '피크노렙시'를 이용하여 근대적 시간을 단속(斷續)하게 하는 테크닉이라고 할 수 있다. 이미지의 갑작스러운 결합과 연쇄를 통한 비약적 진행 속에서 발생하는 김기림의 속도는 "영상의 광선"이 만들어내는 속도이며, '속도의 시'란 근대의 속도를 재현하는 시가 아니라 오히려 근대적 시간을 단속(斷續)하게 하는 시를 의미한다. 즉, 김기림에게 속도는 장소의 이동이 아니라 시를 구성하는 테크닉으로서 새로운 가치의 세계를 구성하는 것이며, "'있을 법한'이라는 인습을 아주 무시하고, 의외의 모양, 비범한 방식, 엄청난 비약"[140]과 같은 시적 효과를 생성해내는 것이다. 그런 점에서 김기림의 속도는 환상적인 곡선의 시간을 창출해내는 시적 속도이며, "고전 물리학의 세계가 아니라 상대성의 원리의 더 고차의 세계에 우리를 인도"[141]하는 것으로서 현실의 시간의 흐름을 중지시키는 속도이다. 즉, 속도는 이미지의 배치의 문제와 연결되는 것이며, 이런 점에서 김기림의 '배치의 시학'은 '속도의 시학'이라 바꾸어 부를 수도 있을 것이다. 이를테면 다음과 같은 시는 전혀 장소의 이동의 흔적을 찾아볼 수 없지만 속도의 시에 속하는 것이라 할 수 있다.

심장을 잃어버린 토끼는
지금은 어디가서 마른풀을 베고 낮잠을 잘가?

　　　　　　　　　　　　　　　　　　　　　　　　　　　　　　　　　－「林檎」 전문(97)

무장해제를 당한 중앙군의 행렬입니다.

---

140 「시의 이해」, 『전집』 2, 233면.
141 위의 글, 253면.

天津으로 가는겐가? 南京으로 가는겐가?
대장의 통전을 기다립니다.

— 「밤(栗)」 전문(99)

인용된 시는 1934년 『신여성』에 발표된 「식료품점」 계열시이다. 김기림은 여성 독자를 위한 시의 청탁을 받은 것으로 보이며, 식료품점에서 볼 수 있는 사과나 밤, 초콜렛, 파인애플과 같은 여성독자들에게 친숙한 소재들을 시적 소재로 채택한 것으로 유추된다. 「식료품점」 계열시의 특이한 점은 시가 표현하고 있는 내용과 시적 대상과의 관계성이 아주 약하다는 점이다. 시 구절 어디에도 능금이나 밤을 떠올릴만한 이미지가 제시되어 있지 않다. 그러나 자세히 살펴보면 「林檎」의 경우 빨간 사과가 '토끼의 심장'으로, 「밤」의 경우 밤송이에 가지런히 박혀있는 밤톨들이 "무장해제를 당한 중앙군의 행렬"로 표현되어 있음을 알 수 있다. 밤송이가 벌어져있는 모양을 '무장해제 당했다'라고 표현하고 있는 데에서 김기림의 기발한 상상력을 읽을 수 있다.

이러한 시편들은 대상을 특징할만한 속성 중 하나를 증폭시켜 과대 포장함으로써 대상을 낯설게 만들고 있는 사례를 보여준다. 즉, '능금'이나 '밤'이라는 기호에 붙어있는 현실적 질서를 흩어놓고, '능금'이나 '밤'을 새로운 각도로 보고 있는 것이다. 이러한 시편들은 시의 내용과 타이틀 간의 유기적인 연속성을 파괴함으로써 독자를 당혹하게 하고 생각하게 만드는, 이른바 들뢰즈적인 '기호의 폭력'[142]을 야기하고 있는 것이다. 이 순간 독자는 시를 읽는 것을 포기하고 다시 현실의 속도로 돌아가거나 현실의 속도에서 잠시 빠져나와 시의 세계에 골몰해야 하는 선택을 해야 한다. 즉, 시인은 독자에게 사유의 폭력을 행사해야

---

142 G. Deleuze, 서동욱 옮김, 『프루스트와 기호들』, 민음사, 1997 참조.

하지만, 시인에게 독자의 이러한 선택의 자유까지 앗아갈 권리는 없는 것이다. 그러나 시의 세계를 선택한 뒤에 독자는 시의 세계에 골몰해야 하고, 그동안은 일상의 사고를 정지한 채 시가 구성하고 있는 세계에 참여해야 한다. 이때 독자는 '피크노렙시'의 순간을 경험하게 된다.

특히 『태양의 풍속』의 절반 이상을 차지하고 있는 김기림의 여행시편 역시 속도의 시에 해당한다고 볼 수 있다. 그러나 이때 주의할 점은 여행시편이 속도의 시로 불릴 수 있는 이유가 그것이 공간의 이동을 보여주기 때문은 아니라는 점이다. 이 시편들을 속도의 시로 만들어주는 것은 오히려 공간의 이동을 방해하는 시적 장치들이다. 다시 말해 여행시편들을 속도의 시로 만들어주는 것은 공간을 이동하는 현실적 속도를 단속(斷續)하는 이미지의 결합과 배치들인 것이다. 여행시편에 해당되는 「유람뻐스」나 「함경선 오백킬로 여행풍경」, 「길에서―제물포 풍경」, 「관북기행」[143]의 공통점은 짧은 단편의 연작시로 구성되어 있다는 점이다. 이런 구성은 여행 시편들에 이중적인 속도를 부여한다. 즉, 시 한 편 한 편의 이어짐으로 만들어지는 공간의 이동이라는 측면에서의 횡적인 '현실적 속도'와 시 한 편 한 편이 각각 독자적인 세계를 구성함으로써 공간적 이동이라는 현실적 속도의 연속성을 자꾸만 중지시키는 '시의 속도'가 그것이다.

---

143 「유람뻐스」(5편): 「동물원」, 「광화문(1)」, 「경회루」, 「광화문(2)」, 「남대문」(299~303 : 『조선일보』, 1933.6.22)

「함경선 오백킬로 여행풍경」(14편): 「서시」, 「대합실」, 「식당차」, 「마을」, 「풍속」, 「함흥평야」, 「목장」, 「동해」, 「동해수」, 「벼록이」, 「바위」, 「물」, 「따리아」, 「산촌」(52~65 : 『조선일보』, 1934.9.19~21)

「길에서―제물포 풍경」(8편): 「기차」, 「인천역」, 「조수」, 「고독」, 「이방인」, 「밤항구」, 「파선」, 「대합실」(44~51 : 『중앙』, 1934.10)

「관북기행」(19편): 「야행열차」, 「기관차」, 「산역」, 「마을(가)」, 「마을(나)」, 「마을(다)」, 「고향(가)」, 「고향(나)」, 「고향(다)」, 「두만강」, 「국경(가)」, 「국경(나)」, 「국경(다)」, 「국경(라)」, 「밤중」, 「동해의 아츰」, 「육친(가)」, 「육친(나)」, 「떠남」(353~371 : 『조선일보』, 1936.3.14~20)

「유람뻐스」나 「함경선 오백킬로 여행풍경」, 「길에서 – 제물포 풍경」, 「관북기행」 연작은 연작을 구성하고 있는 단편시들의 타이틀을 이었을 때는 일정한 공간의 흐름이 구성된다. 예컨대 「유람뻐스」의 경우 "동물원–광화문(1)–경회루–광화문(2)–남대문"으로 구성되어 있고, 이는 동물원에서 광화문을 거쳐 경회루에서 회차하여 다시 광화문으로 그리고 남대문으로 이어지는 '유람버스'의 이동경로를 보여준다.

그러나 「동물원」은 "날마다 사람들의 얼골만 구경하는 일에 아주 실연해버린 야수들은 내일은 아마도 단장님께 이 싫증나는 관광단은 차라리 해산하면 엇더냐고 충고할가 하고 생각합니다"라는 시구로 채워지고 있다. '날마다 사람들의 얼골만 구경하는 일에 아주 실연해버린 야수들'이라는 이미지를 통해 알 수 있듯이, 「동물원」에서 시선의 방향이 '유람버스'에서 '동물원'으로가 아니라 '동물원'에서 '유람버스'로 역전되어 있다. 이러한 시선의 역전으로 「유람뻐스」는 처음부터 순조롭게 공간을 움직이지 못한다. '유람버스'에 타고 있는 관광단들은 풍경을 바라보는 주체가 아니라 오히려 풍경이 되고 있기 때문이다. 심지어 동물원의 원숭이들은 "이 싫증나는 관광단은 차라리 해산하면 엇더냐고 충고할가" 생각하고 있다고 말하기까지 한다.

두 번째 도착지점인 「광화문(1)」에서는 "산양개를 일허버린 늙은 포수의 포 – 스는 전혀 역사적입니다"라는 시구로 채워지고 있다. 광화문의 현실 풍경을 묘사함으로써 공간의 이동 감각을 가속하기보다 식민지 조선의 현 상황을 암시하는 듯한 알레고리적인 비유를 통해 횡적인 이동 시간을 심층적인 역사 시간으로 전환시켜놓고 있다. 이러한 시구를 통해 '유람버스'는 역사의 심층 시간으로 빨려 들어간다. 역시 이동이 쉽지 않은 것이다. '경회루'를 회차하여 다시 돌아온 '광화문'에서는 이 늙은 포수가 "나의 사랑하는 개들은 대체 어대가 헤맴니까"라고 말하며 "손님의 소매에 매달"리기까지 한다. 계속 이동이 쉽지 않다. '유람버스'가 힘겹게 겨우겨우 이동한 뒤 도착한 마지막 종착점인 '남대문'에서는 도시의 속도를 감시하는 일본 경찰이 있다.

> 얼빠진 교통순사나리는 유월이 되엿슴으로 푸른 복장을 가러입엇습니다
> 그러나 당신의 눈은 가엽시도 직선이 올시다 그러기에 「하이칼라」한
> 「삘딩」들이 그의 억게 미트로 「시보레」 「팍카―드」를 「빵빵」 울리며 타고
> 드러와서는 그의 오래인 동무인 납작집들을 이리 밀고 저리 밀어서 시내
> 는 아주 혼란을 이루고 잇는 줄도 모르고 버티고만 서고 잇지요
> ― 「남대문」 전문(303)

흥미롭게도 김기림은 일본 경찰의 눈을 '직선'의 이미지로 그려놓고 있다. 이 '직선'이 근대적 시계의 시간에 대한 메타포가 된다고 했을 때, 곡선의 스케이트의 속도를 경험하지 못하는 일본 경찰은 현실이라는 감옥에 갇혀있는 가여운 사람인 것이다. 대도시 경성을 감시하는 이 '가여운' 일본 경찰은 도시의 속도에 이리 몰리고 저리 몰리며 도시의 속도를 제어해야할 자신의 본분을 잃어버린 채 멀뚱히 얼빠진 모습으로 "버티고만 서 있는" 모습으로 그려진다. 이렇게 동물원을 기점으로 경성 거리를 힘겹게 돌아다니다 도착한 '유람버스'는 종점 '남대문'에서 마주친 엄청난 교통 혼잡으로 그나마 조금씩 움직이던 것도 완전히 멈추고 만다. 시 「유람쩨스」는 근대적 속도를 이렇게 조롱한다. 근대적 속도를 조롱하는 '시의 속도', 이것이 「유람쩨스」를 '속도의 시'로 만들어주는 것이다.

식민지인에게는 공포스러운 대상인 일본 경찰을 한순간에 '가여운 사람', '얼빠진 놈'으로 바꾸어놓고서, 식민 권력의 힘에 질식당하는 것이 아니라, 우리를 감시하고 지배하는 식민 권력의 힘을 무력화시키고 이를 조롱함으로써 지속적으로 탈출 가능성을 탐색하는 것, 이러한 것을 가능하게 하는 것이 이미지를 요리할 수 있는 시적 테크닉의 힘이

고 제도 권력의 시간을 중지하는 테크닉, 즉 속도의 힘이다. 그리고 시인이 이러한 시적 테크닉을 부릴 수 있기 위해서는 현실의 흐름과 담론적 흐름을 잘 응시하고 이를 개념적으로 풀어낼 수 있는 '명징한 지성'의 능력이 필요한 것이다.[144] 근대 문명, 그리고 문명의 속도에 대한 김기림의 관심은 이 문명적 지식의 힘을 어떻게 '변용'할 것인가에 초점이 맞추어져 있었던 것이다.[145]

김기림의 여행시가 현실의 속도를 중지시키고 새로운 속도를 만들

---

[144] 1937년 중일 전쟁 이후부터 점점 가속화된 총동원 체제와 1940년 7월의 신체제론의 발표와 더불어 확산되어간 대동아공영권의 논리 속에서 파시즘의 폭력이 최고조에 다다른 일제 말기, 조선어 사용이 금지되면서 테크니션의 무기인 언어를 빼앗기고, 문인으로서 어떠한 활동도 할 수 없었던 김기림이 선택한 것은 교사의 길이었다. 그리고 학생들에게 요구한 것은 공부하라는 것이었고, 그것도 시나 소설이 아니라 영어, 수학, 역사, 지리, 물리, 화학 등의 기초 학과목을 충실히 공부하라는 것이었다. (김학동, 앞의 책, 55면) 해방 이후 J. A. 톰슨의 『과학개론』(1948)을 번역하고, 『문학개론』(1946), 『시의 이해』(1950) 등의 일련의 학술서적을 발표한 것도 같은 맥락에서 이해 가능하다. 이러한 지식이 바탕이 되어야 유동하는 현실을 응시할 수 있고, 비로소 테크닉을 감당할 수 있게 되며, 시를 쓸 수 있게 되기 때문이다. 다시 말하자면 김기림이 지성을 강조할 때, 그는 시인이 개념적으로 세계를 인식할 수 있을 만큼 학적이고 지성적인 능력이 필요하다는 것을 주장하고 있는 것이다. 테크니션-모더니스트로서의 시인 김기림과 교사로서의 인간 김기림은 이렇게 이어진다. 김기림이 시론에서 '지성'을 강조하고 나아가 '과학으로서의 시학'을 주장하는 것 역시 현실을 '변형'해야 하는 시인의 역할과 무관하지 않다. 그리고 '변형'은 테크닉에 의해 가능한 것이다. 김기림 시론에서 강조되는 '지성'과 '과학'은 일본 주지주의의 영향이라든가 서구로 대표되는 근대적 지식의 수용이라는 다소 추상적인 설명에서 벗어나 김기림 모더니즘 시론의 문맥 속에서 이를 재규정할 필요가 있다고 여겨진다.

[145] 그런 점에서 김기림의 근대적 기술 문명에 대한 관심은, 기술이 인간의 능력을 발전시키면서 새로운 가능성을 열어놓는다는 점에서 테크놀로지를 긍정적으로 평가했던 벤야민의 논의와 이어지는 측면이 있다. 기술이라는 것은 마르크스의 경제범주로 이야기하자면 결국 생산능력의 일종이다. 다시 말해 한 개인의 능력으로 존재하는 생산능력을 물질적인 것으로 고정시켜놓은 것이 바로 기술인 것이다. 루카치는 이를 기계문명에 의한 인간의 소외로 보았지만, 벤야민은 인간 능력의 확장으로 받아들인 셈이다. 이러한 사유는 괴테에게서도 발견되는 지점이다. 파우스트가 근대인의 무한한 지식욕을 상징한다면 「마법견습생」에 등장하는 철로 만든 팔을 가지고 있는 장군은 육체적 한계를 뛰어넘는 인간의 소망 이미지라고 할 수 있다. 무한한 지식욕과 기계기술문명에 대한 환호는 일면 닮아 있다. 테크놀로지의 가능성에 대한 벤야민의 논의는 「기술복제시대의 예술작품」(『발터벤야민의 문예이론』, 민음사, 1983) 참조.

어내고 있다는 점은 비단 「유람뻐스」뿐 아니라 여행시편 전체를 아우르는 특징이다. 「길에서-제물포풍경」은 경성을 이동하는 「유람뻐스」처럼 인천 제물포를 유람한다. 기차는 인천역을 떠나 해안을 연하여 달리다 밤항구를 지나 다시 역사로 들어온다. 그러나 기차는 "죽음보다도 더 사랑하는 금벌레"(44)로 의인화되어 기차가 "노을이 타는 서쪽 하늘 밑으로 빨려"들어가는 몽환적인 분위기로 묘사되고(「기차」), 해안을 연하여 달리는 기차의 속도를 가로질러 횡단하는 바닷바람이 묘사되며(「조수」), 정적이고 고독한 외로움(「고독」)이 표현되어 있기도 하다. 기차의 빠른 속도는 미처 보지 못하는, "부끄럼 많은 보석장사 아가씨"가 어둠 속에 숨어 "루비 싸파이어 에메랄드" 가득한 보석 바구니를 "살그머니 뒤집는" '밤항구'의 풍경(「밤항구」)을 그려놓기도 하면서 김기림은 직선의 밋밋한 세계를 주름 가득한 환상적인 곡선의 세계로 변신시켜 놓고 있는 것이다. 「길에서-제물포풍경」의 속도는 이렇게 기차의 속도를 횡단하고 분해한다. "함경선 오백킬로의 살진 풍경"(54)이 가득한 「함경선 오백킬로 여행풍경」, 관북 지방의 애처로움이 가득한 「관북기행」, 이 모든 여행시편은 기차와 시계에 의한 직선의 속도를 횡단하는 곡선의 속도이며, 시의 속도인 것이다.

　김기림이 "오늘의 문명만이 빚어낼 수 있는 금속의 풍경 속에서 느끼는 야성적인 행복은 속력이라는 기이한 작용 즉 운동 속에서 파악하는 실재와의 접촉에서만 오는 것"[146]이라고 말할 때, 이는 광폭하게 질주하는 자본주의 사회의 실제 속도를 의미하는 것이 아니라 이러한 자본주의 사회의 속도, 혹은 속력을 그만큼의, 혹은 그보다 더 강력하게 맞서는 반작용으로서의 '시의 속도'를 의미하는 것이며, '운동 속에서 파악하는 실재와의 접촉'이란 현실의 속도를 정지시킬 수 있을 정도의

---

146 「시의 이해」, 『전집』 2, 253면.

강력한 힘으로서의 '시의 속도', '예술의 속도'를 통해서만 가능한 것이라 할 수 있다. 즉, 김기림의 속도는 실제 우리가 현실에서 느낄 수 있는 '속도감'을 재현하는 방식으로는 감각하지 못하는 것이며, 시적 이미지의 배치와 그 배치가 만들어내는 운동감을 통해 간접적으로 경험할 수밖에 없는 것이다. 이렇게 이미지의 배치와 연쇄를 통해 자본과 식민권력의 속도를 분해하면서 만들어지는 김기림의 속도는 시를 생성하는 힘, 그 자체라고 할 수 있다.

그런 점에서 김기림의 속도는 이상의 거울 이미지와 많이 닮아 있다. 파편적이고 분열적인 이상의 모든 시적 이미지의 핵심에 거울 이미지가 위치해 있다. 이상의 기괴한 이미지들은 파편적인 거울 이미지와 깊은 연관성을 갖는다. 다시 말해 이상의 시적 이미지들은 거울 이미지의 변종들이라 할 수 있다. 이상의 거울은 이상 문학의 토대, 혹은 바탕이 되는 시적 기호인 것이다. 이미지의 배치의 문제를 거론하고 있는 김기림의 속도 역시 이상의 거울 이미지처럼 시를 생성하는 기제가 된다. 그런 점에서 김기림의 속도는 30년대 모더니즘 문학에서 이상의 거울 이미지와 대화할 수 있는 거의 유일한 것이라 할 수 있을 것이다. 김기림의 '움직이는 주관'의 가장 적절한 표상이 수많은 눈이 달린 콕토의 천사라면, 김기림의 속도에 대한 가장 근접한 표상은 바로 이상의 거울이라고 할 수 있다. 그리고 '움직이는 주관'이 동일성으로서의 주체가 인격성을 상실한 '적분(積分)'된 상태를 의미하고, 이는 곧 시간의 흐름 그 자체를 의미한다고 했을 때, '움직이는 주관'은 속도와 밀접하게 관련성을 갖는다고 할 수 있다. 그런 점에서 김기림의 '움직이는 주관'은 이상의 거울과 밀접하게 연결되어 있는 것이다. 김기림이 당대 어떤 문인보다 이상의 문학 정신을 잘 이해할 수 있었던 것은, 현실을 균열시키고 새롭게 배치하는 이상의 시적 테크닉의 힘을 간파하고 있었기 때문이기도 할 것이다. 따라서 이상의 거울과 김기림의 모더니즘 시학을 좀 더 적극적으로 대화시켜볼 필요가 있다. 이 책은 다음 절에서 이미지의 결합과 배치 속에서 생성해내는 김기림의 속도와 이상의 거울 이미지를 대화시켜봄으로써 '배치의 시학', 혹은 '속도의 시학'으로서의 김기림의 테크니컬 모더니즘의 의미와 가능성, 그리고 이것의 한계 지점을 살펴보려고 한다.

3. 거울과 속도 혹은 이상과 김기림

이상의 독특한 소설 「김유정」을 텍스트로 삼아 김기림과 이상, 박태원, 정지용, 김유정의 교우의 기록을 추적한 논의나, 이들 무리에 대해 '라보엠적 공동체'라 이름 붙였던 글을 통해서도 짐작해볼 수 있지만, 한국문학사에서 구인회 회원들이라 분류되는 이들에게는 단지 사적인 친분으로도, 공적인 관계로도 모두 설명할 수 없는 강력한 문학적 유대의식이 있다.[147] 이 중에서도 특히 김기림과 이상, 그리고 박태원의 문학은 마치 벤야민의 '성좌(Konstellation)'[148] 개념처럼 각각의 독자적인 지위를 유지하면서도 그 각각은 특유의 긴장관계를 형성하며 서로의 문학 세계에 삼투해 있다.

이는 단지 박태원의 「소설가 구보씨의 일일」에 김기림이 등장하고, 「애욕」이나 「방란장주인」의 등장인물이 다방 '제비'를 운영하던 이상을 모델로 하여 탄생한 것이라는 등의 소재적인 차원의 영향관계를 의

---

147 조영복, 「리토르넬로 비교교유록」, 신범순 편, 『이상의 사상과 예술』, 신구문화사, 2007; 신범순, 『이상의 무한정원 삼차각나비 ― 역사시대의 종말과 제4세대 문명의 꿈』, 현암사, 2007.

148 W. Benjamin, 조만영 옮김, 『독일비애극의 원천』, 새물결, 2008, 21면.

미하는 것이 아니다. 김기림이 시론에서 강조한 '속도'를 통해서도 읽을 수 있었지만, 이들은 흔히 '기교'라고 불리는 문학적 실험 자체를 공유하는 사이였다고 할 수 있다. 이상이 구축해놓은 기괴하고 초현실적인 시적 상상력이 박태원의 「적멸」과 같은 소설에서 '레인코트를 입은 사나이'로 형상화되기도 하고, 이상의 "굴곡한 직선"과 같은 기하학적인 시적 상상력이 「스케이팅」과 같은 환상적인 김기림의 시로 연결되기도 하는 것이다.

이들이 보여주는 집단성은 의식적인 차원을 넘어서 무의식적 층위에서 작동하는 문학적이고 정신적인 연대라 할 수 있다. 이와 관련해서 일제 말 파시즘 체제하에서 자신이 10년 동안 주장해 온 모더니즘을 포기하고 '침묵'의 제스처를 취하며 「못」이나 「청동」과 같은 시를 쓸 때, 김기림이 죽은 이상을 위해 「쥬피타 추방」이라는 애도시를 썼다는 사실을 떠올려 볼 수도 있을 것이다. 김기림은 이상의 죽음을 문학적으로 형상화하는 것으로 10년 동안의 자신의 문학을 애도했던 것이다.[149] 따라서 김기림 시학을 이해하기 위해서는 이상 문학을 아울러 살펴보는 작업이 요청된다.

이 책은 앞서 김기림 시학을 '배치'의 관점으로 접근해보았는데, 이러한 관점을 유지하며 김기림 시학과 이상 문학이 보여주는 정신적 유대성과 이 두 세계가 보여주는 차별적인 지점을 살펴보려고 한다. 이상 문학을 '배치'를 강조하는 김기림의 시선으로 읽어봄으로써 김기림의 모더니즘의 특이성이 보다 분명하게 규명될 것이라 기대하며, 아울러 일제 말 김기림이 10년 동안 고민해왔던 모더니즘을 포기할 수밖에 없었던 이유와, 모더니즘을 포기하면서 그가 보여주었던 '침묵의 수사'가 김기림의 모더니즘 시학의 맥락 속에서는 어떻게 위치될 수 있는지

---

149 이에 대해서는 이 책의 제4장 2절 참조.

를 이상 문학과의 비교 속에서 살펴보고자 한다.

1) '인간-텍스트'로서의 이상과 '글쓰기-판'으로서의 거울

이상 텍스트는 한 작품으로 완결된다기보다는 다른 작품과의 연계성 속에서 그 의미망이 확보되는 경우가 대부분이다. 거울, 수염, 나비, 13, 아버지, 가면, 정삼각형과 역삼각형, 여자, 날개, 골편, 골목, 미로, 개, 백지 등 헤아릴 수 없는 수많은 이상의 문학적 기호는 이상 텍스트 전체를 유동하며 움직인다. 그리고 이것은 확정된 의미로 고정되지 않은 채 개방된 텍스트 사이에서 지속적으로 새로운 의미망들을 생산해 낸다. 이러한 생산성은 기존의 문법을 어기는 방식으로 의미 사이에 공백을 만들어 의미 확정을 지연하는 이상의 수사적 테크닉의 힘이라고 할 수 있다. 기호가 기표와 기의의 종합이라고 했을 때, 이상의 기호는, 기의가 확정되지 않은 비밀스러운 기표라고 할 수 있으며, 김기림이 정지용의 시에서 읽은 단순한 메타포적 기호를 넘어선다고 할 수 있다. 김기림이 시론에서 강조하는 연상의 비행이라든가 이미지 간의 충돌, 병치 등의 테크닉을 이상 텍스트 전체가 하나의 세계를 이루며 구현해내고 있는 셈이다. 즉, 김기림의 '속도'가 이상 텍스트에서는 무한대의 방향으로 지속적으로 생산되고 있는 것이라고 할 수 있다.

그러나 이것만으로는 이상 문학의 특이성을 설명할 수 없다. 이상 문학의 가장 독특한 점은 이상이 스스로의 삶을 문학적 재료로 삼아 글쓰기를 한다는 점이다. 이상 연구사에서 반복되는 주제 중의 하나가 자연인 김해경과 작가 이상과의 상호 관계성을 추적하는 것이라는 점은 이상의 이러한 특이성을 방증한다.[150] 하지만 앞서 말한 연구들이 지적하고 있는 것처럼 이상을 일본의 자연주의 사소설 작가들과 동궤에 놓을 수는 없는데, 그것은 바로 이상의 문학적 테크닉 때문이다. 그는 자신의 삶을 문학적 재료로 가져오면서 그것에 변형을 가하고, 조작한다. 이상의 이러한 문학적 장난 때문에 가장 큰 곤경에 빠진 사람은 아마도 이상의 연인이었던 변동림일 것이다. 1986년 4월부터 1987년 1월까지 『문학사상』에 5회에 걸쳐 연재된 글에서 그녀는 시종일관 자신과 결혼했던 이상은 사람들이 생각하는 것처럼 그렇게 기괴한 사람이 아니며, 이상 소설 속의 여성 인물이 자신이 아니라는 점을 피력한다. "이젠 이상의 진실을 알리고 싶다"라든가 "理想에서 창조된 李箱"이라는 연재글의 타이틀은 연인의 죽음으로 자신의 삶의 진실을 말해 줄 증언자를 잃어버린 변동림의 곤혹스러움을 대신 말해준다. 그러나 이상 문학의 미로 속에 이미 갇혀버린 그녀가 진술하는 증언들은, 이상이라는 숭고한 대상에 독자들이 근접할 수 있게 하는 것이 아니라 이상이 구축해놓은 복잡한 미로 속에 길 하나를 더 새겨 넣을 뿐이다.[151] 다시 말해 이상이라는 대상에 완벽하게 도달할 수 있는 길은 없다. 다만 정체를 알 수 없는 '대상-이상' 주위로 계속 맴돌며 끊임없이 확실하지 않은 수많은 짐작들만이 계속 생산될 뿐이다. 한국문학에서 이상이라는 작가는 이른바 라캉이 기의 없는 기표라고 칭한 '대상a'의 지위에 놓여있는 유례없는 인물이 된 것이다. 이것이 가능했던 이유는 이상 자신이 문학적으로 창조한 세계를 거꾸로 실제로 살아버리면서

---

[150] 이상 문학을 이러한 관점으로 접근하고 있는 주목할 만한 연구는 김윤식의 『이상연구』(문학세계사, 1987); 신형철의 「이상(李箱) 시에 나타난 '시선(視線)'의 정치학과 '거울'의 주체론 연구」(『한국현대문학연구』 12집, 한국현대문학회, 2002.12); 서영채의 『사랑의 문법』(민음사, 2004) 등이 있다.

[151] 일례로, 이상의 지인들이 이상에 대해 쓴 글을 엮어 『그리운 그 이름, 이상』(지식산업사, 2004)이라는 책으로 출간한 김유중과 김주현은 변동림의 글을 읽은 뒤, "그녀는 정말로 야옹의 천재가 아니었을까?"라고 반문한다. 다시 말해 실제 이상의 모습에 대한 증언으로 발표된 변동림의 글은 실제 이상의 모습을 증언하는 것이 아니라 오히려 이상이 구축해놓은 문학 속으로 그대로 포섭되고 마는 것이다.

허구적인 문학과 진짜 삶을 분리할 수 없게 만들어버렸기 때문이다.

가장 단순하게 생각해본다면, 소설 『12월 12일』[152]에 등장하는 백부와 업과 C의 삼각관계는 변동림과 정인택과 이상의 유명한 실제 연애 스캔들과 겹쳐지고, 이 스캔들은 다시 「실화」, 「동해」, 「종생기」의 모티프가 된다. 그러나 테크니션 이상은 자신의 삶과 문학을 이렇게 단순하게 얽어 놓는 것으로 끝내지 않는다. 기생 금홍과의 비정상적인 결혼 생활을 반영하고 있다는 「날개」에서 '절름발이 부부' 관계의 한쪽인 '매춘부' 모티프는 금홍을 만나기 전 1차 각혈(1930 여름) 직후에 쓰인 「흥행물 천사」와 「광녀의 고백」 같은 시들에서 이미 발견되고, 「흥행물 천사」에서 읽을 수 있는 '서로 속고 속이는 관계'는 「실화」, 「동해」, 「종생기」에서 반복되며, 이상 연구자들은 이러한 소설을 통해 실제 이상의 삶의 윤곽을 유추하곤 한다. 그리고 이러한 전기적 사실은 다시 그의 문학 전체를 이해하는 바탕이 된다.[153] 이 정도로 얽히면 실제 변동림과 이상의 관계가 어떠했다는 것은 그다지 중요해지지 않는다. 이미 이상의 삶이 그의 문학 속으로 용해되어버렸기 때문이다. 이로써 이상은 스스로가 개방된 텍스트가 되어 끊임없이 속도를 생산해내는 '인간-텍스트'가 된다.

즉, 김기림이 현실 거리를 산책하면서 현실의 조각들을 이리저리 새롭게 배치하고 모자이크하며 새로운 의미가 생성될 수 있도록 균열을 가한다면, 이상은 자본주의 사회 현실을 자신의 육체에 용해하여 이 육체를 파편화하고, 그 육체 속에 응축되어 있는 시간을 조각내어 원고지

---

152 이상, 김주현 주해, 『정본 이상문학전집』 2, 소명출판, 2005.(본 절에서 이상의 작품은 김주현 주해, 『정본 이상문학전집』 1, 2, 3에서 인용하며, 이 중에서 이상의 시 작품은 특별한 인용표시 없이 본문에 제목을 병기하는 것으로 인용표시를 대신함)
153 이상 문학을 일방적으로 작가의 전기적 사실로 환원시켜 이해하는 기존의 시각을 문제 삼으며 '절름발이 짝패'라는 이상 문학의 구조적 양상을 추적한 연구로 권희철, 「이상의 '마리아'와 아쿠타가와 류노스케의 '예수'」, 란명 엮음, 앞의 책 참조.

에 모자이크하고 있는 것이라 생각할 수 있다. 이상의 연애담은 단순한 사적인 연애담으로 그치는 것이 아니라 '화폐', '교환', '매춘부', '게임', '도박'과 같은 기호로 얽혀 있는 자본주의 사회의 축도로 구축된다.[154] 김기림이 경성 거리를 산책하는 인간이라면 이상은 자신의 육체를 산책하는 인간인 것이다. 이상의 불안이나 공포, 고통의 감정이 이상 개인의 단순한 사적인 경험이 아니라 근대의 보편적 경험으로 환치될 수 있는 것은 김기림이 주체를 적분해서 시간 그 자체로 만들어 놓은 비인칭적인 '움직이는 주관'을 이상은 피가 흐르고 골편이 있는 이상 자신의 육체 위에 응축시켜놓았기 때문이다. 이상에게 이것이 가능했던 것은 소설의 내용처럼 실제로 살아버림으로써 자신의 실제 삶을 소설의 허구적 삶과 분리될 수 없게 만들어버렸기 때문이다. 다시 말해 이상은 '진짜'로서의 실제 삶과 허구로서의 '가짜' 삶의 경계를 무화시켜버림으로써, 자신을 스스로 창조한 이미지들의 브리콜라주(bricolage)로서의 '나'라는 '인간-텍스트'로 만들어버린 것이다.

김기림이 이상을 추억하면서 "상은 한번도 잉크로 시를 쓴 일은 없다. 상의 시에는 언제든지 상의 피가 임리하다. 그는 스스로 제 혈관을 짜서 시대의 혈서를 쓴 것이다. 그는 현대라는 커다란 파선에서 떨어져 표랑하던 너무나 처참한 선체 조각이었다"[155]라고 말한 것은 김기림에게 이상은 근대라는 세계의 특수한 보편자였음을 암시한다. 김기림에게 이상이라는 '인간-텍스트'는 '움직이는 주관' 그 자체였던 것이다. 이런 점에서 이상은 이론적 차원에서 사유하고 있는 김기림의 모더니즘 시론을 체현하고 있는 존재라 할 수 있을 것이다. 특히 이상 문학에서 쉽게 찾아 볼 수 있는 절단된 신체는 거울의 파편성에서 생산된 이미지들이고, 이러한 파편적 이미지들은 동일자로 회귀하지 못한

---

154 서영채, 앞의 책 참조.
155 「고 이상의 추억」, 『전집』 5, 416면.(『조광』 3권 6호, 1937.6)

채 서로 충돌하며 끊임없이 새로운 의미를 생성한다. 이러한 점은 김기림의 '속도'와 이상의 '거울' 사이의 친밀성을 암시한다. 따라서 김기림의 속도가 이상 문학에서는 어떻게 변용되고 있는지 살펴보기 위해서는 먼저 이상의 '거울'에서 '움직이는 주관'의 살아있는 판본이라 할 수 있는 이상의 '인간-텍스트'가 탄생하는 과정을 짚어볼 필요가 있다.

이상의 '거울'은 불완전하나마 자신을 사영하는 기제이기도 하지만, 동시에 그에게는 거울 밖의 세계와 분리된 채 완전한 타자의 세계를 구성하고 있는 거울 속의 세계가 존재한다는 특징을 보여준다. 예컨대 "거울 속의 나는 참 나와는 반대요만은 또 꽤 닮"(「거울」)기도 했고, 이상에게 "右편으로 옴겨앉은 심장"(「명경」)이나마 나의 생명을 유지해주고 있는 육체의 한 부분을 감각할 수 있게 해 주는 것이 '거울'이다. 그러나 동시에 "거울 속에는 소리가 없소 저렇게까지 조용한 세상은 참 없을 것이오"라는 「거울」의 시구나 "디려다보아도 디려다 보아도 조용한 세상이 맑기만 하고 코로는 피로한 향기가 오지 않는다"라는 「명경」의 시구를 통해 알 수 있듯이 이상에게는 거울 속의 세계가 거울 이편의 세계와는 완전히 독립된 타자의 세계를 구성하고 있는 것이다. 그런 점에서 이러한 이상의 거울 밖의 세계와 거울 속의 세계의 관계는 김기림의 현실과 언어의 관계로 유비할 수 있을 것이다. 김기림에게 언어는 이상의 '거울'처럼 현실을 반영하지만, 동시에 언어 그 자체의 독립된 질서를 구비하고 있어 그 질서 속에서 계속 새로운 의미를 생성해낸다. 그렇기 때문에 김기림의 언어에는 반영된 현실을 변형할 수 있는 힘이 내재하는 것이다. 그리고 이런 언어로 표현된 이미지들이 현실의 시계의 시간을 비약하면서 속도를 생성하는 것이라 할 수 있다. 따라서 김기림의 '속도'는 재현될 수 있는 것이 아니다. 그것은 시가 생성될 때 발생하는 시간의 흐름이기 때문이다. 김기림의 '속도'는 시의 운동감, 혹은 시의 배치에 의해 생성되는 의미들을 통해 간접적으로 경험하는 것이다. 이러한 시간은 공간화될 수 없는 시간이라는 점에서 주체의 개념권역에서 벗어나 있는 것이라 할 수 있다. 정지용의 시적 언어 역시 마찬가지이다. 정지용이 시원의 언어를 설명하는 글에서 신비로운 기운이 느껴진 것 역시 재현할 수 없는 어떤 것을 표현하려고 했기 때문이다. 재현한다는 것은 의식적으로 개념화한다는 것이고, 개념화한다는 것은 근대적 주체 권력의 특권이다. 그러나 김기림의 속도나 정지용의 시적 언어는 이러한 주체 권력의 힘이 미치지 못하는 어떤 것을 의미하며, 그런 점에서 이러한 것들은 오직 효과로만 감지될 수 있는 것들이라 할 수 있다.[156]

이런 관점에서 보자면 이상의 '거울' 역시 김기림의 '속도'처럼 재현될 수 없는 어떤 것이다. 모든 것을 반사하는 속성을 지니는 거울은 언제나 거울의 효과, 즉 거울상으로 존재하기 때문이다. 거울-표면은 거울상이나 유리나 금속과 같은 질료적 물질을 가져오지 않은 채, 그 자체를 상상하기란 불가능하다는 특성을 갖는다. 즉, 거울이 시간 그 자체에 비유될 수 있다면, 거울상은 공간화된 시간의 성격을 갖는 것이라 할 수 있다. 이렇게 본다면 거울에 비춰진 거울 이미지들은 원근법의 질서 속에 갇혀 있는 근대인 이상의 자화상들이라 가정해볼 수 있을 것이다. 그러나 이상이 거울 속에서 꼼짝달싹하지 못하고 마냥 갇혀있는 존재라고는 볼 수 없다. 「삼차각설계도」 연작 등에서 시간의 운동성에 대해 사유하고 있는 이상이 발견되기 때문이다. 특히 「삼차각설계도」 연작에서는 거울 시편에서의 차단한 단절에서 오는 절망감은 자취를 감추

---

[156] 그런 점에서 김기림의 속도나 정지용의 시적 언어는 칸트적인 숭고한 성격을 갖는 것이라 할 수 있다. 『판단력비판』(백종현 옮김, 아카넷, 2009)에서 칸트는 인간의 구상력의 한계를 초월하는 대상을 마주할 때 발생하는 감정이 숭고의 감정이라고 말한다. 즉 우리가 경험할 수 없는 어떤 대상을 부정적으로 인식할 수 있게 될 때 우리 내부에서 숭고의 감정이 발생하게 된다. 여기서 '부정적'이라는 것이 중요한데, 숭고는 대상을 장악함에서 오는 것이 아니라 장악하지 못함에서 발생하기 때문이다.

고, 명령조의 강인한 남성적 목소리로 가득 차 있다는 특징을 관찰할 수 있다. 또한 「삼차각설계도」에서는 근대적인 원근법의 세계로부터 빛의 속도로 탈주하는 이상의 모습도 관찰할 수 있다. 즉, 이상의 거울 시편에서 자주 목격되는 거울 표면의 차가운 감촉에 당황해하며 단절감으로 괴로워하는 이상의 모습은 그 스스로가 "인색한 원근법"[157]이라 조롱한 근대의 질서로부터 탈주하려는 제스처라 볼 수 있다는 것이다.

따라서 이상 문학의 중핵은 거울의 효과로서의 파편적 이미지 그 자체보다도 파편적 이미지를 생산해내고, 차단된 단절감으로 이상을 괴롭혔던 거울-표면에 있는지도 모른다. 그러나 이상의 거울 시편들에서 '거울'은 "거울 속의 나"(「거울」), "수은도말평면경"(「오감도 시제8호」), "유리의 〈냉담한 것〉"(「면경」) 등과 같은 시어로 대체되고 있다. 「오감도 시제8호」에서 이상은 평면경에 대상을 비춘 다음 거울 양면을 수은도말(水銀塗抹)하여 거울 표면에 가두어버리는 실험을 해보지만 이 실험 역시 실패하고 만다. 시를 생성하는 힘으로서의 김기림의 속도를 재현할 수 없는 것처럼 유리, 수은과 같은 질료나 거울에 사영된 거울상이 아닌 순수 대상으로서의 거울은 재현될 수가 없는 것이다. 그런데 「오감도 시제7호」에서 물질적 질료나 거울상이 아니라 순수한 '거울-표면'이 등장하는 한 장면이 포착된다.

久遠謫居의地의一枝 · 一枝에피는顯花 · 特異한四月의花草 · 三十輪·三十輪에前後되는兩側의明鏡 · 萌芽와같이戲戲하는地平을向하여금시금시落魄하는滿月 · 淸澗의氣가운데滿身瘡痍의滿月이鼻刑當하여渾淪하는 · 謫居의地를貫流하는一封家信 · 나는僅僅히遮戴하였더라 ·

— 「烏瞰圖 詩題七號」 전문(강조 — 인용자)

157 이상, 「환시기」, 『정본 이상문학전집』 2, 244면.

「오감도 시제7호」역시 '명경'이라는 시어가 등장한다. 그런데 이 시에서 거울의 등장은 다른 거울 시편에서 거울이 묘사되는 방식과는 사뭇 다르다. "유배의 땅의 한 가지, 한 가지에 피는 꽃"이라는 것은 뒤이어 나오는 "삼십륜"이라는 시어에 비추어볼 때 달을 은유하는 것임을 유추할 수 있다. "삼십륜에 전후되는 양측의 명경" 즉, 삼십일 전후에 하늘에 달은 없어지고, 오직 검은 밤하늘만 남게 된다. 그러니까 이 검은 밤하늘이 거울로 은유되고 있는 셈이다. 여기서 주목할 점은 「오감도 시제7호」에서의 거울만은 사영된 거울상이라든가 유리나 금속과 같은 질료의 이미지가 첨가되어 거울이라는 대상이 등장하는 것이 아니라, 오히려 달이 사라짐으로써 떠오르고 있다는 점이다. 이렇게 탄생한 「오감도 시제7호」의 거울은 여타의 거울 시편이 만들어내는 이미지의 방식을 따르지 않는다. 그 차이는 거울이라는 기호가 출현하는 방식에 있다. 전통적 형이상학적 관점에서 기호는 기표와 기의의 일대일대응관계로 구성되며, 기표의 물질성을 환원하고 배제하는 운동 속에서 기의의 순수성을 추구한다.[158] 그러나 「오감도 시제7호」에서 거울은 거울이라는 기호가 무엇인가를 지시하는 것이 아니라 달이 사라짐으로써, 즉 지시되지 못한 무엇이 거울이라는 기호를 만들어내고 있다. 그리고 이 거울은 부재하는 달1과 부재하는 달2 사이의 공간으로, 달이 떠오르면 사라져버릴 공백 혹은 흔적으로서의 공간이다. 즉, 거울의 표면 자체는 텅 비어있는 공백인 것이다.

그런데 이상에게 있어 이러한 공백이나 공허는 이중의 의미를 지닌다. 「空腹」에서처럼 '지독히 추운' 고독하고 외로운 이상의 내면을 상징하기도 하지만, "공복만이 나를 지휘할 수 있었다"[159]라는 말처럼 비어있다는 사실 자체가 가져오는 창조적 가능성도 이상 문학에는 함께

---

158 김상환, 「데리다와 은유」, 『은유와 환유』 5집, 한국기호학회, 1999.
159 이상, 「공포의 기록」, 『정본 이상문학전집』 2, 220면.

존재하는 것이다. 이러한 창조적 가능성으로서의 공백을 이상은 「권태」에서 '절대권태'라는 말로 치환시키기도 한다. 그런 점에서 스스로를 외롭게 하고 비워냄으로써 고독 혹은 외로움의 형식으로서의 공허에서 '절대권태'[160]의 경지로 전환되어 공백이 창조의 형식이 되는 순간을 「오감도 시제7호」는 보여주고 있는 것일지도 모른다. 그런데 거울 시편 중 하나인 「명경」에서도 표면으로서의 거울 이미지가 등장한다. 흥미로운 것은 거울-표면이 책 표지로 치환되고 있다는 점이다.

> 설마 그러랴? 어디 觸診 …… / 하고 손이갈때 指紋이指紋 가로막으며 / 선뜩하는 遮斷뿐이다. // 五月이면 하로 한번이고 / 열번이고 外出하고 싶어하더니 / 나갔던길에 안돌아오는수도있는법 // 거울이 책장같으면 한장 넘겨서 / 맞섰던 季節을맞나렸만 / 여기있는 한페-지 / 거울은 페-지의 그냥表紙 —
>
> ―「明鏡」 부분

이 시에서 주목할 점은 거울이 "페 — 지의 그냥 표지"로 치환되는 방식이다. 관념의 총체성으로서의 책이 아닌 '책 표지'로 치환된 거울-표면은 본문 없는 표지로서의 글쓰기라는 열린 텍스트로서의 이상의 글쓰기 특징을 은유한다고 볼 수 있다. 실제로 표상될 수도 없으므로 존재한다고도 말할 수 없는 거울-표면이 이상의 기호 세계를 구성하는 잉여적 흔적이라 할 때, 이상이 거울-표면을 책표지로 치환하는 것은, 거울-표면이 작가 이상의 텅 비어있는 공백으로서의 '글쓰기-판'이라는 것을 말해주고 있는 것인지도 모른다. 마치 말레비치가 그림판으로서의 회화-표면을 창조했듯이 말이다.[161] 「면경」에서는 "강의불

---

160 이상, 「권태」, 『정본 이상문학전집』 3, 117면.
161 주판치치는 말레비치의 〈검은 정사각형〉이 회화의 원천으로서의 '회화-표면'을 의

구하는 시인의 소생"을 바라면서 "유리덩어리에 남긴 지문"을 소생시킬 것을 요구하고 있는데, '유리덩어리에 남긴 지문'이란 결국 표상할 수 없는 거울-표면을 우회적으로 가리키는 것이라고 할 수 있다. 그렇다면 거울-표면(지문의 소생)과 글쓰기(시인의 소생)는 아주 밀접한 관계에 놓이게 된다. 이와 같은 맥락에서 시인 이상의 얼굴을 묘사하고 있는 「자화상(습작)」은 주목을 요하는 시편이다.[162] 「자화상(습작)」은 여타의 거울 시편과 분리하여 생각할 필요가 있는데, 거울 시편이 불안에서 생성된 이미지들로 채워져 있다면, 「자화상(습작)」은 공백으로서의 거울-표면 그 자체를 이미지화하고 있기 때문이다.

사실 '얼굴'은 신체의 일부로서 '존재'하는 것이 아니라 분위기나 뉘앙스로 '표현'되고 나타나는 것이다.[163] 무표정한 얼굴조차 어떤 의미를 발산한다. 그리고 이 '표현'은 이상의 내면에서만 만들어지는 것이 아니라 이상이 타인의 시선으로부터 은폐하고 싶은 것과 타인의 시선을 향해 드러내고 싶은 것이 종합되어 나타난다. 그러므로 이 얼굴의

미한다고 말하며 다음과 같이 설명한다. "(말레비치의) 절대주의는 "새로운 문화의 시작"이다. 말레비치에 관하여, 그의 계획이 단지 추상주의적인 것과는 거리가 멀다는 것을 강조해야 한다. 그것은 세계를 이미지나 표상으로부터 정화하여 그 순수한 형태를 제외한 모든 것을 일소하려는 것과 무관했다. 오히려 그의 기획은 회화 자체의 실천 내부로부터 회화에 의해 창조되는 최초의 "내용" 또는 대상으로 간주될 수 있을 어떤 형태를 창조하려는 것이었다. 말레비치에 따르면 "회화-표면" 또는 "평면"이 바로 이것, 즉 탁월한 회화적 대상이었다."(A. Zupančič, 조창호 옮김, 『정오의 그림자』, 도서출판b, 2005, 14면)

162 이상의 자화상과 '얼굴' 기호에 대해 언급한 논의로는 신범순의 글이 있다. 이 글에서 그는 '책인간 텍스트'라는 개념으로 이상을 규정한다. (「실낙원의 산보로 혹은 산책의 지형도」, 『이상문학의 새로운 지평』, 역락, 2006, 4장 참조)

163 들뢰즈는 다음과 같이 말한다. "비록 인간의 것이라 할지라도 머리는 당연히 얼굴이 아니다. 머리가 더 이상 몸체의 일부분이 아니게 되었을 때, 머리가 더 이상 몸체에 의해 코드화되지 않을 때, 머리가 더 이상 다차원적이고 다성적인 몸체적 코드를 지니지 않을 때, 요컨대 머리를 포함하여 몸체가 탈코드화되고 '표정'이라 불리는 어떤 것에 의해 덧코드화 되어야만 할 때 얼굴이 생산된다."(G. Deleuze 외, 김재인 옮김, 「0년─얼굴성」, 『천 개의 고원』, 새물결, 2001, 325~326면)

표정은 타자의 응시의 결과물인 셈이다. 이상 스스로도 "사람이 비밀이 없다는 것은 재산없는 것처럼 가난하고 허전한 일"[164]이라고도 했지만, 이상 문학이 아이러니와 패러독스의 수사로 가득 차 있다는 점을 환기해볼 때 이상에게 '얼굴'이란 은폐와 노출의 결정체라고 볼 수 있다. 그런데 여기서 은폐와 노출은 이상이 타자를 향하는 태도일 수도 있지만, 이상의 얼굴을 응시하는 타자의 은폐와 노출일 수도 있다. 따라서 만들어진 표정, 즉 얼굴은 결국 어떠한 진실도 담지하지 못한다. 이렇게 된다면 진실이 무엇인가라는 물음은 무의미해진다. 이상은 자기의 얼굴에서 진실을 찾기보다는 은폐되고 노출되기 전의 순수 대상으로서의 얼굴을 상상한다.

　　여기는 도모지 어느나라인지 分間을 할수없다. 거기는 太古와 傳承하는 版圖가 있을뿐이다. 여기는 廢墟다. 「피라미드」와같은 코가 있다. 그구녕으로는 〈悠久한것〉이 드나들고있다. 空氣는 褪色되지않는다. 그것은 先祖가 或은 내前身이 呼吸하던바로 그것이다. 瞳孔에는 蒼空이 凝固하야 있으니 太古의 影像의 略圖다. 여기는 아모 記憶도 遺言되여있지는않다. 文字가 달아 없어진 石碑처럼 文明의 〈雜踏한것〉이 귀를 그냥지나갈뿐이다. 누구는 이것이 〈떼드마스크〉(死面)라고 그랬다. 또누구는 〈떼드마스크〉는 盜賊맞었다고도 그랬다.
　　죽엄은 서리와같이 나려있다. 풀이 말너버리듯이 수염은 자라지않는채 거츠러갈뿐이다. 그리고 天氣모양에 따라서 입은 커다란소리로 외우친다 — 水流처럼.

— 「自畵像(習作)」 전문

---

164 이상, 「실화」, 『정본 이상문학전집』 2, 336면.

「자화상(습작)」에서 이상은 스스로의 얼굴을 가리켜 "여기는 도모지 어느 나라인지 分間을 할 수 없다. 거기는 태고와 전승하는 판도가 있을 뿐이다. 여기는 폐허다"라고 진술한다. 이 진술에서 주목해야 할 시어는 '分間'과 '廢墟'이다. 사물이나 사람의 옳고 그름, 좋고 나쁨 따위와 그 정체를 구별하거나 가려서 안다는 뜻의 分揀이 아니라 '分間' 즉, 시공간의 틈이라는 뜻의 '分間'이다. 그러므로 "도모지 어느 나라인지 分間할 수 없는" 여기는 확정된 의미도, 고정된 실체도 없는 텅 빈 공백이다. 텅 비어있음 혹은 공허 자체("동공에는 창공이 응고하야 있으니")인 여기는 시간이 없으므로 공기가 퇴색되지도 않고, 기억도 유언도 없다. 그러므로 여기가 "폐허"라면 파괴되었기 때문이 아니라 질서화 되지 않았기 때문이고, "문자가 달아 없어진 비석"이 누구의 무덤인가를 지시해주지 못하는 것처럼 누구의 얼굴인지 그려지지 않았기 때문이다. 누구의 얼굴인지 그려지지 않은 얼굴을 자화상으로 그려낸 이상은 결국 스스로를 빈 공간, 백지와 등치시키고 있는 것이다.

> 鐵筆달닌 펜軸이하나, 잉크甁, 글字가적혀있는片紙(모도가 한사람치) / 附近에는 아모도 없는것같다. 그리고 그것은 읽을수없는 學問인가싶다. 남어있는 體臭를 유리의「冷膽한것」이 德하지아니하니 그悲壯한 最後의學者는 어떤 사람이였는지 調査할길이 없다. 이簡單한 裝置의 정물은「쓰당카아멘」처럼 적적하고 기쁨을 보이지 않는다. (…중략…) / 靜物은 부득부득 疲困하리라. 유리는 蒼白하다. 靜物은 骨片까지도 露出한다. / (…중략…) / 그 强毅不屈한 詩人은 왜돌아오지 아니할가. 과연 戰死하였을까 // (…중략…) // 秒針을 包圍하는 유리덩어리에 남긴 指紋은 甦生하지아니하면 안될 것이다
> ─「面鏡」 부분

"글자가적혀있는편지", "읽을수없는학문"이라는 표현에서 알 수 있듯

이 「면경」에서도 얼굴은 글 혹은 글쓰기판으로 치환되어있다. 그러나 「자화상(습작)」이 공백으로서의 얼굴의 이미지를 그려내고 있다면 「면경」은 이미 공백에 그려진 이해할 수 없는 얼굴의 의미를 이해하지 못해 얼굴의 가장 내부라고 생각된 두개골까지 밖으로 드러내보는 실험을 하는 차이를 보인다. 면경에 비친 이 얼굴에는 이미 '글자가 적혀있는 편지'가 있지만 이것은 "읽을 수 없는 학문"이다. 최후의 학자가 어떤 사람이었는지 조사할 길이 없어 "간단한 장치" 즉 면경을 쳐다보지만 이 거울에 비친 정물은 "기뻐하는 것을 거절하는 투박한 정물"이다. '유리는 창백해서 정물은 골편까지 노출해보지만' 얼굴의 표정은 알아볼 수 없다.

이 시에서 골편까지 노출하는 이 행위는 마치 "정신은 뼈다"라는 이해할 수 없는 말을 한 헤겔의 李箱식 판본으로 봐도 좋을 듯하다. 현상계 너머의 물자체의 세계가 존재한다고 생각한 칸트와 달리 헤겔은 현상적인 표상 너머에 물자체가 있다는 사실을 부정하고, 현상계 너머에는 오직 무(無)만이 존재할 뿐이라고 말한 바 있다.[165] 즉, "정신은 뼈다"라는 이 말은 『정신현상학』에서 관상학에서 골상학으로 이행하던 헤겔이 얼굴이라는 기표에 드러난 표상에 대한 물자체가 존재한다고 생각하게 된다면 뼈가 결국 정신이 될 수밖에 없음을 역설적으로 표현한 것이라 할 수 있다. 그러나 얼굴의 내부는 뼈가 될 수 없다. 얼굴의 내부는 얼굴의 외부에 나타난 표정 속에 있다. 다시 말해 얼굴의 내부는 얼굴의 외부에 있다. 안과 밖이라는 대립항의 상쇄는 이상 텍스트에서 원인과 결과, 진짜와 가짜, 거짓과 진실, 실체와 가상, 진품과 모조품, 남자와 여자, 정오와 자정 등의 대립항으로 변주되기도 한다. 자궁이 있는 남자, 원숭이로 역진화하는 인간 등과 같은 이상의 기괴한 이미지들은 뫼비우스의 띠처럼 안과 밖이 구분되지 않는 세계 속에서 태어난 것

---

165 S. Žižek, 김소연 옮김, 『이데올로기의 숭고한 대상』, 인간사랑, 2002, 343~348면 참조.

들이라 할 수 있다. 그리고 근대적 원근법이 통용되지 않는 이 '안과 밖이 구분되지 않는 세계'가 바로 '거울-표면'과 '자화상-얼굴'인 것이다.

얼굴은 여자의 履歷書이다

— 「狂女의 告白」

달빗속에잇는네얼골앞에서**내얼골은한장얇은皮膚**가되여

— 「·素·榮·爲·題·」

皮膚面에 털이소삿다 멀리 내 뒤에서 내**讀書소리**가들려왓다

— 「破帖」

엎은 **册** 속에 或은 **書齋어떤틈**에 곳잘한장의 〈**얇다란것**〉이되여버려서는 숨ㅅ고한다. 내**活字**에 **少女**의 살결내음새가 섞여있다. 내 **製本**에 소녀의 인두자국이 남아 있다.

— 「소녀」

鐵筆달닌 펜촉이하나, 잉크瓶, **글자가적혀있는 片紙**

— 「面鏡」

白紙위에한줄기鐵路가깔려있다. 이것은식어들어가는**마음의地圖**다.

— 「距離」(강조 ― 인용자)

시인 이상과 등치된 백지화된 얼굴은 '글쓰기-판'으로서 은유화된다. 위에 인용된 시들은 피부 혹은 얼굴이 글쓰기 판이 되고 있는 다양한 은유들을 보여준다. '이력서로서의 얼굴', '종이장 같은 얇은 피부',

'피부 면에 털이 솟자 들리는 독서 소리', '책 속에 남아 있는 소녀의 살결내음새와 소녀의 인두자국', '글자가 적혀있는 편지로 은유되는 면경', '백지 위에 그려진 마음의 지도' 와 같은 이미지들처럼 이상 문학에서, 공백으로서의 거울 혹은 얼굴에서 창조되는 글쓰기 은유들은 상당히 밀접하게 병치되어 있다는 것을 알 수 있다. 그러므로 공백으로서의 거울과 얼굴은 이상 문학의 바탕에 위치하여 수많은 다양한 기호들을 창조해내는 '공허한 기호(판)'라 할 수 있는 것이다.

이처럼 이상의 시에서 공백으로서의 거울, 그리고 공백으로서의 얼굴은 '글쓰기-판'으로 전유되고 있으며, 그리고 이 공백으로서의 얼굴을 시인 이상은 스스로의 얼굴과 동일시한다. 기의 없는 기표인 '인간-텍스트'로서의 이상이 비로소 탄생한 것이다. 외부와 내부가 구별되지 않는 얼굴이라는 형식은 진실과 거짓의 구별마저 무화시켜버린다. '글쓰기-판'으로 전유되는 이상의 거울과 얼굴은, 이상에게 시적 진실이란 저 너머에 따로 존재하는 것이 아니라 시를 쓰는 행위 그 자체라는 점을 말해준다. 이러한 점은 김기림이 모더니즘 시론을 통해 주장하는 바이기도 하다. 소아병자 리얼리스트들에 대한 김기림의 비판은 그들이 저 너머에 존재하는 현실의 모순 원인을 재현하려고 한다는 것이었다. 이러한 비판을 토대로 김기림은 모던 형이상학적인 요소를 거부하면서 현실을 이미지로 조각내어 이리저리 배치하고 충돌시켜보는 유물론자의 자세를 선택하고, 이러한 배치 속에서 끊임없이 시의 속도를 창출하는 것이다. 그러나 많은 30년대 한국 모더니즘 연구자들이 지적하는 것처럼 이상의 모더니즘은 김기림의 모더니즘을 훌쩍 넘어버리는데, 그것은 이상이 김기림처럼 현실의 조각을 배치하는 산책가이면서도 동시에 세계를 설계하는 건축가였기 때문이다.

2) 설계가 이상의 '한계체험'

「地圖의暗室」에서 이상은 "한번읽어지나가면 도무소용인글자의고정된기술방법을채용하는흡족지않은버릇"[166]이라는 말로 기존의 글쓰기 태도를 비판하고 있다. 이 비판에서 핵심은 고정된 기술방법이다. 「지도의 암실」 자체가 상당히 파편적이고 난해한 글쓰기의 전형을 보여주고 있는 것을 차치하고라도 이상의 수사법은 전통적인 문법에서 벗어난 경우가 대부분이다. 이것은 뫼비우스의 띠처럼 내부와 외부가 구별되지 않는 공백이라는 형식을 이상이 선취하고 있었기 때문에 가능했다고 볼 수 있다. 그리고 이상의 형식실험의 백미는 「오감도」 연작이라고 할 수 있다. 이태준의 주선으로 『조선중앙일보』에 30편을 연재하려다 독자의 항의로 15편에 중단할 수밖에 없었을 정도로 「오감도」는 당대 대중에게 낯선 형식의 텍스트였다. 「오감도」가 낯설게 다가온 것은 물론 난해한 내용 때문이기도 하겠지만, '오감도'라고 하는 이상의 조어 때문이기도 하다. 그렇다면 조감하는 시선이 아니라면 '오감하는 시선'은 어떤 시선일까.

이 물음에 답하기 위하여 이상 텍스트에서 상당히 많이 노출되고 있지만 상대적으로 주목을 받지 못한 기호 '지도'에 주목해보려고 한다. 「오감도」, 「삼차각설계도」, 「조감도」 등의 연작시편과 "고풍스러운지도", "지도의에레베에슌"(「광녀의 고백」), "심장이두개골속으로옮겨가는지도", "학생들의지도가요일마다채색을곶인다"(「가외가전」), "지도에없는 지리"(「무제(其二)」), "태고와 전승하는 판도", "태고의 영상의 약도", "인류는 생명체를 대표하여 그 지도의 행선을 쫓았다"(「단상」) 등처럼, '지도' 혹은 '圖'의 이미지는 이상 시 구석구석 숨어있다. 또한 「지도의

---

166 이상, 「지도의 암실」, 『정본 이상문학전집』 2, 148면.

암실」에는 「오감도」를 비롯해서 이상의 시 텍스트에 자주 노출되는 '뚫린골목-막다른골목'의 이미지, 원숭이로 상징되는 모조이미지, "햇볕을 물체화하여, 계량화 할 수 있는 한 가지 단위로 포착"하는 "이상 문학만이 이룩해 낸 자연의 과학화"[167]라는 건축설계사적 상상력 등이 선취되어 있기도 하다.

이상의 지도이미지를 고찰하기 전에 먼저 지도란 무엇인가라는 질문을 던져보자. 사전적인 의미로 지도는 "지구 표면의 일부 또는 전부의 자연 및 인문현상을 일정한 규약을 토대로 하여 관습적인 기호로 평면에 표시한 것"이다. 즉, 지도란 인간의 생활환경인 지구표면상의 여러 현상들에 관한 지식을 이용하거나 전달할 수 있도록 기호로 표현한 일종의 '데이터베이스'라고 할 수 있다. 무엇보다도 지도는 현실 공간을 대신한다는 특징을 갖는다. 그렇지만 주의할 것은 지도상에서 체험되는 공간을 경험하는 공간의 대체물로 여겨서는 안 된다는 점이다. 경험적 공간은 나의 신체를 중심으로 하여 그 주위로 확대되는 것으로 나타나지만 지도상의 공간은 개별적 신체 공간을 넘어 전체로서의 공간으로 나타난다. 다시 말해 지도는 경험적인 공간의 상을 대신하는 것이 아니라, 사람들이 직접 볼 수 없는 공간의 전역적인 상을 제시함으로써 개별적인 공간적인 경험에 새로운 차원을 부가한다. 지도는 공간을 대신하는 것이 아니라 통상적인 공간경험과는 다른 공간상을 마치 그것이 국소적인 공간상보다 근원적인 것처럼 하여 인간의 이해와 경험을 '대리보충(supplément)' 하는 것이다.[168] 독도법(讀圖法)이라는 말도 있지만 지도는 읽어야한다. 주체의 오른쪽, 왼쪽이 아니라 동서남북의 방향을 인지한 뒤, 지도 안에 상징화되어있는 기호들의 의미를

---

167 김윤식, 『이상소설연구』, 문학과비평사, 1988, 132~133면.
168 지도에 관련한 이상의 논의는 若林幹夫의 「지도의 공간」, 『지도의 상상력』(산처럼, 2002) 참조.

주체가 다시 조직화하고 재배열하여 지도를 통과한 관념적 세계와 내가 숨쉬고 있는 경험적 세계와의 조우를 주도해야만 한다. 즉, 지도에 있는 정보를 주체의 사유 속에서 재구성해야한다. 지도를 읽을 수 없는 사람에게 지도는 아무런 정보도 주지 않는다. 따라서 지도는 일종의 기의 없는 기표이다. 지도의 기의는 지도를 읽는 주체의 행위(讀圖)에 의해 결정된다.

물론 지도의 기의가 지도를 읽는 주체의 행위에 의해 결정된다고 해서, 지도가 주는 정보의 내용이 지도를 읽는 주체에 따라 모두 달라지는 것은 당연히 아니다. 지도가 지시하는 동서남북이라는 방향은 누구에게나 똑같다고 가정되고, 우리는 또 그렇게 믿는다. 지도에 방위표시가 있고, 태양의 방향과 시간을 안다면 지도의 의지해 모르는 길을 찾아갈 수 있다. 하지만 간과하지 말아야할 것은 반대로 우리가 살아가고 있는 이 세상이 지도에 의해 변하기도 한다는 사실이다. 지도에 의해 변하는 현실이라는 차원을 보르헤스는 축적 1 : 1의 제국지도를 상상하여 우리에게 보여준다.[169] 제국의 정확한 재현으로서의 축적 1 : 1지도는 제국의 영토 위를 그대로 덮어 제국이 소멸할 때까지 함께 닳아간다. 그러나 이 쇠퇴는 역설적으로 지도가 닳아가면서 제국이 소멸하는 것처럼 보일 수도 있다. 이러한 원본과 재현물의 역전현상을 우리는 우리 현실에서도 쉽게 찾아볼 수 있다. '동해'의 지도상 영문표기의 문제가 그 예에 해당된다. '동해'의 세계영문표기가 "The Sea of Japan"이 되는 것이 위험한 것은 지도가 단순히 현실의 반영물이 아니라 현실이 지도에 의해 변할 수도 있기 때문이다. "The Sea of Japan"으로 기재된 지도 자체는 아무 의미 없는 종잇조각일 수 있지만, 이 지도가 기정사실화되는 순간, 다시 말해 이 지도가 세계인에게 접속되는 순간 '동

---

169 J. L. Borges, 황병하 옮김, 「과학에 대한 열정」, 『칼잡이들의 이야기―보르헤스 전집』 4, 민음사, 1997.

해'는 '일본해'가 된다.

이처럼 지도는 우리의 경험과는 다르지만, 우리는 경험적 세계를 지도에 근거하여 이해하게 된다. 이런 점에서 지도는 현실 세계의 재현이 아니라 현실 세계를 통어하는 칸트적 용어로 말하자면 초월적 가상의 일종이라 할 수 있다.[170] 태양이 움직이는 것이 아니라 인간이 발을 딛고 서 있는 이 지구가 움직이는 것이고 근대인인 우리는 과학적인 지식으로 이 사실을 알고 있지만, 여전히 우리는 태양이 움직인다고 생각한다. 그리고 시간의 흐름을 파악하기 위해서 우리에게는 지구가 돈다는 과학적 사실보다는 태양의 움직임이라는 가상이 더 필요하다. 마찬가지로 지도 역시 우리는 지도가 진짜가 아니라 가짜라는 것을 안다. 그럼에도 불구하고 우리가 위치하고 있는 공간을 파악하기 위해서는 현실의 풍경이 아니라 가짜-지도가 필요하다. 하지만 지도의 한 종류로 쉽게 분류해버리는 조감도는 초월적 가상이 될 수 없다는 점에 유의해야 한다. 지도와 조감도의 차이는 시점의 차이이다.

조감도는 상공에 있는 특정한 한 점에서 바라본 국소적 공간의 상이다. 조감도는 특정한 '점'으로서의 시점에서 바라보이는 상이므로 그 점에서 벗어나게 되면 상은 뒤틀리게 된다. 즉, 조감도는 일개의 개별적 시점을 전체적 시점으로 착각한 착시의 결과물이다. 반면 지도에서는 통상적으로 말하는 의미에서의 '시점'이라는 것이 존재하지 않는다. 사진이라면 카메라의 렌즈에 위치하고, 투시도법을 사용하는 회화에서는 소실점의 대극에 위치할 시점이 지도에는 존재하지 않는다. 지도

---

[170] 칸트에 따르면 가상은 세 종류로 구분된다. 경험적 가상과 논리적 가상, 그리고 초월적 가상이 그것이다. 경험적 가상은 착시나 착각과 같이 감각 인지의 오류로 인해 발생하는 환상을 말하고, 논리적 가상은 제논의 역설과 같이 범주의 잘못된 사용에 따른 오류를 말하며, 초월적 가상은 초월적 비판을 통해 그것이 허상임을 통찰했음에도 여전히 중지할 수 없는 그러한 가상을 말한다.(I. Kant, 백종현 옮김, 「초월적 가상에 대하여」, 『순수이성비판』 2, 아카넷, 2006 참조)

란 '점'으로 존재하는 시점에서 바라보이는 세계의 상이 아니라 '면'으로서 지도 평면으로 투영된 세계의 상이기 때문이다. 즉 지도를 보는 시점이 지도의 평면 전체 위에 편재하고 있다는 것이다. 지도 위 개개의 점은 그 점의 바로 위에서 바라보는 상이고, 지도 전체는 무수하게 존재하는 그러한 점에서 본 무수한 상의 이른바 '적분'으로 존재한다. 따라서 지도에서 공간을 내려다보고 있는 시점은 특정의 '누군가'에게 귀속하는 시점이 아니다.[171]

조감도가 시점의 주인, 즉 주체의 시선으로 사물을 포획해서 시선 안에 들어오지 못하는 것들을 배제해버리는 것이라면, 지도는 시점을 포갬으로써 조감도에서 배제되었던 것들을 포함하여 구성된다. 조감도가 전체성을 지향한다면 지도는 일종의 '비-전체(not-whole)'[172]의 집합이다. 시점이 포개짐으로써 구성된 지도는 조감도의 관점에 의해 배제되었던 것을 볼 수 있게 된다. 따라서 지도는 조감도가 배제해버렸던 사물의 그림자들을 껴안고 구성되는 것이라 할 수 있다. 와카바야시 미키오의 말처럼 지도는 '대리보충'되는 것이고, 어떠한 것이 대리되고 보충되느냐에 따라 지도는 끊임없이 바뀔 수 있는 것이며, 지도를 통해 읽어낸 현실도 끊임없이 변할 수 있다. 여기에서 김기림의 '움직이는 주관'이 특정한 '누군가'에게 귀속하는 시점이 아닌 '적분'된 시점이라는 점을 떠올려볼 수 있을 것이다. 즉, 김기림의 '움직이는 주관'은 '적분'된 것으로서의 지도의 시점에 대응하는 것이라 할 수 있다.

조감도와 지도의 이러한 구분법에 비추어본다면, 이상의 「오감도」는 다분히 지도적 세계이다. 다시 말해 '움직이는 주관'에 의해 구성되는 시의 일례를 「오감도」가 보여주는 것이다. 이러한 점을 가장 명료하게 보여주는 시편은 「시제1호」이다. 이 시는 '( )'나 언술한 내용을 부정하

171 若林幹夫, 앞의 책, 60~61면.
172 S. Žižek, 이성민 옮김, 『부정적인 것과 함께 머물기』, 도서출판b, 2007, 114면.

는 방식으로 정보가 조금씩 첨가되고 변형되는 형식으로 되어 있다.

十三人의兒孩가道路로疾走하오.
(길은막달은골목이適當하오.)

第一의兒孩가무섭다고그리오.
第二의兒孩가무섭다고그리오.
第三의兒孩가무섭다고그리오.
第四의兒孩가무섭다고그리오.
第五의兒孩가무섭다고그리오.
第六의兒孩가무섭다고그리오.
第七의兒孩가무섭다고그리오.
第八의兒孩가무섭다고그리오.
第九의兒孩가무섭다고그리오.
第十의兒孩가무섭다고그리오.

第十一의兒孩가무섭다고그리오.
第十二의兒孩가무섭다고그리오.
第十三의兒孩가무섭다고그리오.
十三人의兒孩는무서운兒孩와무서워하는兒孩와그러케뿐이모혓소. (다른事情은업는것이차라리나앗소)

그中에一人의兒孩가무서운兒孩라도좃소.
그中에二人의兒孩가무서운兒孩라도좃소.
그中에二人의兒孩가무서워하는兒孩라도좃소.
그中에一人의兒孩가무서워하는兒孩라도좃소.

(길은뚫닌골목이라도適當하오.)

十三人의兒孩가道路로疾走하지아니하야도좃소.

— 「烏瞰圖 詩題一號」

이 시의 첫 장면은 열세 명의 아이들이 도로로 질주하는 속도의 이미지를 제시한다. 그런데 이 속도의 이미지는 "길은 막달은 골목이 적당하오"라는 질주의 이미지에 위배되는 언술이 '( )'의 형식으로 첨가된다. 한 점에서 내려다보는 조감도적 시선으로는 이 배치되는 움직이는 이미지를 감당할 수가 없을 듯하다. 이 두 정보의 노출 후, 독자는 다시 열세 명의 아이들이 '무섭'고 그런다는 시적 화자의 전언을 듣는다. 질주의 이미지와 막다른 골목의 모순된 이미지가 병치되고 있는 공간 속에서 외치는 공포의 전언은 이 거리의 공포를 극대화한다. 그런데 다시 시적 화자는 "십삼인의아해는무서운아해와무서워하는아해와그러케뿐이모혓소"라고 발화함으로써 이 공포의 거리에 새로운 존재 즉, "무서운아해"를 등장시킨다. 그런데 가만히 살펴보면 "제일의아해가무섭다고그리오"라고 언표된 것에 이미 이 내용이 들어있었음을 알 수 있다. 즉 "제일의아해가무섭다고그리오"라는 전언은 ① "제일의 아해가 "무섭다"고 그럽니다" 라고 해석할 수도 있지만, ② "X가 "제일의 아해가 무섭다"라고 하네요"라고 해석될 수도 있는 언술이다. 그리고 중요한 것은 "제일의아해가무섭다고그리오"라는 언술의 의미가 시가 진행되면서 바뀐다는 것이다. 이것은 「오감도 시제1호」의 의미구현 방식이 사후적으로 대리되고 보충되는 방식으로 구현된다는 것을 말하는 것이기도 하다. 그리고 다시 '( )'의 형식으로 '길은 뚫린 골목이라도 적당하다'는 새로운 정보가 추가되고, 마지막으로 질주를 하지 아니하여도 좋다는 결론에 이르게 된다. '오감도의 거리'는 이렇게 정보가 첨가되는 방식에 의해 수정되고 보완되며 폐기되어 완성된다.[173] 한 시점에서

그림 3. 이상, 「오감도 시제4호」

폭력적인 전체성의 시점으로 투시한다고 본다면 「오감도 시제1호」에서 나타나는 질주의 시간이미지는 배제되고 만다.

「오감도 시제4호」 역시 마찬가지다. 의미 없어 보이는 숫자판으로 이루어져 있는 「오감도 시제4호」는 0부터 1까지의 숫자들이 11행 나열되어 있고, 점 하나가 왼쪽에서 오른쪽으로 숫자를 하나씩 보내면서 한 행씩 이동한다. 이동의 결과 점은 숫자판의 대각선으로 가로지르는 하나의 점선으로 나타난다. 일견 무의미해 보이는 숫자판에 미세한 운동이 진행되고 있었던 셈이다. 조감도란 한 장면이 일목요연하게 한눈에 보이게 하는 것이 목적이지만 지도는 길을 찾기 위한 것이다. 길을 찾기 위해서는 지도 위에 그려진 길의 흐름을 읽어내야 한다. 조감하는 시선으로 「오감도 시제4호」를 본다면 아무런 의미가 없지만, 지도의 상상력을 동원한다면 「오감도 시제4호」는 '움직이는 시'가 된다. 문자화된 시 속에 속도가 가득 응축되어 있는 것이다.

「오감도 시제4호」가 직선의 움직임이라면 「오감도 시제7호」의 달의 움직임은 "三十輪"이라는 시적 은유에서도 알 수 있듯이 원환적 움직임이다. 앞서 인용한 이상의 지도의 이미지들, 예를 들면 "地圖의에레베에슌", "心臟이頭蓋骨속으로옴겨가는地圖", "學生들의地圖가曜日마

---

173 여기서 완성된다고는 했지만 이 말을 거리의 건축적·존재론적 완성이라고 생각해서는 곤란하다. 이 거리는 이미 뚫린 골목과 막힌 골목이 함께 공존할 수 있는 이율배반적 거리이기 때문이다. 「오감도」의 거리는 이미 3차원적 공간의 이미지로는 구축될 수 없는 거리이다.

다彩色을 곷인다", "地圖에없는 地理", "太古와 傳承하는 版圖", "太古의 影像의 略圖", "인류는 생명체를 대표하여 그 지도의 행선을 쫓았다" 등에서 읽을 수 있는 동적인 이미지들과 연계되는 지도의 이미지들 역시 대리보충하여 비-전체로서의 편재된 시점을 지향하는 지도의 상상력과 관련지어서 생각해야 한다. 이 외에도 「오감도 시제1호」의 '무서운 아해와 무서워하는 아해'의 공존, '막다른 골목과 뚫린 골목의 공존', 「오감도 시제2호」의 '나와 아버지'의 반복적 나열, 「오감도 시제3호」의 '싸움하는 사람과 싸움하지 아니하는 사람'이라는 아주 간단한 관계를 반복적 언술로 이해하기 힘들게 만드는 시적효과, 「오감도 시제6호」의 "내가 二匹을아는것은내가 二匹을 아알지못하는것이니라"라는 논리적 모순, 「오감도 시제8호」의 거울에 사영된 거울상을 거울표면에 붙여버리는 사유실험, 「오감도 시제11호」의 '사기컵'이라는 외부대상과 접속되고 있는 '내해골'의 이미지 등은 평면을 조감하는 조감도의 시점에서는 불가능한 상상력이다.

즉, 「오감도」는 김기림이 시론에서 주장하는 배치와 속도가 가득한 입체적인 시라고 할 수 있다. 시점을 적분하여 시의 이미지가 끊임없이 시간을 생성하는 김기림의 이론적 세계를 테크니션 이상은 성공적으로 이미지화하고 있는 것이다. 김기림이 이상을 '스타일리스트'로 부르면서 그의 문학은 "언어 자체의 내면적인 에너지를 포착하여 그곳에서 내면적 운동의 율동을 발견하려고 한다"[174]고 평가했을 때, 김기림은 이상의 시에서 이러한 배치와 속도의 테크닉을 읽고 있었던 것이라고 할 수 있다. 그러나 이상을 스타일리스트로 부르는 김기림의 시선이 말해주듯이 30년대 중반까지 김기림은 이상의 중요한 한 면을 포착하지 못하고 있었다. 그것은 바로 설계가로서의 이상의 면모이다.

---

174 「현대시의 발전」, 『전집』 2, 329면.

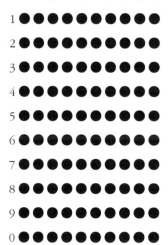

(宇宙는 冪에 의하는 冪에 의한다)

(사람은 數字를 버려라)

(조용하게 나를 電子의 陽子로 하라)

− 「선에관한각서 1」 부분

　일반적으로 통용되는 수학 개념이 아닌 '삼차각'이라는 이상 특유의 독특한 수학적 상상력이 개진된 「삼차각설계도」에서 이상이 제일 먼저 세상에 명령하는 명제는 "사람은 숫자를 버려라"이다. 「오감도 시제4호」에서 거울에 의해 뒤집혀 있던 비틀린 숫자조차 「삼차각설계도」에서는 모두 사라진다. 좌표처럼 보이는 위 도식에서 숫자를 버리게 되면, 좌표에 의해 한정되었던 100개의 검은 점에는 어떠한 위치적 확정성도 없이 점들 간의 관계성만 남게 된다. 원근법적으로 이야기하자면 시선점이라고도 할 수 있는 이 숫자의 삭제는 고정점을 지우는 것이며, 이렇게 고정점을 지움으로 해서 거듭제곱("冪")으로 급격하게 확장되는 우주와도 같은 무한한 점들의 향연이 개시되는 것이다. 이로써 이상은 고정적이고 확정적인 데카르트적 좌표 공간을 에너지의 운동성에 의해 무한히 확장되고 변형되는 우주 공간으로 변형시킨다. 위의 각각의 점들은 물질의 기본적인 최소입자로서의 원자가 아니라 주위에 전자가 활발하게 움직이는 운동 공간으로서의 양자이다. 파동이기도 하고 입자이기도 한 양자는 그 속성을 하나로 규정할 수 없는 것으로 빛으로 이루어진 에너지의 다발이라고 할 수 있다. 즉, 점 하나하나가 에너지의 다발로서 하나의 소우주를 구성하고 있는 것이다. 다시 말해 「선에관한각서 1」의 하나하나의 점에는 「오감도 시제4호」가 새겨져있는 것이라 할 수 있으며, 이러한 점들의 총합으로서의 「선에관한각서 1」은 입체의 입체, 즉 무한차원으로 확장된 우주의 수학적 이미지라고 할 수 있는 것이다.[175]

　「삼차각설계도」에서 읽을 수 있는 이상의 이러한 무한의 사유는 「삼차각설계도」와 「오감도」의 위상의 차이를 말해준다. 「오감도」의 불길한 세계가 까마귀의 응시에서 펼쳐진 세계라면, 「삼차각설계도」

---

[175] 「삼차각설계도」가 「오감도」보다 먼저 발표되었다는 점을 생각해볼 때, 이상은 「오감도」를 통하여 「삼차각설계도」의 세계를 속화시켜 표현하려고 한 것일지도 모르겠다. 「오감도」의 연재를 중지하면서 쓴 「오감도 작가의 말」에서 이상은 "삼십일년 삼십이년 일에서 용대가리를 떡 끄내여놓고 하도들 야단에 배암꼬랑지커녕 쥐꼬랑지도 못달고 그만두니 서운하다"라고 말하고 있다. 그가 말하는 "삼십일년 삼십이년의 일"이란 「이상한 가역반응」과 「조감도」에 이어 『朝鮮と建築』(1931.10)에 세 번째로 발표한 「삼차각설계도」를 지칭하는 것은 아닐까. 그러나 「삼차각설계도」의 속화된 판본인 「오감도」마저도 세상은 이해하지 못했고, 이에 이상은 절망한다. 이런 점에서 "현대라는 커다란 모함에 빠져서 십자가를 걸머지고 간 골고다의 시인"(「고 이상의 추억」, 『전집』 5, 417면)이라는 표현이나 이상을 '날개 꺾긴 천사'의 이미지로 묘사하는 김기림의 비유는 단순한 수사가 아니라 이상의 이러한 절망을 그가 간파하고 있었다는 것을 말해주는 것인지도 모른다. 「삼차각설계도」에서 「오감도」, 그리고 소설 「날개」로의 이상의 문학적 여정은 점점 세속화되는 방향으로 진행된 것이라 할 수도 있을 것이다. 그리고 이러한 비루한 소설의 세계에서 이상은 죽음을 맞이했던 셈이다. 이상의 문학 여정을 이러한 관점으로 접근하고 있는 연구로 신범순의 『이상의 무한정원 삼차각나비』(현암사, 2007) 참조.

에서의 이상은 불길한 세계의 소실점으로 위치해있는 까마귀를 응시하고 있는 것이다. 이러한 우주적 시간 속에서는 칸트적 의미에서의 초월적 가상조차 사라진다. 즉, 우주의 시간에서는 원근법적 주체권력은 물론이고 서늘한 타자의 응시점도 사라지는 것이다. 이 시간은 오직 빛의 움직임이라는 절대적 시간이므로 초월적 가상을 통해 유지되던 거짓된 중심이 사라지게 되는 것이다. 칸트의 초월적 가상의 이상식 판본을 찾아본다면 그것은 바로 「삼차각설계도」의 마지막 시편 「선에관한각서 7」에서 등장하는 "시각의 이름"이다.

> 하늘은 시각의 이름에 대하여서만 존재를 명백히 한다.(대표인 나는 대표인 일례를 들 것) // 蒼空, 秋天, 蒼天, 靑天, 一天, 蒼穹 (대단히 갑갑한 지방색이 아닐른지) 하늘은 시각의 이름을 발표했다. // 시각의 이름은 사람과 같이 영원히 살아야 하는 숫자적인 어떤 일점이다, 시각의 이름은 운동하지 아니하면서 운동의 코오스를 가질 뿐이다.
>
> ──
>
> 시각의 이름은 빛을 가지는 빛을 아니가진다, 사람은 시각의 이름으로하여 빛보다도 빠르게 달아날 필요는 없다. // 시각의 이름들을 건망하라. // 시각의 이름을 절약하라. // 사람은 빛보다 빠르게 달아나는 속도를 조절하고 때때로 과거를 미래에 있어서 도태하라.
>
> ── 「선에관한각서 7」 부분

　우리의 머리 위에 있는 '하늘'이라는 존재 역시 초월적 가상의 일종이다. 우주적 관점에서보자면 '하늘'은 우리의 머리 아래에 있을 수도 있고, '하늘'이 푸르다는 것 역시 거짓말이다. 그러나 우리는 태양이 움직인다고 생각하듯이 하늘에 푸르고 광활한 이미지를 담고 있는 언어들을 붙여놓고 "蒼空, 秋天, 蒼天, 靑天, 一天, 蒼穹" 등과 같은 '하늘'의 이름을 부른다. 이것은 지구가 둥글다는 사실을 망각한 시각의 중심으로서의 주체에 의해 명명된 "대단히 갑갑한 지방색"이며, 오직 "시각의 이름"에 의해서만 그 존재를 명백히 하는 초월적 가상의 결과물일 뿐이다. 그럼에도 불구하고 이 가상으로서의 "시각의 이름"을 포기할 수 없는 것은, "시각의 이름"을 통해서 세계에 질서가 부여되기 때문이다. 그래서 이상은 "시각의 이름"은 운동하지 않고 "운동의 코오스"만 가질 뿐이라고 말한다. "시각의 이름"이 만들어놓은 "코오스"를 따라 세계는 질서를 부여받는다. 스스로 운동하지 않고 '운동의 코오스'만 갖는 것이 무엇인가. 그것은 바로 언어-타자이다. 인간이 정신병에 걸리지 않기 위해서는 이러한 언어적 체계가 꼭 필요하다. 그래서 이상 스스로도 "시각의 이름은 사람과 같이 영원히 살아야 하는 숫자적인 어떤 일점이다"라고 말하며 언어와 같은 질서의 필요성을 인정하고 있는 것이다. 그러나 이상이 「삼차각설계도」에서 무한의 이미지를 내포하고 있는 '삼차각'이라는 이상 특유의 기호를 통해 개진하고 있는 것은 바로 초월적 가상으로서의 "시각의 이름"의 "절약"이고 "건망"이다.

즉, 이상만의 수학적 이미지로 가득 찬 「삼차각설계도」의 시간은 칸트적 의미에서의 초월적 가상이 사라진 우주적 시간이라 할 수 있다. 이상은 현실적인 인간이 감당할 수 없는 이러한 카오스의 시간을 시적 이미지로 사유했던 것이다. 다시 말해 이상은 시의 언어로 언어적 질서를 초과하는 세계를 상상한 것이다. 김기림의 테크니컬 모더니즘이 건축되어 있는 언어적 질서 속에서 다만 '변형'의 문제를 다루고 있는 것이라면, 이상은 언어적 질서를 초과한 세계를 설계하고 건축하는 불가능한 작업을 시도했던 것이다. 언어적 질서를 초과한 것을 상상한 이상의 이러한 사유가 그럼에도 보편적인 성격을 띨 수 있었던 것은 그의 작업이 언어적 질서를 고려하면서 그것을 초과하는 작업, 즉 '시각의 이름의 절약이자 건망'이기 때문이다.

다시 말해 「삼차각설계도」에서의 이상의 작업은 절대로 움직여서는 안 되는 "운동의 코오스"를 움직이게 하려는 것이었다. 그런 점에서 「삼차각설계도」에서의 이상의 작업을 정의하는 가장 적절한 개념은 바타이유의 '내적체험', 혹은 '한계체험'이라는 개념이라 할 수 있다. 바타이유가 말하는 한계체험이란 극단적 상황을 체험하는 것이 아니라, 일상적인 체험이 도달하지 못하는, 그리고 반성하지 못하는 체험의 조건 그 자체를 체험하는 것을 가리킨다.[176] 「오감도」의 '까마귀'는 구조적으로 이 세계에 그를 위한 자리가 없는, 이른바 세계로부터 축출된 타자적 존재이다. 그러나 이 타자적 존재를 기반으로 구축되어 있는 것이 바로 우리의 현실이다. 구조적으로 존재하지 않으므로 인간의 오성적 능력으로 개념화할 수 없는, 즉 사유의 대상으로 위치시킬 수 없는 절대적 타자를 「삼차각설계도」의 이상은 사유의 대상으로 호출하고 있는 것이다. 다시 말해 김기림이 근대적 인격성을 '움직이는 주관'으로 적분하여 세계로 펼쳐놓았다면, 이상은 이 세계가 펼쳐지기 위해서는 반드시 필요한 소실점을 응시한 것이라 할 수 있다. 이 소실점이 바로 '까마귀의 시선'이고, '표면으로서의 거울'이며, '운동의 코오스'이자, '속도 그 자체'인 것이다. 이상이 근대를 초극하는 지점은 바로 여기이다. 김기림이 '속도'의 파생물만을 사유한 시인이라면, 김기림이 재현이 불가능해 오직 효과로만 감지했던 속도를, 이상은 재현할 수 없어 존재한다고도 볼 수 없는 공백으로서의 거울, 공백으로서의 얼굴로 이미지화하는 사유 실험을 통해 속도의 원천, 속도의 실재(the real)를 문학적 재료로 소환하고 있는 것이다. 그리고 이러한 사유실험의 총화가 「삼차각설계도」이다. 「삼차각설계도」가 이상 문학의 시작점에 놓여있다는 점을 상기해본다면, 이상은 출발부터 근대를 초극한 인

---

176 김홍중, 「근대적 성찰성의 풍경과 성찰적 주체의 알레고리」, 『마음의 사회학』, 문학동네, 2010, 279면.

간이었다고 할 수 있다. 그러나 이상을 스타일리스트로만 보고 있을 때의 김기림은 이렇게 현실을 초과하여 우주적 차원에서 작동하는 이상의 상상력을 미처 포착하지 못한 것이라 하겠다. 이러한 점은 일제 말기 김기림이 한순간 무기력한 상태에 빠질 수밖에 없었던 점과도 연결된다.

3) 김기림의 한계지점과 응축적 상상력의 가능성

이론적 차원이지만 김기림이 이상과 마찬가지로 속도와 배치의 문제를 민감하게 사유했으면서도 그의 시학이 이상의 창조적 상상력에 미치지 못한 것은 김기림 시론 체계 자체의 구조적 한계 때문이라고 할 수 있다. 김기림의 '속도'는 이상처럼 빛의 속도로 탈주하여 언어적 타자의 질서를 넘어서서 새로운 창조물을 건축하고 설계하는 힘으로 나타나는 것이 아니라, 언제나 현실 속도에 대한 반작용으로서의 속도였으며, 현실의 속도를 중지하는 것으로서의 시의 속도였던 것이다. 이상의 환상은 입체의 입체로 확장되는 무한의 사유 속에서 펼쳐지지만, 김기림의 환상은 이미지를 배치하고 충돌시켜 '있을 법한 세계'를 마치 새로운 세계인 것처럼 낯설게 만드는 효과의 발현이었다. 김기림의 '비약'은 언제나 현실 안에서의 비약이었던 것이다. 시의 사회성을 강조하는 김기림에게 테크닉은 언제나 현실을 어떻게 '변형'할 것인가에 초점이 맞추어져 있었고, 이러한 변형을 통해 현실 스스로가 현실 권력의 허위를 발설하도록 유도하는 데 초점이 맞추어져 있었다고 할 수 있다. 이것이 김기림이 '전체시론'을 통하여 주장하는 바이다. 유물론자이자 소피스트였던 김기림은 이상처럼 현실을 초과하는 형이상학적 세계를 상상할 수가 없었던 것이다. 즉, 김기림이 즉물주의자이

자 유물론자였다면, 이상은 유물적 세계를 초과하는 유물론적 형이상학자였던 셈이다.[177]

이상과 김기림의 이러한 차이는 「오감도」 및 「삼차각설계도」와 『기상도』라는 표제에서도 잘 드러난다. 이상이 편재된 지도의 무한한 시점을 하나로 응축하는 까마귀라는 불길한 존재를 표제로 내세우고, '삼차각'과 같이 언어적 질서를 초과하여 설계된 재현불가능한 수학적 이미지를 제시하고 있다면, 김기림은 현실 이미지로서의 '기상'의 상태를 제시하고 있다. 『태양의 풍속』을 비롯하여 김기림의 시적 은유 중 반복되는 기상 이미지, 예컨대 오전·오후, 태양, 태풍과 같은 기상 이미지를 그가 선호하는 것 역시 그가 현실에 집중하고 있다는 점을 알려준다. 이러한 기상학적 기호들은 초월적 가상을 대신할 수 있는 이미지로 가장 적합한 것이었던 셈이다. 김기림이 자신의 시집의 표제시로 「태양의 풍속」을 배치한 것은 언어-타자를 대신할 수 있는 초월적 가상으로서의 '태양' 이미지의 보편성을 눈여겨보았기 때문일지도 모른다.

그러나 이렇게 될 때 문제는 자신이 변형하려고 하는 현실이 무너지는 상황이 닥쳤을 때, 김기림은 어떠한 것도 할 수 없다는 점이다. 30년대 후반, 파시즘의 폭력이 최고조에 이르러 논리적으로 접근할 수 있는 현실이 무너지고, 언어도 사용할 수 없게 되었을 때 김기림은 모더니즘을 포기하고 만다. 좀 더 정확하게 말하자면 '변형'해야 할 현실을 잃어버린 김기림은 모더니즘을 포기할 수밖에 없었다고 할 것이다. 그리고 이렇게 모더니즘을 포기한 김기림이 했던 것은 다만 침묵하면서 무너진 현실을 대체할 다음 현실을 기다리는 일이었다.[178] 이러한 점

---

177 그러나 주의할 점은 이상의 형이상학은 플라톤적 이데아와는 그 성격이 다르다는 점이다. 플라톤의 이데아가 현실과 상관없이 저편에 형이상학적으로 존재하는 세계라면, 이상의 형이상학적 세계는 현실을 투시한 뒤에 이것을 초과한 세계이기 때문이다. 이러한 점은 이상이 30년대 모더니즘 문학에서 발견할 수 있는 유일한 '근대 초극인'이자 "최후의 모더니스트"일 수 있는 이유라 할 것이다.

은 김기림의 모더니즘에는 이상의 모더니즘처럼 현실을 초극할 수 있는 적극적인 힘이 원천적으로 부재한다는 것을 암시한다. 김기림의 시간 의식이 이상처럼 미래로 뻗어나가는 것이 아니라 '현재'라는 시간에 집중되어 있다는 것이 분명하게 관찰되는 것은 그의 최초 발표작이라 할 수 있는 「가거라 새로운 생활로」이다.

「바빌론」으로
「바빌론」으로
적은 女子의 마음이 움직인다.
개나리의 얼굴이 여린볕을 향할 때 ······.

「바빌론」으로 간 「미미」에게서
복숭아꽃 봉투가 날러왔다.
그날부터 안해의 마음은 시들어저
섰다가 찢어버린 편지만 쌓여간다.
안해여, 작은 마음이여

너의 날어가는 自由의 날개를 나는 막지 않는다.
호올로 삻아놓은 좁은 城壁의 문을 닥고 돌아서는
나의 외로움은 돌아봄 없이 너는 가거라.

안해여 나는 안다.
너의 작은 마음이 병들어 있음을 ······.
동트지도 않은 來日의 窓머리에 매달리는 너의 얼굴 우에

---

178 「조선문학에의 반성」, 『인문평론』, 1940.10.

새벽을 기다리는 작은 不安을 나는 본다.

가거라, 새로운 生活로 가거라.

너는 來日을 가저라.

밝어가는 새벽을 가저라.

— 「가거라 새로운 生活로」 전문(38)

　이 시는 언뜻 보기에 현재 시간에 있는 '시들어가는 아내'를 '내'가 '밝은 미래'로 보내는 구도로 되어 있다. 그러나 2연의 알 수 없는 미래의 존재 "미미"는 이 시의 시간 구조를 상당히 복잡하게 만든다. 「가거라 새로운 생활로」를 구성적으로 살펴본다면, 크게 제사(題詞) 격인 1연, 미래를 그리워하며 시들어가는 아내를 그리고 있는 2연과 4연, 그리고 그러한 아내를 '나'의 외로움 따위는 상관없이 과감히 보내고 있는 '나'의 목소리인 3연과 5연의 세 부분으로 나눌 수 있으며, 이렇게 볼 때 이 시는 '현재에 있는 나'와 '바빌론으로 간 미미'라는 현재와 미래의 시간의 경계에서 '시들어가고 있는 아내'라는 삼각구도로 구성되어 있다고 할 수 있다. 그렇다면 '미미'는 누구인가. '바빌론'으로 조금씩 마음이 움직이는 '적은 여자'가 마침내 '바빌론'에 도착한 존재가 아니겠는가. 그리고 '바빌론으로 조금씩 마음이 움직이는 적은 여자'는 '바빌론의 미미'에게서 편지를 받고 끊임없이 '바빌론'으로 마음을 향하고 있는 아내가 아니겠는가. 다시 말해 '미미'는 바로 '바빌론-미래'로 간 '아내'이며, '아내'는 아직 '미미'가 되지 못한 '여자'인 것이다.

　'아내'의 이미지가 이렇게 중층적이 될 때, 「가거라 새로운 생활로」는 '나(현재) / 아내(현재와 미래의 경계) / 미미(미래)'라는 구도와 '아내(현재) / 나(현재) / 미미-아내(미래)'라는 구도가 모두 가능한 구성이 된다. '아내'라는 이미지의 중층성은 이렇게 도저한 심연을 사이에 두고 결코 만날 수 없는 현재와 미래가 두 손을 맞잡을 수 있게 한다. '나'는 '아내'를 '바빌론'으로 보내지만, '바빌론'으로 간 '아내–미미'는 "복숭아꽃 봉투"를 다시 현재의 '나'에게로 보내오는 것이다. 이렇게 될 때 현재와 미래의 시간은 단절된 세계가 아니며, '나'라는 현재와 '아내'라는 미래는 동시적인 것이 된다. 다시 말해 현재의 아내에게서 미래의 미미의 흔적을 읽는 것이다. 김기림에게 중요한 것은 미래로 비약하는 것이 아니라 현재로 활력화되는 미래의 시간이다. 이렇게 '활력화되는 미래'는 막연한 기다림 속에서 우연히 우리에게 다가오는 것이 아니라 현재의 시간 속에서 병들어가는 '아내'의 모습 속에서 미래의 흔적을 의식적으로 읽어내는 노력이 수반되어야 함은 물론이다. 이 노력이 바로 현실 이미지를 이리저리 재배치하고 충돌시켜보며 '변형'하는 작업이다.

현재의 현실을 조금씩 수정해가면서 미래의 진보를 준비하는 것, 이것이 김기림의 역사의식이고 미래관이다. 반면 이상의 미래는 조잡한 현실과는 아무런 상관없는 비약적인 세계이다. 이상에게 이러한 역사관이 가능했던 것은 그가 문학적 상상력으로 세계를 계속해서 내파해 버릴 수 있었기 때문일 것이다. 이상의 시에서 간간히 등장하는 역사 이미지는 비어 있거나("역사의 빈페이지", 「LE URINE」), 망각된 채로 나타나며("잊혀진 계절", 「명경」), 상실의 멜랑콜리적 감정으로 그려진다.("역사의 슬픈 울음소리", 「오감도 시제14호」) 이 외에도 그의 문학 세계에서 발견되는 마조히즘적인 태도 역시 세계를 내파하는 그의 상상력과 이어진다 할 것이다.[179] 이렇게 현재를 폐허로 만드는 이상의 작업은 "시각의 이름"을 건망하는 행위로 이어진다. "시각의 이름"에 지배되는 세계가 바로 현재 우리의 현실이기 때문이다. "시각의 이름"을 건망한다는 것, 이것은 바로 빛의 속도로 사는 것이다. "시각의 이름"에 지배되고 있는 사람은 절대로 따라올

---

[179] 졸고, 「이상의 전위성, 현해탄 건너기의 의미」, 『이상적 월경과 시의 생성』 참조.

수 없는 광속의 움직임 속에서 이상은 현재가 아닌 미래를 사는 인간이 되는 것이다. 즉, 김기림이 현재인이라면 이상은 미래인이다.

현재를 변형하며 조금씩 미래를 앞당긴다는 김기림의 이러한 시간 의식, 혹은 역사의식은 그의 영웅관을 통해서도 감지된다. 김기림은 국 난극복기나 나라세우기 작업이 필요할 때 어김없이 등장하는 영웅 담 론에서 읽을 수 있는 완전한 인간으로서의 강인한 구국의 영웅을 꿈꾸 지 않는다. 오히려 김기림의 영웅관은 로맹 롤랑(Romain Rolland, 1866~ 1944)의 영웅관에 연결된다. 세계 문학에도 조예가 깊었던 김기림은 수 많은 위대한 작가들 중에서도 특히 로맹 롤랑의 문학적 세계에 큰 감 명을 받았다는 점을 직접적으로 진술한 바 있다.[180] 그는 노벨문학상 수상자와 그 작품을 정리하는 글에서 로맹 롤랑을 "신영웅주의 제창 자"[181]로 호명한다. 그리고 이러한 신영웅주의의 주체인 새로운 영웅 의 모습을 다음과 같이 롤랑의 소설『장·크리스토프』의 한 부분을 인 용하며 서술하고 있다.

「장·크리스토프」의 주인공이 상하고 지치어 거꾸러졌을 때 마음 속에 신의 소리가 있었다. 그는 물었다. 『그 임무라고 하는 것은 무엇입니까』 『싸우는 일이다』라고 신은 대답했다. 『…… 당신은 主權者가 아닙니까』 『나는 주권자가 아니다』

---

180 「「로망·로랑」과「장·크리스토프」」,『동아일보』, 1932.2.19.
　　김기림은 다음과 같이 말한다. "나의 생의 위기에 나의 귀에 생명의 복음을 속삭이며 이상스러운 음악으로 자바지려고 하는 내 혼을 고무하는 소리가 있었다. -「로망· 로랑」의 굵은 목소리였다. 나는 얼마나한 감격을 가지고 일과를 쉬어가며 그의「장· 크리스토프」를 탐독했는지 모른다. 『나는 허무와 싸우는 생명이다. 「밤」 속에서 타 는 불길이다. 나는 밤이 아니다 (…중략…) 나와 함께 싸우렴, 불타렴』.「로랑」이여, 나는 아직도 그때의 당신의 목소리를 기억합니다." 로망 롤랑에 대한 김기림의 언급 은 해방 후 발표된「문화의 운명」(『문예』, 1950.3)에서도 읽을 수 있다.
181 「「노벨」문학상 수상자의「프로필」」,『전집』3, 225면.(『조선일보』, 1930.11.22~12.9)

『당신은 존재의 一切가 아닙니까』

『나는 존재의 일체가 아니다. 나는 「허무」와 싸우는 생명이다. 밤속에 타오르는 불꽃이다. 나는 밤이 아니다. 영원의 싸움이다. (…중략…)』[182]

롤랑의 새로운 영웅이란 존재의 일체로서, 주권자로서, 완전한 존재로서의 신이 아니라 '싸우는 것'이 임무인, 그것도 그 대상이 뚜렷한 싸움이 아니라 "허무와 싸우는 생명"이다. 김기림은 "그의 영웅은 결코「카일라일」의 영웅은 아니다"라고 말하며 이러한 롤랑의 영웅관을 19세기 서양 사회의 최고의 베스트셀러이기도 했던『영웅숭배론』의 저자 토마스 칼라일의 영웅관과 비교한다.

우리를 위해 진정한 왕, 또는 유능한 사람을 찾아내서 보여주십시오. 그는 나를 지배할 신성한 권리가 있습니다. 그런 사람을 찾아내는 방법을 아는 것, 그런 사람을 찾아냈을 때 그의 신성한 권리를 모든 사람이 서슴지 않고 인정하는 것, 이것이야말로 병든 세상이 모든 곳, 모든 시대에서 찾고 있는 치유책입니다.[183]

위의 인용문을 통해서도 감지되듯이 칼라일의 영웅은 유능하고 뛰어난 사람, 세계를 이끌고 나갈 사람을 뜻한다. 물론 칼라일의『영웅숭배론』자체는 영웅의 도덕성과 성실성을 강조하며 그러한 성실성과 통찰력을 구비한 영웅에 대한 피지배자들이 자발적인 존경이라는 구도 속에서 영웅숭배의 필요성을 강조한다. 그러나 '지배 계급의 합리화를 위한 영웅 사관'[184]이라는 비판처럼, 칼라일의 영웅숭배사상은

---

182 「「노벨」문학상 수상자의 「프로필」」,『전집』3, 226면.
183 T. Carlyle, 박상익 옮김,『영웅숭배론』, 한길사, 2003, 309~310면.
184 신복룡, 「傳記政治學 試論」,『한국정치학회보』, 한국정치학회, 1998, 11면.

무솔리니나 히틀러와 같은 인물의 탄생에 대한 예비적 이론으로 받아들여졌던 것도 사실이다. 이 때문에 칼라일은 파시즘의 선구자로 이해되어 왔던 것이다. 이러한 점은 칼라일의 사상을 후대가 오독한 잘못도 있지만, 이러한 오독 자체가 칼라일 사유에 대한 하나의 증상일 수 있다. 즉, 모든 권력을 한 인간에게 집중시키고, 그 인간을 중심으로 회전하는 폐쇄적인 구도 속에서 전체주의로 빠질 가능성이 칼라일의 사유 자체에 내재되어 있었기 때문일 것이다.[185] 그런 점에서 칼라일의 이러한 영웅주의는 김기림이 비판하던 리얼리스트들의 '낭만적 영웅주의'와 유사한 지점이 있다고 할 수 있다.

이에 비해 롤랑에게 영웅이란 불완전한 인간이 자신의 능력을 한계까지 밀고나가는 그 태도 자체를 의미한다. 롤랑의 영웅은 세계를 장악하는 예외적 존재가 아니라 그 스스로가 세계가 되어 조금씩 조금씩 세계의 한계를 밀쳐내는 존재라 할 수 있다. 칼라일의 영웅이 '조감도의 시점'이라면, 롤랑의 영웅은 '지도의 시점'인 것이다.[186] 이러한 점

---

[185] 하우저는 다음과 같이 칼라일을 비판한다. "가장 크고 유혹적인 목소리는 칼라일의 음성으로서 그는 무솔리니와 히틀러에로의 길을 준비한 마법의 풍적수들 중에서 최초이자 가장 개성적인 인물이었다."(A. Hauser, 백낙청 외 옮김, 『문학과 예술의 사회사—현대편』, 창작과비평사, 1978, 113면) 칼라일의 저서 『영웅숭배론』을 번역한 박상익은 칼라일의 영웅론이 오독되어 파시즘의 선구자라는 오명을 쓰고 있다고 말하고 있지만, 특정한 한 인물에 모든 권력을 집중시키는 칼라일의 영웅관은 그 자체로 파시즘적 특성을 내재하고 있다고 판단된다.(박상익, 「영웅들로 가득찬 세계를 꿈꾼 칼라일」, 『영웅숭배론』, 11~21면)

[186] 칼라일의 영웅과 롤랑의 영웅을 라캉의 성 구분 공식에 대비해본다면, 칼라일의 영웅이 남성편, 롤랑의 영웅이 여성편에 속한다고도 할 수 있을 것이다. 라캉은 『세미나XX』에서 부분과 전체의 변증법을 통하여 성적 차이를 담론적 사실로서 정식화시킨다. 칸트의 역학적 이율배반과 수학적 이율배반이라는 논의에서 도출된 이 공식에서 남성편 함수는 보편적 함수($\forall x.Fx$: 모든 x는 함수 F에 종속된다)는 하나의 예외의 존재를 함축한다($Ex.not.Fx$: 함수 F에서 면제된 적어도 하나의 x가 있다)로 정의되며, 여성편 함수는 어떤 특수한 부정($not\forall x.Fx$: 모든 x가 함수 F에 종속되어 있지는 않다)은 그 어떤 예외도 없다는 것을 함축한다($notEx.notFx$: 함수 F에서 면제된 그 어떤 x도 없다)로 정의된다. 즉, 남성편의 공식은 전체(all)와 예외의 관계로 구축되어 있다면, 여성편은 그 어떤 예외도 없지만 '비-전체(not-all)'로 구축되어 있다. 즉, 남

은 김기림이 직접 인용하고 있는 "나는 지적 및 생리적 광영의 영역에 있어서 승리한 그러한 자들에게 영웅의 이름을 붙이지 않는다. 다만 힘센 심정을 소유한 그러한 사람만이 그 이름을 받기에 해당한다."[187] 라는 롤랑의 구절이나 『장·크리스토프』의 한 구절, "Als ich kann!(자기가 할 수 있는 최대한의 것을!)"[188]이라는 표현에서도 분명히 드러난다. 이 소설의 주인공 장 크리스토프의 정신적 지주인 외삼촌 고트프리트는 다음과 같이 말한다.

> 해가 뜨는 데 대해서 믿음을 가져라. 한 해 뒤나 10년 뒤의 일을 생각하는 게 아니다. 오늘 일을 생각해라. 너의 이치 따윈 버려라. 이치 따윈 말이다. 알겠느냐. 설사 도덕의 이치라 해도, 모두 쓸 만한 게 못된단다. (…중략…) 오늘에 살아라. 하루하루에 대해서 믿음을 갖는 거야. 하루하루를 사랑하는 거지. 하루하루를 존경하는 거야. (…중략…) 네가 만약 강인하다면 모든 일이 잘 되어 주겠지. 설사 네가 강하지 못하여 약하고 성공하지 못하더라도 그것은 그것대로 또 행복해야 하는 거야. (…중략…) 난 이렇게 생각한단다. 영웅이란 자기가 할 수 있는 것을 하는 사람이라고 말이다. 다른 이들은 그걸 하지 않는단다.[189]

성편의 세계가 남근이라는 예외의 둘레를 순환하는 폐쇄적이고 자위적인 구조라면, 여성편의 세계는 이러한 폐쇄성을 넘어서서 언제나 전체가 되지 못하는 불완전한 '비-전체'로 남아 있게 된다. 그러나 이 '비-전체'라는 불완전성에서 남성편의 폐쇄회로에 균열이 발생하고 새로운 세계는 개시된다.(김영찬 외 옮김, 『성관계는 없다』, 도서출판 b, 2005 참조) 테크니션으로서의 김기림의 현실 인식 방식도 라캉의 성구분 공식에 대비해 보자면, 여성편에 해당된다고 할 것이다. 재현적 세계에 끊임없이 테크닉을 가하여 구멍을 만드는 것, 이것이 김기림이 세계를 움직이게 하는 방법이었다.

187 「「노벨」문학상 수상자의 「프로필」」, 『전집』 3, 226면.
188 R. Rolland, 손석린 옮김, 『장·크리스토프』, 학원출판공사, 1993, 274면.
189 위의 책, 273~274면.

고트프리트의 목소리로 말해지고 있는 롤랑의 영웅이란 바로 오늘을 사는 존재라는 것, 오늘을 둘러싸고 있는 모든 문제에 온몸으로 부딪혀 싸우는 존재라는 것, 이를 통해 조금씩 조금씩 그 한계를 넘어섬으로써 생의 허무에 대항하는 존재라는 것이다. 즉, 칼라일의 영웅이 전지전능한 제왕적 영웅이라면, 롤랑적 영웅은 한계의 범위를 조금씩 힘겹게 밀어내는 그 고통의 가치에 충실한 인간이라 할 수 있다. 특히 "인생의 장애에 충돌하여 상하는 순박한 예술가의 생애"를 주목하는 롤랑의 영웅관은 '저물어가는 낡은 진리' 속으로 들어가 오직 '작은 주관'의 힘으로 그것을 뒤집어버림으로써 본질을 규명하는 것이 아니라 새로운 가능한 가치를 생산하는 김기림의 테크니션-소피스트를 떠올리게 한다.[190]

즉, 이상이 미래로 탈주하는 인간이라면 김기림은 오늘을 응시하면서 내일을 준비하는 자라 할 수 있다. 이 내일은 오늘과 연속되어 있는 내일이고, 오늘의 '변형'으로서의 내일이다. 이러한 점은 일제 말기 거의 모든 문인들이 '사실 수리론'을 받아들이며 친일의 길로 들어섰을 때, 김기림이 일제의 동양 담론의 허점을 비판하면서 일제의 논리에 빠져들지 않을 수 있었던 이유이기도 할 것이다.[191] 그러나 김기림은 테크니션 모더니즘의 구조적 한계를 이상처럼 넘어설 수 없었다. 언어를 통해 언어를 초과하는 세계를 선보이는 이상의 모더니즘이 테크니

---

190 롤랑의 이러한 영웅관은 김기림의 「간도기행」의 한 부분에서도 읽을 수 있다. 김기림은 가난하고 힘든 삶을 살아가는 간도의 조선 민족의 모습에서 오히려 롤랑적인 영웅적 면모를 읽고 있다. "내일을 기약 못하는 그들의 불안정한 생활은 다만 허여된 순간 순간을 가장 충실한 생의 용광로 속에 백열 식히면 그만이다. 긴장된 혼을 가지고 모든 순간을 강렬하게 살려고 하는 것이다."(『조선일보』, 1930.6.24)

191 일제 동양 담론과 김기림의 동양론을 비교하면서 김기림의 '침묵의 저항'을 논의하고 있는 연구들로는 김재용, 「침묵의 저항」, 『협력과 저항』, 소명출판, 2004; 방민호, 「김기림 비평의 문명비평론적 성격에 관한 고찰」, 『우리말글』, 2005.8; 조영복, 「김기림의 예언자적 인식과 침묵의 수사-일제말기와 해방공간을 중심으로」, 『한국시학연구』, 한국시학회, 2006.4; 김유중, 「김기림의 역사관, 문학관과 일본 근대 사상의 관련성」, 『한국현대문학연구』, 한국현대문학회, 2008.12 참조.

컬 모더니즘의 구조적 한계를 넘어서고 있다면, 김기림은 이러한 구조적 한계를 한계점에 도달했을 때까지 인식하지 못한 것이다. 김기림은 시간이 중지될 수 있다는 것, 세계가 고정될 수도 있다는 것을 감히 예측하지 못한 것이다. 이미지를 통해 끊임없이 현실을 변형하던 김기림이 현실의 한계에 부닥친 이후 망연자실한 상태에 빠진 김기림의 모습을 추측할 수 있게 해 주는 시가 그의 세 번째 시집의 표제시인 「바다와 나비」이다.

> 아무도 그에게 水深을 일러준 일이 없기에
> 흰나비는 도무지 바다가 무섭지 않다.
>
> 靑무우밭인가 해서 내려갔다가는
> 어린 날개가 물결에 절어서
> 公主처럼 지쳐서 돌아온다.
>
> 三月달 바다가 꽃이 피지 않아서 서글픈
> 나비 허리에 새파란 초생달이 시리다.
>
> — 「바다와 나비」 전문(174)

"아무도 그에게 수심을 일러준 일이 없기에 흰나비는 도무지 바다가 무섭지 않다"라는 「바다와 나비」의 첫 연은 아무래도 이상하다. 상식적으로 바다가 무서운 것은 그것의 수심이 깊어서가 아니라 그것의 수심의 깊이를 모르기 때문이다. 수심이 깊다는 것은 그 바닥이 어디인지 모른다는 말과 같은 말이다. 그러나 흰 나비는 아무도 그에게 수심을 일러준 일이 없기 때문이 바다가 무섭지 않다고 말한다. 이러한 나비의 내면의 논리는 롤랑적 영웅의 삶의 방식과 닮아 있다. 롤랑적 영웅이 현실의 한계를 조금씩 이겨낼 수 있는 것은 자신이 조금씩이라도 앞으로 전진 할 수 있으리라는 믿음 때문이다. 30년대 초반 『태양의 풍속』의 「旗빨」이나 「출발」에서 '바다'가 명랑할 수 있었던 것 역시 '바다'의 한계 없음 때문이었다. 이 '바다'에는 "내일의 얼굴이 웃"고 있고, 이러한 "내일의 웃음 속에서는 해초의 옷을 입은 나의 희망"이 잠자고 있었던 것이다. 이 '바다'는 "세계의 아침"이었고, '빛이자 푸름이자 무한한 생성'이었다.

그러나 현실에 허구가 통하지 않는 이른바 '사실의 세기'[192]로 진입한 일제 말기라는 '예외상태' 국면 속에서 김기림은 현실의 구조적 한계에 부닥치고 만다. 1937년 중일 전쟁 이후부터 점점 가속화된 총동원 체제 및 1940년 7월의 신체제론의 발표와 더불어 확산되어간 대동아공영권 논리, 즉 초법적 주권권력의 폭력성이 현실을 지배하는 '예외상태'의 국면으로 진입하면서 허구를 실험하고 조작할 세계 자체가 무너져 내렸기 때문이다. 더 이상 시의 속도가 생성되지 않게 된 것이다. 나비가 슬픈 것은 "바다가 꽃이 피지 않"기 때문이다. 즉, 「바다와 나비」에서 나비가 지친 것은 '바다의 수심'이 너무 깊었기 때문이 아니라 나비가 '바다의 수심'을 알아버렸기 때문이었다. 수심을 알 수 없어 끊임없이 꽃을 피울 수 있으리라 생각한 바다가 허구가 통하지 않는 현실 속에서 단지 짠 소금물에 지나지 않게 된 것이다. 이러한 짠 소금물의 실제 세계에서 "이미지의 엑스타시"는 허용되지 않으며, 따라서 "꿈의 리얼리티"도 포착할 수 없게 된다.

---

192 P. Valéry, 박은수 옮김, 『발레리 산문선』, 인폴리오, 1997 참조.(발레리의 '사실의 세기'와 관련된 일제 말기 조선 문인들의 담론에 대해서는 하정일, 「'사실' 논쟁과 1930년대 후반 문학의 성격」, 『임화문학의 재인식』, 소명출판, 2004; 차승기, 「'사실의 세기', 우연성, 협력의 윤리」, 『전쟁하는 신민, 식민지의 국민문화』, 소명출판, 2010 참조)

「근대」라는 세계는 실로 바로 우리의 눈 앞에서 드디어 파국에 부딪쳤다. 그것은 「근대」 그것의 내부의 부분적인 어느 시대의 국부의 파탄이라든지 그런 것이 아니다. 실로 「근대」 그것의 전부를 한데 묶어서 역사는 그것을 한 결정적인 시련 속에 던졌다. 세계사는 更新되어야 하겠다는 것, 또 갱신의 첫 징조는 벌써 보이고 있다는 것은 오늘 와서는 한낱 예언이 아니고 엄숙하게 진행하는 현실이다.[193]

김기림이 위와 같이 근대가 파국에 이르렀다고 '단언'할 수 있었던 것은 그가 현실의 바닥을 감지했기 때문이다. 그리고 김기림이 이렇게 근대의 수심을 알 수 있었던 것은, 현실에 허구가 통하지 않는다는 것, 현실이 더 이상 '변형'이 되지 않는다는 것, 이미지 놀이가 불가능하다는 것을 감지했기 때문이다.[194] 이미지를 다루는 테크니션이었던 김기림은 현실에 더 이상 테크닉이 통하지 않아 절대로 구멍이 나지 않는 숨 막히는 파시즘 체제를 누구보다 분명히 알아차린 것이다.

새로운 시대는 오히려 당분간은 먼 혼란과 파괴와 모색의 저편에 있는 것이나 아닐까. 그렇다고 하면 지금 이 순간에 우리에게 던져진 긴급한 과제는 새 세계의 구상이기 전에 먼저 현명하고 정확한 결산이 아닐까 한다. 우리가 깊이 생각해야할 중요한 점이 여기 숨어 있다고 나는 생각한다.[195]

---

193 「시의 장래」, 『전집』 2, 339면.(『조선일보』, 1941.8.10)
194 국가총동원법이라는 예외적인 비상법령이 발효되고 있던 일제 말기는 세계를 구성하고 경계 짓는 예외적인 존재가 사라져버려 더 이상 주체의 의미화가 불가능한 시기였다. 그래서 이 시기 박태원과 이태준 등은 친일 경향의 소설을 쓰면서도 '독방'에서 이루어지는 사소설의 양식을 통해 겨우 세계와의 심리적 거리감을 확보할 수 있었고,(방민호, 「일제말기 문학인들의 대일 협력 유형과 의미」, 『한국현대문학연구』, 2007.8 참조) 이미 낭만적 감상주의에 젖어있던 이찬은 완전히 천황주의로 돌아설 수밖에 없었다.
195 「조선문학에의 반성」, 『전집』 2, 50면.

최재서나 서인식 등 일제 말기 다른 문인들과 결정적인 태도상의 차이를 보여준다고 평가되는 「조선문학에의 반성」의 이 구절, 즉 새로운 시대가 도래한 것이 아니라 아직 '결산 시기'일 뿐이라고 김기림이 분명히 말할 수 있었던 것 역시 그에게는 '변형'할 현실이 어디에도 없었기 때문일 것이다. 다시 말해, 테크니션으로서 아무 것도 할 수가 없다는 사실이 역으로 지금 현실의 시간이 중지되었다는 것을 김기림에게 말해주고 있었던 것이다. 현실이 무너지고 난 뒤 아무 것도 할 수 없는 자신의 처지를 답답해하는 김기림의 내면은 그의 세 번째 시집 『바다와 나비』, 특히 「동방기행」을 통해 읽어볼 수 있다. 일본 동북제대에서 유학하면서 쓴 시편이라고 추정되는 「동방기행」(『문장』, 1939.6~1939.7) 연작의 첫 번째 시인 「서시」에서 김기림은 "영구한 시간의 미래 속에도 내 찾아갈 약속은 없다"고 말하고 있고, 「鎌倉海邊」에서는 "소라처럼 슬음을 머금고 나도 두터운 침묵의 껍질 속으로 오무라"든다고 말하며 침묵 속으로 사그라지는 자신의 내면을 노래하고 있다.

김기림이 이렇게 시인으로서 아무 것도 할 수 없는 절망적인 상황에 처한 것은 질서, 규칙, 형식의 힘이 갖는 허구성이 박탈된 '사실의 세기', 즉 '예외상태'의 국면으로 돌입한 시대적 정황[196]이 겉으로 드러난 이유였겠지만, 언어를 사유하는 그의 태도에서 이미 이러한 상황은 예견되고 있었다고 할 것이다.

이를테면 이상은 "시각의 이름"을 '절약'하고 '건망'하면서 조잡한 현실의 속도와는 상관없는 빛의 속도를 계속해서 생성해 냈으리라 충분히 예측 가능하다. 현실의 시간이 중지되어버렸기 때문에 「오감도」나 '거울' 시편처럼 현실로 내려올 필요가 없어진 이상은 오히려 우주의 세계에서 「삼차각설계도」와 같은 시적 사유를 더욱 자유롭게 펼쳤을

---

196 차승기, 앞의 글 참조.

지도 모른다. '삼차각'과 같이 언어를 초과하는 언어를 사용했던 이상이기에 이것이 가능한 것이다. 그러나 앞서 살펴본 것처럼 김기림의 시적 언어는 이상과 같은 '창조의 언어'가 아니라 '일탈의 언어'였다. 다시 말해 일상적인 언어의 '변형'으로서의 시적 언어가 김기림의 시어였던 것이다. 그래서 그의 시적 언어는 언제나 '제2의 언어'였다. 속도 역시 마찬가지이다. 그의 시의 속도는 현실 속도의 반작용으로서의 '제2의 속도'였던 것이다. 마루야마 게이자부로가 사르트르를 비판하는 것도 이와 유사한 맥락에 있다. '현전의 형이상학'을 넘어서는 철학을 언어 철학을 통해 사유했던 마루야마 게이자부로는 사르트르의 언어를 다음과 같이 비판한다.

사르트르에게는 말의 본질적 기능은 커뮤니케이션이며 일상적 효용에 국한되어 이루어지는 행위로, 어디까지나 수단에 불과하다. 수단은 그 목적 앞에서 그림자가 희미해지기 때문에, 중요한 것은 목적 달성이 가져오는 결과뿐이다. (…중략…) 사르트르만은 다른 세 사람(말라르메, 발레리, 메를로퐁티 ― 인용자)과 분명히 다른 입장을 취하고 있다는 것을 놓쳐서는 안 된다. 그 첫 번째는 말의 〈본질적 상태〉가 르포르타주 언어이며 도구·수단으로서의 언어, 즉 〈말이란 자신의 외부에 존재하는 의미 내지는 대상을 대행·재현하는 기호〉임을 전제한다는 것이다. 이 〈현전의 기호학〉이 취하는 입장이 가져오는 당연한 결과는 말과 시니피앙을 혼동하고, 말이 가리키는 지향 대상(référent)이나 초월적인 개념과 시니피에를 동일시하는 것이다. (…중략…) 두 번째 차이점은 첫 번째 차이점의 결과인데, 사르트르가 다른 〈정통〉 언어학자들과 마찬가지로 시적 언어를 통상 언어의 〈일탈〉로 생각하는 것이다.[197]

---

197 丸山圭三郎, 고동호 옮김, 『존재와 언어』, 민음사, 2002, 114~115면.

언어학의 복잡한 맥락을 접어두고 마루야마가 비판하는 문맥을 간단히 정리해보자면, 사르트르에게 본질적 언어는 시적 언어가 아니라 르포르타주 언어, 즉 재현의 언어이고, 시적 언어는 일상의 언어가 '일탈'된 상태를 의미한다는 것이다. 이러한 마루야마의 비판은 크리스테바가 러시아 형식주의자들을 비판하는 맥락과도 이어진다. 그녀는 러시아 형식주의자들이 시적 언어의 특수성을 통상적인 코드의 특수한 존재방식으로 단정하고, 시적 언어를 규범 언어로부터의 일탈로 포착하고 있다고 비판한다.[198] 이러한 사유방식은 단지 언어를 '제도로서의 랑그'와 '랑그 자체를 변혁시키는 기능으로서의 파롤'이라는 '랑그와 파롤의 변증법'에 불과한 것으로, 랑그적 질서의 근원으로서의 본질적 언어를 사유하는 길을 막아버린다는 것이다. 이러한 '본질적 언어'를 메를로 퐁티와 옥타비오 파스는 '침묵의 언어'라 불렀다. 이상의 시적 체계로 환원해서 말해보자면, 사르트르와 김기림은 이상처럼 '거울-표면'을 상상하지 못하고 '거울'의 효과만을 응시한 것이 된다. 다시 말해 끊임없이 효과를 생성해내는 원천 그 자체를 보지 못하고 원천의 효과만을 본 것이다. 김기림이 산책가이기만 하고 이상처럼 설계가가 되지 못한 것, 그리고 '변형'할 현실이 무너지고 난 뒤, 김기림이 어떠한 것도 할 수 없었던 것 역시 그의 언어가 '일탈의 언어', 즉 '변형'의 문제에 집중했기 때문이다.

일제 말기 김기림의 모더니즘 포기는 테크니션으로서의 한계에 도달했다는 것을 의미한다. 김기림의 일제 말기 시편들이 그가 그렇게 부정하던 서정시의 세계로 회귀한 것이 이를 방증한다. 『바다와 나비』에 수록된 30년대 말에서 40년대 초반의 김기림의 대부분의 시편들의 시적 화자의 목소리는 적분된 '움직이는 주관'의 목소리가 아니라

---

198 J. Kristeva, 서민원 옮김, 『세미오티케』, 동문선, 2005.(丸山圭三郎, 위의 책, 116면에서 재인용)

김기림의 목소리이며, 속도의 시가 아니라 메타포의 시이다. 이 시기 발표된 여행시편인 「동방기행」에서는 『태양의 풍속』에 발표된 여행 시편들과 달리 김기림의 내면이 가득하다. "언제고 이게 내 고향이거니 하고 맘 놓은 적은 없다"로 시작하는 「동방기행」은 여행시편이지만 시간의 생성해내는 속도의 시가 아니라 시인의 내면을 메타포로 고정시키고 있는 재현적인 서정시인 것이다.

(A) 세계는
나의 학교.
여행이라는 과정에서
나는 수없는 신기로운 일을 배우는
유쾌한 소학생이다.

　　　　　　　　　　　　－ 「함경선 오백킬로 여행풍경－서시」(52)

(B) 나를 얽매인 이 현재로부터
나는 언제고 탈주를 계획한다.
마음이 추기는 진정하지 못하는 소리는 오직
「가자 그리고 도라오지 마자」

　　　　　　　　　　　　－ 「동방기행－서시」 부분(192)

　똑같이 '나'라는 시어가 등장하지만, (A)의 '나'와 (B)의 '나'는 그 성격이 다르다. (A)의 '나'는 김기림이기도 하지만, 이 시를 읽는 독자이기도 한 보편적 존재라면, (B)의 '나'는 오직 김기림이다. 물론 (B)시를 읽는 독자가 이 시를 공감하면서 김기림의 자리에 자신을 투사할 수는 있을 것이다. 그러나 (A)는 이러한 투사 과정이 필요 없는 시이다. (A)는 김기림의 사적인 내면의 투영이 아니기 때문이다. 『바다와 나비』에 수록된 30년대 후반에서 40년대 초반의 시편들, 그중에서도 특히 「동방기행」은 엄밀히 말하자면 시가 아닌 것이다. 이러한 시편들은 시를 쓰지 못하는 김기림이 쓴 일기에 지나지 않는 것이다. 김기림의 테크니컬 모더니즘의 시론의 입장에서 생각해보자면, 시인의 내면으로 침잠해 들어가는 이러한 시편들은 테크닉이 불가능한 시라는 점에서 고정된 시이며, 속도를 생성하지 못하므로 어떤 의미도 생성해내지 못하는 시라고 할 수 있다. 다시 말해 「동방기행」과 같은 일기 같은 시들은 테크니컬 모더니즘의 관점에서 보자면 시라고 할 수 없는 것들이다.

그러나 이러한 한계에 치달은 상황 속에서 김기림은 이상에게서 구원의 가능성을 찾는다. 그것이 바로 「쥬피타 추방」이다. 김기림의 세 번째 시집 『바다와 나비』에 수록되어 있는 「쥬피타 추방」의 최초의 발표 지면은 지금까지 확인된 바에 의하면 1940년 5월 25일에 일본에서 출간된 김소운의 『乳色の雲』이며, 이때의 타이틀은 「追放のジュピター」이다.[199] 그리고 시의 한 구절 "그중에서도 푸랑코 씨의 직립부동의 자세에 더군다나 현기ㅅ증이 났다"라는 표현을 통해 추정해봤을 때, 「쥬피타 추방」은 2차 세계대전이 발발한 1939년 9월 이후에서 1940년 5월 사이에 창작된 것으로 판단된다.[200] 이 작품은 흔히 『기상도』와 유사한 성

---

[199] 김소운 엮고 옮김, 『乳色の雲』, 東京 : 河出書房, 1940. 이러한 사실은 신범순에 의해 밝혀진 바 있다.(신범순, 『이상의 무한정원 삼차각나비』, 현암사, 2007, 46~47면 참조) 「追放のジュピター」와 「쥬피타 추방」은 동일한 작품이라고 봐도 무방할 정도로 행구분이나 표현상의 사소한 변화만이 관찰된다. 두 판본에서 가장 큰 변화는 5연의 마지막 행인 "땅을 밟고 하는 사랑은 언제고 흙이 묻었다"가 『바다와 나비』의 「쥬피타 추방」에 추가적으로 삽입되어 있다는 점이다.

[200] 여기서 '푸랑코'는 스페인 총독 프란시스코 프랑코를 지칭한다. 1936년 7월에 발발한 스페인 내전에서 히틀러와 무솔리니의 전폭적인 지원으로 1939년 스페인 총독의 자리에 오른 프란시스코 프랑코는 내전이 종료되고 난 뒤부터는 오히려 히틀러와의 거리두기를 유지했고, 9월 2차 세계대전이 발발한 직후 그는 엄정한 중립을 선언하며 전쟁에 참여하지 않을 것을 분명히 했다. 김기림이 말하는 "직립부동의 자세"란 바로 프랑코의 '중립선언'을 지시하는 것으로 해석된다. 프랑코가 이러한 중립적 태도를 보인 것은 3년간의 내전으로 대규모의 유혈사태를 겪은 이후로 프랑코는 질서와 안

격의 시편으로 분류되곤 하지만, "어둠을 뚫고 타는 두 눈동자"와 같은 표현에서 느껴지는 「쥬피타 추방」의 응축적인 강렬함은 『기상도』의 세계에서는 관찰되지 않는 것이다. 『기상도』의 김기림이 신문의 지면이 제공하는 거대한 정보들을 새롭게 배치하고 있다면, 「쥬피타 추방」에서 김기림은 『기상도』에서 길게 늘어놓은 세계로부터 추방된 '쥬피타'를 다시 이 세계로 호출하는 것으로 현실의 모든 혼란한 시간을 흡수함으로써 현재의 펼쳐진 시간을 그 시간들의 원천(origin)인 소실점으로 다시 응축시켜버린다.[201] 일제 말 변화된 김기림의 시세계를 대표하는 「못」은, 「기상도」에서 펼쳐진 모든 파편적인 현실 이미지들을 흡수하여 죽음의 상태에 이르게 하고, 이 역동적인 죽음의 힘으로 다시 재생의 가능성을 기다리는 '소실점'의 상태를 시적 이미지로 표현하고 있는 것이다. 즉, 현실을 '변형'함으로써 미래의 시간으로 뻗어나가려고 했던 테크니션 김기림이, 이상의 죽음을 애도하는 작업을 통해 현재라는 시간에 축적되어 있는 무수한 시간의 결들을 다루기 시작한 것이다.

　　녹쓰른 청동그릇 하나
　　어두운 빛을 허리에 감고
　　현란한 세기의 골목에 물러앉어
　　흡사 여러 역사를 산 듯하다

　　도도히 흘러온 먼 세월

정을 원했기 때문이다. 팩스턴은 프랑코의 이러한 결정에 대해 프랑코의 실용주의에서 비롯되었다고 주장하기도 한다. 그러나 1940년 6월 13일에 프랑코는 다시 '비교전국'으로 입장을 바꾸어 참전한다. 그리고 참전의 대가로 모로코와 서아프리카의 영토와 카나리아 제도의 방어를 위한 엄청난 군수물자를 히틀러에게 요구한다.(R. O. Paxton, 손명희 외 옮김, 『파시즘』, 교양인, 2005, 337~339면; P. Johnson, 조윤정 옮김, 『모던타임스』, 살림, 2008, 683면 참조)

201 『기상도』와 「쥬피타 추방」에 대한 분석은 이 책 제4장 참조.

어느 여울까에 피었던
가지가지 꽃 향기를
너는 담았드냐

― 「청동」 부분(『춘추』 3권5호, 1942.5)

일요일 아츰마다 양지 바닥에는
무덤들이 버슷처럼 일제히 돋아난다.

― 「공동묘지」 부분(『인문평론』, 1939.10)

모 ― 든 빛나는 것 아롱진 것을 빨아 버리고
못은 아닌 밤중 지친 瞳子처럼 눈을 감었다.

못은 수풀 한복판에 뱀처럼 서렸다
뭇 호화로운 것 찬란한 것을 녹여 삼키고

스스로 제 침묵에 놀라 소름친다
밑 모를 맑음에 저도 몰래 으슬거린다.

― 「못」 부분(『춘추』, 1941.2)

   김기림은 「청동」에서 녹슨 청동 그릇이 품고 있는 역사의 여러 겹을
본다. 이 청동 그릇은 세상의 현란한 움직임 속에서 허둥대는 것이 아
니라 "현란한 세기의 골목"에 조용히 물러앉아 있다. 그러나 이 골목에
서 "어두운 빛"을 신비롭게 발산하며 여러 겹의 세월을 거치며 몸속에
응축시켜놓은 꽃향기를 피어낸다. 여러 역사의 시간의 결들이 응축된
청동 그릇에서 김기림은 '바다'에서 맡지 못한 꽃향기를 다시 맡기 시
작하는 것이다. 이러한 꽃향기는 "무덤들이 버슷처럼 일제히 돋아난

다"는 '공동묘지'에서, 빛나는 모든 것을 빨아들이고 "밤중 지친 瞳子처럼 눈을 감"고 있다가 "밑 모를 맑음에 저도 몰래 으슬거"리는 '못'의 세계에서 계속해서 풍겨난다. 현실의 바닥을 읽어버린 김기림은 다시 수심을 알지 못하는 '못'의 세계를 발견한 것이다. 이렇게 모든 빛을 쓸어안고 침묵하는 김기림의 '못'의 세계는 이상의 시 「명경」의 거울 속 조용한 세계와 닮아 있다.

여기 한페 – 지 거울이있으니
잊은계절에서는
엎은머리가 폭포처럼 내리우고

울어도 젖지않고
맞대고 웃어도 휘지않고
장미처럼 착착 접힌
귀
디려다보아도 디려다 보아도
조용한 세상이 맑기만하고
코로는 피로한 향기가 오지 않는다.

— 「明鏡」 부분

"잊은 계절"이 "폭포처럼 내리우고", '장미처럼 착착 접혀있는 귀'가 있는 「명경」에서의 거울 속 세계는 현실의 비틀린 대칭으로서의 거울 상을 초과한 이상의 모습이 비춰지고 있다. 이상의 머리에는 청동 그릇이 품고 있는 수 겹의 시간이 흘러내리고 있고, 장미처럼 착착 접혀 있다는 귀에는 '밑 모를 못의 세계'에서 흘러나오는 '침묵의 소란'이 들릴 것만 같다. 「명경」 역시 이상의 여느 거울 시편처럼 "디려다보아도 디려다 보아도 조용한 세상이 맑기만 하고 코로는 피로한 향기가 오지 않는" 단절된 거울을 그리고 있지만, 시간 속으로 깊게 내려간 "잊은 계절"이라는 시어나 정해진 면적을 무한대로 증폭시키는 주름의 이미지에는 광속으로 탈주하는 이상의 설계도가 희미하게 새겨져 있는 것이다. 다시 말해 「명경」의 거울 속 세계에는 엄청난 깊이의 시간과 엄청난 깊이의 공간이 응축되어 있다고 볼 수 있는 것이다. 이상이 이러한 응축된 세계를 수학적 상상력으로 풀어낸 것이 「삼차각설계도」라면, 시적 상상력으로 풀어낸 것이 이상 시에서 읽을 수 있는 '마리아-매춘부'와 같은 신화적 모티프들일 것이다.[202]

바다의 수심을 알아버려 모더니즘을 포기할 수밖에 없었지만, 김기림은 대신 세계를 응축할 수 있는 상상력을 갖게 된 것이다. 이렇게 한층 넓어진 시야를 갖게 된 김기림은 폐색된 내면이 표출되는 「동방기행」에서와는 달리 다음과 같이 여유로워질 수 있게 된다.

　　영구히 「새로워질 수 있다」고 생각되는 것은 한 시인이 세대적으로 시대와 보조가 맞는 동안의 착각인 것 같다. 이런 경우에 이미 세대와 시대 사이에 균형을 잃었다고 해서 그 당자를 채찍질만 하는 것은 그리 중요한 일이 아니다. 문제는 새 세대가 그 자신의 시대적 생리를 가지고 문학사의 다음 「페이지」를 어떻게 쓰느냐다.[203]

"영구히 새로워질 수 있다고 생각되는 것"은 시인이 세대적으로 시대와 보조가 맞는 동안의 착각일 뿐이라는 김기림의 언급은 그가 테크니컬 모더니즘의 한계를 인식했다는 것을 분명히 보여준다. 그러나 이러

---

202 '마리아-매춘부'와 같은 이상의 신화적 상상력에 대해서는 권희철, 「이상 시에 나타난 비대칭 짝패들과 거울 이미지에 관한 몇 가지 주석」 참조.
203 「시인의 세대적 한계」, 『전집』 2, 337면.(『조선일보』, 1941.4.20)

한 인식을 바탕으로 그는 시대의 문제를 조급하게 한 세대의 문제로 생각할 것이 아니라 "문학사의 다음 페이지"를 생각하자고 요청한다. 「가거라 새로운 생활로」에서처럼 현재와 미래를 연속적으로 생각하는 것이 아니라 시간을 세대로 분절하고 있는 이러한 태도에서 김기림이 현실 안에서의 비약이 아닌 세대적 비약을 생각하고 있음을 추측할 수 있다. 한 세대와 다음 세대는 오늘과 내일처럼 단절 없이 이어지는 것이 아니라 이 두 세대를 구분하는 분명한 단절이 그 사이에 존재하는 것이다. 이러한 단절과 비약 속에서 김기림 역시 미래를 사유할 수 있게 된다. 역사를 예감하는 '예언자 시인', 김기림의 표현대로 말하자면 "새로운 시대의 전령"으로서의 시인을 새롭게 호출하는 김기림의 태도가 이를 방증한다. 현실을 새롭게 배치하며 한계를 조금씩 밀어내며 미래로 향하는 롤랑적 영웅이 시간과 공간을 응축하는 테크닉을 통해 "새로운 시대의 전령"이 된 것이다. 근대라는 한 세대는 끝이 났지만, 이것은 끝이 아니라 새로운 시작이다. 이것이 현실의 한계에 부닥친 테크니션 김기림의 결론이다. 이러한 사유 속에서 김기림은 다시 시의 속도를 회복한다.

> 어떤 정치가가 정확하게도 「복잡괴기」하다고 형용한 이 전환기의 복잡괴기한 운무를 뚫고 시는 어쨌든 적으나마 끊임없는 섬광이라야 하겠고 그러함으로써 새로운 시대의 전령일 수 있고 또한 다시 집단의 소유로 돌아갈 것이다.[204]

"전환기의 복잡괴기한 운무를 뚫고 시는 어쨌든 적으나마 끊임없는 섬광이라야 하겠고"라는 구절은 「동방기행」에서 잠시 사라졌던 속도가 김기림의 사유 속에서 다시 부활하고 있음을 암시한다. 한계를 밀

---

[204] 「시의 장래」, 『전집』 2, 340면.

쳐내며 조금씩 내일의 진보를 준비하는 것이 아니라 '전환기의 복잡괴기한 운무를 뚫는' 날카로운 섬광과도 같은 시의 속도의 힘으로 현재의 시간을 결산하고 전혀 다른 내일을 예언하는 것 이것이 바로 테크니션으로서 한계에 부닥친 김기림이 근대를 초극하는 방법이었던 것이라 하겠다.

제3장　　　　　근대의 멜랑콜리와
이미지의 정치학

---

1. 근대적 감정으로서의 멜랑콜리와 유동하는 현실

1) '바다'의 액체성과 유동체로서의 현실

　김기림과 이상의 문학적 사유에서 읽을 수 있는 재현의 언어와 표현
의 언어의 대립은 30년대 모더니즘 문학에서 적어도 김기림과 이상의
경우에 한해서는 '현실과 독립되어 있는 독자적인 미적 세계의 확보'와
같은 의미에서의 예술의 자율성이라는 맥락으로만 그들의 시학 체계
를 설명할 수 없다는 것을 보여준다. 현실을 초과하는 언어를 구사하는
이상은 물론이고, 김기림 역시 현실의 언어를 끊임없이 침범하는 시적
언어를 주장하고 있기 때문이다. 이들의 언어는 일상으로부터 독립되
어 있는 절대적 문학 언어를 다시금 현실의 일상적 언어 질서 속으로
침범하게 하여 일상의 언어가 재현하고 있는 현실의 시간을 파열시키

고 분해하는 것이다. 일상이 펼쳐지는 거리에서 사용되는 언어를 김기림이 시어로 호출한다는 것은 거리의 언어와 시어의 구분을 없앤다는 것을 의미한다는 것이라기보다, 일상어 속에서 시적 언어를 능동적으로 발견하는 것이라는 의미로 이해해야 한다. 일상어에 균열을 만들어 '제2의 의미'를 솟구치게 하는 것이 김기림의 시적 언어이기 때문이다.

그러나 문학사적인 관점에서 볼 때, 김기림과 이상과 같은 시적 언어의 인식 체계는 수단으로서의 일상 언어와는 구분되는 문학 언어에 대한 관념적 인식 지평이 한국 근대문학에 이미 바탕으로 깔려있었기 때문에 가능했다고 할 수 있을 것이다. 이러한 문학사적 업적은 근대적 미적 주체의 탄생을 보여주는, 김동인이나 주요한 등이 주도한 20년대 동인지 문학을 통해 그 흔적을 읽을 수 있다. 특히 2000년대 중반에 발표된 한 연구는 20년대 동인지 문학을 읽는 기존의 시선, 이를테면 퇴폐적이고 관념적이며 서구 상징주의의 모방차원에 그쳤다고 평가하는 시선이 한국문학의 의미지평을 얼마나 축소시키고 있는가를 여실히 보여준다.[1] 이 연구는 20년대 동인지 문학에서 문학·예술이라는 절대 타자가 은유 담론을 통해 구조화되는 과정을 분석함으로써 독립된 형태로서 스스로를 재구성하는 언어, 즉 문학 언어가 확립되는 과정을 보여주고 있다. 이러한 논의는 동인지 문학에서 근대적 미적 주체가 탄생하는 장면을 논의하는 연구들과 함께 한국 근대문학에서 예술이 하나의 독립된 대상으로 인식되기 시작하는 장면들을 구체화하고 있다고 할 수 있을 것이다.[2]

이러한 연구 성과들을 통해 재해석된 20년대 문학의 특성은 모더니

---

1 조영복, 『1920년대 초기 시의 이념과 미학』, 소명출판, 2004.
2 이은주, 「문학 텍스트에 나타난 자기 구성 방식에 대한 시론(試論)-「창조」, 「폐허」, 「백조」의 사랑의 담론을 중심으로」, 『상허학보』 6집, 상허학회, 2000.8; 김예림, 「1920년대 초반 문학의 상황과 의미-서사 장르의 상관성을 중심으로」, 『상허학보』 6집, 상허학회, 2000.8; 김행숙, 『문학이란 무엇이었는가』, 소명출판, 2005.

즘 이전의 시들에 대해 시인 내면의 주관에만 폐색되어 아무도 알아듣지 못하는 허무한 독백만을 노래하고 있다고 비판하며 보편적인 태도의 필요성을 주장한 김기림의 논의를 무색하게 만든다. 20년대 동인지 문학이나 『개벽』 등의 잡지에서 쉽게 접할 수 있는 '자아'나 '개인'에 대한 논의는 김기림의 평가와 달리 이들이 이미 세계와의 거리를 어느 정도 확보하고 있었다는 것을 말해준다. 자기를 표현한다는 것, 즉 글쓰기의 대상으로 자기가 호출되고 있다는 것은 나를 포함하여 세계를 대상화한다는 것과 다르지 않다.[3] 20년대 문학에서 반복되는 '자기'나 '자아'는 이미 순수한 주관이 아니라 김기림이 자신의 모더니즘 시론을 통해 강조하던 객관화된 주관인 것이다. 특히 「산유화」에서 김소월은 "저만치"라는 시어를 통해 시적 화자와 자연과의 거리를 확보하고 있다. 이 거리는 30년대 모더니즘에 대한 논의가 이미 많이 인용하고 있는 가라타니 고진의 '풍경의 기원'[4]과도 겹쳐진다. 소월론의 백미라 할 수 있는 「청산과의 거리」[5]에서 김동리가 「산유화」의 본질이 시적 대상과 시적 주체 사이에 가로놓여있는 '저만치'라는 거리에 있다는 것을 포착해내고 있다는 점은 이미 익히 알려진 바다.

김기림이 격렬하게 비판하는 모더니즘 이전의 시들의 슬픔은 이들이 이러한 '내면'이라는 장소를 발견했기 때문에 발생한 것인지도 모른다. 다시 말해 전근대적인 공동체적 삶으로부터 벗어난 각성된 주체의 '홀로 있음'의 발견과 이것에 대한 몰입[6]이 20년대 시인들을 그토록 슬프게 만들었던 것이다. 특히 죽음·영(靈)·육(肉)·사랑·성(聖) 등의 관념어들의 빈번한 노출은 20년대 문인들의 관념적 태도가 발현되고 있는 장면이라기보다는, 관념이라는 표상적 질서를 시적 체계 속에 흡

---

3 이은주, 앞의 글, 154면.
4 柄谷行人, 박유하 옮김, 「풍경의 발견」, 『일본 근대문학의 기원』, 민음사, 1997.
5 김동리, 「청산과의 거리」, 『문학과 인간』, 민음사, 1997.
6 조영복, 앞의 책, 2004, 117면.

수하는 과정으로서, 언어의 시적 기능에 대한 인식론적 진전을 보여주는 것[7]이라는 주장은 20년대 문학과 30년대 모더니즘 문학의 내밀한 연속성을 인식할 수 있게 한다. 즉, 관념이 표상적인 차원에서 불명료하고 부정확하게 인식되던 20년대 시적 언어에 대한 인식이 30년대에 오면 점차 표상으로서의 언어의 차원을 넘어 언어 그 자체에 대한 탐구로 나아가게 된다는 것이다.

20년대 문학에서 근대적 미적 주체의 탄생을 논의하고 있는 이와 같은 시선들은 사실 20년대 문학과 30년대 문학 사이에는 우리가 문학사적으로 구분하고 있는 시대적 단절이 생각보다 크지 않다는 것을 보여준다. 30년대 문학의 특징인 내면의 균열은 이미 20년대 문학에서 그 싹이 나타나고 있고, 30년대 문학의 시선이 집중되고 있는 '거리'의 문제 역시 결국은 '거리' 속에서 파열된 주체의 내면을 포착하려는 시도라는 점에서, 20년대 문학과 30년대 문학을 '내면 대 거리'라는 구분법으로 나누는 것 역시 분명한 기준은 되지 못하는 것이다. '자연과 도시'라는 구분선 역시 김기림도 고평하고 있는 백석이나 신석정의 시편들 앞에서 희미해진다. '리듬과 이미지' 혹은 '음악성과 회화성'이라는 김기림의 구분법 역시 희미하긴 마찬가지다. 상식적으로 이미지가 아닌 시는 없다. 이러한 난점은 20년대 미적 주체의 탄생을 논의하는 연구의 시선들 역시 피해갈 수 없다. 가령 20년대 동인지 문학의 근대성을 '비동시성의 동시성'이라는 관점에서 접근하고 있는 다음과 같은 서술은 30년대 모더니즘 문학에 적용하더라도 큰 이견 없이 수용될 수 있는 관점이라고 할 수 있다.

문학이 근본적으로 (내적·외적인)강렬한 경험에 기초하고 있다면,

---

7 조영복, 「동인지 시대 시의 관념성과 은유의 탄생」, 앞의 책, 2004 참조.

1920년대 동인지 문학인들의 경험형식 및 그 조건은 그들 문학의 생성조건의 중요한 한 층위를 이룰 것이다. (…중략…) 특정한 원근법적 시선과 기계적인 시간의 출현은 근대를 근대로서 표상하는 지각형식과 경험형식의 급격한 동요를 초래했다고 할 수 있을 것이다. 이 형식을 관통하고 있는 것은 근대적인 동일성의 원리일 터인데, 고유하게 내재한다고 여겨졌던 질적 특성들이 무화되고 그저 대상과의 거리를 통해서 존재할 뿐이며 외적인 인간 목적에 의해 구획되고 관리되는 질료로 바뀌어버린 공간, 그리고 마찬가지로 동질적이며 비어있기 때문에 무한히 분할 가능한, 따라서 정밀하게 측정가능한 시간의 탄생은 기실 사회-역사적 근대 자체의 탄생과 맞물리는 근본적인 인간 조건의 변화를 가져왔다.[8]

위에 인용된 논의는 20년대 근대성의 특수성을 포착하기 위한 연구라기보다는 20년대 동인지 동인들이 이미 이광수와 최남선 등이 수행했던 '시작'이라는 포즈를 어떻게 다시 취할 수 있었는가를 살펴보는 논의라는 점에서 '동일성'이라는 다소 큰 개념으로서의 근대를 논의의 틀로 가져올 수밖에 없었을 것이라 판단된다. 그러나 30년대 근대성을 설명할 수 있는 관점이 이견 없이 20년대 근대성에 그대로 적용될 수 있다는 사실은 20년대와 30년대 사이에는 근본적인 단절이 없다는 것을 간접적으로 말해주고 있는 것이기도 하다. 30년대는 20년대 근대성이 '심화'된 시대이지, 과거로부터 '단절'되고 이를 통해 새롭게 '시작'하는 시대는 아닌 것이다. 이 두 시대 사이에 근본적인 차이는 없다. 다시 말해 이 '시작'의 관점이 통용될 수 있는 것은 근대적 계몽 주체가 등장한 10년대 문학이나, 근대적 미적 주체의 등장을 보여주는 20년대 문학이지, 30년대 문학은 아닌 것이다.

8　차승기, 「폐허의 시간」, 『상허학보』 6집, 상허학회, 2000.8, 53~54면.

그러나 문제는, 「시의 모더니티」 등을 통해서 알 수 있듯이, 김기림은 이 두 시대 사이에 건널 수 없는 단절을 분명하게 설정해놓고 있다는 점이다. 이러한 태도는 새로운 것에 심취되어 조선적 특수성을 고려하지 않는 시인으로 김기림을 비판하는 논의의 근거가 되어 왔다. 그리고 이러한 태도는 김기림을 전통을 무시하는 '서구 추수주의자', 혹은 서구 상징주의 이론에 내포되어 있는 정신사적 배경에 대한 충분한 이해 없이 관념적으로만 받아들였다는 20년대 작가들을 향한 비판적 시선과 동일한 이유에서 김기림을 '피상적 모더니스트'로 규정하는 근거로 작용했다고도 할 수 있다. 물론 최근에는 김기림 시학을 바라보는 다각도의 시선을 통해 그의 시학은 이러한 혐의로부터 상당히 해방되었다고 할 수 있다. 그러나 이러한 시선들이 위와 같은 비판을 넘어설 수 있었던 것은, '공적 소통을 강조하는 김기림', 혹은 '신문기자로서의 김기림'과 같이 김기림 시학을 이해하는 다양하고 새로운 시선을 제시함으로써 모더니스트로서의 김기림의 정체성을 희미하게 만들수 있었기 때문에 가능했던 것이었다고 할 수 있다.[9]

하지만 제2장에서 논의한바, 김기림의 서구 예술에 대한 관심이 단지 새로운 것에 대한 관심의 표출이라기보다는 모더니티를 비판하는 모더니즘, 즉 미적 모더니티를 고민하는 과정에서 나타는 현상이며, 그의 전체시론 역시 '사회성이 결여된 초기 모더니즘 시론'의 한계를 자기 반성하는 차원이라기보다는 당대 기교주의자들이 놓치고 있는 시적 기술의 가능성, 즉 시의 테크닉에 내재되어 있는 '변형'의 힘을 강

---

9 조영복은 '모더니스트 김기림'보다는 '신문기자로서의 김기림'에 주목하면서 신문기자로서 가질 수 있는 사회 지향적인 특성을 주목하고 있고, 조연정은 30년대 문학을 리얼리즘 대 모더니즘이라는 대결구도를 탈피할 수 있는 관점으로 '숭고'라는 새로운 인식지평 제시하면서 문예사조적인 관점에서 벗어난 지평에서 임화와 김기림 문학의 의미를 고찰하는 논의를 보여주고 있다. 이러한 연구들을 통해 김기림 시학은 한층 넓은 의미 지평을 확보할 수 있게 되었다.(조영복, 앞의 책, 2007; 조연정, 「1930년대 문학에 나타난 '숭고'에 관한 연구」, 서울대 박사논문, 2008)

조하는 논의라는 점에서, 일제 말기 파시즘이라는 현실의 구조적 한계 속에서 그가 모더니즘을 포기하기 전까지 김기림의 문학 정신의 바탕은 모더니즘에 있었다고 할 수 있다. 그리고 모더니즘을 포기하고 난 뒤의 김기림 역시 모더니즘을 넘어서려는 시도를 하는 것이지 모더니즘 자체의 불가능성을 표명하는 것은 아니다. 다시 말해 김기림이라는 존재를 규정할 수 있는 가장 적절한 이름은 여전히 '모더니스트 김기림'일 수밖에 없는 것이다. 따라서 모더니스트 김기림을 '피상적 모더니스트'로 규정하는 비판적 시선에 대한 보다 적극적인 해명이 필요해 보인다.

이러한 해명을 위해서 가장 먼저 논의되어야 할 것은 김기림이 20년대와 30년대를 구분하는 명확한 기준이 무엇인가에 대한 것이다. 이러한 기준이 적절하다면, 김기림이 단절을 주장하는 이유도 보다 분명해질 것이고, 이 이유가 설득력이 있다면 '서구추수주의자', 혹은 '피상적 모더니스트'라는 비판의 과도함을 재비판할 수 있을 것이기 때문이다. 김기림이 단지 새로움을 강조하기 위해 의도적인 단절론을 펼친 것이 아니라 어떤 필연적인 계기에 의해 단절론을 펼칠 수밖에 없었다고 한다면, 김기림의 인식 속에 있는 이 필연적인 계기란 무엇인가. 김기림은 시론 전체에서 끊임없이 20년대 문학과 결별하고자 하는 제스처를 취하지만, 특히 김기림의 이러한 단절적 의식이 겉으로 뚜렷하게 나타나는 것은 '슬픔'을 바라보는 그의 시선이다. 김기림은 시론에서 리얼리즘의 재현의 논리에 대한 부정만큼이나 센티멘탈리즘에 대한 거부 반응을 분명하게 표출하고 있지만, 한편으로는 정지용이나 오장환이 자신이 비판하는 센티멘탈리즘과는 다른 "근대적 애수",[10] 혹은 "아름다운 허읍(噓泣)"[11]을 훌륭하게 표현하고 있다는 점에서 고평하고 있는

---

10 「현대시의 발전」, 『전집』 2, 331면.(『조선일보』, 1934.7.12~22)
11 「30년대 도미의 시단 동태」, 『전집』 2, 71면.(『인문평론』, 1940.12)

부분을 읽을 수 있다. 이 슬픔의 차이를 분명히 정리할 수 있다면 김기림의 인식 체계에서 20년대와 30년대를 가르고 있는 기준을 설명할 수 있는 근거가 될 수 있을 지도 모른다.

앞서 언급한 연구들이 지적하는 것처럼, 20년대 문학을 가득 채우고 있는 '슬픔'의 감정은 20년대의 미적 주체가 상실의 경험 속에서 탄생된 존재들이라는 점을 말해준다. '근대적 미적 주체'의 탄생과 함께 한국 근대문학의 시작을 알리는 잡지가 『창조』라 했을 때, 이 잡지의 첫 장을 장식하고 있는 것은 주요한의 「불노리」(1919)이고, "사월이라패일날 큰길을 물밀어가는 사람소리는 듯기만하여도 흥성시러운거슬 웨나만 혼자 가슴에 눈물을 참을수없는고?"[12]라는 시 구절이 보여주듯이, 이 시편에서 펼쳐지고 있는 '슬픔'의 감정은 대동강 변에서 펼쳐지고 있는 집단적 축제의 흥성스러움을 배경으로 솟구쳐 올라오는 고독한 근대적 개인의 감정이라 할 수 있다. 그런데 문학의 자율성이 문학의 고립화를 의미하는 것이 아니라 문학 예술 영역과 사회 구조의 역동적인 관계를 의미하는 것[13]이라 했을 때, 이 '슬픔'의 문제는 특히 문학의 자율성이 확립되고 있던 20년대 문학의 특이성을 논의하는 데 있어서도 중요한 주제라 할 수 있다. 이 '슬픔'은 20년대에 들어 비로소 탄생한 미적 주체가 전근대적 공동체로부터 떨어져 나오는 순간을 증명하는 것인 동시에, 새롭게 탄생한 미적 주체의 공허한 형식에 채워지고 있는 구체적인 내용이기 때문이다. 그렇다면 30년대와 대비될 수 있는 20년대 미적 주체의 특이성은, 그들이 상실의 경험 속에서 세계와의 거리를 인식하면서 근대적 주체의 형식을 확보할 수 있었다는 상실의 경험 이후의 사후적인 결과 확인보다도 그들이 무엇을 상실했는가, 혹은 상실의 경

---

12 주요한, 「불노리」, 『창조』 1권 1호, 1919. 2, 1면.
13 R. Jakobson 외, 조주관 옮김, 『시의 이해와 분석』, 열린책들, 27면.(조영복, 앞의 책, 2004, 138면에서 재인용)

험 속에서 탄생한 미적 주체들을 둘러싸고 있는 희미한 배경들의 정체는 무엇인가라는 질문에서 더욱 구체화될 수 있을 것이다.

이러한 점은 주요한의 「불노리」에서 대동강 변의 흥성스러운 축제를 희미한 배경으로 두고 그 배경으로부터 뚜렷하게 솟아있는 '나'의 내면을 탐색하는 방식을 역전시켜, '나'를 감싸고 있는 희미한 배경의 정체를 탐색하는 논의를 펼치고 있는 연구들을 통해 어느 정도 해명되고 있다고 판단된다.[14] 이러한 연구들은 주요한과 김동인, 그리고 홍사용, 김소월 등 20년대 주요 문인들의 작품들을 횡단하면서, 전근대적 공동체로부터 떨어져 나온 고독한 근대의 미적 주체의 내면을 주시하는 대신, 20년대 문인들의 공통된 정신사적 배경으로 위치해있는 불축제의 흔적을 추적한다. 그리고 이렇게 희미하게 남아있는 우주적 질서의 흔적을 탐색하는 과정에서 20년대 '자아'를 둘러싼 담론들이 개체의 자율성을 강조하는 근대적 개인 주체이기만 한 것이 아니라 낭만적이고 비의적인 자기, 즉 개인보다 더 큰 범주의 존재를 동시에 떠올리고 있다는 점을 보여준다. 이러한 논의에서 특히 흥미로운 점은 20년대의 '슬픔'이, 바로 '나'라고 하는 존재를 발견한 순간 동시에 발생하는 수동적인 상실의 감정이 아니라, "이들의 시야에서 사라져버린 것들이 '저만치'의 거리에 있음을 상기시키며 이 이별의 상태를 극복할 만한 감정적 에너지를 불러일으키기 위해 그의 시 속에 강력한 슬픔을 주입시키고 있는 것"[15]이라는 해석이다. 이러한 '능동적 에너지로서의 슬픔'이야말로 김소월이 「시혼」에서 말하고 있는 '슬픔'이며, 이 '슬픔'은 이들이 잃어버린 '영혼'의 세계와 균열된 삶의 세계의 가교 역할을 한

---

14 신범순, 「주요한의 '불노리'와 축제 속의 우울」, 『시작』, 2002 겨울; 권희철, 「'"나는 누구인가?"에 대한 1920년대 문학의 문답 지형도」, 『한국현대문학연구』 29, 한국현대문학회, 2009. 12.
15 권희철, 앞의 글, 164면.

다는 것이다.

이러한 해석이 설득력을 갖는 것은 소월 시편에서 잃어버린 '님'은 언제나 시적 화자의 슬픈 울음 속에서 계속 상기되며 기억되고 있기 때문이다. 소월의 눈물은 언제나 '베갯머리'를 적시는 눈물이며, 이 슬픔은 님이 계시는 '꿈'속으로 그를 인도한다. 소월의 슬픔의 눈물은 '눈[雪]'이나 '비', 혹은 '강물'로 치환되어 '내'가 현재 위치해있는 현실 세계와 잃어버린 세계를 이어준다. 그러나 이러한 영혼적 만남은 소월 역시 쉽지 않다. "날마나 뛰여나는 우리님생각"에 "날마나 풀을 따서 물에 던지고 흘러가는 닙피"[16]를 마음에 새겨보지만, 여전히 "저편은 딴나라"이고 "가고십픈 그립은 바다"(「바다」)는 어디에 있는지 가늠하기가 힘들다. 그래서 "어스러한 등불에 밤이 오면은 외롭음에 압픔에 다만혼자서 하염업는눈물"을 흘릴 뿐이다. 그러나 이러한 괴로움을 소월이 쉽사리 벗어버릴 수 없는 것은 님은 잃어버렸지만, "우리님이 아주 저를 바리고 가신 뒤"에도 여전히 "그한때에 외와두엇든 옛니야기"(「옛니야기」)만은 남아 계속 소월의 마음을 흔들고 있기 때문이다. 즉, 소월의 슬픔을 지속시키는 것은 상실의 공허함 속에서도 이렇게 남아있는 '옛 이야기'이고, 그런 점에서 소월의 시는 이러한 희미한 님의 흔적을 끊임없이 찾아 헤매는 '꿈'의 여행기라고도 부를 수 있을 것이다. 다시 말해 소월의 모든 시는 님이 있는 곳으로 수렴되는 운동의 장을 형성하고 있으며, 잠에 들어 꿈의 세계로 들어가는 것과 다시 잠에서 깨어 현실의 세계로 복귀하는 것의 원형적인 반복 운동 속에서 근대적인 미적 주체가 잃어버린 공동체의 리듬을 회복하려는 것이라 할 수 있다. 이를 소월은 자신의 시론인 「시혼」에서 다음과 같이 서술한다.

---

16 김소월, 「풀따기」, 김용직 엮음, 『김소월 전집』, 서울대 출판부, 1996, 5면.(앞으로 김소월의 시를 인용할 때, 본문에 제목을 병기하는 것으로 인용표시를 대신함)

슬픔 가운데서야 더 거룩한 선행을 늣길수도 잇는 것이며, 어둡음의 거울에 빗치어와서야 비로소 우리에게 보이며, 살음을 좀 더 멀니한, 죽음에 갓갑은 산무루에 섯서야 비로소 사람의 아름답은 빨내한 옷이 生命의 봄 두던에 나붓기는 것을 볼 수도 잇습니다. (…중략…) 우리에게는 우리의 몸보다도 맘보다도 더욱 우리에게 각자의 그림자 가티 갓갑고 각자에게 잇는 그림자 가티 반듯한 각자의 영혼이 잇습니다. 가장 놉피 늣길 수도 잇고 가장 놉피 깨달을 수도 잇는 힘, 또는 가장 강하게 진동이 맑지게 울니어 오는, 반향과 공명을 항상 니저바리지 안는 악기, 이는 곳, 모든 물건이 가장 갓가이 빗치워 드러옴을 밧는 거울, 그것들이 모두 다 우리 각자의 영혼의 표상이라면 표상일 것입니다.[17]

「시혼」에서 소월은 근대의 화려한 문명보다는 문명의 세력이 닿지 못하는 어두운 산골짜기에 외롭게 숨어있는 '버러지의 슬픈 노래'가 근대인의 무상함을 위로해주며, '버러지의 슬픈 노래'를 통해 "일허버린 고인"을 꿈에서 만날 수 있다고 말한다. 즉, 소월에게 슬픔은 잃어버린 것, 혹은 상실한 님과 재회할 수 있는 강력한 에너지이며, 그림자 같이 가깝게 있지만 미처 보지 못하는 영혼을 선명하게 비추이는 '거울'이다. 그래서 이 거울은 또한 영혼의 표상이기도 하다. 이로써 슬픔은 영혼에까지 이어지고, 이러한 슬픔의 인력이 저편 세상으로 멀리 날아가버린 영혼을 다시 "반향과 공명을 항상 니저바라지 안는 악기"로 변모시키는 것이다. 이러한 영혼이 가장 "이상적 미의 옷"을 입은 것이 바로 "시혼(詩魂)"이다. 그리고 여기서 '반향과 공명'이란 슬픔에 의한 원형적인 반복운동을 의미하며, 이러한 반복운동 속에서 새겨지는 다양한 "음영(陰影)"이 시로 표현되는 것이다. 즉, 소월에게 시는 '시혼'의 현

---

17 김소월, 「시혼」, 『김소월전집』, 495~499면.(띄어쓰기는 인용자, 고어표기, 한자표기는 생략.)

현이며, '시혼'은 시의 이데아인 셈이다.

작가마다 다소 차이는 있겠지만,[18] 20년대 문학을 감싸고 있는 '삶=죽음=영혼=예술=사랑'이라는 은유 체계가 가능할 수 있었던 것은 바로 잃어버렸다고 생각한 영혼과의 힘겨운 연결선을 작가마다 특유의 방식으로 찾아내려는 시도를 하고 있었기 때문일 것이다. 선구적으로 서구 상징주의 예술을 번역 소개하던 김억이 갑자기 전통적 민요의 세계에 빠져든 것 역시 '노래'라는 형식 속에 남아있는 공동체적인 리듬을 상기하려는 문학적 분위기와 무관하지 않을 것이다. 즉, 공동체적 감각의 상실로 괴로워하는 이들에게 문학적 상징은 일종의 삶의 구원이 될 수 있었던 것이다. 다시 말해 "눈에 보이는 세계와 눈에 안 보이는 세계, 물질계와 靈界, 무한과 유한을 相通 식히는 매개자"[19]인 '상징'을 문학적 방법론으로 제시하는 서구 상징주의 예술은 20년대 문인들에게 예술적 삶의 구원의 가능성을 보여주는 것이었다. 변영로가 "상징적으로 살자!"[20]라고 외치고, 이동원이 '상징주의적 생활'[21]의 중요성을 논하고 있는 장면은 20년대 '상징'이라는 개념이 단지 수사학적인 차원에서 작동하고 있는 것이 아니라 삶의 구원을 위한 정신적 방법론으로 고양되고 있었다는 것을 보여준다.

그런데 20년대 슬픔에 내포되어 있는 이러한 거대한 정신의 흐름을 김기림이 일시에 한낱 감상주의로 몰아가며 비판한 이유는 무엇일까.

---

18 예컨대 「시혼」에서 김억이 자신의 「님의 노래」를 평가할 때, "넘어도 맑아, 밋까지 들여다보이는 강물과 같은 시다. 그 시혼 자체가 넘어얏다"고 한 것이나, 「자나깨나 안즈나서나」에 대해서 "시혼과 시상과 리듬이 보조를 가즉히 하야 거러 나아기는 아름다운 시다"라고 한 것에 대해 시혼에 특유한 음영은 있어도 시혼 자체가 변할 수는 없다는 점을 들어 소월이 김억을 비판하고 있는 부분을 읽을 수 있다.(위의 글, 499~500면)

19 김억, 「프란스 시단」, 『태서문예신보』 10~11호, 1918.12.7~14.(『안서김억전집』 5, 한국문화사, 1987, 30면)

20 변영로, 「상징적으로 살자」, 『개벽』 30호, 1922.11.

21 이동원, 「상징적 생활의 동경」, 『개벽』 2호, 1920.7.

이것을 단지 김기림이 전통의 깊이를 이해하지 못하고 이를 무시했기 때문이라는 단편적인 비판으로만 몰아갈 수 없는 것은, 김기림이 시론에서 제시하고 있는 현대시의 방향성, 이를테면 개인의 주관에서 해방된 사물 자체의 질서를 구성하는 '객관주의'나 시적 테크닉을 통해 현실의 질서를 균열시키고 이를 다시 재구축하는 과정을 반복함으로써 현실적 질서를 '변형'하려고 하는 그의 주장들이 20년대식 슬픔을 부정할 수밖에 없는 이유를 간접적으로 말해주고 있다고 여겨지기 때문이다.

김기림의 시론에서의 주장하는 이러한 내용들의 가장 밑바닥에는 '유동하는 현실'과 '움직이는 주관'이라는 그의 독특한 현실관과 주체관이 있었다. 김기림에게 현실은 고정된 것이 아니라 매 순간 움직이는 유동체로서의 현실이었고, 이러한 현실에 가장 적합한 시적 주체로 '움직이는 주관'이라는 특정 주체의 권력으로부터 해방된 비인격적인 주체를 내세웠던 것이다. 그렇다면 현실이 유동한다는 것은 어떤 의미인가. 김기림에게 현실이 움직인다는 것은 현실을 규정하는 기준이 끊임없이 변하는 것을 의미한다. 김기림에게 현실이란 "역사적·사회적인 일초점이며 교차점"[22]이다. 그런데 이러한 현실이 움직인다는 것은 이러한 교차점이 끊임없이 계속해서 변화하고 있다는 것이며, 어떠한 순간에 본질이라고 주장되던 것도 어느 순간 이미 현실과는 아무 상관 없는 것이 되어버리는 구조적 변화인 것이다.

김기림에게 이러한 현실의 구체적인 모습은 이미 많은 연구자들이 언급하고 있듯이 서구 르네상스를 모델로 하는 근대 사회라고 할 수 있다.[23] 그리고 김기림의 시편에서 이러한 근대는 거대한 대양의 이미

---

22 「시와 인식」, 『전집』 2, 77면.
23 서준섭, 앞의 책; 조영복, 「1930년대 문학에 나타난 근대성의 담론 연구」, 서울대 박사논문, 1998; 송기한, 「김기림 문학 담론에 나타난 과학과 유토피아 의식」, 『한국현대문학연구』, 한국현대문학회, 2005.12.

지로 그려진다. 「출발」이나 「旗빨」에서의 끝없이 펼쳐진 광활한 대양의 이미지와 그 바다에서 휘날리고 있는 '깃발'은 지금 막 새로운 세계로 출발하는 기선의 이미지와 겹쳐지면서 새로운 시작의 설렘 그 자체를 상징한다고 볼 수 있다. 그러나 최남선의 「해에게서 소년에게」를 필두로 한국 근대문학에서 '바다'는 이미 미래로 열린 거대한 가능성으로서의 새로운 근대 세계라는 의미를 내포해 왔다. 따라서 이러한 '바다' 이미지는 근대라는 가능성의 세계와 마주친 시인들이 제시하는 보편적인 표상이라는 점에서 딱히 김기림에게만 귀속될 수 있는 특유의 이미지라 할 수는 없는 것이다.

그렇다면 근대를 표상하는 김기림의 '바다' 이미지의 독특함은 무엇인가. 그것은 바로 '액체성'이다. 김기림은 「해도에 대하야」에서 바다를 "무지한 검은 액체"라고 표현한다. 김기림에게 근대는 유동하는 '액체', 혹은 '기체'(『기상도』)인 것이다. '유동성(fluidity)'이라는 공통된 속성을 가지고 있는 액체나 기체는 고체와 달리 접선력이나 전단력을 견뎌내지 못하며 그러한 힘이 가해지면 끊임없이 형태상의 변화를 겪는다.[24] 김기림이 시론에서 예술에 시간의 요소를 도입하는 것, 속도를 강조하는 것, 고정된 의미가 아니라 끊임없이 새로운 의미들이 생산될 수 있게 하는 테크닉을 강조하는 것 등은 당대 현실의 속성을 유동하는 액체적인 것으로 파악하는 점과 긴밀하게 이어진다. 근대 사회를 '액체 근대'라고 규정하는 지그문트 바우만은 '액체성'의 속성을 다음과 같이 좀 더 구체화한다.

유체가 지닌 이 모든 특징들은 결국, 단순하게 말하자면 고체와 달리 액체는 그 형태를 쉽게 유지할 수 없음을 뜻한다. 유체는 이른바, 공간을 붙

---

24 Z. Bauman, 이일수 옮김, 『액체근대』, 강, 2009, 7면.

들거나 시간을 묶어두지 않는다. 고체는 분명한 공간적 차원을 지니면서도 그 충격을 중화시킴으로써 시간의 의미를 약화시키는(효과적으로 시간의 흐름에 저항하거나 그 흐름을 무관한 것으로 만드는) 반면, 유체는 일정한 형태를 오래 유지하는 일이 없이 지속적으로 변화할 준비가 되어 있다(그리고 자주 그렇게 된다). 따라서 액체는 자신이 어쩌다 차지하게 된 공간보다 시간의 흐름이 중요하다. 왜냐하면 결국 액체는 공간을 차지하긴 하되 오직 '한순간' 채운 것일 뿐이다. 어떤 의미로 고체는 시간을 무효화하지만, 그와는 반대로 액체는 대부분의 경우 시간이 가장 중요하다. 고체를 설명할 때, 우리는 시간을 송두리째 무시할 수도 있지만, 유체를 설명할 때 시간을 설명하지 않는다면 이는 중대한 실수가 될 것이다. 유체에 대한 설명은 하단에 날짜가 있어야 하는 사진들과도 같다.[25]

지그문트 바우만이 위와 같은 액체성을 근대 사회의 특수한 속성으로 규정하고 '액체 근대'라고 이름붙이는 시대는, 물론 도시에 전차가 다니고 카페나 영화관, 백화점 등이 조금씩 생겨나면서 도시적 생활이라는 새로운 생활공간 감각이 일상화되기 시작하는 30년대의 근대 사회라기보다는, 모든 사회적 조건들이 지구적인 차원에서 점점 탈지리화 되고 탈영토화 되고 있는 21세기 현재, 우리가 살고 있는 이 시대이다. 이러한 유동적인 국면에 처한 근대 사회에서 우리의 삶은 한치 앞을 내다볼 수 없는 불안과 공포 앞에 노출되어 있다. 한때 우리의 삶을 규정하던 견고한 제도적 장치들은 자본의 속도를 따라가지 못한 채 점점 축소되어간다. 자본은 이미 정치적 통제에서 벗어나 있고, 시장 경제의 압력 속에서 노동조합과 같은 집단적 자기방어 장치조차도 점점 그 세력이 약화되고 있다. 이렇게 점점 공적 영역이 축소되어가고 있는

---

25 위의 책, 8면.

사회적 분위기 속에서 개인은 모든 사태의 책임을 오롯이 자신의 어깨 위에 올려놓게 된다. 그 결과가 어떻게 될지 전혀 확신이 없는 상태로 헤아릴 수 없는 위험이 잔뜩 도사린 길을 가며 이런저런 결정을 내려야 하는 상황에 놓이게 되는 것이다. 지그문트 바우만은 사람들이 삶의 과제들을 수행하고자 투쟁할 때 일어날 수 있는 최악의 가능성은 규범이 불분명하거나 전혀 없는 것이라고 말한다. 규범이란 어떤 것을 금지함으로써 다른 것을 가능하게 하는 것이고, 이러한 규범의 퇴각 뒤에 남는 것은 오직 의혹과 두려움뿐이기 때문이다. 유동하는 공포 속으로 어떠한 방어 장치도 없이 내몰린 현대인, 공포스러운 감시의 시선이 지배하는 원형감옥의 벽은 무너졌지만 장벽 없는 더 큰 감옥에 갇혀 공포에 떨고 있는 현대인, 이것이 바우만이 진단하고 있는 우리 시대의 모습이다.[26]

물론 한 세기 정도의 시간적 간격을 두고 있는 21세기 현재와 30년대적 상황을 동일한 시선으로 바라볼 수는 없겠지만, 『태양의 풍속』의 한 장인 「마음의 衣裳」으로 묶여있는 몇 편의 시에서 김기림은 근대를 액체적인 유동성으로 파악하는 바우만과 유사한 관점을 제시하고 있다는 점은 주목할 만하다. 특히 「해상」, 「해도에 대하야」, 「비」, 「밤」, 「옥상정원」에서 어떠한 구원의 가능성도 없는 황막한 세계와 이러한 세계 속에 내팽겨진 채 이정표를 상실하여 방향감각을 잃은 초라한 인간들의 모습을 읽기란 그리 어렵지 않다.

무엇이고 차별할 줄 모르는 무지한 검은 액체의 범람 속에 녹여버리려는 이 목적이 없는 실험실 속에서 나의 작은 탐험선인 지구가 갑자기 그 항해를 잊어버린다면 나는 대체 어느 구석에서 나의 해도를 편단 말이냐?

— 「해도에 대하야」 부분(24)

---

26 Z. Bauman, 한상석 옮김, 『모두스 비벤디』, 후마니타스, 2010; 위의 책 참조.

그들의 구조선인 듯이

종이양산에 맥없이 매달려

밤에게 이끌려 헤엄처가는 어족들

여자 -

사나히 -

아무도 구원을 찾지 않는다.

밤은 심해의 突端에 좌초했다.

SOSOS

신호는 해상에서 지랄하나

어느 무전대도 문을 닫었다.

―「비」 부분(25)

땅우에 남은 빛의 최후의 한줄기조차 삼켜버리려는 검은 의지에 타는 검은 욕망이여

　나의 작은 방은 등불을 켜들고 그 속에서 술취한 輪船과 같이 흔들리우고 있다.

　유리창 넘어서 흘기는 어둠의 검은 눈짓에조차 소름치는 겁많은 방아

　문틈을 새여 흐르는 거리 우의 옅은 비의 물결에 적시우며

　흘러가는 발자국들의 포석을 따리는 작은 음향조차도 어둠은 기르려하지 않는다.

　아름다운 푸른 그림자마저 빼앗긴

　거리의 시인 「포플라」의 졸아든 몸둥아리가 거리가 꾸부러진 곳에서 떨고 있다.

―「방」 부분(26)

위에 인용된 시편들에서 공간 이미지들이 액체처럼 유동하고 있는 것처럼 그려지고 있다는 점을 읽을 수 있다. 「해도에 대하야」에서는 "나의 작은 탐험선인 지구"가 범람하고 있는 "무지한 검은 액체"에 빠져버려, 나의 위치를 가늠하게 해 주는 "해도"가 무용지물이 된다. 그리고 「비」에서는 비 내리는 도시의 아스팔트 거리가 그대로 거대한 바다가 되고, 거리의 사람들은 빗물의 침입을 막지 못하는 애처로운 "종이양산" 하나에 맥없이 의지하며 이리저리 휩쓸리고 있는 "어족"들이 된다. 이 거리-바다 역시 "SOS" 신호를 받아줄 무전대는 없다. 그러나 더욱 절망적인 것은 거리의 누구도 구조신호를 보내지 않는다는 것이다. 누가 나를 구조해 줄 것이라는 최후의 희망조차 사라진 암흑-바다, 이것이 바로 도시의 거리-바다이다. 「방」에서의 사정 역시 앞의 두 시편들과 크게 다르지 않다. "검은 의지에 타는 검은 욕망"은 땅 위에 남은 최후의 한 줄기 빛조차 삼켜버리고, "나의 작은 방"은 조그만 등불 하나를 켜들고 "그 속에서 술 취한 윤선과 같이 흔들"리고 있다. 이 '검은 욕망의 바다'는 "포석을 따리는 작은 음향조차도" 모두 삼켜버리면서 어떠한 경계도 허용하지 않는 거대한 혼돈의 세계를 점점 확장한다. 그러나 이 어둠의 검은 힘은 그 자체로 막강한 권력을 행사하는 것은 아니다. "유리창 넘어서 흘기는 어둠의 검은 눈짓"이라는 표현이 말해주듯이, 보이지 않는 틈으로 조금씩 스며들어 결국 구조물 자체를 무너뜨리고 마는 습지대의 습기처럼, 이 어둠은 조금씩조금씩 모든 빛의 경계를 사라지게 하는 것이다. 이렇게 번져가는 어둠의 공포는 거리의 시인 '포플라'를 점점 쪼그라들게 만들고, 이러한 어둠의 세계 속에 갇힌 포플라 가로수는 공포에 떨 수밖에 없다. 「비」에서 맥없이 종이양산 하나에 의지하며 이리저리 휩쓸려 다니는 도시인들이 「방」에서는 가로수로 의인화되어 표현되고 있는 것이다.

30년대 도시인의 실존적 위상을 위협하는 이러한 '어두운 검은 바다'

이미지는 김기림에게 근대라는 세계가 인간의 이성적 능력으로 파악할 수 있고 개념화할 수 있는 대상 영역에 속해있는 것이 아니라는 것을 말해준다. 칸트는 이러한 대상을 숭고한 대상이라고 불렀지만, 이러한 '숭고'의 감정은 오직 나의 안위를 보장해주는 최소한도의 방어막이 확보될 때만이 가능한 감정이다. 이러한 방어막이 사라졌을 때, 인간은 공포와 불안으로부터 탈출할 수가 없다. 이미 대상은 내가 제어할 수 있는 것이 아닌 독립적인 작동원리에 따라 움직이는 절대적 타자이고, 이 절대적 타자의 지속적인 움직임은 끊임없이 나의 실존을 위협하고 있기 때문이다. 다시 말해 20년대 문인들에게 사랑이나 영원이라는 은유로 환원되면서 자아가 상실한 빈 공간을 채워줄 것이라 여겨졌던 절대적 타자가 사실은 형이상학적인 영혼의 세계에 있는 것이 아니라 도시인의 실존을 감싸고 있으며, 심지어 거대한 움직임으로 실존을 점점 위협하고 있다는 것을 김기림은 「마음의 의상」을 통해 말하고 싶었던 것이다. 즉, 「마음의 의상」의 시편들은 유동하는 근대라는 공포스러운 세계에 직면한 김기림의 난감한 심정들의 표출이라 할 수 있다. 그리고 이러한 세계는 김기림의 눈에 비춰진 30년대 경성의 모습이기도 할 것이다. 이러한 구체적인 현실의 모습은 그의 수필 작품을 통해 보다 분명하게 드러난다.

2) 경성 거리의 유동성과 근대적 애수

근대의 유동성이 근대인의 실존을 위협하는 구체적인 사례는 수필 「환경은 무죄인가」[27]나 「생활과 파랑새」[28]에서 보다 분명하게 드러난

---

27 「「환경」은 무죄인가」, 『비판』 1권 2호, 1931.6.
28 「생활과 파랑새」, 『신동아』, 1933.1.

다. 「생활과 파랑새」에서 김기림은 생활이라는 일상의 삶의 무게 때문에 "생리조직이 지배하는 엄숙한 감정의 영역에서까지 사람의 가장 자연스러운 정서의 발로를 가장시키도록 강요"하는 현실에 몸서리를 친다. "울고 싶을 때 웃을 줄 알고 웃고 싶을 때 울 줄 아는 능란한 처세술"을 가진 지인의 삶은, 경성 거리에서 "詩歌矯正營業"이라는 간판을 내걸고 "교정료 일금 30전 균일, 싸구려 싸구려"라고 방송하고 있는 시인의 삶과 다를 바가 없다. 그런데 여기서 중요한 것은 김기림이 속물화되어가는 식민지 지식인을 비판하는 것이 아니라는 데 있다. 오히려 그는 개인을 정신으로부터 점점 소외시키는 "생활이라는 놈의 잔인한 얼굴"에서 파우스트에게서 영혼을 앗아간 "메피스토펠레스의 찬 웃음"을 본다. 김기림에게 문제는 개인의 속물근성이 아니라 이들을 속물화하는 사회적 환경이다. 인간의 실존을 위협하는 암울한 도시 풍경을 김기림은 「옥상정원」에서 다음과 같이 묘사한다.

백화점의 옥상정원의 우리 속의 날개를 드리운 「카나리아」는 「니힐리스트」처럼 눈을 감는다. 그는 사람들의 부르짖음과 그리고 그들의 일기에 대한 주식에 대한 서반아의 혁명에 대한 온갖 지꺼림에서 귀를 틀어막고 잠 속으로 피난하는 것이 좋다고 생각한다. 그렇지만 그의 꿈이 대체 어데가 방황하고 있는가에 대하야는 아무도 생각해보려고 한 일이 없다.

기둥시계의 시침은 바로 12를 출발했는데 籠안의 胡닭은 돌연 밀림의 습관을 생각해내고 홰를 치면서 울어보았다. 노 — 랗고 가 — 는 울음이 햇볕이 풀어져 빽빽한 공기의 주위에 길게 그어졌다. 어둠의 밑층에서 바다의 저편에서 땅의 한끝에서 새벽의 날개의 떨림을 누구보다 먼저 느끼던 흰털에 감긴 붉은 심장은 인제는 「때의 전령」의 명예를 잊어버렸다. 사람들은 「무슈·루쏘 —」의 유언은 설합 속에 꾸겨서 넣어두고 옥상의 분수에 메말러버린 심장을 축이려온다. (···중략···)

거리에서 띠끌이 소리친다. 『도시계획국장각하 무슨 까닭에 당신은 우리들을 「콩크리 - 트」와 포석의 네모진 옥사 속에서 질식시키고 푸른 「네온싸인」으로 漂迫하려합니까? 이렇게 好奇的인 세탁의 실험에는 아주 진저리가 났습니다. 당신은 무슨 까닭에 우리들의 비약과 성장과 연애를 질투하십니까?』 그러나 府의 살수차는 때없이 태양에게 선동되어 「아스팔트」우에서 반란하는 띠끌의 밑물을 잠재우기 위하야 오늘도 쉬일새없이 네거리를 기여댕긴다. 사람들은 이윽고 익사한 그들의 혼을 噴水池 속에서 건저가지고 분주히 분주히 승강기를 타고 제비와 같이 떨어질게다. 여안내인은 그의 팡을 낳은 시를 암탉처럼 수없이 낳겠지.

『여기는 지하실이올시다』

『여기는 지하실이올시다』

— 「옥상정원」 부분(28~29)

「옥상정원」에 등장하는 옥상정원의 우리 속에 갇힌 '카나리아'와 거리의 '티끌'은 이렇게 생활의 무게에 짓눌려 자신의 감정을 가장해야만 하는 근대 도시인의 모습과 아주 유사하다. 한때는 "밝은 조선의 새 문화의 선수"[29]라고 자신하며 떠났던 젊은 전사가 생활의 무게에 붓대를 꺾어버린 것처럼, '때의 전령'이었던 '카나리아'는 자신의 역할을 시계에 빼앗긴 지 오래고, 지금은 '75센티 벽돌이 쌓인 골목'에 위치한 백화점 옥상정원의 우리 속에 이중으로 갇혀있다. '사람들의 일기에 대한, 주식에 대한, 서반아의 혁명에 대한 온갖 지꺼림'으로부터 도망할 수도 없는 '카나리아'는 모든 것을 초탈한 허무주의자처럼 눈을 감을 수밖에 없다. 온갖 것을 지껄이는 듯하지만 정작 사람들은 카나리아의 꿈이 어디서 방황하고 있는지에 대해서는 생각조차 하지 않는다. 그런

---

29 「생활과 파랑새」, 『전집』 5, 183면.

데 시계가 정오를 가리키는 소리에 '카나리아'는 돌연 자신의 '밀림의 습관'을 생각하고 홰를 치면서 울어본다. 그러나 애완용으로 길러진지 너무나 오랜 역사의 카나리아는 자신의 원시적인 힘을 되돌리지 못한다. '노랗고 가는 울음'은 시계가 알려준 정오의 공기 속에 흩어져버리고, '카나리아'의 하얀 털에 감싸인 '붉은 심장'의 박동은 더 이상 '때의 전령'의 명예를 기억하지 못하는 것이다. '자연으로 돌아가라'라는 장 자크 루소의 유언을 사람들은 잊은 지 오래이다.

이것이 인공적인 자연, 옥상정원의 풍경이라면, 거리에서는 '티끌'이 소리치고 있다. 자연의 흙길이라면 그 길의 한 부분이었을 '티끌'은 온 거리가 아스팔트로 포장되면서 도시인의 감각에 불결하고 잉여적인 대상으로 전락했다. 도시의 모든 불결한 먼지들을 없애버리려고 하는 '도시계획국장'에게 '티끌'은 "당신은 무슨 까닭에 우리들의 비약과 성장과 연애를 질투하십니까?"라고 반란해보지만, '府의 살수차'는 쉬지 않고 네거리를 기어 다니며 '티끌의 반란'을 억누른다. '카나리아'와 '티끌'이 자신의 원래의 모습을 되찾기에는 시계의 권력이, 살수차의 권력이 너무나 강력하다. 살수차의 물줄기에 익사해버린 '티끌의 혼'을 들고 승강기를 오르내리는 사람들을 향해 권태롭게 "여기는 지하실"이라고 외치는 승강기 안내원의 반복된 목소리에서, 잃어버린 영혼을 향해 끊임없이 반복운동을 하며 사랑의 파토스를 증폭시키던 소월의 슬픔의 힘을 찾기란 불가능하다. 이들에게 시는 이미 사랑의 은유가 아니라 "빵을 낳는 시"에 불과하기 때문이다.

이렇게 생활의 문제가 심각하게 대두되는 사회적 현상에 대한 원인을 김기림은 지식인이 임노동자화되는 사회적 분위기에서 찾고 있다. "현대의 세계를 지배하는 것은 돈"이고 "금융자본이야말로 현대의 주인"[30]인 자본주의 시대는 시장의 경제 문법에 의지하는 세계인 것이다. 이렇게 시장이 지배하는 사회에서의 삶이란 끊임없이 생산수단에 혁명을 일으키지 않고서는 도태될 수밖에 없다. 생산을 혁신하라는 자본의 무자비한 압력은 생산 조건들과 모든 사회적 조건과의 관계에서 필연적인 변형을 끊임없이 초래하게 한다.[31] 이러한 점과 관련하여 가장 대표적인 사례 중의 하나는 모든 신성한 가치가 시장의 문법, 즉 교환가치로 세속화되는 사태일 것이다. 김기림 역시 수필 「결혼」[32]에서 "신성한"이라는 형용사의 타락을 말하기도 하고, 「생활과 파랑새」에서는 '돈키호테들의 아름다운 꿈이 생활의 발굽 아래 짓밟혀 버리고 마는' 사태를 안타깝게 언급하기도 하면서, 이러한 사회적 변화에 민감하게 반응한다.

그러나 무엇보다도 이러한 신성한 가치가 시장의 문법으로 세속화되는 구체적인 사례는 「시와 시인의 개념」과, 특히 「인텔리의 장래」에서 구체적으로 언급되고 있는 지식인들의 임노동자화일 것이다. 자본주의 사회에서 지식인들이 활동을 하기 위해서는 자본의 권력궤도 안으로 들이기야 한다. 그런데 일단 자본의 궤도로 진입한 순간부터 지식인의 모든 활동은 거대한 소용돌이와도 같은 자본의 지배로부터 자유로울 수 없게 된다. 심지어 자본주의를 비판하는 급진적이고 파괴적인 사상도 시장을 매개로 교환되면서 자본의 체계는 더욱 강화될 것이기 때문이다. 이러한 체계 속에서 지식인들의 정신노동의 결과물은 그 속에 내포된 진실이나 아름다움의 가치와는 상관없이 교환 경제 속의 하나의 상품이 되어 시장의 변동의 추이에 따라 그것의 운명이 결정되고 만다. 돈에 의해 지배당하는 세계 속에서 근대인은 점점 자신의 실존을 위협당할 수밖에 없게 되는 것이다.

김기림이 파악하고 있는 당대 리얼리스트들의 주장은 바로 인간에

---

30 「인텔리의 장래」, 『전집』 6, 30면.
31 M. Berman, 문명식 옮김, 『맑스주의의 향연』, 이후, 2001, 145~169면 참조.
32 「결혼」, 『신동아』, 1932.5.

게 이러한 정신적 소외를 일으키는 자본주의 체제를 프롤레타리아트 계급 혁명을 통해 뒤집어보자는 것이었고, 이를 위해 근대의 물질문명에 도취되어 정신을 점점 잃어버리고 있는 민중의 의식을 개도하자는 것이었다. 그렇다면 자본주의를 비판하는 데 있어 근대를 액체적인 것으로 파악하는 모더니스트 김기림과 고정된 것으로 파악하는 리얼리스트 시인들의 결정적인 차이는 무엇인가. 그것은 자본주의 사회 속에 자신을 위치시키고 있는가, 자본주의 사회 밖에 자신을 위치시키고 있는가의 차이이다. 그리고 「시인과 시의 개념」에서 리얼리스트들을 향해 '소아병자'라고 부른 김기림의 비판은 자본주의 사회 밖에 자신을 위치시키는 리얼리스트들의 태도에 있다.

육체노동자와 달리 정신노동자들은 자신의 인격을 상품화하는 것이기 때문에, 시장이 변동의 추이에 따라 가치가 매겨지는 과정 속에서 그들은 자신의 존재 이유에 대한 위협을 느낄 수밖에 없다. 김기림이 시인이 자신의 존재 위치를 언제나 민감하게 고려해야하는 '불안정한 위치'에 있다는 것은 이러한 의미로 이해할 수 있다.[33] 이러한 '불안정한 위치'에서 배태되는 불안을 견딜 수 없는 지식노동자들은 결코 교환가치로 산정될 수 없는 자신만의 신성한 영역을 확보하려 하고, 시장의 침범을 결코 받지 않을 수 있을 것 같은 이러한 환상적 공간 속에 자신을 안전하게 위치시킴으로써 자신을 보호하려고 한다. '꿈의 리얼리티'를 추구하던 초현실주의자들이 '꿈'의 세계에 침잠해버리고 말았다는 김기림의 비판적 맥락은 이러한 층위에서 이해가능하다. 리얼리스트들이 "시인의 사회적 기능에 대한 과다한 신망"과 "세기의 여명을 밝히는 봉화"[34]라는 역할을 스스로 떠맡으려한다는 김기림의 비판적 맥락 역시 초현실주의자들을 향한 비판적 맥락과 크게 다르지 않다.

---

33 「시인과 시의 개념」, 『전집』 2 참조.
34 위의 글, 294면.

리얼리스트들의 이러한 태도는 이들이 사회로부터 소외받기 전에 스스로 방어막을 치는 것에 지나지 않다는 것이다. 즉, '세기의 여명을 밝히는 봉화'라는 역할을 떠맡는 순간 그는 이미 시인이라는 자신의 존재가 그대로 현시하고 있는 현실의 모순으로부터 소외되고 있다는 것을 스스로 증명하고 있는 셈이다.[35]

김기림의 눈에 리얼리스트들의 주장이 낭만적 영웅주의로 비춰진다는 것은, 김기림에게 이들의 태도가 교환의 논리 속에서 점점 희미해져가는 자신의 신성한 지위를 지키려는 욕망의 산물에 지나지 않는 것으로 다가온다는 것을 의미한다. 즉, 김기림에게 리얼리스트들의 태도는 '예술을 위한 예술'을 주장하며 예술을 신성화함으로써 자본주의의 규범과 요구를 자유롭게 뛰어넘어 살 수 있고 일할 수 있다는 신념을 표명한 예술지상주의자들의 노골적인 현실부정의 태도가 은밀하게 포장된 것에 지나지 않은 것이다. 「시인과 시의 개념」에서 김기림이 계급주의 문학자들과 예술지상주의자들을 크게 구분하지 않고 함께 비판한 것은 이들에게 이러한 공통지반이 존재한다는 것을 의식하고 있었기 때문일지도 모른다. 그리고 이것이 그가 리얼리스트들을 '소아병자'라 부른 이유이다. 계급이라는 고정된 시선으로 유동하는 세계에 맞설 때, 시인은 자기도 모르게 유동하는 세계의 흐름 속에 깊

---

35 김기림이 비판하는 리얼리스트들의 자기 모순적 태도는 바르트가 글쓰기의 개념을 '고된 노동'이나 공들이는 장인술로 변화시킨 플로베르적 글쓰기를 비판하는 맥락과 비교해 생각해볼 수도 있을 것이다. 바르트는 플로베르 같은 작가들이 제 자신을 노동자이자 장인이라고 생각함으로써 부르주아 '문학'의 점증하는 소외감을 치유하려 했다고 비판한다. 이러한 작가들의 전략이 항상 고된 노동과 인내심을 스스로 강조해온 부르주아의 문화적 가치와 지배문화에 얼마나 쉽게 흡수되는지는 명확하다는 것이다.(G. Allen, 송은역 옮김, 『문제적 텍스트 롤랑 / 바르트』, 앨피, 2006, 50~51면) 김기림 역시 「30년대 도미의 시단동태」(『전집』 2, 65~67면)에서 문인들의 이러한 장인의 기질을 비판한 바 있다. 김기림은 이러한 장인적 기질로부터 현대의 시정신을 구획하는 경계선이 고대와 근세를 갈라놓는 경계선이며, 동양적 부동성에 반역하는 창조적 정신의 출발점이라 주장한다.

이 빠져버리는 것이다. 이것이 유동하는 액체 근대의 위력이라 할 것이다.

「생활과 파랑새」에서 식민지 남성 지식인의 소외된 삶을 논의했다면, 수필 「환경은 무죄인가」에서 김기림은 지식여성들의 삶의 권태를 문제 삼는다. 김기림은 「환경은 무죄인가」에서 두 사람의 지식여성이 달려오는 열차에 몸을 던져 자살한 사건을 꺼내든다. 이 사건은 이화여전을 다니던 홍옥임과 김용주가 '인생이 너무 헛되다'라는 내용의 유서를 남기고 인천역에서 출발하여 영등포역으로 가던 기차에 뛰어들어 자살한 사건이다. 신문기사에 따르면 김용주는 결혼한 유부녀였고, 결혼생활이 그다지 행복하지는 않았던 듯하다.[36] 이화여전을 다니는 지식여성의 동반자살이라는 다소 자극적인 사건이었기에 당시 많은 언론은 이 사건을 기사화했고, 김기림에 따르면 언론들은 이들의 자살의 원인을 신경과민으로 진단하거나, 불합리한 환경에 용감히 도전하지 못한 채 죽음을 선택한 이들을 책망하는 목소리를 내기도 했다. 『동아일보』 기사는 이 둘이 동성애관계일지도 모른다는 자극적인 어조를 덧붙이고 있다.

이렇게 대부분의 사회적 시선들이 이 지식여성들이 자살한 책임을 자살한 여성 개인들에게로 돌리고 있을 때, 김기림은 역으로 '과연 환경은 무죄인가'라는 질문을 던진다. 즉, 이들이 권태로운 삶을 이기지 못하고 삶을 포기하는 극단적인 선택을 하기까지 사회의 책임은 없는가라는 것이다. 그리고 사회의 남성 권력을 다음과 같이 비판한다.

그들은 한결같이 그들로 하여금 죽음의 관문을 뚜드리게 한 여러 가지 사회환경에 대하여 말하기를 의식적 무의식적으로 도피한다. 우리는 그것

---

36 『동아일보』, 1931. 4. 10.

을 그럴 듯한 일이라고 생각할 밖에 없다. 즉 두 사람의 여성을 죽음으로 몰아 보낸 객관적 諸條件을 포함한 사회적 환경에 있어서 그들 유력자들은 지배적이고 또한 유력자인 점에서 相違 없으니까 사회적 환경에 대하여 정직한 비판을 가하는 것은 곧 彼等 자신의 위협일 것이다. 「카메레온」만 이 영리한 생존가능자다.[37]

이 지식여성의 자살책임을 지식여성 개인의 문제로 돌리는 언론의 태도에 대해 김기림은 "여성을 죽음으로 몰아 보낸 객관적 제조건을 포함한 사회적 환경"을 언론이 의식적·무의식적으로 도피하기 때문이라고 진단한다. 이렇게 자살을 선택한 지식여성들 역시 「생활과 파랑새」에서 정신적 소외를 경험하고 있는 남성 지식인과 크게 다르지 않다. 자신의 예술적 능력을 돈으로 교환해야만 하는 생활의 무게로부터 탈주하여 문학적 열정을 펼칠 수 없었던 남성 지식인들처럼, 신식 교육을 통해 성장한 자의식을 펼칠 사회적 공간이 그녀들에게도 허용되지 않았던 것이다. 이들을 둘러싸고 있는 환경이 문제인 것이다. 그녀들에게는 오직 현모양처라는 하나의 길만이 존재했다. 그리고 그녀들에게 이 하나의 길만이 허용된 것은 조선의 남성 권력의 억압 때문이었다. 김기림은 "人妻나 人母로서만 어린 여자들을 주조하는 아나크로니즘의 대량생산공장에 대하여 우리는 이 기회에 크게 논의할 것이나 아닐까"[38]라고 말한다. 즉, 김기림이 이 사건을 통해 말하고 싶은 것은 그녀들이 자살이라는 극단적 선택을 한 것은 삶이 권태롭기 때문이었는데, 이들의 삶을 권태롭게 만든 것은 바로 여성에게 사회적 자리를 부여하지 않는 남성중심적인 사회이며, 이는 언론들이 그녀들의 죽음을 단지 가십거리로밖에 대하지 않는다는 것에서 더욱 분명하게 증

---

37 「환경은 무죄인가」, 『전집』 5, 390~391면.
38 「환경은 무죄인가」, 『전집』 5, 391면.

명된다는 것이다.

　당대 사회를 향한 김기림의 이러한 날카로운 비판에서 주목되어야 하는 것은 다만 김기림의 여성주의적인 태도만이 아니다. 조선의 남성 권력을 "카메레온"이라 비판하는 김기림의 시선은 아주 중요한 점을 하나 더 말해주고 있는데, 그것은 사회로부터 지식인이 소외되고 있다는 동일한 현상에 이렇게 젠더적인 층위가 읽혀질 때, 근대 사회가 자행하는 폭력의 희생자는 그대로 폭력을 가하는 가해자가 된다는 점이다. 이러한 사태는 '싸움하는 사람'과 '싸움하지 아니하든 사람'과 '싸움하는 구경하는 사람'을 도무지 분간할 수 없게 언어유희를 펼치고 있는 이상의 「오감도 시제3호」를 떠올리게 한다. 조선의 남성 권력은 여성 지식인의 사회적 삶을 허용하지 않는다. 이러한 사회적 현상은 이 책 2장에서 논의한 김기림의 직선의 세계와 곡선의 세계를 다시 호출한다. '굴곡한 직선'이라는 이상의 표현처럼 직선에는 수많은 곡률이 숨겨져 있다. 그것은 바로 무리수의 자리이다. 여성 지식인의 사회적 삶을 허용하지 않는 조선의 남성권력은 무리수의 자리를 은폐하는 직선의 세계이자 근대적 시계의 속도이다. 하지만 남성 지식인들이 항상 직선의 세계에 있는 것은 아니다. 「생활과 파랑새」에서 논의하고 있는 몇 가지 사례들이 충분히 보여주는 것처럼 그들은 또 다른 사회적 관계망 속에서는 지식여성이 있던 무리수의 세계, 곡선의 세계로 이동한다. 기표와 기표의 관계성 속에 내용이 나타난다는 김기림의 '배치의 시학'이 경성 거리에 적용되었을 때는 이러한 방식으로 발현되는 것이다. 혹은 역으로 이러한 현실 감각이 있었기에 그와 같은 시론을 구성할 수 있었던 것일 수도 있다. 고정된 의미는 없다. 의미 없이 유동하는 기표들이 계속해서 새로운 의미들을 생산해내는 것이다. 근대 세계 속에서 의미는 언제나 유동한다.

　다시 말해 근대 세계에서 선악은 분명하게 경계 지을 수 없다. 다만

선한 자리와 악한 자리라는 내용 없는 형식, 기의 없는 기표만이 있을 뿐이다. 지그문트 바우만의 비유를 빌려 말해보자면 근대라는 세계는 날짜가 찍혀있지 않은 사진과도 같은 것이다.[39] 이 장소는 어떤 누군가가 존재론적으로 자리를 차지하고 있는 것이 아니므로 누구나 그 자리를 차지해 들어갈 수 있다. 이러한 점을 성공적으로 이미지화하고 있는 것이 이상의 「오감도 시제1호」일 것이다. 이 시편에서 '무서운 아해'와 '무서워하는 아해'는 존재론적으로 구분되어 있지 않다. '제1의 아해'가 무서운 아이일 수도, 무서워하는 아이일 수도 있는 것이다. 따라서 이 거리는 뚫려있어도 상관없다. 「오감도」의 공포는 거리에 갇혀있다는 사실에서 기인하는 것이 아니라 나를 공격하는 이가 누구인지 모른다는 사실에서 생겨나는 공포이기 때문이다. 「마음의 의상」 전반을 지배하는 김기림의 막막함 역시 「오감도」의 공포와 크게 다르지 않다. 싸울 대상이 분명하지 않은 것이다.

이러한 점은 시 「상공운동회」를 통해서도 짐작해볼 수 있다. '상공운동회'는 일본 상인 세력에 대항하기 위해 조선 상인들이 민족주의적 색채를 띠며 조직한 상공협회에서 매년 주최하던 행사이다. 상공협회는 1927년 대구상공협회를 시작으로 각 지역에서 조직되었고,[40] 서울에서는 1930년 12월 27일에 박승직을 회장으로 하여 조직되었다.[41] 이렇게 조직된 경성상공협회는 1931년 5월 경제공황으로 극심한 불경기가 지속되자 이에 대한 대책을 강구하기 위해 상공업자와 은행·회사·신문사 등 각 방면의 유력 인사를 초청하여 좌담회를 개최하여 금융문제·조선물산애용문제 등 광범위한 의제를 거론하기도 하고, 강연회를 개최하여 상공업자들에게 시사문제에 대한 정보와 경제지식

---

39 Z. Bauman, 앞의 책, 2009, 8면.
40 『중외일보』, 1927.11.11.
41 『동아일보』, 1930.12.29.

을 제공하기도 했다. 또한 일제가 일본 내 미가 하락으로 조선 쌀의 일본 수입을 통제하기 위한 법안을 제출한 것에 대한 항의로 쌀 수출에 관계하는 상인과 지주들의 권익을 옹호하기 위해 조선미 차별에 대해 반대하는 결의문을 작성하여 농림성과 척무성에 보내기도 하는 등 일본 상인 세력에 대한 민족적 저항 운동도 병행했다.[42]

그러나 경성상공협회는 말 그대로 민족 자본을 위한 단체였다. 이들은 협회를 운영하는데 회비만으로 부족하자 이를 충당하기 위해, 상회를 운영할 자본금이 없는 영세 상인들의 영업터인 야시(夜市)의 자릿세를 받기 시작했다. 1933년 8월 경성상공협회의 수입지출 내역을 통해 야시세와 회비의 비율을 살펴보면 야시세(夜市稅) 4,669원 59전과 회비 202원 34전으로, 거의 모든 협회 운영비를 야시세에 의지하고 있었다는 것을 알 수 있다.[43] 그러나 상공협회가 야시의 발전을 위해 진행한 활동은 전무했다. 야시 상인들은 협회의 횡포에 불만을 표했고, 이는 『동아일보』의 "조선인 상공업자로 조직된 단체의 내용, 하는 일은 야시세 받고 년일차의 대운동회", "협회의 반성여하, 무계획 무성의" 등과 같은 내용의 기사를 통해서도 짐작할 수 있다.[44]

김기림이 시의 배경으로 가져오고 있는 상공운동회는 경성상공협회 전신인 중앙번영회가 매년 5월 둘째 일요일에 개최해오던 것으로 경성상공협회가 이를 이어받아 계속 진행시킨 행사이다. 이 운동회에는 서울의 한국인 상공업체 관계자가 대부분 참여하고, 10만 명의 관중이 운집하는 등 거대한 축제적 행사였다. 그러나 주요한의 「불노리」의 희미한 배경으로 등장하는 4월 초파일의 불축제와 같은 소모적인

---

42 경성상공회의 활동사업에 대한 자세한 내용은 『한국독립운동의 역사』 제36권 경제운동 제5장 「상공협회 조직과 한국인 자본가층의 세력화」 참조.
   (https://search.i815.or.kr/Degae/DegaeView.jsp?nid=1217)
43 위의 글 참조.
44 『동아일보』, 1933.8.29.

성격의 것이 아니라, 역시 주된 목적은 대중들에게 상품을 선전하는 것이었다. 「상공운동회」에도 등장하는 '가장행렬'은 상공운동회의 핵심인 광고의장행렬(廣告意匠行列)을 가리키는 것으로, 협회는 여기에서 우승업체를 선정함으로써 상품 선전효과를 꾀하고자 했다.

이윽고 호각소리 ……
자전차가 달린다. 선수가 달린다. 그러나 나중에는 상표만 달린다.

움직이는 상업전의 회장 우에서
압도된 머리가 느러선다. 주저한다. 快心한다.
『이 회사가 좀더 가속도적인걸』
『아니 저 상회가 더 빨은걸』
『요담의 광목은 저 집에 가 사야겠군』

살어있는 「짜라투 ─ 스트라」의
산상(山上)의 탄식
─ 그들은 사람의 심장에서 피를 몰아내고 그 자리에
아침 조수의 자랑과 밤의 한숨을 모르는 회색건축을 세우는데
성공했다 ─

뿌라보 ─ 뿌라보 ─
공장과 상점의 굳은 악수
뿌라보 ─ 뿌라보 ─
핫 핫 핫 핫 ……

─ 「상공운동회」 부분(123)

민족적 축제처럼 꾸며져 있지만 결국 달리는 것은 '상표'들이다. 군중들이 그러한 상표에 매혹되고 있을 때, 자본가들은 운동장 전체를 조망할 수 있는 자리에 앉아 축제를 가장하고 있는 운동장의 본연의 모습을 응시한다. 그것은 바로 상품이 있고, 그 상품을 쳐다보는 소비자의 구매욕망이 있고, 소비자를 매혹하는 상품을 생산하는 상점 주인들이 한꺼번에 모여 있는 교환가치만이 가득한 시장의 축도이다. 어느 회사가 유행의 속도를 빠르게 잡아채고 있는지, 어느 공장의 상품이 이익을 많이 남길 것인지를 경주가 진행되는 동안 그들은 재빠르게 판단 내린다. "공장과 상점의 군은 악수 뿌라보 뿌라보"라는 냉소적인 시구가 말해주듯이, 상공운동회는 사실 군중들을 위한 것이 아니라 시장의 방향을 예견하기 위한 자본가들을 위한 전람회였던 것이다. "사람의 심장에서 피를 몰아내고 그 자리에 아침 조수의 자랑과 밤의 한숨을 모르는 회색건축을 세우는데 성공했다"라는 짜라투스트라의 탄식은 운동회의 장면을 자본가보다 더 높은 산상에서 내려다보고 있는 김기림의 탄식이라 할 수 있다.

「상공운동회」는 "우리들이 날마다 접촉하고 있음으로써 기계적으로밖에는 보이지 않는 사물을 마치 그것을 처음 보는 것처럼 새로운 각도로서 보여주는 것"[45]을 시인의 임무로 강조하고, 현실을 변형하는 테크닉의 중요성을 강조하는 김기림의 시론이 실제 거리 현실에 적용되었을 때 어떻게 나타날 수 있는가를 보여주는 시편이라 할 수 있다. 이 시에서 제시하는 새로운 각도는 당시 상공운동회라는 거리의 풍경을 활자화하고 있는 언론의 각도를 뒤틀어 버리고 있는 짜라투스트라의 시선의 각도인 것이다. 이러한 시선으로 상품에 매혹되어 있는 군중의 욕망을 이미지화하고 민족 자본 권력에 의문을 던진다. 리얼리스

---

45 「오전의 시론―각도의 문제」, 『전집』 2, 170면.

트들처럼 자신의 주장을 정당화하고 현실의 모순에 대해 해답을 제시하는 것이 아니라, 현실의 일면을 다른 각도로 제시하면서 탄식의 방식으로 세계에 의문을 제기하는 것, 그래서 새롭게 현실을 바라볼 수 있게 통로를 제시해주는 것, 이것이 김기림이 주장하는 시인의 역할이다. 김기림이 그의 시론이나 평론에서 민족이라는 개념을 쉽사리 내세우지 않는 것은 그의 코스모폴리탄적 감수성 때문만은 아니다. 민족이라는 개념으로는 포착되지 않는 한 장면을 이미지화 하고 있는 「상공운동회」를 통해 짐작할 수 있듯이, 그에게 근대라는 세계는 단 하나의 관점, 가령 민족이나 계급과 같은 단 하나의 관점으로는 도저히 파악되지 않는 혼돈스러운 암흑의 세계였던 것이다.

이와 같은 맥락에서 「상공운동회」를 통해 읽을 수 있는 김기림의 주장을 정리해보자면 다음과 같이 말할 수 있을 것이다. 물질문명에 매혹당하지 않고 짜라투스트라의 냉정한 시선을 유지하면서 그러한 시선으로 세계를 관소할 것, 끊임없이 새로운 가도를 제시함으로써 현실에 의문을 던질 것. 그러나 이러한 주장으로 끝맺음을 하는 것은 「마음의 의장」의 여러 시편들이 보여주고 있는, 유동하는 세계에 대한 김기림의 곤혹에 비해 너무나 선명하고 윤리적인 해결방법이라는 점에서 오히려 병적이다. 이러한 짜라투스트라의 시선이 가능하다는 것을 알게 된 이상, 이제 김기림은 다소 힘겹지만 짜라투스트라의 시선만을 유지하면 된다. 그러나 「상공운동회」에서 현실을 비판하는 목소리 외에 어떤 구원의 목소리를 읽을 수 없는 이유는 무엇 때문인가. 「상공운동회」의 마지막을 장식하는 "공장과 상점의 굳은 악수 뿌라보 – 뿌라보 – 핫 핫 핫 핫……"이라는 디스토피아적 장면은 무엇을 의미하는가.

「상공운동회」 어디에도 구원의 목소리를 읽어낼 수 없다는 점은 김기림이 위와 같은 현실 비판적 시선 이상의 무엇을 말하고 있다는 것을 의미한다. 그것은 바로 유동하는 자본주의 근대 사회에서 짜라투스트라의 서늘한 시선을 지속적으로 유지하기란 불가능하다는 것이다. 근대 사회는 모든 것을 자신의 운동 속으로 삼켜버리는 "무지한 검은 액체"이기 때문이다. 가령, "레일을 쫓아가는 기차는 풍경에 대하야도 파랑빛의 로맨티시즘에 대하야도 지극히 냉담하도록 가르쳤나 보다"라는 「기차」(「마음의 의상」)의 한 구절처럼, 기차의 속도는, '지속'으로 정의될 수 있는 의미론적으로 충만한 시간 및 장소에 귀속되어 있던 사회 문화적 시간을 순수하게 양적인 시간으로 대체시켰고, 철도가 요구하는 시간의 표준화는 서로 간에 이질적인 지역적 시간들을 제거하고, 표준화되고 물리 역학적이며 동질적인 추상적 시간으로 대체한다.[46] 오랜 역사적 시간 속에서 축적되어 온 다양한 질직인 시공간을 일시에 표준화해버리는 이러한 근대적 문명의 괴력을 김기림은 「스케이트」에서 "기호 우를 규칙에 억매여 걸어가는 시계의 충실"이라 표현한 바 있다.[47]

「마음의 의장」에서 읽을 수 있는 근대 세계에 대한 김기림의 무기력함, 이를테면 「해상」에서 '어둠의 바다의 암초에 걸려 침몰한 지구'를 구조하려는 욕망을 단념할 수밖에 없는 무기력함은 여기에서 기인한다. 리얼리스트들의 '낭만적 영웅주의'를 비판하는 김기림의 태도에서도 간접적으로 읽을 수 있듯이, 달리는 상표를 정신없이 바라보는 군중들과 산상에서 운동회 전체를 응시하는 짜라투스트라는 존재론적으로 차이가 나는 이들이 아니다. 차이가 나는 것은 '시선'이다. 군중의 어느 누구도 짜라투스트라일 수 있다. 그리고 영웅적인 시선을 가지고 있던 짜라투스트라도 어느 순간 메피스토펠레스에게 영혼을 팔아버린 파우

---

46 주은우, 『시각과 현대성』, 한나래, 2003, 377면.
47 앞서 리얼리스트의 사례를 통해서도 알 수 있지만, 자신을 비판하는 목소리마저 삼켜버리는 근대의 이러한 크로노스적 시간의 괴력은 현대 아방가르드 예술의 퇴조가 증명해준다. 모더니티에 저항하는 모더니즘 예술은 결국 모더니티에 통합되고 마는 것이다. 이것은 역시 근대가 액체적인 속성을 자신의 존재형식으로 하고 있기 때문이다.

스트가 될 수 있다. 「상공운동회」에서 간신히 짜라투스트라의 가면을 쓰고 있는 김기림도 어느 순간 진열대의 상품을 넋을 잃고 바라보는 군중의 한 명이 되는 것이다. 김기림에게 이것은 단지 개인적인 윤리의 문제가 아니다. 수필 「도시 풍경」의 소제목인 "촉수 가진 데파트멘트"라는 그로테스크한 비유처럼 도시는 도시인의 욕망을 노골적으로 건드린다. "그러나 누가 알랴. XX주의에 의하여 무장한 XXXX주의가 이곳에서 창부와 같이 차리고 밤의 아들 딸들을 향하여 달큼한 손질을 하고 있을 줄을 —"[48]이라는 김기림의 목소리는 다만 언행일치가 되지 않는 계급주의 지식인을 향한 냉소적인 비판이 아니다. 이데올로기로 중무장한 계급주의자들을 자신도 모르게 무장해제 시켜버리는 곳이 도시라는 공간이라는 것이다. 도시는 유혹하는 자이고 도시인은 유혹당하는 자이다. 인간의 내밀한 무의식을 건드리는 '매춘부' 도시가 뻗어대는 촉수로부터 영원히 견딜 수 있는 짜라투스트라는 없다. 근대 물질문명에 휩싸인 도시적 풍경에 대해 '에로·그로·넌센스'라는 냉소적 표현으로 비판하는 당대 문인들이나 지식인들의 시선을 김기림의 글에서는 좀처럼 읽을 수 없는 것은, 김기림에게 근대가 생성하는 문제란 이러한 표피적인 비판으로 해결될 수 있는 것이 아니기 때문이다.[49]

다시 말해 김기림에게 30년대 현실이란 현실의 세계에서 베갯머리를 적시며 영원의 꿈의 세계로 들어가고, 잠에서 깨어나서 다시 현실로 되돌아오는 소월의 시세계처럼 꿈과 현실이 분명해 원형적 반복 운동이 가능한 세계가 아니라, 잠에서 깨어나도 여전히 꿈인, 현실과 꿈의 경계가 사라진 세계인 것이다. 상공운동회에서 달리는 상표에 매혹

---

48 「도시풍경 1·2」, 『조선일보』, 1931.2.21~1931.2.24.
49 「정조문제의 신전망」,(『조선일보』, 1930.9.2~16)이나 「직업여성의 성문제」(『신여성』 7권 4호, 1933.4) 와 같은 글에서 언급하고 있는 문제들, 즉 근대 사회에 새롭게 등장한 '자유연애', '정조문제', '직업여성의 성문제'와 같은 사회 문제들을 대하는 김기림의 태도는 비판적이 아니라 분석적이다.

되어 있는 군중은 저 높은 곳에서 응시하고 있는 자본가의 시선을 깨닫지 못한다. 또한 자본가는 짜라투스트라의 탄식의 시선을 깨닫지 못한다. 이들은 30년대 근대라는 꿈의 미로에 갇혀있는 존재인 것이다. 잃어버렸지만 저편 세상에 여전히 선명하게 남아있던 구원으로서의 영혼은 그 내용은 사라진 채 짜라투스트라의 시선의 장소처럼 텅 빈 장소로만 남겨진 것이다. 게다가 그 장소 역시 한 자리에 머무르지 않고 민족에 따라, 계급에 따라, 젠더에 따라 새롭게 구조화되는 현실 세계 속에서 끊임없이 이동한다. 즉, 어떤 것도 절대적인 판단 기준이 되지 못하는 것이다. 이를테면 현실 사회의 문제를 객관적으로 조망하는 위치에 있는 언론은 「환경은 무죄인가」에서 자신들의 남성적 권력의 시선을 깨닫지 못한다. 그들은 자신들이 그녀들의 죽음에 어떤 영향을 미치고 있는지 깨닫지 못하는 것이다. 그런 점에서 언론 역시 꿈에서 깨어나지 못한 셈이다. 말을 하면 할수록, 담론이 생성되면 생성될수록, 현실의 꿈의 두께는 더욱 두터워진다. 김기림이 시론에서 강조하는 '각도'란 이렇게 꿈과 현실의 경계가 모호한 일상적인 현실 세계의 몽환적인 상태를 순간적으로 각성시키기 위한 일시적인 방편일 뿐이다. 하지만 '각도'는 김기림에게 지속적으로 움직이는 현실에 대응할 수 있는 최선이다.

이러한 어둠의 세계, 꿈의 세계는 그 자체로 장벽 없는 감옥이다. 이러한 세계에 필요한 것은 지그문트 바우만의 말처럼 자유와 해방이 아니라 오히려 나의 경로를 제한하고 간섭하는 존재이다. 김기림은 「금붕어」[50]에서 조그만 어항에 갇혀 한 번도 가보지 못한 "하늘보다도 더 먼 바다를 자꾸만 돌아가야 할 고향이라 생각"하는 금붕어가 바라는

---

50 「금붕어」, 『조광』. 1935.12. 이 시편은 『바다와 나비』에 수록되어 있지만, 시의 내용으로 볼 때, 『태양의 풍속』의 「마음의 의상」으로 묶여있는 시편들과 같은 계열의 시라 할 수 있다.

것은 "요도빛 해초의 산림 속을 검푸른 비눌을 입고 상어에게 쪼겨댕겨 보고도 싶다"는 것이라 말한다. 즉, 김기림에게 근대란 절대적인 윤리기준이나 판단기준이 무너진 시대이다. 김기림이 시론에서 강조하는 '질서에의 추구'는 일관된 규칙과 판단기준이 사라져버린 이러한 현실에 대응하고자하는 예술가적 욕구의 발현이라 할 수 있다. 김기림에게 근대라는 '바다'는 다만 가능성의 세계인 것이 아니라 유동하는 '검은 액체'이다. 액체라는 것은 수시로 형태가 바뀌는 것이고, 그나마 눈에 보이는 그 형태가 액체의 본질인 것도 아니다. 사태는 있지만 원인은 없는 상태, 혹은 문제는 하나인데 서로 상충되는 수많은 원인들이 한꺼번에 그 문제를 감싸고 있어 해결방법이 도무지 포착되지 않는 상태, 점점 사태는 심각해지고 가속화되지만 해결방법은 고사하고 사태의 변화를 따라가기에도 급급한 상태, 이러한 모든 것이 액체적인 근대의 모습이다. 현실을 이렇게 유동하는 '액체'로 파악하는 김기림에게 현실의 문제는 단순히 공동체의 감각을 회복한다고 해서, 리얼리스트들이 주장하는 것처럼 계급 혁명을 이루어낸다고 해서, 일제 식민지로부터 해방된다고 해서 해결될 수 있는 문제가 아닌 것이다. 현실의 모든 것은 복합적·중층적으로 복잡하게 얽혀있을 뿐 아니라 복잡한 관계망을 형성하며 끊임없이 변동하고 있기 때문이다.

이처럼 현실을 유동체로 파악하는 김기림의 입장에서 끊임없이 그 형태를 바꾸며 자신을 위장하는 근대 자본주의 세계가 혼과의 교접을 통해 공동체의 리듬을 회복한다는 것은 불가능에 가까운 일이다. 근대인이 과거에 잃어버렸다는 혼은 경계를 지워가며 유동하는 현실 세계와 뒤섞여버렸고, 이 현실 세계는 계속 자신의 얼굴을 바꾸어가며 가면을 쓰고 있는 탓에 20년대와 같은 사랑의 파토스 자체가 불가능해져버렸기 때문이다. 문학적 상징이 더 이상 구원이 될 수 없는 시대인 것이다.

상징과 알레고리의 개념사를 추적하는 가다머는 알레고리가 원래 의미하고자 하는 바 대신 다른 것, 보다 구체적인 것을 말하는 것이라면, 상징은 그 의미로써 다른 의미에 관계하는 것이 아니라 감각적으로 분명한 그 고유의 존재가 '의미'를 지니는 것이라고 말한다. 다시 말해 상징의 개념에는 알레고리의 수사적 사용에서는 전혀 볼 수 없는 형이상학적 배경이 감지된다는 것이다. 따라서 상징의 체계에서는 감각적인 것으로부터 신적인 것으로 고양되는 것이 가능하다.[51] 이러한 논리에 기대어보자면 김기림이 파악하고 있는 30년대 현실은 형이상학적인 세계와의 직접적인 연결고리가 완전히 끊어진 시대라 할 수 있다. 김기림이 「연애의 단면」에서 "애인이여 당신이 나를 가지고 있다고 안심할 때 나는 당신의 밖에 있습니다. 만약에 당신의 속에 내가 있다고 하면 나는 한덩어리 목탄에 불과할 것입니다"(20)라고 말하고, 「연애」에서 "그 여자의 사랑은 투명치 못한 푸른 액체"(339)였다고 말하며 그 여자가 준 편지를 열어보지 못하고 이리저리 내돌리다 결국에 부의 쓰레기 마차에 실어 보내며 연애의 불가능성에 대해 말하고 있는 것은 결국 20년대 상징주의와 같은 형이상학적인 구원으로서의 문학이 불가능하다는 것을 말하고 싶었기 때문일 것이다. 특히 「연애」에서는 20년대 문학에서 완전한 여성의 상징으로 자주 호출되던 미의 여신 '비너스'를 "겨우 삼십칠도 오분밖에 달지 아니한 여자의 심장"으로 치환하고 있다는 점에서 김기림이 이 시를 통해 20년대 상징주의 시 정신을 비판하고 있는 것이라고 유추해볼 수 있을 것이다.[52]

이런 맥락에서 보자면 낭만적 감상주의와 편내용주의의 카프문학

---

51 H.G. Gadamer, 이길우 외 옮김, 『진리와 방법』, 문학동네, 2000, 141~145면 참조.

52 김기림은 『태양의 풍속』 서문에서 다음과 같이 말하기도 한다. "비밀, 어쩌면 그렇게도 분바른 할머니인 십구세기적 「비 ― 너쓰」냐? 너는 그것들에게서 지금도 곰팽이의 냄새를 맡지 못하느냐?"(『전집』 1, 15면)

에 대한 김기림의 비판 내용은 동일한 것이라 할 수 있다. 이들은 모두 잃어버린 공동체나 계급갈등과 같이 현실의 문제에 대한 근본적인 원인을 규정해놓고, 실제 현실 거리에서 벌어지고 있는 실질적인 문제 그 자체보다는 현실의 문제와는 구체적인 연관관계 없이 선험적으로 정해 놓은 '원인' 해결에만 골몰하는 이들인 셈이다. 가령 수필 「생활과 파랑새」가 제시하고 있는 구체적인 현실 문제, 즉, "생리조직이 지배하는 엄숙한 감정의 영역에서까지 사람의 가장 자연스러운 정서의 발로를 가장시키도록 강요하는 현실"의 원인은 무엇인가. 혹은 수필 「「환경」은 무죄인가」에서 김기림이 제시하고 있는 문제, 즉 지식여성이 현실의 권태를 이기지 못하고 열차에 몸을 던져 자살할 수밖에 없는 현실의 원인은 무엇인가. 혹은 수필 「도시풍경」이나 「바다의 유혹」, 「공분」 등의 장면들이나 시 「상공운동회」에서 보여주는 물질에 대한 근대인의 끝없는 욕망의 원인은 무엇인가. 이는 달리 말하면 이렇게도 말할 수 있을 것이다. 계급혁명이 '생활'의 무게에 휘둘리며 자신의 표정을 가장하는 지식인들의 비애를 온전히 해결할 수 있는가. 혹은 공동체 감각의 회복이 지식여성의 권태를 해결할 수 있는가. 혹은 물질에 중독된 근대인의 병든 욕망을 계급혁명이나 공동체 감각의 회복이 해결할 수 있는가. 이러한 다층적인 사회 문제들의 모든 근본 원인이 오직 계급 갈등이나 공동체 상실 때문인가. 유동하는 경성 거리를 응시하는 모더니스트로서의 김기림의 질문은 이러한 것들이었다고 할 수 있다.[53]

이러한 사회 문제들에 대한 근본원인이 무엇인가에 대한 김기림의 답은 쉽게 결론 내릴 수 없다는 것이다. 조금 더 정확히 말하자면 지속적으로 속도를 생산하며 기존의 존재하던 모든 질서 양식들을 파괴하

---

53 모더니스트로서의 이러한 미시적 감각은 세계의 다층적인 면을 몽타주하여 신문지면에 새롭게 배치하는 저널리스트로서의 감각도 큰 역할을 했으리라 판단된다.

고 이러한 파괴력을 토대로 자신의 영역을 끊임없이 확장하는 자본주의 근대 사회를, 이미 그 속에서 생활하고 있는 도시 근대인은 이를 장악할 수가 없다는 것이다. 그렇다면 리얼리스트들이나 감상주의자들이 주장하는 것처럼 자본주의 문법이 통용되지 않는 세계로 가야하는가. 이것이 불가능하다는 것은 이상의 「권태」[54]가 말해준다. 이 수필은 빠른 속도에 익숙해진 도시인이 경험하는 전원생활의 따분함을 내용으로 하고 있지만, 이상의 권태로운 감정의 원인이 전원생활인 것은 아니다. 오히려 원인은 이미 도시의 속도를 경험해버린 이상의 도시적 감수성이다. 이상은 따분한 전원생활로부터 벗어나기 위해 시골 촌부(村夫)와의 장기 게임에서 일부러 위험한 수를 두어보지만, 이상의 권태는 시골 촌부의 "압도적 권태"에 패배하고 만다.

이상이 말하고 있는 이 "압도적 권태"란 장기라는 게임 세계에 진입하지 않는 시골 촌부의 "방심 상태"를 의미한다. 시골 촌부에게 장기 게임은 이겨도 그만, 져도 그만인 것이고, 이러한 세계는 "치사스러운 인간의 이욕"에 지배당하고 있는 이상이 도저히 넘볼 수 없는 세계이다. "권태를 인식하는 신경마저 버리고 완전히 허탈해"[55]지지 않는 한 경험할 수 없는 불가능한 세계인 것이다. 이를테면 이러한 세계는 '마당에 멍석을 깔고 누워 눈앞에 펼쳐진 반짝이는 아름다운 밤하늘에 감동하지 않고 그대로 잠에 빠지는 세계', '별과 관계가 없는 세계'[56]를 사는 사람에게만 가능한 세계이다. 이 세계는 달리 말하면 소월의 '저만치'라는 거리가 존재하지 않는 세계인 것이다. 그러나 이상은 이미 '저만치'의 세계를 경험한 근대인이다. 이러한 근대인으로서의 감수성을 김기림은 "더 높은 데로 더 높은 데로 날아만 가는 별들 ─ 나는 그것들

---

54 이상, 「권태」, 『정본 이상문학전집』 3.
55 위의 글, 108면.
56 위의 글, 128면.

과는 반대의 방향으로 가슴에 밤을 안고 굴러가는 수레에 몸을 맡긴다"라는 문장으로 「별들을 잃어버린 사나이」[57]에서 토로한 바 있다. 그의 눈에는 아름답게 빛나는 별이 보이고, 그 별은 다시 나의 내면을 떠올리게 만든다. 마당 멍석 위에서 함께 자지 못하고 "눈을 감자마자 쿨쿨 잠이"드는 모양을 쳐다보고 있을 수밖에 없는 이상은 지금 자신이 어떤 세계에 있는가를 다음과 같이 말한다.

> 암흑은 암흑인 이상 이 좁은 방 것이나 우주에 꽉 찬 것이나 분량상 차이가 없으리라. 나는 이 대소 없는 암흑 가운데 누워서 숨 쉴 것도 어루만질 것도 또 욕심나는 것도 아무것도 없다. 다만 어디까지 가야 끝이 날지 모르는 내일 그것이 또 창밖에 등대하고 있는 것을 느끼면서 오들오들 떨고 있을 뿐이다.[58]

시작도 끝도 없고 크기도 가늠되지 않는 암흑의 방에서 오들오들 떨고 있는 이상의 공포는 "무지한 검은 액체" 속에서 감히 해도를 펴들지 못하는 김기림의 막막함과 같은 것이다. 김기림이나 이상이나 근대는 바로 유동하는 공포이며, 탈출구 없는 암흑이다. 이러한 세계의 슬픔은 공동체를 잃어버렸기 때문에 생겨나는 슬픔이 아니라 상실의 경험은 있지만 도무지 무엇을 상실했는지 알 수 없는 막연한 슬픔이다. 그래서 이 슬픔은 울음으로만 표현되는 것이 아니라 이상의 「권태」나 자살한 지식여성처럼 권태로움으로 나타나기도 한다. "어둠의 바다의 암초에 걸려 지구는 파선"했지만 "그를 건지려는 유혹을 단념"(「해상」, 22)해야만 하는 상태, "고향에 고향에 돌아와도 그리던 고향은 아니러뇨"[59]라

---

57 「별들을 잃어버린 사나이」, 『신동아』, 1932.2.
58 이상, 「권태」, 128~129면.
59 정지용, 「고향」, 『동방평론』 2호, 1932.7. 이러한 종류의 고향상실의 감각을 김기림은 수필 「앨범에 붙여둔 노스탈자」(『신여성』 7권 2호 1933.2)에서 다음과 같이 적고 있

는 정지용의 시구처럼 충족될 수 없는 상실의 경험만이 어지럽게 널려 있을 뿐 상실한 대상이 분명하지 않은 상태, 이것이 「마음의 의상」에서 '액체성'으로 파악하는 근대 현실에 대한 김기림의 진단이다. 따라서 김기림의 인식 체계 속에서 진정한 '근대적 애수'는 슬픔의 힘으로 공동체의 리듬을 회복하려는 데서 나타나는 것이 아니라, "영혼의 고향을 잃은 근대인의 영구한 고독"[60] 그 자체 속에서 발현되는 것이다. 그런 점에서 김기림에게 정지용은 이 고통스러운 상실의 경험을 가상적인 원인으로 치환시키지 않고 '액체 근대'와 대면하는 몇 안 되는 시인 중의 한 명인 셈이다. "어제의 영광에 대한 회상이 아니라 카렌다의 마지막 장을 떼버리고도 다시 더 제겨야 할 장이 없는 히무의 심연에 직면하는 시간의 감정을 표현했다"고 김기림이 고평한 오장환 역시 마찬가지다.[61] 센티멘탈리즘에 대한 김기림의 정확한 비판 지점은 그들이 '슬픔'을 노래했기 때문이 아니라 '슬픔'의 원인을 잘못 이해하고 있었다는 데 있다. 이는 김기림의 모더니즘을 '전통에 대한 이해 부족'이라는 관점으로 비판할 수 없는 이유이기도 하다.

　　20세기의 암흑은 혹은 19세기의 암흑보다 더 심각할는지도 모른다. 그렇지만 20세기인은 이미 「센티멘탈리즘」은 黑奴들의 미덕에 지나지 않는다는 것을 충분히 알았을 것이다.
　　지금쯤 슬픈 망향가를 부르는 못난이 「니그로」가 어디 있을까.
　　현실을 전부 인정하지 않고 꿈의 상태만을 인정한 초현실주의도 역시

다. "개천가를 거닐면서 아무리 불러보았으나 벙어리 된 개천은 말이 없습니다. 푸른 버들가지들이 짜는 장막 속으로 기어들던 비둘기들과 꾀꼬리들은 다들 어디 갔을까. 예전에 그렇게 친근하던 벗들도 나의 눈 앞에서는 목을 쥐고 흔드나 돌아서면 벌서 쓸쓸한 조소와 경멸을 나의 머리 뒤에 퍼붓습니다."
60 「현대시의 발전」, 『전집』 2, 331면.
61 「30년대 도미의 시단 동태」, 『전집』 2, 70면.

「센티멘탈리즘」이었다.

　　현실의 이해로부터 그것을 초극하려는 자세가 오늘의 시인의 정신의 위
치며 방향이다. 하나 너무 지나치게 현실을 믿는 것도 너무 지나치게 내일
을 믿는 것도 함께 「센티멘탈리즘」이 될 염려가 많다. 그러한 위험에서 시
인을 구원해 내는 것은 明證한 지성에 틀림없다.[62]

　「감상에의 반역」에서 김기림은 감상주의를 '슬픈 망향가'라 규정한
다. 그리고 현실을 고려하지 않고 꿈의 상태만을 인정한 초현실주의도
역시 감상주의에 지나지 않았다고 평가한다. 자본의 속도에 익숙해진
근대인은 어디로도 도망갈 수 없다. 공동체의 리듬을 되찾으려는 거대
한 정신사적 탐색은 자본의 속도 앞에서 한낱 낭만적 감상주의로밖에
표출되지 못한다. 또한 유동하는 속도의 힘으로 지속적으로 비틀린 의
미들을 생산하며 가면을 바꾸어 쓰고 있는 현실을 포착하지 못한 채,
현실의 모순을 재현할 수 있고 또 재현해야 한다고 주장하는 리얼리스
트들은 그들 스스로가 현실의 가면의 한 부분을 장식하고 있다는 것을
보지 못한다. 이렇게 유동하는 현실에 시를 맞세우는 일은 어렵고도
위험한 일이다. '카멜레온'이라는 김기림의 비유처럼 유동하는 현실에
서 얼굴은 가면뿐이다. 가면을 벗기면 진짜 얼굴이 있는 것이 아니라
또 다른 가면이 나온다. '카멜레온'의 진짜 색은 아무도 모른다. 이것이
30년대 경성 거리를 바라보고 있는 김기림의 시선이다. 김기림이 수필
과 시론에서 종종 "흡취지"라는 시인 존재론을 제시하는 것은 근대의
카멜레온와 같은 성격 때문일지도 모른다. 「에트란제 제일과」에서 김
기림은 "이 도시의 모 — 든 움직임을, 변화를, 가면을, 속삭임을 차별
없이 흡취할 수가 있을까?"[63]라고 말한다. 이러한 표현은 「신춘의 조선

---

62 「감상에의 반역」, 『전집』 2, 110면.
63 「에트란제 제일과」, 『조선일보』, 1933.1.1~3.

시단」에서도 등장한다. "시는 발전하는 것이며 또 그러하여야 한다고 생각하는 시인들, 그들은 또한 시대와 사회의 流動相의 복판에서 자기의 위치를 의식한다. 시대의 불안, 그런 것을 그는 吸紙와 같이 민감하게 흡수할 밖에 없다."[64]

김기림의 모더니즘 시론은 이러한 암흑의 세계에 어떻게 시를 맞세울 것인가에 대한 탐색의 결과물이라 할 수 있다. 현실이 만들어내는 가면을 그대로 재현하는 것이 아니라 가면을 분해하고 재배치하여 새로운 의미가 생성될 수 있도록 하고, 자본주의 사회를 지배하는 무의미한 시계의 속도에 대항하여 스케이트와 같은 시의 속도를 만들어내어 근대 현실의 속도를 방탕하게 희롱하는 것, 새로운 절대적인 윤리 기준을 세우려는 무모하고 불가능한 작업 대신 유동하는 근대에 끊임없이 새로운 '각도'를 대입해보는 것, 현실의 속도와 상관없이 시적 영감을 통해 감상적인 내면의 영탄을 노래할 것이 아니라 "명증한 지성"으로 유동하는 현실을 분해하고 재구성하는 시를 제작할 것, 이러한 모든 그의 예술적 주장은 유동하는 현실에 휩쓸리지 않고 냉정한 비판적 자세를 유지하기 위한 방법적 탐색인 셈이다.

이런 점에서 생각해보자면, 「태양의 풍속」에서 김기림이 '태양을 호출하는 것은 액체적인 근대로부터 위협받고 있는 자신의 실존을 안전하게 지키고 싶은 욕망이 표출되고 있는 것이라 할 수 있다. 그리고 이 시를 시집의 표제시로 내세우고 있다는 점에서, 유동하는 액체-바다 속에 빠지는 것이 아니라 바다를 요람처럼 흔드는 '태양의 풍속'을 시적으로 전유할 수는 없는가라는 물음을 김기림이 시집 『태양의 풍속』을 통해 던지고 있는 것이라 짐작해 볼 수 있다. 김기림이 시집 『태양의 풍속』 서문에서 "까닭모르는 우룸소리, 과거에의 구원할 수 없는 애착과

---

64 「신춘의 조선시단」, 『조선일보』, 1935. 1. 1~5.

정돈. 그것들 음침한 밤의 미혹과 현운(眩暈)에 너는 아직도 피로하지 않았느냐?"라고 말하며 "어족과 같이 신선하고 旗빨과 같이 활발하고 표범과 같이 대범하고 바다와 같이 명랑하고 선인장과 같이 건강한 태양의 풍속을 배호자"라고 주장할 때, 이것을 '슬픈 시는 그만 쓰고 명랑한 시를 쓰자!'라는 식의 감정의 문제로 환치해서 이해해서는 안 된다. 소월이 '슬픔'을 잃어버린 혼을 불러내는 에너지로 치환시킨 것처럼, 김기림에게 '명랑'이란 한낱 감정의 문제가 아니라 '지성'이라는 인간의 인식능력과 연계되는 시적 방법의 문제이기 때문이다.

액체 근대라는 암흑의 바다에서 소월식의 '슬픔'은 더 이상 힘을 쓸 수가 없다. 새로운 방식을 제시해야 한다. 이것이 김기림이 『태양의 풍속』의 서문에서 말하고 있는 바이다. 그리고 소월의 슬픔을 딛고 김기림이 제시하고 있는 이 새로운 방식이 바로 '바다의 명랑성'이고, 『태양의 풍속』은 이러한 방법적 '명랑'에 의해 구성된 시편들이다. 이러한 '바다의 명랑성'을 시적 이미지로 그려내고 있는 것이 앞서 언급한 「출발」이나 「旗빨」과 같은 시편일 것이다. 김기림에게 근대란 본 절에서 서술한 암흑과 같은 이미지만은 아니다. 그에게 근대는 가능성의 세계이기도 한 것이다. 그렇다면 「마음의 의상」의 시편으로만 본다면 도저히 불가능해 보이는 작업, 즉 '암흑과 같이 유동하는 바다를 김기림은 어떻게 명랑하게 만들고 있는가', 혹은 '인간의 실존을 위협하는 근대 세계를 김기림은 어떠한 문학적 방법을 통해 가능성의 세계로 전치할 수 있었는가'라는 질문이 남는다.

2. 거리의 알레고리와 이미지의 정치학

1) 재현불가능한 거리풍경과 화폐적 언어

김기림에게 다가온 근대라는 새로운 세계는 한 번에 포착 불가능한 유동하는 세계이다. "예술에 있어서 어떠한 현실의 단편이 구상화되었을 때 그것은 벌써 현실 이전"[65]일 뿐이라는 시론의 한 문장에서 읽을 수 있는 김기림의 허무주의적 태도는 '유동하는 현실'이라는 그의 독특한 세계관에서 기인하는 것이라 할 수 있다. 이러한 세계관으로 현실을 인식하는 김기림에게 '삶=죽음=영혼=예술=사랑'이라는 은유 체계를 가능하게 하는 20년대적인 구원으로서의 '상징'은 그 효력을 상실한다. 꿈과 현실의 경계가 분명했던 20년대와 달리 김기림이 바라보는 경성 거리의 현실은 "문명의 일루미네이션"[66]의 침투가 시작되고 있었고, 이렇게 꿈과 현실의 경계가 모호한 환영적인 공간 속에서 꿈과 현실의 원환적인 운동성이 불가능해져버렸기 때문이다. 그리고 이러한 원환적인 운동이 불가능해졌다는 것은 시적 언어의 무게 중심이 그것이 지시하는 대상과 필연적인 연결고리를 확보하고 있는 상징에서 자의적인 성격의 기호로 전환될 수밖에 없다는 점을 알려준다.

이러한 점을 좀 더 구체화하기 위해서는 먼저 이 책에서 사용하는 '상징'이라는 개념의 내포적 의미를 한계 지을 필요가 있어 보인다. 오랜 역사적 시간 동안 축적되어 온 상징의 개념적 의미는 이미 체계적으로 정리할 수 없을 정도로 방대해졌고 복잡해졌기 때문이다. 예컨대 칸트는 상징의 대립항으로 도식을 제시하고, 괴테와 벤야민은 상징의

---

65 「시와 인식」, 『전집』 2, 77면.
66 「시인과 시의 개념」, 『전집』 2, 295면.

대립항으로 알레고리를 제시하며, 라캉은 상징의 대립항으로 상상을 제시한다. 상징은 어떤 대립항을 만나는가에 따라 조금씩 그 개념적 범주가 달라지는, 쉽게 정의내릴 수 없는 개념이라 할 수 있다. 특히 근대 구조주의 시대에 이르러 상징은 언어를 포함하여 의미작용을 하는 모든 것이 상징이라는 말로 집약되고,[67] 라캉의 상징 개념을 통해서도 알 수 있듯이 형이상학적인 이념과 완전한 합일을 지향하던 상징은 점점 의미 없는 기호와 비슷해지면서 체계, 혹은 구조와 동일한 의미로 사용된다.[68] 다시 말해 상징과 기호의 구분 자체가 사라지게 되는 것이다. 그런데 앞서 논의한 것처럼 김기림이 부정하고 있는 '사랑의 파토스'는 20년대의 낭만주의에서 배태된 이념이라 할 수 있고, 이러한 대립적 관계 속에서 김기림의 모더니즘 시학이 출현하고 있다는 점에서 여기에서는 알레고리를 대립항으로 위치지우는 낭만주의자 괴테의 상징 개념에 초점을 맞추어보고자 한다.

가다머에 따르면 어원적 의미에서 상징이란 "한 공동체의 구성원들이 그것을 통하여 서로 알아보는 증빙 자료",[69] 혹은 '징표'와 같은 것이다. 이를테면 반으로 쪼개서 나누어 가진 거울과 같은 것이라 할 수 있다. 즉, 상징은 어떤 약속의 상황, 약속을 통한 짝짓기에서 태어났거나

---

67 김상환, 「상징에 대하여」, 앞의 책, 252면.
68 그러나 소쉬르까지만 해도 상징은 기호와 분리되어 인식된다. 현대 기호학의 창시자인 소쉬르는 자신의 기호 개념을 정의할 때, 기호의 자의성을 "제1원칙"으로 내세운다. "언어적 기호, 좀 더 정확히 말하자면 우리가 기표라고 부르는 것을 지칭하는 데 상징이라는 낱말이 쓰여 왔다. 이것은 인정하기 곤란한데, 그 이유는 바로 우리가 규정한 제1원칙 때문이다. 즉 상징은 비어 있지 않은바, 기표와 기의 간에 얼마간의 자연적 결합이 있다. 정의의 상징인 저울은 아무것으로나, 가령 마차 따위로 대체할 수 없을 것이다."(F. D. Saussure, 최승언 옮김, 『일반언어학 강의』, 민음사, 2006, 86면) 여기서 소쉬르가 '상징은 비어있지 않다'라고 말하는 점을 주목할 필요가 있다.
69 H. G. Gadamer, 앞의 책, 142면.
구체적으로 상징의 어원은 그리스어 'symbolon / symballein'에 있다. 여기서 'sym'은 어떤 두 조각을 합친다는 뜻을, 'bolon / ballein'은 던지거나 맞춘다는 뜻을 지닌다.(김상환, 「상징에 대하여」, 앞의 책, 232면)

그런 짝짓기를 조건으로 한다. 상징은 원래 짝짓기를 위해서 만들어진 쪼개진 두 쪽이며, 상징의 숨겨진 의미는 분리된 상징이 하나로 엮일 때 비로소 드러나게 된다.[70] 다시 말해 상징은 제멋대로 기호를 취하거나 만든 것이 아니라 볼 수 있는 것과 볼 수 없는 것 사이에는 형이상학적인 연관성이 전제되어 있다고 할 수 있다. 서구 근대 미학사에서 상징의 대립항으로 알레고리가 평가 절하되어 왔던 것은 상징에 내재되어 있는 이러한 형이상학적인 깊이가 알레고리 개념에는 존재하지 않기 때문이라 할 수 있다. 즉, 상징 개념에는 상징과 상징되는 것의 내적 통일성이 내포되어 있으며, 이러한 점은 이 개념이 보편적인 미학적 근본 개념으로 상승할 수 있게 된 이유라 할 것이다.[71]

이렇게 상징은 감각적 현상과 초감각적 의미의 완전한 합일을 지향한다. 이러한 상징의 개념을 문학 정신의 이념으로 승화시킨 시대가 낭만주의 시대이며, 자연·예술·신화를 상징적인 것으로 이해하는 낭만주의적 세계관에서 존재하는 모든 것의 이름은 상징적인 것이 된다. 이러한 맥락 속에서 상징적 지시는 언어라는 구조적 체계 안에 갇혀있는 것이 아니라 형이상학적 세계의 질료적 현전을 포함하며, 그런 점에서 괴테나 크로이처는 상징을 이념적 이미지(감각화되고 체현된 이념 자체)로 규정한다.[72] 따라서 상징은 이성적이고 합리적 규칙으로 번역할 수 없는 탈개념적 언어이다. 상징이 지시하는 이러한 신적인 무한한 세계를 예술적 세계로 동일시하는 낭만주의 예술에서 이들이 생산하는 예술작품들은 무한한 것이 구체적으로 현시하는 장소가 되며, 개념적 사유가 왜곡하고 추상하기 이전의 시원적인 것으로서의 상징적인 것은 개념적 사유의 빈곤함을 환기하는 동시에 탈개념적 사유의 풍

---

70 위의 글, 233면.
71 H. G. Gadamer, 앞의 책, 144면, 150면.
72 W. Benjamin, 조만영 옮김, 『독일 비애극의 원천』, 새물결, 2008, 207~215면 참조.

요로운 지평을 열어놓는 사건이라 할 수 있다.[73]

20년대 한국문학에서 '삶=죽음=영혼=예술=사랑'이라는 상징적 은유 체계가 가능할 수 있었던 것은 고독한 근대적 개인의 출현과 함께 등장한 인식 대상으로서의 공동체 감각[74]에 대한 끝없는 향수라는 원환적인 움직임이 있었기 때문이라 할 수 있다. 이러한 움직임 속에서 시적 리듬은 그 정신적 의미를 획득한다. 앞서 김소월의 「시혼」과 그의 시편들을 통해 대략적으로 살펴본 것처럼 시의 음악성은 삶과 죽음이 일치하는 절대적인 영원성의 세계에 대한 끊임없는 지향이라는 원환적인 움직임 속에서 발현되는 것이라 할 수 있다. 이러한 절대적인 영원성의 세계란 인간이라는 세속적인 존재가 절대로 가닿을 수 없는 세계이며, 인간의 언어로 표현된 시는 언제나 그 언저리를 맴돌 뿐이다. 이렇게 영원성의 세계와 완전히 합치되지 못하는 데서 20년대적인 고독한 주체의 슬픔이 발생하는 것이다. 절대적인 영원성의 세계를 지향하는 시인은 언어로 표현된 실재적인 사물의 세계보다는 언어가 표현하지 못하는 저 너머의 불변적인 형이상학적 세계를 향수한다. 존재하지만 표현되지 못하는 것들을 지향하므로, 시적 언어는 점점 모호하고 불투명해진다. 이러한 과정 속에서 시적 언어는 의미의 전달보다는 정서적인 감응의 표현에 집중하게 되고, 이러한 감응의 파동이 리듬으로 재현된다. 즉, 시의 음악성이란 시적 언어가 표현하는 의미들을 불투

---

73 김상환, 「상징에 대하여」, 앞의 책, 241~247면 참조.
74 근대적 주체가 출현하지 않았다면, 공동체 감각 역시 인식의 대상으로 호출되지 못했을 것이다. 「권태」에서 이상이 말하고 있듯이 하늘에 반짝이는 별은 오직 그 세계와 분리된 근대적 주체의 눈에만 보이는 것이기 때문이다. 상실의 감정이 먼저 있고 나서야 비로소 상실된 대상이 출현하게 된다는 이러한 전도의 논리는 아폴로적인 질서 체계의 근원은 디오니소스적인 것이지만, 디오니소스적인 것은 오직 아폴로적인 질서 체계를 통해서만 출현할 수 있다고 한 『비극의 탄생』에서의 니체적 사유나 에로스와 타나토스와의 관계를 이와 유사하게 설명하고 있는 프로이트의 논의를 통해서도 읽을 수 있다.(F. Nietzsche, 이진우 옮김, 『비극의 탄생』, 책세상, 2005; S. Freud, 박찬부 옮김, 『쾌락원칙을 넘어서』, 열린책들, 1997 참조)

명하게 만들어 의미의 개별성을 삭제하고 절대적 신성의 세계와 함께 호흡하는 것을 지향할 때 발현되는 것이며, 이는 현세적 시간의 죽음, 혹은 시간의 정지를 지향하는 것이라 할 수 있다.

그러나 김기림이 도시 공간에서 경험하는 상실의 감정은 20년대적인 원환적 움직임을 가능하게 하는 상실과는 사뭇 다르게 출현한다. 소월의 상실은 그것이 시적 화자에게 없을 뿐이지 그 존재 자체가 없는 것은 아니다. 소월이 베갯머리를 적시며 꿈에 빠져들고 다시 꿈에서 깨어나는 운동을 반복적으로 할 수 있었던 것은 상실 대상의 분명한 장소성(placeness)이 확보되어 있기 때문이다. 그러나 도시 공간에서는 상실 대상의 분명한 장소성마저 사라지고 만다. 이러한 점은 김기림이 1929년 『조선일보』 입사 후 1년 남짓 근무하다 고향 성진으로 돌아갔다가 32년 다시 상경했을 때의 심정이 그대로 노출되어 있는 수필 「에트란제 제일과」를 통해 읽어볼 수 있다. 이 글에서 그의 눈에 들어온 도시 경성은 끊임없이 움직이고 있어 마치 살아있는 유기체처럼 계속해서 표정을 바꾸고 있어 상당히 낯설고 기괴한 모습으로 다가온다. 그리고 이러한 낯선 풍경에 내던져진 자신을 "세계의 도시 행진의 행렬의 맨 꽁무니를 비청거리며 쫓아가는 가련한 경성의 한복판"에 던져진 "에트란제[異邦人]"라 부른다. 이방인이란 현재 자신을 감싸고 있는 공간의 질서 형식이 체계화되지 못해 공간이 주는 충격을 민감하게 감각할 수 있는 존재라 할 수 있다. 이방인이 묘사하고 있는 경성 거리의 풍경은 이러하다.

일원균일의 값싼 향락을 태운 파 − 란 택시가 거만한 형세로 안국동 네 거리의 오후의 번잡을 경멸하면서 나간다. 안국동과 광화문통을 한 개의 운명에 얽매여 왕복하는 전차의 창머리를 붙잡고 먼 한 시골 늙은이 한 분이 고름과 같은 먼지낀 풍경을 들이켜고 있다.

원래는 물새의 알처럼 새파란 얼음판을 바람을 쪼개면서 솔개와 같이 쏘댕여야 할 스케 - 트 선수는 XXX운동구상회의 광고판 우에 점잖게 붙어서 몸짓 하나 안한다.

종로의 번잡한 사람들의 물결속에 나도 헤염쳐 들어갔다. 그러나 바람은 바다의 냄새를 불어오지 않는다. 하 - 얀 양털, 푸른 여호털, 바다의 냄새나는 물개털, 털, 털, 여자들은 각종의 털속에 델리케 - 트한 목들을 깊이 파묻고 분주하게 죄없는 鑛石을 차고 달아난다 달아온다. (…중략…) 그 털들 속에서 힘있게 붉은 피ㅅ줄을 뛰어댕기던 생명은 지금쯤은 천국에 올라가서 천사들의 사랑을 받고 있는지, 종로여 일년반 동안 너를 버려 두었던 동안에 너의 얼골은 이방여자의 아름다운 화장법을 퍼그나 배웠고나.

엔젤이 파고다 공원 곁에서 째즈를 노래하는가 하면, 박테리아와 먼지와 자동차와 인력차와 거지들의 훤화, 소란을 한 걸음 피한 곳에서는 낙원이 칵텔 한 잔값만 있으면 누구에나 공개한다는 분방한 야랑을 보이고 있다. (불행이도 나는 요사이 아침마다 낙원의 뒷골목을 지나서 나의 작은 일터로 댕기지만 한 번도 아담과 이브를 본 일이 없다.)[75]

종로 거리는 행인들의 번잡한 움직임으로 물결치고 있는 듯 보이고, 이러한 거리의 번잡함 위로 "파란 택시가 거만한 형세로" 번잡을 경멸하듯 질주한다. 그러나 도시의 이동을 담당하고 있는 또 다른 매체 "전차"는 레일에 묶여 도시를 권태로운 듯 왕복한다. 이러한 전차의 권태로움은 시골 늙은이의 표정과 맞물려 더욱 증폭된다. 도무지 움직일 줄 모르는 고요한 자연 풍경과 달리 도시의 풍경은 끊임없이 움직이며 이렇게 번잡함과 질주와 권태로움의 모순된 얼굴들을 동시에 표출한다. 하나의 풍경으로 통합되지 않는 도시의 파편성은 김기림이 고향

75 「에틀란제 제일과」, 『조선일보』, 1933. 1. 1~3.

성진에서는 경험하지 못한 독특한 풍경을 만들어낸다. 중요한 것은 김기림에게 도시 풍경의 독특함은 시골에는 없는 전차나 택시가 있고, 백화점과 영화관이 있다는 식의 표피적인 수준에서의 낯섦이 아니라는 것이다. 이러한 낯섦은 금세 익숙함으로 변질될 수 있다는 점에서 크게 문제될 것이 없다.

그러나 「에트란제 제일과」에서 묘사되고 있는 이질적인 도시풍경은 물질적이라기보다는 언어적이고, 외피적이라기보다는 무의식적이다. 다시 말해 도저히 하나의 것이라 생각될 수 없는 파편적인 동시성이 김기림에게는 무척이나 낯선 풍경이었던 것이다. 번잡함과 질주와 권태는 도시라는 하나의 대상이 동시에 뿜어내고 있는 도시의 얼굴 표정이다. 그래서 김기림의 눈에 들어온 도시의 풍경은 그의 언어로 완벽하게 재현되지 않는다. 이를테면 모피를 화려하게 차려 입고서 거리를 산책하는 여인들의 모습에서 '하얀 양, 푸른 여우, 바다의 냄새가 묻어나는 물개'를 연상하지만, 이내 여인들을 감싸고 있는 것이 생명이 모조리 사그라진 시체 더미에 지나지 않는다는 생각에 김기림은 소름 끼쳐한다. 또한 도시 군중의 움직임이 마치 출렁거리는 바다 물결로 보였던 김기림은 종로 거리를 바다로 만들어본다. 그러나 바다의 냄새가 날 리 만무하다. 도시의 풍경은 끊임없이 미끄러지면서 언어로 포착되지 않는다. 도시가 화장을 진하게 하고 있어 그 본모습이 잘 가늠이 안 되는 것이다. 그래서 김기림에게 도시의 낯섦은 결코 완화되지 않는다.

기호와 그것이 지시하는 대상이 어긋나는 경험은 계속된다. 빠른 속도로 중무장해야할 "스케 ─ 트 선수"는 광고판에 붙어 꼼짝하지 못하고 있고, 신과 인간의 매개자로 하늘을 가볍게 날아다녀야하는 "엔젤(天使)"은 길거리에서 "째즈"를 노래하는가 하면, 카페 "낙원"에서는 그곳에 당연히 있어야 할 "아담과 이브"를 찾아볼 수 없다. 이방인의 눈에 들어온 30년대 경성 거리는 이렇게 조금씩 엇나가있다. 도시의 모든 기호들을 흡취하려 하지만, 흡취하면 흡취할수록 도시 풍경은 김기림의 인식 속에서 체계화되지 못한 채 점점 미궁에 빠지고 만다. 기호와 그것이 지시하고 있는 대상의 미묘한 엇나감은 도시를 구성하고 있는 기호들의 의미를 고정시키지 못하고, 이는 도시의 전체 풍경을 유동하게 만든다. 이러한 경성 거리의 유동성에 김기림은 "소화불량증"에까지 걸렸다고 말한다. 이러한 현상은 도시 거리의 풍경을 묘사하고 있는 또 다른 수필 「찡그린 도시풍경」[76]에서는 더욱 가속화된다. 김기림은 도시 거리를 돌아다니는 군중들이 모두 "空殼化"되어 있는 모습을 목격하는 것이다. 자신의 정체성을 잃어버린 채 거리의 낯선 풍경들을 넋을 잃고 바라보는 거리의 도시 군중들에 대해 김기림은 혼을 잃어버리고 인형처럼 "공각화"되었다고 말한다. 도시 전체가 알맹이 없는 껍데기가 되어버린 것이다.

일찍이 『학지광』 동인 최승구는 「너를 혁명하라」[77]라는 글을 통해 인간이 빈껍데기(空殼)로 전락하게 되는 이러한 현상에 대해 경고한 바 있다. 최승구는 이 글을 통해 진정한 자아는 개체성이나 자율성으로 찾아지는 것이 아니라 나의 감정과 사상의 배후를 뒷받침하고 있는 "엇더한 힘세인 주인"(최승구는 이를 "這自我"라고 부른다)과의 교섭 속에서 비로소 내용이 충실한 자아를 발견할 수 있을 것이라고 주장한다. 20년대 슬픔은 바로 이러한 나를 감싸고 있는 "這自我"를 상실한 경험에서 배태되는 것이고, 소월은 이러한 상실의 경험을 역전시켜 끊임없이 나를 감싸는 더 큰 자아를 회복시키려 눈물을 흘린 것이라 할 수 있다. 그리고 나를 감싸는 더 큰 자아를 대신하는 것이 바로 사랑으로 은유될 수 있는 문학적 상징이다. 그러나 30년대 도시 경성은 최승구가 경

---

76 「찡그린 도시풍경」, 『조선일보』, 1930.11.11.
77 최승구, 「너를 혁명하라」, 『학지광』 5호, 1915.5.

고한 것처럼 이미 "공각화"되고 말았고, 기호들은 그 의미를 잃어버리고 부유하기 시작한다. 이렇게 상품으로 가득 찬 경성 거리를 배회하면서 도시 군중들이 자신의 실존을 점점 잃어버리고 공각화되는 것으로 표현되는 도시 거리의 모습은 어떤 물건이 화폐 시장 경제의 문법 속으로 진입하면서 상품이 되는 과정 속에서 물건의 그 본래적 의미를 상실하는 사건과 유비적으로 생각해볼 수 있을 것이다. 앞서 살펴본 것처럼 여성 군중들의 패션이나 근대적 교통 매체, 카페와 같은 근대적 공간, 도시라는 새로운 삶의 공간에 등장한 광고 등, 김기림의 눈에 들어오는 경성 거리의 기호들에는 대부분 상품의 흔적이 표출되고 있기 때문이다.

마르크스에 따르면 어떤 물건이 상품이 된다는 것은 자신을 비추는 거울에 의해 가치를 부여받는다는 것을 의미한다.[78] 이것은 상품의 가치가 곧 그 물건의 존재론적 의미와 동일한 것은 아니라는 것을 의미한다. 가치는 상품에 있는 것이 아니라 그 물건을 구입하려는 타자의 필요성에 의해 정해지는 것이기 때문이다. 즉, 어떤 물건이 상품이 된다는 것은 타자에 의해 가치를 부여받는다는 것을 의미하며, 타자에 의해 가치를 부여받는다는 것은 자기가 있는 장소에서 타자가 있는 장소로 이동한다는 것을 전제하는 것이라 할 수 있다. 상품의 이동이나 이러한 이동의 가능성이 없다면, 교환가치는 성립되지 못하며, 따라서 이 물건은 상품으로서의 가치를 상실하는 것이라 할 수 있다. 이것은 동시에 어떤 물건이 진열대 위에 오르는 순간에는 자신의 본래적 의미를 상실하는 경험을 동반할 수밖에 없다는 것을 의미하는 것이기도 하다. 진열대 위에서는 오직 상품으로서의 가치만 존재하며, 이 가치는 자신을 쳐다보는 구매자의 결정에 의해 확정된다. 따라서 어떤 물건이

---

78 사물이 '목숨을 건 도약'을 하며 상품질서로 진입하면서 반영적 가치를 획득하는 과정에 대해서는 K. Marx, 강신준 옮김, 「상품과 화폐」, 『자본』 I−1, 길, 2008 참조.

진열대 위에 오른다는 것은 단순한 위치이동이 아니라 그 물건이 살해되는 사건과 동일한 것이다. 진열대란 사물의 단두대인 셈이다. 앞 절에서 논의한 임노동자화된 지식인과 자살한 지식여성의 사례나 「상공운동회」의 시편이 보여주고 있는 거리의 풍경들에서 느껴지는 실존 그 자체에 대한 공포는 경성 거리를 지배하고 있는 사물의 상품화 경향에서 배태되는 감정들이라 할 수 있을 것이다.

이러한 시장 경제의 문법은 자아와 이러한 나를 둘러싸고 있는 더 큰 자아 사이에서 이루어지는 20년대적 상징의 원환적 움직임을 원천적으로 봉쇄하는 것이다. 어떤 물건이 상품이 된다는 것은 존재의 상실이 아니라 존재의 소멸이며, 존재가 소멸된다는 것은 부재하는 형식으로 자신의 존재를 증명하던 장소성의 완전한 사라짐을 의미하는 것이기 때문이다. 진열대 위에 올라선 사물들은 이제 구체적인 존재론적 의미를 잃어버리고 상품을 향하는 구매자들의 욕망에 의해 부여받는 가치에 의해 그 의미가 결정되는 환영적이고 유동적인 성격으로 그 존재 형식 자체가 바뀌게 된다. 김기림이 수필 「도시풍경 1·2」에서 묘사하고 있는 경성 거리의 몽환적인 분위기는 경성 거리의 모든 사물들이 상품으로 변신했다는 점을 알려주는 이미지들이라 할 수 있다. 이러한 경성 거리에서는 어느 하나도 확실한 것이 없다. 사물의 존재 기반은 사라지고 그 자리에 교환이라는 유동성 속에서 관계적 가치만이 살아남았기 때문이다. 김기림에게 "도회는 매춘부",[79] 즉 상품인 것이다.

"현대의 세계를 지배하는 것은 돈"[80]이라고 파악하고 있는 김기림에게, 그리고 모더니즘은 "도회의 아들"[81]이라고 말하는 김기림에게, 현대에 새롭게 나타난 도시 공간은 바로 모든 사물들이 상품으로 변신한

---

79 「도시풍경 1·2」, 『조선일보』, 1931.2.21~24.
80 「인텔리의 장래」, 『전집』 6, 30면.
81 「모더니즘의 역사적 위치」, 『전집』 2, 56면.

공간이라 할 수 있다. 거리를 배회하는 군중을 "모자"로 부르는 「제야」에서의 김기림의 시적 상상력은 이러한 인식에서 배태된 것이다. 이렇게 모든 사물이 상품으로 변신한 도시 공간에서 나타나는 상실의 경험은 당연히 소월을 눈물 흘리게 한 상실의 경험과 다를 수밖에 없다. 이를 김기림은 시적 이미지로 다음과 같이 형상화한다.

「마네킹」의 목에 걸려서 까물치는
진주목도리의 새파란 눈동자는
남양의 물결에 저저있고나.
바다의 안개에 흐려있는 파 – 란 향수를 감추기 위하야 너는 일부러 벙어리를 꾸미는 줄 나는 안다나.

너의 말없는 눈동자 속에서는
열대의 태양 아래 과일은 붉을게다.
키다리 야자수는 하눌의 구름을 붙잡을려고
네 활개를 저으며 춤을 추겠지.

바다에는 달이 빠저 피를 흘려서
미처서 날뛰며 몸부림치는 물결 우에
오늘도 네가 듣고싶어하는 독목주의 노젔는 소리는
삐 – 껵 빼 – 껵
유랑할게다.

영원의 성장을 숨쉬는 해초의 자지빛 산림 속에서
너에게 키쓰하던 상어의 딸들이 그립다지.

탄식하는 벙어리의 눈동자여
너와 나 바다로 아니가려니?
녹쓰른 두 마음을 잠그려가자
토인의 여자의 진흙빛 손가락에서

모래와 함께 새여버린
너의 행복의 조약돌들을 집으러 가자.
바다의 인어와 같이 나는 푸른 하눌이 마시고싶다.

「페이브멘트」를 따리는 수없는 구두소리.
진주와 나의 귀는 우리들의 꿈의 육지에 부대치는 물결의 속삭임에 기우
려진다.

오 – 어린 바다여. 나는 네게로 날어가는 날개를 기르고 있다.
— 「꿈꾸는 진주여 바다로 가자」 전문 (34~35)

　도시의 중심가에 위치해 있는 백화점의 진열대에 마네킹이 서 있다.
마네킹의 주변에는 온통 바다를 떠올릴만한 사물들이 그녀를 장식하
고 있다. 목에는 진주목도리가 걸려있고, 열대의 인공 전지 태양이 마
네킹을 비춘다. 바닥에는 모래사장처럼 모래가 흩뿌려져 있고, 또 다
른 한편에는 키다리 야자수가 한층 더 바다 분위기를 자아내고 있다.
그러나 이 모든 것은 진열대 위에 놓여있는 상품의 기호들이며 인공적
인 가짜들이다. 이것들은 바다를 흉내 내고 있지만, 이미 이 기호에 진
짜 바다와 연결될 수 있는 고리는 없다. 상품이 되면서 그 존재가 사라
져버렸기 때문이다. 그런데 진열대 위의 이 가짜 기호들은 그 의미가
다시 한 번 이동한다. 진열대 위의 상품들이 의미하는 바다 풍경이 다

시 새로운 기표가 되어 '해수욕 물품을 팝니다'라는 새로운 기의를 지시하게 되기 때문이다. 이 과정에서 가짜이긴 하지만 그나마 존재론적 의미와 유사한 바다라는 기의는 완전히 사라지고 만다. 진열대 위의 기호들은 상징적 기호와 달리 그것의 짝패를 완전히 잃어버린 기호들이며, 계속적으로 진행되는 의미작용 속에서 어떠한 의미도 오래 붙들고 있지 못한다. 계속 새로운 기의와 결합하면서 기호들이 유동하는 것이다. 이제 마네킹은 바다라는 기호가 지시하는 그 대상을 결코 붙잡을 수 없게 된다. 마네킹의 "말없는 눈동자 속에서" 아무리 키다리 야자수가 춤을 추더라도 그 바다에는 피 흘리는 달이 빠져있을 뿐이고, 마네킹이 듣고 싶어하는 고즈넉한 "獨木舟의 노젓는 소리"는 더 이상 아름다운 소리를 만들어내지 못하는 것은 이 때문이다. 즉, 김기림이 이 시에서 이미지화하고 있는 상실의 감정은 소월처럼 대상을 잃어버렸기 때문이 아니라 언어의 의미화과정(signifiance) 속에서 의미가 어느 순간 사라져버렸기 때문에 발생하는 것이다. 따라서 실제로 잃어버린 것은 아무 것도 없다. 다만 상실의 슬픔만이 남아 있을 뿐이다. 실제로 잃어버린 것이 없기에 이 상실의 슬픔은 소월의 슬픔처럼 복원될 수 있는 것이 아니다. 유동하는 현실 속에서 회복될 수 없는 근대적 애수란 이렇게 나타난다.

기호의 유동성 속에서 기의와 기표가 어긋나는 것을 경험하는 사례는 나폴레옹이라는 영웅이 애견의 이름으로 불리는 경성의 풍경을 그리고 있는 수필 「산보로의 나폴레옹」,[82]이나, 오만하고 화사한 어감에 반해 주문한 "아이스·스트로베리·밀크"의 "빈약한 접시"을 받아들고 황당해했던 일상의 에피소드를 가벼운 필치로 적고 있는 수필 「바다의 환상」,[83]을 통해서도 읽을 수 있다.[84] 수필 「결혼」에서 김기림은

82 「산보로의 나폴레옹」, 『조선일보』, 1934.3.8.
83 「바다의 환상」, 『신가정』 1권 8호, 1933.8.

기표가 지시할 대상이 사라지고 오직 기표만이 남아 있는 "신성한"이라는 형용사를 언급하기도 한다. 이와 같이 김기림이 도시 경성 거리의 풍경에서 목격한 것은 기차나 비행기와 같은 근대 문명을 표상하는 실제적인 대상이나 백화점이나 영화관이 자리하고 있는 거리의 외관이라기보다는 고정되지 못해 유동하고 있는 수많은 기호들이었고, 김기림에게 낯설고 신기하게 다가온 것은 시골과 대비되는 새로운 공간으로서의 도시가 아니라 의미가 고정되지 못한 기호들이 유동하고 있어 쉽사리 재현되지 못하는 도시적 풍경이었던 것이다.

　김기림의 초현실주의 예술에 대한 관심은 이러한 도시 공간에서의 독특한 상실 경험의 바탕 속에서 이루어진다. 「초현실주의 방법론」에서 김기림은 초현실주의 예술을 꿈, 미와 추, 초현실, 자동기술, 언어, 형태미, 형이상학 등의 세부 항목을 나누어가며 설명하고 있는데, 그 중에서도 언어 항목에서 김기림은 초현실주의자들이 "문장의 요소로서의 단어보다도 언어의 기호로서의 기능을 높이 평가하고 이용하였다"고 말하며, 지금까지의 문학이 "두뇌의 산물"로서의 문장 중심이었다면 초현실주의자들은 "두뇌의 메카니즘"[85]으로서의 꿈을 자신들의 예술 방법론으로 호출한다고 서술한다. 그리고 이러한 메커니즘은 의

84　이런 사례를 통해 유추해보자면 김기림은 도시가 던지는 유혹에 빠지기도 하고, 그러한 유혹에 빠져있는 군중들을 응시하기도 하는 유연한 태도로 도시와 대결하고 있다고 할 수 있다. 도시적 이미지에 쉽게 매혹되는 김기림의 이러한 특성은 김기림 연구사에서 대체로 비판적으로 다루어졌다. '문명에 대한 근본적인 비판으로까지 나아가지 못했다'거나 '서구 문명에 대한 낭만적 동경을 버리지 못했다', 혹은 '겉으로 드러난 도시의 퇴폐적 모습만 비판할 뿐 백화점과 근대 그리고 도시 사이의 심층적 관계 등으로 확장되지 않았다'(나희덕, 「1930년대 모더니즘 시의 시각성」, 연세대 박사논문, 2006; 이명찬, 『1930년대 한국시의 근대성』, 소명출판, 2000; 이성욱, 『한국 근대문학과 도시문화』, 문화과학사, 2004)와 같은 김기림에 대한 비판적 견해들은 도시적 이미지를 거부하지 못한 김기림의 태도를 문제 삼는다. 그러나 오히려 도시적 이미지에 대처하는 김기림의 이러한 유연함이 유동성이라는 도시적 기호들의 독특한 특성을 그가 분명하게 간취할 수 있게 만들었는지도 모른다.
85　「초현실주의 방법론」, 『전집』 2, 325면.

미 중심의 문장으로는 포착할 수 없고, 오직 체계를 가정하고 있는 기호만이 그것을 나타낼 수 있다고 말한다. 다시 말해 기존의 문학이 의미 중심으로서의 재현의 예술이었다면, 초현실주의 예술은 체계 속에서만 발현될 수 있는 가치 중심으로서의 표현의 예술이라 할 수 있는 것이다.[86]

초현실주의 작가들 중에서도 특히 르네 마그리트는 현실의 재현불가능성을 자신의 작품 주제로 가져오고 있는 작가라 할 수 있다. 깨진 유리창 조각에 깨지기 전의 창의 모습이 남아 있는 것으로 그린 〈밤의 열쇠〉(1936), 실내 공간으로 구름이 들어오고 건물 기둥이 하늘이 되어 있는 〈시적인 세계〉(1939), 구름 가득한 푸른 하늘이 방의 벽지가 되고 화장 도구나 와인 잔과 같은 실내 소품들이 방의 크기와 비슷하게 확대되어 있는 〈개인의 가치〉(1952) 등 마그리트 특유의 몽환적이고 아이러니한 상상력이 발휘되어 있는 그의 대부분의 작품들은 무엇이 현실이고 무엇이 가상인지 알 수 없게 뒤섞어 놓고 있는 것이 특징이다. 이러한 그의 작품들은 지시대상을 나타내는 이미지가 지시 대상과 도상적으로 유사하다는 점을 가지고 지시대상의 존재를 확인하는 재현 미술의 문법을 완전히 부정하고 있는 것이다.[87] 이것을 이미지로 가장 잘

---

86 언어의 이러한 두 측면을 김기림은 「시와 인식」에서도 서술하고 있는데, 이는 다음과 같다. "말은 스스로 아래와 같은 것을 의미한다. 시인의 시야를 채우며 또 그 의식에 떠오르는 수없는 현실의 단편을 그 자신의 목적에로 향하여 선택하여 새로운 의미 세계를 만드는 것이다. 왜 그러냐 하면 언어라고 하는 것은 기호이기 때문이다. 그것은 수없는 현실의 단편의 그 어느 것을 대표하거나 또는 그 상호 간의 관계를 표시하기 때문이다. 따라서 시인은 평범한 눈이 발견할 수 없는 현실의 어떠한 새로운 의미를, 또 한편으로는 언어가 가지고 있는 숨은 의미를 부단히 발굴하여 보여주는 것이다."(「시와 인식」, 『전집』 2, 75면) 시인이 현실의 새로운 의미를 발굴할 수 있는 것은 언어가 현실의 단편을 대표할 뿐 아니라 그 상호 간의 관계를 표시할 수 있기 때문이다. 이 관계, 즉 메커니즘에 주목하는 것이 초현실주의 예술이라 김기림은 보고 있는 것이다.

87 H. Foster, 전영백 외 옮김, 『욕망, 죽음 그리고 아름다움』, 아트북스, 2005, 155면.

보여주는 것이 '이것은 파이프가 아니다'
라는 문장 위에 파이프가 그려져 있는
〈이미지의 배반〉(1929)이다.

이와 관련하여 푸코는 전통적인 재현
의 문법을 거부하는 현대 예술의 두 가
지 방식을 마그리트의 초현실주의 미술
과 함께 칸딘스키의 추상미술을 통해 논
의한다.[88] 푸코는 칸딘스키가 추상을 통

그림 4. René Magritte, 〈La trahison des images〉(1929)

해 실재하는 것과의 유사성을 자기 미술에서 박탈해버렸고, 따라서 실
재하는 것을 확인하는 작업에서 자유로워질 수 있었다고 평가한다. 그
러나 칸딘스키의 추상은 여전히 실재의 존재를 부정할 수 없었기 때문
에 실제로 전통적인 미메시스와 초월적인 미학을 뒤집는 파괴적인 역
할을 하지 못한다. 푸코가 칸딘스키의 추상미술보다 마그리트의 초현
실주의 미술을 더 현대적인 것으로 파악한 것은 이 때문이다. 유사성
의 문제를 존재의 확인 문제에서 분리해낸 마그리트 예술에서는 지시
대상과 지시대상의 현전이라고 하는 문제가 증발해버렸던 것이다. 마그
리트의 초현실주의 미술에서는 마치 재현이 다시 되살아난 것처럼 보
였지만 그것은 재현이 아니라 시뮬라크르였으며, 이러한 시뮬라크르
를 통해 재현적 패러다임을 전복한 것이다. 마그리트의 이러한 전략은
원근법을 부분적으로 되살려내고 있는 데 키리코의 전략과 유사하다
고 볼 수 있다.[89] 데 키리코는 다시점 원근법이라는 독특한 원근법을
사용함으로써 근대적인 일초점 원근법을 교란한다. 즉, 추상미술은 재

---

88 M. Foucault, 앞의 책.
89 김기림의 「오전의 시론」에 등장하는 '각도'는 장 콕토의 시학과 밀접하게 관련되어 있고,
   콕토는 데 키리코의 작품론을 쓸 때 이 용어를 등장시킨다.(Jean Cocteau, 堀辰雄 譯, 「俗な
   神秘」, 『詩と詩論』3권, 厚生閣書店, 1928.11)

현을 없애버린 것 같은 모습 속에서 재현을 보존한 반면, 마그리트와 데 키리코의 초현실주의는 재현이 기반하고 있는 현전을 완전히 지워버린 것이라 할 수 있다.[90] 다시 말해 칸딘스키와 마그리트는 공통적으로 전통적인 재현의 패러다임을 부정하고 있지만, 칸딘스키의 추상미술은 기의를 표현하는 것에 중점을 두고 있는 것이라면 마그리트는 기의를 잃어버린 기표의 자율성을 최대한 활용하고 있는 기법을 선택하고 있는 셈이다.

이러한 푸코의 구분은 표현주의와 입체주의를 구분하고 있는 앙리 르페브르의 논의에서도 유사하게 나타난다. 르페브르는 입체주의가 조각난 기표를 제시하고 그 기표들의 관계가 만들어내는 수많은 해석의 다양성을 이끌어내려고 하는 태도를 취한다면, 표현주의는 기의에 우선권을 주고 '관람객'으로 하여금 각자의 기표들을 가져오게 했다고 말한다. 그러나 르페브르의 논의의 맥락은 표현주의와 입체주의가 보여주는, 기호의 거대한 간섭과 표현에서 의미에로의 이행이, 기표와 기의의 일체성이 파괴되고 있는 현대성의 특성을 잘 보여준다는 점을 이야기하고자 하는 것이므로 르페브르는 이 두 예술 사조의 구분자체를 중요하게 다루지는 않는다.[91] 그러나 「시의 방법」에서 김기림은 기의를 우선하는 표현주의 예술과 자신이 주장하는 "주지적 태도"[92]로서의 모더니즘 사이에 분명한 선을 긋고 있음을 읽을 수 있다.

「시의 방법」에서 김기림은 아리스토텔레스적인 고전적인 모방론과 이런 모방론을 비판하며 모방론의 패러다임을 뒤집고 있는 표현주의 예술을 거론한다. 그러나 김기림은 표현파 일군이 "표현"이라는 말을 "묘사"라는 말과 대립시켜 재현적 모방론을 비판하고 있지만, 이들은

---

90 H. Foster, 앞의 책, 155~157면 참조.
91 H. Lefebvre, 박정자 옮김, 『현대세계의 일상성』, 에크리, 2005, 222~223면 참조.
92 「시의 방법」, 『전집』 2, 79면.

결국 자신의 주관을 묘사하고 있다는 점에서 재현적 모방론과 크게 다르지 않다고 비판한다. 그래서 김기림에게 개인적 주관의 전율을 표출하는 것에 무게중심을 두고 있는 표현주의자들의 시는 "시의 생성과정에 있어서의 시인의 상념과 태도가 드디어 정착해버린" 고정된 시인 것이다. 이미 시인의 주관이라는 고정된 기의를 재현하고 있는 시이므로 이들의 시는 과정 중에서만 발현될 수 있는 변형이라든가 가치 창조와 같은 지성의 역할은 한없이 축소되고, 이미 존재하는 자연을 모방하는 모방론적 태도를 그대로 따르는 자연 발생적 시일뿐이라는 것이다. 이 글에서 김기림이 주지적 태도를 취하는 시인의 방법론으로 '카메라 앵글'을 제시하는 것에서 알 수 있듯이, 김기림의 모더니즘이 주장하는 현대시의 방향은 기의보다는 기표에 무게 중심을 두고 있는 마그리트나 입체파 예술 정신에 가까운 것이라 할 수 있다.

그런데 「시의 방법」에서 김기림은 상징주의나 낭만주의 시대와 달리 시인의 주관을 한없이 작고 얕은 어떤 것으로 서술하고 있으며, 개인적 주관의 격렬한 표출에서 나타나는 시인의 신비주의적 태도는 "시인의 길드적 심리에서 발생한 일종의 거짓"[93]일 뿐이라고 말한다. 소월의 아름다운 시 창작의 원동력이었던 심오한 시인 주관의 내면적 깊이가 김기림의 눈에는 한낱 가짜일 뿐이고, 이러한 깊이에서 솟아오르는 상실의 눈물의 결정체들이 '격정적이고 센티멘탈하며 너무나 소박한 詩歌'[94]로밖에 보이지 않는 것이다. 김기림의 이러한 태도를 역으로 생각해보자면, 김기림은 시적 언어 너머의 것을 끊임없이 응시하고 자신이 상실한 그 무엇을 향해 끝없이 돌진하는 것에서 더욱 깊어지는 의미의 깊이와 상징의 깊이를 상실한 존재라는 것을 말해준다. 상징적 기호들의 장소성을 상실한 도시인 김기림에게는 이러한 깊이가 보이

---

93 「시의 방법」, 『전집』 2, 79면.
94 위의 글, 78면.

지 않는 것이다. 이러한 점에서 김기림이 리듬이나 운율과 같은 시의 음악성을 부정할 수밖에 없었을 것이라 짐작할 수 있다. 시의 음악성은 상징의 깊이에서 탄생하는 것인데, 이러한 깊이를 상실한 김기림에게 는 조잡하고 부자연스러운 것으로밖에 다가오지 않는 것이다. 그렇다 면 김기림이 이러한 상징의 깊이를 상실한 원인은 무엇인가. 그것은 역시 김기림이 기호들이 유동하는 도시적 풍경 속에서 의미들이 계속 해서 사라지는 것을 반복적으로 경험하기 때문이라 할 수 있다.

　유동하는 기호를 적극적으로 자기 언어화하는 것은 바로 자본주의 시장의 꽃인 광고라 할 수 있다. 광고의 언어는 소비자가 상품을 사게 하기 위해 온갖 이미지들을 끌어다 상품을 장식하는 언어이다. 다시 말해 실체가 없는 이미지, 시뮬라크르인 것이다. 오만하고 화사한 어 감의 "아이스·스트로베리·밀크"라는 기호는 실제 '얼음 딸기 우유' 를 지시하는 것이 아니다. 이 기호는 다만 오만하고 화사한 어감이라 는 실체 없는 이미지와 엮여있을 뿐이다. 그러나 광고의 장식적 수사 는 이 기호에 실제 대상을 지시하고 있다고 끊임없이 구매자들을 유혹 한다. 그러나 김기림이 막상 이 기호가 지시한다고 착각한 실제 대상 과 마주쳤을 때, 이 '어감'은 흔적도 없이 사라지고 만다. 「꿈꾸는 진주 여 바다로 가자」에서 마네킹이 바다를 잃어버리듯이 김기림은 '오만하 고 화사한 어감'을 잃어버린 것이다. 이렇게 도시적 기호들은 끊임없 이 그 기의와 분리된다.[95]

---

95 광고의 언어의 특징을 잘 보여주는 구체적인 사례를 식민지 시기 아지노모토[味の素] 라는 일본의 대표적인 조미료 회사 광고를 통해서도 읽어볼 수 있다. 1922년부터 해 외시장 개척을 시작한 아지노모토사는 간판, 포스터, 견본 병 배포, 가두 선전과 판매 등 적극적인 판매활동을 전개하여 점점 조선과 대만, 중국 등의 해외시장을 장악하 기 시작한다. 그런데 아지노모토의 판매가 급속하게 증가하면서 판매점의 할인 판 매, 위조품 발생, 유사품 제조, 유언의 유포 등과 같은 장애가 발생했고, 급기야 아지 노모토의 원료가 뱀이라는 비방광고가 등장한다. 이에 아지노모토사는 아지노모토 의 원료가 소맥분이라는 옹호광고를 내는 것으로 대응한다. 실제 상품과는 관계없이

그런데 이 '어감'은 실제적인 대상을 확보하지 못한 이미지인 시뮬라크르에 불과하지만, 도시 생활에서 인간의 행위를 이끌어내는 것은 이 '시뮬라크르'들이다. 이 손에 잡히지 않는 이미지들을 쫓아 도시인들은 백화점 진열대로, 술 취한 재즈가 흐르는 카페로 몽유병자들처럼 몰려든다.[96] 그리고 이 꿈에서 깨어났을 때, 도시인들은 마치 자신의 영혼을 잃어버린 것처럼 허망한 상실의 감정에 휩싸인다. 아무리 잡으려고 해도 손가락 사이로 흘러버리는 액체처럼 도시인들은 자신들을 유혹하는 도시를 붙잡지 못한다. '시뮬라크르'는 중력의 영향을 받고 있는 현실의 실제 사물들과는 상관없이 오직 인간의 의식 작용 속에서만 생성되었다 소멸되었다 하는 것이기 때문이다. 도시인은 상징의 깊이를 잃어버린 채, 가상의 이미지 속에서 살고 있는 셈이다.

　　처녀들의 「하이힐」이 더 한층 가벼움을 느낄 때가 왔다. 육색의 「스타킹」 －. 극단으로 짧은 「스커트」 － 등등으로 처녀들은 둔감한 가두의 기계 문명의 표면에 짙은 「에로티시즘」과 발랄한 흥분을 농후하게 칠 것이다.
　　털 깊은 외투－. 솜 놓은 비단 두루마기－. (…중략…) 시절에 뒤진 폐물들은 너희들의 벽장 속으로 물러가거나 혹은 XX鋪의 창고로 流刑이 되더라도 경박한 주인들을 원망하는 일 없이 또 다시 학대된 상태에서 온순하게 10월을 기다림이 좋다 (노예들은 필요할 때에 기억되고 필요치 않을 때에는 영구히 잊혀진대로 있는 운명에 있느니라 － 古代聖書 －).

　　오직 이미지 공간 속에서 이 제품은 계속해서 새로운 의미망을 갖게 된다. 그리고 1931년 상해사변 이후 아지노모토사는 중국에서의 제품명을 '味華'로 바꿈으로써 시장의 위기를 극복한다.(정근식, 「맛의 제국, 광고, 식민지적 유산」, 『사회와 역사』 66권, 2004. 12 참조) 저널리스트였던 김기림은 이렇게 새로운 방식으로 작동하는 근대적 기호 체계에 대해 민감하게 반응할 수 있었고, 김기림의 모더니즘 시론은 이러한 성격의 기호들을 어떻게 시적으로 전유할 것인가라는 질문을 끊임없이 제기한 것이라고 볼 수 있을 것이다.
96 「도시풍경 1·2」, 『조선일보』, 1931. 2. 21~1931. 2. 24.

그러나 잘있거라 겨울 ─.

　店員들은 「겨울 물건」을 차츰차츰 진열대로부터 창고 구석으로 운반하는 일에 오히려 영광을 느낄 것이고 「파라솔」은 또다시 백화점의 主演者가 될 것이다.[97]

　이러한 광고의 언어는 20년대 문인에게는 사랑의 은신처였던 자연마저도 자신의 문법으로 포획한다. 이를테면 도시의 계절은 자연의 미묘한 변화가 알려주는 것이 아니라 전차의 "벚꽃 구경 광고"[98]와 같은 광고판이나 '육색의 스타킹', '극단으로 짧은 스커트'와 같은 도시 여자들의 패션이 대신 알려준다. 도시에서 꽃이 피어나게 하고, 새로운 생명이 움트게 하던 자연의 시간은 근대적 시간의 단위라 할 수 있는 유행이 대신한다. 봄의 발랄한 생명력은 "길가에 나부끼는 보랏빛 치맛자락이나 정류장에 늘어서는 화려한 넥타이"[99]가 대신하고, 비싼 값으로 팔리던 '솜 놓은 비단 두루마기'와 '여우털 목도리'가 "시절에 뒤진 폐물"이 되면서 겨울이 지나갔음을 대신 알려준다. 이렇게 광고나 상품이나 유행이 자연을 '대신'한다는 것은 말 그대로 인공적인 것들이 자연을 밀어내고 자연이 있던 자리를 차지하게 되었다는 것을 의미한다. 도시에서 유행이나 패션은 자연의 알레고리가 된 것이다.[100]

---

97 「봄의 전령」, 『조선일보』, 1933. 2. 22.
98 「봄은 사기사」, 『중앙』, 1935. 1.
99 「그 봄의 전리품」, 『조선일보』, 1935. 3. 17.
100 알레고리적 기호는 상징적 기호와 달리 그것이 지시하는 대상과의 직접적인 연관성이 없다. 상징이 반으로 쪼개서 나누어 가진 징표라는 어원적 의미를 내포하고 있다면, 알레고리의 어원적 의미는 '달리 말하기(speaking-other)', '다른 말 하기(other-speaking)' 그리고 '다른 것(타자)의 말하기(speaking-the-other)'이다. 그리스어 Allēgoria는 '다른(other)'을 의미하는 "allos"와 '집회에서 말하기(to speak in the assembly)'라는 뜻의 "agoreuein"의 합성어이다. 또한 공개된 집회(open assembly)라는 의미의 "agora"에는 공식적 집회(an official assembly)와 시장(the open market)이라는 두 가지 의미가 함축되어 있다. 그런데 "allos(다른)"의 의미가 더해지면서 Allēgoria에는 "공식적인 연설과

이처럼 도시 전체가 거대한 포장지로 감싸여있는 것처럼 도시는 자신의 진짜 얼굴을 노출하지 않는다. 이렇게 자연을 대신하고 있는 도시에 걸맞은 여성은 미의 여신 '비너스'가 아니라 까도 까도 껍질뿐인 '다마네기 여자'[101]이고, 도시적 사랑은 구원으로서의 사랑이 아니라 서로 속고 속이는 게임으로서의 사랑이다. "필요할 때에 기억되고 필요치 않을 때에는 영구히 잊혀진대로 있는 운명"인 상품들이 자연을 대신하고 있는 경성 거리에서 구원으로서의 사랑은 없다. 이는 달리 말하자면 자본주의가 시인에게서 구원으로서의 상징의 언어를 강탈한 것이라고도 말할 수 있다. 30년대 경성 거리에서 언어는 마치 불태환지폐처럼 사용된다. 불태환지폐란 상품으로서 지니고 있던 특수한 질료성과 육체성을 상실한 상품인 화폐가 유통과 교환의 문맥에서 그 안의 기능적 가치로 단순화된 화폐를 의미한다. 역사적으로 화폐는 금화에서 태환지폐로, 그리고 태환지폐를 불태환지폐로 대체되어 왔다. 이에 따라 화폐는 황금을 지시하는 기호였다가 그 기호를 지시하는 기호로, 다시 기호의 기호의 기호가 되었다.[102] 그러나 애초에 화폐라는

좀 다른 것", 혹은 "일상적인 대화와는 좀 다른 종교적이고 철학적인 함축성"이라는 뜻이 더해지게 된다. 그래서 Allēgoria라는 단어의 조합은 "다르게 말하다", "다른 것을 말하다", "의미된 것과 다르게 말하다" 등의 의미를 가지게 된다.(Jon Withman, "On the History of the Term 'Allegory'", *Allegory-The Dynamic of An Ancient and Medival Technique*, Harvard University Press, 1987, pp. 263~268 참조) 이러한 어원적 의미에서 유추되듯이 상징과 달리 알레고리는 형이상학적인 이념 세계와의 합치될 수 없는 근원적인 간극을 내포하고 있으며, 형이상학적인 세계의 질료적 현전에서 출발하는 상징적 지시와 달리 '달리 말하기'로서의 알레고리는 개념적이고 언어적이다. 그러나 낭만주의 시대 이래 상징에 비해 언제나 불완전한 것으로 저평가되어 온 알레고리는 벤야민과 폴 드 만 등에 의해 그 의미가 다시 복권되어 왔다. 그리스비극에 비해 조잡한 예술 형식이라 비판되어 온 바로크 시대 독일 비애극의 의미를 알레고리의 관점으로 해석하고 있는 벤야민은 알레고리를 상징에 비해 관습적인 단순한 의미 표시의 한 방식에 불과하다는 식의 논의를 비판하며, 알레고리의 파편성이 생산해내는 다의적인 측면을 부각시킨다.(W. Benjamin, 앞의 책 참조)

101 이상, 「실화」, 『정본 이상문학전집』 2, 350면.
102 김상환, 「화폐, 언어, 무의식」, 앞의 책, 286면.

기표와 황금이라는 기의는 어긋나 있었다. 그러나 화폐의 가치는 타자와의 관계 속에서만 생겨나는 가치이기 때문에 정확히 말하자면 화폐의 가치는 화폐의 속성이 아니라 그 가치를 화폐가 '대신' 표현하고 있을 뿐이다.

물신이라는 도시의 새로운 신화는 화폐가 가치를 '대신' 표현하고 있다는 것을 자꾸만 망각하기 때문에 발생한다. 백화점의 진열대 위에 놓여있는 상품들에 지배당하는 도시적 생활에서 발생하는 우울 역시 진짜인 줄 알았던 것이 모두 가짜였다는 사실에 직면할 때 발생한다. 그런데 도시 공간에서 이러한 난처한 경험이 한번으로 그치지 않고 계속해서 발생하는 이유는, 타자와의 관계성 속에서만 발현되는 상품의 가치를 '대신' 표현하고 있을 뿐인 화폐의 속성을 사람들이 끊임없이 망각하는 것처럼, 도시인들이 자꾸만 허상을 실제로 존재하는 어떤 것으로 치환시켜버리기 때문이다. 그리고 광고의 언어는 허상일 뿐인 것을 자꾸만 실제로 존재한다고 믿게끔 유혹한다. 바다는 오직 의미작용 속에서만 잠깐 있다가 사라진 것인데 마네킹은 이것이 실제로 존재한다고 믿기 때문에 슬픈 것이고, "아이스·스트로베리·밀크"의 화사함은 실제 내용물과 연계된 것이 아니라 도시 경성에서 사용되는 이 기호의 화사함일 뿐인데 김기림은 자신도 모르게 이것을 실제 내용물과 연결시켜버렸기 때문에 실망한 것이다. 도시에서의 상실은 대상의 상실이 아니라 기호의 상실이다. 「우울한 천사」에서 김기림은 경성 거리에서 발생하는 이러한 우울의 감정을 시적 이미지로 형상화한다.

　　푸른 하늘에 향하야
　　날지 않는 나의 바닭이. 나의 절름바리.

　　아침해가

금빛 기름을 부어놓는

상아의 해안에서

비닭이의 상한 날개를 싸매는

나는 오늘도

우울한 어린 천사다.

— 「우울한 천사」 전문(40)

　이미 비둘기는 푸른 하늘을 날았던 경험이 있을 것이다. 비둘기의
날개에 이미 상처가 가득하기 때문이다. 푸른 하늘인 줄 알고 힘껏 날
아올랐지만 그곳은 실제 하늘이 아니라 인공하늘이었던 것이다. 혹은
푸른 하늘이 아름답게 그려진 백화점 벽면일 수도 있겠다. 그러나 초
현실주의 화가 마그리트의 하늘
처럼 이 인공하늘은 자꾸만 비둘
기의 시각을 현혹하고 또 배반한
다. 마그리트의 〈밤의 열쇠〉에서
밖의 풍경을 고스란히 담고서 날
카롭게 깨진 유리조각과 창 너머
로 그려져 있는 바깥 풍경은 아무
리 깨트려도 다시 재현되어 있는
악무한의 절망을 암시하는 것이
라고 볼 수도 있을 것이다. 또한
이 유리조각이 방 안으로 들어와
있다는 점에서 이 그림은 악무한
에 대한 마조히즘적인 대응을 표
현하고 있는 것이라고도 볼 수 있
을 것이다. 비둘기의 상한 날개와

그림 5. René Magritte, 〈The Key to the Fields〉(1936)

대비되어 여전히 환하게 비둘기와 시적 화자를 아름답게 비추고 있는 해안의 풍경을 그리고 있는 「우울한 천사」의 상황 역시 마그리트의 〈밭의 열쇠〉가 표현하고 있는 상황과 크게 다르지 않다. 이러한 악무한의 절망 속에서 그만 날개가 상해버린 비둘기는 눈앞에 펼쳐있는 푸른 하늘을 보면서도 날지 못한다. 그러나 여전히 그런 비둘기의 상한 날개를 감싸고 있는 나를 금빛 찬란하게 아침 해가 비추고, 상아빛 해안은 나를 감싸고 있다. 비둘기의 상한 날개는 저 푸른 하늘과 찬란한 아침 해와 아름다운 상앗빛 해안이 가짜라는 것을 말해주지만, 나는 또 그만 금빛 찬란한 바다 풍경에 속고 만다. 이것이 바로 너무도 화창하고 아름다운 세상을 바라보고 있으면서도 오늘도 내가 우울할 수밖에 없는 이유이다. 푸른 하늘로 날아올라가야 할 비둘기와 천사가 인공도시 속에 갇혀있는 셈이다. 이런 점에서 「우울한 천사」는 「마음의 의상」 시편과 같은 계열의 시라 할 수 있다. 빛나는 햇살이 비추는 이 해변은 곧 암흑의 바다이다. 세상은 온통 가짜뿐이다.

그러나 「꿈꾸는 진주여 바다로 가자」에서 김기림은 이러한 근대적 멜랑콜리만을 말하고 있지 않다. 이상하게도 그는 바다를 잃어버린 마네킹에게 바다로 가자고 말한다. 여전히 그의 귀에는 "페이브멘트를 따리는 수없는 구두소리"밖에 들리지 않으면서도, "진주와 나의 귀는 우리들의 꿈의 육지에 부대치는 물결의 속삭임에 기우려진다"고 말하며 여전히 어떤 가능성을 표출하고 있다. 그리고 심지어 김기림은 어린 바다로 날아갈 "날개"를 기르고 있다고 자신 있게 말한다. 이 '날개'가 김기림이 『태양의 풍속』 서문에서 강조하던 '바다의 명랑성'과 관계 있을 것이라 짐작 가능하다. 그렇다면 이러한 악무한의 절망 속에서 김기림이 찾아낸 가능성은 무엇인가.

2) 상품 질서의 시적 전유와 이미지 공간

모든 것을 '대신' 말하는 도시적 언어의 속성은 도시를 유동하게 만들지만, 이것은 또한 도시 공간에서 기표의 자율성이 상당히 강화되었다는 것을 의미하는 것이기도 하다. 앞서 살펴본 것처럼 진열대 위에 있는 도시적 기호들은 기의가 먼저 존재하고 그것을 표현하기 위해 기표를 끌어오는 것이 아니라, 이미 존재하는 기의를 새로운 기의를 위한 기표로 전환시킨다.[103] 이러한 점은 도시 기호들은 전통적인 자신의 존재형식인 지시적 의무로부터 해방되고 있다는 것을 말해준다. 이를테면 도시 경성 거리에서 패션은 더 이상 그 사람의 고정된 정체성을 표현하기 위한 것이 아니다. 오히려 패션에 따라 그 사람의 사회적 정체성이 변한다. 「진달래 참회」에서 김기림은 거리에서 처음 본 어떤 남자를 '철 이른 맥고모자'에 의지하여 그 사람이 서울 사람이 아닐 것이라 짐작한다.[104] 이때의 패션기호는 이미 존재하는 기의를 표시하기 위한 기표가 아니라 이미 존재하는 기의가 새로운 기의를 위한 기표로 전환되는 방식으로 작동한다. 사실 패션이 그 사람의 정체성과 사회적 관계를 나타내는 것은 비단 30년대 경성 거리에서만 통용되는 현상은 아니다. 역사적으로 패션은 주체와 객체, 개인과 우주 사이의 경계에 위치한다. 의상에는 사회 질서가 각인되어 있으며, 화장은 신이 중심인 우주의 반영인 동시에 개인이 거기서 차지하는 위치의 기호였다. 이러한 시대에 의복 양식은 사회적 위계질서를 반복하고 강화하는 역할을 담당했다고 할 수 있다.[105] 이를테면 패션은 그 사람의 사회적 신분이

---

103 G. Allen, 앞의 책, 105면.

104 「진달래 참회」, 『조선일보』, 1934. 5. 1.

105 S. Buck-Moss, 김정아 옮김, 『발터 벤야민과 아케이드 프로젝트』, 문학동네, 2004, 134면.

라는 상징적 위치를 표시하는 기호였던 것이다.

그러나 기표의 자율성 속에서 형성되는 유행의 질서는 이전의 질서 체계와는 완전히 다른 방식으로 나타난다. 이전의 의복 체계가 사회적 위계질서를 고착화시키고 강화하는 성격이 강한 것이라면, 현대의 패션의 체계는 요소들의 '변형'의 관점으로 구성된다. 이를테면 스커트의 길이나 옷감의 색조, 모자챙의 크기나 방향 등을 조금씩 변형시켜 끊임없이 새로운 유행을 창조하는 것이다. 그리고 이러한 패션의 변형들은 패션의 체계가 영속적으로 메시지를 재창조하고 재생성할 수 있게 해준다.[106] 유행은 영속적이고 완전한 자연에 비해 언제나 순간적이고 미완성이지만, 내용이 고정되어 있지 않은 패션의 모드는 크기에 있어 어떤 내재적인 유기적 제한도 갖지 않는다는 점에서 새로운 무한성을 확보한다. 칸트적 용어로 바꾸어 말하자면, 상징으로서의 자연의 무한함은 역학적이지만, 알레고리적인 유행의 무한함은 수학적이다.[107] 유행이 만들어내는 시간은 자연적 시간과는 달리 끊임없이 새로운 정체성을 그 자신에게 부여한다. '모드(mode)' 즉 의복의 질서 그 자체이기도 한 유행은 끊임없이 자신을 파괴하며 새로운 자기를 내세우는 것이다. 플레쳐가 유행이 주어진 것과 단절하고 끊임없이 '새로운 것'을 추구하는 것이며, 근대적으로 해석된 유행은 사회 변화의 알레고리가 될 수 있다고 말한 것은 이러한 의미로 이해할 수 있다.[108] 과소비나 물신주의와 같은 퇴폐적인 도시 풍속의 원인이기만 한 것이 아니라 유행은 '변화와 무한한 다양성을 가져오는 인간의 활력'[109]이 될

---

106 G. Allen, 앞의 책, 104면.

107 칸트의 역학적 숭고와 수학적 숭고에 대해서는 I. Kant의 『판단력비판』과 이 책 2장 각주 186번 참조.

108 A. Flecher, *Allegory —The Theory of a Symbolic Mode*, Cornell University Press, 1982, p. 131. (S. Buck-Moss, 앞의 책, 135면에서 재인용)

109 S. Buck-Moss, 위의 책, 135면.

242 ‖ 이미지의 정치학과 모더니즘

수 있는 것이다. 이를 조금 더 확장시켜 생각해본다면 도시 기호의 유동성은 도시인들이 우울의 원인이기도 하지만, 새로운 가능성을 열어주는 것이기도 한 것이다.

'봄이 찾아온다'라는 비유가 암시하듯이 우리의 의식 속에 완전성으로서의 자연은 언제나 저편 세계에 있다. 그러나 이 충만한 자연을 도시 속의 유행이 대신하면서 이편과 저편이라는 분명한 경계는 사라져버렸다. 도망가야 할 목적지가 알레고리라는 가면을 쓰고 현실 세계 속으로 들어와 버린 뒤 사라져버린 것이다. 의미화과정 속에서 도시의 기호는 이중의 겹에 쌓여 자신이 지시하던 기의에서 점점 멀어진다. 이런 분위기 속에서 도시공간에 진정성이라는 요소 역시 점점 희소해진다. 형이상학적인 세계와 완전히 단절된 채 상품들에 의해 체계화되는 유행이 만들어내는 물질적인 시간 속에 갇혀 있는 도시에서 구원으로서의 문학적 상징 역시 불가능하다. 기표의 자율성으로 끊임없이 새로운 옷을 갈아입게 된 도시적 기호들은 상징적 기호의 짝패로서의 형이상학적인 본질을 완전히 상실해버렸기 때문이다. 그러나 이렇게 너무나 희미해진 진정성이라는 것, 본질이라는 것, 진리라는 것을 되찾으려는 것을 능동적으로 포기하는 순간, 도시인의 멜랑콜리의 원인이었던 도시의 유동성은 도시인에게 새로운 가능성의 세계를 열어준다. 상실한 것을 능동적으로 포기한다는 것은 본질이 선험적으로 존재한다고 생각하는 본질주의를 폐기한다는 뜻이다. 대신 기표와 기의의 위치가 역전되는 현상 속에서 끊임없이 새로운 의미들을 생산하는 유동성의 혁신성을 이용하는 것이다. 이러한 도시 공간에 대한 절망과 희망의 미묘한 교차점을 김기림은 「정조문제의 신전망」에서 다음과 같이 표현하고 있다.

◇ …… 우리들이 허영의 거리라고 부르는 거기는 반드시 현대문명의 향

기가 최고도로 방사하고 있다. 그 거리를 장식하는 「일르미네이션」은 모든 사람의 마음을 퇴폐와 향락 속에 투입하게 하도록 풍부한 매력을 소유한 것이다. 거기서는 도덕과 제도는 그 주민의 「폼푸」를 단장할 수조차 없다. 촌락보다는 도회에서 도회 중에서도 허영의 무대의 중심인 곳일수록 거기는 도덕과 제도의 색채에 감염되지 않는 딴 분방한 분위기가 지배하고 있다.[110]

김기림은 "촌락보다는 도회에서 도회 중에서도 허영의 무대의 중심인 곳일수록 거기는 도덕과 제도의 색채에 감염되지 않는 딴 분방한 분위기가 지배하고 있다"고 말한다. 도무지 그 본 모습이 손에 잡히지 않고 손가락 사이로 허무하게 흘러가버리는 액체 근대이지만, 허영과 일루미네이션으로 흔들리고 있는 도회 중심은 기존의 도덕과 제도의 색채에 감염되지 않는 "분방한 분위기"가 있다. 제도와 도덕관념으로부터 해방된 이 "분방한 분위기"란 김기림이 시론에서 "프리미티브한 감성",[111] 혹은 '힘의 영웅적 약동으로서의 조야'[112]라고 말한 '원시적인 힘의 약동'과 연결되는 것이라 할 수 있다.[113] 김기림이 조심스럽게

---

110 「정조문제의 신전망」, 『전집』 6, 21~22면. (『조선일보』, 1930.9.2~9.16)
111 「시의 모더니티」, 『전집』 2, 81면.
112 「현대시의 표정」, 『전집』 2, 87면.
113 근대 문명적 요소에서 기존의 질서를 부정하고 새로운 것으로의 전환과 변화의 힘을 읽는 관점은 조선의 근대 사회에 새롭게 대두한 정조문제를 논의한 「정조문제의 신전망」의 전반적인 시선이라 할 수 있다. 이 글에서 김기림은 2~30년대 사회적 문제로 대두한 퇴폐적인 성문화와 성매매의 문제를 논의의 주제로 가져온다. 물론 이 글은 무질서한 성문화나 성매매와 같은 범죄가 끊이지 않는 도시 문명의 병폐를 문제 삼으며, 이러한 문제가 발생하는 원인을 분석하고 있는 논문이라 할 수 있다. 그러나 사회적 병폐에 대한 비판적 시선과는 달리 이러한 문제가 발생한 원인을 살피는 김기림은 그리 비판적이지 않다. 특히 김기림은 프로이트를 인용하면서 인간의 성적 욕망의 자연스러움을 주장하며 모든 인간의 진보의 시작은 바로 이러한 리비도의 결핍에서 시작된다고 말한다. "문화라고 하는 표면적 승화작용의 근저에는 사람의 피비린내 나는 산 움직임이 가로 흐르고 있다"는 것이다. 이러한 '피비린내 나는 산 움직임'인 욕망과 충동을 "일종의 울타리인 제도라는 제한"으로 규제하지 않으면 사회생

제시하는 도시의 이 새로운 가능성은 「꿈꾸는 진주여 바다로 가자」에서의 김기림이 "「페이브멘트」를 따리는 수없는 구두소리" '속에서' 어린 바다로 날아갈 "날개를 기르고 있다"고 단언한 이유라 할 수 있을 것이다. 20년대 문인들이 저편의 세계에 존재한다고 생각한 어린 바다는 마네킹을 우울하게 하는 도시 속에 있다.

그러나 문제는 모든 도시적 기호들의 의미가 고정되어 있지 않다는 것, 그래서 무엇이 가면이고 무엇이 진짜 얼굴인지 알 수 없게 되어버렸다는 것에 있을 것이다. 이러한 난관에 부딪힌 김기림이 선택한 것은 아무도 알 수 없게 된 진짜 얼굴을 향한 충동을 중지하고, 도시적 기호들이 생산해내는 수많은 가면들의 의미가 무엇인지 읽어내려는 의미 없는 시도도 중지한 채, 자연에 끊임없이 옷을 입히는 도시 기호의 존재 방식을 그대로 시적 기법으로 가져오는 것이다. "산맥의 파랑 치마짜락", "오색의 「레 - 쓰」를 수놓는 꽃", "빨래와 같은 하얀 오후", '사공의 포케트에 그려진 인천역', "바다의 비단폭", "칠흑의 비로도 휘장", "샛하얀 조끼를 입은 공중의 곡예사인 제비", "푸른 옷 입은 계절의 화석", "별의 잠옷", "구름의 치맛자락", "붉은 치맛자락을 나팔거리는 가시나무 꽃", "젖빛구름의 스카트", '플라티나 연미복을 입은 가을의 태양', "비로드처럼 눈을 부시는 새깜안 밤", '옷섶에 금단추가 반짝이는 푸록코트를 입은 하누님' 등 『태양의 풍속』에 수록된 거의 대부분

활이 불가능하다. 그러나 무질서한 리비도의 충동을 제어하기 위한 제도라는 것은 전적으로 지배자의 측에 유리하게 질서화되었고, 특히 성적 관계를 제약하는 각 시대의 혼인제도는 "지배의 안전보장과 이상화의 일도구며 방편"이었다는 것이다. 김기림은 현금의 문란한 성풍속이 인간의 본능을 억압하던 "모든 제도에 관한 신앙과 확신이 동요"하고 있다는 것을 보여주는 것이며, 현대인에게 구도덕은 "완전히 매력을 상실한 것"이라 진단한다. 그리고 인간은 원래 유동하는 성질을 속성으로 가진 것인데 이 유동하는 속성이란 "새로운 것에로 부단히 동경하고 전환하는 탄력성의 정신 현상"이라고 말한다. 「마음의 의상」의 시편에서 그를 방향상실하게 만들었던 근대의 유동성이 그대로 전환과 변화의 힘으로 호출되고 있는 것이다.

의 시편에서 패션의 이미지를 읽어볼 수 있으며, 이러한 은유형식은 그의 수필 작품에서도 쉽게 읽을 수 있다.

사물이 상품이 되면서 새롭게 형성된 도시적 질서 체계 속에서 상징은 점점 가치가 저하되고, 소월의 초혼 의식에서 시적 화자가 온 힘을 짜내 망자의 영혼을 부르는 상징적 매개체였던 옷은 도시 공간 속에서 키치적인 것으로 전락한다. 김기림의 시에서 흔히 볼 수 있는 위와 같은 시적 은유들은 상징적 기호들이 아니라 알레고리적인 물신적 색채를 띤다. 김기림에게 바다나 구름, 태양, 하늘과 같은 자연적 대상들은 '거대한 5, 6층의 빌딩'들이 늘어서 있고, 아스팔트와 콘크리트로 단정하게 정리되어 있는 경성 거리를 장식하는 장식품이자 도시가 입고 있는 옷과 같은 것이다. 이러한 성격으로서의 가장 대표적인 김기림의 이미지는 '바다' 이미지라 할 수 있다. 김기림은 도시 공간의 한복판에서 백화점의 진열대와 해수욕장 전단지와 같은 광고 이미지를 통해 바다를 몽상한다. 즉, 김기림의 시나 수필에서 '바다'는 도시 공간에서 탄생한 실체 없는 이미지 공간인 것이다. 따라서 김기림의 이러한 이미지 공간은 오직 상품의 질서 속에서만 탄생할 수 있다.

도시 공간에서 탄생하는 '바다'라는 김기림의 이미지를 「꿈꾸는 진주여 바다로 가자」와 함께 생각해본다면, 이 이미지 공간은 마네킹의 목에 걸려있는 진주목도리라는 기호가 해수욕품이라는 상품의 기표가 되기 직전의 상태를 유지하고 있는 것이라고 볼 수 있다. 다시 말해 김기림이 도시 거리를 '바다'로 변신시키고 있는 것은 상품의 의미화 과정 속으로 침투하여 쇼윈도라는 무대 위에서 몽환극을 펼치고 있는 상품 기호의 연기(演技)를 끝없이 연장하고 있는 것이라고 볼 수 있는 것이다. 보드리야르는 이러한 상태를 교환이 실현되기 전에 재화를 찬양하기 위해 행해지는 "계산된 몽환극"[114]이라 불렀다. 이렇게 본다면 김기림의 시는 진열대 위에서 도시의 기호들이 펼치고 있는 "계산된 몽환극" 위에 서 있는 상태인 셈이다.

　이를 비유적으로 말하자면, 김기림은 진열대라는 무대 위에서 "계산된 몽환극"을 연출하고 있는 상품을 밀쳐내고 그 자리를 꿰차고 앉아버린 것이라고도 할 수 있을 것이다. 보드리야르가 쇼윈도 위의 전시상태를 '계산된 몽환극'이라 부른 것은 그것이 도시 군중의 기호의 소비를 촉진시키기 때문이다. 다시 말해 소비의 주체는 기호들이다. 거리에 유행하고 있는 모자를 구입하는 행위는 모자라는 물건을 사는 것이 아니라 그 모자의 사회적 코드를 사는 것이라고 할 수 있다. 따라서 거리에서의 소비 행위는 개인적인 것이 아니라 사회적인 맥락 속에서 이루어지는 집단적인 행위이다. 도시가 이미지로 감싸여져 있다는 의미는 이러한 맥락으로 이해할 수 있을 것이다. 그런데 「꿈꾸는 진주여 바다로 가자」에서 김기림은 상품의 실재를 접하는 순간 한순간에 사라져버릴 환영과 같은 이미지를 '바다'라는 시적 이미지로 고정시켜 놓음으로써 의미생성 주체로서의 기호의 권력을 잠시나마 강탈하고 있는 것이다. 그리고 상품의 문법을 그대로 수용함으로써 김기림의 '바다'는 단지 개인적인 상상력 속에서 탄생하는 사적인 이미지가 아니라 현실과의 일정한 연결선을 담지하고 있는 집단적인 이미지가 될 수 있는 가능성을 확보한다. 즉, 김기림은 상품의 질서 자체를 비판하거나 부정하는 것이 아니라 실체 없는 기호를 끊임없이 생산하는 상품의 문법을 그대로 시적 상상력의 힘으로 전유하고 있는 것이라 할 수 있다.

　　오 – 나의 연인이여
　　너는 한 개의 「슈 – 크림」이다.
　　너는 한 잔의 「커피」이다.

---

114 J. Baudrillard, 이상률 옮김, 『소비의 사회』, 문예출판사, 1991, 278면.

너는 어쩌면 지구에서 아지 못하는 나라로

나를 끌고 가는 무지개와 같은 김의 날개를 가지고 있느냐?

나의 어깨에서 하로 동안의 모 − 든 시끄러운 의무를

나려주는 짐푸는 인부의 일을

너는 「칼리포 − 니아」의 어느 부두에서 배웠느냐?

ㅡ 「「커피」잔을 들고」 전문(43)

　　「「커피」잔을 들고」에서 김기림은 따뜻하게 김이 나는 커피잔을 들
고 "너는 어쩌면 지구에서 아지못하는 나라로 나를 끌고가는 무지개와
같은 김의 날개를 가지고 있느냐?"라고 말한다. '지구에서 알지 못하는
나라'란 바로 상품이라는 의미작용이 이루어지고 있는 '몽환극'의 무대
이며, 이러한 환상적인 이미지 공간으로 나를 데려가는 것은 오직 커
피라는 상품이다. 다시 말해 김기림은 상품 물신의 힘을 시적으로 전
유하고 있는 전략을 펼치고 있는 셈이다. 이를 통해 김기림은 잃어버
린 의미를 찾아 헤매는 우울한 시인은 절대로 보지 못할 새로운 공간
을 확보할 수 있게 된다. 그것은 바로 기호의 유동성에 의해서만 확보
될 수 있는 이미지 공간이다. 「꿈꾸는 진주여 바다로 가자」에서 김기
림이 마네킹을 데리고 가려고 했던 '어린 바다' 역시 저편 어딘가에 있
는 것이 아니라 바로 진열대 위에 있는 것이라 할 수 있다. 오직 본질을
잃어버린 상품만이 데리고 갈 수 있는 환상의 공간인 셈이다.

　　그런데 이렇게 상품 물신이 창출하는 이미지 공간을 시적 대상으로
가져온다는 것은 상품 타자에게 강탈당한 주체의 자리를 부분적으로
나마 재탈환한다는 의미이기도 하다. 적어도 상품 물신이 창출하는 이
미지 공간이 시적 대상으로 호출되고 있는 동안에는 기호의 의미작용
이 시인의 의도에 의해 변형될 수 있을 가능성을 확보하기 때문이다.

가령 「아츰 비행기」와 같은 시를 보자.

> 파랑 날개를 팔락이는 어린 비행기는
> 일요일날 아침의 유쾌한 악사올시다.
> 새벽이 새여간 뒤의 아침 하눌은 「풀라티나」의 줄을 느린 「하 ― 프」
> 그 줄을 따리면서 훌륭한 음악을 타는 「푸로펠라」는 「싸포 ―」의 손보다
> 도 더 이쁜
> 오월의 바람보다도 더 가벼운
> 새벽 하눌을 수놓는 눈송이보다도 더 흰 손의 임자
> 나의 가슴의 둔한 성벽에 물결쳐넘치는 음악의 호수
> 구름밖으로 나를 실고가는 흰 날개를 가진 너의 음악이여.
>
> ― 「아츰 비행기」 전문(75)

비행기가 하늘을 난 흔적이 그대로 "풀라티나의 줄을 느린 하프"가 되고, 비행기가 내는 기계의 소음은 김기림에게 훌륭한 음악이 되어 가슴의 둔한 성벽에 물결치는 호수를 새겨놓는다. 커피잔에서 피어오르는 '따뜻한 김'이 김기림을 '지구에서 아지 못하는 나라'로 이끌어가 듯이 비행기의 프로펠러가 만들어내는 소음은 김기림을 '구름 밖으로 싣고 가는 흰 날개'가 된다. 소월의 「시혼」에서 고독한 시인들을 위로 해주던 영혼의 악기가 김기림의 시적 세계에서는 비행기라는 근대적 사물의 형태로 재탄생된 것이다. 그러나 비행기가 하늘에 남기고 있는 이 흔적-악기는, 「기차」에서 김기림이 식당 메뉴 뒷장에 쓴 '사랑의 시'처럼 금세 지워지는 순간적인 것이다. 따라서 김기림의 악기는 소월의 '영혼의 악기'처럼 반복의 형식을 취할 수 없고, 당연히 리듬도 생성해내지 못한다. 비행기가 악기라는 기호를 감당할 수 있는 것은 오직 김기림이 비행기를 악기로 바라보는 그 순간이며, 이 순간 밖에서

비행기는 다시 다양한 질적인 시공간을 일시에 표준화해버리는 기차나 시계처럼 근대적 속도를 대변하는 기호로 다시 바뀔 것이기 때문이다. 그러나 사회적인 의미망에 사로잡혀 있는 비행기라는 기호가 적어도 「아츰 비행기」에서만큼은 시인의 악기로 변모하고 있는 것이며, 그런 점에서 「아츰 비행기」는 의미 없이 허망하게 흘러가버리는 근대적 시간의 한순간을 김기림이 탈취하여 환상적인 이미지로 새롭게 조형하고 있는 것이라 볼 수 있는 것이다. 김기림이 리듬이나 운율과 같은 시의 음악성 대신 조소성으로서의 시의 회화성을 강조하는 시론에서의 맥락을 이러한 측면으로 접근해볼 수도 있을 것이다. 유동하는 현실에 적합한 시적 방법은 바로 무의미하게 흘러가는 근대적 시간의 한순간을 탈취하여 이것을 새로운 이미지로 변형시켜보는 것과, 이러한 변형과 변형된 이미지의 의미가 유동하는 현실 속으로 사라지지 않게 선명한 이미지로 고정시켜 놓는 것이기 때문이다.

다시 말해 「아츰 비행기」는 근대적 시간 속에 위치해있는 실제 경성 하늘의 한 부분이 떨어져 나와 시인 김기림의 의식 속에서 새롭게 모자이크된 거리 풍경이라 할 수 있다. 그러나 이 환상적인 하늘 풍경 역시 비둘기의 날개를 상처 입히고 천사를 우울하게 만들었던 가짜 하늘의 형태적 변형이라는 점에서, 사람들이 서랍 속에 구겨 넣어버렸다는 '루소의 자연'(「옥상정원」)의 완전한 회복이라고 볼 수는 없다. 이것이 '흔적-악기'로서의 김기림의 악기와 '영혼의 악기'로서의 소월의 악기의 결정적인 차이라 할 것이다. 김기림에 의해 새롭게 모자이크된 경성 하늘의 풍경은 모든 것이 알레고리적인 것으로 변한 도시적 풍경을 다시 '대신' 표현하고 있는 알레고리, 다시 말해 알레고리의 알레고리인 것이다. 앞서 언급한 『태양의 풍속』 시편 전반에서 관찰할 수 있는 물신적인 시적 은유들은 '흔적-악기'의 시적 변용들이라 할 수 있다. 이를테면 「먼 들에서는」에서의 "산맥의 파랑 치마짜락"이나 "오색의

「레-쓰」를 수놓는 꽃"은 실제 산맥과 꽃밭을 파랑 치마나 아름다운 레이스로 은유하고 있는 것이 아니라 "유리의 단면을 녹아나리는 햇볕의 이슬을 담뿍 둘러쓰고서"라는 시구가 암시하듯이 이것은 진열대 위의 풍경이고, 상품이 만들어내는 가상의 이미지들이라 할 수 있다. 이렇게 김기림은 도시 공간에 새롭게 등장한 이와 같은 이미지 공간을 자신의 시적 대상으로 호출하여 새롭게 모자이크하고 있는 것이다.

이러한 점은 「아츰 비행기」에서의 김기림의 전략이 무엇인지를 좀 더 분명하게 한다. 김기림은 자연의 시간을 탈취해간 유행의 수법을 똑같이 반복하고 있는 것이다. 즉, 장식적인 시적 은유를 통해 가짜를 다른 가짜로 만들어버리는 것, 혹은 가면에 다른 가면을 덧씌우는 것, 혹은 모자이크된 가상의 이미지를 재조립하여 새로운 이미지를 생성해내는 것이다. 그리고 이것을 가능하게 하는 것은 바로 특정한 기의에 묶여있지 않는 도시 기호의 유동성이다. 이렇게 본다면 「꿈꾸는 진주여 바다로 가자」에서 김기림이 말하는 '날개'란 바로 기표의 자율성을 획득한 알레고리적인 도시적 언어라 할 수 있다. 이는 앞에서 언급한 바와 같이 김기림이 특정한 내면적 논리에 얽매여있는 표현주의자들의 예술논리를 거부하는 이유이기도 할 것이다. 김기림에게 중요한 것은 기의의 정확한 재현 혹은 표현이 아니라, 기표들의 움직임 속에서 새롭게 생성되는 기의들인 것이다. 이것이 입체파의 논리이고 김기림의 '각도'가 의미하는 바이기도 하다. 다시 말해 김기림의 시는 거대한 군사력을 바탕으로 밀고 오는 적진의 관성적인 속도를 십분 활용하는 게릴라적 전술을 펼치고 있는 셈이다. 그리고 이것은 김기림의 시론을 통해 읽을 수 있었던 '피크노렙시'로서의 시의 속도가 의미하는 바이기도 하다.[115] 그러나 근대적 시간에 맞서는 김기림의 이러한 시

---

115 '피크노렙시'란 시계로 측정할 수 있는 공간화된 시간 개념이 존재하지 않는 부재의 순간을 지칭하는 용어로, 시간의 자연스러운 흐름으로부터의 단절을 의미하며, 따라

적 방법은 게릴라적 전술이라는 비유처럼 전면적인 파괴가 아니라 순간적이고 임시방편적이다.

모든 것을 균질화하고 자신의 문법으로 통합시켜버리는 유동적인 근대 세계에 맞서 김기림이 이렇게 순간적이고 불완전한 방법을 선택한 이유를 수필 「초침」을 통해 대략 짐작해볼 수 있다. 김기림은 수필 「초침」[116]에서 도시를 산책하면서 함께 이루어지는 관찰 행위가 사실은 근대적인 시간의 리듬에 길들여진, 편견에 가득한 시선으로 이루어질 수밖에 없다는 점을 말하며, 자기의 의식과 판단을 지배하는 "초침의 관찰"에서 벗어나고 싶다는 말을 "나는 인젠 관찰하는 버릇에서 적당하게 구원을 받아야겠다"라는 표현으로 대신한 바 있다. 이는 도시의 소비 행위를 상품의 "계산된 몽환극"에 이끌린 비주체적인 타율적행위라 비판한 보드리야르의 비판적 논의와 유사한 사유 태도라 할 수 있을 것이다. 아무리 비판적 시선으로 현실을 관찰한다고 하더라도 그시선이 이미 근대라는 초자아의 지배로부터 해방되지 못한 자동적 시선이 될 수밖에 없음을 김기림은 "초침의 관찰"이라는 말로 대신하고 있는 셈이다. 이러한 "초침의 관찰"은 궁극에 있어 나의 관찰이 아니며, 관찰의 시간 역시 나의 시간이 될 수 없다. "초침의 관찰"이 지속되는 한, 그 시간은 나의 경험으로 동일화되지 못하는 허무한 시간의 흐름만이 남겨지게 된다. 단조로운 자연만이 늘어서있는 숲길의 산책이 아니라 다채로운 경험이 가능한 도시 공간에서 이루어지는 산책의 시간을 김기림이 "잔인한 시간의 흔적만이 남는 찢어진 일기장만이 휴지

서 이 순간은 다른 누구의 시간도 아닌 오직 나만의 시간이 된다. 이 순간에 나는 시계의 지배로부터 벗어나 아무런 연관성이 없어 보이는 조각난 이미지들을 모자이크하며 형태를 만들어보는 것이 가능하며, 이러한 과정에서 시계의 시간과는 독립된 새로운 시간을 경험할 수 있게 된다. 이에 대한 구체적인 논의는 이 책의 제2장 2절 참조.

116 「초침」, 『조선일보』, 1936.2.28.

통에 차가는"[117] 시간이라 표현하는 것은 근대적인 일상 공간에서 이루어지는 도시 경험이 사실은 주체성을 상실한 황폐한 시간의 허무한 흐름에 지나지 않다는 것을 말하고 싶었기 때문일 것이다.

이와 관련하여 벤야민은 넘쳐나는 정보가 오히려 공유된 경험의 부재를 양산하는 근대적인 일상 공간을 "충격 체험이 규범이 되어버린"[118]사회라 규정한 바 있다. 벤야민에 의하면 이러한 사회 속에서 이루어지는 경험은 "사람의 눈을 현혹하는 경험"[119]이며, 주위 세계와의 공감이나 관계가 불가능하여 경험의 축적이 이루어지지 않는 파편적 경험이다. 이러한 파편적 경험에는 과거의 경험의 흔적이 보존될 수 없으며, 따라서 시간은 무의미하게 지나가 버린다. 파편적 경험의 반복은 "삶의 흐름을 관조적으로 현재화 하는 일"[120]을 불가능하게 하기 때문이다. 자연의 풍요로운 시간을 강탈해버린 유행의 공허한 시간은 충격 체험이 규범이 되어버린 사회의 시간을 구성하며, 유행은 이러한 파편적 경험의 강박적인 반복을 통해 유지되는 것이라 할 수 있다. 벤야민은 특히 근대인의 이러한 허무한 경험을 가속시키는 것 중에 대표적인 것으로 신문을 거론한다. 대량의 발행 부수로 발간되는 신문이 정보의

---

117 김기림은 수필 「초침」의 마지막을 다음과 같은 시로 끝을 맺고 있다.

생활의 바다 생활의 사하라
잔인한 시간의 흔적만이 남는
찢어진 일기장만이 휴지통에 차가는 사이에
과거 속에 값없이 쌓여가는 무수한 청춘

이윽고 망각이라 부르는 그 결백한 소제부는
휴지도 청춘도 함께 쓸어가지고
역사도 모르는 무한의 바닷가에 내버릴테지

118 W. Benjamin, 황현산 옮김, 「보들레르의 몇 가지 모티프에 관하여」, 『발터 벤야민 전집』 4, 길, 2010, 190면.
119 위의 글, 182면.
120 위의 글, 183면.

형식으로 제공하는 수많은 소식들은 기억의 형식이 아니라 정보의 형식으로 개인에게 전달되며, 이 정보는 곧 또 다른 정보로 대체된다는 특징을 갖는다.

벤야민은 정보의 형식으로 소식을 전달하는 신문의 전달 형태는 신문이 매체로서의 권력을 장악하기 이전 모든 전달의 기능을 담당했던 '이야기(Erzählung)' 형태와 완전히 구별된다고 말한다. 이야기는 일어난 사건의 순수한 내용 그 자체를 전달하는 것이 아니라 사건을 바로 그 이야기를 하고 있는 보고자의 삶 속으로 침투시키는데, 그것은 그 사건을 듣는 청중에게 경험으로 함께 전해주기 위함이라는 것이다. 즉, 이야기 안에는 경험이 축적되어 있고, 시간이 축적되어 있으며, 따라서 이야기는 기억의 형식으로 전달되는 것이라 할 수 있다. 그래서 이야기에는 전달자의 '흔적'이 남아 있을 수밖에 없다.[121] 그러나 상품이 다른 상품으로 대체되듯이 하나의 정보가 다른 정보에 의해 대체되는 방식으로 허무한 시간을 경험하는, 다시 말해 충격 체험이 규범이 되어 버린 근대적 공간에서 경험의 축적을 통해 기억의 형식으로 전달되는 충만한 시간을 회복하는 것은 완전히 불가능해졌다. 이것이 모더니스트로서의 김기림이 인식하고 있는 경성 거리의 모습이다.

이런 맥락에서 생각해보자면 상품이 펼치고 있는 "계산된 몽환극"의 무대 위에서 펼쳐지는 몽상의 시간을 지속시키고, 이러한 이미지 공간에서 생성되는 꿈의 '이야기'를 주목하는 김기림의 거리 시학은 정보의 홍수 속에서 사라진 이야기꾼의 새로운 탄생을 꿈꾸는 것이라 볼 수 있을 것이다. 침실의 천정에서 흔들리고 있는 램프를 바라보며 "꿈이 우리를 마주올 때까지 우리는 서로 말을 피해가며 이 고독의 잔을 마시고 또 마시자"라는 「람푸」나 "모닥불의 붉음을 죽음보다도 더 사

---

121 위의 글, 185~186면.

랑하는 금벌레처럼 기차는 노을이 타는 서쪽 하눌 밑으로 빨려갑니다"
라고 기차가 달리는 풍경을 몽환적인 모습으로 변신시키고 있는 「기
차」, 밤 항구의 반짝이는 불빛을 "부끄럼 많은 보석장사 아가씨"가 어
둠이 깔려 자신의 얼굴을 감출 수 있게 되었을 때 "루비 싸파이어 에메
랄드" 가득한 보석 바구니를 살그머니 뒤집어 놓은 것으로 시적 상상
력을 펼치고 있는 「밤 항구」, "철도의 마크를 부친 찻잔의 두터운 입술
가에서 함경선 오백킬로의 살진 풍경을 마신다"는 「식당차」 등과 같은
아름다운 이미지로 가득한 몽환적인 시편들은, 램프와 같은 근대적 조
명기구, 기차와 같은 근대적 교통수단에 의해 새롭게 형성된 근대적
여행 풍속, 국제적인 상업 항구인 제물포 풍경이 만들어내는 '몽환극'
이라 할 수 있다. 그리고 이러한 꿈의 이야기를 그려내는 김기림은 경
험의 축적이나 기억의 형식으로 이야기를 전달하는 이야기꾼이 아니
라 광고지에 그려져 있는 상품의 이미지를 꿈의 이야기로 전환하는 '새
로운 이야기꾼'인 것이다.

여기에 '새로운'이라는 수식어를 붙인 이유는, 김기림은 벤야민이
말하는 이야기꾼처럼 먼 곳의 이야기를 전달하는 '선원-이야기꾼'이
나 한 곳에 정착하고 있는 사람이 익히 잘 알고 있는 과거의 이야기를
전달하는 '농부-이야기꾼'처럼 실제적인 삶의 재료로 짜진 이야기를
전달하는 것이 아니기 때문이다. 오랜 시간 동안 축적된 삶의 경험을
전달하는 벤야민의 이야기꾼은 고된 삶의 조언자이자 제안자이며, 실
제적 삶의 재료로 짜진 이야기는 그 자체로 지혜이다.[122] 그러나 김기
림의 시에서 이러한 삶의 지혜를 읽기란 불가능하다. 그의 시는 도시
기호의 가상적 이미지의 변형이며, 따라서 그의 시에는 실제적 삶의
재료라 할 만한 것들이 없기 때문이다. 다시 말하면 근대의 알레고리

---

[122] W. Benjamin, 반성완 옮김, 「얘기꾼과 소설가」, 『발터벤야민의 문예이론』, 민음사,
1983, 167~169면.

적인 세계에서 상징의 깊이를 상실한 김기림은 다른 공동체의 이야기를 자신의 공동체에 전달하면서 삶의 방향을 조언하는 지혜로운 이야기꾼의 능력 역시 상실했다고 할 수 있다. 이는 김기림의 시가 깊이가 없고 내면적인 고민이 부족하다고 비판받는 이유라 할 것이다. 그러나 공동체의 리듬과 같은 상징의 깊이를 상실했지만, 그는 대신 실체 없는 이미지 공간이라는 알레고리적인 넓이를 발견했다는 점을 주목할 필요가 있다. 김기림은 경험에 의지한 이야기가 아니라 매일같이 수없이 쏟아지는 정보에 의지한 이야기를 생산해내는 시인인 것이다.

이러한 이미지 공간 속에서 김기림은 상품의 정보를 상품의 이야기로 변신시킨다. 정보란 그것이 새로웠던 바로 그 순간에 이미 그 가치를 상실하는, 그래서 오직 한순간 속에서만 생명력을 갖는 것이라면, 이야기는 스스로를 완전히 소모하지 않는, 그래서 시간이 지난 후에도 여전히 다시 이야기를 펼칠 수 있는 능력을 갖고 있는 것이다.[123] 다시 말해 이야기의 본질은 '덜 말하는 것'이고, 계속해서 새롭게 해석될 수 있는 여지를 남기는 것이다. 김기림이 시론에서 강조하는 이미지의 연상이나 충돌, 혹은 콜라주나 몽타주와 같은 기법들이 지향하는 이미지의 파편성은 정보의 전달력을 방해하는 것들이며, 새로운 해석의 여지를 계속해서 남기는 것을 지향하는 것이라 할 수 있다. 김기림이 상품에게서 탈취하고 있는 몽환극의 무대는 상품이 교환되기 위해 가상적인 이미지를 증폭시키는 공간이고, 김기림은 시적 상상력과 시적 테크닉을 통하여 교환된 뒤에 사라질 이 허무한 이미지들을 포착하여 그것을 시적 대상으로 간취함으로써 근대적 속도 속에 사그라질 환영들을 아름다운 이미지로 재탄생시키고 있는 것이다. 원래의 문맥에서 한 조각을 떼어내어 새로운 맥락 속에 위치시키는 벤야민적인 '인용'[124]을

---

123 W. Benjamin, 「얘기꾼과 소설가」, 173면.
124 W. Benjamin, 최성만 옮김, 「역사의 개념에 대하여」, 『발터 벤야민 선집』 5, 길, 2008

김기림은 상품 경제 질서 속에서 펼쳐 보이고 있는 셈이다. 그의 시가 위치해 있는 이미지 공간이란 시인 개인의 상상적 공간이 아니라 상품 기호의 의미화 과정이며, 이야기를 만들어내는 몽상의 행위는 상품의 기호에 새로운 의미를 자의적으로 붙여보는 작업이라 할 수 있기 때문이다. 그리고 이러한 작업이야말로 김기림이 시론에서 말한 '가치창조자'로서의 시인의 의무이며, '언어의 경제'를 통해 "지성에 의한 감정의 정화작용"[125]을 이끌어내는 '새로운 이야기꾼'으로서의 현대의 새로운 시인의 역할이라 할 수 있을 것이다.

> 샛하얀 쪼끼를 입은 공중의 곡예사인 제비의 가족들은 어느새 그들의 긴 여행에서 돌아왔고나.
> 길가의 전선줄에서 부리는 너의 재조를 우리들은 퍽 좋아한다나.
>
> 그러고 너는 적도에서 들은 수 없는 이야기를 가지고 왔니
> 거기서는 끓는 물결이 태양에로 향하야 가슴을 헤치고 미처서 뛰논다고 하였지?
> 그늘이 깊은 곳에 무화과 열매가 익어서 아가씨의 젖가슴보다도 더 붉다고 하였지?
> 우리들은 첨하 끝에 모아서런다.
> 그러면 너는 너의 연단에 올라서서 긴 이야기를 재젤거려라.
> 밤이 되어도 너의 이야기가 끝이 없으면 은하수 아래 우리들은 모닥불을 피우런다.
>
> ― 「제비의 가족」 전문(69)

참조.
125 「현대시의 표정」, 『전집』 2, 87면.

김기림은 이러한 '새로운 이야기꾼'을 「제비의 가족」에서 "샛하얀 쪼끼를 입은 공중의 곡예사인 제비"로 표현한다. '새하얀 조끼'를 입었다는 이 제비는 「아츰 비행기」에서 "파랑 날개를 팔락이는 어린 비행기"나 「나의 소제부」에서 "산호로 판 나막신을 끌고서 구름의 층층계를 밟고 나려"온다는 '소제부 초생달', 「새날이 밝는다」의 '검은 차고의 쇠문을 박차고 뛰여나오는 병아리와 같은 전차', 「스케이팅」에서 "한 개의 환상 아웃 커 ─ 브를 그리"는 '스케이트 선수'와 다르지 않은 존재이다. 이들은 모두 "적도에서 들은 수 없는 이야기"를 전해주는 이야기꾼들이며, 상품 기호가 만들어내는 허무한 정보들을 치워버리는 '소제부'들이다. 그리고 이들은 "쇠줄을 붙잡고 나려오는 람푸"가 달린 방에서 시적 화자가 기다리고 있는 "꿈"을 이야기하는 자들이다. 이 '꿈의 세계'에서는 한시적이지만 "별들의 슬픈 시체"(「가을의 과수원」)에 지나지 않았던 과일 열매가 "아가씨의 젖가슴보다도 더 붉"은 건강한 에로티즘을 발산하며, "SOS・SOS"를 외치게 하던 '검은 바다'가 태양의 열기가 가득한 건강한 물결을 자아내게 한다. 김기림은 이러한 '새로운 이야기꾼'과 이들이 이야기하는 '꿈의 세계'를 「호텔」에서 더욱 구체적으로 그려내고 있다.

토요일의 오후면은……

사람들은
수업슨 나라의 이야기들을 담뿍 꾸겨넣은 「가방」을 드리우고 다려듭니다.
태양을 투겨올리는 인도양의 고래의 등이며
선장을 잡아먹은 식인종의 이야기며
喇嘛敎의 부처님의 찡그린 얼굴이며……

(…중략…)

단어의 거품을 비앗으며
조명의 노을 속을 헤엄처 가는
여자의 치마 짜락에서는
바다의 냄새가 납니다.

식당……
「샨데리아」의 분수밑에
사람들은 제각기
수없는 나라의 기억으로 짠
향수의 비단폭을 펴놓습니다.

「네불」 우에 늘이놓는
국어와 국어와 국어와 국어의
전람회

수염이 없는 입들이
「뿌라질」의 「커피」잔에서
푸른 수증기에 젖은
지중해의 하눌빛을 마십니다.

― 「호텔」 부분(82~83)

"수업는 나라의 이야기들을 담뿍 구겨넣은 가방"이란 해외의 진기한
이야기들이나 낯선 풍경의 사진을 가득 담고 있는 대중적인 잡지나 해
외면 기사란을 포함하고 있는 신문이 들어 있는 가방이라 생각해볼 수

있을 것이다. 이야기꾼의 입으로 전해 듣던 경험하지 못한 수많은 낯선 이야기들은 이제 잡지나 신문에 찍혀진 글자들과 사진들이 대신 전해준다. 그러나 정보의 형식으로 전해주는 잡지글이나 신문기사들은 이야기꾼처럼 감동과 감응을 이끌어내지 못한다. 신문이나 잡지의 기사들은 이야기의 내용을 전달해 주기는 하지만 이야기를 전달해주는 이야기꾼의 눈빛과 음성과 몸짓까지 글자 속에 녹여내지는 못하기 때문이다. 그래서 자신의 삶으로 동화되지 못한 수많은 정보들은 다시 또 다른 신기한 소식으로 대체되어 사람들의 기억 속으로 축적되지 못한 채 사라지고 만다. 청자에서 독자로 그 성격이 변한 사람들은 이야기꾼의 연극적 몸짓을 그 스스로 수행하지 않으면 안 되게 된 것이다. 이것이 "토요일 오후면" 가방에 신문 잡지들을 "담뿍 꾸겨넣"고 호텔의 식당, 혹은 카페로 달려오는 이유라 할 것이다. 이곳은 삶의 의미를 축적할 수 없게 하는 "잔인한 시간의 흔적"으로서의 근대적 일상 공간으로부터 잠시 탈출하게 하는, 세계 속에 위치한 외부 공간이며, 몽상을 통하여 기계적인 시계의 시간이 만들어내는 속도를 조작할 수 있게 하는 공간이라 할 수 있다. 이곳에서 사람들은 샹데리아의 불빛이 분수처럼 떨어지는 테이블 위로 "수없는 나라의 기억으로 짠 향수의 비단폭을" 펼쳐놓는다. 신문과 잡지의 정보들을 '기억'으로 변신시키는 것은 바로 정보를 전달해주고 있는 "단어의 거품"을 비웃으며,[126] 식당의 조명이 만들어내는 노을과 같은 풍경 속에서 이루어지는 독자들의 몽상이다.

끊임없이 가짜 이미지들을 생산하는 카페에서의 이러한 몽상은 "잔인한 시간의 흔적"만을 남기고 사라지는 허망한 근대적 시간에 대한 반기이자, 직선적인 시계의 속도를 분해하는 '곡선적 시간'의 경험이다. 김기림은 이러한 시적 경험을 해방 후 발표된 『문학개론』과 『문장

---

[126] 시 본문의 '비앗으며'의 해독이 정확하지 않다. 시의 문맥을 바탕으로 판단하기에 '비웃으며', 혹은 '빼앗으며' 정도의 뜻으로 해석 가능하지 않을까 추측된다.

론 신강』에서 "경이의 추구"라는 표현으로 대신한 바 있다. 김기림은 "새로운 경이를 발견하려는"[127] 문학적 욕구를 근대 사회의 모순의 성장과 분열 속에서 마멸되어가는 신경과 불안한 정신이 애써 갈망하고 추구하는 모색의 발로라 주장하며 "제1차 대전 후의 불란서 문단에서 유행하던 이른바 「도망문학」이라는 것은 행동으로써 작가가 열대 지방과 같은 곳을 실제로 찾아가고 문학 속에 그러한 소재와 정신을 고취하였던 것"[128]이라 말한다.

이처럼 김기림은 군중의 시선을 현혹하고 그들을 공각화시키는 상품의 질서를 완전히 부정하지 않는다. 오히려 그의 시는 상품적 기호에서 출발한다. 일상생활에서 유통되고 있는 기호가 만들어내는 의미화 과정을 포착하여 그것을 조작하고 변형하는 것을 시의 목적으로 삼았기 때문이다. 그런 점에서 상품이 있고, 광고가 있고, 몽상이 가능하고, 그 몽상을 소통할 동료가 있는 경성의 카페는 김기림에게 아주 중요한 공간이라 할 수 있다. 실제로 김기림은 「오후와 무명작가들」에서 자신의 오랜 宿案 중의 하나가 "극단으로 첨예한 근대식 끽다점"[129]을 시작하는 것이라고 말하기도 한다. 특히 하얀 종이에다 시를 쓰는 것이 아니라 「기차」나 수필 「도시풍경 1・2」를 통해 반복적으로 노출되고 있는 식당 메뉴 뒷장에다 시를 쓰는 김기림의 모습은 자신이 지향하는 시인의 초상 그 자체라 할 수 있다.

---

127 『문학개론』(『전집』 3), 16면.
128 『문학개론』(『전집』 3), 18면.
129 김기림, 「오후와 무명작가들—일기첩에서」, 『전집』 6, 198면.(『조선일보』, 1930.4.28)

3) 『시와소설』로 읽어본 거리 시인의 세 얼굴

- 섬약한 예술가, 소제부, 파괴자

근대에 대한 김기림의 태도가 양가적이라 규정되고, 또 언제나 이상의 모더니즘보다는 그 평가가 부정적인 이유는 그가 거리를 폐허로 만들어버리는 이상처럼 근대적 질서 체계의 무화가 아니라 식당 메뉴 뒷장에다 시를 쓰는 '변형'이라는 방법을 선택했기 때문일지도 모른다. 그리고 정지용의 시에 비해 김기림의 시가 시적 완성도가 떨어진다는 비판을 받는 이유 역시 김기림이 전면적으로 부정한 상징의 깊이를 정지용은 여전히 유지할 수 있었기 때문일지도 모른다. 정지용의 이러한 시적 세계는 김기림이 그를 모더니스트인 동시에 서정 시인으로 읽는 이유에 대한 근거라고도 할 수 있을 것이다. 이러한 세 명의 모더니스트 시인이 유동하는 현실에 대응하는 방식의 차이는 구인회 동인지 『시와 소설』(1936)이라는 동일한 지면에 경성 거리라는 동일한 소재를 대상으로 하여 발표된 「유선애상」과 「제야」, 그리고 「가외가전」을 통해서도 읽어볼 수 있다.

「카페 프란스」에서 정지용은 카페의 도시적 풍경 속에서 혼자서 가만히 차가운 "대리석 테이블"[130]에 뺨을 대며 그 차단한 느낌에 슬퍼한다. 그리고 이 차단된 감각에서 오는 슬픔을 위로받고 싶은 정지용은 "이국종 강아지"에게 자기 발을 빨아달라고 부탁한다. 정지용을 감싸고 있는 카페의 풍경은 「에틀란제 제일과」에서 김기림을 당혹스럽게 하던 경성 거리의 풍경과 크게 다르지 않다. "옮겨다 심은 종려나무"이나 "빗두루 슨 장명등"과 같은 시구처럼 카페공간을 장식하고 있는 모든 것들은 제자리에 확실하게 서지 못한 채 모두 남의 자리에 불안하

---

130 정지용, 「카페 프란스」, 『정지용 전집』 1, 민음사, 1998, 16면.

게 서 있는 듯한 이미지를 풍기고, 비 내리는 아스팔트 위에 비춰진 '카페 프란스'는 빗물의 움직임에 따라 흐느적거린다. 어떠한 정신적 교감도 하지 못하는 「찡그린 도시 풍경」의 공각화된 군중처럼 카페 프란스의 사람들은 시적 화자와 어떤 정신적 유대도 형성하지 못한다. 이는 시적 화자 역시 마찬가지인데, 그의 눈에는 '루바쉬카'나 '보헤미안 넥타이'만 보이기 때문이다. 이렇게 불안하게 흔들리는 근대적 카페 풍경 속에서 차가운 "대리석 테이블"에 가만히 뺨을 대보는 정지용의 심적 상태는 「파선」에서 노점에서 산 林檎의 껍질을 "와락와락" 벗기는 김기림의 심적 상태와 크게 다르지 않다. 세계의 비애를 지배하고 천상의 아름다움으로 구원을 찾던 위대한 낭만주의 시인 바이런처럼 시를 짓지 못하는 자신의 참담한 모습에 김기림은 "차라리 노점에서 林檎을 사서 와락와락 껍질을 벗"기고 싶다고 말한다. 모든 것이 실체 없는 이미지처럼 유동하고 있는 세계 속에서 피곤해진 정지용과 김기림은 분명하게 감각할 수 있는 어떤 대상을 찾아 헤매고 있는 것이다. 정지용이 "이국종 강아지"에게 발을 빨아달라고 부탁하는 장면 역시 "대리석 테이블"에 뺨을 갖다 대는 심정의 반복이라 할 것이다.

김기림과 정지용의 시세계가 갈라지는 지점은 바로 이곳이라 할 수 있다. 김기림이 이러한 상실의 회복은 불가능하다고 간주해버리는 반면, 정지용은 「향수」와 같은 시가 형상화하고 있는 잃어버렸다고 생각하는 이상적 세계를 끊임없이 상상하는 것이다. 그런 점에서 「카페 프란스」의 "대리석 테이블"은 「향수」가 그리고 있는 이상적 세계와 카페라는 근대적 공간 사이를 차단하고 있는 벽인 동시에 정지용이 「향수」의 세계를 잊지 못하게 하는 유일한 정신적 연결고리를 상징하는 것이라 볼 수 있다. 정지용의 이러한 태도는 특히 「유선애상」을 통해서 보다 분명하게 나타난다. 「유선애상」에 대한 한 연구는 이 시가 근대인의 신경증이 시 텍스트 속에 최초로 문자화되어 표출된 작품이라 말한다. 즉, 「유선애상」의 해체적인 이미지들은 풍경의 과도한 대량생산과 과도한 소비가 일어나는 근대적 시공간에서 극도로 예민해진 섬약한 예술가의 파탄난 정신이 그대로 노출된 것이며, 이 시편의 한 축을 담당하고 있는 슬픔의 정조는 바로 속도를 본질로 하는 근대적 삶의 무의미함과 허망함에 대한 애도의 표출인 것이다.[131]

이러한 우울의 감정은 「카페 프란스」에서 정지용이 차가운 대리석 테이블에 뺨을 대며 슬퍼하는 모습과 이어진다. 중요한 것은 정지용이 도무지 형체를 알아볼 수 없을 정도로 해체해놓고 있는 이 시편에서 악기를 연상할만한 이미지들, 이를테면 "생김생김이 피아노보담 낫다"라든가 "허술히도 반음키가 하나 남었더라"와 같은 이미지들을 희미하게 노출시키고 있다는 점이다. 그러나 그것은 "허리가 모조리 가느래지도록" 온힘을 다해 선율을 만들어보지만, "꽥 - 꽥 -"거리는 쇳소리만 나올 뿐이다. 그런데 유선형의 정지용의 악기가 이 선율을 만들어내는 이유는 "상장을 두른 표정을 그만하"기 위해서다. 다시 말해 근대적 애수로부터 벗어나려는 몸부림인 셈이다. 그런 점에서 정지용의 이 악기는 소월이 「시혼」에서 언급한 "반향과 공명을 항상 니저바리지 안는 악기"[132]와 같은 것이라 할 수 있다. 다만 정지용의 악기는 의미가 허망하게 사라져버리는 근대의 시공간 속에서 그만 자기의 아름다운 목소리를 잃어버린 악기일 뿐이다.[133]

그러나 정지용에게 소음처럼만 들리는 이 쇳소리가 김기림에게는

---

131 신범순, 「정지용 시와 기행산문에 대한 연구-혈통의 나무와 덕 혹은 존재의 평정을 향한 여행」, 『한국현대문학연구』 9집, 2001.6, 200~207면 참조.

132 김소월, 「시혼」, 『김소월전집』, 499면.

133 이러한 점은 정지용이 구인회 동인인 이상이나 김기림보다는 시문학과 동인인 김영랑과 박용철과 더 깊은 정신적 유대를 가질 수밖에 없는 이유이기도 할 것이다. 박태원과 김기림이 이상을 회고하는 수필을 통해 이상을 그리워하듯이, 정지용은 「서왕록」을 통해 김영랑과 함께 죽은 박용철을 그리워한다.(「서왕록」, 『정지용전집』 2, 169~173면)

훌륭한 음악이 되고, 정지용의 망가진 악기가 김기림에게는 '흔적-악기'로 재탄생되고 있는 것이다. 이렇게 김기림에게 이상적 세계는 정지용처럼 '차가운 대리석 테이블' 너머에 있는 것이 아니라 의미 없이 「아츰 비행기」처럼 빠른 속도로 지나가버리는 근대적 시간 속에서 섬광과도 같은 순간으로 시인의 의식 속에서 피어나는 것이며, 이것조차 오직 이미지로서만 붙잡을 수 있는 가상적인 것이다. 도시에 진짜는 없다. 김기림의 「제야」가 보여주고 있는 것은 온통 이미지로 둘러싸인 도시 거리의 풍경이다.

> 광화문 네거리에 눈이 오신다.
> 꾸겨진 중절모가 산고모가 「베레」가 조바위가 사각모가 「샷포」가
> 모자 모자 모자가 중대가리 고치머리가 흘러간다.
>
> 거지아히들이 감기의 위험을 열거한
> 노랑빛 독한 광고지를
> 군축호회와 함께 부리고 갔다.
>
> 전차들이 주린상어처럼
> 살기 띤 눈을 부르뜨고
> 사람을 찾어 안개의 해저로 모여든다.
> 군축이 될 리 있나? 그런건
> 목사님조차도 믿지 않는다드라.
>
> 「마스크」를 걸고도 국민들은 감기가 무서워서
> 산소흡입기를 휴대하고 댕긴다.
> 언제부터 이 평온에 우리는 이다지 특대생처럼 익숙해 버렸을까?

영화의 역사가 이야기처럼 먼 어느 종족의 한쪼각 부스러기는

조고만한 추문에조차 쥐처럼 비겁하다.

나의 외투는 어느새 껍질처럼 내몸에 피어났구나

크지도 적지도 않고 신기하게두 꼭맞는다.

— 「제야」 부분(350)

　김기림은 눈 내리는 제야의 경성 거리를 배회하는 수많은 군중의 무리를 본다. 그러나 그는 이들을 모자, 이를테면 중절모, 산고모, 베레, 조바위, 사각모, 샷포와 같은 수많은 종류의 모자로 대신 부른다. 도시에서 인간은 그 사람의 인격으로 가늠되는 것이 아니라 그가 중절모를 쓰고 있는가, 혹은 베레모를 쓰고 있는가, 혹은 사각모를 쓰고 있는가, 혹은 조바위를 쓰고 있는가에 따라 그 사람의 정체성이 규정되며, 그런 점에서 "중대가리"나 "고치머리"와 같은 진짜 사람의 머리도 모자라는 상품과 한 치 다를 바가 없기 때문이다. 이것이 도시의 문법이다. 도시 거리에는 "감기의 위험을 열거"하고 있는 "노랑빛 독한 광고지"가 "군축호외"와 함께 날리고 있다. 이 광고가 하는 말을 그대로 믿는 도시 군중들은 마스크에다 "산소호흡기"까지 휴대하며 난리를 친다. 그러나 이 광고지에 실린 내용은 군축호외에 실린 내용의 불확실성처럼 어떠한 근거도 없는 유동하는 기호일 뿐이다. 그러나 도시 군중들은 이 불확실한 광고지에 의지하여 존재하지도 않을 수 있는 감기의 공포에 착실히 준비하며 마음의 평온을 얻는다. 확실한 것이 아무 것도 없는 이 도시는 안개가 가득 낀 것처럼 희뿌연 해저 같지만 스스로 감기에 걸린 듯이 노랗게 떠있는 광고지는 도시 군중의 확신을 더욱 강하게 심어준다. 그래서 도시가 준 외투는 "어느새 껍질처럼 내몸에 피어"난 것처럼 "크지도 적지도 않고 신기하게두 꼭 맞는다." 설사 이 외투의 가상성을 눈치채고 찢어버리려고 할라치면 남아있는 것은 "피묻은 몸둥아리"이다. 옷을 찢

은 것뿐인데 몸이 피투성이가 된 것은 도시 공간에서 옷과 몸은 구분되지 않기 때문이다. 아무리 옷을 벗고 모자를 벗고 구두를 벗어도 거리를 가득 채우고 있는 것은 "모자 모자 모자"들이고 "구두 구두 구두"들이다.

이렇게 상품의 논리가 뒤덮고 있는 경성 거리에서 더 이상 본질이나 진실과 같은 것을 찾는 것은 불가능하다고 생각하는 김기림에게 중요한 것은, 진실이나 본질의 드러냄이나 진정성이 담긴 시인의 내면의 표출과 같은 것이 아니라, 우리의 의식과 무의식을 지배하는 이 실체 없는 이미지들을 변형할 방법을 모색하는 것이며, 이러한 변형의 작업을 통해 "초침의 관찰"로부터 해방될 가능성을 탐색하는 것이다. 이 가능성을 김기림이 기호의 유동성에서 찾았다면, 이상의 방식은 바로 '망각'이었다고 할 수 있다. 이상은 「삼차각설계도」 연작시 중 한 편인 「선에관한각서 5」에서 "영원한 망각은 망각을 모두 구한다"라는 이상 특유의 어투로 표현한 바 있다.

　　연상은처녀로하라, 과거를현재로알라, 사람은옛것을새것으로아는도다, 건망이여, 영원한망각은망각을모두구한다.

　　來到할나는그때문에무의식중에사람에일치하고사람보다도빠르게나는 달아난다, 새로운미래는새로웁게있다, 사람은빠르게달아난다, 사람은광선을드디어선행하고미래에있어서과거를기대한다, 우선사람은하나의나를 맞이하라, 사람은전등형에있어서나를죽이라.

　　사람은전등형의체조기술을습득하라, 그렇지않다면사람은과거의나의파편을여하이할것인가

　　사고의파편을반추하라, 그렇지않으면새로운것은불완전하다, 연상을죽이

라, 하나를아는자는셋을아는것을하나를아는것의다음으로하는것을그만두
어라, 하나를아는것의다음은하나를아는것을할수있게하라.

　사람은한꺼번에한번을달아나라, 최대한달아나라, (…중략…) 사람은달아
난다, 빠르게달아나서영원에살고과거를애무하고과거로부터다시그과거에
산다, 동심이여, 동심이여, 충족될수없는영원의동심이여.

― 「선에관한각서 5」 부분

　이 시에서 이상은 "전등형"에서 '나'를 살해할 것을 명령한다. 따라서
이곳은 파괴의 힘이 강력하게 지휘하고 있는 곳이다. 그리고 이상은
'전등형 체조'라는 운동성을 강조하며 이 '전등형 체조'를 하지 않는다
면 "과거의 나의 조각조각"들을 어떻게 할 것이냐고 반문한다. "과거의
나의 조각조각"들은 망각되거나 기억되거나 둘 중 하나일 것이다. 그
러므로 "전등형"은 엄청난 파괴력이 있는 공간이자, 망각이 문제가 되
는 시간일 것이다. 그런데 이상은 "영원한 망각은 망각을 모두 구한다"
라고 말한다. 다시 말해 망각을 구하는 것은 망각이라는 것이다.

　'망각으로 망각을 구한다'는 이 역설은 "연상을 죽여라"라는 명령과
함께 생각해볼 필요가 있다. 연상이야말로 기억술의 한 방법이기 때문
이다. 이상은 "하나를 아는 사람은 셋을 아는 것을 하나를 아는 것의 다
음으로 하는 것을 그만 두"고, "하나를 아는 것"의 다음은 다시 "하나의
것을 아는 것"으로 하라고 한다. 전자가 가산적(可算的)이고 연속적인
방식이라면 후자는 파편적이고 순간적인 방식이다. 전자가 헤겔적인
역사인식이라면, 후자는 벤야민적 역사인식이다. 종합을 지양하는 헤
겔의 변증법과 달리 벤야민은 대립과 충돌을 극단화하면서 꿈과 깨어
남의 변증법적 체험을 통해 의식적인 세계의 시간의 연속성을 부서뜨
린다. 다시 말해 '망각으로 망각을 구한다'는 역설은 거짓 세계의 질서
를 망각하여 인간 의식의 심연에서 부유하고 있는 기억의 조각들(망각)

을 구한다는 말로 대신할 수 있을 것이다. 전자의 망각은 의식적인 세계의 시간적 연속성을 망각하는 행위이고, 후자의 망각은 무의식의 저 밑바닥에서 기억되지 못한 채 부유하고 있는 잊힌 기억들이다.

『시와소설』에 발표된 이상의 「가외가전」에서는 이렇게 망각된 것들로서의 타자의 공간, 무의식의 공간, 근대적 도시에서 밀려나간 거리 밖의 거리가 시적 대상으로 호출되고 있다. '전'이라는 이야기체의 형식을 빌려왔으나, 서술은 해체되고 파편화된 이미지들로만 가득하다. 보들레르가 19세기 파리의 거리를 산책하면서 사유했던 바로 그 폐허이다. 이 거리 밖의 거리에 있는 것은 모두 "방대한 방"에서 쓸어 담은 쓰레기이고, 병법의 천재 '손자'가 탑재한 객차도 피해버리는 속수무책의 폐허이며, 쓰레기투성이의 폐허 속에서 "번식한 거짓천사"들이 온 하늘을 가리고 있어 "방대한 방"은 속으로 곪아서 열통을 앓는다. 이렇게 이상은 시간을 파편화하여 지속되는 무의미한 시간의 흐름을 정지시키고, 서늘한 응시로 거짓된 질서의 허위를 폭로하고 있다. 다시 말해 이상의 망각은 마조히즘적인 자기파괴를 통해 근대의 시간 자체를 폭파하고 해체하여 거리를 폐허로 만드는 시적 방법론이라 할 수 있다.

그러나 김기림의 방법은 이상과 같이 강렬하지 않다. 이상의 망각이 도시 거리 자체를 폐허로 만들어 근대적 질서 자체를 무화시킨다면, 김기림은 가면을 쓰고 있는 도시 거리에 끊임없이 새로운 가면을 씌움으로써 근대적 질서를 교란한다. 이상이 '파괴자'라면 김기림은 도시 거리를 정리 정돈하여 새로운 풍경을 만들어내는 '소제부'이다. 그런 점에서 김기림 연구에서 그다지 주목받지 못한 「장식」이라는 시는 중요하다. 「스케이팅」이 김기림의 속도의 시학을 이미지로 그리고 있는 메타시라면 「장식」은 김기림의 거리 시학을 그리고 있는 메타시라 할 수 있기 때문이다.

六월의 볕은 「녹아 나리는 금붕어 떼」
六월의 볕은 금속성의 지느러미를 가진 금붕어떼
六월의 볕은 분렬식의 아츰이다
六월의 볕은 사상의 종점이다
六월의 볕은 열대의 숨을 쉰다
六월의 볕은 찢어진 심장 정열의 폭포
백혈구의 분무(噴霧)

— 「장식」 부분(328~329)

　"유월의 볕"은 그 형체가 분명하지 않는 "녹아 나리는 금붕어 떼"였
다가 "금속성의 지느러미를 가진 금붕어 떼"로 변하기도 하고, 여기서
더욱 그 형체가 기하학적으로 변해서 "분렬식"의 형상을 취하기도 한
다. 이렇게 수시로 다른 형상을 취하고 있지만 이 모든 형상은 "유월의
볕"의 본래의 모습은 아니다. 이 모든 이미지들은 "유월의 볕"을 대신
말해주고 있을 뿐이다. 그런 점에서 이 "유월의 볕"은 「우울한 천사」에
서 우울한 천사를 더욱 우울하게 만든 '아름다운 상아빛의 해안에 금빛
기름을 부어놓는 아침 햇살'과도 같은 것이다. 그러나 이러한 "유월의
볕"의 본질과는 아무런 상관없는 수많은 이미지들의 끝없는 병치는 이
가상의 "유월의 볕"을 더욱 찬란하게 만든다. 근대 세계에서 기호의 유
동성을 멈출 수 있는 방법은 없다. 대신 근대 세계의 유동성의 힘을 탈
취하여 "유월의 볕"을 더욱 뜨거운 빛으로 만들어 "열대의 숨"을 쉬게
하자. 모든 것이 가면일 뿐이라면 그것이 "무엇인가"[134]라는 관념적인
태도는 중지하자("사상의 종점"). 시적 상상력으로 가면을 창조하자. 그
래서 이 창조된 가면으로 이전의 가면을 지워버리자("백혈구의 분무").

---

134 「관념결별」, 『전집』 1, 326면.

이것이 「장식」을 통해 김기림이 말하고자 하는 것이며, "무지한 검은 액체" 속에서 해도를 펴들게조차 하지 못하게 하는 암흑의 바다를 명랑하게 만드는 방법이자, 그가 시론 「시의 모더니티」에서 강조한 "이미지의 엑시타시"[135]가 의미하는 바라 할 것이다.

---

[135] 「시의 모더니티」, 『전집』 2, 80면.

제4장

모자이크의 시적 기술과 김기림 시학의 매체성

---

1. 김기림의 명랑성과 『기상도』의 모자이크 기술

1) 김기림의 은유론과 휴머니즘

김기림의 거리 시학은 사랑이나 영혼과 같은 형이상학적인 세계와 관계 맺던 기존의 문학적 세계가 신문이나 잡지가 생산하는 방대한 정보와 교통과 통신 매체가 생산하는 속도에 노출된 근대적 도시 공간과 새롭게 관계 맺게 되었을 때, 정보와 속도에 의해 생산되는 사회적 담론 체계 속에서 유동할 수밖에 없는 환경에 노출된 시인들이 이러한 현실에 맞서 어떻게 변화해야하는가를 탐색하고 있는 것이라 할 수 있다. 김기림이 바라보는 30년대 경성 거리는 자본주의적인 상품 경제 속에서 끊임없이 생산되고 또 소비되어 없어지는 기호들에 의해 주체의 자리를 빼앗긴 세계였다. 또한 수필 「초침」에서의 "초침의 관찰"이라는 김기림의 표현이 말해주듯이, 허망하게 지나가버림으로써 기억으로 축적되지 못하는 직선적 시간에 감싸여져 있는 근대적 생활공간은 점점 사막처럼 황폐하게 메말라가는 곳이었다. 이러한 황폐한 근대적 환경을 수많은 시인들이 저항하고 비판했으며, 그들만의 시적 상상력을 통해 잃어버린 진정성을 회복하려 했다는 점은 굳이 되짚어 말할 필요가 없을 것이다.

그러나 김기림은 잃어버렸다고 생각되는 진정성의 회복과 같은 것에는 크게 관심이 없다. 김기림의 특이성은 바로 여기에 있다. 소월을 비롯한 20년대 문학의 거대한 정신사적 흐름인 슬픔과 그리고 그 슬픔에서 뿜어져 나오는 사랑의 파토스를 한낱 감상주의로 비판해버리는 그의 태도에서 읽을 수 있듯이 김기림은 '나'라는 존재의 진정한 의미를 확인시켜줄 대상을 찾는 감정의 움직임을 중지시켜버린다. 대신 그는 나를 점점 '공각화'시키는 황폐한 자본주의 환경과 그 환경이 생산하는 속도로 그 시선의 방향을 돌려놓는다. '근대도시의 스펙타클에 매혹된 채 자본주의적 문명과 기술을 열렬히 예찬한다'[1]는 김기림 모더니즘에 대한 기존 연구의 비판적 견해가 말해주듯이 김기림은 분명 자신들의 환경을 황폐하게 하는 근대적 자본주의 환경을 거부하지 않는다. 오히려 그는 그러한 환경에 저항한다기보다는 매혹당하고, 또 그것을 향유하는 시인이다. 그러한 환경에 저항한다기보다는 매혹당하고, 또 그것을 향유하기까지 하는 시인이 김기림이라 할 수 있다. 당대 현실에 대한 역사적 인식보다는 서구 문명에 대한 낭만적 동경이 강하다거나,[2] 당대 식민지 조선의 현실적 문제와 정면으로 대결하려는 비판적 · 도덕적 성찰의 노력 없이 그저 새롭게 도래한 것을 위주로

---

1 나희덕, 앞의 글, 88면.
2 이명찬, 앞의 책, 144~145면.

해서 그 새로운 것의 감각적 단면만을 즐겁게 수용하려는 편벽성이 나타난다는[3] 등의 비판은 근대 기술 문명을 적대시하지 않는 그의 태도에서 비롯된 것이라 할 수 있다.

그러나 김기림이 카프 작가들처럼 적극적인 문명 비판의 자세를 취하고 있는 것처럼 보이지 않는 것은 김기림에게 자본주의 현실 세계는 고정된 것이 아니라 끊임없이 움직이는 유동체로서의 상대적인 세계였고, 시인 역시 끊임없이 유동하는 이러한 상대적인 세계를 객관적으로 대상화할 수 있는 존재가 아니라 세계의 움직임에 한없이 흔들릴 수밖에 없는 불안정한 존재로 인식했기 때문이다. 다시 말해 김기림에게 시인은 "시대와 사회의 유동상의 복판에서 자기의 위치를 의식"[4]해야 하고, 또 의식할 수밖에 없는 존재인 것이다. 김기림이 카프 시인들을 '소아병자'로 비판하고 이들이 공식주의에 의거하여 모든 것을 재단한다고 비판했던 것은 이러한 맥락에 놓여있다. 세계와 주체 사이에 놓여있어 세계를 객관적으로 인식할 수 있게 하던 '저만치'라는 거리는 어느새 사라져버렸고, 현실은 카멜레온처럼 가면을 바꿔 쓰듯이 끊임없이 유동하고 움직이면서 도시 공간에서 살아가는 인간들의 의식을 지배하고 조종하고 있는데, 리얼리스트들은 이러한 현실의 움직임을 보는 대신에 수많은 현실적 모순의 일면만을 현실의 전부라 간주하고 그것을 재현함으로써 이 모순을 보지 못하는 민중들을 계몽하려는 태도를 취하고 있다고 김기림은 비판하고 있었던 것이다.

김기림이 「모더니즘의 역사적 위치」에서 이상을 두고 "모더니즘의 초극이라는 이 심각한 운명을 한몸에 구현한 비극의 담당자"[5]라고 하며 그를 '최후의 모더니스트'라고 부른 것은, 근대라는 초자아의 지배

3　한상규, 앞의 글, 62면.
4　「신춘의 조선시단」, 『전집』 2, 360면.
5　「모더니즘의 역사적 위치」, 『전집』 2, 58면.

를 받고 있는 온몸을 스스로 파편화함으로써 거리를 폐허로 만들었던 이상의 방법만이 이미 자본이 주인이 된 유동하는 근대 세계로부터 완전히 초극할 수 있는 방법이라 여겼기 때문일 것이다. 주체와 대상 간의 '저만치'의 거리가 사라진 유동하는 근대를 완전히 초극할 수 있는 방법은 마조히즘적인 자살 이외에는 없다. 다시 말해 김기림에게 근대라는 세계는 모든 것이 관계적인 것으로 변하여 다만 움직임만이 남아있는 환영과도 같은 것이며, 모든 것의 판단 기준으로서 세계를 표상하고 재현하던 근대적 주체에게서 주체의 권력을 앗아감으로써, 내가 보고 내가 인식하고 있는 대상이 사실은 나의 주체적 판단의 결과물이 아니게 하는 유동체로서의 세계였다고 할 수 있다.

　이러한 유동하는 세계에 김기림이 문학을 맞세우는 방법은, 유동하는 세계로의 침투를 통하여 우리의 의식을 지배하는 이미지와 일정한 담론적 질서 속에서 끊임없이 생산되는 이미지들의 의미들을 변형해 봄으로써, 그것의 질서가 만들어내는 가치들에 새로운 의미를 부여해 보는 가치창조자로서의 시인의 능력을 발휘하는 것이다. 근대의 허무한 시간의 흐름을 가속화하는 기차나 비행기와 같은 근대적 기호에 병아리나 악기와 같은 산뜻한 시적 은유의 옷을 새롭게 입히는 김기림의 시적 상상력은 단순한 장식적 수사도 아니며, '근대도시의 스펙타클에 매혹된 채 자본주의적 문명과 기술을 열렬히 예찬한다'라는 말로도 설명될 수 없는 것이다. 김기림에게 중요한 것은 자본주의의 기술 문명 그 자체가 아니라 그것을 어떻게 재빨리 예술적으로 변형할 것인가에 놓여있기 때문이다. 이는 김기림이 현대시인은 "언어의 경제"[6]를 민감하게 생각하는 존재라 규정하고, "말을 통제하는 일"을 "시작에 있어서 가장 진보적인 또 가장 근본적인 준비"[7]로 생각하는 이유이다. 즉, 김

6 「현대시의 표정」, 『전집』 2, 87면.
7 「속 오전의 시론―말의 의미」, 『전집』 2, 191면.

기림은 내면의 깊이와 그러한 깊이에서 탐색되는 진정성을 추구하고 그것의 의미를 진지하게 탐구하는 시인이라기보다는 새로운 사건들과 단편적인 정보들이 무한하게 쏟아지는 속도의 세계에서 주어진 자료들을 어떻게 변용하고 조작해볼 것인가에 관심을 갖고 있는 시인이었다고 할 수 있다.[8]

중요한 것은 이러한 '변형', 즉, 현실을 데포르마시옹하는 시적 상상력이 자본주의 기술 문명에서 배태된 자기 파괴력을 바탕으로 하고 있는 것이라는 점이다. 김기림에게 근대라는 세계는 주체를 한없이 쪼그라들게 만드는 것인 동시에 수시로 그 형태를 파괴하고 교체하는 자기 파괴적인 성향을 보여주는 것으로 인식되었다. 김기림의 고민은 바로 이러한 근대의 진취적인 자기 파괴력을 어떻게 예술적으로, 혹은 시적으

---

8 김기림의 이러한 점을 주목한 이로는 신범순과 조영복이 있다. 이들은 공통적으로 김기림이 신문기자였다는 전기적 사실에 착목하여 신문의 정보 생산 방식과 신문지면의 배치의 기술이 김기림 시학에서 어떤 영향을 주고 있는지에 대해 주목한다. 신범순은 "속도와 시간이 강박관념, 미시적인 촉수로서 그리고 정보를 빠르게 유통시키는 매체로서의 말(언어), 끊임없이 편집되고 구성되며 무한하게 변모되는 정보 세계의 환상과 환멸, 피로 등의 그의 시들 속에 흩어져 있다. 그의 시들은 그가 몸을 담고 있던 신문이란 정보매체의 장 속에서 탄생한 것이다"라고 김기림의 특성을 분석하고 있고, 조영복은 맥루한의 논의를 참조하여 김기림을 '서적지향형 인간'에 대비되는 '신문지향형 인간'으로 규정한다.(신범순, 「신문매체와 백화점의 시학」, 『시와 사상』, 2002 겨울; 조영복, 「서적형 인간에서 신문형 인간으로」, 앞의 책, 2007) 앞으로 논의하겠지만 이러한 '신문지향형 인간'에게는 '서적지향형 인간'에게서 발현되는 언어의 진지함을 찾을 수 없다. 이러한 인간들에게는 '창조적인 내면성의 깊이' 대신 쏟아지는 정보와 이미지들을 재빨리 수용하여 이것을 조작하고 변형하는 '기술'이 강조되며 시인의 창조성은 이러한 기술을 통해 발현되는 것이라 할 수 있다. 또한 시인 고유의 천재적인 창조성과 창조적인 예술 정신을 강조하는 대신 주어진 자료를 데포르마시옹하는 재기가 강조되므로 이러한 시인들에게는 '모방'이라는 측면이 윤리적 층위에서 비판받는 요소가 되지 못한다. 즉, 해롤드 블룸이 말하는 '시적 영향에 대한 불안'이 크게 작용하지 않는다는 것이다.(H. Bloom, 윤호병 옮김, 『시적 영향에 대한 불안』, 고려원, 1991) 이러한 점은 김기림이 시인이 다른 시인을 '모방'하는 행위를 가치 절하하는 풍토를 비판하고 있는 점을 통해서도 읽을 수 있다. 「신춘의 조선시단」에서 김기림은 오장환에게서 장콕토의 에스프리를 느낄 수 있다고 평가하면서 영국 빅토리아조의 낭만주의 시인 "부라우닝의 모방"과 초현실주의자 "브르통의 모방"은 같은 맥락에서 이해될 수 없다고 말한다.(「신춘의 조선시단」, 『전집』 2, 362면)

로 운용할 수 있을 것인가에 놓여있었던 것이라 할 수 있다. 김기림이 시론에서 자주 언급하고 있는 미래파 예술이나 보티시즘으로 불리는 파운드의 전위적인 이미지즘은 기계문명의 파괴적 속도의 미학적 수용이라 할 수 있다. 또한 김기림이 자신의 시론에서 시적 테크닉을 강조하고 세계를 고정화하고 질서화하는 리듬 대신에, 세계의 파편성을 표현할 수 있는 이미지를 시적 본질로 대체하며 언어의 결합과 이미지의 배치를 강조하는 것은, 유동성이라는 근대의 파괴력을 시적으로 전유하여 유동하는 현실에 문학을 맞세우고자 하는 시인의 예술적 대응인 셈이다.

김기림에게 언어라고 하는 것은 진실을 드러내고 그것을 재현하는 도구가 아니라 오히려 "끝없는 오류의 근원"이다. 그는 "한 사람의 입을 통하여 나오는 같은 말이 그 시간의 차이로부터 의미가 달라지는 극단의 예조차 발견한다"[9]라고 생각하는 존재이다. 내가 현실의 모순은 여기에서 비롯된다고 판단하고 그것을 재현해내는 순간, 현실은 시간의 차이에 의해 새로운 얼굴을 하고 있는 곳이 바로 유동하는 현실의 모습인 것이다. 현실을 이렇게 상대주의적인 관점으로 인식할 때, 진정성의 발견과 같은 고된 작업은 아무런 힘도 발휘되지 못한다. 「우울한 천사」의 시편이 보여주는 것처럼 유동하는 현실 속에서는 이것이 진짜라고 생각한 순간 그것이 어느새 가짜로 변해버리는 허무한 경험만이 반복될 뿐이며, 이러한 경험의 반복은 권태의 감정을 일으킨다. 근대 세계에서 상실의 경험에서 비롯되는 감정인 멜랑콜리의 또 다른 얼굴이 권태로움인 것은 이 때문이다.

김기림이 『태양의 풍속』의 서문과 「오전의 시론」에서 강조하는 '명랑성'이란 바로 이러한 슬픔과 권태의 경험으로부터의 해방을 의미한다. 즉, 진실이나 본질과 같은 관념적인 형이상학적인 세계와 관계하

---

9 「신춘의 조선시단」, 『전집』 2, 363면.

는 상징적 언어가 아니라 이러한 것들과의 연결고리가 끊어져 재현의 의무로부터 해방된 기호 언어의 세계로의 전환을 통해 근대적 질서와 체계가 생산해내는 의미들을 변형함으로써 유동하는 현실에 빼앗긴 주체의 자리를 한시적으로 되찾으려는 시도를 감행하는 것이며, 이를 통해 "충격 체험이 규범이 되어버린"[10]사회에 경이의 감정을 되살리려는 의도인 것이다. 이러한 점은 김기림이 해방 후에 발표한 『문장론신강』에서 은유를 설명하는 방식을 통해서도 읽을 수 있다.

　리차즈의 은유론을 적극적으로 수용하고 있는 김기림의 은유론의 가장 큰 특징은 김기림이 은유를 "두 대립된 계열의 호상작용(Interaction)에서 오는 새로운 관계"[11]로 이해한다는 점이다. 아리스토텔레스와 퀸틸리아누스 이래 은유라는 수사법은 일반적으로 '말의 전이'라는 맥락 속에서 이해되어 왔다고 할 수 있다. 그리고 아리스토텔레스에 따르면 이 전이는 '유사성(analogy)'의 규칙에 근거한다. '유사성'의 규칙에 따른 전이 방식으로서의 은유는 지금까지도 통용되는 은유에 대한 정의라 할 수 있다. 퀸틸리아누스 역시 '유사성'과 '전이'라는 동일한 맥락으로 은유를 설명하고 있기는 하지만, 독특한 점은 그에게 은유는 '결여된 것'을 다른 것을 통해 '대체'하는 방식이며, 이때 이 '대체'는 장식적인 보충이 아니라 의미론적 대체를 뜻한다는 점이다. 즉, 일종의 새로운 '문맥'에서의 의미론적 대체를 은유로 파악하는 것이 퀸틸리아누스 은유론의 특징이라 할 수 있다.[12] 이렇게 '문맥'을 강조하는 퀸틸리아누스의 은유론은 리차즈의 은유론으로 이어진다. 리차즈의 은유론의 독특한 점은 은유를 "말의 변화와 환치의 문제"로 이해하는 고전적인 은

10　W. Benjamin, 황현산 옮김, 「보들레르의 몇 가지 모티프에 관하여」, 『발터 벤야민 전집』 4, 길, 2010, 190면.
11　『문장론신강』(『전집』 4), 136면.
12　최문규, 「세계의 은유와 은유의 세계」, 『문학이론과 현실인식』, 문학동네, 2000, 36~41면 참조.

유론을 비판하면서 '사고'의 문제로 확장시킨다는 점이다. 리차즈는 은유가 "근본적으로는 '사고들' 사이의 교환과 교제, 상황(컨텍스트)간의 상호 작용"이라고 말한다.[13] 김기림은 이와 같은 리차즈의 은유론을 『문장론 신강』에서 다음과 같이 풀어쓴다.

메타포어(Metaphor)라는 말은 고대 희랍말고서는 추이, 즉 옮아가는 것을 의미하는 것으로 나타나는 말이 표면의 뜻, 즉 보통의 뜻하고는 다른 것으로 옮아간다는 뜻이다. 이리하여 말이 표면의 뜻과 다른 뜻을 벌써 나타내지 않고, 즉 의미의 이중관계가 없어지고 그 중 하나만 가리키게 될 적에는 비유의 생명은 죽어버리는 게 된다. 그러면 사람들은 또 새로운 비유를 찾아내야 한다. 시인이 제 나라 말에 이바지하는 것은 주장 이 새로운 비유의 발명이라는 부면에서다. (…중략…) 처음에는 외관상 전연 다른 두 계열의 대립에서 오는 알력, 차질의 인상이 눈에 띄었는데 다음 순간에는 그 두 다른 것들 사이에 암시된 어떤 공통성을 발견하고는 스스로 신기감 경이감에 굴복하고 마는 것이다. 리차즈는 비유구조의 이 두 계열을 갈라서 숨은 뜻 즉 A를 테너(Tenor)라고 부르고, 그것을 밀어가는 B를 비이클(Vehicle)이라고 하였다. (…중략…) 고전적 수사학의 시대에는 비유는 글을 아름답게 꾸미는 장식품이라는 생각이 오래 행해졌다. 그러나 오늘 와서는 비유는 보다 더 광범하게 한 나라 말 속에 흩어져 있다는 것, 우리가 사상이라고 부르는 것조차가 널리 비유활동에 속한다고 보고 있는 것이다. (…중략…) 중요한 것은 비유를 단순히 테너와 비이클의 기계적 결합이라고 보지 않고 그 두 대립된 계열의 호상작용(interaction)에서 오는 새로운 관계야말로 비유의 본령이라고 보는 것이다. 즉 A를 B가 대표하는 것이 아니라, A와 B의 호상작용 속에서 제3의 의미가 선명하게 떠오르는 것이다.[14]

---

13 I. A. Richards, 박우수 옮김, 『수사학의 철학』, 고려대 출판부, 2001, 88면.
14 『문장론신강』(『전집』 4), 134~137면.

"인생은 춤추는 곰 / 앵무새 같은 울음 성성이 같은 중얼거림"이라는 엘리엇의 시편 「어느 부인의 초상」의 한 구절을 예로 들며 은유를 설명하고 있는 김기림 역시 은유에 있어서 유사성이라는 측면을 고려하고 있다는 점에서 니체를 시작으로 데리다와 폴 드 만과 같은 해체주의자들의 은유론이나 프랑스 혁명 이후 말라르메 등의 유럽문학에서 나타난 은유의 절대화와 같은 유사성에 대한 거부의 측면을 강하게 강조하는 현대 은유론의 층위에 이르고 있다고 보기는 힘들다.[15] 그러나 김기림이 은유를 설명할 때, "의미의 이중관계가 없어지고 그 중 하나만 가리키게 될 적에는 비유의 생명은 죽어버리는" 것이 되고, 이러한 상황에서 죽은 은유를 버리고 새로운 은유를 찾아내야 하는 것이 시인의 임무라고 말하고 있는 장면이나, 의미의 통일적인 일치와 함께 두 계열의 대립에서 오는 알력 역시 강조하고 있다는 점, 그리고 은유의 두 요소인 테너와 비이클의 단순한 기계적 결합이 아니라 "두 대립된 계열의 호상작용에서 오는 새로운 관계"야말로 비유의 본령이라고 강조하며, 이러한 호상작용에서 생산되는 "제3의 의미"를 언급하고 있다는 점은 주목할 필요가 있다.

리차즈의 은유론을 적극 수용하고 있는 김기림의 은유론 역시, 테너와 비이클의 단순한 기계적 결합과 같은 말이나 단어에서 작용되는 수사적인 의미작용의 차원에서, 두 대립된 계열의 상호 작용에서 생산되는 '제3의 의미'에 무게 중심을 놓고 있는 사고와 문맥의 차원으로 확장된 의미화 과정의 차원으로 확장되고 있는 것이다. 김기림이 은유를 설명하는 이와 같은 방식에서 두 가지 정도를 생각해볼 수 있다. 먼저 김기림에게 시적 은유라는 것은 말의 대체나 전이에서 이루어지는 장식적인 기교나 수사의 기법이 아니라 컨텍스트적 차원에서 작동하는 사유 활동

---

15 이에 대한 자세한 내용은 최문규, 앞의 글 참조.

까지를 포함하고 있다는 점이며, 또 다른 하나는 은유에서는 유사성의 규칙과 함께 유사성에 대한 거부 혹은 극단적인 비유사성의 성격이 유지될 수 있어야 한다는 것을 김기림이 강조한다는 점이다. 사람들이 은유에서 느낄 수 있다는 "신기감 경이감"과 같은 것은 유사성과 비유사성이라는 은유의 양가적 성격이 공존할 때 발생할 수 있는 것이다.

특히 김기림의 은유론에서 읽을 수 있는 두 번째 측면은 30년대 초반에 발표된 김기림의 모더니즘 시론에서도 쉽게 발견할 수 있는데, 예기치 않은 단어들의 결합, 혹은 이질적인 것들의 충돌에서 나오는 시적 효과에 대한 강조가 이에 해당된다고 할 수 있다. 이러한 은유의 기법적 특성을 강조하는 두 번째 측면을, 수사적인 은유를 사유 활동으로 확장시키고 있는 첫 번째 측면과 함께 읽어본다면, 김기림의 은유론에는 결국 새로운 은유를 끊임없이 제시함으로써 근대 자본의 속도와 유동성 속에서 고착화되고 고정화되는 인간의 고정관념이나 특정한 이데올로기에 포획된 기호들을 분해하고 해체하려는 의도가 내포되어 있다고 할 수 있다. 이러한 점은 김기림이 시론에서 강조하는 기술을 언어세공술과 같은 장식적인 기교의 수준으로 이해해서는 안 되는 이유가 된다. 또한 김기림이 「오전의 시론」과 「감상에의 반역」의 글들에서 자주 노출시키고 있는 '전체시'라는 개념은 내용과 형식으로 나눌 수 있는 이분법적인 개념이 아니라 말 그대로 내용과 형식의 일체화, 즉 정신적인 차원에서 발휘되고 있는 기술 혹은 시적 기술의 방향을 제시해줄 수 있는 이념의 확보와 같은 맥락으로 이해해야 할 필요가 있다. 이러한 점을 특히 부각시켜 서술하고 있는 것이 「오전의 시론―돌아온 시적 감격」이다.

일찍이 보들레르는 경이라는 말을 썼다. 경이라고 함은 대상에서 항상 새로움을 발견하는 일임에 틀림없다. 그러한 의미에서 시는 항상 경이를 담고 있어야 한다 함은 옳은 말이다. (…중략…) 이렇게 발견된 한 순간의 경이는 시인의 내부에 어떤 계속적인 감격으로 자라나서 그의 예술적 형상화의 전과정을 거쳐 혈액처럼 흘러서 그것에 발랄한 생명을 부여하게 되는 것이다. 인간적 감격을 늘 그 시작 속에서 가진다고 하는 것은 기성의 모든 가치와 상식화한 관념에 대한 불만에서 끊임없이 그것의 비판에로 시인의 정신을 끌어가는 일이다. 그래서 그것은 인간의 사고의 발전에 늘 한 변혁을 준비하는 것이다. (…중략…) 시인의 정신 속에서 일어나는 관념의 부단한 파괴와 건설, 생활에서 오는 새로운 체험, 기술 영역에 있어서의 근기 있는 탐험, 이러한 일은 다만 활동하는 정신에서만 기대할 수 있는 일이다. 결국은 시적 감격이란 정신의 활동 속에 깃드는 것이라 함은 명백한 일이다. 고정된 관념, 고정된 사상, 고정된 논리, 고정된 인식, 고정된 교리의 해석에 시종하는 고정된 시 속에 있는 것은 감격이 아니고 타성이요 태만이요 죽음일 것이다. 결국에 있어서 세계를 고정한 것으로 볼 때는 거기서는 시적인 아무것도 발견하지 못할 것이다. 만약에 굳이 세계를 움직이는 것으로서 향수한다고 하면 시적 감격의 광맥이 끊어질 줄 모르고 솟아날 것이다.[16]

모든 것을 자신의 문법으로 흡수해버리고 세계를 동일화하는 유동하는 근대의 생활에서 '새로운 체험'을 가능하게 하는 것은 "대상에서 항상 새로움을 발견하는" "문학적 감격"을 통해서이며, 이러한 "문학적 감격"은 "기성의 모든 가치와 상식화한 관념에 대한 불만에서 끊임없이 그것의 비판에로 시인의 정신을 끌어가는" 것을 통해 발현된다. 그리고 이는 곧 "인간적 감격"으로 이어진다. 「오전의 시론」의 한 축을 담당하고 있는 김기림의 휴머니즘 정신은 이렇게 "새로운 것에 대한

---

16 「오전의 시론―돌아온 시적 감격」, 『전집』2, 168면.

정열"[17]이라 부를 수 있는 '문학적 혁명 정신'과 함께 발현되는 것이다. 김기림은 이렇게 중세 기독교 세계에 저항하며 불완전한 인간을 만물의 척도로 삼았던 그리스 인본주의 정신의 부활을 지향하는 르네상스 휴머니즘을 「오전의 시론」을 통해 호출하고 있는 것이다. 「고전주의와 낭만주의」에서 보다 분명하게 읽을 수 있지만, 이러한 김기림의 휴머니즘 정신은 특히 흄이나 엘리엇과 같은 영미 모더니즘 작가들의 고전주의 정신에 대한 반기라 할 수 있다. 그리고 「오전의 시론」과 「감상에의 반역」에서 읽을 수 있는 휴머니즘 논의는 김기림이 『기상도』라는 장시를 기획하고 창작하던 1935년 전후에 집중되어 있다는 점은 주목할 필요가 있다. 다시 말해 김기림의 엘리엇에 대한 비판과 『기상도』라는 장시 형식의 실험, 그리고 김기림의 휴머니즘 논의는 서로 밀접한 상관관계를 내포하고 있다는 것이다.

김기림은 「각도의 문제」에서 현대시에서 장시 형식의 필요성을 언급하는데, 이때 김기림이 장시의 모델로 가져오는 것이 밀턴의 『실낙원』과 엘리엇의 『황무지』이다.[18] 장시에 대해서는 김기림이 자주 인

---

17 위의 글, 166면.

18 엘리엇과 김기림에 대한 비교문학적 연구는 상당히 축적되어 있는 바다. 특히 김기림의 장시 『기상도』와 엘리엇의 『황무지』를 비교하는 연구는 송욱을 비롯하여 김종길과 이창배, 그리고 문덕수, 김용직 등에 의해 이루어졌으며, 최근에는 김준환이 엘리엇과 함께 엘리엇의 후세대라 할 수 있는 스티븐 스펜더를 김기림의 모더니즘 시학과 비교하는 연구를 보여준 바 있다. 특히 김준환은, 내적 통일성의 결여, 엘리엇에 대한 몰이해, 전통의식의 부재, 도덕적·정신적 태도의 부재, 현실인식의 부재 등의 이유를 들며 김기림을 비판적으로 접근하는 기존 연구의 시선을 비판하면서, 엘리엇을 수용하고 비판하는 김기림의 내적논리를 분석한다. 그는 오든이나 스펜더, 데이 루이스 등과 같은 30년대 좌파적 경향의 신세대 영미 모더니스트들에 대한 김기림의 관심을 부각시키면서 김기림이 나름의 일관된 논리 속에서 엘리엇의 시와 비평에서 읽을 수 있는 보수적인 측면을 비판하고 있다고 평가하고 있다. 김준환 외에도 스펜더와 김기림을 비교하는 연구는 김용직과 문혜원의 연구를 참조할 수 있다.(김용직, 「1930년대 김기림과 「황무지」」, 『한국현대문학연구』, 한국현대문학회, 1991; 김용직, 「한국시의 스티븐 스펜더 수용」, 『한국근대문학논고』, 서울대 출판부, 1985; 김종길, 『진실과 언어』, 일지사, 1974; 김준환, 「영미 모더니즘 시와 한국 모더니즘 시 비교연구—T. S 엘

용하고 있는 허버트 리드가 『현대시의 형식』(1932)에서 언급하고 있음을 확인할 수 있다. 이 글에서 리드는 "하나의 혹은 단순한 감정적 태도(emotional attitude)를 구체화하는 시"인 서정시와 "몇 개 혹은 많은 그러한 감정적 분위기들(emotional moods)을 인위적으로 결합하는 시"로서의 장시를 구분하면서 장시에는 이러한 다양한 감정들을 통일적으로 결합하는 "이념(idea)"을 내포한다고 설명한다.[19] 특히 리드는 장시를 규정하는 데 있어 길이는 핵심적인 개념이 될 수 없으며, 중요한 것은 장시가 '이념'에 지배된다는 것을 강조한다. 「각도의 문제」에서 장시에 대해 김기림이 말하는 "다양 속의 통일"[20]이라는 것은 이러한 맥락 속에서 이해할 수 있을 것이다.

1차 세계대전 이후 영국을 포함한 유럽의 보편적 황무지 상황을 그린 것으로 알려져 있는 『황무지』는 비선형적 서술방식, 일점원근법의 원리에서 벗어난 다면적 서술방식, 개별 이미지 혹은 장면을 구성하는 객관적 상관물의 비인과론적 결합 혹은 병치 방식, 그리고 유사한 표현법과 구어체의 사용 등과 같은 기법적 특성을 보이는 것이 특징이라 할 수 있다.[21] 김기림의 모더니즘 시론에서도 자주 언급되는, 이른바 '동시성(synchronism)'이라 통칭할 수 있는 비선형성, 다시점, 비인과성과 같은 유의 기법 추구는 파운드와 엘리엇 등의 영미 모더니즘과 유럽 전위주의 미학의 정신적 공유점을 말해준다. 이러한 점을 주목하고

리엇과 김기림」, 『비평과이론』 8권1호, 2003 봄·여름; 김준환, 「김기림의 「황무지」와 「비엔나」 읽기」, 『T. S. 엘리엇 연구』 18권 1호, 한국 T. S 엘리엇 학회, 2008; 김준환, 「스펜더가 김기림의 모더니즘에 끼친 영향 연구」, 『현대영미시연구』 12권 1호, 한국현대영미시학회, 2006; 문덕수, 『한국 모더니즘 시 연구』, 시문학사, 1981; 문혜원, 「김기림과 스티븐 스펜더의 비교문학적 고찰」, 『한국 현대시와 모더니즘』, 신구문화사, 1996; 송욱, 『시학평전』, 일조각, 1970; 이창배, 「현대 영미시가 한국의 현대시에 미친 영향」, 『한국문학연구』 3, 동국대 한국문학연구소, 1980)

19 H. Read, *Form in Modern Poetry*, London : Vision, 1957, p.62.
20 「오전의 시론 – 각도의 문제」, 『전집』 2, 170면.
21 김준환, 「김기림의 『황무지』와 『비엔나』 읽기」, 33면.

있는 옥타비오 파스는 입체파 시인 아폴리네르를 시작으로 초현실주의와 영미 모더니즘 등 유럽 전위 예술에서 살펴볼 수 있는 미학적 특성을 '동시성주의(simultaneismo)'[22]로 정의한다. 그러나 파스의 논의에 따르면 유럽 전위 예술과 영미 모더니즘에서 수용하고 있는 동시성주의는 정반대의 방향으로 진행되었는데, 유럽 전위주의자들이 시간의 연속성을 파괴하는 것으로 역사적 시간을 시에서 추방시키기 위해 동시성주의를 이용했다면, 파운드와 엘리엇을 주축으로 하는 영미 모더니즘에서 동시성주의는 역사와 시를 화해시키기 위해 동시성주의를 호출한 것이기 때문이다.[23] 엘리엇이 자신의 정체성을 "정치에 있어서는 왕당파, 종교에 있어서는 영국 국교"[24]라 규정하고 있지만, 이것은 결국 기독교 문화를 바탕으로 하는 유럽중심주의를 복권하려는 엘리엇의 정신적 운동성을 보여주는 것이라 할 수 있다.[25] 즉, 『황무지』에

---

22 파스가 주목하는 동시성주의는 입체파와 미래주의에서 유래된 명칭으로, 입체파의 기본적인 사고 중의 하나는 대상의 가기 다른 부분을 동시에 드러내며, 이들 사이의 관계를 보여주는 것이라 할 수 있다. 입체파들은 회화를 상보적 대립의 힘의 법칙에 의해 대상을 구성하고, 내적이고 외적인 상이한 요소들이 전개되어 나가는 하나의 표면으로 인식했다. 이를 조금 더 개념화하자면 회화란 "조형적 관계들의 체계"라 할 수 있다. 이러한 주지주의적인 미학에 감각과 운동이라는 두 가지 요소를 첨가한 미래파 예술은 부동의 시간이라고 할 수 있는 영원성에 시간의 문을 연다. 감각을 통하여 인식된 시간은 연속적인 시간이 아니라 분산되고 파열된 시간이며, 이러한 인식을 바탕으로 미래주의 미학은 연속성과 변화로서의 시간을 제거하려는 시도를 하게 되는 것이다. 그러나 이러한 감각과 순간은 오히려 시간을 경직시키는 요인이 되었고, 이는 시의 빈곤함을 초래한다. 한편 파스는 초현실주의자인 아폴리네르의 동시성주의 역시 중요하게 거론하는데, 아폴리네르는 동시성주의에서 초래되는 시의 빈곤함을 우주와의 조응과 같은 신비주의로 회귀함으로써 극복한다고 보고 있다. 아폴리네르의 시는 여전히 직선적이고 연속적인 언어의 구조를 유지하였으며, 이것에 동시성의 감각을 주려고 했을 뿐이라는 것이다. 따라서 아폴리네르의 동시성주의는 사실상 동시성주의라 할 수 없다고 파스는 보고 있다.(O. Paz, 「전위주의의 황혼」, 『흙의 자식들』, 솔, 1999, 153~163면)

23 위의 책, 153~166면 참조.

24 「감상에의 반역」, 『전집』 2, 111면.

25 E. Cook, "Eliot, Keynes, and Empire—The Waste Land", *Against Coercion —Games, Poets, Play*, Stanford : Stanford University Press, 1998 참조.

나타난 추방 의식은 중세적 전통인 고전주의와 합리주의, 그리고 카톨릭 등의 복권에 대한 요구였던 것이고, 엘리엇의 동시성주의 역시 현대적 시간에 역사적 시간을 재현하여 부활시키려는 목적으로 호출되었던 것이다.

김기림의 엘리엇 비판의 핵심은 바로 『황무지』의 교향악적인 입체적인 이미지들을 통합하고 있는 이념, 즉 라틴어를 공통어로 쓰는 중세 로마제국의 부활을 꿈꾸는 엘리엇의 '근원', 혹은 '중심'에 대한 끝없는 향수에 놓여있는 것이라 할 수 있다. "20세기 신화를 쓰려고 한 「황무지」의 시인이 겨우 정신적 화전민의 신화를 써놓고는 그만 구주의 초토 위에 무모하게도 중세기의 신화를 재건하려고 한 전철을 똑바로 보아 두었을 것이다"[26]라던가, "국교로 달려간 것은 일종의 절망적인 도망이었다"[27]라는 엘리엇에 대한 김기림의 비판은 기실 로마제국의 부활을 꿈꾸며 유럽중심주의적인 역사의식을 보여주는 엘리엇의 보수성을 지적하고 있는 것이라 할 수 있다. 그리고 「수필·불안·「가톨리시즘」」의 글을 통해 김기림의 이러한 엘리엇 비판은 유럽 파시즘 비판까지 염두에 두고 있음을 유추해볼 수 있다. 김기림은 "데모크라시(민주주의)가 구주인에게 있어서 정치이상이 될 수 없게 된 까닭에 그 반동으로서 독재주의가 새로이 애착을 받게 되고 나아가서는 가톨릭에 대한 새로운 귀의라는 현상으로 나타난 것도 사실"[28]이라고 말하며, 당대 유럽에서 유행하는 카톨리시즘의 정치철학적 배경을 가늠해보고 있는 것이다. 물론 엘리엇이 파운드처럼 직접적으로 무솔리니에 대한 존경심을 표하며 파시스트로서의 정체성을 드러내지는 않았고, 「수필·불안·「가톨리시즘」」에서의 김기림 역시 엘리엇을 염두에 두

---

26 「과학과 비평과 시」, 『전집』 2, 33면.(『조선일보』, 1937.2.21~26)
27 「시인의 세대적 한계」, 『전집』 2, 336면.(『조선일보』, 1941.4.20)
28 「수필·불안·「가톨리시즘」」, 『전집』 3, 113면.(『신동아』. 1933.9)

고 있다고 확신할 수는 없다. 그러나 엘리엇의 많은 연구들은 엘리엇의 문학과 파시즘과의 친연성을 고려하고 있으며, 김기림의 엘리엇 비판의 핵심이 엘리엇의 기독교주의에 있었다는 점에서 김기림의 고전주의 미학 비판에는 파시즘과 같은 정치적 맥락까지 어느 정도 내포되어 있는 것이라 볼 수 있는 것이다. 김기림이 동시성주의와 같은 엘리엇의 기법적인 측면을 수용하면서도 오히려 엘리엇의 보수성을 비판하던 스펜더나 오든과 같은 30년대 좌파경향의 진보적 모더니스트들의 시적 작업에서 정신적 동류의식을 강하게 느낀 것은, 이념적 층위에서 작동하는 유럽중심주의적인 엘리엇의 시적 정신을 수용하기가 힘들었기 때문일 것이다. 그런 점에서 김기림의 휴머니즘은 엘리엇의 고전주의 미학에 대한 대항이념이라고 할 수 있다.

특히 흄의 『명상록』(*Speculation*)[29]에서의 「낭만주의와 고전주의」라는 글을 의식하고 있는 듯한 표제인 「고전주의와 낭만주의」에서 김기림은 자신이 호출한 로맨티시즘을 근대 르네상스 정신을 바탕으로 한 휴머니즘으로 다시 대체한다. 이렇게 김기림이 자신의 휴머니즘에 지금까지 자신이 비판해온 낭만주의의 옷을 입혀놓은 것은, 낭만주의를 긍정하는 것이라기보다는 고전주의와 문예사조사적으로 대척점에 놓여있는 낭만주의의 자리에 르네상스 휴머니즘 정신을 위치시키고 싶었기 때문이라는 점을 말해준다. 다시 말해 김기림은 여러 문맥 속에서 이해될 수 있는 휴머니즘을 낭만주의와 연결 지음으로써 엘리엇의 문학 정신인 고전주의에 대한 자신의 비판적 태도를 좀 더 분명히 하고 싶었던 것이다. 또한 장시가 '다양 속의 통일'이라는 것을 지향한다고 했을 때, 다양한 감정적 태도를 통일하고 질서화하는 이념을 엘리엇은 중세기 로마제국에 두고 있었고, 이러한 이념을 바탕으로 하고 있는 엘리엇의

---

29 T. E. Hulmn, 박상규 옮김, 『휴머니즘과 예술철학에 관한 성찰』, 현대미학사, 1993.

장시 형식을 조선의 상황에 적용해보고 싶었던 김기림은 시적 전개를 추동할 수 있게 해 주는 통일적 이념을 새로이 발견해야할 필요가 있었다고 생각해볼 수 있다. 다시 말해 교향학적인 '다양 속의 통일'이라는 장시 실험을 기획하고 있던 김기림은 로마제국의 부활을 꿈꾸는 유럽 중심주의의 이념태였던 고전주의를 대신할 자신의 새로운 이념을 윤리학적으로 고전주의와 반대편에 위치해있는 르네상스 휴머니즘에서 찾고 있었던 것이고, 「오전의 시론」은 휴머니즘이라는 윤리학을 미학적으로 전유하고자 하는 사유의 결과물이라 할 수 있다는 것이다.

흥미로운 것은 엘리엇이 영국 국교에서 중세기 로마제국으로 나아간 것처럼, 「감상에의 반역」에서 김기림이 휴머니즘을 "음울한 기독교의 교리"로부터 해방되어 근대 르네상스 정신을 태동하게 한, "명랑한 異敎의 생활과 또 생의 희열"을 간직한 고대 그리스 로마 세계로까지 확장하면서 자신의 휴머니즘 정신을 그리스적 '명랑성'과 연결시키고 있다는 점이다. 그리고 그리스인의 명랑성을 주목하고 이것을 예술적인 사유로 확장시킨 이는 니체라 할 수 있다.

중세기적 암흑은 로마 구교적 회색으로 칠해졌지만 그것에 그 이상 견딜 수 없었던 총명한 사람들은 그러한 음울한 기독교의 교리 이상에 희랍과 로마의 명랑한 이교의 생활과 또 생의 희열이 있음을 발견한 것이 르네상스다. (…중략…) 우리는 현대시의 표정을 명료하게 할 때가 왔다. 그의 표정은 활동 속에 있는 사람의 얼굴에서 찾을 수 있는 표정이다. 오늘 밤 속에서 내일 아침을 빚어내는 사람의 얼굴이다. 결국 완전한 정신은 완전한 육체에 깃들어서 비로소 완전할 수 있다는 것이 진리다. 여기에 건강하고 명징한 명랑성을 볼 수가 있을 것이다. 음울·패배감·은둔·탐닉 ─ 그러한 세기말적인 아무것도 그것은 거절할 것이다. 그것은 아폴로적인 것이 아니다. 차라리 디오니소스적인 것이다.[30]

이 글에서 김기림은 직접적으로 니체를 거론하고 있지 않지만, 그리스인의 "생의 희열"이나 "명징한 명랑성", 그리고 '아폴로적인 것'과 '디오니소스적인 것'이라는 대립적인 수사적 은유는 니체의『비극의 탄생』의 논조를 떠올리게 한다. 물론 전율과 파괴의 미학으로서의 '디오니소스적인 것'을 단순하게 세기말적 감상주의와 연결시킴으로써, 이상처럼 체계와 구조 자체를 파괴하는 '디오니소스적인 개방성'[31]의 가능성을 탐색하지 못한 것은 김기림 모더니즘의 한계라 할 수 있을 것이다. 언어에 의해 구조화된 의식의 구조 자체를 파열할 수 있는 힘은 언어의 질서를 파열하는 시적 언어에 있다고 할 수 있는데, 이러한 예술의 혁명적 가능성을 인지하고 있었음에도 다분히 현실주의자였던 김기림은 이상처럼 현실의 구조를 파괴할 만큼의 전위적인 상상력을 발휘하지 못했던 것이다.[32] 그러나 니체가 디오니소스적인 것은 오직 아폴론적인 것을 통해서만 표현될 수 있다 말하며 아폴론적인 조형성의 중요성을 강조하고 있는 측면으로 접근해본다면 이미지와 같은 조형성을 강조하고 있는 김기림의 시학과 니체적 사유는 충분히 대화할 수 있는 계기가 존재한다고 판단된다.

『비극의 탄생』에서 니체가 제시하는 예술은 아폴론적인 형상적 예술과 디오니소스적인 도취의 예술, 그리고 아폴론적-디오니소스적 예술이다. 아폴론적 예술가는 꿈이라는 아름다운 가상을 다루는 자이고, 디오니소스적 예술가는 아폴론적 예술가의 '개별화의 원리'를 파괴하면서 모든 것과 하나가 되는 일체감을 지향하는 자이다. 니체는 그리스 비극이 바로 디오니소스적 상태의 아폴론적 형상화로서 세계의 가

---

30 「감상에의 반역」,『전집』2, 110~112면.
31 J. Derrida, 남수인 옮김,『글쓰기와 차이』, 동문선, 2001; 김상환, 「구조주의와 개방성의 기원」, 앞의 책 참조.
32 이에 대한 논의는 이 책의 제2장 3절 참조.

장 내면적인 근거와 하나가 된 자신의 상태가 "비유적인 꿈의 형상"[33] 속에서 나타난 것이라고 말한다. 모든 것을 삼켜버리는 형태 없는 심연인 삶의 토대와 개별자들을 만들어내는 빛의 영역 간의 근원적인 투쟁으로 세계를 이해하는 니체에게 그리스 비극이란 아폴론적-디오니소스적 예술의 원형이었다고 할 수 있다. 김기림의 시적 세계를 니체가 서술하고 있는 그리스 비극의 차원으로 확장할 수는 없지만, 니체가 그리스인들의 예술에서 읽고 있는 '아폴론적인 명랑성'은 이미지를 강조하고 조형성을 강조하는 김기림의 모더니즘 시학과 밀접한 연관성을 갖는다. 니체의 아폴론적인 예술가란 바로 꿈이라는 가상을 다루는 존재이기 때문이다.

니체가 말하는 '아폴론적인 명랑성'이란 고통스러운 삶의 현실을 '아름답게' 만드는 인간의 조형적인 힘이다. 아폴론적 능력은 인간으로 하여금 삶의 부정적인 측면으로부터 눈을 돌리게 하고, 절망에서 야기되는 죽음의 가능성으로부터 구출되게 한다. 이러한 아폴론적 능력은 예술의 능력이기도 하다. 예술은 아름다운 환상인 가상을 만드는 기술이며, 이 아름다운 가상에 의해 인간의 삶과 세계는 견뎌낼 수 있는 것이 된다. 즉, 아폴론적 예술은 현상의 영원성을 빛나게 함으로써 개체를 고통으로부터 구출해주는 것이며, 이는 곧 삶의 고뇌에 대한 미의 승리인 것이다.[34] 이러한 니체의 예술관은 진지함을 추구하는 학문적 세계와 달리 '가벼움'을 지향한다. 가볍게 하나의 외면적 가상을 창조하는 예술을 통해 니체는 내면 깊숙이 숨어있는 진리에 다가서려는 학문의 둔중함을 비웃는 것이다.[35]

---

33 F. Nietzsche, 이진우 옮김, 『비극의 탄생』, 책세상, 2005, 36면.
34 백승영, 『니체, 디오니소스적 긍정의 철학』, 책세상, 2005, 634~635면 참조.
35 김동규, 「웃음의 문화 형식의 한 가지 사례」, 『존재론연구』 22집, 한국하이데거학회, 2010 참조.

김기림이 고전주의 예술미학에 대해 "인간의 냄새라고는 나지 않는 비잔틴의 기하학적 예술, (…중략…) 지극히 투명한 지성의 상태에 도달할는지는 모르나 드디어는 한 개의 허무로 발산하고 말 것이다"[36]라고 비판하며 인간 정신을 강조할 때, 이는 인간이 만들어내는 불협화음을 종교라는 중심전통으로 회귀하는 것으로 해결하려고 한 엘리엇과 흄의 고전주의를 비판하는 것이라 볼 수 있다. 김기림에게 고전주의로 나아가버린 엘리엇과 흄의 영미 모더니즘은 '움직이는 정신 속에서 관념의 파괴와 건설'을 이루어내지 못하는 고착화된 지성의 산물이며, "비인간화한 수척한 지성"의 '병적인 문학'[37]인 것이다.[38] 김기림의 이러한 고전주의 비판은 아폴론적-디오니소스적인 그리스 비극의 전통을 파괴해버린 소크라테스를 비판하는 니체의 사유와 겹쳐지는 면이 있다. 『비극의 탄생』에서 니체는 꿈의 예술로서의 그리스적 명랑성이 논리적 도식주의로 전락하게 된 것을 전적으로 소크라테스 책임으로 돌린다. "변증론의 본질에 있는 낙천주의적 요소"[39]로서의 소크라테스적 명랑성은 아폴론적 명랑성의 또 다른 얼굴인 디오니소스의 영토를 침식하게 만들었다는 것이다. 소크라테스와 같은 이론적 낙천주의자는 "사물의 본성을 규명할 수 있다는 신념"[40]을 통해 욕망과 힘의 축적 및 해체로 구성되는 삶을 매끈한 학문적 체계 속에 가두어버린 것이다. 신의 권위를 인간 자신의 것으로 만들어버림으로써 온갖

---

36 「오전의 시론-고전주의와 낭만주의」, 『전집』 2, 164면.
37 위의 글, 위의 면.
38 물론 이러한 김기림의 엘리엇 비판이 송욱 등의 비판처럼 엘리엇의 시세계를 정확히 이해한 상태에서 이루어졌다고는 볼 수 없다. 그러나 김기림의 엘리엇에 대한 이해의 정도가 얼마나 정확한가를 논증하는 것보다는 김기림 시학의 맥락 속에서 엘리엇이 어떻게 위치해있는가를 살펴보는 것이 보다 생산적인 논의 방향이라 생각된다. 이러한 관점으로 엘리엇과 김기림의 시학을 비교하고 있는 연구로 김준환의 글을 참조할 수 있다.
39 F. Nietzsche, 앞의 책, 111면.
40 위의 책, 118면.

모순과 불협화음이 발생할 수밖에 없게 된 황무지 근대를 극복하기 위한 모델을 다시 중세기 로마 제국에서 찾음으로써 지성을 신격화하는 엘리엇의 보수성을, 니체가 인간의 삶을 논리 속에 가둠으로써 인간의 정동을 사유 밖으로 몰아내버린 소크라테스의 변증론을 비판하듯이, 김기림은 비판하고 있는 것이다.

이렇게 논리적 체계를 구축하는 과정에서 점점 실제 삶과는 멀어져만 가는 소크라테스의 불모성을 비판하며 형상의 파괴와 재구축을 반복하는 예술을 "삶의 광학"[41]으로 보려 하는 니체적 사유의 흔적을 김기림의 「피에로의 독백」을 통해 읽어볼 수 있다. 이 글에서 김기림은 시란 "시인의 신경이 그의 내부적 혹은 외부적 감각에 의하여 동요되었을 때 그 순간의 신경의 비상성의 표현"이며, "내포한 몇 개의 힘이 타협적으로 잘 상대하고 있는" "균정"의 상태를 지속시키는 것이 아니라 끊임없이 와해시킴으로써 "불균정"에서 발휘되는 힘으로 나타난다는 점을 강조한다.[42] 김기림이 바라보는 엘리엇의 고전주의는 불균정에서 생겨나는 힘의 유동을 견디지 못하고 균정의 세계로 회귀하고자 한 것이다. 예술의 조형성은 이러한 '불균정으로서의 힘'의 발현인 것이며, 이러한 '불균정의 힘'을 니체적인 맥락에서 생각해보자면 디오니소스적 전율이라 할 수 있을 것이다. 「피에로의 독백」에서 보여주는 김기림의 '불균정의 힘'은 그의 은유론에서 은유의 '유사성과 비유사성'의 양가성을 강조하는 것으로 나타난다. 즉, 김기림의 은유론은 시적 언어가 안정화됨으로써 통념화되는 것을 거부하는 것을 지향하는 것이며, 상이한 이미지의 충돌 속에서 새롭게 드러나는 시적 의미는 '불균정의 힘'에 의한 예술적 조형이라 할 수 있다. 「오전의 시론」에서 읽을 수 있는 기계미학적인 파괴의 감각과 전체시 논의에서 느껴지는 질

---

41 위의 책, 12면.
42 「피에로의 독백 ─ 포에시에 대한 사색 단편」, 『전집』 2, 302면.

서에의 지향이라는 모순된 두 태도는 동전의 양면처럼 동일한 대상의 서로 다른 두 얼굴일 뿐이다.

이렇게 파괴와 구축이라는 힘의 작용 속에서 이루어지는 김기림의 시적 작업은 진리를 탐색하며 진정성을 고뇌하는 진지한 시인의 것이 아니라, 진실이나 본질의 탐구와 같은 진지함으로부터 해방되어, 부단히 가상을 창조하며 또 이러한 작업을 바탕으로 경쾌하고 명랑하게 가상을 교체함으로써 담론과 개념적 체계를 교란하는 과정 속에서 예술의 가능성을 탐색하는 가볍고 명랑한 시인의 것이다. 이러한 시인의 모습을 김기림은 「능금밭」에서 "논리의 모래방천에 걸앉어 머리 숙으린 소크라테스인 버드나무"를 이리저리 흔드는 "불평가인 바람"으로 형상화한다. 이 "불평가인 바람"은 소크라테스는 도무지 알아들을 수 없는 말을 중얼거리며 숲 속을 배회한다.[43] 소크라테스의 논리를 비웃으며 논리를 벗어나는 말을 쏟아내며 숲속을 배회하는 이 '불평가 바람-시인'은 현실 거리를 돌아다니며 "현실의 모순·추악·허위·가면에 대하여 차디찬 조소를 퍼붓는"[44] 풍자 시인의 모습이기도 하다.

지금까지 김기림 연구에서 김기림의 세타이어론은 주로 '기교중심의 이미지즘을 극복하고 문학의 사회적 기능을 회복하기 위한 이론적 탐구'와 같은 맥락 속에서 논의되어왔다고 할 수 있다.[45] 그러나 지금까지 서술한바, 김기림이 시론에서 주장하는 시적 테크닉이란 언어세공술과 같은 언어의 기교적 장식을 의미하는 것이 아니라 현실 이미지를 변형하는 기술이며, 김기림에게 영미 이미지즘이란 극복 대상이 아

---

43 「능금밭」, 『신가정』 1권9호, 1933.9.
44 「수필·불안·「가톨리시즘」」, 『전집』 3, 112면.
45 서준섭, 『한국모더니즘 문학연구』, 일지사, 1988, 84~85면; 문혜원, 「김기림 시론에 대한 고찰」, 『한국 현대시와 모더니즘』, 신구문화사, 1996; 김유중, 『한국 모더니즘 문학의 세계관과 역사의식』, 태학사, 1996; 이미순, 「김기림의 시론과 풍자」, 『한국현대문학연구』 21집, 한국현대문학회, 2007.6.

니라 자신의 모더니즘 시학을 구성하기 위한 참조 대상이라 할 수 있다. 시기적으로도 김기림은 1933년부터 세타이어(satire, 풍자) 문학을 직접적으로 논의하고 있는데, 이는 김기림이 서구 모더니즘 이론을 수용하고 이를 자신의 문법으로 이론화하기 시작하는 시기와 겹쳐진다. 김기림 연구사에서 흔히 '전체시론' 이전의 '초기 모더니즘'이라고 규정되는 시기가 애매모호해지는 것이다. 이러한 점은 지금까지 김기림 연구가 그의 시학을 논의함에 있어 카프 작가 임화와의 기교주의 논쟁을 과도하게 의식함으로써 김기림 시학을 다소 자의적으로 시기 구분한 것은 아닌가 하는 의문을 불러일으킨다. 이는 이 글이 문학사에서 다소 하위문학으로 평가되어 온 세타이어 문학에 대한 김기림의 관심을 『태양의 풍속』이나 「오전의 시론」의 주조인 가벼운 '명랑성'이라는 맥락으로 논의하고자 하는 이유이다.

근대 계몽주의를 통해 삶과 분리되기 시작한 근대 철학의 냉소주의를 비판하면서, 고대 최후의 소피스트이자 풍자적 저항 전통의 시조인 디오게네스의 견유주의를 그 대안으로 제시하고 있는 슬로터다이커는, 디오게네스적인 풍자를 논증의 끈을 촘촘하게 엮여 논리적 천을 직조하는 플라톤의 '높은 이론'에 대비되는 전복적인 형태의 '낮은 이론'이라 부른다.[46] 세타이어 문학은 근본적으로 진중한 문학이 아니라 가볍고 경박한 문학이며, 이 가벼움으로 진지한 척 하는 대상들을 조롱하는 문학이다. 풍자가의 언어는 창조의 언어가 아니라 변형(데포르마시옹)의 언어이며, 이러한 변형을 통해 풍자가는 자신이 말하고자 하는 바를 은폐하면서 노출한다. 은폐와 노출의 이중의 효과로 풍자가는 통념적으로 이해되어왔던 대상의 의미를 우스꽝스럽게 비틀고, 이를 통해 그 대상이 위치해 있는 담론적 질서를 공격하는 것이다. 김기림

---

[46] P. Sloterdijk, 이진우 외 옮김, 『냉소적 이성비판』, 에코리브르, 2005, 203~218면 참조.

은 세타이어의 기술을 다음과 같이 설명한다.

정면으로 대상의 약점을 지적하고 질책하는 것이 아니라, 대상 자체는 가장 건강하다고 생각하거나 아무 자각 없이 지나치는 면에서 병집을 들추어내고 약점을 꺼내 보여서 대상을 매우 거북하고도 우스꽝스러운 입장에 서게 하는 것이다. 정면 공격이 아니라 이면을 폭로하여 기습을 꾀하는 것이다. 「스위프트」의 「걸리버 여행기」처럼 풍자는 비유와 혼합되어 이중으로 효과를 거두는 경우가 많다.[47]

풍자가는 무엇인가를 창조하거나 직접 말하는 존재가 아니라 이미 존재하는 것을 반복해서 한 번 더 말하는 존재다. 다만 이미 존재하는 대상의 위치를 변경시키고, 의미의 조각들을 새롭게 배치하고 모자이크함으로써 보통 때는 아무 생각 없이 지나쳐버리는 것을 도드라지게 보여주고, 이로써 대상이 스스로 자신의 약점을 발설하게 만드는 존재인 것이다. 그런 점에서 풍자가는 데포르마시옹을 감행하는 지성적인 기술자이다.[48] 여기서 김기림이 스위프트의 『걸리버 여행기』를 풍자 문학의 사례로 들며 말하는 '비유'는 알레고리로 바꾸어 이해해도 좋을

---

47 『문장론신강』(『전집』 4), 141면.
48 김기림은 『문장론신강』에서 데포르마시옹을 "어떤 예술적 효과를 노리고 대상이나 재료를 일부러 모양을 틀리게 해서 나타내는 것"이라 정의한다. 그리고 풍자를 유머, 역설 등과 함께 데포르마시옹의 대표적인 사례로 제시한다.(『문장론신강』(『전집』 4), 139~141면) 이렇게 데포르마시옹의 차원에서 풍자의 가능성을 탐색하는 김기림과 달리 임화는 오히려 간접적인 풍자의 화법을 소극적인 태도라 비판하는 차이를 보인다. "풍자라는 것은 대상에 대한 적극적인 증오라든가 또 직충적인 것이 아니다. 그것을 냉소적으로 부정하거나 한껏 해야 씨니시즘을 가지고 대하는 한계에 머무르는 것이므로, 적극적으로 그것을 어찌할 수 없는 소극적인 것임을 알 수가 있다. 더구나 금일의 현실이 냉소나 히니쿠로 부정되기에는 너무나 통절한 것임을 생각할 때 풍자라는 것은 현실에 직면적으로 대할 수 없는 소시민적 부정, 주지적 부정과 공통되는 것을 알 수가 있을 것이다."(임화, 「33년을 통하여 본 현대 조선의 시문학」, 김재용 엮음, 앞의 책, 2009, 364면)

것이다. 무한한 다의성을 내포하는 상징에 대비되는 제한되고 한정된 의미만을 표현하는 알레고리라는 알레고리 고전적인 정의방식을 비판하며, 의미 확정을 끝없이 지연하는 "추가된 보충물"이라는 개념으로 알레고리를 정의하는 크랙 오웬스는, 알레고리를 이용하는 작가는 이미지를 창조하지 않고 그것들을 끌어 모은다고 말한다. 그리고 이러한 이미지가 알레고리 작가의 손에 들어갔을 때, 그의 수중에서 이미지는 다른 어떤 것으로 변한다. 그는 상실되거나 모호해질 수 있는 원래의 의미를 보존하는 것이 아니라 원래의 이미지에 또 다른 의미를 덧붙이며, 이렇게 덧붙이는 작업을 통해 의미를 교체하는 것이다.[49] 알레고리에 대한 오웬스적 정의는 김기림이 은유를 설명하는 방식과 상당히 유사하다. 김기림이 은유의 효과로 제시하는 "제3의 의미"란 테너에 비이클을 결합시킴으로써 생겨나는 '추가된 의미'이며, 이렇게 대상의 의미를 교체하는 것에서 시적 효과를 이끌어내는 것이 김기림의 방식인 것이다.

이러한 인식 체계 속에서 창조적 상상력을 훌륭한 예술가의 요건으로 생각하는 이들이 금기시하고 죄악시하는 '모방'은 예술 창작의 힘으로 재탄생된다. 이러한 모방의 문제로 접근했을 때, 현대 전위 예술을 두 갈래로 나누어 접근해 볼 수 있는데, 표현주의에서 칸딘스키의 추상주의로 이어지는 기의 중심의 예술과 입체파와 초현실주의로 이어지는 기표 중심의 예술이 그것이다.[50] 주관성의 표현에 몰두하는 전자가 예술의 모방의 문제에 여전히 자유롭지 못하다면, 후자는 자신이 어떤 대상을 모방하고 있다는 점을 오히려 드러냄으로써 자신이 모방

---

49 C. Owens, 조수진 옮김, 「알레고리적 충동―포스트모더니즘의 이론을 향하여」, 윤난지 엮음, 『모더니즘 이후 미술의 화두』, 눈빛, 2007, 166~167면 참조.
50 M. Foucault, 앞의 책; H. Lefebvre, 박정자 옮김, 『현대세계의 일상성』, 에크리, 2005, 222~223면 참조.

하는 대상의 원래 의미를 파괴하고 변형하는 것이다. 기표 예술인 입체파나 초현실주의 예술에서 중요한 것은 원문맥에서 떨어져 나온 파편적 조각들이 어떻게 새롭게 모자이크되느냐에 달린 것이고, 이러한 예술은 무에서 유를 창조하는 시인의 천재적인 창조력보다는 이미 존재하는 것들의 새로운 결합을 통해 기존의 것을 새롭게 보게 하는 탈경계적 상상력을 요구하는 것이라 할 수 있다. 김기림이 표현주의 예술을 비판하고, 입체파 예술이나 초현실주의와 같은 예술에서 새로운 시론의 가능성을 탐색한 것이나, 시네포엠과 같이 장르 간의 경계를 파괴하는 작업에 관심을 보이는 것, 현대에 서정시가 더 이상 불가능하다는 점을 서정시의 형식으로 보여준 알레고리 시인 보들레르가 위치해 있는 미묘한 경계지점을 김기림이 자주 언급하고 있는 점은 김기림이 주장하는 현대시의 방향성을 암묵적으로 보여주는 것이다. 블룸이 말한 '시적 영향에 대한 불안'에 영향 받지 않고, 자유롭게 모방하고 또 그것을 변형함으로써 고착화되는 의미들을 끊임없이 유동하게 만드는 것이 그것이다. 김기림의 세타이어에 대한 관심 역시 이러한 예술관이 바탕으로 깔려 있는 것이다.

17세기 프랑스 우화시인 장 드 라퐁텐은 자신이 아무 것도 창조하지 않았다는 사실을 부끄러워하기는커녕 "나의 모방은 굴종이 아니다"[51]라고 말한다. 김기림 역시 「신춘의 조선시단」에서 모방에 대한 윤리적 책임으로부터 현대시인은 해방되어야 한다고 주장하며 모방에 대한 라퐁텐의 태도와 유사한 모습을 보여준바 있다.[52] 김기림이 지향하는 '명랑성'의 시학이란 무에서 유를 창조하겠다는 예술의 귀족주의로부터의 탈피이며, 인간 지성의 작업의 결과물인 개념적 질서의 경계를

---

51 川田靖子, 김경원 옮김, 「장 드 라퐁텐」, 圓月勝博 엮음, 『연애, 고백, 풍자―르네상스 문학의 세 얼굴』, 웅진지식하우스, 2009, 130면.
52 「신춘의 조선시단」, 『전집』 2, 362면.

파괴하고 이를 다시 지성의 능력으로 재구축하는 재기 넘치는 탈경계적 상상력을 시인에게 요구하는 시학이라 할 수 있다. 이는 김기림이 '명랑'을 '명징한 지성'과 연결시키는 이유이다. 따라서 김기림의 '명랑'은 단순히 '슬픈 시는 그만 쓰고 명랑하고 쾌활한 시를 쓰자'라는 식의 감정적인 층위로 이해되어서는 안 된다. 그의 '명랑'은 정보와 속도가 지배하는 도시 환경에 대응하여 새롭게 제시되고 있는 시의 방법이며 시인의 태도이기 때문이다.

김기림이 『시의 이해』에서 '상상'이라는 문학적 개념을 설명하기 위해 인용하기도 했던, 18세기 영국 풍자 문학자인 존 드라이든은 「풍자와 서사시에 관한 논설」에서 세타이어(satire)의 어원에 관한 두 가지 가설을 소개한 바 있다. 그중 하나는 '충만'을 가리키는 라틴어 '사투라(satura)', 혹은 '사티라(satira)'에서 유래했다는 설이다. 드라이든은 풍자의 본질이 원래 어울리지 않은 소재들을 한데 '비벼 섞는'데 있다고 했다. 비유하자면, 풍자란 신전에 제물로 바칠 과실을 담뿍 담아 놓은 접시라는 것이다.[53] 현실의 조각을 변형하고 배치하는 모자이크 전술을 쓰고 있는 김기림의 모더니즘 시학은 아주 넓게 본다면 '비벼 섞기'로서의 풍자의 시학이라고도 할 수 있을 것이다.[54] 김기림은 새롭게 등장한 근대적 매체를 통해 쏟아지는 자료와 정보들을 편집하고 소비하는 '모자이커-시인'인 것이다.

드라이든은 풍자의 또 다른 어원으로 그리스 신화에 나오는 '사티로스(satyr)'에서 파생했다는 설을 제시하기도 한다. 술의 신 디오니소스

---

53 圓月勝博·S. Zwicker, 「존 드라이든」, 圓月勝博 엮음, 앞의 책, 126면.

54 이와 관련해서는 다소 김기림의 시학을 평가 절하하는 맥락으로 접근하고 있지만, "김기림은 시론 곳곳에서 시의 과학 혹은 시학을 내세우고 주지적 방법론을 역설하였지만, 그것의 실현은 따지고 보면 풍자적 태도 및 방법에 불과했던 것"이라고 한 김윤식의 논의를 참조할 수 있겠다.(김윤식, 「전체시론」, 『한국근대문학사상사』, 한길사, 1984, 461면)

의 시종인 사티로스는 상반신은 인간, 하반신은 산양의 모습을 한 반인반수의 존재이다.[55] 사티로스라는 어원에 내포되어 있는 수성(獸性)의 이미지는 인간의 밝은 이성의 질서를 무너뜨리는 풍자의 기술을 대변하는 것이라 할 수 있다. 특히 서양에서 산양은 성욕이 왕성한 음란한 동물로 간주되어 왔는데, 이러한 산양의 이미지를 김기림은 수필「어린 산양의 사춘기」[56]를 통해 서술한 바 있다. 김기림은 집의 산양이 새끼를 낳았는데 아무래도 산양 같지 않다고 푸념하는 아우의 편지를 읽으며 "산양의 정숙에 대한 아우의 근거없는 불신"을 재밌어 한다. 게다가 이 어린 산양은 "놀랍게도 조숙하여" 이상한 징후를 느끼게 하는 울음소리와 행동을 하고, 이에 집안 식솔과 동네 사람들의 귀여움을 독차지하던 어린 산양은 "증오를 실은 시선"의 대상이 된다. 다소 유머러스한 필치로 서술하고 있는 이 글에서 김기림은 "닥치는대로 종이를 걸어먹는 산양의 이야기"를 적고 있는 이효석의 소설[57]을 떠올리며, '산양의 성욕'을 "함부로 종이를 소비하는 괴벽"으로 치환시켜 놓는다.

어느땐가 나는 효석의 소설 속에서 닥치는대로 종이를 걸어먹는 산양의 이야기를 읽고 이 소설가의 기이한 감성에 감탄한 일이 있다. 산양은 확실히 소학교 신입생처럼 함부로 종이를 소비하는 괴벽을 가지고 있다. 그 옛날에 종이의 제법이 알려지기 전에는 서양의 양의 가죽을 엷게 느려가지고 그 위에 글을 썼단다. 그러한 까닭에 이 동물은 종이를 볼적마다 본능적으로 복수심을 일으키는지도 모른다.

자기의 가죽을 종이로 대신한 인간에 대한 복수심으로 닥치는 대로

---

55 圓月勝博·S. Zwicker, 앞의 글, 125면.
56 「어느 산양의 사춘기」, 『신여성 』 7권 9호, 1933.9.
57 이효석, 「10월에 피는 능금꽃」, 『이효석전집』 1, 277~280면.

종이를 소비하게 된 음탕한 산양의 괴벽은 사티로스에서 탄생한 괴팍한 풍자시인의 글쓰기 이미지로 가장 적절한 것이 아닐까. 김기림의 이러한 상상력은 시 「바다의 아츰」에서 "바다의 거울판을 닦"는 "양털의 납킨"으로 변용되기도 한다.[58] 그리고 「마음의 의상」에서 시적 화자를 압도하던 암흑의 '액체 바다'가 태양의 건강한 빛을 반사하는 환상의 '거울판'으로 변신한 「바다의 아츰」에서, 이 바다의 거울판을 닦는 "양털의 납킨"은, 김기림이 「기차」에서 기차의 속도를 비웃으며 뒷장 여백에 시를 쓰던 식당 메뉴판을 떠올리게 한다. 산양의 성욕이 '종이를 소비하는 괴벽'으로, 이 괴벽이 시인의 글쓰기 이미지로, 또 종이로 변한 산양 가죽이 식당에서 사용하는 '냅킨'으로, 이 식당의 냅킨이 시를 쓰는 종이로, 본능적 세계와 상품의 세계를 넘나들며 무한히 변용되는 재기 발랄한 이미지 놀이를 하는 시인에게서 내면의 진정성의 깊이가 없다고 비판하거나 현실 모순의 원인을 읽어내려는 진지함이 부족하다고 비판하는 것은 시인의 한계라기보다는 오히려 시인의 가벼움을 견디지 못하는 너무도 무겁고 진지한 연구자들의 한계를 보여주는 장면인지도 모른다.

김기림은 존재의 근원을 살피는 것이 아니라 가볍게 자신의 모습을 변신시키는 이미지의 명랑성으로 초자아적인 근대의 문법에 지배당하며 점점 공각화되는 인간들의 감각을 다시 되살리려고 하는 것이며, 또 이러한 가벼움으로 모든 것을 동일화하는 근대의 속도를 분해하고 해체하는 것이다. 그런 점에서 영미 이미지즘 작가들이 선택한 고전주의에 대한 비판으로 제기되고 있는 김기림의 휴머니즘은 인간의 실존의 문제를 진지하게 탐색하는 휴머니즘이라기보다는 가상을 부단히 창조하고 파괴하는 작업을 통해 발현되는 '명랑한' 휴머니즘이자 '오전'

---

58 「바다의 아츰」, 『전집』 1, 68면.

의 휴머니즘이라 할 수 있다. 이는 김기림의 은유론에서 강조되는 "의미의 재발견"이 "인간성의 부흥"[59]과 연결될 수 있는 이유이며, "기술영역에 있어서의 근기 있는 탐험"이 "인간적 감격"으로까지 이어질 수 있는 이유라 할 것이다.

2) 『기상도』의 매체성과 모자이크 기술

『기상도』는 세계적으로는 파시즘 그리고 국지적으로는 일본 제국주의와 이로 인한 식민지 조선을 포함한 아시아의 문제적 상황을 극화한 1930년대 국제 정세의 풍자적 '기상도'[60]로 알려져 있는 김기림의 대표작이라 할 수 있다. 『기상도』의 세계가 보여주는 주제의 둔중한 무게감은 김기림 연구사에서 현실 비판적 태도를 결여한 가벼운 이미지들의 나열에 불과하다고 비판받아온 『태양의 풍속』에 비해 상대적으로 긍정적인 평가를 이끌어내는 원천이 된다.[61] 물론 '텍스트의 내적인 통일성을 부여해 줄 수 있는 튼튼한 구조의 부재'와 같은 『기상도』의 형식에 대한 비판이나 '천박한 문명 비판', 혹은 '피상적인 유행관념을 모아 놓은 것 이상이 되지 못하는 유치한 자본주의 비판', '문화의 화려한 외면만을 감수' 등과 같이 『기상도』의 내용을 비판하는 논의들은 「오전의 시론」 등의 글에서 읽을 수 있는 엘리엇에 대한 김기림의 비판의 수준을 함께 지적하며 김기림의 『기상도』를 엘리엇의 『황무지』와 같은 문학적 성취를 이루어내지 못한 작품으로 보기도 한다.[62]

---

59 「오전의 시론―의미와 주제」, 『전집』 2, 174면.
60 김종길, 『진실과 언어』, 일지사, 1974, 214면; 김준환, 「김기림의 『황무지』와 『비엔나』 읽기」, 32면.
61 서준섭, 앞의 책; 김유중, 『한국 모더니즘 문학의 세계관과 역사의식』, 태학사, 1996; 김윤정, 『김기림과 그의 세계』, 푸른사상사, 2005.

그러나 『기상도』에 대한 이러한 비판적 논의가 근거로 제시하고 있는 '내적 통일성을 구축하지 못하고 파편적인 이미지의 산발적 나열에 불과하다'는 『기상도』의 형식적 특성에서 오히려 김기림의 독특한 역사의식을 포착하고 있는 한 연구는 김기림의 파편적인 알레고리적 속성이 "하나의 체계에 의해 재구성될 수 없을 정도로 붕괴되어버린 이 세계에 대한 일종의 양식적 반응"[63]이라고 주장하며 『기상도』를 해석할 수 있는 새로운 의미망을 열어놓는다. 벤야민의 알레고리 논의에서 출발하는 『기상도』에 대한 이러한 시각은 바흐친의 다성성 개념을 참조하여 "독립적이고 병합되지 않은 다양한 목소리들과 의식, 다성적인 여러 목소리들로 어우러지는 그런 다양한 목소리의 교향을 이루어보고자 한"[64] 작품이라 평가하며 내면적 통일성의 부재를 오히려 긍정적인 효과로 읽어내는 논의의 역사철학적 확장이라고도 할 수 있을 것이다.[65]

이처럼 『기상도』의 가능성을 탐색하는 대부분의 논의들은 『기상도』가 보여주는 파편적인 이미지들의 몽타주적 병치나 이러한 기법에서 파생되는 교향악적인 다성성을 주목하며, 김기림의 이러한 테크닉적 전술을 『기상도』의 문명 비판적 목소리와 연결시키고 있음을 알 수 있다. 그런데 김기림의 '명랑'이, 언어를 기표와 기의의 관계 속에서 파악하는 재현의 논리에서 벗어나, 언어 기호들 간의 상호관계성 속에서 파악하려고 하는 근대적 언어 감각의 표출에서 발현되는 태도이며, 변

---

62 임화, 「담천하의 시단 일년」, 신두원 엮음, 앞의 책; 송욱, 앞의 책; 김우창, 「한국시와 형이상―최남선에서 서정주까지」, 『김우창 전집』 1, 민음사, 2006; 김종길, 앞의 책.

63 김유중, 앞의 책, 91면.

64 김승희, 「『기상도』의 다성적 구조와 언술의 양상」, 김학동 엮음, 『김기림 연구』, 시문학사, 1991, 65면.

65 비교적 최근 논의라 할 수 있는 김윤정 역시 『기상도』의 다원적 초점방식이나 인과적으로 연결되지 않는 병렬적인 몽타주 형식이 상호주체적인 대화의 장을 마련하며, '편향적으로 드러났던 소극적이고 추상화된 자아가 역사와 사회에 대한 비판 의식과 극복의지를 지닌 적극적인 자아로의 변모를 보여준다고 평가한다.(김윤정, 앞의 책, 182면)

화된 세계에 대응하기 위해 김기림이 새롭게 제시하고 있는 시의 방법이자 시인의 태도라고 했을 때, 『태양의 풍속』에 비해 보다 분명하게 표출되고 있는 『기상도』의 문명 비판적 태도를 높이 평가하고 있는 이와 같은 연구들은, 『기상도』야말로 『태양의 풍속』이나 「오전의 시론」에서 주장해 온 김기림의 '명랑한 시학'이 가장 적극적으로 발현되고 있는 작품이라는 점을 간접적으로 말해주는 것이라 할 수 있다. 『기상도』의 문명 비판의 힘의 원천은 세계의 양식을 파편화하여 그 이미지들을 몽타주적으로 병치하는 기법적인 테크닉에서 비롯되는 것이기 때문이다. 특히 '신문기사를 가지고 몇 번 재주를 넘은 희극적 비판'[66] 일 뿐이라고 하는 것이나 '당대의 뉴스를 편집하게 재배열한 것'[67]일 뿐이라고 하며 『기상도』의 문학적 수준을 비판하고 있는 논의들은 '이미지의 정치학'의 관점에서 본다면 중요한 시각을 제공해준다. 김기림에게 언어나 이미지는 그것이 지시하며 재현하고 있는 대상에 초점이 맞추어져 있다기보다는 단어와 단어의 관계, 혹은 이미지의 병치가 만들어내는 '새로운 의미'에 초점이 맞추어져 있다고 할 수 있는데, 이러한 배치의 기술을 자기표현방식으로 선택하고 있는 것이 바로 신문 매체이기 때문이다. 신문 매체가 보여주는 배치의 교묘한 기술은 신문기사의 문장이 말하고 있는 문자적인 의미 이상의 의미들을 생산해낸다. 이러한 점을 김기림은 『문장론신강』에서 다음과 같이 말한다.

신문기사에는 속임수가 많다는 것을 특히 읽는 사람의 입장에서 조심해야 할 것이다. 그렇지 않다가는 올가미에 걸려들기 일쑤다. (…중략…) 그러한 옳지 못한 기사는 더 말할 것도 없겠지만 그렇지 않은 기사도 사실은 취사선택된 것임을 면치 못한다. 취사선택할 때의 기자의 입장은 대개 그

---

66 김동석, 「금단의 과실—김기림론」, 『김동석 비평 선집』, 현대문학, 2010.
67 이명찬, 앞의 책, 155면.

개인의 입장 그 신문의 입장 읽는 사람들의 입장의 세 입장이 뒤섞인 것이다. (…중략…) 신문 자체가 어떤 기관이나 단체의 이른바 기관지(機關紙, Organ paper)일 적에는 무엇보다도 「신문의 입장」이 압도적으로 기사를 영향한다. 사람들이 그 기관이나 단체의 주장을 알고 싶을 적에 그런 필요에서 기관지를 찾지, 일반으로는 기관지라면 벌써 색안경을 쓰고 읽게 된다. 그러므로 꾀 있는 운영자는 실상은 기관지면서도 기관지라는 것을 내붙이지 않는다. 따라서 외관상은 기관지가 아닌 기관지일수록 읽는 편으로서는 경계해야 할 것이다. 또 신문지면은 편집된 것이라 함도 명심해야 한다. 편집자는 수많은 기사 중에서 그 지면을 들만치만 추려내는 것이며 추려낸 것에는 일일이 경중을 붙여서 3단짜리 2단짜리 1단짜리로 한번 평가한 것이다. 편집자에게도 기자와 마찬가지로 「복합된 입장」이 작용하는 것이다. 그러한 입장에서 그날그날의 관심과 필요를 따라 기사에는 정가가 붙어버리는 것이다.[68]

의도적으로 거짓된 사실을 보도함으로써 신문기자로서의 윤리성을 내팽개친 저열한 경우가 아니더라도 신문기사에는 속임수가 많을 수밖에 없다는 것을 지적하고 있는 김기림의 진술은 수집된 정보들이 선별되어 배치되는 과정에서 정보 그 자체를 초과하는 의미들이 생산될 수밖에 없다는 점을 말하고 있는 것이라 할 수 있다. 김기림의 말처럼 신문기사는 여러 입장의 취사선택에 의해 기사가 구성되고, 그렇게 구성된 기사가 편집부의 판단기준에 따라 주요기사와 그렇지 않은 기사로 분류되어 그것이 차지하는 지면의 분량과 위치 및 활자의 크기가 결정되며, 이러한 과정에서 글의 초점이 항시 변할 수 있는 유동적인 글쓰기의 전형이라 할 수 있다. 달리 말하자면 신문기사는 신문 밖에

---

68 『문장론신강』(『전집』 4), 110~111면.

존재하는 어떤 특정한 사건을 그대로 옮겨놓은 글이 아니라 오히려 모자이크적인 글쓰기의 과정에서 사건의 중요도를 구성해가는 독특한 글쓰기인 것이다. 신문기사의 성격을 이렇게 설명하고 있는 김기림의 진술은 그가 신문의 매체적 기능을 상당히 민감하게 감지하고 있다는 점을 알려준다. '속임수'라는 다소 자극적인 표현이 암시하는 것처럼 신문은 사건이 존재하고 그것을 기사화하는 것이 아니라 오히려 기사화됨으로써 사건이 만들어지는 것이라고도 할 수 있으며, 이러한 점을 구체적으로 지적함으로써 김기림은 신문기사의 실제적인 메시지 그 자체보다 매체의 행위적이고 과정적인 측면을 부각시키고 있는 것이다. 이와 관련하여 미디어학의 고전이라 할 수 있는 맥루한의 다음과 같은 진술은 참조할 만하다.

모자이크적이라는 것은 집단적 이미지의 형태이고, 깊은 참여를 요하는 것이다. 이러한 참여는 개인적이라기보다는 사회적이며, 배타적이라기보다는 포괄적인 성격을 띠는 것이다. 모자이크적 형태가 지니는 그 밖의 특색은, 오늘날의 신문과는 다른 형태를 가진 신문을 검토해보면 가장 잘 이해될 수 있다. 예를 들어 신문의 역사를 살펴보면 신문이 뉴스가 오기를 기다리던 시절이 있었다. 1620년 9월 25일에 벤자민 해리스가 발행한 미국 최초의 신문은 다음과 같이 공표했다. "한 달에 한 번 신문을 내겠습니다 (만약 많은 뉴스거리가 생기면 더 자주 내겠습니다)." 뉴스가 신문 밖에 존재하는 것이고 신문으로서는 어찌할 수 없는 것이라는 생각을 이만큼 잘 표현해 낼 수 있는 것은 없다. 이렇게 인식하고 있는 초기 상태에 신문이 하는 주요 기능은 풍문과 구전되는 이야기를 바로잡는 정도였다. 이는 마치 사전이 오랫동안 존재해 왔던 말에 '정확한' 철자와 의미를 부여해 준 것과 같은 것이다. 이윽고 신문은 뉴스거리가 단지 알려질 수 있을 뿐만 아니라 모아질 수도 있고 또한 정말 만들어질 수도 있다는 사실을 감지하기 시작했다. 신문에 실리는 것만이 뉴스이고 실리지 못한 것은 뉴스가 아니었다. '뉴스가 되었다'라는 표현에는 미묘한 부분이 있다. 신문에 실렸다는 것은 뉴스가 되기도 하고 뉴스를 만들었다는 것도 되기 때문이다. (…중략…) 신문은 매일의 행위이면서, 픽션, 즉 만들어진 것이며 그것은 대체로 사회 안에 존재하는 모든 것을 재료로 한다.[69]

어떤 것이 사건화된다는 것은 뉴스거리가 실제로 '뉴스가 되는 것'을 의미하는 것이라 할 수 있다. 다시 말해 신문기사를 작성한다는 것은 온전한 어떤 대상을 그대로 사실적으로 옮겨 적음으로써 기자의 흔적을 전혀 가미하지 않은 건조한 사실 그 자체를 전달하기 위한 것이 아니라는 것이다. "신문은 매일의 행위이면서, 픽션, 즉 만들어진 것이며 그것은 대체로 사회 안에 존재하는 모든 것을 재료로 한다"라는 맥루한의 말처럼 신문이 기사화되기 위해서는 사회의 수많은 재료들을 모자이크하는 인위적인 노력이 필요한데, 신문 매체가 발달하면 할수록 뉴스는 사회의 재료 그 자체보다는 이 재료들을 배치하고 결합하며 모자이크하는 기자의 공상력과 상상력에 초점이 맞추어지게 된다는 것이다. 이와 같은 맥락에서 본다면 뉴스는 신문 밖에 분리되어 있는 어떤 것이 아니라 사회적 재료들을 모자이크하며 신문이 구성되는 그 과정에서 만들어지는 것이다.

어떤 것이 기사화될 때 심리적 차원에서 작용하는 기자의 이러한 모자이크적인 기술은 실제 신문의 물질적인 지면이 편집되고 구성될 때에도 그대로 발휘된다. 김기림이 말하는 신문의 단 구성이나 몽타주적인 기사 배치 형식은 한 지면에 전혀 다른 세계의 내용을 동시적으로 보여줄 수 있는 계기가 되는 동시에 아무런 연관관계가 없는 것들을

---

69 M. Mcluhan, 김성기 외 옮김, 「신문」, 『미디어의 이해』, 민음사, 2002, 298~299면.

마치 어떤 연관성이 있는 듯이 보여줄 수 있는 계기가 되기도 한다. 이처럼 신문기사는 내용 그 자체보다는 오히려 구성과 배치와 인쇄되는 형태가 더 큰 영향을 미치는 새로운 형식의 글쓰기라 할 수 있다. 이러한 신문의 모자이크적인 편집에서 생성되는 의미들은 신문기사의 문장이 말하고 있는 문자적인 의미에서 결코 도출될 수 없는 행간에 감추어진 것들이다. 김기림은 이를 속임수라고 말하고 있는데, 김기림이 강조하는 풍자의 기술은 바로 이러한 문자 밖의 숨겨진 의미들을 생성하는 속임수의 기술을 적극적으로 활용하는 것들이라 할 수 있다.[70]

김기림이 당대 발행된 신문의 기사들의 문장을 『기상도』의 세계를 구성하는 데 있어 적극적으로 활용하고 있다는 점과 함께 파편적인 이미지들의 몽타주적인 병치와 같은 기법적인 특성을 신문지면의 모자이크적인 배열과의 연관성 속에서 접근하고 있는 많은 연구들이 이미 지적하고 있는 것처럼, 『기상도』의 시적 세계와 신문 매체는 상당히 긴밀하게 연결되어 있다고 할 수 있다.[71] 이러한 점을 가장 먼저 지적한 이는 최재서라 할 수 있는데, 최재서는 『기상도』가 현대를 대상으로 삼고, 전 세계를 시적 재료로 삼고 있지만 "이 시의 현대성은 역사책의 현대성이 아니라 실로 신문의 그것이다"라고 말하며 『기상도』의 특

---

70 이렇게 행간에 숨겨진 의미들을 민첩하게 잡아채기 위해서는 읽는 사람의 적극적인 참여가 필요하다. 『시의 이해』에서 김기림이 I. A. 리차즈를 비판하면서 강조하고 있는 부분 역시 독자의 적극성을 고려하지 않는 리차즈의 태도이다. 김기림은 리차즈가 "시인과 독자의 경험 사이에 대체로 비슷한 동가관계(同價關係)를 상정"(『전집』 2, 281면)함으로써 의미의 불확정성, 혹은 독자의 해석 가능성의 여지를 차단한 것을 비판한다.

71 최재서, 「현대시의 생리와 성격」, 『문학과지성』, 인문사, 1938; 신범순, 「신문매체와 백화점의 시학」, 『시와사상』, 2002 겨울; 조영복, 「1930년대 기계주의적 세계관과 신문문예시학」, 『한국시학연구』 20호, 한국시학회, 2007 참조. 신문 매체와의 직접적인 관련성을 언급하지는 않지만, 김기림의 글쓰기를 '영화적 글쓰기'로 규정하고서 영화의 몽타주적 특성과 『기상도』의 형식적 특성을 비교 고찰하는 나희덕의 논문 역시 이 같은 맥락 속에서 함께 논의될 수 있는 연구라 할 수 있다. (나희덕, 「김기림의 영화적 글쓰기와 문명의 관상학」, 『배달말』, 배달말학회, 2006 참조)

성을 분명하게 규정하고 있다.[72] 그렇다면 최재서가 말하는 '역사책의 현대성'과 '신문의 현대성'의 차이는 무엇일까.

그것은 무엇보다도 시간의 축적의 유무에 달려있는 것이라 할 것이다. 역사책의 현대성이란 축적된 역사적 시간이 그 뒤 배경으로 전제될 수밖에 없지만, 신문의 현대성이란 오직 현재적 시간에서 벌어지고 있는 사건들의 진술 속에서 발현되며, 이러한 진술조차도 "수많은 바쁜 사람들이 얼른 읽어버리도록 마련된"[73] 짧고 간결한 문장과 문체로 표현된다. 즉, 역사책의 현대성이란 시간적인 것이지만, 신문의 현대성이란 공간적인 것이다. 이와 같은 특성으로서의 신문은 역사책과 같은 깊이 있는 시선을 제시하는 대신, 가볍지만 다양하고 다채로운 정보들을 제공한다. 몽타주적이고 모자이크적인 신문지면의 형식은 신문의 이러한 성격과 연관되는 것이다. 최재서가 지적하고 있듯이, 『기상도』가 근동 지역부터 유럽, 남미, 아프리카, 중국대륙으로 전개되는 넓은 시야와 함께 "조신도회의 이느 뒷골목"의 풍경을 말할 수 있는 미세한 시선을 동시에 표출하고 있는데, 『기상도』의 이러한 독특한 시점은 『기상도』의 구성 방식이 신문의 표현 방식에 상당한 영향을 받고 있다는 것을 말해준다.

역사책과 신문의 대비 속에서 『기상도』의 시적 세계의 특성을 살펴보고 있는 최재서의 논의를 발전 확장시키고 있는 최근의 연구들은, 주로 신문이나 영화와 같은 현대적인 매체의 형식적인 특성, 이를테면 몽타주나 모자이크와 같은 형식적 특성을 파편적인 이미지들을 비논리적으로 병치하는 『기상도』의 시적 표현 방식과 연결시킴으로써, 영화나 신문매체에 대한 김기림의 관심을 구체화한다. 그러나 이와 같은 연구들은 모자이크나 몽타주적인 『기상도』의 특성을 형식미학적인

---

72 최재서, 위의 글, 76면.
73 『문장론신강』(『전집』 4), 111면.

차원으로만 접근함으로써 신문의 모자이크적인 특성에 내재되어 있는 매체의 행위적이고 과정적인 특성을 간과한 면이 없지 않다.

그러나 앞서 살펴본 것처럼 모자이크라는 형식은 인쇄된 신문지면의 형식이기도 하면서 신문기자의 글쓰기의 형식이자 신문이라는 미디어의 형식이기도 하다. 김기림이 말하는 신문의 '속임수'라는 것은 사회적 재료를 추려 하나의 글로 완성하는 신문기자의 모자이크적인 글쓰기 과정이나 기사의 위치 및 분량, 혹은 활자의 크기 등을 결정하는데 작용하는 매체의 모자이크적인 행위 과정 속에서 만들어지는 것이라 할 수 있다. 김기림의 모더니즘 시학에서 전통적인 재현의 문학 형식을 탈피하는 방식으로 제시되는 것이 '배치'이고, 김기림의 '명랑'이 현실의 조각들을 '배치'하는 시인들의 태도로 제시되고 있는 것이라고 했을 때, 김기림 시학에서의 신문 매체의 모자이크 기술은 단지 새로운 기교의 차원이 아니라 문학에 대한 인식 전환을 위한 방법이라는 정신적인 층위로까지 확장될 수 있는 여지가 존재하는 것이다. 특히 신문기사를 만들어가는 신문 매체의 행위적이고 과정적인 특성과 연관하여 『기상도』의 마지막 시편인 「쇠바퀴의 노래」에서 김기림이 폐허와 같은 현실을 통과하기 위한 행위 주체의 삶의 방법으로 제시하고 있는 "아름다운 행동에서 빛처럼 스스로 피여나는 법칙"이라는 시구는, 김기림 시학에서 '배치'의 문제가 윤리적인 층위로까지 확장되고 있다는 점을 보여주고 있다.

이와 관련하여 먼저 '기상도'라는 표제에 주목해볼 필요가 있다. 일반적으로 기상도란 실체로 존재하는 어떤 것을 이미지로 재현해놓은 것이 아니라 단지 공기의 움직임일 뿐인 대기의 한순간을 이미지로 고정시켜 놓은 것이라 할 수 있다. 그래서 기상도의 이미지에는 일반적인 지도에는 표시되지 않는 속도와 움직임이 그려지고, 계속해서 그 형태가 바뀔 수밖에 없다는 가변성을 전제한다. 특히 '이미지의 잡다성, 논리적 연결의 결무(缺無), 수약(收約)적 효과'[74] 등과 같이 논리적 인과관계를 끊임없이 분해하며 이미지들을 중첩시켜놓고 있는 작품『기상도』의 주요한 시적 테크닉은 시적 의미를 미확정적인 상태로 유지하게 한다. 그런데 이러한 기법적 특성은 무한한 가변성을 전제로 하는 '기상도'의 개방적인 세계에 가장 적합한 것이라 할 수 있다. 즉, 대기의 배치와 관계의 역학 속에서 끊임없이 자기의 모습을 바꿀 수밖에 없는 가변적인 속성을 특징으로 하는 '기상도'라는 이미지를 김기림이 표제로 내세우고 있다는 점은 실체적인 대상에 부착된 고정적인 의미보다는 매체적인 기능이 강조됨으로써 의미가 유동할 수밖에 없게 하는 신문기사의 모자이크적인 성격을 김기림이『기상도』라는 시적 세계를 구성하는 데 적극 활용하고 있다는 것을 암시한다.

김기림이 이렇게 가변성을 내포하고 있는 기상도의 세계를 시적 공간으로 설정한 것은 일차적으로 세계열강들의 침략전쟁에 의해 끊임없이 세계의 지도가 재편되는 당대의 불안정한 시대의식의 표출이라고 볼 수 있을 것이다. 엘리엇이 근대를 '황무지'라 규정함으로써 이미 폐허가 된 세계의 모습을 응시하며 이 세계로부터 벗어날 수 있는 탈출구를 모색하고 있는 것이라면, 김기림은 점점 '황무지'로 변해가는 세계의 불안을 '기상도'라는 이미지로 그려내고 있는 셈이다. 그런 점에서 많은 연구자들이『기상도』의 한계로 지적하는 내적 통일성의 부재를, 오히려『기상도』를 구상하던 김기림의 의도로 해석하며『기상도』의 텍스트 내적 구성의 원리로 파편적 양식의 알레고리를 제시하는 논의는『기상도』의 시적 세계를 이해하는 데 있어 중요한 시사점을 제공해준다.[75] 산만하고 잡다한 이미지들의 나열은 그 자체가 근대 문명에 대한 양식화된 항의라는 그의 논의를 참고하여 생각해본다면,

---

74 최재서, 앞의 글, 77~81면.
75 김유중, 앞의 책, 89~92면.

『기상도』의 시편들의 공통된 기법적 특징이라 할 수 있는 이미지의 파편성과 파편적 이미지들을 비유기적으로 병치하는 『기상도』의 시적 테크닉은 이 텍스트가 그려내려고 하는 유동적이고 불안정한 근대 문명 세계의 모습을 대신 말해주고 있는 일종의 알레고리인 셈이다. 특히 테크닉 자체가 알레고리라는 것은 내용을 전달하는 매체로서의 언어가 내용적 차원이 아니라 매체적 차원에서 특정한 메시지를 전달하고 있는 것이라 바꾸어 말할 수 있을 것이다.[76] 그런 점에서 『기상도』는 파편화되어 온갖 모순과 문제들을 발생시키는 근대 세계의 존재 방식 자체를 창작 방법으로 가져오고 있는 텍스트인 셈이다. 다시 말해 세계열강들의 힘의 배치 속에서 끝없이 유동하고 이리저리 휘몰리며 역사적 주체의 자리를 빼앗긴 식민지 조선의 현실의 모습 자체가 비유기적으로 파편화되어 있는 『기상도』의 형식으로 나타나고 있는 것이라 볼 수 있다는 것이다.

『기상도』의 파편적인 형식 자체가 식민지 조선을 포함한 근대 세계를 지시하는 일종의 알레고리라고 했을 때, 이와 연관하여 주목해야 하는 이미지가 '태풍' 이미지이다. 『기상도』에서 세계를 조각으로 파편화하는 것은 바로 '태풍'의 힘이기 때문이다. '태풍의 힘'이라고 말했지만, 사실 태풍은 '힘'이다. 김기림은 「태풍의 기침시간」에서 '태풍'을 "남해의 늦잠재기 적도의 심술쟁이", "상어의 싸훔동무", "돌아올 줄 모르는 장거리선수" 등과 같이 의인화하여 대상화하고 있지만, 비정상적인 공기의 움직임이라 할 수 있는 태풍은 사실 공기의 운동에 의해 발

---

[76] 알레고리에서 그것의 문자적 의미는 아무 의미도 없는 것이며, 중요한 것은 알레고리가 대신 말해주고 있는 것을 정확하게 파악해내는 것이다. 알레고리의 파편성은 이러한 이중적 구조 속에서 이해될 수 있다. 알레고리는 끊임없이 어떤 맥락으로부터 이탈되어 부가적인 새로운 이미지 공간을 만들어내는 것이다. 그런 점에서 그 자신이 말하고 있는 것과는 다른 것을 말하는 알레고리는 매체적인 속성을 갖는 것이라 할 수 있다.

생한 힘의 이동이라 할 수 있으며, 실체적으로 존재하는 특정한 대상이 아니라 대기의 배치와 관계의 힘을 의미한다. 태풍은 그 속성상 그 힘이 발생할 당시의 대기를 그대로 가지고 이동하는 것이 아니라 태풍의 이동에 의한 바람이 태풍 자신에 의한 바람에 합세되면서 점점 그 세력을 확장하고, 이러한 과정에서 끊임없이 자기를 구성하는 대기를 교체한다. 다시 말해 태풍은 타자와 구별될 수 있는 개별체로서의 구체적인 자기 얼굴을 가지고 있는 특정한 대상이 아니라 타자의 흔적으로서만 감지되는 힘 그 자체인 것이다. 이러한 힘의 역학 속에서는 내용과 형식이라는 이분법적 구도는 사라진다. 형식이 있고 그 속에 내용이 채워지는 것이 아니라 형태가 만들어지는 과정, 그 자체가 내용이 되는 것이기 때문이다.

『기상도』 중에서도 가장 파편적이고 몽타주적인 성격이 강하게 부각되는 4부 「자최」에서, '태풍'이라는 시어는 "오만한 도시를 함부로 뒤져놓고 태풍은 휘파람을 높이 불며 횡히 강변으로 비꼬며 간다 ……"라는 마지막 구절에서 잠시 나타날 뿐이지만, '투덜거리는 유리창'에서, '소름치는 산빨과 몸부림 치는 바다'에서, '휘청거리는 빌딩과 비틀거리는 전신주'에서, 기도를 하다 갑자기 교회당 문을 박차고 도망치는 신도들의 모습에서, '수화기를 내던진 채 창고의 층층계를 굴러 떨어지는 국무경 양키씨'의 모습에서, 파편적으로 몽타주되어 있는 「자최」의 모든 이미지에서 태풍의 흔적을 읽을 수 있다. 이 시편의 타이틀인 '자최'란 바로 '태풍의 자최'이다. 즉, 「자최」의 모든 이미지들은 '태풍'을 모자이크하고 있는 재료들이다. 다시 말해 파편적 이미지들의 병치적인 나열 속에서 풍자적인 목소리를 들려주고 있는 4부 전체가 '태풍'의 흔적이자 '태풍'의 얼굴이며, '태풍'의 목소리를 대신 전해주는 '태풍'의 알레고리들인 것이다.

그런데 파편적이고 비유기적인 이미지들의 병치로 구성되어 있는

『기상도』의 시편 각각은 상당히 무시간적이고 동시적인 특징을 보이지만, 『기상도』 전체적 구조를 생각해 보자면 '태풍 발생 전-태풍 발생-태풍 소멸'이라는 일정한 시간적 형식을 갖추고 있다. 이러한 서사적 시간를 확보할 수 있는 것이 장시의 특성이라고 할 수 있을 것이다. 그러나 『기상도』의 특이한 점은 내러티브라고 할 만한 것이 없다는 것이다. 그럼에도 불구하고 『기상도』에 일정한 시간적 형식이 있다고 감지될 수 있는 것은 이미지 자체에 운동성과 역동성을 내포하고 있는 '태풍'이라는 이미지를 김기림이 『기상도』의 중심 이미지로 채택했기 때문이다. 즉, 계속해서 자기의 얼굴을 파괴하는 방식으로 존재하는 '태풍'은 연속적인 시간을 분절하여 파편화하지만, 파괴라는 행위의 지속을 통해 내러티브로는 채워질 수 없는 독특한 시간성을 창출해내는 것이다.

이와 관련하여 『기상도』의 독특한 시간성을 창출하는 '태풍' 이미지와 비교해볼 수 있는 이미지는 에즈라 파운드의 '통일 이미지(Unity of Image)'이다. 파운드의 '통일 이미지'는 김기림의 '태풍'처럼 그 자체가 움직이면서 끊임없이 새로운 시간을 창출하는 것이 아니라 분리된 여러 시간들을 이어주는 일종의 매개체라고 할 수 있다.[77] 물론 파운드의 대표적인 장시 『칸토스』의 시간을 일본의 노[能]와 연결시키고 있는 피터 니콜스는 계산된 '연대기 오기에 의한 분리된 시간'이라는 무겐노의 독특한 시간성에 파운드가 상당한 영향을 받았다고 말하며, 노의 '분리된

---

[77] 이미지즘에서 보티시즘으로 전환하면서 '움직이는 이미지'를 강조하기 시작한 파운드는 일본의 '노[能]', 그중에서도 특히 유령이나 정령 등 초자연적인 존재가 주인공으로 등장하는 무겐노[夢幻能]에서 상당한 영감을 얻는다. 파운드는 무겐노 중에서도 특히 〈니시키기〉라는 작품을 언급한다. 무겐노의 타이틀이기도 한 '니시키기'는 남자가 구애의 징표로 사랑하는 여자의 집 문 앞에 세워두는 것으로, 〈니시키기〉에서 이것은 현재와 과거, 인간 세계와 혼의 세계를 이어주는 일종의 매개체 역할을 하는 것이다. 여기에서 파운드는 하나의 중심 이미지에 의해 극 전체가 긴밀하게 건축되는 기법으로 '통일 이미지'라는 개념을 제안한다.(P. Nicholls, "An Experiment with Time—Ezra Pound and the Example of Japanese Noh", *The Modern Language Review*, Vol.90, No.1, Jan., 1995 참조)

시간'이라는 독특한 시간성은 여러 시간들을 단일화하지 않는 복잡한 시간성을 창조한다고 보기도 한다. 파운드의 이러한 탈중심적이고 해체적인 시선은 인간의 개성을 부정하고 전통으로 회귀하며 서구 형이상학의 중심전통으로 복귀해버린 엘리엇에 비해 '포스트모더니즘적인 혼융성'이 강하게 드러나는 특징을 보인다고 평가되는 근거가 된다.[78]

그러나 『칸토스』에서 반자본주의적 태도를 보이고 있는 파운드가 자본주의를 고리대금업과 동일시하고 있는 것에서 알 수 있듯이, 파운드는 잉여가치를 인정하지 않는 자이다. 이는 파운드가 자본주의의 본질이 자본의 축적에 있는 것이 아니라 자본의 이동에 있다는 것을 간과하고 있다는 것을 말해주는 지점이다. 자본주의는 인간의 노동을 통해 물자를 사회적 생산물로 승화시키고 변형시키는 것이고, 잉여가치란 바로 이러한 자본의 움직임 속에서 생겨나는 것이다. 파운드는 이 자본의 움직임인 잉여가치를 고리대금업자들의 불로소득과 동일시하면서 이러한 세계를 정화하기 위해 '태양을 호출한다. 파스에 따르면 파운드에게 태양은 모든 제국주의적인 상징과 비전의 중심을 차지한다. 파운드가 로마 카톨릭이라는 중심과 전통으로 회귀하는 엘리엇에 비해 차이에 근거한 다신교적 세계관을 보여주고, 타문화를 적극적으로 수용함으로써 유럽중심적인 자기정체성을 해체하려는 욕망을 보여준다고 평가되기도 하지만, 결국 파운드가 보여주는 타문화에 대한 유연성은 모든 문명과 제국의 유산을 이어받은 보편국가를 꿈꾸기 위함이었던 것이다.[79] 이런 이유에서 파스는 파운드의 세계주의를 거대한 미국 민족주의로 평가한다. 엘리엇이 황무지 근대의 탈출구로 로마

---

78 김준환, 「영미 모더니즘 시에 나타난 "타자의 정치학"―T. S. 엘리엇과 에즈라 파운드」, 『비평과이론』 제5권 1호, 비평과이론학회, 2000 봄·여름; 박정필, 「상징적 팰러스 찾기와 들뢰즈적 욕망」, 『현대영미시연구』 16권 2호, 현대영미시학회, 2010 가을 참조.
79 O. Paz, 앞의 책, 166~172면 참조.

제국을 상상했다면, 파운드는 중세 로마제국에서 멈춘 엘리엇보다 더 나아간, 역사 어디에도 없었던 보편제국을 상상한 셈이라는 것이다. 파운드의 무솔리니 찬양은 이러한 맥락 속에 놓여있다. 그리고 이러한 상상의 가장 근원에 있는 파운드의 '통일 이미지'는 모든 제국주의적인 상징과 비전의 중심을 차지하는 '태양'이라 볼 수 있을 것이다.

반면에 김기림의 '태풍'은 시계의 속도를 희롱하며 달리는 '스케이트'의 또 다른 이름이라 할 수 있다. 인과관계에 놓여있는 사건의 서사처럼 선험적으로 전제되어 있는 시간의 형식이나 시간의 궤도를 따라 움직이는 것이 아니라, 파괴된 시간의 궤도의 파편들을 모자이크하면서 스스로 새로운 시간성을 창출해 내는 역동적인 '태풍' 이미지는 역으로 『기상도』의 모든 파편적인 이미지들을 담아내는 형식이 된다. '태풍'과 『기상도』의 파편적인 이미지들은 이렇게 서로가 서로에게 형식이자 내용인 것이다. 『기상도』의 모든 파편적인 이미지들을 담아내는 형식이 된다는 점에서 『기상도』의 중심 이미지라 할 수 있는 '태풍'은 파편적 형식이라는 알레고리를 다시 하나의 선명한 이미지로 대체해 놓은, '알레고리의 알레고리'로 볼 수 있다. 다시 말해 파탄이 난 근대 세계의 존재태 자체가 그대로 『기상도』의 형식이 되고, 이 파편적인 형식을 다시 '태풍'이라는 역학적이고 동적인 이미지가 대신하면서 스스로 시간을 만들어가는 '태풍' 이미지를 중심으로 『기상도』라는 파편적인 시적 세계가 구성되고 있는 것이다.

이처럼 김기림은 스스로 운동성을 갖는 '태풍' 이미지를 통해 『기상도』의 세계를 안과 밖이 구분되지 않는 뫼비우스의 띠처럼 만들어놓고 있다. 이러한 상상력은 그가 특정한 실체를 전제하는 전통적인 재현적 문학 논리로부터 일탈할 수 있는 가능성을 지속적으로 고민한 결과라 할 것이다. 단어의 결합과 배치를 강조하는 은유론과 선험적으로 전제되어 있는 시간의 궤도를 분해하는 '속도', 큐비즘의 예술에서 발전시킨 '각도' 등과 같은 시론적인 층위의 논의나, 새로운 시인의 태도로 '상실의 슬픔'을 대신해서 제시하는 '명랑한 지성'과 같은 인식론적인 층위의 논의는 내용과 형식이라는 이분법적 구분을 완전히 폐기하는 '배치의 시학' 속에서 이루어지는 것들이다. 이는 김기림이 "문학에서 반영된 현실의 내용을 의식하기보다는 매체 자체를 더 의식"[80]하는 시인이기에 가능했던 것이기도 하다. 실재하는 중심으로서의 '태양과 스스로 자신의 형체를 파괴하면서 미정의 궤도를 만들어가는 '태풍', 김기림에게 상당한 영향을 준 파운드나 엘리엇의 영미 모더니즘과 김기림의 모더니즘의 경계는 이 두 이미지가 대신 말해주고 있다. 이는 또한 엘리엇의 고전주의와 김기림의 휴머니즘의 경계이기도 할 것이다.

이와 같이 선험적 형식으로 존재하는 시간이 아니라 이렇게 만들어져가는 과정으로서의 『기상도』의 시간 형식은 '배치'의 기술이 만들어내는 것이라 할 수 있다. 김기림이 자기의 얼굴을 끊임없이 파괴하면서 새로운 얼굴을 만들어내는 '기상도'나 '태풍'과 같은 이미지를 선택한 이유 역시 '배치'라는 문제와 무관하지 않다. 특히 『기상도』에서 '태풍'의 이미지가 다층적인 의미망을 만들어낼 수 있는 것은 배치의 역학 속에서 작용하는 태풍의 자기 파괴적인 속성 때문이다. 『기상도』의 문명 비판의 힘은 바로 이러한 자기 파괴성에 근거한다. 『기상도』에서 '태풍'은 세계를 '병든 풍경'으로 만드는 근대 문명을 상징하기도 하면서 동시에 왜곡된 근대 문명의 세계를 조롱하는 목소리로 등장한다. 특히 '심술쟁이'나 '싸훔동무'와 같은 파괴적 속성의 태풍의 이미지는 균정화되어 있는 근대 세계의 관계의 역학에 '비균정'으로서의 힘을 가함으로써 역학의 균형을 깨트리는 근대 문명의 자기파괴력을 의미하

---

80 신범순, 「30년대 모더니즘에서 산책가의 꿈과 재현의 붕괴」, 『한국 현대시사의 매듭과 혼』, 민지사, 1992, 140면.

는 것이라 할 수 있다. 세계열강인 미국이 점령하여 자신들의 휴양도시로 만들어버린 필리핀의 작은 섬 "바기오"에서 태어났다는 점에서 '태풍'은 문명 제국의 아들이다. 그러나 『기상도』의 세계가 제국의 질서를 조롱할 수 있는 것 역시 태풍이 만들어내는 공기의 역학 덕분이다. 아버지를 공격하는 아들, 이것은 부가된 이미지로 원래의 이미지를 지워버리는 알레고리의 속성이자, 자기 파괴를 발전의 동력으로 삼는 근대의 얼굴이며, '행동하는 막난이 파우스트'로서의 '태풍' 이미지의 정체이다.[81]

> 「바시」의 어구에서 그는 문득
> 바위에 걸터앉어 머리수그린
> 헐벗고 늙은 한 사공과 마주쳤다
> 흥 「옛날에 옛날에 파선한 사공」인가봐
> 결혼식 손님이 없어서 저런게지
> 「오 파우스트」
> 「어디를 덤비고 가나」
> 「응 북으로」
> 「또 성이 났나?」
> 「난 잠잫고 있을 수가 없어 자넨 또 무엇땜에 예까지 왔나?」
> 「괴테를 찾어 다니네」
> 「괴테는 자네를 내버리지 않었나」
> 「하지만 그는 내게 생각하라고만 가르쳐 주엇지

---

81 이렇게 가변성을 자기의 존재 방식으로 삼고 있는 '기상도'나 '태풍'의 이미지는 어떤 실체적인 대상의 재현보다는 대상들 간의 관계의 측면을 부각시키고, 대상들의 결합과 배치에 의해 무한한 새로운 이미지를 생성해내는 현대적인 예술관에 대한 김기림의 관심이 '기상도'라는 표제나 『기상도』의 중심 이미지인 '태풍' 이미지에도 영향을 미치고 있다는 것을 보여주는 것이라고도 볼 수 있을 것이다.

어떻게 행동하라군 가르쳐 주지 않엇다네
나는 지금 그게 가지고 싶으네」
흠 막난이 파우스트
흠 막난이 파우스트

中央氣象臺의 技師의 손은
世界의 1500餘 구석의 支所에서 오는
電波를 번역하기에 분주하다

(第一報)
低氣壓의 中心은
「발칸」의 東北
또는
南米의 高原에 있어

— 「태풍의 기침시간」 부분(133~134)

인용된 부분은 미국인의 휴양도시인 필리핀 "바기오"에서 태어난 '태풍'이 북진하다가 '바시해협'[82] 근처에서 만난 '파우스트-사공'과 대화하는 장면이다. 마치 로드무비의 한 장면처럼 "적도의 심술쟁이", "상어의 싸홈동무", "화란선장의 붉은 수염이 아무래도 싫다는 따곱쟁이" '태풍'은 자신이 만들어가는 궤도 위에서 '헐벗고 늙은 파우스트-사공'을 만나 대화를 하기 시작한다. 재미있는 것은 '헐벗고 늙은 파우스트-사공'이 악동 '태풍'과 대화하면서 점점 젊어지고 있다는 점이다. 머리를 수그린 채 맥없이 바위에 걸터앉아 있던 '파우스트-사공'은 악

---

82 타이완과 필리핀의 바탄 제도(바타네스주) 사이에 있는 해협.

동 '태풍'과 대화가 끝난 무렵에는 "막난이 파우스트"가 되어 있다.

파우스트가 근대를 표상하는 전형적인 인물 표상이라고 했을 때, 헐벗고 늙은 사공의 모습을 한 파우스트는 파시즘의 세력이 점점 강력해지고 있는 당대 현실을 반영하고 있는 것이라 생각해볼 수 있다. 이러한 세계의 모습을 김기림은 2부 「시민행렬」에서 미리 보여주고 있다. 제국주의의 영토 확장 속에서 보여주는 서구 문명의 야만성("넥타이를 한 흰 식인종", "내복만 입은 파씨스트"), 약소국의 삶의 터전을 전쟁터로 만들어버린 식민주의("헬매트를 쓴 피서객"), 야만적인 문명의 옷을 입고 있는 식민 국가의 지배층들("필경 양복 입는 법을 배워낸 송미령 여사"), 제국주의적 영토 확장에만 관심을 가지느라 정작 자국 국민의 삶을 파탄에 이르게 한 서구열강("파리의 남편들은 차라리 오늘도 자살의 위생에 대하여 생각하여야 하고", "공원은 수상 막도날드씨가 세계에 자랑하는 여실히 실업자를 위한 국가적 시설이 되었습니다"), 죄책감의 도피 수단으로서의 종교("기도는 죄를 지을 수 있는 구실이 되었습니다"), '헐벗고 늙은 파우스트-사공'은 이 모든 비참한 세계를 의인화하고 있는 알레고리이자 모자이크된 세계 이미지인 것이다. 이러한 '파우스트-사공'이 심술 난 싸움꾼 '태풍'을 만나 대화를 하면서 바위에 앉아 막연히 생각만 하고 있던 자신의 불만을 직접 발화함으로써 구체화시키고, 마침내 늙은 노인이 역동적인 "막난이 파우스트"로 변신하고 있는 것이다.

하지만 이러한 변신은 다만 '파우스트-사공'에게만 이루어지는 것이 아니다. 대화란 일방적인 독백이 아니라 마주 대하여 이야기를 주고받는 형식의 말하기 기술이고, 타인의 생각을 이해하려는 의식적, 무의식적 노력이 병행되지 않는다면 불가능한 말하기 방식이기 때문이다. 대화는 과정이며, 변화이다. 실제로 '파우스트-사공'과 대화하기 전의 '태풍'은 모든 것을 자신의 고정관념에 의지해 판단하는 독단적 주체의 모습을 보인다. 그러나 대화를 하면서 '태풍'은 힘없는 늙은 노인처럼 보였던 '파우스트-사공'이 사실은 굉장한 불평가임을 알아차리게 된다. 이렇게 생각해본다면 김기림이 '태풍'을 맥 놓고 앉아있는 '파우스트-사공'에 대한 일방적인 관찰자로 두지 않고, 이 둘 사이에 대화적 형식을 도입한 것은, 악동 이미지이기만 한 '태풍'을 성장시키기 위해서라고 할 수 있을 것이다. 대화의 형식을 통해 '힘없고 늙은 파우스트-사공'은 심술쟁이 '태풍'의 이미지를 흡수하여 '막난이 파우스트'가 되고, 마냥 악동이기만 했던 '태풍'은 '파우스트-사공'의 이미지를 흡수하는 것이다. 이러한 과정 속에서 '태풍'과 '파우스트-사공'은 완전히 중첩되어 동일시되고, '막난이 파우스트'의 얼굴을 흡수한 '태풍'은 '바기오'나 '바시'와 같은 조그만 공간이 아니라 "발칸의 동북"이나 "남미의 고원", "아세아의 해안" 등과 같이 근대라는 전 세계에 영향을 미치는 거대한 힘으로 성장하게 되는 것이다. "중앙기상대의 기사의 손"이 바빠진 이유는 바로 '태풍'이 행동하는 근대의 알레고리인 "막난이 파우스트"로 성장했기 때문이다.

여기서 파우스트가 '막난이'인 이유는 자기를 태어나게 한 '아버지-괴테'를 부정하기 때문이다. 문명의 아들로 태어난 '태풍'이 문명을 공격하는 파괴자가 된 셈이다. 근대를 부정하는 근대, 근대의 이러한 자기파괴적 속성을 마르크스는 '굳어진 것들은 모두 사라지고, 신성한 모든 것은 모독당한다'는 말로 표현한 바 있다. 잘 알려진 대로『공산당 선언』의 이 구절을 다시 한 번 곱씹게 한 이는 모더니즘의 관점에서 마르크스의 저작을 읽고 있는 마샬 버만이다. 버만에 따르면 마르크스는 부르주아의 특정한 발명품과 혁신을 그다지 자세하게 설명하지 않는다. 그에게 문제가 되는 것은 인간의 삶과 에너지의 작용, 힘, 표현이며, 부르주아가 만들어내는 새로운, 그리고 끊임없이 갱신된 활동 양식인 것이다. 즉, 인간의 능력을 해방시키고 개발시킨 것은 부르주아의 업적이며, 부르주아의 지배를 타도하는 '혁명적 활동, 실천적-비판적 활동'은 부르주아가 스스로 풀어놓은 에너지의 한 표현이라는 것이다. 그러나 안타깝게도 부르주아들은 자신들이 열어놓은 길들을 제대로 살펴볼 수가 없었고, 자본주의를 고리대금업으로 착각한 파운드처럼 장기적이고 견고한 안정성을 추구함으로써 자본을 축적하고 잉여가치를 쌓아올리는 것에서만 유일한 의미를 찾게 된 것이다.[83] 부단한 교란과 지속적인 동요는 삶의 창조적 에너지가 되지 못한 채, 오히려 견고하고 장기적인 안정성을 호출하는 원인이 된 셈이다.

유동하는 세계에서 중요한 것은 과거의 고착되어 있는 세계를 동경하며 유동하는 세계 속에 함몰해버리는 것이 아니라, 유동성을 삶의 방식으로 전환시키면서 타자와의 관계 속에서 미래의 발전을 기대하는 법을 익히는 것이다. 이는 암흑과 같은 세계에서 신도의 흉내나 내고 있는 자신의 모습을 조롱하고, 지나간 날의 신화에 대한 달콤한 회고와 향수를 노래하는 것으로 오히려 인도와 근동에 영국의 지배를 더욱 강화하게 한 타골[84]을 비판하고 있는 「올빼미의 주문」과 '어디서 시작한 줄도 언제 끝날 줄도 모르는 꺼질 줄이 없이 불타고 있는' 태양의 삶의 방식을 제안하는 「쇠바퀴의 노래」를 통해 김기림이 말하고자 하는 바일 것이다. 이미 정해진 궤도 위를 폭주기관차처럼 달리는 것이 아니라 스스로 궤도를 만들어가는 변신의 미학을 통해 세계를 개방하는 것, 이것이 "근대 상업주의의 모든 성공과 실책의 추진력이 되었던 모험의 정신"[85]을 바탕으로 한 김기림의 낙관주의의 특성이라 할 것이다.

특히 근대 세계를 '황무지'라 규정하고 이러한 세계로부터의 탈출 가능성을 중세기 로마제국이라는 과거의 시간 속에서 탐색하고 있는 엘리엇의 방식과 비교해본다면, 엘리엇의 '황무지'의 자리에 가변성을 속

---

83 M. Berman, 문명식 옮김, 『맑스주의의 향연』, 이후, 2001, 145~158면 참조.
84 「과학과 비평과 시」, 『전집』 2, 31면.
85 「조선문학에의 반성」, 『전집』 2, 50면.

성으로 하는 '기상도'라는 표제를 내세우고 있는 김기림의 의도는 보다 분명해진다. 엘리엇이 황무지와도 같은 현실의 문제를 로마 카톨릭과 라틴어를 중심으로 하나의 거대한 통일 제국을 형성했던 중세기 유럽 전통의 부활이라는 상실한 중심을 회복하려는 방식으로 타개하려고 했다면, 김기림은 중심을 상실하여 가변적이고 유동적일 수밖에 없게 된 근대의 자기 파괴력을 더욱 강화하는 방식으로 황무지 현실을 통과하려고 한 것이다. 김기림이 로맹 롤랑의 예술가 영웅들에게서 감동을 받은 것은 예술가 영웅들의 천재적인 재능 때문이 아니라 그들이 "생명의 찬가를 높이 부르며 유쾌하게 이 험악한 생에 직면하게 하는 낙천주의자"[86]이기 때문이다. "허무와 싸우는 생명"이자 "밤 속에서 타는 불길"인 롤랑의 예술가 영웅들의 삶의 방식을 김기림은 『기상도』에서 "아름다운 행동에서 빛처럼 스스로 피여나는 법칙"이라는 시구로 표현하고 있는 셈이다. 이러한 점은 기법상의 유사성에도 불구하고 엘리엇의 「황무지」와 김기림의 『기상도』는 그 정신적 지향점은 완전히 정반대로 나아가고 있는 것을 보여준다.

　엘리엇이 종교에서 떨어져 나오면서 무질서해진 황무지 근대로부터 탈출하기 위해 다시 종교로 회귀했다면, 『기상도』에서 김기림은 이러한 엘리엇의 보수성을 비판하며 여전히 종교로부터 떨어져 나온 세속화(profanation)[87]된 근대적 인간의 자유로운 움직임에 희망을 건다.

86　「「로망·로랑」과 「장·크리스토프」」, 『전집』 3, 163~164면.
87　여기에서 언급되고 있는 '세속화(profanation)'라는 개념은 아감벤의 글을 참조했다. 아감벤은 '세속적(profane)'인 것과 '환속적(secular)'인 것을 다음과 같이 구분한다. "환속화는 억압의 형식이다. 환속화는 자신이 다루는 힘을 그저 한 곳에서 다른 곳으로 옮기기만 함으로써 이 힘을 고스란히 내버려둔다. 따라서 신학적 개념의 정치적 환속화(주권권력의 패러다임으로서의 신의 초월)는 천상의 군주제를 지상의 군주제로 대체할 뿐 그 권력은 그냥 놔둔다. 이와 반대로 세속화는 자신이 세속화하는 것을 무력화한다. 일단 세속화되고 나면, 사용할 수 없고 분리되어 있었던 것이 그 아우라를 상실한 채 공통의 사용으로 되돌려진다. 이 둘 모두 정치적 작업이다. 환속화가 권력의 실행을 성스러운 모델로 데려감으로써 권력의 실행을 보증한다면, 세속화는 권

바슐라르는 스스로를 '생성과 존재를 결합하는 동체로 구성하는 것'[88]
이 바로 '자유'라고 말한다. '스스로를 연료로 하여 스스로를 불태우는
것', '스스로를 변화시키는 것'이 바로 자유이다. 즉, 자유란 상황에 얽
어매이지 않은 상태에서 수동적으로 주어지는 게 아니라, 상황에 얽어
매인 상태에서 상황 자체를 변화시킴으로써 능동적으로 쟁취되는 것
이다.[89] '막난이 파우스트'가 원하는 "행동"이란, 바로 '늙은 사공'이 '막
난이 파우스트'가 되는 것처럼 스스로의 모습을 바꾸는 것이며, 이를
통해 스스로 만들어가는 "즐거운 궤도"를 달리는 "쇠바퀴"가 되는 것이
다. 김기림의 '명랑', 혹은 '가벼움의 미학'이 윤리적 층위에서는 이렇게
스스로를 변화시키는 존재로서의 '자유로운 인간'을 긍정하는 휴머니
즘으로 발현된다. 그런 점에서 『기상도』의 몽타주적인 이미지의 무질
서한 나열이 보여주는 파괴적인 속성은, 로마 카톨릭이라는 전통을 중
심으로 구성된 '이상적인 질서'에 개성을 탈개성화하여 몰입할 것을 요
구하는 엘리엇의 고전주의 미학에 대항하는 김기림의 휴머니즘의 예
술적 표출이라고도 볼 수 있을 것이다.[90] '기상도'라는 이미지에 내재
되어 있는 유동적인 근대 세계의 속성은 세계를 불안하게 하는 원인이
다. 그러나 모순적이고 불안한 현실을 통과할 수 있는 가능성의 계기
역시 이러한 가변성에 내포되어 있는 미확정적인 개방성에서 찾으려
고 하는 것이 김기림의 모더니즘 시학이 주장하는 바라 할 것이다.

력의 장치들을 비활성화하며, 권력이 장악했던 공간을 공통의 사용으로 되돌린
다."(G. Agamben, 김상훈 옮김, 『세속화예찬』, 난장, 2010, 113면) 일제 말의 파시즘
권력은 신의 권능을 환속화한 것, 다시 말해 신의 문법에서 떨어져 나와 오직 관계성
으로서만 발현되는 세속적인 힘을 하나의 특정한 대상의 것으로 물신화한 '환속적'
인 것이라 할 수 있을 것이다.

88 G. Bachelard, 정영란 옮김, 『공기과 꿈』, 이학사, 2001, 456면.

89 곽광수, 「바슐라르와 상징론사」, 『공간의 시학』, 동문선, 2003, 17면.

90 T. S. Eliot, 이창배 옮김, 「전통과 개인의 재능」, 『T. S. 엘리엇 문학비평』, 동국대 출판
부, 1999.

2. '모자이커-시인'의 한계체험

1) '모자이커-시인'의 한계와 변신가능성

　문명 비판이라는 무거운 주제를 담고 있다는 점에서 지금까지『기상도』는『태양의 풍속』의 시편들과는 다른 맥락 속에서 논의되어 왔지만,『기상도』의 문명 비판은 대상의 의미를 우스꽝스럽게 비틀고, 이를 통해 그 대상이 위치해 있는 담론적 기술을 공격하는 풍자적 테크닉에 의해 주로 이루어지고 있다.[91] 풍자의 기술은 현실의 근원적 모순을 폭로하고, 변증법적으로 모순적인 현실을 변혁하려는 진지한 시인의 것이 아니라, 교묘한 배치를 통해 현실 스스로가 자신의 모순을 발설하게 함으로써 진지한 척 하는 대상들을 한없이 가볍게 만드는 명랑한 시인의 것이다. 풍자적 시인은 자신의 목소리를 직접 발화하는 대신, 현실 이미지를 적당하게 배치하고 변형할 뿐이다. 이러한 점을 가장 잘 보여주는 것이『기상도』의 종결부이다.

　　(A) (시의 게시판)
　　시민은

---

[91] 김기림 연구사에서『태양의 풍속』과『기상도』는 상당히 다른 맥락 속에서 논의되고 있지만, '배치'를 강조하고 '매체'를 의식하는 김기림의 성향은 두 시집에서 크게 구별되지 않는다. 차이가 있다면,『태양의 풍속』이 상품의 전시장으로서의 도시 일상의 풍경들을 재료 삼아 모자이크하고 있는 '꿈의 이야기'들이라면,『기상도』는 조선의 뒷골목 이야기부터 바다 건너 외국의 정치, 경제, 문화 등에 이르기까지 방대한 정보를 담고 있는 신문의 정보력에 의지하여 모자이크하는 재료의 범위를 근대 세계 전체로 확장하고 있다는 것뿐이다. 즉, '기상도'나 '태풍'이라는 가변성과 운동성을 그 속성으로 하는 이미지를 중심 이미지로 삼아 이 방대한 재료들을 모자이크하고 있는 것이『기상도』라 할 수 있다.

우울과 질투와 분노와

끝없는 탄식과

원환의 장마에 곰팡이 낀

추근한 우비를랑 벗어버리고

날개와 같이 가벼운

태양의 옷을 갈아 입어도 좋을게다

— 「쇠바퀴의 노래」 부분(154)

(B) (시의 게시판)

「신사들은 우비와 현금을 휴대함이 좋을 것이다」

— 「태풍의 기침시간」 부분(135)

이미지 자체에 역동성과 운동감을 내포하고 있는 '태풍' 이미지를 『기상도』의 중심 이미지로 삼음으로써, 스스로 시간을 만들어가는 '태풍' 이미지를 중심으로 『기상도』의 파편적인 시적 세계를 입체적으로 구성해낸 김기림은, 지나간 날의 신화에 대한 달콤한 회고와 향수를 노래하는 '타골의 노래'를 대신할 "쇠바퀴의 노래"로 『기상도』의 마지막을 장식한다. 『기상도』의 '쇠바퀴'는 정해진 궤도 위를 달리는 근대의 기차 바퀴가 아니라 이미 존재하는 세계의 궤도를 해체하며 스스로 새롭게 만들어가는 궤도를 달리는 기차 바퀴이다. 쇠바퀴가 달리는 흔적 그 자체가 궤도가 되는 것이다.[92] 「쇠바퀴의 노래」에서 그리고 있는

---

92 이와 관련하여 제2장 1절에서 논의한 김기림의 '리듬'을 떠올려볼 수 있을 것이다. 김기림은 메트로놈처럼 세계를 고정시키는 리듬, 혹은 음성적 껍질로 만들어진 작위적인 리듬을 부정하며 의미의 연쇄 속에서 발현되는 사유의 리듬을 강조한다. 전자가 선험적으로 존재하는 시간 형식이라면, 후자는 의미의 연쇄 자체가 시간을 형성해나가는 것이라 할 수 있다. 즉, 김기림에게 리듬은 음보율이나 음수율과 같이 내용 없이 시간의 단위를 단순히 구분하고 구획짓는 것이 아니라 어떤 사유의 방향성이나 느낌을 의미한다. 그리고 방향성, 그리고 느낌으로서의 이 리듬은 운율처럼 언어를 일정

태양처럼 밝은 미래의 모습이 설득력을 갖는 이유는 현재의 시간을 해체하며 스스로 궤도를 만들어 가는 쇠바퀴의 의지가 투영되어 있기 때문이다. 즉, 「쇠바퀴의 노래」에서 김기림이 그리고 있는 미래는 막연한 미래 긍정이 아니라 의지로서의 미래이며, 해체된 현재의 시간을 모자이크하며 만들어가는 미래이다. 이러한 미래의 시간은 오직 현재의 행동이 결정한다는 것을 김기림은 이미지의 배치를 통해 경고하는데, 이것이 바로 위에 인용된 부분이다.

「쇠바퀴의 노래」를 감싸고 있는 희망찬 미래에 대한 긍정적 분위기는 "허나 이윽고"로 시작되는 처음부터 "날개와 같이 가벼운 태양의 옷을 갈아 입어도 좋을게다"라고 끝나는 마지막 구절까지 일관되게 유지된다. 그러나 김기림은 현실을 파편화하고 조롱하면서 온 세계의 거리를 휘젓고 다니는 악동 '태풍'처럼 슬그머니 "(시의 게시판)"이라는 시행을 천연덕스럽게 삽입해놓는다. 이 게시판에는 다가오는 태풍의 위험을 대비하여 "「신사들은 우비와 현금을 휴대함이 좋을 것이다.」"라는 경고 문구가 달려있던 곳이다. 신문을 읽을 때는 신문기사의 내용뿐 아니라 신문 편집의 속임수를 잘 읽어야 한다는 것을 강조하기도 했던 김기림은 편집의 교묘한 기술을 이렇게 이용하고 있는 것이다. 흥미로운 부분은 3부에 등장한 "(시의 게시판)"에는 인용부호가 있지만(B), 7부의 "(시의 게시판)"에는 인용부호가 사라져있다는 것이다(A). 「차륜은 듯는다」라는 타이틀로 『삼천리』(1935.12)에 발표될 때는 동일한 부분에 인용부호가 달려있는데, 김기림이 『기상도』를 편집할 때 의도적으로 인용부호를 삭제한 것이라 추정해볼 수 있다.

7부 「쇠바퀴의 노래」에서 "(시의 게시판)"이라는 시행과 사라진 인용부호는 "날개와 같이 가벼운 태양의 옷을 갈아 입어도 좋을게다"라

한 형식 속에 고정하는 것이 아니라 언어를 시간 속으로 풀어낸다.

는 시구의 진짜 의미는 여전히 유동적이라는 것을 말해준다. 7부의 "시의 게시판"의 매체적 성격이 3부의 그것과는 완전히 달라졌다는 것을 의미하는 것일 수도 있고, 정부가 시민을 속이기 위해 여전히 거짓정보를 게시한 것일 수도 있는 것이다. 다시 말해 3부에는 있던 인용부호가 7부에서는 사라졌다는 것의 의미는 지배자들의 언어가 게시되던 매체의 성격이 바뀌어 게시판이 시민 전체에 개방되고 있다는 것을 의미하는 것일 수도 있고, 이 정보를 굳이 "(시의 게시판)"에 올려놓는 것은 시민은 여전히 위험하다는 것을 의미하는 동시에 지배자의 언어에 바보처럼 또 속고 있는 시민을 조롱하기 위한 것일 수도 있는 것이다. 최재서가 『기상도』의 종결부를 "미소의 당환을 멕여서 쌉살한 맛을 혀바닥우에 남겨놓는 간사한 수법"[93]으로 본 것은 후자로 해석했기 때문일 것이다. 이렇게 김기림은 3부에서 오염시켜놓은 "(시의 게시판)"이라는 행을 희망찬 분위기로 가득한 7부에서 의도적으로 재삽입하고, 인용부호를 삭제하는 것으로 약간의 변형을 줌으로써 『기상도』의 종결부를 보다 다양하게 해석할 여지를 마련해놓는다. 중요한 것은 "(시의 게시판)"에 게시된 내용이 아니라 "(시의 게시판)"의 매체적 성격일 것이다. 그리고 이러한 "(시의 게시판)"의 성격은 스스로 궤도를 만들어가는 쇠바퀴의 방향이 결정할 것이다. 따라서 「쇠바퀴의 노래」의 미래는 어떠한 것도 결정된 것이 없다. 그리고 이러한 개방적인 미래, 이것이 파편적인 현실의 조각들로 시간을 만들어가는 것으로 채워나가는 『기상도』의 세계이다.

　　김기림의 이러한 가능성으로서의 미래는 현실을 분해하는 힘에서 만들어져가는 시간이다. 그리고 현실을 분해한다는 것은 '각도'를 대입한다는 것이고, '각도'를 대입한다는 것은 한 시선으로는 보이지 않

---

93 최재서, 앞의 글, 96면.

는 숨겨진 의미들을 계속해서 만들어낸다는 것을 의미한다. 이것은 진실이나 본질에 가까이 다가섬으로 해서 의미를 확정하는 작업이 아니라 오히려 의미를 유동하게 하는 작업이다. 이렇게 유동성 속에서 생성되는 수많은 의미의 파편들을 모자이크하며 궤도를 만들어나가는 것이 '유동하는 현실'에 대한 김기림 시학의 대응 방식인 것이다.

그러나 1939년을 전후로 김기림의 시는 더 이상 '명랑'하지 못하다. 「겨울의 노래」에서는 "웨 이다지야 태양이 그리울까"라는, 「마음의 의상」의 '암흑의 액체 바다'에서 태양을 그리워하던 바로 그 목소리가 다시 들리고, 「동방기행—서시」에서는 행복은 물론이고 "불행도 파문도 추방도 인제는 나를 위협하지 못한다"고 말하며 자신이 우울증자가 되었음을 고백한다. 시계의 속도를 희롱하며 달리던 '속도의 기사'가 1939년 전후에 발표된 시편들에서는 바깥세상의 어떠한 위협도 아무런 자극이 되지 못하는 무기력한 우울증자가 되어버린 것이다. 김기림의 이러한 내적 변화는 물론 천황제 파시즘 체제이라는 시대적 상황과 밀접하게 연결되어 있을 것이다.

이른바 '전형기' 혹은 '암흑기'라 불리는 30년대 후반의 시기를 통과하는 문인들의 삶과 문학의 궤적을 탐구하는 연구들이 공통적으로 전제로 두는 것은 구체적인 역사적 사건으로는 카프의 해체이며, 이는 곧 이념의 상실을 의미한다. 이러한 이념의 상실은 개개의 현상들을 위계질서화해 줄 정당성이나 거대서사의 틀을 상실했다는 것을 의미하며, 무너져 내린 현실 속에 고립된 지식인은 한없이 왜소한 존재가 되어버린다. 이렇게 30년대 후반은 '이념의 붕괴로 인한 목적의 상실'로 규정되며, 이 시기에 나타나는 문인들의 환멸과 불안의 원인은, 더욱 강고해진 외적 억압 때문이라기보다는 파시즘의 득세가 당대인에게 통용되던 역사인식에 대한 강한 회의를 유발시킨 탓이라고 해석된다. 자본주의의 모순은 인간의 실천에 의해 극복될 것이고 그 결과 자본주의 이후에는 사회주의 사회가 올 것이라는 그들의 신념이 카프의 몰락으로 무너져 내린 것이다. 30년대 후반 문인들 사이에서 유행하던 셰스토프적인 불안 사상이나 『단층』파나 『시인부락』 동인 등의 신세대 문인들이 보여주는 데카당한 분위기, 임화나 한설야 등의 카프 문인들의 자기 환멸적인 목소리, 이념의 몰락의 현장에서 '동양' 담론이나 '근대초극론' 등을 통해 '신생'을 기대하는 비평가들의 달뜬 목소리 등은 이들이 이념을 상실한 시대를 살아가고 있다는 것을 보여주는 여러 증상들이라 할 수 있을 것이다.[94]

그러나 위와 같이 '이념의 상실', 혹은 '거대 서사의 붕괴'라는 말로 설명되는 30년대 후반의 분위기로는 일제 말 김기림의 미묘한 변화를 설명할 수 없다. 김기림이 유동하는 근대의 바다에서 방향을 지시해주는 해도의 무용함을 이미 경험했고, 이러한 세계에서 주체는 '움직이는 주관'으로서의 '작은 주체'일 수밖에 없다는 것을 명시하면서, 사물의 본질을 파악하는 데에 문학의 지향점을 두는 것이 아니라 테크닉을 통한 현실 이미지의 변형과 이러한 균열이 생산하는 다층적인 의미 생산의 중요성을 강조했다는 점을 상기해본다면, 위와 같이 이념의 상실로 파악되는 현실적 상황은 당대 여타의 문인들에 비해 김기림에게 그리 큰 장벽으로 다가왔을 것이라 생각되지는 않기 때문이다. 이른바 이념의 상실 속에서 '말하려는 것과 그리려는 것의 분열'로 난감해 하던 30년대 중후반의 임화의 난처한 경험을 김기림이 30년대 초반 이미 경험했다는 것을 보여주는 것이 『태양의 풍속』에서 특히 「마음의 의상」으로 묶인 시편들이다.[95] 그러나 일제 말 김기림이 보여주는 시적

94 김윤식, 『한국근대문예비평사연구』, 일지사, 1976; 류보선, 「환멸과 반성, 혹은 1930년대 후반기 문학이 다다른 자리」, 『민족문학사연구』, 민족문학사연구소, 1993; 김예림, 『1930년대 후반 근대인식의 틀과 미의식』, 소명출판, 2005 참조.
95 이에 대한 분석은 제3장 1절 참조.

세계가 『기상도』와는 사뭇 다른, 심지어 모더니스트로서 그가 그렇게 도 부정하던 낭만주의적인 서정적 성격을 보이고 있다는 점은, 이 시 기의 김기림을 논의하는 대부분의 연구의 공통적인 목소리라고 할 수 있다. 그렇다면 이러한 변화의 계기가 무엇인가에 대한 논의가 뒤따라 야 할 것이다.

동북제대 유학시기였기 때문에 그리 많은 비평문이나 시를 발표하 지 않았지만, 1937년과 1938년에 발표된 문학시론(文學時論) 성격의 「과 학과 비평과 시-현대시의 실망과 희망」(『조선일보』, 1937.2.21~1937.2.26) 이나 「현대시와 시의 르네상스」(『조선일보』, 1938.4.10~1938.4.16)에서 김 기림은 지속적으로 '과학적 태도'를 강조하며, "한 사회가 쓰고 있는 정 신적 교통의 도구로서의 언어"에 대한 인식을 강조한다. '과학'과 '지성' 을 강조하는 김기림의 이러한 비평적 태도는 당대 분위기에 비추어봤 을 때, 상당히 특이한 경우에 속한다. 30년대 후반 비평 담론은 대체로 근대적 이성 정신을 대변하는 '과학'을 부정하고 있기 때문이다. '과학' 을 부정한다는 것은 곧 인간의 지성적 능력을 부정한다는 것이며, 근 대의 탈마법성과 역사적 합법칙성을 부정하는 것이라 할 수 있다. 이 미 많은 선행 연구들이 언급하고 있는 것처럼, 이러한 분위기의 형성 은 당대 지식인들 사이에 회자되었던 '사실의 세기'라는 발레리의 개념 과 밀접하게 이어져 있다.[96]

발레리의 '사실의 세기'라는 것은 '질서의 세기'에 대립되는 개념으 로서, 개개의 현상들을 체계화하고 법칙화하기 위해 억압되었던 본능 적이고 야만적인 것이 돌출하는 시대를 의미하는 것이라 할 수 있다.

---

[96] 류보선, 앞의 글; 하정일, 「'사실' 논쟁과 1930년대 후반 문학의 성격」, 『임화문학의 재 인식』, 소명출판, 2004; 차승기, 「'사실의 세기', 우연성, 협력의 윤리」, 『전쟁하는 신 민, 식민지의 국민문화』, 소명출판, 2010 참조. 류보선에 따르면, 당대 문인들의 글 속 에 여전히 남아 있던 사회주의적 전망에 대한 확신이 비평 담론 속에 '사실의 세기'라 는 개념이 등장하면서 완전히 사라진다.

발레리에게 있어 '질서'라는 것은 "부재하는 사물들이 실재로서 움직일 것을 강요하며, 또한 그것은 이성이 본능을 균형 잡은 결과"[97]이며, '상징과 기호에 의해 이루어진 건조물'이다. 그리고 인간의 정신적 자유는 이 건조물, 즉 허구적인 상징적 체계 속에서 비로소 보장된다. 이런 맥락에서 보자면 발레리의 '사실'과 '질서'의 대립은 니체 식으로 말하자면 '디오니소스적인 것'과 '아폴론적인 것'의 대립으로, 라캉 식으로 말하자면 '실재'와 '상징'의 대립으로 바꾸어 말할 수도 있을 것이다. 다시 말해 '사실'의 대두는 이 세계를 체계화하고 질서화하는 '부재하는 중심'의 무너짐이며, 이는 곧 허구적인 상징적 세계의 무너짐을 의미한다. 30년대 후반의 세계는 이상이 문학적 상상력을 통해 형상화하던 파괴적 이미지가 실제로 현실화되고 있던 위태로운 시대였던 셈이다.

발레리의 '사실의 세기'라는 개념과 연관되어 등장한 백철의 '사실수리론'이나 근대초극론 및 '동양' 담론을 통해 표현된 식민지 지식인들의 '신생'에 대한 욕망은 상징적 질서 체계의 무너짐이라는 30년대 후반 시대적 상황을 배경으로 한다. '질서'의 무너짐이라는 것은 '상징과 기호에 의해 이루어진 건조물', 즉 언어적 체계가 무너진다는 것이고, 이는 곧 주체의 이성적인 판단의 불가능함을 의미한다. 이러한 시대, '사실수리론'을 주장한 백철이나 근대초극론자들의 공통된 특성은 상징적 체계의 안정성을 위협하는 '사실'을 체계를 구성하는 하나의 요소로 전락시킴으로써 시대의 불안 원인을 서둘러 봉합해버렸다는 데 있다. 백철과 같은 경우, 그 스스로 '시대적 우연'이라 말한 파시즘 강화, 일제의 군국주의화, 중일 전쟁 등과 같은 현실 모순의 '증상'들을 분석하고 해부하는 대신, 수용해야 하는 하나의 객관적 대상으로 위치시켜버렸고,[98] 식민지 조선에서 '동양' 담론이 구성되는 방식 역시 기표의

---

97 P. Valéry, 新村猛 譯, 「『ペルシャ人の手紙』序」, 『ヴァレリー全集』 第8券, 筑摩書店, 1967, p.174.(차승기, 앞의 글, 270면 재인용)

전환 속에서 이루어졌다. 일제 말 식민지 지식인들의 낭만적인 신생의 욕망은 서양이라는 기표가 위치하는 자리에 동양이라는 기표로 재빨리 대체하고, '동양이라는 느슨한 정체성을 수용함으로써 제국 담론의 질서 속에 편입되려는 시도로 구체화된 것이다.[99] 다시 말해 이들에게는 구조의 무너짐이라는 경험적 시간을 최대한 단축하고 서둘러 봉합해버린 셈이다. 니체의 디오니소스적인 파괴적 역능을 자신들의 예술적 창조력의 기반으로 삼았던 이탈리아 미래주의 예술가들이, 파괴적 힘이 하나의 특정한 실체로 물신화되어버린 파시즘 체제 속으로 들어가 버린 것처럼, 혹은 세계를 탈중심화하고 해체하는 자신의 시적 에너지를 실재하는 중심으로서의 '태양에 귀속시켜버린 파운드처럼, 이들은 '사실'이라는 타자를 너무도 신속하게 '동양이라는 기표를 중심으로 이루어진 동일성의 체계 속으로 흡수해버린 것이다.

근대초극론자들의 이러한 한계를 넘어설 수 있는 가능성을 제시하고 있는 이는 임화이다. 30년대 후반 임화의 자기 환멸적인 시선이 말해주는바, 이념이 무너진 현실 속에서 임화에게 역시 주체의 재건은 중요한 문제였다. 이러한 문제와 관련하여 임화의 독특한 점은 그의 세계관 형성이 리얼리즘이라는 창작방법에 대한 모색과 함께 이루어지고 있다는 점이다. 그리고 임화는 공식주의로 전락한, 선험적인 이념태로서의 유물변증법이라는 카프 시기의 창작방법의 한계를 넘어서려는 모색을 지속한다. 임화에게 있어 이 모색은 끊임없이 타자를 호출하는 방식으로 진행된다. 이를테면 발자크나 톨스토이와 같은 마르크스주의 담론 체계 밖에 있는 부르주아적인 작가들의 목소리를 통해 리얼리즘이라는 이념적 형식을 구축해나가는 것이다. 마르크스주의의 정치적 타자라고 할 수 있는 발자크나 톨스토이에 의해서, 오히

---

98 백철, 「시대적 우연의 수리」, 『조선일보』, 1938.12.2~7.
99 김예림, 『1930년대 후반 근대인식의 틀과 미의식』, 소명출판, 2004 참조.

려 이들의 신념을 거역하며, 드러나는 사회적 발전의 방향성들이야말로 리얼리즘의 승리를 보여주는 장면이며, 이 지점에서 창작방법의 차원에서 논의되고 있는 리얼리즘의 승리는 역사적인 전망의 차원과 내밀하게 연관된다.[100] 창작방법론의 탐색을 통해 임화가 포착하고 있는 '자신의 신념을 거역하며 드러나는 역사의 방향'이야말로 '사실'과 '질서'의 길항관계 속에서 역사의 변전이 이루어지고 있다는 점을 보여주는 장면이라 할 수 있다.

타자적 효과를 끊임없이 인식하며 이루어지는 창작방법에 대한 임화의 이러한 탐색은 「의도와 작품의 낙차와 비평」(『비판』, 1938.4)에서 "신성한 잉여"라는, 작가의 의도를 넘어서서 텍스트 차원에서 생성되는 무의식의 층위를 논의하는 것으로 나아간다. 임화의 말을 옮겨보자면, "작가의 의도라는 것이 작품 가운데서 현실을 구성하는 하나의 질서의식"이라면, "잉여의 세계란 작품 가운데 드른 작가의 직관작용이 초래한 현실이 스스로 맨드러낸 질서 자체란 의미"[101]이다. 이러한 '잉여'적 세계의 발견은 임화에게 비평의 개념을 바꾸는 계기가 된다. 다시 말해 비평의 목적은 현실의 모순을 변증법적으로 파악해 그것으로 민중을 계도하고 지도하기 위함이 아니라 작가의 의도에 반하여 생겨난 텍스트의 잉여적 세계를 읽기 위함이다. 이러한 '잉여적 세계'를 발견함으로써 임화는 작가로부터 연원하는 유기체적인 작품의 세계를 상실했지만, 아무 것도 적혀있지 않은 새로운 글쓰기 공간을 확보한 것이다. '텍스트의 무의식'이라 할 수 있는 임화의 '잉여'는 작품 속에 언어화되어 있지 않은 영역이라는 점에서 부재하는 것이지만, 글쓰기의 충동을 이끌어낸다는 점에서 새로운 질서가 구축되는 중심의 역할

---

100 김동식, 「'리얼리즘의 승리'와 텍스트의 무의식」, 『민족문학사연구』, 민족문학사연구소, 2008.12, 214면.
101 임화, 「의도와 작품의 낙차와 비평」, 신두원 엮음, 앞의 책, 565~566면.

을 수행하게 된다. 임화가 보여주는 탐색의 여정은 새로운 질서의 중심으로 '동양'이라는 기표를 성급하게 제시한 일제 말의 여타의 문인들과는 상당히 다른 궤적을 보여주는 것이라 할 수 있다. '부재하는 중심'으로서의 "신성한 잉여"를 통해 임화는 이념의 몰락으로 와해된 주체를 와해된 모습 그대로 구출하고 있는 것이기 때문이다.

비평가로서 보여주는 임화의 이러한 탐색은 '사실의 시대'에 마주한 당대인들이 정말 고민해야했던 것은 '사실'을 극복하는 것이 아니라, 상징적 질서 체계가 붕괴된 현실에서 어떻게 다시 허구를 생성해낼 수 있을 것인가를 탐색하는 것이어야 했다는 것을 보여준다. 다시 말해 야만적인 '사실의 시대'를 윤리적으로 통과할 수 있는 것은 '사실의 시대'라는 것을 극복 대상으로 규정하고 이를 넘어서려고 하는 것에 있는 것이 아니라 "우리의 정신 활동의 방향을 일체로 사실 가운데로 돌려 그 사실의 탐색 가운데서 진실한 문화의 정신을 발견"[102]하려고 하는 것이라는 임화의 말처럼, 상징적 질서의 억압 기제를 풀고 솟아오른 야만적이고 폭력적인 '사실'을 의미 생성의 기제로 되돌려 놓는 것, 디오니소스적인 것을 직접 대면하는 것이 아니라 아폴론적인 질서를 파괴하고 구축하는 근원적인 힘으로 사유하는 것, '실재'의 충격을 끊임없이 상징화하는 작업을 지속하는 것에 있는 것이다. 이렇게 생각해본다면 '사실의 시대'라는 30년대 후반의 진짜 문제는 이념의 상실이나 주체의 와해 그 자체에 있는 것이 아니라 '사실'이 지배하는 현실의 불안을 작가들이 견뎌내지 못했다는 데 있다. 김기림이 「동양에 관한 단장」(『문장』 3권4호, 1941.4)에서 당시 지식인을 중심으로 유행하던 동양 담론을 비판하는 지점 역시 판단기준을 상실한 문인들이 현실의 불안을 견디지 못하고 '동양'이라는 기표를 만들어내는 방식으로 불안을 서

---

102 임화, 「사실의 재인식」, 위의 책, 113면.

둘러 덮어버리려 한다는 데 있었다. 이를테면 김기림은 「동양에 관한 단장」에서 "근대 서양의 파탄을 목전에 보았다고 곧 그것의 포기·절연을 결의하는 것은 한 개의 문화적 감상주의에 넘지 않는다"라고 비판하며, 새로운 문화의 성립은 결코 조급하게 만들어질 수 없다는 점을 강조한다. 즉, "있는 그대로의 동양문화"를 호출하는 것이 아니라 동양은 "근대문화보다도 다시 더 높은 단계의 함축 있고 포괄적인 것"으로서 "역사적 자각과 시대의식의 연소"를 거쳐 과학적으로 새롭게 발견해야 한다는 것이다. 그리고 "동양발견의 구체적 자료"로 김기림은 '시대의 形成力과 정신을 가장 구체적으로 發揚하는 문학과 예술'을 거론한다. 다시 말해 김기림에게 '동양'은 "역사적 자각과 시대의식의 연소를 거쳐 (…중략…) 그 盧華한 外衣와 협잡물을 청산하고 그 정수에 있어서 그 근원적인 것에서 새로이 파악되어 내일의 문화 창조의 풀무 속에 던져져야 할" 어떤 것이다. 따라서 김기림의 '동양'은 '서양'이라는 기표를 대리할 수 있는 어떤 것이 아니다. 김기림의 '동양'은 와해되어 동요하고 있는 불안한 세계를 응시하면서 새로이 발견되어야 할 어떤 것이기 때문이다.

자신이 '모험 정신'이라고 불렀던 근대의 자기 파괴력은 파시즘이라고 하는 하나의 거대한 권력주체로 물신화되고 있었고, 그 속에서 생산되는 담론들 역시 세계의 균열점을 생산하기보다는 파시즘 체제로 포섭되고 마는 이러한 현실 속에서 김기림은 그만 무기력한 우울증자가 된다. 시대적 한계에 부닥친 김기림의 망연자실한 상태를 가장 분명하게 드러내는 시편이 바로 그의 세 번째 시집 타이틀이기도 한 「바다와 나비」이다. 흔히 이 시편은 식민지 지식인의 '현해탄 콤플렉스'를 보여주는 대표적인 작품으로 거론되곤 한다. 다시 말해 화려한 겉모습에 반해 근대라는 바다에 겁도 없이 다가갔다가 바다가 자행하는 폭력에 휘둘리다 지쳐 돌아온 유약한 식민지 지식인의 자화상을 보여주는 시편으로 이해되고 있는 것이다. 그러나 이 시를 가만히 살펴보면 나비가 슬픈 것은 바다가 깊어서가 아니라 "삼월달 바다가 꽃이 피지 않아서"이다. 꽃이 피지 않은 바다는 소금물일 뿐이다. 나비는 수심을 알지 못하는 바다가 무서운 것이 아니라 꽃이 피지 않는 소금물 바다가 진저리쳐지는 것이다.

다시 말해 김기림은 '모자이커-시인'이라는 자기 정체성을 더 이상 유지할 수 없었던 것이다. 주체 권력이 독점화되는 파시즘 체제에서 세계는 더 이상 미래로 개방되지 못했고, '태풍'의 파괴적 생산력은 사라지고 말았다. 근대의 존재방식을 그대로 흡수하여 시적 상상력의 원천으로 전유했던 그가 더 이상 시를 쓸 수 없다는 것이 "근대라는 것이 그 자체가 한 막다른 골목에 부딪쳤다는 것"[103]을 말해주는 것이기도 하다. 김기림이 여느 문인들과 달리 당대를 '새로운 시기의 도래'가 아닌 "근대의 결산시기"로 분명히 판단할 수 있었던 것은, 김기림이 '모자이커-시인'이었기 때문이기도 할 것이다. 「바다와 나비」를 비롯하여 이 시집에 수록된 「요양원」, 「산양」, 「겨울의 노래」 등의 시편과 센다이 유학 시절의 여행시편인 「동방기행」 연작들에서 읽을 수 있는 절망감과 무력감은 이 시기 김기림의 내적 상태를 대신 말해주고 있다. 이렇게 더 이상 허구를 생산할 수 없는 시대에 김기림이 '침묵'을 선택할 수밖에 없었던 것은 당연한 귀결이라 볼 수도 있을 것이다.

그러나 일제 말기 김기림이 『조선일보』가 폐간된 이후 경성으로 낙향한 뒤 비평가로서 별다른 글을 발표하지 않고 교사로서의 삶을 유지하며 '침묵'을 지킨 것에 대해 한 연구는 일종의 저항의 논리라고 해석함으로써 보다 적극적인 의미부여를 한다.[104] 일본정신으로 대표되는 동양주의에 함몰됨으로써 일제에 협력하는 것으로 나아갔던 당대 문

---

103 「조선문학에의 반성」, 『전집』 2, 48면.
104 김재용, 『협력과 저항』, 소명출판, 2004.

인들의 선택에 대비하여 볼 때, 김기림이 의도적으로 선택한 '침묵'은 일제의 담론에 휩쓸리지 않기 위한 저항적 행위라 볼 수 있다는 것이다. 이러한 해석을 뒷받침하는 자료 중의 하나는 1939년에 발표된 김기림의 「침묵의 미」[105]이다. 이 글에서 김기림은 '요설에 가득찬 시정'을 향해 '침묵하라'라는 것을 암묵적으로 '명령'하고 있다. 김기림이 『기상도』에서 '쇠바퀴의 노래'를 부르고 있는 스스로를 그리스 아테네의 대 웅변가 "데모스테네스"에 비유하고 있다는 것을 상기해본다면, 천황제 파시즘 체제하에서 김기림이 '주장'하는 '침묵'은, 수많은 사람들의 잡담 속에 뒤섞여버린 연설을 잠시 중지하는 것으로 소음을 제거하고자 하는 웅변술의 일종이라 볼 수 있을 것이다. 부재하는 것으로 존재를 증명하는 '침묵'으로 감당할 수 없이 시끄러워진 '시정'의 논리에 대항하면서 혼란을 통과하고자 하는 의지가 일제 말 김기림이 보여주는 '침묵'의 제스처가 의미하는 바인 것이다. 그러므로 김기림의 '침묵'은 수사적이며, 행위적인 것이다.

이러한 논의의 연장선에서 또 다른 연구는 김기림의 이러한 '침묵의 수사'에는 "일제말기의 어두운 현실과 정세의 불안을 뚫고 솟아나는 '생명'의 숙연한 움직임"이 있고, 그런 점에서 "당대의 '침묵'은 시간의 연속이며 생명의 지속을 향한 불안한 움직임"을 읽을 수 있다고 덧붙인다.[106] 실제로 1942년에 발표된 「못」, 「청동」, 「연륜」 등의 시편들에는 "지리한 역사의 임종을 고대"한다는 「요양원」이나 「동방기행」 등의 시편들에서 느껴지는 무력감보다는 그러한 절망 속에서도 저 멀리서 희미하게 점멸하고 있는 "어두운 빛"(「청동」)에서 내적인 생명력을 읽을 수 있다. 이러한 시편들이 말하고 있는 '생명의 숙연한 움직임'은

---

105 김기림, 「침묵의 미」, 『조선일보』, 1939.5.8.
106 조영복, 「김기림의 예언자적 인식과 침묵의 수사」, 『한국시학연구』, 한국시학회, 2006, 15~16면.

『기상도』에서 보여주는 '태풍'의 파괴적이고 역동적인 움직임과는 구별되는 것이지만, 1939년을 전후로 해서 보여주는 시편들의 정지된 무력감과도 구별되는 것이다. 이러한 시편들은, 파시즘 체제하에서 기호들을 '배치'하고 모자이크함으로써 의미 질서를 교란하는 방식으로 더이상 현실에 대응할 수 없게 된 김기림이, 암흑과도 같은 역사적 시간을 견디고 감내하는 방법을 찾아내고 있다는 것을 말해준다. 그것은 바로 '예언자로서의 시인'[107]이다.

「시의 장래」에서 김기림은 현대의 시인을 근대에 대한 열렬한 '부정자·비판자·풍자자'로 규정한다. 그들은 현대라는 시대를 논하는 자들이지만, "현대 그것 속에 국적을 두지 못한 영구한 망명자"였다는 것이다. 김기림은 이러한 '정신적 망명자'들의 눈이 자기 내부로 향할 때, 그것은 보들레르처럼 "침통한 자기분열"로 나타나고, 그 눈이 밖으로 향할 때, 세상을 조소하는 비판의 정신으로 나타난다고 말한다. 전자가 이상이라면, 후자는 김기림이라 할 수 있을 것이다. 그러나 김기림은 새롭게 '예언자'로서의 시인의 역할을 강조하면서, '정신적 망명자'로서의 개인주의적인 삶을 중지하기를 요청한다. "역사의 전기(轉機)"라고 하는 것은 한 천재의 머릿속에서 빚어지는 것이 아니라 "각 민족의 체험에 의해서 열어지는 것"이기 때문이다. 시인은 바로 이러한 미래를 예감할 수 있게 하는 '매개체'가 되어야 한다는 것이다.

그런데 '태풍'의 움직임처럼 역사를 백지로 만들면서 미래의 시간을 만들어나가는 것이 아니라, 이와 같이 미래를 예감하는 시인이 될 것을 요청하는 것 사이에는 미묘한 차이가 있다. 『기상도』가 현재적 시간의 연속으로서 미래를 사유하는 것이라면, 예언자로서의 시인을 요청하는 후자의 경우, 현재와 미래의 시간 사이에는 비약을 위한 순간적 단절

---

107 「시의 장래」, 『전집』 2, 340면.(『조선일보』, 1941.8.10)

이 존재한다. 다시 말해 미래는 현재를 비판하고 조소하며 만들어가는 시간이 아니라, '세계사의 更新', 혹은 "역사의 전기"라는 말이 함축하고 있듯이, 완전히 다른 어떤 것으로의 비약인 것이다. 그런 점에서 시인에게 '매개체' 혹은 '예언자'의 지위를 부여한다는 것은, 역으로 말하자면 "어디서 시작한 줄도 언제 끝날 줄도 모르"게 "꺼질 줄이 없이 불타는 태양"빛을 순간적으로 꺼트릴 것을 요구하는 것이며, '쇠바퀴'의 "즐거운 궤도"를 더 이상 만들지 말 것을 요구하는 것이기도 하다.[108]

물론 전체주의 체제하에서 '쇠바퀴'는 이미 멈추어버렸고, 「동방기행」 등의 시편들은 자신이 십여 년 동안 주장해 온 모더니즘의 한계를 여실히 알아차린 절망적인 내면의 노출이라고 할 수 있다. 그러나 이는 수동적인 멈춤이고, 갑자기 길을 잃은 자의 어이없는 무력감이다. 반면, '예언자 시인'을 강조하는 김기림의 주장에는 '숨고르기'[109]로서

---

108 『기상도』와 「시의 장래」에서 읽을 수 있는 시간의식의 미묘한 차이를 좀 더 분명히 하기 위해서 '예언'과 '예측'의 개념을 구분하고 있는 코젤렉의 논의를 참조할 수도 있겠다. "예언은 경험의 계산가능성이라는 지평을 넘어서는 반면, 예측은 정치적 상황을 고려한다는 것을 의미한다. 예측과 정치적 상황의 관계는 너무도 긴밀한 것이어서 예측을 한다는 것은 이미 상황을 변화시킨다는 것을 뜻한다. 예측은 정치적 행동의 의식적 계기이다. 그것은 사건에 관계하면서 새로움을 창출한다. 그러므로 예측은 예측 가능하면서도 불확실한 시간을 만들어낸다. 예측은 시간을 생산하며, 그 시간으로부터 그리고 그 시간 속으로 자신을 투사한다. 반면 묵시론적 예언은 시간을 근절시키며, 바로 시간의 종말에 의지한다."(R. Koselleck, 한철 옮김, 『지나간 미래』, 문학동네, 1998, 33~34면) 『기상도』가 현실적 사건에 관계하면서 물려받은 세계를 넘어서서 제한된 미래를 향해 나아가는 '예측'의 태도를 취하는 것이라면, 「시의 장래」에서 '예언가로서의 시인'을 요청하는 김기림의 논리 속에는 역사의 종말을 기다리는 묵시록적인 태도가 자리하고 있는 것이라 할 수 있다.
109 여기서 '숨고르기'라는 표현은 벤야민의 글에서 빌려 왔다. 벤야민은 이념이 그 자체로 표현되는 것이 아니라 개념적인 요소들의 모자이크적인 배열과 배치를 통해 드러난다고 말한다. 따라서 서술 또한 파편적이고 이질적으로 구성된 모자이크적인 방식을 요청한다. 이것이 트락타트(Traktat)이다. 이러한 서술 양식은 사유의 과정 역시 "지향성의 중단 없는 진행을 포기"하고 "항상 새롭게 시작"될 것을 요청한다. 이렇게 항상 새롭게 시작되는 사유 방식을 벤야민은 '숨고르기'라고 표현하며, 이를 "명상의 가장 독특한 현존 형식"이라 말한다. 그리고 명상은 "단 하나의 대상을 고찰하면서도

의 능동적인 멈춤의 어조가 있다. 즉, '명랑한 시인'에서 '예언자 시인'
으로의 전환은 김기림이 파괴의 형식으로 영원히 지속되는 근대적 시
간의 완전한 종결을 꾀하고자 하는 것이라 할 수 있다는 것이다. 이러
한 점은 근대의 '모험 정신'이 초법적인 권력주체로 물신화된 전체주의
체제라는 막다른 골목에 다다른 근대 세계에 더 이상 어떤 희망이나
가능성이 없다는 것을 김기림이 알아차리고 있었다는 것을 방증한다.
그런 점에서 일제 말의 김기림의 '침묵'은 '일제의 담론에 휩쓸리지 않
기 위한 저항적 행위' 이상의 의미를 갖는다. 김기림의 '침묵'은 역사의
소멸을 기도하는 행위이자, 역사의 한복판에서 '새로운 세대'를 기다리
는 '전령'[110]의 언어이기 때문이다. 『태양의 풍속』에서 자주 등장하던
'전서구'가 한 세대 속에서 움직이던 '공간적인 전령'이었다면, '쇠바퀴'
의 궤도가 멈추어버리고 난 뒤 다시 등장한 이 '전령'은 한 세대와 새로
운 세대를 이어주는 '시간적인 전령'으로 다시 태어나고 있는 것이다.
그리고 일제 말 발표된 시편들 중에서도 「못」, 「청동」, 「연륜」과 같은
시편들은 일제 말 새롭게 태어난 전령으로서의 '예언자 시인'의 목소리
가 담긴 시편이라 할 수 있다.

　　모든 빛나는 것 저 아롱진 것을 빨아버리고
　　못은 아닌 밤중 지친 동자처럼 눈을 감았다

　　못은 수풀 한 복판에 뱀처럼 서겼다

여러 의미 단계들을 밟고, 그럼으로써 항상 쇄신되는 발상의 추진력과 함께 단속적
리듬의 정당성"을 얻기 위한 벤야민의 독특한 사유 행위라 할 수 있다. 김기림이 세대
적인 비약을 요청하며 취하고 있는 '침묵의 행위는 이러한 벤야민적인 '숨고르기'로
서의 명상이라는 개념과 이어진다고 할 수 있다.(W. Benjamin, 조만영 옮김, 『독일 비
애극의 원천』, 새물결, 2008, 12~13면 참조)
110 「시인의 세대적 한계」, 『전집』 2, 336~337면.(『조선일보』, 1941.4.20)

뭇 호화로운 것 찬란한 것을 녹여 삼키고

스스로 제 침묵에 놀라 소름친다
밑 모를 맑음에 저도 몰래 으슬거린다

휩쓰는 어둠 속에서 날(刃)처럼 홀김은
빛과 빛깔이 녹아 엉키다 못해 식은 때문이다

바람에 금이 가고 비빨에 뚫겼다가도
상한 곳 하나없이 먼 동을 바라본다

— 「못」 전문(179)

"뭇 호화로운 것 찬란한 것 녹여 삼키고 스스로 제 침묵에 놀라 소름" 치면서도 "밑모를 맑음에 저도 몰래 으슬거린다"는 「못」의 세계는 "바람에 금이 가고 비빨에 뚫겼다가도 상한 곳 하나 없이 먼 동을 바라"보는 '예언자 시인'의 세계에 다름 아니다. 소란스러운 담론의 "수풀 한복판"에서 뱀처럼 서늘하게 서려있으면서 침묵하고 있는 '못'의 세계가 역사의 비약을 기도할 수 있었던 것은 "빛과 빛깔이 녹아 엉키다 못해 식은 때문이다." 「못」에서 읽을 수 있는 이러한 응축적인 상상력은 기표의 위치를 변경시켜가며 의미를 생산하던 '모자이커-시인'의 것이 아니다. '못'의 세계는 단단하게 응축된 역사적 시간의 에너지를 머금고 있는 세계이며, 이러한 '못'의 이미지는 「청동」의 "청동 그릇"의 이미지와 이어진다. 시간의 무수한 겹을 머금고 있는 "청동 그릇"에는 아주 오래 전에 "어느 여울가에 피었던" 꽃향기가 퍼져 나온다.

이러한 상상력은 알레고리라는 가상적이고 상대적인 세계의 미로를 이리저리 날아다니며 파괴와 구축을 반복하던 '명랑한 시인' 김기림이 어느샌가 '감각적인 현상과 초감각적 의미의 합일'[111]을 지향하는 상징의 세계로 들어와 있다는 것을 말해준다. 상징은 그 의미로써 다른 의미에 관계하는 것이 아니라, 감각적으로 분명한 그 고유의 존재가 '의미'를 지니는 것이다. 이 고유의 존재를 대신 표현하고 있다는 점에서 상징은 알레고리와 유사하지만, 상징의 개념에는 감각적인 것으로부터 신적인 것으로 고양되는 것이 가능하다. 왜냐하면 상징에서의 감각적인 것은 단순한 무(無)나 암흑이 아니라, 참된 것의 유출이며 반영이기 때문이다.[112] '못'이나 '청동 그릇'에서 신비한 분위기가 흘러나오는 것은 이러한 이미지 속에 수 겹으로 응축된 역사적 시간의 에너지가 단단하게 묶여있기 때문이다. 이러한 시간의 깊이가 만들어내는 무한한 세계는 그 자체로 내적인 충족성과 완전성을 내포한다. 「못」이나 「청동」의 시편에는 『기상도』의 '태풍'이 만들어내는 무한히 개방된 시간은 사라졌지만, 응축된 시간의 무한한 깊이가 다시 새겨지고 있는 것이다.

이는 김기림 시학의 사유 체계가 수평적 구조에서 수직적 구조로 변신하고 있다는 것을 의미한다. 김기림의 이러한 변신은 그의 시세계를 이해하는 데 있어 상당히 중요한 지점인데, 파시즘이라는 거대한 권력 주체가 장악하고 있는 현실 속에서 그만 자신의 내면공간에 갇혀 버린 채 우울하고 무기력하게 시간을 보내던 김기림이 마침내 자신을 '얽매고 있는 이 현재로부터 탈주'(「동방기행─서시」)할 수 있는 가능성을 발견했다는 것을 보여주는 장면이기 때문이다. 그렇다면 암흑과도 같은 역사의 한복판에서 절망했던 김기림이 이러한 신비로운 힘이 응축되어 있는 '못'의 세계를 발견할 수 있게 된 계기는 무엇일까. 이 질문은 다음과 같이 바꾸어 말할 수 있다. 김기림이 '명랑한 시인'에서 '예언자

---

111 H. G. Gadamer, 앞의 책, 150면.
112 위의 책, 142~144면 참조.

시인'으로 변신하게 한 내적 동기는 무엇인가. 이 질문에 대한 답은
「쥬피타 추방」에서 찾을 수 있을 것이다. 「쥬피타 추방」은 『기상도』와
같은 알레고리의 파편적 세계와 「못」과 같은 응축적인 상징적 세계의
교차점에 놓여있는 시편이기 때문이다.

2) '추방된 존재 형식'과 '쥬피타 - 시인'의 탄생

2차 세계대전이 발발한 1939년 9월을 전후해서 1940년 5월 사이에
창작된 것으로 추정되는[113] 「쥬피타 추방」은, 잘 알려진 대로 "황홀한
천재" 이상에 대한 "애도시(哀悼詩)"다.[114] 프로이트는 애도 작업을 상
실한 대상에 투사되었던 리비도를 '점차적으로' 회수하는 것이라고 말
한다. 즉, 자신이 무엇을 상실했는가를 분명하게 알아차리고, 상실된
대상에 투사되었던 리비도를 다른 대상으로 돌림으로써 상실의 경험
이전의 안정적인 상태로 되돌아가는 것이 애도 작업인 것이다.[115] 그
러나 인간의 심리는 단지 '리비도의 경제'에 의해서만 설명될 수 있는
것은 아닐 것이다. 리비도는 상실 이전의 상태도 돌아갔다고 하더라
고, 애도 작업을 거친 인간은 이미 상실을 경험한 이전의 자신과는 동
일한 존재가 아니다. 버틀러의 말처럼 오히려 애도는 자신이 겪은 상
실에 의해 자신이 어쩌면 영원히 바뀔 수도 있음을 받아들일 때 일어
난다.[116] 특히 『기상도』의 '태풍'의 이미지나 '배치의 시학'과 같은 사유
체계 속에서 주체는 동일자로 존재한다기보다는 타자와의 관계에 의
해 구성되는 것이라 할 수 있다. 이러한 체계 속에서 주체는 언제나 '식

---

113 「쥬피타 추방」의 창작시기에 관해서는 이 책 164면 참조.
114 『바다와 나비』 서문(『전집』 1), 158면.
115 S. Freud, 윤희기 옮김, 「슬픔과 우울증」, 『무의식에 관하여』, 열린책들, 1997 참조.
116 J. Butler, 양효실 옮김, 『불확실한 삶』, 경성대 출판부, 2008, 47면.

인 주체'이며, 따라서 타자와의 관계 이전에 그 자체로 존재하는 주체는 없다. 즉, 애도 작업은 타자를 상징적, 이상적으로 내면화하는 것, 곧 타자를 자아의 상징 구조[117] 안으로 동일화함으로써 스스로의 변신을 시도하는 것이라 할 수 있다.[118]

애도 작업을 이와 같은 관점으로 접근해본다면, 「쥬피타 추방」은 이상의 죽음을 추모하기 위한 것일 뿐 아니라, 김기림 자신을 위한 것이기도 하다. 이와 관련하여 특히 김기림이 모더니즘 문학의 한계에 직면한 시기에 「쥬피타 추방」을 썼다는 점은 중요하다. 김기림이 현실을 분해하며 만들어내던 속도와 몽상과 조소는 천황제 파시즘이라는 거대한 장벽 앞에서 일시에 정지해버렸다. 길을 잃어버리고 우울증자가 되어버린 김기림은 한순간에 사라져버린 10년 동안의 자신의 삶을 애도할 필요가 있었던 것이다. 10년 동안 자신이 주장해오던 모더니즘의 역사를 정리하고 있는 「모더니즘의 역사적 위치」(『인문평론』, 1939.10)나 근대 정신에 대한 반성적 논의를 펼쳐 보이고 있는 「조선문학에의 반성」(『인문평론』, 1949.10) 역시 자신의 문학에 대한 일종의 애도글이라 할 수 있다. 동시에 야만적인 시대의 폭력성에 자명하게 노출된 작금의 현실은 김기림이 그 동안 미루어두었던 이상의 죽음을 애도하기에 가장 적절한 시기였다고도 할 수 있을 것이다. 김기림의 눈에 모더니스트 이상은 근대인이 아니라 "모더니즘의 초극이라는 이 심각한 운명을 한몸에 구현한 비극의 담당자"[119]였기 때문이다. 1934년 『조선중앙일보』에 「오감도」 연작을 대중으로부터 거부당하면서 이미 현실의 벽에 부딪힌 이상과 달리 김기림은 5년 뒤에야 그것을 경험하게 되었고, 비

---

117 여기서 사용한 '상징'이라는 용어는 앞서 언급한 알레고리의 대칭 개념으로 위치해 있는 '상징'이 아니라 구조주의 이후 '기호'와 거의 동일한 맥락으로 사용되고 있는 의미에서의 '상징'이다.

118 J. Derrida, 김재희 옮김, 『에코그라피』, 민음사, 2002, 64면, 역주39번 참조.

119 「모더니즘의 역사적 위치」, 『전집』 2, 58면.

로소 김기림은 이상을 애도할 수 있는 위치에 올라선 것이라 하겠다. 2
년 전 일본 동경에서 비참하게 죽은 뒤 자신의 가슴 한편에 아프게 자
리하고 있던 이상과 사라져버린 10년 동안의 자신의 삶은, 김기림이
자신의 삶의 지속시키기 위해서는 어떻게 해서든 넘어서야만 했던 이
중의 과제였던 것이고, 그것의 결과물이 「쥬피타 추방」인 것이다.

1939년경에 조용히 쓴 「쥬피타 추방」에서 김기림은 자신의 문학적
동지였던 이상을 자신의 문학 세계에 '쥬피타'라는 이름으로 다시 불러
들인다. 이 '쥬피타'는 동경에서 죽어가던 이상의 얼굴에서 그가 보고
싶어 했던 모습이기도 했다.[120]

> 파초 이파리처럼 축 느러진 중절모 아래서
> 빼여 문 파이프가 자조 거룩지 못한 원광을 그려 올린다.
> 거리를 달려가는 밤의 폭행을 엿듣는
> 치켜 올린 어깨가 이걸상 저걸상에서 으쓱거린다.
> 주민들은 벌서 바다의 유혹도 말다툴 흥미도 잃어버렸다.

구본웅이 그린 이상의 초상화가 떠오르는 1연의 첫 두 행으로 김기
림은 카페의 한 구석에 앉아 담배를 피우고 있는 이상의 모습을 재현
한다. 그렇게 앉아 있는 이상의 옆 테이블에서는 시대가 가하는 '거리
의 폭력'에 대해 분개할 준비를 해 보지만, 천황제 파시즘이라는 초법
적인 폭력 아래, "주민들은 벌서 바다의 유혹도 말다툴 흥미도 잃어버"
린지 오래이다. 무기력해져있는 "주민들"의 모습은 '지리한 역사의 임
종'을 고대하고만 있는 김기림의 모습이기도 할 것이다. 그러나 "깐다
라 벽화를 숭내낸 아롱진 잔"에 담겨 있는 "중화민국의 여린 피"를 마

---

120 「고 이상의 추억」, 『전집』 5, 417면.

신 '쥬피타-이상'은 드디어 얼굴에 '장미처럼 힌 절망한 우숨'을 드러낸다. '쥬피타'의 얼굴에 피어난 이 "절망한 웃음"은 『기상도』의 「자최」에서 "대중화민국의 번영을 위하야—"라고 외치며 음흉하게 웃는 서구 열강들을 조소하던 "흰 장미"의 웃음이다. 이 웃음을 계기로 「쥬피타 추방」에는 『기상도』의 풍자적 목소리가 다시 살아난다. 그런 점에서 '쥬피타'로 분한 이상의 목소리로 몰락하고 있는 대영제국을 조롱하고 제국 전쟁의 새로운 핵으로 떠오른 미국의 자본주의를 비판하는 것은, 죽어버린 이상을 『기상도』의 '태풍'의 위상으로까지 되살려보려는 시도라 생각해 볼 수 있다. 즉, 김기림이 「쥬피타 추방」에서 이상을 우주의 지배자이자 질서의 감시자인 '쥬피타'로 호명하면서 그의 목소리로 다시 문명 비판적인 발화를 시도하는 것은, 물신화되어버린 근대의 파괴력을 다시 '태풍'과 같은 힘의 상태로 되돌릴 수 있을 것인가를 탐색하는 작업의 일환이라 할 수 있다는 것이다.

> 쥬피타의 얼굴에 절망한 우숨이 장미처럼 히다.
> 쥬피타는 지금 씰크햇트를 쓴 영란은행 노오만 씨가
> 글세 대영제국 아츰거리가 없어서
> 장에 게란을 팔러 나온 것을 만났다나.
> 그래도 게란 속에서는
> 빅토리아 여왕 직속의 악대가 군악만 치드라나.
>
> 쥬피타는 록펠라 씨의 정원에 만발한
> 곰팡이 낀 節操들을 도모지 칭찬하지 않는다.
> 별처럼 무성한 온갖 사상의 화초들.
> 기름진 장미를 빨아 먹고 오만하게 머리추어든 치욕들.

쥬피타는 구름을 믿지 않는다. 장미도 별도 ……
쥬피타의 품안에 자빠진 비둘기 같은 천사들의 시체.
거문 피 엉크린 날개가 경기구처럼 쓰러졌다.
딱한 애인은 오늘도 쥬피타다려 정열을 말하라고 졸르나
쥬피타의 얼굴에 장미 같은 우숨이 눈보다 차다.
땅을 밟고 하는 사랑은 언제고 흙이 묻었다.

아모리 따려보아야 스트라빈스키의 어느 졸작보다도
이뿌지 못한 도, 레, 미, 파 …… 인생의 일주일.
은단과 조개껍질과 금화와 아가씨와 불란서 인형과 몇 개 부스러진 꿈조
각과 ……
쥬피타의 노름감은 하나도 자미가 없다.

몰려오는 안개가 겹겹이 둘러싼 네거리에서는
교통순사 로오랑 씨 로오즈벨트 씨 기타 제씨가
저마다 그리스도 몸짓을 승내내나
함부로 돌아가는 붉은 불 푸른 불이 곳곳에서 사고만 이르킨다
그 중에서도 푸랑코 씨의 직립부동의 자세에 더군다나 현기ㅅ증이 났다

　그러나 제국주의에 대한 조소를 보내는 쥬피타의 ‘웃음’은 “절망한”
이라는 시어가 암시하는 것처럼 그리 오래가지 않는다. ‘쥬피타’의 목
소리로 김기림은 냉혹한 자본가의 표상인 “록펠라”로 상징되는 미국의
자본주의와 그러한 미국 자본과 결속하여 은밀하게 “빅토리아 여왕의
직속의 악대”의 ‘군악’을 치고 있는 영국제국의 군대를 비꼬아보지만,
‘쥬피타’는 이런 혼란한 세상에 자신의 목소리가 흘러들어가는 것을 원
하지 않는다. “딱한 애인” 김기림은 “오늘도 쥬피타다려 정열을 말하라

고 졸르나 쥬피타의 얼굴에 장미 같은 우숨이 눈보다 차다." '쥬피타-이상'은 김기림처럼 "구름을 믿지 않는다. 장미도 별도……." 김기림이 현실을 조롱하고 파괴하는 힘은 근대의 '모험 정신'을 흡수한 예술의 힘이었다. 기차의 속도를 희롱하는 것은 스케이트의 속도였고, 이러한 속도에서 발생되는 힘은 김기림을 몽상의 세계로 인도하며 그가 '이야기꾼'이 될 수 있게 만들어 주었다. '우울한 천사'였던 김기림이 '명랑한 시인'으로서 몽상을 지속하며 꿈의 이미지들을 생산할 수 있었던 것은, 자신을 유혹하는 '빛나는 상아빛 해안'이 가짜인 것처럼, 자신의 "품안에 자빠진 비둘기 같은 천사들의 시체" 역시 가짜라는 것, 환상이라는 것을 받아들였기 때문이다. 유동하는 세계 속에서 진짜는 없다. 시인들이 자꾸만 슬픔에 빠지는 것은 가짜를 진짜라고 믿기 때문이다. 환상이고 허상이기 때문에 실체도 없는 것을 시인들은 자꾸만 있다고 착각하고 그것을 찾으려고 한다. 이것이 바로 시인들이 낭만적 감상주의에 함몰되는 원인이다. 따라서 회복 불가능한 것을 찾는 것에 매달리지 말고 자본의 속도가 생산하는 무수한 가상의 세계를 교란하고 조롱하는 또 다른 가상들을 생산해내자. 이것이 바로 '명랑한 지성'을 무기로 가지고 있던 모더니스트 김기림의 논리이자 김기림식의 이미지의 정치학이었던 셈이다.

그러나 김기림은, 상실한 대상을 찾아 헤매는 대신 가상의 세계 속을 가볍게 날아다니며 자신의 정체성을 끊임없이 변신시키던 자신과 달리, '쥬피타'가 중력의 무게를 고스란히 받으며, '땅을 밟고, 흙을 묻히는' 사랑을 하는 존재라고 말한다. '쥬피타'는 "스트라빈스키의 어느 졸작보다도 이쁘지 못한" "인생의 일주일"을 사는 존재이고, '명랑한 시인' 김기림이 유동하는 현실에 대응하는 무기로 간직했던 "은단과 조개껍질과 금화와 아가씨와 불란서 인형과 몇 개 부스러진 꿈쪼각"에 '쥬피타'는 아무런 재미를 느끼지 못하는 존재이다. 이러한 '쥬피타'가 바라보는 현실은 "안개가 겹겹이 둘러"싸여 한 치 앞을 내다볼 수 없게 한다. 뿌연 안개로 뒤덮인 네거리 속에서 "교통순사 로오랑 씨 로오즈 벨트 씨"가 위험을 무릅쓰고 교통정리를 하는 척 해보지만, 이미 신호 체계가 망가진 도로 위에서 벌어지는 사고를 막기는 불가능하다. '쥬피타'는 그만 현기증이 난다.

> 쥬피타 너는 세기의 아픈 상처였다.
> 악한 기류가 스칠적마다 오슬거렸다.
> 쥬피타는 병상을 차면서 소리쳤다
> 「누덕이불로라도 신문지로라도 좋으니
> 저 태양을 가려다고.
> 눈먼 팔레스타인의 살육을 키질하는 이 건장한
> 대영제국의 태양을 보지 말게 해다고」

> 쥬피타는 어느날 아침 초라한 걸레쪼각처럼 때묻고 해여진
> 수놓는 비단 형이상학과 체면과 거짓을 쓰레기통에 벗어 팽개쳤다.
> 실수 많은 인생을 탐내는 썩은 체중을 풀어 버리고
> 파르테논으로 파르테논으로 날어갔다.

　스스로를 "딱한 애인"이라 부르고 있는 5연과 자신의 문학을 대신 말해주는 알레고리들을 모조리 부정하는 '쥬피타'의 모습을 통해 김기 림은 자신의 10년 동안의 삶과 문학을 조금씩 정리하고 있는 셈이다. 근대의 '모험 정신'의 예술적 총화라 할 수 있는 모더니즘이라는 것은 "안개가 겹겹이 둘러싼 네거리에서" 더 이상 길을 제시해주지 못했고, '쥬피타'는 곳곳에서 터지는 사고를 무력하게 쳐다보다가 그만 현기증 을 일으키며 쓰러지고 만다. "실수 많은 인생"이라는 시구는 모두 의미

없는 '걸레쪼각'이 된 자신의 삶과 문학에 대한 반성이자 위로인 셈이다. 병상에 누운 '쥬피타'는 이상이면서 동시에 한계에 치달은 김기림의 모더니즘이고, 이 둘은 결국 "악한 기류가 스칠적마다 오슬거"리며 역사의 파탄을 증명하는 "세기의 아푼 상처"인 것이다. 이상의 죽음을 애도하는 과정 속에서 자신의 문학을 "세기의 아푼 상처"라고 말할 수 있게 된 김기림은 드디어 "대영제국의 태양을 보지 말게해다고"라고 말하며 상처 가득한 온몸으로 절규하는 '쥬피타-이상'을 "초라한 걸레쪼각"과도 같은 "썩은 체중"을 풀어 버리고 신의 세계 "파르테논으로" 자유롭게 날려 보낸다.[121]

  그러나 김기림은 여기에서 반전을 준비한다. 「쥬피타 추방」이 평범한 애도시라면 "실수 많은 인생을 탐내는 썩은 체중을 풀어버리고 파

---

[121] 동경에서 죽은 조선의 식민지 시인 이상의 죽음을 애도하는 시에서, 김기림이 왜 일본이 아닌 대영제국을 이상의 대립항에 놓았는가에 대해서는 신범순이 다음과 같은 흥미로운 해석을 보여준 바 있다. "'쥬피타'란 말 속에 숨겨진 것은 식민지 조선인 지식이던 이상이고, 그것과 대립해 있는 '대영제국'이란 말 속에 숨어 있는 것은 일본 제국이다. 일본에 병합되어 황국 신민화가 진행되던 시기에 식민지 조선과 일본의 대립이란 명제는 지식인 사이에서 거의 사라진 듯 보였다. 이 숨겨진 대립을 어떻게 드러낼 것인가? 김기림의 문제의식은 바로 여기에 있었다. 대영제국에 대한 쥬피타의 적대감 속에 이 감추어진 대립을 집어넣은 것이야말로 절묘한 방식이 아니었겠는가? 그런데 식민지 지식인으로서 이상은 일본에 대해서라면 모를까 유독 영국에 대해서만 별다른 적대감을 가질 이유가 없었다. '쥬피타-이상'이란 세계사적 명칭 속에서 그는 식민지라는 좁은 범주를 탈피한다. 일본에 대한 감추어진 적대감은 이러한 시각에서 볼 때 대영제국에 대한 쥬피타의 노골적인 적대감 속에 녹아 있다. 그러나 전쟁 시기에 김기림에게 살인적인 이미지로 그려진 대영제국의 태양은 쉽게 대동아공영권을 외치는 일본 제국의 깃발 속에 있는 태양을 떠올릴 수 있었을 것이다."(신범순, 『이상의 무한정원 삼차각 나비』, 현암사, 2007, 61면) 일본에 병합되어 황국 신민화가 진행되던 시기에 식민지 조선과 일본의 대립이란 명제는 지식인 사이에서 거의 사라진 듯 보였고, 김기림은 조선과 일본이라는 사라진 대립각을 부활시키기 위해 영국과 이탈리아(제우스가 아닌 쥬피타라는 희랍식 명명)의 대립을 의도적으로 부각시킨 것이라는 그의 논의는 상당히 흥미로운 부분이다. 이상 문학을 해명하는 문맥 속에서 「쥬피타 추방」을 풀어내고 있지만, 당대 역사적 맥락을 자세히 분석하며 「쥬피타 추방」의 의미를 풀어내고 있는 그의 논의는 김기림 연구사의 맥락 속에서도 많은 시사점을 제공해준다.

르테논으로 파르테논으로 날어갔다"라고 끝나는 9연에서 끝이 나야했다. 이미 이상은 "세기의 아픈 상처"라는 시어를 통해 상징화됨으로써 애도의 과정이 완수되었기 때문이다. 하지만 김기림은 "그러나"로 시작하는 두 연을 덧붙임으로써 비로소 '예언자 시인'의 모습을 상상하기 시작한다.

그러나 쥬피타는 아마도 오늘 세라시에 폐하처럼
헤여진 망또를 둘르고
문허진 신화가 파무낀 폼페이 해안을
바람을 데불고 혼자서 소요하리라.

쥬피타 승천하는 날 예의없는 사막에는
마리아의 찬양대도 분향도 없었다.
길잃은 별들이 유목민처럼
허망한 바람을 숨쉬며 떠 댕겼다.
허나 노아의 홍수보다 더 진한 밤도
어둠을 뚫고 타는 두 눈동자를 끝내 감기지 못했다.

파르테논으로 날아간 '쥬피타'는 우주의 지배자로서의 원래 모습을 회복하지 않은 채, 여전히 "헤여진 망토를 둘르고 문허진 신화가 파무낀 폼페이 해안을 세라시에 폐하처럼 바람을 데불고 혼자서 소요"한다. 여기서 김기림이 '쥬피타'의 이미지에 중첩시켜놓고 있는 "세라시에 폐하"는 이탈리아 무솔리니의 침입으로 이탈리아의 적대국인 영국으로 망명한 에티오피아의 국왕이다. 당시 조선의 언론에서도 이탈리아의 에티오피아 침공과 세라시에 황제의 영국 망명은 커다란 이슈였다. 이탈리아의 에티오피아 침공은 동아프리카에 이해관계가 있던 영국을 제외한 강대국들의 무관심 속에서 이루어졌고, 이탈리아 파시즘은 이를 계기로 국제연맹에서 탈퇴, 국제적 세력을 키워나갔다.[122] 이 전쟁은 이탈리아 국가주의자들의 세력진출 발판을 마련해줌으로써 국제적 긴장을 증대시켰고 곧 2차 세계대전으로 이어진 역사적 사건이라 할 수 있다. 김기림은 일본제국주의의 적대국이었던 영국과 미국을 '쥬피타'의 대립각으로 놓음으로써 일본 천황제 파시즘에 대한 비판의 맥락을 숨기고 있었지만, "세라시에 폐하"라는 기표를 은밀하게 등장시킴으로써 영국제국주의 전성기를 상징하는 빅토리아 여왕 시대부터 이탈리아 파시즘에 이르는 근대의 제국 역사 전체를 「쥬피타 추방」의 시대적 배경으로 만들고 있는 것이다. "세라시에 폐하"라는 기표를 통해 김기림은 영국제국을 상징하는 살인적인 태양빛을 욱일승천기에서 무섭게 타오르고 있는 태양빛으로 비밀리에 이어놓고 있던 셈이다.

"세기의 이푼 상처"를 그대로 현현하던 '쥬피타'는 저쪽 신의 세계로 추방되어버린 것이 아니라 이와 같은 살인적인 태양빛에 의해 사막이 되어 버린 이쪽 세계에 '추방된 신'의 모습으로 다시 출현한다. 그러나 다시 돌아온 '추방된 쥬피타'는 "누덕이불로라도 신문지로라도 좋으니

---

122 이탈리아의 에티오피아 침공에 관련된 기사와 영국과 프랑스 등의 강대국들 및 국제연맹이 이 사건을 국제적인 공론의 장으로 끌어내지 않으려 애쓰는 분위기를 전달하는 기사 및 세라시에 국왕의 영국 망명에 대한 기사 일부를 추려보면 다음과 같다. 「武力을 總動員 伊太利에 對抗「에」, 國王「하일레 셀라시에」一세의 御決意宣明」, 『동아일보』, 1935. 5. 11; 「伊太利「에디오피아」를 군사관리할 心算의연」, 『조선일보』, 1935. 5. 17; 「伊「에」結局開戰駐「에」英國人召喚」, 『조선일보』, 1935. 6. 12; 「伊國最高國防會議 對「에」作戰大評定, 「에」國政府서는 聯盟事務局에 特別理事會 召集要請」, 『동아일보』, 1935. 7. 12; 「出征하는 軍隊를 馬上에서 親히 檢閱하시는「에치오피아」國皇帝「하일레 실라시에」一世陛下」, 『동아일보』, 1935. 7. 23; 「「에」皇帝退位說 聯盟은 不信」, 『동아일보』, 1936. 4. 19; 「亡命하신「에치오피아」皇帝」, 『동아일보』, 1936. 5. 30; 「「에치오피아」皇帝 聯盟總會席上「主席代表」로 祖國擁護의 熱辯 英佛等發言沮止에 汲汲」, 『동아일보』, 1936. 7. 1.

저 태양을 가려다고"라고 절규하던 상처투성이의 '쥬피타'가 아니라 오히려 "묻허진 신화가 파묻긴 폼페이 해안"을 어루만지며 "혼자서 소요"하는 구도자의 풍모를 풍긴다. 그리고 이 '구도자-쥬피타'가 소요하고 있는 폐허 '폼페이 해안'은, 여기저기서 동시다발적으로 사고가 발생하고 있는 "안개가 겹겹이 둘러싼 네거리"의 미래의 모습이자, 과거의 흔적이라 할 수 있는 신화의 유적들을 고스란히 품고 있는 응축된 역사의 시간이라 할 수 있을 것이다. 이 폐허-사막의 진한 밤을 뚫고 '구도자-쥬피타'의 "두 눈동자"가 타오르고 있다. 1연에서 "파초 이파리처럼 축 느러진 중절모 아래서 빼여 문 파이프"에서 피어오르면서 허무하게 사라지던 "거룩지 못한 원광"이 마지막 연에 이르러 어둠 속에서 신비로운 빛을 뿜어내는 "눈동자"로 단단하게 결정화되고 있는 것이다. 이는 『태양의 풍속』의 쇼윈도의 몽환적 무대나 『기상도』의 매체적인 속성과 같은 가상적인 알레고리의 세계에서 가볍게 유영하던 김기림이, 죽은 이상을 부활시키는 애도 작업을 통해 점점 땅을 밟고 흙을 묻히며 사랑을 해야 하는 중력장의 세계로 하강하고 있다는 점을 암시한다.

「쥬피타 추방」에서 이루어지고 있는 이러한 변화가 중요한 것은, 현재와 이것의 변형으로서의 미래라는 두 종류의 시간밖에 없던 김기림에게 비로소 과거의 시간이 그의 시적 세계에서 다루어질 수 있는 계기가 마련되었다는 것을 보여주는 장면이기 때문이다. "초침의 관찰"에 의해 '기억'이 축적되지 못하는 황폐한 근대 세계에서, 잃어버린 님이 있는 곳으로 집중되는 사랑의 파토스는 한낱 감상주의로 전락하게 되고, 과거의 시간을 회복하려는 모든 시도는 허망하게 실패할 수밖에 없으므로, 경험 세계를 초과한 형이상학적인 세계와 완전히 단절하고 유동하는 현실 속으로 침투하여 데포르마시옹의 미학을 시도하는 것이 김기림의 모더니즘이 지향하는 바였다고 할 수 있다. 이런 그에게 과거의 시간을 기억하는 것은 아무런 의미 없는 제스처였던 것이다. 그러나 누군가를 애도한다는 것 자체가 육체적으로 현실 공간에서 사라져버린 그 대상이 구조적으로 안착할 수 있는 새로운 자리를 마련하여 그를 영원토록 '기억'하기 위한 것이라고 했을 때, 이상을 위한 애도시라는 부제를 달고 시작된 「쥬피타 추방」은 처음부터 '기억'의 형식을 통해 펼쳐지게 되는 과거의 시간을 내포하고 있었던 것이라 할 수 있다.

그런데 「쥬피타 추방」의 특이한 점은 이상이라는 실제 인물을 연상시킬만한 사적인 '기억'의 조각들을 의미화하고 상징화하는 것이 아니라 "세기의 아픈 상처"라는 표현으로 이상을 역사의 알레고리로 만들고 있다는 점이다. 「쥬피타 추방」이 이상을 위한 애도시라는 부제를 달고 있음에도 「쥬피타 추방」이 흔히 『기상도』와 유사한 문명 비판적 주제 의식이 부각되는 시편으로 이해되고 있는 것은 이 때문일지도 모른다. 그러나 「쥬피타 추방」에는 『기상도』에서 다루지 않던 과거를 기억하는 시간이 애도의 형식을 통해 다루어지고 있다는 점을 주목할 필요가 있다. 「쥬피타 추방」 이후에 발표된 「청동」이나 「못」, 「연륜」 등의 시편에서 읽을 수 있는 수 겹으로 응축되어 있는 역사적인 시간 이미지는 알레고리적인 가상의 세계를 유영하던 김기림의 것이 아니기 때문이다. 그렇다면 "세기의 아픈 상처"라는 표현으로 이상을 상징화함으로써 여전히 알레고리의 세계에 머물러 있던 「쥬피타 추방」의 김기림이 역사적 시간이 응축되어 있는 상징적인 '못'의 세계로 비약할 수 있게 된 계기는 무엇인가.

그것은 김기림이 이 세계에 죽은 이상이 영원히 안착할 수 있는 구조적인 자리를 마련하는 일반적인 애도의 방식을 따르는 대신 이 세계에서 '추방된' 모습 그 자체로 이상을 소환했기 때문이다. 죽음 이후의 삶을 사는 이상이 거니는 곳은 그를 죽음으로 내몰았던 제국의 태양빛이 내리쪼이는 현재의 시간이 아니라 이미 폐허가 된 미래의 사막이다. 따라서 파시즘의 폭력이 만개한 이 현실 공간에서 추방된 그를 위한 자리는 구조적으로 없다. 그러나 어둠을 뚫고 빛을 뿜어내고 있는 이상의 두 눈동자가 매섭게 응시하고 있는 것은 그가 추방된 바로 이 현실이다. 세계 내부에 그를 위한 자리는 없지만, 그는 세계 전부를 그의 시야에 담아내고 있는 것이다. 그런데 이러한 방식으로 세계와 관계 맺으며 존재하는 것이 '소실점'이다. 그리고 그 점의 실존으로 인하여 경험적 세계의 사물들은 원근법적으로 배열되어 존재의 의미를 부여받지만, 그 점 자체는 경험적 세계의 내부에 거주하지 않는 것이 소실점이다.[123]

어떤 "진한 밤"도 "어둠을 뚫고 타는 두 눈동자를 끝내 감기지 못했다"는 시구에서 읽을 수 있는 '쥬피타'의 결연한 의지는 모든 것이 사라져 버린 이 황막한 폐허에서 미묘한 빛을 던지고 있다. 이렇게 세계의 어둠을 뚫고 나오는 '쥬피타'의 강렬한 눈빛은 "모든 빛나는 것 아롱진 것을 빨아 버리고", 또 "뭇 호화로운 것 찬란한 것 녹여 삼키고", 이렇게 모든 빛과 빛깔을 녹여 삼킨 어둠 속에서 슬쩍 "날(刀)"과 같은 날카로운 '흘김'으로 이 모든 빛을 대신하는 「못」의 신비로운 '어둠의 빛'으로 이어진다. 어둠을 뚫고 타는 '쥬피타의 두 눈동자'와 '못'이나 '청동'에서 퍼져 나오는 '어둠의 빛'은, 마치 일식이 일어났을 때 달에 가려진 태양의 주변으로 태양보다 몇 배나 더 큰 구역에 만들어내는 신비로운 빛의 고리를 연상케 한다. 태양의 빛을 죽이는 것은 태양보다 몇백 배나 작은 달의 '그림자'이고, 이 '그림자'가 불타는 태양을 순간적으로 텅 빈 공백으로 만드는 것이다. 폐허를 소요하고 있는 '쥬피타'는 이 세계에서 추방된 존재다. 다시 말해 달의 '그림자'처럼 구조적으로 이 세계에 그를 위한 자리는 없다. 그러나 부재하는 것으로 존재하는 '추방된 쥬피타'의

---

123 역사적 시간의 종말을 상징하는 '소실점'으로 응축되는 시간에 대해서는 김홍중, 「파상력이란 무엇인가」(『마음의 사회학』, 문학동네, 2009) 참조.

존재형식은 모든 것을 녹여버리는 살인적인 제국의 태양을 삼켜버린다. 어둠을 뚫고 타는 '쥬피타의 두 눈동자'는 '대영제국의 살인적인 태양빛'을 어둠으로 만드는 숭고한 '어둠의 빛'인 것이다. 그리고 이 '숭고한 어둠의 빛'이 일제 말 김기림이 보여준 '침묵'이 의미하는 바이다.

즉, 김기림은 제국의 살인적인 태양빛에 의해 이 세계로부터 추방된 상처 가득한 이상을 제국의 태양빛만큼 뜨거운 새로운 우주의 지배자 '쥬피타'로 상징화함으로써 제국의 질서에 대항하는 예외적 인물로 새롭게 배치해놓는 것이 아니라, 제국의 살인적인 태양빛을 모두 흡수하는 소실점적인 존재로 형상화함으로써 마침내 역사적 시간의 지속을 중지시킬 수 있는 능력을 이상에게 부여하고 있는 것이다. 「쥬피타 추방」에서 보여주는 김기림의 이러한 시적 사유는 당시 일본과 조선의 지성계에서 유행하던 '근대종언' 담론이나 '동양' 담론의 생산방식과의 확연한 차별성을 확보한다. 일제 말 비평 담론에 대한 선행 연구들을 통해 주지된바, 몰락하는 근대와 낭만적인 신생 충동으로의 전환이라는 맥락 속에서 등장한 '동양' 담론의 이면에는 일본 제국주의의 재현 체계 내부로 포섭되려는 식민지 지식인들의 은밀한 욕망이 내재되어 있었다. 그러나 김기림은 이 세계로부터 추방된 '쥬피타─이상'을 "세기의 아픈 상처"로 그려냄으로써 근대를 '제국의 역사'와 동일시한다. 김기림이 「쥬피타 추방」을 통해 그려내는 '제국의 역사'는 대영제국과 "록펠라의 정원"으로 상징되는 미국 자본주의는 물론이고, "세라시에 폐하"라는 시어에 숨어 있는 이탈리아 파시즘과 그리고 이 모든 제국의 이미지들을 포괄하는 욱일승천기에서 뿜어져 나오는 뜨거운 "태양빛"의 일본 천황제 파시즘을 포함한다. 그리고 김기림은 이상을 "세기의 아픈 상처"라는 역사적 시간 그 자체를 지시하는 알레고리적 기호로 만들면서 곧바로 이 세계로부터 추방된 존재로 상징화함으로써 이상의 죽음을 통해 역사적 시간의 종말을 사유할 수 있는 가능성을 마련하고 있는 것이다.

그런 점에서 김기림이 죽은 이상을 애도하는 방식으로 상징화하고 있는 '추방된 쥬피타'는 아감벤이 말하는 주권 권력의 법적 체계를 무화시키는 '벌거벗은 생명'으로서의 '성스러운 인간'[124]에 근접하는 표상이라 할 수 있으며, '추방된 쥬피타'의 두 눈동자가 빛나고 있는 이 폐허는, 근대의 '모험 정신'이 야만적인 파시즘으로 물신화되어 버린 현실의 역사적 시간의 끝을 상징하는 시공이자, 역사적 시간의 끝이므로 '모든 것을 다시 시작할 수 있는 순수 시간으로 개방된 무(無)의 시공'[125] 그 자체라 할 수 있다. 『기상도』와 달리 「쥬피타 추방」이 과거의 시간을 다룰 수 있게 된 것은 「쥬피타 추방」의 시적 세계가 변형을 통한 시간의 개방이 아니라 모든 시간의 소멸을 지향하는 시간의 응축이기에 가능한 것이었다. 이상을 애도하는 작업이 김기림 자신이 10년 동안 주장해 온 모더니즘에 대한 애도 작업이기도 하다는 점에서, '추방된 쥬피타'라는 이상의 모습은 곧 김기림 자신의 자아이상(ego-ideal)이기도 하다. 『기상도』에서 파편적인 조각들로 시간을 만들면서 채워나가던 '소제부' 김기림이 이상을 경유하여, 시간 자체를 폭파하고 해체하여 거리를 폐허로 만들며 '망각으로 망각을 구한다'[126]는, 다시 말해 의식적인 세계의 시간적 연속성을 망각하고 무의식의 저 밑바닥에서 기억되지 못한 채 부유하고 있는 잊힌 기억들을 소환하는, 이상의 '파괴자'적인 면모를 사유하기 시작한 것이다.

「쥬피타 추방」에서 보여주는 김기림의 이러한 시적 상상력은 『독일 비애극의 원천』에서 근대의 파편화된 알레고리적 세계의 구원불가능

---

124 G. Agamben, 박진우 옮김, 『호모 사케르』, 새물결, 2008.
125 김홍중, 앞의 글, 214면.
126 "연상은처녀로하라, 과거를현재로알라, 사람은옛것을새것으로아는도다, 건망이여, 영원한망각은망각을모두구한다"(이상, 「선에관한각서 5」, 『정본 이상문학전집』 1, 61면)

성을 논의하면서 궁극에서는 알레고리적 반전을 준비하며 총체적인 상징적 세계의 회복을 궁구했던 벤야민의 사유를 떠올리게 한다. 벤야민은 종교적인 상징에서 예술적인 상징으로 전환되는 상징의 역사를 탐구하면서 감각적 대상과 초감각적 대상의 통일이라는 신학적 상징의 역설이 예술적 상징에서는 현상과 본질의 관계로 왜곡되었고, 이러한 과정에서 미적 세계 속에 윤리적인 세계가 아무런 조건 없이 내재해야한다는 주장이 가능하게 되었다고 비판한다. 반면 알레고리는 가상의 가상성을 표 나게 내세우면서 자신의 가상성을 통해 숨기고 있는 거짓으로서의 현실을 과감하게 부서뜨린다. 그런 점에서 알레고리는 주체의 시선에 의해 질서화되어 있는 세계에 혼돈으로서의 타자의 목소리를 지속적으로 호출하는 것이라고 할 수 있다.[127] 그래서 벤야민은 "알레고리적 의도에 포착된 것은 일상적인 삶의 연관에서 분리된다. 즉 분쇄되는 동시에 보존된다. 알레고리는 잔해를 붙잡는다"[128]라고 말한다. 즉, 알레고리는 파편화와 잔해의 징후 속에서 삶을 응시하며, 아름다움의 너머에 위치하는 숭고한 어떤 것이다. 벤야민에게 알레고리는 세계를 파편화하고 조각내면서 이 파편들의 흔적 속에서 섬광의 번쩍임과도 같은 '변증법적 이미지'를 통해 세계의 온전한 이미지가 포착되기를 기다리는 우울가의 시각 이미지이며, 그런 점에서 알레고리는 상징과 대등한 위력을 지닌 것으로서 그 의미를 확보한다. 섬광의 번쩍임이라는 상징적인 순간은 오직 알레고리의 파괴적 열광 속에서, 질서를 미화해서 견딜 만한 것으로 만드는 총체성 또는 유기적 전체라는 가상이 추방될 때 알레고리의 조각 흔적들의 우연한 몽타주를 통해

---

127 알레고리를 타자 담론으로 이해하는 논의는 G. Teskey, *Allegory and violence*, Ithaca, NY : Cornell University Press, 1996; S. Weigel, trans. by Georgina Paul, with Rachel McNicholl and Jeremy Gaines, "The 'other' in allegory", *Body-and image-space — re-reading Walter Benjamin*, London; New York : Routledge, 1996 참조.
128 W. Benjamin, 조형준 옮김, 『아케이드 프로젝트』, 새물결, 2005, 788면.(J 56)

나타날 수 있는 것이기 때문이다.

　실체 없는 그림자인 '추방된 쥬피타'가 뿜어내는 '숭고한 어둠의 빛'은 알레고리의 파괴적 열광 속에서 순간적으로 나타나는 섬광과도 같은 것이라 할 수 있을 것이다. 즉, 「쥬피타 추방」을 통해 김기림이 의도한 것은 『기상도』와 같은 경험적인 현실 세계 내부에서 이루어지는 문명 비판이 아니라 이러한 경험적 세계의 출발점인 소실점으로서 회귀를 통한 시간의 응축이자 이를 통한 역사적 시간의 완전한 종결이라 할 수 있다. 「쥬피타 추방」의 마지막 두 연에서 만신창이가 된 모습으로 폐허와도 같은 사막을 소요하는 '쥬피타-이상'에게서 절망이나 일제 말 근대초극론자들의 '신생의 달뜸'이 아니라 구원과 부활의 힘이 느껴지는 것은 이 때문이다. 폐허 속에서 빛나고 있는 쥬피타의 두 눈동자를 니체적으로 말하자면, 아폴론적인 가상의 세계를 파괴하며 등장한 디오니소스적인 근원적 일자의 현현이라고 말할 수 있을 것이다. 김기림은 이렇게 이상을 우주의 지배자 '쥬피타'로 돌려보내는 대신, 인간 세계와 신의 세계에서 동시에 '추방된 쥬피타'로 그려냄으로써, 이상을 우주를 창조하는 신화적 존재인 '쥬피타'로 부활시키는 동시에 아폴론적인 가상의 세계에서 가상의 미로를 부수고 또 만들어가던 '명랑한 시인'으로서는 도저히 상상할 수 없었던 디오니소스적인 세계를 상상하기 시작한 것이다.

　이로써 김기림은 파시즘이라는 전체주의적인 체제 속에서 한계에 부딪혔던 자신의 모더니즘을 넘어설 수 있는 계기를 마련한다. 그리고 발견한 것이 응축적인 어둠의 세계 속에서 생명의 기운이 꿈틀대고 있는 신비로운 '못'의 세계이다. 이 신비로운 '못'의 세계를 김기림의 비평에서 찾는다면 그것은 '동양'이라 할 수 있다. 근대초극론의 맥락에서 논의되는 '동양'과 김기림의 '동양'의 차이는 '서양'이라는 기표에 대응하는 태도의 차이라 할 수 있다. 전자가 대칭적이라면, 후자는 비대칭적이다. 전자가 '서양'이라는 기표를 대신할 일종의 소망이미지로서의 '동양'이라면, 후자는 근대적 개념 체계 속에서 '동양'과 '서양'이라는 이 분화되어 있는 경계를 파괴하고 모든 개념적 질서 체계를 무화시킨 개념적 폐허 위에서 다시 만들어져야하는 '동양'이다. 김기림의 '동양'은 '못'의 어둠처럼 현재로서는 어떠한 형체도 없다. 다만 그 어둠 속에서 조용한 웅성거림만이 있을 뿐이다. 이 웅성거림을 「동양에 관한 단장」에서는 '과거의 문학과 예술'이라 말한다.

그러나 김기림에게 '동양'은 '과거의 문학과 예술' 자체가 아니다. 오히려 '동양'은 이것을 근원으로 삼아 새롭게 발견되어야 하는 어떤 심연과 같은 것이다. 중요한 것은 이 웅성거림을 열심히 들으면서 현실 인간이 알아들을 수 있게 상징적 작업을 수행하는 것이다. 이 작업을 수행하기 위해서는 개념적 질서가 와해되어 있는 현실의 불안을 견디고 감내해야 한다. 불안을 지속시키며 그 속에서 들리는 타자의 목소리를 계속 응시해야 하는 것이다. 「동양에 관한 단장」에서 김기림이 동양은 "있는 그대로의 동양문화"를 호출하는 것이 아니라 "근대문화보다도 다시 더 높은 단계의 함축 있고 포괄적인 것"으로서 "역사적 자각과 시대의식의 연소"를 거쳐 과학적으로 새롭게 발견해야 한다"고 했을 때, 또 "역사적 자각과 시대의식의 연소를 거쳐 (…중략…) 그 虛華한 外衣와 협잡물을 청산하고 그 정수에 있어서 그 근원적인 것에서 새로이 파악되어 내일의 문화 창조의 풀무 속에 던져져야 할" 어떤 것이라고 했을 때, 그것은 세계의 완전한 종결과 더불어 시작되는 완전히 새로운 시작을 의미한다. 그런 점에서 김기림의 '동양'은 폐허 현실을 모조리 흡수하는 '추방된 쥬피타'와도 같은 것이라 할 수 있다. 그리고 현실의 가상적인 알레고리 이미지들을 모두 흡수하고 있는 '못'의 심연과 거기에서 들려오는 조용한 웅성거림은 임화가 '신성한 잉여'라고 이름 붙였던 타자의 목소리들이라 할 수 있을 것이다.

김기림은 근대를 응시하고 또 그것에 매혹 당하기도 하면서 근대라는 세계가 작동하는 독특한 방식에 민감하게 반응한 시인이며, 김기림의 모더니즘은 근대라는 세계가 작동하는 독특한 방식을 시적으로 전유하여 그것을 그대로 근대 문명을 비판하는 무기로 되돌려 놓는 '간사한 수법'의 시학이라 할 수 있다. 속도와 같은 기계의 기술은 김기림에게 그대로 시적 테크닉으로 전환되고, 이러한 시적 테크닉은 다시 근대 기계 기술을 비판하는 힘이 된다. 김기림에게 시적 테크닉이 중요한 이유는 이 때문이다. 또한 시인은 테크닉을 다룰 수 있는 사람이어야 하므로 그는 지성적인 인간이어야 한다. 감정을 노래하는 자가 아니라 지성의 힘으로 세계 이미지를 변형할 수 있는 존재, 김기림에게 시인이란 이러한 존재이다.

그러나 일제 말 초법적인 주권권력의 등장은 속도와 같은 김기림의 시적 테크닉의 가능성을 원천봉쇄한다. 파시즘이라는 거대한 벽 앞에서 김기림은 지금까지 자신이 현실에 대응하던 방식, 즉 근대라는 세계가 작동하는 독특한 방식을 그대로 근대 문명을 비판하는 무기로 되돌려 놓는 작용과 반작용의 대칭적인 힘의 역학을 변형하여, '살인적인 제국의 태양빛'을 모두 흡수해버림으로써 그 힘의 완전한 소멸을 기도하는 '숭고한 어둠의 빛'이라는 비대칭적인 방식을 탐색한다. 이렇게 관계의 존재론 속에서 무한하게 펼쳐지던 시간을, 이러한 시간의 펼쳐짐을 가능하게 한 시원으로서의 소실점으로 다시 응축시키는 방식으로 시간의 끝을 사유함으로써, 김기림은 마침내 초월적인 세계와 마주하게 되고, 이를 통해 일제 말의 암흑과도 같은 시간을 통과하려고 한 것이다. 그리고 「쥬피타 추방」은 바로 이러한 탐색의 과정이자 결과물이라는 점에서 김기림의 모더니즘 시학을 이해하는 데 있어 놓쳐서는 안 되는 중요한 텍스트라 할 것이다.

결론을 대신하며 김기림의 모더니즘과
이미지의 정치학

———————　————————————————————

김기림은 모더니즘이 언어의 예술이고 시작(詩作)은 말을 통제하는
일에서 출발한다고 강조한다. 김기림이 자신의 시학에서 이렇게 언어
를 강조하는 이유는 복잡해진 현대 세계와 시가 대화할 수 있기 위해
서는 개인의 주관 속에 유폐된 시를 거리로 해방시킬 필요가 있었고,
시를 거리로 해방시킬 수 있는 방법은 언어적 질서를 통해 확보되는
초월론적인 체계 속에서 시를 사유하는 것이었기 때문이다. 이러한 김
기림의 사유 체계에서 시인에게 요청되는 가장 중요한 능력은 천재적
인 영감이나 창조적 상상력이 아니라, 우리의 의식을 지배하고 있는
사회의 구조와 질서를 인식하고 그것을 뒤집어보는 것이며, 이것을 가
능하게 하는 지성의 능력을 통해 현실을 재빠르게 변형시킬 수 있는
시적 테크닉이었다. 김기림이 시론에서 강조하는 기술, 혹은 기교는
어떠한 시공간적인 일점에 고정되어 있는 것처럼 보이는 세계를 계속
해서 다른 관점으로 볼 수 있게 만들고, 이를 통해 가능한 새로운 가치

들을 볼 수 있게 하는 방법인 것이다.

김기림의 모더니즘에서 특히 시적 테크닉의 문제는 리얼리즘 문학의 재현의 논리에 대한 그의 적극적인 비판적 사유와 밀접하게 연관되어 있다. 김기림은 리얼리스트들이 주장하는 것과 달리 현실은 재현이 불가능하며, 그러한 현실의 모순을 인식해내는 것도 불가능하다고 보았다. 또한 그는 일체의 형이상학적 관념을 예술의 영역에서 배제하면서, '동요하는 현실'과 '움직이는 주관'이라는 상대주의적인 세계관과 주체론을 바탕으로, 현실을 구성하는 사물들 혹은 언어 기호들의 변화와 배치를 주목한다. 그리고 이러한 상대주의적인 관점으로 모든 물적 토대의 근원적인 원인을 상정함으로써 현실 세계를 폐쇄적인 구조 속에 가두어버리는 리얼리즘의 방식과 모든 물적 조건으로부터 벗어난 관념의 세계로 도피하는 예술지상주의의 방식을 동시에 부정한다.

김기림에게 현실이란 그것이 재현되었다고 생각되는 순간, 이미 재현된 현실로부터 멀리 달아나 버리는 '유동체'이기 때문이다. 김기림의 테크닉은 바로 이러한 유동하는 현실에 문학을 맞세우는 그만의 방법이다. 즉, 재현의 문법 속에 구조적으로 닫혀있는 현실 세계를 시적 테크닉을 통해 끊임없이 변형하고 새롭게 배치해봄으로써 구조적 질서에 숨겨져 있던 '제2의 의미'가 드러날 수 있게 통로를 만들고, 이렇게 새롭게 만들어지는 의미들을 통해 지배계급의 굳어진 사유 체계를 공격하는 것, 이것이 김기림의 모더니즘이 지향하는 바이자 그가 시적 테크닉을 강조하는 이유이다.

김기림의 가장 대표적인 시적 테크닉은 '속도'이다. 김기림은 근대 문명의 속도를 재현하는 것이 아니라 이미지의 비약이나 배치를 통해 속도 그 자체를 창출한다. 김기림의 '속도'는 현실 공간의 실제적인 이동이나 그러한 이동이 만들어내는 도시 문명의 속도를 분해하며 횡단한다. 다시 말해 김기림의 '속도'는 '가능한 어떤 관점'에 의해 현실을 분해하여 새롭게 배치하는 과정에서 생성되는 '제2의 속도'이자 '시의 속도'라 할 수 있다. 특히 김기림은 「스케이팅」이라는 텍스트에서 온갖 각도와 곡선의 어지러운 교착선을 만들어내는 '시의 속도'와 일정한 궤도를 맴돌기만 하는 현실 문명 속의 시계의 속도를 동시에 제시하면서, 시계의 질서를 '방탕하게' 분해하고 있는 '시의 속도'를 '스케이팅'의 이미지로 그려내고 있다.

김기림이 생성해내고 있는 '시의 속도'가 현실의 속도를 해체할 수 있는 힘을 갖는 것은 김기림의 '속도'가 이미지의 연상과 비약에 의해 생성되는 것이기 때문이다. 이미지가 비약한다는 것은 이미지의 흐름이 단속(斷續)되고 있다는 것을 의미한다. 이러한 흐름 속에서 생성되는 이미지와 이미지 사이의 빈공간은 공간화된 시간 개념이 존재하지 않는 부재의 순간, 이른바 '피크노렙시(picnolepsie)'라 할 수 있다. 순간적으로 기억이 끊기는 현상을 일컫는 '피크노렙시'는 시간을 분실하는 경험이라고 할 수 있으며, 그러므로 이 시간은 시계로 측정할 수 있는 시간이 아니다. '피크노렙시'의 순간은 시간의 자연스러운 흐름으로부터의 단절을 의미하기 때문이다. 따라서 이 순간은 다른 누구의 시간도 아닌 오직 나만의 시간이 된다. 이 순간에 나는 시계의 지배로부터 벗어나 아무런 연관성이 없어 보이는 조각난 이미지들을 모자이크하며 형태를 만들어보는 것이 가능하며, 이러한 과정에서 시계의 시간과는 독립된 새로운 시간을 경험하게 된다. 김기림은 '연상의 비행'이라는 방식으로 '피크노렙시'를 의도적으로 생산함으로써 연속적인 시계의 시간을 파열하고 있는 것이다. 그런 점에서 김기림의 '속도'는 몽상하는 시인의 행위와도 연결되어 있다.

특히 김기림의 여행시편들이 '속도의 시'일 수 있는 이유는, 시에 비행기나 기차 등과 같은 근대적 교통수단이 등장한다거나 여행시편들의 타이틀을 연결했을 때 이동의 감각을 전해주기 때문이 아니다. 여행시편을 '속도의 시'로 만들어주는 것은 오히려 공간을 이동하는 현실적 속도를 단속(斷續)하는 이미지의 결합과 배치들 때문이다. 다시 말해 김기림의 '속도'는 광폭하게 질주하는 자본주의 사회의 실제 속도에 맞서는 반작용으로서의 '시의 속도'이며, 현실의 속도를 정지시킬 수 있을 정도의 강력한 힘으로서의 '시의 속도'이자 '예술의 속도'이다. 따라서 김기림의 '속도'는 실제 우리가 현실에서 느낄 수 있는 '속도감'을 재현하는 방식으로는 감각하지 못하며, 시적 이미지의 배치와 그 배치가 만들어내는 운동감을 통해 간접적으로 경험할 수밖에 없는 것이다. 이렇게 이미지의 배치와 연쇄를 통해 자본과 식민권력의 속도를 분해하면서 만들어지는 김기림의 '속도'는 시를 생성하는 힘, 그 자체라고 할 수 있다.

김기림이 이렇게 현실을 분해하고 변형하는 방식의 독특한 시적 사유를 수행할 수 있었던 것은 20년대적인 사랑의 파토스를 그가 과감하게 포기했기 때문이다. 20년대식 사랑의 파토스는 전근대적인 공동체로부터 떨어져 나온 고독한 근대적 주체의 상실의 슬픔에서 비롯된다. 20년대적인 슬픔을 대표하는 소월의 모든 시는 님이 있는 곳으로 수렴되는 운동의 장을 형성하고 있으며, 잠에 들어 꿈의 세계로 들어가는 것과 다시 잠에서 깨어 현실의 세계로 복귀하는 원형적인 반복 운동 속에서 근대적인 고독한 주체가 잃어버린 공동체의 리듬의 회복을 기도한다. 이러한 원형적 운동에 의해 근대적 주체의 내면의 깊이가 생성되며, 이는 다시 근대적 주체의 균열된 삶을 구원하는 정신적 방법론으로 고양되는 것이다.

그러나 김기림이 도시 공간에서 경험하는 상실의 감정은 20년대적인 원환적 움직임을 가능하게 하는 상실과는 사뭇 다르게 출현한다. 소월의 상실은 그것이 시적 화자에게 없을 뿐이지 그 존재 자체가 없는 것은 아니다. 소월이 베갯머리를 적시며 꿈에 빠져들고 다시 꿈에서 깨어나는 운동을 반복적으로 할 수 있었던 것은 상실 대상의 분명한 장소성이 확보되어 있기 때문이다. 그러나 도시 공간에서는 상실 대상의 분명한 장소성마저 사라지고 만다. 도시 공간에서의 상실의 주체는 '나'가 아니라 '기호'이기 때문이다.

김기림에게 언어라고 하는 것이 진실을 드러내고 그것을 재현하는 도구가 아니라 오히려 끝없는 오류의 근원인 이유는 이 때문이다. 내가 현실의 모순은 여기에서 비롯된다고 판단하고 그것을 재현해내는 순간, 현실은 시간의 차이에 의해 새로운 얼굴을 하고 있는 곳이 바로 김기림이 바라보는 유동하는 도시 경성 거리의 모습인 것이다. 현실을 이렇게 상대주의적인 관점으로 인식할 때, 진정성의 발견과 같은 고된 작업은 아무런 힘도 발휘되지 못한다. 「우울한 천사」의 시편이 보여주는 것처럼, 유동하는 현실 속에서는 이것이 진짜라고 생각한 순간 그것이 어느새 가짜로 변해버리는 허무한 경험만이 반복될 뿐이며, 이러한 경험의 반복은 권태의 감정을 일으킨다. 근대 세계에서 상실의 경험에서 비롯되는 감정인 멜랑콜리의 또 다른 얼굴이 권태로움인 것은 이 때문이다. 김기림에게는 '슬픔'이 소월과 달리 어떠한 에너지도 발산하지 못하는 한낱 감상주의적 태도만 불러일으키는 수동적 감정으로 전락한 것이다.

경성 거리에서 20년대적인 원환적인 운동이 불가능해졌다는 것은 시적 언어의 무게 중심이 그것이 지시하는 대상과 필연적인 연결고리를 확보하고 있는 '상징'에서 자의적인 성격의 '기호'로 전환될 수밖에 없다는 점을 알려준다. 자본과 상품의 논리에 지배되는 경성 거리는 거리 전체가 진열대화 되었다는 말로 바꾸어 말할 수 있으며, 이러한 거리에서 통용되는 언어는 더 이상 진실이나 본질과 같은 관념적인 형이상학적인 세계와 관계하는 상징적 언어가 아니라 이러한 것들과 연결고리가 완전히 끊어져버린 알레고리적 언어들이라 할 수 있다. 즉,

30년대 경성 거리에서의 상실의 주체는 '나'가 아니라 '기호'인 것이다.

상품들에 의해 체계화되는 유행이 만들어내는 물질적인 시간 속에 갇혀 있는 도시에서 구원으로서의 문학적 상징은 불가능하다. 기표의 자율성으로 끊임없이 새로운 옷을 갈아입게 된 도시적 기호들은 상징적 기호의 짝패로서의 형이상학적인 본질을 완전히 상실해버렸기 때문이다. 그러나 이렇게 너무나 희미해진 진정성이라는 것, 본질이라는 것, 진리라는 것을 되찾으려는 것을 능동적으로 포기하는 순간, 도시인의 멜랑콜리의 원인이었던 도시의 유동성은 도시인에게 새로운 가능성의 세계를 열어준다. 상실한 것을 능동적으로 포기한다는 것은 본질이 선험적으로 존재한다고 생각하는 본질주의를 폐기한다는 뜻이다. 대신 기표와 기의의 위치가 역전되는 현상 속에서 끊임없이 새로운 의미들을 생산하는 유동성의 혁신성을 이용하는 것이다. 이를 통해 김기림은 잃어버린 진짜 의미를 찾아 헤매는 우울한 시인은 절대로 보지 못할 새로운 영역을 확보할 수 있게 된다. 그것은 바로 기호의 유동성에 의해서만 확보될 수 있는 이미지 공간이며, '시의 속도'를 생산하는 '피크노렙시'로서의 시간이다. 김기림은 모든 것이 가짜가 되어버린 경성 거리의 풍경을 시적 은유를 통해 다른 가짜로 만드는 전략을 펼치는 것이다. 『태양의 풍속』은 이러한 전략의 결과물이다.

김기림은 공동체의 리듬과 같은 상징의 깊이를 실체 없는 이미지 공간이라는 알레고리적인 넓이로 대체한 시인이라는 점을 주목할 필요가 있다. 김기림은 사랑이나 영혼과 같은 형이상학적인 세계와 관계 맺던 기존의 문학적 세계가 신문이나 잡지가 생산하는 방대한 정보와 교통과 통신 매체가 생산하는 속도에 노출된 근대적 도시 공간과 새롭게 관계 맺게 되었을 때, 정보와 속도에 의해 생산되는 사회적 담론 체계 속에서 유동할 수밖에 없는 환경에 노출된 시인들이 이러한 현실에 맞서 어떻게 변화해야 하는가를 탐색했던 시인인 것이다. 30년대 한국 모더니즘 문학 중에서도 정지용과 같은 시인이 사막처럼 황폐하게 메말라가는 근대적 환경에 저항하며 잃어버린 진정성을 회복하려는 힘겨운 움직임을 보이고 있었다면, 김기림은 정지용이 바라보는 방향과는 완전히 정반대를 바라본다. 즉, 김기림은 황폐한 자본주의 환경과 그 환경이 생산하는 속도로 시선의 방향을 돌리고서 새로운 사건들과 단편적인 정보들이 무한하게 쏟아지는 속도의 세계에서 주어진 자료들을 어떻게 변용하고 조작해볼 것인가에 관심을 갖고 있는 시인이었다고 할 수 있다.

　시인의 이러한 특성은 신문기자로서의 감각이 문학적 세계로 전이된 것이라고 볼 수도 있을 것이다. 이러한 점은 미디어의 행위적이고 수행적인 특성이 분명하게 드러나는 『기상도』를 통해서 보다 선명하게 읽을 수 있다. 김기림은 스스로 운동성을 갖는 '태풍' 이미지를 통해 『기상도』의 세계를 안과 밖이 구분되지 않는 뫼비우스의 띠처럼 만들어놓는다. 다시 말해 파탄이 난 근대 세계의 존재태 자체가 그대로 『기상도』의 형식이 되고, 이 파편적인 형식을 다시 '태풍'이라는 역학적이고 동적인 이미지가 대신하면서 스스로 시간을 만들어가는 '태풍' 이미지를 중심으로 『기상도』라는 파편적인 시적 세계를 구성하고 있는 것이다. 형식과 내용이 구분되지 않는 이러한 시적 상상력은 김기림이 특정한 실체를 전제하는 전통적인 재현적 문학 논리로부터 일탈할 수 있는 가능성을 지속적으로 고민한 결과이다. 즉, 단어의 결합과 배치를 강조하는 그의 은유론과 선험적으로 전제되어 있는 시간의 궤도를 분해하는 '속도', 큐비즘의 예술에서 발전시킨 '각도' 등과 같은 시론적인 층위의 논의나, 새로운 시인의 태도로 '상실의 슬픔'을 대신해서 제시하는 '명랑한 지성'과 같은 인식론적인 층위의 논의는 내용과 형식이라는 이분법적 구분을 완전히 폐기하는 '배치의 시학' 속에서 이루어지는 것들이다.

특히 문명 비판이라는 무거운 주제를 담고 있다는 점에서 지금까지 『기상도』는 『태양의 풍속』의 시편들과는 다른 맥락 속에서 논의되어 왔지만, 배치를 강조하고 매체를 의식하는 김기림의 성향은 두 시집에서 크게 구별되지 않는다. 차이가 있다면, 『태양의 풍속』이 상품의 전시장으로서의 도시 일상의 풍경들을 재료 삼아 모자이크하고 있는 '꿈의 이야기'들이라면, 『기상도』는 조선의 뒷골목 이야기부터 바다 건너 외국의 정치, 경제, 문화 등에 이르기까지 방대한 정보를 담고 있는 신문의 정보력에 의지하여 모자이크하는 재료의 범위를 근대 세계 전체로 확장하고 있다는 것뿐이다. 즉, '기상도'나 '태풍'이라는 가변성과 운동성을 그 속성으로 하는 이미지를 중심 이미지로 삼아 이 방대한 재료들을 모자이크하고 있는 것이 『기상도』라 할 수 있다. 이렇게 구성된 『기상도』의 문명 비판은 대상의 의미를 우스꽝스럽게 비틀고, 이를 통해 그 대상이 위치해 있는 담론적 기술을 공격하는 풍자적 테크닉에 의해 주로 이루어진다. 풍자의 기술은 현실의 근원적 모순을 폭로하고, 변증법적으로 모순적인 현실을 변혁하려는 진지한 시인의 것이 아니라, 교묘한 배치를 통해 현실 스스로가 자신의 모순을 발설하게 함으로써 진지한 척 하는 대상들을 한없이 가볍게 만드는 명랑한 시인의 것이라 할 수 있다.

김기림은 근대를 응시하고 또 그것에 매혹 당하기도 하면서 근대라는 세계가 작동하는 독특한 방식에 민감하게 반응한 시인이며, 김기림의 모더니즘은 근대라는 세계가 작동하는 독특한 방식을 시적으로 전유하여 그것을 그대로 근대 문명을 비판하는 무기로 되돌려 놓는 '간사한 수법'의 시학이라 할 수 있다. 속도와 같은 기계의 기술은 김기림에게 그대로 시적 테크닉으로 전환되고, 이러한 시적 테크닉은 다시 근대 기계 기술을 비판하는 힘이 된다. 김기림에게 시적 테크닉이 중요한 이유는 이 때문이다. 또한 시인은 테크닉을 다룰 수 있는 사람이어야 하므로 그는 지성적인 인간이어야 한다. 감정을 노래하는 자가 아니라 지성의 힘으로 세계 이미지를 변형할 수 있는 존재, 김기림에게 시인이란 이러한 존재이다. 일제 말 초법적인 주권권력의 등장으로 속도와 같은 시적 테크닉의 가능성이 원천봉쇄당하기 전까지 김기림은 이러한 '명랑한 시인'으로서의 면모를 유지한다.

그러나 논리적으로 접근할 수 있는 현실이 무너지고, 언어도 사용할 수 없게 되었을 때 김기림은 잠시 길을 잃는다. 좀 더 정확하게 말하자면 '변형'해야 할 현실을 잃어버린 김기림은 모더니즘을 포기할 수밖에 없었다고 해야 할 것이다. 김기림의 '속도'는 이상처럼 빛의 속도로 탈주하여 언어적 타자의 질서를 넘어서서 새로운 세계를 건축하고 설계하는 힘으로 나타나는 것이 아니라, 언제나 현실 속도에 대한 반작용으로서의 속도였으며, 현실의 속도를 중지하는 것으로서의 '시의 속도'였기 때문이다. 시의 사회성을 강조하는 김기림에게 테크닉은 언제나 현실을 어떻게 '변형'할 것인가에 초점이 맞추어져 있었고, 이러한 변형을 통해 현실 스스로가 현실 권력의 허위를 발설하도록 유도하는 데 초점이 맞추어져 있었던 것이다.

그러나 일제 말 초법적인 주권권력의 등장은 속도와 같은 김기림의 시적 테크닉의 가능성을 원천봉쇄한다. 이는 김기림이 파시즘이라는 거대한 벽 앞에서 한동안 우울증자로 지낼 수밖에 없었던 이유이기도 하다. 그러나 김기림은 「쥬피타 추방」을 통해 현실에 대응할 수 있는 새로운 방법을 도출해낸다. 즉 근대라는 세계가 작동하는 독특한 방식을 그대로 근대 문명을 비판하는 무기로 되돌려 놓는 '작용과 반작용의 대칭적인 힘의 역학'을 변형하여, '살인적인 제국의 태양빛'을 모두 흡수해버림으로써 그 힘의 완전한 소멸을 기도하는 '숭고한 어둠의 빛'이라는 비대칭적인 방식을 탐색하는 것이다. 즉, '배치의 시학'이라는 '관계의 존재론' 속에서 무한하게 펼쳐지던 시간을, 이러한 시간의 펼쳐짐을 가능하게 한 시원으로서의 소실점으로 다시 응축시키는 방식으로 시간의 끝을 사유함으로써, 김기림은 초월적인 세계와 마주하게 되고, 이를 통해 일제 말의 암흑과도 같은 시간을 통과하려고 한 것이다. 일제 말 발표된 「못」이나 「청동」과 같은 시편이 전해주는 조용하지만 깊은 울림은 「쥬피타 추방」에서의 이러한 시적 사유의 힘에 의한 것이라 할 수 있으며, 명랑했던 모더니스트 김기림이 근대라는 거대한 세계를 초극하고 있는 순간을 보여주는 장면이라 할 수 있을 것이다.

참고문헌_

1. 기본자료

김기림, 『김기림 전집』 1~6, 심설당, 1988.
김소운 엮고 옮김, 『乳色の雲』, 東京 : 河出書房, 1940.

김소월, 김용직 엮음, 『김소월 전집』, 서울대 출판부, 1996.
이상, 김주현 주해, 『정본 이상문학전집』 1~3, 소명출판, 2005.
정지용, 『정지용전집』 1~2, 민음사, 1998.
임화, 신두원 엮음, 『임화문학예술전집 3 ─ 문학의 논리』, 소명출판, 2009.

『詩と詩論』(東京 : 厚生閣書店)
『조선일보』, 『동아일보』, 『조선중앙일보』, 『창조』, 『철필』, 『시와소설』, 『삼천리』, 『별건곤』,
『여성』, 『중앙』, 『조광』, 『인문평론』, 『문장』.

2. 단행본

김동리, 『문학과 인간』, 민음사, 1997.
김동석, 『김동석 비평선집』, 현대문학, 2010.
김민정, 『한국근대문학의 유인과 미적좌표』, 소명출판, 2004.
김상환, 『니체, 프로이트, 맑스 이후』, 창작과비평사, 2002.
김성기 엮음, 『모더니즘이란 무엇인가』, 민음사, 1994.
김예림, 『1930년대 후반 근대인식의 틀과 미의식』, 소명출판, 2005.

김학동,『김기림 평전』, 새문사, 2001.

김유중,『한국모더니즘 문학의 세계관과 역사의식』, 태학사, 1996.

김유중 엮음,『김기림』, 문학세계사, 1996.

김유중·김주현 엮음,『그리운 그 이름, 이상』, 지식산업사, 2004.

김윤식,『이상연구』, 문학사상사, 1987.

_____,『이상소설연구』, 문학과비평사, 1988.

_____,『한국근대문학사상사』, 한길사, 1984.

_____,『한국근대문예비평사연구』, 일지사, 1976.

김윤정,『김기림과 그의 세계』, 푸른사상사, 2005.

김재용,『협력과 저항』, 소명출판, 2004.

김종길,『진실과 언어』, 일지사, 1974.

김학동 엮음,『김기림 평전』, 새문사, 2001.

김 항,『말하는 입과 먹는 입』, 새물결, 2009.

김행숙,『문학이란 무엇이었는가』, 소명출판, 2005.

김홍중,『마음의 사회학』, 문학동네, 2009.

문덕수,『한국 모더니즘 시 연구』, 시문학사, 1981.

문혜원,『한국현대시와 모더니즘』, 신구문화사, 1996.

박인기,『한국현대시의 모더니즘 연구』, 단국대 출판부, 1988.

백승영,『니체, 디오니소스적 긍정의 철학』, 책세상, 2005.

서영채,『사랑의 문법』, 민음사, 2004.

서준섭,『한국 모더니즘 문학 연구』, 일지사, 1988.

소래섭,『불온한 경성은 명랑하라』, 웅진지식하우스, 2011.

송 욱,「김기림, 즉 모더니즘의 구호」,『시학평전』, 일조각, 1963.

신범순,『한국현대시사의 매듭과 혼』, 민지사, 1992.

_____,『한국 현대시의 퇴폐와 작은 주체』, 신구문화사, 1998.

_____,『이상의 무한정원 삼차각나비―역사시대의 종말과 제4세대 문명의 꿈』, 현암사,
    2007.

오세영,『20세기 한국시 연구』, 새문사, 1998.

이명찬,『1930년대 한국시의 근대성』, 소명출판, 2000.

이미순,『김기림의 시론과 수사학』, 푸른사상, 2008.

이성욱,『한국 근대문학과 도시문화』, 문화과학사, 2004.

이정우,『신족과 거인족의 투쟁』, 한길사, 2008.

이택광, 『세계를 뒤흔든 미래주의 선언』, 그린비, 2008.

이효덕, 박성관 옮김, 『표상공간의 근대』, 소명출판, 2002.

조영복, 『1920년대 초기 시의 이념과 미학』, 소명출판, 2004.

_____, 『문인기자 김기림과 1930년대 '활자-도서관'의 꿈』, 살림, 2007.

주은우, 『시각과 현대성』, 한나래, 2003.

최문규, 『문학이론과 현실인식』, 문학동네, 2000.

한계전, 「모더니즘 시론의 수용」, 『한국현대시론연구』, 일지사, 1983.

Adorno, T., 홍승용 옮김, 『미학이론』, 문학과지성사, 1994.

Agamben, G., 강승훈 옮김, 『남겨진 시간』, 코나투스, 2008.

_____, 박진우 옮김, 『호모 사케르』, 새물결, 2008.

_____, 김상훈 옮김, 『세속화예찬』, 난장, 2010.

Allen, G., 송은역 옮김, 『문제적 텍스트 롤랑 / 바르트』, 앨피, 2006.

Appignanesi, L., 강수정 옮김, 『카바레』, 에코리브르, 2007.

Bachelard, G., 정영란 옮김, 『공기과 꿈』, 이학사, 2001.

Bataille, G., 조한경 옮김, 『저주의 몫』, 문학동네, 2000.

Baudelaire, C., 이건수 옮김, 『벌거벗은 내 마음』, 문학과지성사, 2001.

Bauman, Z., 이일수 옮김, 『액체근대』, 강, 2009.

_____, 한상석 옮김, 『모두스 비벤디』, 후마니타스, 2010.

Benjamin, W., 반성완 옮김, 『발터벤야민의 문예이론』, 민음사, 1983.

_____, 조형준 옮김, 『아케이드 프로젝트』, 2005.

_____, 조만영 옮김, 『독일비애극의 원천』, 새물결, 2008.

_____, 최성만 옮김, 『발터 벤야민 선집』 5, 길, 2008.

_____, 황현산 옮김, 『발터 벤야민 전집』 4, 길, 2010.

Berger, J., 동문선 편집부 옮김, 『이미지』, 동문선, 1994.

Berman, M., 문명식 옮김, 『맑스주의의 향연』, 이후, 2001.

Baudrillard, J., 이상률 옮김, 『소비의 사회』, 문예출판사, 1991.

Bloom, H., 윤호병 옮김, 『시적 영향에 대한 불안』, 고려원, 1991.

Borges, J. L., 황병하 옮김, 『칼잡이들의 이야기』(보르헤스 전집 4), 민음사, 1997.

Bozovic, M., 이성민 옮김, 『암흑지점』, 도서출판 b, 2004.

Brecht, B., 서경하 엮고 옮김, 『즐거운 비판』, 솔, 1996.

Breton, A., 송재영 옮김, 『다다 / 쉬르레알리슴 선언』, 문학과지성사, 1987.

Buck-Moss, S., 김정아 옮김, 『발터 벤야민과 아케이드 프로젝트』, 문학동네, 2004.

Butler, J., 양효실 옮김, 『불확실한 삶』, 경성대 출판부, 2008.

Bürger, P., 최성만 옮김, 『아방가르드 이론』, 지만지, 2009.

Calinescu, M., 이영욱 외 옮김, 『모더니티의 다섯 얼굴』, 시각과언어, 1993.

Carlyle, T., 박상익 옮김, 『영웅숭배론』, 한길사, 2003.

Colebrook, C., 백민정 옮김, 『질들뢰즈』, 태학사, 2004.

Compagnon, A., 이재룡 옮김, 『모더니티의 다섯 개 역설』, 현대문학, 2008.

De Man, P., 이창남 옮김, 『독서의 알레고리』, 문학과지성사, 2010.

Deleuze, G., 김재인 옮김, 『천 개의 고원』, 새물결, 2001.

_____, 유진상 옮김, 『운동 이미지』, 시각과언어, 2002.

_____, 서동욱 옮김, 『프루스트와 기호들』, 민음사, 2004.

_____, 이찬웅 옮김, 『주름』, 문학과지성사, 2004.

Derrida, J., 남수인 옮김, 『글쓰기와 차이』, 동문선, 2001.

Eliot, T. S., 이창배 옮김, 『T. S. 엘리엇 문학비평』, 동국대 출판부, 1999.

Foster, H., 전영백 외 옮김, 『욕망, 죽음 그리고 아름다움』, 아트북스, 2005.

Freud, S., 윤희기 옮김, 「슬픔과 우울증」, 『무의식에 관하어』, 열린책들, 1997.

Gadamer, H.G., 이길우 옮김, 『진리와 방법』, 문학동네, 2001.

Gale, M., 오진경 옮김, 『다다와 초현실주의』, 한길아트, 1998.

Gilloch, G., 노명우 옮김, 『발터벤야민과 메트로폴리스』, 효형출판, 2005.

Hauser, A., 백낙청 외 옮김, 『문학과 예술의 사회사-현대편』, 창작과비평사, 1978.

Hulmn, T. E., 박상규 옮김, 『휴머니즘과 예술철학에 관한 성찰』, 현대미학사, 1993.

Humphreys, R., 하계훈 옮김, 『미래주의』, 열화당, 2003.

Jakobson, R., 신문수 옮김, 『문학속의 언어학』, 문학과지성사, 1998.

Johnson, P., 조윤정 옮김, 『모던타임스』, 살림, 2008.

Kant, I., 백종현 옮김, 『순수이성비판』, 아카넷, 2006.

_____, 백종현 옮김, 『판단력비판』, 아카넷, 2009.

Kerferd, G. B., 김남두 옮김, 『소피스트 운동』, 아카넷, 2004.

Koselleck, R., 한철 옮김, 『지나간 미래』, 문학동네, 1998.

Lefebvre, H., 박정자 옮김, 『현대세계의 일상성』, 에크리, 2005.

Lunn, E., 김병익 옮김, 『마르크시즘과 모더니즘』, 문학과지성사, 1986.

Mcluhan, M., 김성기 외 옮김, 『미디어의 이해』, 민음사, 2002.

Nowell-Smith, G., 이순호 외 옮김, 『세계영화사』, 열린책들, 2005.

Nietzsche, F., 이진우 옮김, 『비극의 탄생』, 책세상, 2005.

_____, 정동호 옮김, 『차라투스트라는 이렇게 말했다』, 책세상, 2000.

Paz, O., 김홍근 외 옮김, 『활과 리라』, 솔, 1998.

Paxton, R. O.,손명희 외 옮김, 『파시즘』, 교양인, 2005.

Pound, E., 전홍실 옮김, 『에즈라파운드의 시와 산문선』, 한신문화사, 1995.

Richards, I. A., 박우수 옮김, 『수사학의 철학』, 고려대 출판부, 2001.

Rodowick, D. N., 김지훈 옮김, 『시간기계』, 그린비, 2005.

Rolland, R., 손석린 옮김, 『장・크리스토프』, 학원출판공사, 1993.

Schnell, R., 강호진 외 옮김, 『미디어 미학』, 이론과실천, 2005.

Sloterdijk, P., 이진우 외 옮김, 『냉소적 이성비판』, 에코리브르, 2005.

Saussure, F. D., 최승언 옮김, 『일반언어학 강의』, 민음사, 2006.

Stangos, N. ed., 성완경 옮김, 『현대미술의 개념』, 문예출판사, 1994.

Valéry, P., 김진하 옮김, 『말라르메를 만나다』, 문학과지성사, 2007.

Virilio, P., 김경온 옮김, 『소멸의 미학』, 연세대 출판부, 2004.

Žižek, S., 김소연 옮김, 『이데올로기의 숭고한 대상』, 인간사랑, 2002.

_____, 이성민 옮김, 『신체없는 기관』, 도서출판 b, 2006.

_____, 이성민 옮김, 『부정적인 것과 함께 머물기』, 도서출판 b, 2007.

_____, 김서영 옮김, 『시차적 관점』, 마티, 2009.

Zupančič, A., 조창호 옮김, 『정오의 그림자』, 도서출판 b, 2005.

柄谷行人, 송태욱 옮김, 『트랜스크리틱』, 새물결, 2005.

_____, 박유하 옮김, 『일본근대문학의 기원』, 민음사, 1997.

中沢新一, 김옥희 옮김, 『사랑과 경제의 로고스, 물신 숭배의 허구와 대안』, 동아시아, 2004.

丸山圭三郎, 고동호 옮김, 『존재와 언어』, 민음사, 2002.

佐本健, 민주식 옮김, 『미학사전』, 동문선, 2002.

若林幹夫, 정선태 옮김, 『지도의 상상력』, 산처럼, 2002.

圓月勝博 엮음, 김경원 옮김, 『연애, 고백, 풍자─르네상스 문학의 세 얼굴』, 웅진지식하우스,
        2009.

Read, H., *Form in Modern Poetry*, London : Vision, 1957.

Teskey, G., *Allegory and violence*, Ithaca, NY : Cornell University Press, 1996.

五十殿利治, 『大正期新興美術運動の研究』, 東京 : 早瀬芳文, 1998.

中野嘉一, 『前衛詩運動史の研究－モダニズム詩の系譜』, 東京 : 大原新生社, 2003.

3. 논문

권희철, 「"'나'는 누구인가?"에 대한 1920년대 문학의 문답 지형도」, 『한국현대문학연구』 29,
　　　한국현대문학회, 2009.12.

＿＿＿, 「이상의 '마리아'와 아쿠타가와 류노스케의 '예수'」, 『이상적 월경과 시의 생성』, 역락,
　　　2010.

강상희, 「1930년대 한국 모더니즘 소설의 내면성 연구」, 서울대 박사논문, 1998.

김동규, 「웃음의 문화 형식의 한 가지 사례」, 『존재론연구』 22집, 한국하이데거학회, 2010.

김동식, 「'리얼리즘의 승리'와 텍스트의 무의식」, 『민족문학사연구』, 민족문학사학회, 2008.12.

＿＿＿, 「1930년대 비평과 주체의 수사학」, 『한국현대문학연구』, 한국현대문학회, 2008.4.

김려실, 「인터 / 내셔널리즘과 만주」, 『상허학보』, 상허학회, 2004.8.

김승구, 「김기림 수필에 나타난 대중의 의미」, 『동양학』 39집, 단국대 동양학연구소,
　　　2006.2.

김승희, 「「기상도」의 다성적 구조와 언술의 양상」, 김학동 엮음, 『김기림 연구』, 시문학사,
　　　1991.

김예리, 「이상 시의 공백으로서의 '거울'과 지도적 글쓰기의 상상력」, 『한국현대문학연구』,
　　　한국현대문학회, 2008.8.

＿＿＿, 「김기림 시론에서의 모더니티와 역사성의 문제」, 『한국현대문학연구』, 한국현대
　　　문학회, 2010.8.

＿＿＿, 「이상 문학의 역사 이미지와 "전등형 인간"」, 『이상적 월경과 시의 생성』, 역락,
　　　2010.

김예림, 「1920년대 초반 문학의 상황과 의미－서사 장르의 상관성을 중심으로」, 『상허학
　　　보』 6집, 상허학회, 2000.8.

김용직, 「모더니즘의 시도와 실패」, 『한국현대시연구』, 일지사, 1974.

＿＿＿, 「1930년대 한국시의 스티븐 스펜더 수용」, 『관악어문연구』, 서울대 국어국문학과,
　　　1979.12.

＿＿＿, 「1930년대 김기림과 황무지－김기림의 비교문학적 접근」, 『한국의 전후문학』, 한
　　　국현대문학연구회, 1991.

김용희, 「미적 근대성의 해방적 가치와 새로운 타자성의 의미」, 『상허학보』, 상허학회, 2006.6.

김유중, 「김기림의 역사관, 문학관과 일본 근대 사상의 관련성」, 『한국현대문학연구』, 한국 현대문학회, 2008.12.

김윤태, 「1930년대 한국 현대시론의 근대성 연구―임화와 김기림의 시론을 중심으로」, 서울대 박사논문, 2000.

김은전, 「30년대 모더니즘 시운동에 대한 비교문학적 연구」, 『국어교육』, 1977.12.

김준환, 「영미 모더니즘 시와 한국 모더니즘 시 비교연구―T. S 엘리엇과 김기림」, 『비평과 이론』 8권 1호, 2003 봄・여름.

_____, 「스펜더가 김기림의 모더니즘에 끼친 영향 연구」, 『현대영미시연구』 12권 1호, 한 국현대영미시학회, 2006.

_____, 「김기림의 반―제국／식민 모더니즘」, 『비교한국학』 16권 2호, 2008.

_____, 「김기림의 「황무지」와 「비엔나」 읽기」, 『T. S. 엘리엇 연구』 18권 1호, 한국 T. S 엘 리엇 학회, 2008.

김진희, 「김기림의 전체시론과 모더니즘의 역사성」, 『한국근대문학연구』, 한국근대문학회, 2005.4.

_____, 「김기림 문학론에 나타난 디지의 지형과 근대문학론의 역사성」, 『우리어문연구』, 우리어문학회, 2008.

김혜숙, 「소피스트 사유양식의 사회문화적 의미」, 『수사학』 Vol.7, 2007.

나희덕, 「김기림의 영화적 글쓰기와 문명의 관상학」, 『배달말』 38호, 배달말학회, 2006.

_____, 「1930년대 모더니즘 시의 시각성」, 연세대 박사논문, 2006.

류보선, 「환멸과 반성, 혹은 1930년대 후반기 문학이 다다른 자리」, 『민족문학사연구』, 민 족문학사연구소, 1993.

문혜원, 「김기림의 문학에 미친 스펜더의 영향」, 『비교문학』, 1993.12.

박영순, 「파운드와 윌리엄즈 비교연구」, 『동서비교문학저널』, 2008 봄・여름.

박정필, 「상징적 팰러스 찾기와 들뢰즈적 욕망」, 『현대영미시연구』 16권 2호, 현대영미시 학회, 2010 가을.

박철희, 「김기림론」, 『현대문학』, 1989.9.

박성창, 「말을 가지고 어떻게 할 것인가」, 『한국현대문학연구』, 2005.12.

방민호, 「김기림 비평의 문명비평론적 성격에 관한 고찰」, 『우리말글』, 2005.8.

_____, 「일제말기 문학인들의 대일 협력 유형과 의미」, 『한국현대문학연구』, 2007.8.

소래섭, 「김기림의 시론에 나타난 '명랑'의 의미」, 『어문론총』, 한국문학언어학회, 2009.12.

서준섭, 「한국근대시인과 탈식민주의적 글쓰기」, 『한국시학연구』, 2005.

송기한, 「김기림 문학 담론에 나타난 과학과 유토피아 의식」, 『한국현대문학연구』, 한국현대문학회, 2005.12.

신복룡, 「傳記政治學 試論」, 『한국정치학회보』, 한국정치학회, 1998.

신범순, 「정지용 시와 기행산문에 대한 연구 − 혈통의 나무와 덕 혹은 존재의 평정을 향한 여행」, 『한국현대문학연구』 9집, 2001.6.

_____, 「원초적 시장과 레스토랑의 시학」, 『한국현대문학연구』, 한국현대문학회, 2002.12.

_____, 「주요한의 '불노리'와 축제 속의 우울」, 『시작』, 2002 겨울.

_____, 「신문매체와 백화점의 시학」, 『시와사상』, 2002 겨울.

_____, 「실낙원의 산보로 혹은 산책의 지형도」, 『이상문학의 새로운 지평』, 역락, 2006.

신승환, 「발터 벤야민의 역사의식」, 연세대 석사논문, 2003.

신현종, 「인류 최초의 문명, 메소포타미아」, 『한국논단』 Vol.3, 한국논단, 1989.

신형철, 「이상(李箱) 시에 나타난 '시선(視線)'의 정치학과 '거울'의 주체론 연구」, 『한국현대문학연구』 12집, 한국현대문학회, 2002.12.

양효실, 「보들레르의 모더니티 개념에 대한 연구」, 서울대 박사논문, 2006.

오문석, 「식민지 조선에서의 영화적인 것과 시적인 것」, 『한민족어문학』 55집, 2009.12.

오진석, 「일제하 박흥식의 기업가활동과 경영이념」, 『동방학지』, 연세대 국학연구원, 2002.

윤대석, 「김기림 시론에서의 "과학"」, 『한국근대문학연구』, 한국근대문학회, 2006.4.

이남호, 「현실과 문학의 모더니즘 − 김기림론」, 『세계의 문학』, 민음사, 1988 가을.

이은주, 「문학 텍스트에 나타난 자기 구성 방식에 대한 시론(試論) −「창조」,「폐허」,「백조」의 사랑의 담론을 중심으로」, 『상허학보』 6집, 상허학회, 2000.8.

이창배, 「현대 영미시가 한국의 현대시에 미친 영향」, 『한국문학연구』 3, 동국대 한국문학연구소, 1980.

임명섭, 「김기림 비평에 나타난 근대의 추구와 초극의 문제」, 『한국근대문학연구』, 한국근대문학회, 2000.4.

임석원, 「발터 벤야민의 알레고리 개념 연구」, 서울대 석사논문, 2003.

장철환, 「김기림 시의 리듬 분석 − 문명의 '속도'의 구현 양상을 중심으로」, 『현대문학의 연구』 42집, 한국문학연구학회, 2010.

정근식, 「맛의 제국, 광고, 식민지적 유산」, 『사회와 역사』 66권, 2004.12.

조연정, 「1920~30년대 대중들의 영화체험과 문인들의 영화체험」, 『한국현대문학연구』 14집, 2003.12.

_____, 「1930년대 문학에 나타난 '숭고'에 관한 연구」, 서울대 박사논문, 2008.

조영복, 「1930년대 문학에 나타난 근대성의 담론 연구」, 서울대 박사논문, 1998.

_____, 「김기림의 예언자적 인식과 침묵의 수사-일제말기와 해방공간을 중심으로」, 『한국시학연구』, 한국시학회, 2006.4.

_____, 「리토르넬로 비교교유록」, 『이상의 사상과 예술』, 신구문화사, 2007.

_____, 「이상의 예술 체험과 1930년대 예술 공동체의 기원」, 『한국현대문학연구』 23집, 한국현대문학회, 2007.12.

_____, 「김기림 시론의 기계주의적 관점과 '영화시(Cinepoetry)'-페르낭 레제 및 아방가르드 예술관과 관련하여」, 『한국현대문학연구』, 한국현대문학회, 2008.12.

차승기, 「'사실의 세기', 우연성, 협력의 윤리」, 『전쟁하는 신민, 식민지의 국민문화』, 소명출판, 2010.

차원현, 「1930년대 모더니즘 소설에 나타난 미적 주체의 양상에 관한 연구」, 서울대 박사논문, 2001.

최문규, 「예술의 자율성, 그 한계와 가능성」, 『문학과사회』, 문학과지성사, 2001 여름.

최재서, 「현대시의 생리와 성격」, 『조선일보』, 1936.8.21~1936.8.27.

하정일, 「'사실' 논쟁과 1930년대 후반 문학의 성격」, 『임화문학의 재인식』, 소명출판, 2004.

한상규, 「1930년대 모더니즘 문학의 미적 자율성 연구」, 서울대 박사논문, 1998.

허윤회, 「언어의 물질성과 초월의 가능성」, 『민족문학사연구』 16집, 2000.8.

홍은택, 「영미 이미지즘 이론의 한국적 수용양상」, 『국제어문』, 국제어문학회, 2003.6.

Habermas, J., 「모더니티-미완성의 계획」, 정정호・강내희 엮음, 『포스트 모더니즘론』, 터, 1990.

Owens, C., 조수진 옮김, 「알레고리적 충동-포스트모더니즘의 이론을 향하여」, 윤난지 엮음, 『모더니즘 이후, 미술의 화두』, 눈빛, 2007.

小林俊介, 「1920년대 후반에서 1930년대 초반까지 일본의 추상예술」, 『미술이론과 현장』, 한국미술이론학회, 2006.2.

水沢勉, 「신체를 둘러싼 상상력의 변용」, 『미술사논단』, 한국미술연구소, 2005.12.

Cook, E., "Eliot, Keynes, and Empire : The Waste Land", *Against Coercion : Games, Poets, Play*, Stanford : StanfordUniversityPress, 1998.

Fineman, J., "The Structure of Allegorical Desire", *Allegory and Representation*, London : The Johns Hopkins Press, 1981.

Nicholls, P., "An Experiment with Time : Ezra Pound and the Example of Japanese Noh",

The Modern Language Review, Vol.90, No1(Jan.,1995).

Weigel, S., trans. by Georgina Paul, with Rachel McNicholl and Jeremy Gaines, "The 'other' in allegory", *Body-and image-space : re-reading Walter Benjamin,* London : New York : Routledge, 1996.

Withman, J., "On the History of the Term 'Allegory'", *Allegory : The Dynamic of An Ancient and Medival Technique*, Harvard University Press, 1987.

4. 웹 사이트

日本大學 인터넷 홈페이지 : http://www.nihon-u.ac.jp
한국 독립 운동사 정보 시스템 : https://search.i815.or.kr/Main/Main.jsp
Olga's Gallery : http://www.abcgallery.com